HEYNE BÜCHER

SCIENCE FICTION

Herausgegeben
von Wolfgang Jeschke

Von Julian May erschienen in der Reihe
HEYNE SCIENCE FICTION & FANTASY:

DER PLIOZÄN-ZYKLUS

Das vielfarbige Land · 06/4300
Der goldene Ring · 06/4301
Kein König von Geburt · 06/4302
Der Widersacher · 06/4303

JULIAN MAY

DER WIDERSACHER

Vierter Roman des Pliozän-Zyklus

Science Fiction

Deutsche Erstausgabe

WILHELM HEYNE VERLAG
MÜNCHEN

HEYNE SCIENCE FICTION & FANTASY
Band 06/4303

Titel der amerikanischen Originalausgabe
THE ADVERSARY
Deutsche Übersetzung von Rosemarie Hundertmarck
Das Umschlagbild schuf Klaus Holitzka
Die Illustrationen im Text sind von Giuseppe Mangoni
Die Karten zeichnete Erhard Ringer

Redaktion: Wolfgang Jeschke

Printed in Germany 1987
Umschlaggestaltung: Atelier Ingrid Schütz, München
Satz: Schaber, Wels
Druck und Bindung: Elsnerdruck, Berlin

ISBN 3-453-31284-8

Inhalt

Ich bin der Dunkle, der Witwer, der Trostlose,
Der Prinz von Aquitanien vor dem verlassenen Turm.
Mein einziger Stern ist tot! Meine funkelnde Laute
Trägt die schwarze Sonne der Melancholie.

Meine Stirn ist noch rot von der Königin Kuß;
Der Sirene Grotte umfing meinen Traum.
Zweimal im Triumph durchschwamm ich den Acheron ...

Gérard de Nerval, *El Desdichado*

LOGE:
Ihrem Ende eilen sie zu,
die so stark im Bestehen sich wähnen.
Fast schäm' ich mich,
mit ihnen zu schaffen;
zur leckenden Lohe
mich wieder zu wandeln
spür ich lockende Lust.
Sie aufzuzehren,
die einst mich gezähmt,
statt mit den Blinden
blöd' zu vergehn –
und wären es göttlichste Götter –
nicht dumm dünkte mich das!
Bedenken will ich's:
wer weiß, was ich tu'!

Richard Wagner, *Das Rheingold*

Zusammenfassung:
Das Galaktische Milieu und das Pliozän-Exil

Die Große Intervention von 2013 öffnete der Menschheit den Weg zu den Sternen. Im Jahr 2110, zu Beginn der Handlung des ersten Bandes dieser Saga, waren Erdlinge als Mitglieder des Vereinigten Galaktischen Milieus bereits voll akzeptiert. Es handelte sich dabei um eine Konföderation moralisch hochstehender Planeten-Kolonisatoren, die eine fortschrittliche Technologie und die Fähigkeit, als Metafunktionen bekannte schwierige mentale Operationen durchzuführen, gemeinsam hatten. Schon seit unvorstellbar langer Zeit waren die Gene für die fünf wichtigsten metapsychischen Fähigkeiten – das Fernwahrnehmen, das Koerzieren, die Kreativität, die Psychokinese und das Redigieren oder Heilen – Bestandteil des menschlichen Erbgutes gewesen. Doch die mentalen Kräfte traten anfangs nur selten in Erscheinung. Sie blieben meistens latent, bis der evolutionäre Druck im späten zwanzigsten Jahrhundert dazu führte, daß eine ständig steigende Zahl von operanten Metapsychikern geboren wurde.

Die fünf Gründerrassen des Galaktischen Milieus hatten die langsame metapsychische Entwicklung der Menschheit Zehntausende von Jahren beobachtet. In die Angelegenheiten der Erde griffen sie jedoch erst ein, als eine kleine Gruppe belagerter Operanter, die ein Pionier-Projekt durchführten, einen verzweifelten telepathischen Hilferuf ausstrahlte. Nach einigen Debatten entschloß die galaktische Konföderation sich, Erdlinge »vor dem Erreichen ihrer psychosozialen Reife« in das Milieu aufzunehmen. Der Grund war das große mentale Potential der Menschheit, das irgendwann einmal das jeder anderen Rasse übertreffen mochte.

In den hektischen Jahren nach der Großen Intervention schienen die materiellen Probleme der Menschheit gelöst zu werden. Armut, Krankheit und Unwissenheit wurden besiegt. Mit Hilfe anderer raumfahrender Rassen kolonisierten Leute von der Erde mehr als 700 neue Planeten, die bereits untersucht und als geeignet befunden worden waren.

Außerdem lernten die Menschen, die Entwicklung ihrer metapsychischen Kräfte durch spezielle Trainingsmethoden und Gen-Manipulation zu beschleunigen. Doch obwohl sich die Zahl der Menschen mit operanten Metafunktionen von Generation zu Generation erhöhte, war die Mehrheit der Bevölkerung im Jahr 2110 immer noch ›normal‹ – das heißt, im Besitz von Metafunktionen, die entweder ganz gering oder aber latent (aufgrund psychischer Barrieren und anderer Faktoren nicht anwendbar) waren. Die meisten sozioökonomischen Routinearbeiten des Menschlichen Sektors im Milieu wurden weiter von ›Normalen‹ verrichtet, während menschliche Metapsychiker privilegierte Positionen in der Regierung, in den Wissenschaften und auf den anderen Gebieten innehatten, wo starke mentale Kräfte für das Milieu als Ganzes wertvoll waren.

Nur ein einziges Mal zwischen der Großen Intervention und dem Jahr 2110 hatte es den Anschein, als sei es ein Fehler gewesen, die Menschheit ins Milieu aufzunehmen: Das war 2083 während der kurzen Metapsychischen Rebellion. Eine Gruppe von auf der Erde lebenden Menschen versuchte unter ihrem Führer Marc Remillard einen Coup durchzuführen, der fast die gesamte Milieu-Organisation zerstört hätte. Die Rebellion wurde von menschlichen Loyalisten niedergeschlagen. Zu ihnen gehörte Marcs eigener Bruder Jack. Danach traf man Maßnahmen, die eine solche Katastrophe in Zukunft unmöglich machten.

Rund hundert geschlagene Überlebende der Rebellion entzogen sich der Vergeltung, indem sie Marc Remillard auf einem einzigartigen Fluchtweg folgten: Ein Einweg-Zeitportal, das in das Pliozän der Erde führte, sechs Millionen Jahre zurück in die Vergangenheit. Die Rebellen siedelten sich schließlich auf Ocala Island an, einem Teil Nordamerikas, der eines Tages Florida genannt werden würde. Mit hochentwickelten Geräten des Milieus gut ausgestattet, lebten sie siebenundzwanzig Jahre lang isoliert. Marc Remillard suchte in dieser Zeit mit seinen künstlich verstärkten Fernsinnen vergebens in der ganzen Galaxis nach einem Planeten, der von Metapsychikern mit hochentwickelter Technologie bewohnt war. Er gab seinen Traum von der menschlichen Vorherrschaft in der Galaxis niemals auf – auch dann nicht, als seine alten Verbündeten verzweifelten und ihre Kinder sich dem Plan offen widersetzten.

Im Galaktischen Milieu, sechs Millionen Jahre in der Zukunft, leitete der Sieg über die Rebellen den Beginn eines neuen Goldenen Zeitalters für die Menschheit ein. Menschliche Metapsychiker erreichten die Einheit – sie traten in die nahezu mystische mentale Bruderschaft des Galaktischen Geistes ein. Den Nichtmetas des Planeten Erde und seiner Hunderte von interstellaren Kolonien standen ein unbegrenzter Lebensraum und Energie im Überfluß zur Verfügung. Das Besiedeln und Erforschen neuer Welten, die Bürgerschaft in einer herrlichen, galaxisweiten Zivilisation boten ihnen freudig ergriffene Möglichkeiten. Doch sogar in Goldenen Zeitaltern gibt es Leute, die schlecht angepaßt sind. In diesem Fall waren es Menschen, die von ihrem Temperament her aus dem einen oder anderen Grund für die stark strukturierte soziale Umgebung des Milieus ungeeignet waren. Diese Unzufriedenen zogen häufig das Exil vor und durchschritten das Zeitportal, das sie in eine sechs Millionen Jahre jüngere Welt führte.

Das Zeitportal wurde 2034 entdeckt, in den schwindelerregenden Jahren, als sich die wissenschaftlichen Kenntnisse aufgrund der Großen Intervention explosionsartig vermehrten. Aber da sich die Zeitverwerfung nur rückwärts öffnete (alles, was man zurückzuholen versuchte, alterte um sechs Millionen Jahre und zerfiel für gewöhnlich zu Staub), glaubte ihr Entdecker, es sei eine Kuriosität ohne praktischen Nutzen.

Nachdem der Entdecker des Zeitportals 2041 gestorben war, erkannte Madame Angélique Guderian, seine Witwe, daß ihr Mann sich geirrt hatte. Die ziemlich große Zahl von Menschen, die mit der Entwicklung des Menschlichen Sektors unzufrieden waren, zahlten mit Freuden gut dafür, in eine einfachere Welt ohne Vorschriften transportiert zu werden. Geologen und Paläontologen wußten, daß die Pliozän-Epoche eine idyllische Periode kurz vor dem Aufdämmern intelligenten Lebens auf unserem Planeten gewesen war. Romantiker und überspannte Individualisten aus fast allen ethnischen Gruppen der Erde entdeckten Madames geheimen Fluchtweg ins Pliozän, der in ihrem altmodischen französischen Gasthof in der Nähe von Lyon begann.

Von 2041 bis 2106 beförderte die verjüngte Madame Guderian Klienten vom Milieu ins pliozänische Exil, das für ein Naturparadies gehalten wurde. Dann quälten Madame verspätete Gewissensbisse wegen des Schicksals der Zeitreisenden, und sie ging selbst ins Pliozän. Ihr illegaler Dienstleistungsbetrieb wurde in halbamtlicher Weise vom Menschlichen Sektor übernommen, denn das Zeitportal kam als ruhmreiche Abgangsmöglichkeit für Dissidenten sehr gelegen.

2110, als das Portal ins Pliozän-Exil nahezu siebzig Jahre benutzt worden war, hatten es mehr als 100000 Menschen in ein unbekanntes Schicksal durchschritten.

Am 25. August 2110 wurden acht Personen, die die ›Gruppe Grün‹ jener Woche darstellten, ins Exil transportiert. Diese drei Frauen und fünf Männer sollten Schlüsselrollen in einem Drama spielen, das Rückwirkungen nicht nur auf die Pliozän-Welt, sondern letzten Endes auch auf das Milieu selbst haben würde.

Wie andere Zeitreisende vor ihnen entdeckte Gruppe Grün, daß das Naturparadies des pliozänischen Europa unter der Kontrolle einer humanoiden Rasse aus der Duat-Galaxis stand, einem Sternhaufen, der viele Millionen Lichtjahre von unserm eigenen Teil des Universums entfernt ist. Die Fremden befanden sich ebenfalls im Exil. Sie waren wegen ihrer barbarischen Kriegsreligion aus ihrer Heimat vertrieben worden.

Die Tanu, die dominierende Faktion, waren groß und schön. Ungeachtet der tausend Jahre, die sie schon auf der Erde weilten, gab es immer noch weniger als 20000 von ihnen, weil ihre Fortpflanzung durch die Strahlung der Sonne beeinträchtigt wurde. Ihre alten Feinde, die Firvulag, waren ihnen zahlenmäßig mindestens vier zu eins überlegen. Die Firvulag, häufig die ›Kleinen Leute‹ genannt, waren für gewöhnlich von kleiner Gestalt, obwohl es viele von Menschengröße und sogar riesenhafte Individuen unter ihnen gab. Sie pflanzten sich auf der Erde recht gut fort, waren aber im Vergleich zu den Tanu kurzlebig.

Tanu und Firvulag stellten eine einzige dimorphe Rasse dar. Erstere waren metapsychisch latent, letztere besaßen operante Metafunktionen von meistens begrenzter Kraft. Die Tanu mit ihrer höher entwickelten Technologie hatten vor langer Zeit gedankenverstärkende Geräte, goldene Halsringe, entwickelt, die ihnen Operanz verliehen. Die Benutzung dieser Reifen hatte jedoch ihren Preis. Ein bestimmter Prozentsatz von Tanu-Kindern konnte sie nicht vertragen und starb trotz aller Bemühungen der verzweifelten Erwachsenen an dem ›Schwarzring‹-Syndrom. Diese Schwarzring-Tragödien verschlimmerten das bereits ernste Problem der geringen Geburtenrate bei den Tanu.

Der Firvulag, zäher und primitiver als ihre vornehmen Vettern, brauchten keine Reifen zur Ausübung ihrer Metafunktionen. Die Anführer und großen Heroen der Kleinen Leute standen mit den Tanu auf der gleichen mentalen Ebene; die meisten Firvulag waren jedoch schwächer. Hartnäkkig und konservativ hatten sie sich die längste Zeit ihres Aufenthalts auf der Erde der Idee verschlossen, im Metakonzert zu handeln, also ihre Gehirne für eine bestimmte Operation miteinander zu verbinden. Die Tanu kannten die Technik, obwohl sie nie eine Leistung wie die Metapsychiker des Galaktischen Milieus zustandebrachten.

Fast tausend Jahre lang war das Kräfteverhältnis zwischen Tanu und Firvulag auf der Erde des Pliozän (sie nannten sie das Vielfarbene Land) bei ihren rituellen Schlachten, die sie als Teil ihrer Kriegsreligion ausfochten, ziemlich ausgeglichen gewesen. Die größere Finesse und höherentwikkelte Technologie der Tanu bildete ein Gegengewicht zu der höheren Zahl der verbissen kämpfenden Firvulag. Erst die Ankunft menschlicher Zeitreisender sollte die Lage drastisch verändern.

Ziemlich früh gewannen die Tanu Kontrolle über die örtlich fixierte Zeitverwerfung. Sie nahmen alle eintreffenden Menschen gefangen und versklavten sie. Es kam zu der erstaunlichen Entdeckung, daß menschliches Keimplasma mit dem der Tanu kompatibel war. Die hinter dem Paradoxon stehende Bedeutung war den Tanu gleichgültig; mit Begeisterung benutzten sie ihre menschlichen Sklaven zu Zuchtzwecken. Tanu-Menschen-Mischlinge zeichneten sich oft durch ungewöhnliche körperliche und geistige Kraft aus. Die Zeitreisenden erwiesen sich auch als wertvolle technologische Hilfsquelle und brachten in das ziemlich dekadente Establishment der Tanu ihre Kenntnisse aus dem hochentwickelten Galaktischen Milieu ein. Den Zeitreisenden war streng verboten worden, leistungsstarke Waffen ins Pliozän mitzunehmen (eine Regel, die oft gebrochen wurde), und die Tanu waren konservativ, was die Arten militärischer Geräte anging, die sie ihren menschlichen Sklaven herzustellen erlaubten. Dessen ungeachtet war es menschliche Genialität, die den Tanu schließlich die fast vollständige Vorherrschaft über die Firvulag gab. Die Firvulag paarten sich niemals mit Menschen; im allgemeinen verachteten sie sie.

Die meisten der versklavten Zeitreisenden lebten im Grunde recht angenehm unter der wohlwollenden Herrschaft der Tanu. Grobe Arbeit wurde von kleinen Ramapithecinae-Affen verrichtet. Sie gehörten, ein Witz der Weltgeschichte, zu der direkten hominiden Linie, die sechs Millionen Jahre in der Zukunft ihren Höhepunkt im *homo sapiens* finden sollte. Die Ramas trugen kleine graue Halsringe, die sie zum Gehorsam zwangen. Vor der Ankunft der zeitreisenden Menschen waren sie von den Tanu zu so gut wie erfolglosen Zuchtexperimenten benutzt worden.

Bestimmte Menschensklaven bekamen ebenfalls einen Halsring. Wer eine Vertrauensstellung einnahm oder für lebenswichtige Aufgaben eingesetzt wurde, trug einen grauen Ring ähnlich denen der Ramas. Diese Geräte waren keine Gedankenverstärker, erlaubten aber die telepathische Kommunikation mit den Tanu, die außerdem durch die Ringe Strafen und Belohnungen übermitteln konnten. Glücklichere Menschen, die bei einem Test latente metapsychische Begabung zeigten, erhielten silberne Ringe. Sie glichen den goldenen Halsringen der Tanu insofern, als sie latente Metafähigkeiten zur Operanz erhoben, doch sie enthielten auch Kontrollschaltungen, und Ungehorsam rief eine sofortige und qualvolle Strafe herbei. Menschen mit Silberringen wurden als potentielle Bürger des Tanu-Königreichs anerkannt, und unter gewissen Umständen gewährte man ihnen goldene Halsringe und volle Freiheit. Für Menschen wie für Tanu stellten diese Ringe ein Risiko dar. Gelegentlich wurde ein Mensch, der den Ring nicht vertrug, in den Wahnsinn getrieben oder von dem Gerät sogar getötet. Besonders wahrscheinlich waren pathologische Reaktionen bei Menschen ohne wesentliche latente Metafunktionen.

Wie alle Zeitreisenden sollten die acht Mitglieder der Gruppe Grün sofort nach ihrer Ankunft im Pliozän von den Tanu-Oberherren getestet werden. Fünf von ihnen erwiesen sich als ›normal‹; ihre latenten Fähigkeiten lagen also weit unter der Schwelle zur potentiellen Operanz. Es waren Claude Majewski, ein alter Paläontologe, Schwester Amerie Roccaro, Ärztin und ausgebrannte Priesterin, Stein Oleson, ein herkulischer Planetenkrusten-Bohrer, Richard Voorhees, ein Sternenschiff-Kapitän mit Berufsverbot, und Bryan Grenfell, ein Anthropologe, der seiner Geliebten Mercy Lamballe ins Pliozän gefolgt war.

Die anderen drei Mitglieder von Gruppe Grün waren alles andere als ›normal‹. Aiken Drum, ein charmanter junger Krimineller, zeigte sehr starke latente Fähigkeiten und bekam einen silbernen Halsring. Felice Landry, eine psychisch gestörte junge Athletin, wußte, daß auch sie außerordentlich latente Fähigkeiten besaß, doch aus privaten Gründen weigerte sie sich, mit den Tanu-Oberherren zu kooperieren. Sie schaffte es, daß der Test verschoben wurde.

Das achte und ungewöhnlichste Mitglied von Gruppe Grün war Elizabeth Orme. Im Milieu war sie eine voll operante Großmeister-Metapsychikerin gewesen, eine geehrte Lehrerin. Durch eine Gehirnverletzung hatte sie anscheinend ihre überwältigenden Kräfte in der Fernwahrnehmung und im Redigieren verloren und war in den ›normalen‹ Zustand zurückgefallen. Verzweifelt über den Ausschluß von der metapsychischen Einheit, die ihre Seligkeit gewesen war, entschloß sich Elizabeth, ins Pliozän zu gehen. Dort würde sie unter anderen sein, die wie sie waren, denn Operanten waren Zeitreisen nicht erlaubt.

Zu ihrem Entsetzen entdeckte Elizabeth, daß sich ihre verlorenen Kräfte durch den Schock der temporalen Translation wiederherzustellen begannen. Erst erschrak sie, dann verzehrte sie sich vor Zorn über die Ironie ihrer Situation, und dabei erzählte ihr der Tanu-Oberherr Creyn, auf sie warte im Vielfarbenen Land ein ›wundervolles Leben‹. Als einzige ringlose Operante werde man in ihr einen einzigartigen Schatz sehen. Der Tanu-König selbst würde ihr Gemahl …

An jenem Abend brachen zwei Karawanen von der Torburg der Tanu auf. Gruppe Grün war in zwei Hälften geteilt worden. Nordwärts zu der Stadt Finiah am Proto-Rhein zog eine ziemlich große Menge normaler Menschen, die man zu gewöhnlichen Sklaven und Zuchtmaterial bestimmt hatte. Dazu gehörten Claude, Schwester Amerie, Richard und Felice – die ihren Freunden anvertraut hatte, daß sie nicht nur plane zu fliehen, sondern auch die gesamte Tanu-Rasse zu ›erledigen‹!

Die südwärts reisende Karawane war viel kleiner. Unterwegs zu der Tanu-Hauptstadt Muriah im Mittelmeer-Bekken waren der Tanu-Oberherr Creyn, Elizabeth, Aiken Drum, zwei weitere mit Silberreifen ausgestattete Menschen namens Sukey Davies und Raimo Hakkinen, der riesenhafte Bohrer Stein, dem man zur Vorbereitung für sein Auftreten als Gladiator einen grauen Ring umgelegt hatte, und der ringlose Anthropologe Bryan Grenfell. Seltsamerweise legten die Tanu großen Wert auf eine von ihm zu erstellende kulturanthropologische Analyse. Er sehnte sich danach, seine verlorene Geliebte irgendwo in Muriah wiederzufinden.

Bei der nach Finiah ziehenden Karawane kam es bald zu einem von Felice organisierten Gefangenenaufstand. Die frühere Berufsathletin mit ihrer enormen Körperkraft und gewaltigen latenten Fähigkeit zum Koerzieren, die ihr die gedankliche Kontrolle über Tiere gestattete, hatte an den Kontrolleuren der Torburg einen kleinen Stahldolch vorbeigeschmuggelt. In Zusammenarbeit mit Richard, dem Sternenschiff-Kapitän, und zwei als Samurai kostümierten Männern namens Yoshimitsu und Tatsuji tötete Felice die Oberherrin Epone sowie die gesamte Begleitmannschaft aus Truppen, die sogenannten Graureif-Soldaten.

Eine Gruppe von befreiten Gefangenen entschloß sich, Basil Vimborne, einem Bergsteiger und früherem Oxford-Professor, zu folgen, der eine Flucht über den Lac de Bresse in den Jura für den besten Plan hielt. Claude, der alte Paläontologe, überzeugte seine drei Freunde aus Gruppe Grün, daß es sicherer sei, in die dichtbewaldeten Vogesen zu fliehen, statt eine lange Bootsfahrt zum Jura zu riskieren. Yoshimitsu, der überlebende Japaner, machte sich allein auf den Weg nach Norden. Er hoffte, das Meer zu erreichen.

Claude, Richard, Amerie und Felice drangen tief in die Vogesen ein. Schließlich trafen sie mit einer abgerissenen Gruppe freier gesetzloser Menschen zusammen, Flüchtlingen aus Tanu-Siedlungen, die sich selbst die Geringen nannten. Ihre Anführerin war keine andere als Madame Angélique Guderian, die frühere Verwalterin des Zeitportals und letzten Endes Verantwortliche für die Erniedrigung der Menschheit im Pliozän. Sie trug einen goldenen Halsring, ein Geschenk der Firvulag, die mit den Geringen ein wackeliges Bündnis gegen ihre Todfeinde, die Tanu, eingegangen waren.

Nach dem Gefangenenaufstand veranstalteten die Tanu eine große Menschenjagd. Basil Wimborne und die meisten seines Trupps wurden wieder eingefangen und nach Finiah geschickt. Veltein, der dortige Stadt-Lord, suchte persönlich mit einer Fliegenden Jagd über den Vogesen nach den anderen Flüchtlingen. Die waren jedoch sicher bei Madame und ihren Geringen und vernahmen ungläubig den Plan der alten Frau, die Menschheit vom Tanu-Joch zu befreien. Dazu wollte sie sich der ziemlich widerstrebend gewährten Hilfe der Firvulag bedienen.

Hunderte von Kilometern östlich des Rheins lag das sogenannte Schiffsgrab. Dort war der gigantische, im Raum lebende Organismus, der Tanu und Firvulag von der Duat-Galaxis in die unsrige getragen hatte, auf die Erde abgestürzt und hatte einen großen Krater erzeugt. Die Passagiere des Schiffes, das von seiner Gattin, einer Frau namens Brede, geführt wurde, waren vor dem Aufschlag mit kleinen Flugmaschinen aus dem sterbenden Organismus entflohen. An dem Krater fochten die größten Helden – der Leuchtende Lugonn von den Tanu und Sharn der Grauenhafte von den Firvulag – zu Ehren des verstorbenen Schiffes ein rituelles Duell aus. Dann zogen beide Völker davon und ließen die Flieger stehen. In einer Maschine feierlich aufgebahrt, lag die Leiche Lugonns zusammen mit seiner laserartigen Waffe, dem Speer. Es war anzunehmen, daß die Flieger immer noch dort standen.

Madame erbot sich, eine Expedition der Geringen zum Schiffsgrab-Krater zu führen und diesen Speer zu holen, um ihn ausgerechnet gegen die Tanu, denen er heilig war, einzusetzen. Und waren die Flieger noch funktionsfähig, würde die Expedition versuchen, einen für den gemeinsamen Angriff der Geringen und der Firvulag auf Finiah, eine Tanu-Festung, mitzubringen.

Nach vielen Wechselfällen wurde die erste Phase von Madame Guderians großem Plan zur Befreiung der Pliozän-Menschheit erfolgreich abgeschlossen. Die Tanu waren gezwungen, Finiah aufzugeben, und verloren so ihre einzige Mine zur Förderung von Barium, einem für die Herstellung der Halsringe notwendigen Element. Felice, die zunehmend Symptome einer schweren Psychose zeigte, besorgte sich aus den Ruinen Finiahs einen goldenen Reif. Der Gedankenverstärker setzte ihre ungeheuerlichen Kräfte des Koerzierens, der Psychokinese und der Kreativität frei, die latent in ihrem Gehirn geschlummert hatten, und schürte das heftige Verlangen des Mädchens nach Rache an den Tanu.

Bei der nächsten Phase von Madames Plan sollte in die Ringefabrik der Tanu-Hauptstadt Muriah eingedrungen und parallel dazu eine Operation durchgeführt werden, deren Ziel die dauernde Schließung des Zeitportals war.

Madame und zehn weitere Verschwörer, darunter Felice,

Claude, Schwester Amerie und Basil Wimborne – der bei der Eroberung Finiahs gerettet worden war – gingen nun auf die weite Reise nach Süden. Den laserartigen Speer Lugonns nahmen sie mit. Seine Energie war bei dem Finiah-Feldzug völlig erschöpft worden, aber sie trauten es Aiken Drum, ihrem klugen Gefährten aus Gruppe Grün, zu, die Waffe wieder aufzuladen. In der Tanu-Hauptstadt angekommen, wollten sie ihn um Hilfe bitten.

Aiken – und mit ihm Elizabeth, Bryan, Stein und die anderen privilegierten Gefangenen – hatten, seit sie vor ein paar Wochen in Muriah eingetroffen waren, ein ganz anderes Gesicht des Vielfarbenen Landes kennengelernt. Bei einem üppigen Festschmaus wurden sie der Tanu-Aristokratie vorgestellt, und anfangs behandelte man sie wie geehrte Gäste statt wie Sklaven.

Thagdal, der König, teilte Elizabeth mit, sie werde als erstes von Brede Schiffsgattin, der geheimnisvollen Wächterin beider fremder Rassen, in die Tanu-Gebräuche eingeführt werden. Danach würden sie und der König eine neue Dynastie von reiflosen, voll operanten Tanu-Menschen-Mischlingen gründen. (Königin Nontusvel schien mit diesem Plan ganz einverstanden, ungeachtet der Tatsache, daß ihre eigene große Brut von mächtigen erwachsenen Kindern zweifellos von Elizabeths Nachkommen in den Schatten gestellt werden würde.)

Bryan, der Anthropologe, erhielt den Befehl, die Wirkung der Menschheit auf die Sozioökonomie der Tanu zu analysieren. König Thagdal glaubte, menschliche Gene und menschliche Neuerungen seien für die Tanu von Vorteil gewesen, und er erwartete, Bryans Untersuchung werde die Richtigkeit seiner Politik der Kreuzungen mit Menschen und der Übernahme bestimmter menschlicher Erfindungen bestätigen. Eine Tanu-Minderheit, angeführt von Nodonn Schlachtenmeister, dem mächtigsten Sohn Nontusvels und mutmaßlichem Thronerben, bestand darauf, die Tanu-Kultur werde von menschlichen Einflüssen vergiftet.

Im weiteren Verlauf des Begrüßungsbanketts wurde klar, daß Stein Oleson, dem muskulösen ehemaligen Bohrer, der sich mit dem jungen Kriminellen Aiken Drum angefreundet hatte, ein bitteres Schicksal bevorstand. Stein sollte als Gladiator versteigert werden. Um ihn vor dem sicheren Tod zu retten, machte Aiken selbst ein unverschämtes Gebot auf Stein. Den anwesenden Tanu verschlug es die Sprache, als Mayvar Königsmacherin, das Oberhaupt der Fernwahrnehmer-Gilde, Aikens Gebot nicht nur unterstützte, sondern ihn auch als Schützling annahm. Mayvar war sich bewußt, daß der junge Mann in seinem ganz mit Taschen bedeckten goldenen Anzug enorme latente Geisteskräfte besaß und sein silberner Halsring sie zu voller Operanz erweckt hatte.

Thagdal erhaschte einen kurzen Blick in Aikens Geist und sah, daß Mayvar den jungen Mann umarmte (sie wurde nicht umsonst ›Königsmacherin‹ genannt). Beides erschütterte ihn so, daß er Aikens Gebot auf Stein annahm. Nun war Aiken verpflichtet, nach einer der Ausbildung gewidmeten Zeit das Königreich von dem Firvulag-Monster Delbaeth zu befreien.

In den folgenden Wochen leitete Mayvar den jungen Mann bei der Übung seiner sich schnell entwickelnden Metafunktionen an. Er wurde voll operant ohne Halsring – was Mayvar allerdings vor den anderen Tanu geheimhielt. Es gelang ihm, Delbaeth zu töten. Mit Stein als seinem Gefolgsmann ging er ein vorsichtiges Bündnis mit Sebi-Gomnol, dem menschlichen Präsidenten der Koerzierer-Gilde, ein. Dieser verfolgte eigene Pläne, mit denen er den Menschen die Vormachtstellung im Tanu-Königreich sichern wollte.

Bryan Grenfell, der ringlose Anthropologe, führte seine Kultur-Studie durch, widmete dem wachsenden Datenkomplex aber kaum Aufmerksamkeit, weil er von neuem in den Bann seiner verlorenen Geliebten Mercy Lamballe geriet. Diese Frau war kurz vor Gruppe Grün im Pliozän eingetroffen. Als latente Metapsychikerin mit außergewöhnlichen kreativen Kräften war Mercy die letzte Gemahlin des furchtbaren Nodonn Schlachtenmeister geworden und hatte sich vollständig zur Sache der Tanu bekehrt. Nodonn und seine Geschwister von der Heerschar Nontusvels redeten Mercy zu, Bryan zu verführen, weil sie die Analyse des Anthropologen gegen den König und Gomnol verwenden wollten.

Elizabeth war in der Zwischenzeit ungeschickten Angriffen von Nodonn und der Heerschar, die in ihr eine Bedrohung der Dynastie sahen, ausgesetzt gewesen; dann hatte Brede Schiffsgattin sie unter ihren Schutz genommen. Sicher in Bredes Raum ohne Türen, einem raffinierten Kraftfeld, das weder ein physisches noch ein mentales Eindringen erlaubte, gestand Elizabeth der fremden Frau ihre Verzweiflung und Hoffnungslosigkeit. Die Schiffsgattin in ihrer mütterlichen Besorgtheit um Tanu wie um Firvulag sah in Elizabeth eine Person, die fähig sein mochte, sie aus ihrer barbarischen Kriegskultur in eine wahrhaft zivilisierte Gesellschaft des Geistes zu führen (was Brede offenbar nicht konnte). Elizabeth lehnte die Rolle der spirituellen Mutterschaft ab. Doch mit Hilfe ihrer Milieu-Ausbildung erhob sie Brede zu metapsychischer Operanz, und die beiden erfreuten sich kurze Zeit einer beschränkten Einheit. Sie zerbrach, als Brede darauf bestand, eine Vision zeige ihr Elizabeth in der Wächterinnen-Rolle, und die menschliche Frau die Verantwortung heftig von sich wies.

Anfang Oktober bereitete sich das ganze Vielfarbene Land mittels eines einmonatigen Waffenstillstands auf den jährlichen rituellen Krieg, den Großen Wettstreit, vor. Oben im Norden benutzten Madame Guderian und ihre Saboteure die Gelegenheit, ihre Pläne in die Tat umzusetzen. Madame und Claude, der alte Paläontologe, versteckten sich in der Nähe des Zeitportals. Sie wollten warten, bis die anderen – darunter Felice, Schwester Amerie, Basil und ein Indianerhäuptling namens Peopeo Moxmox Burke – Muriah erreicht und den Streich gegen die Halsringefabrik, innerhalb des Hauptquartiers der Koerzierer-Gilde gelegen, vorbereitet hatten. Die Angriffe gegen Zeitportal und Fabrik sollten gleichzeitig erfolgen.

Felice und die übrigen Saboteure hofften anfangs, die Fabrik mit dem Speer zerstören zu können. Sie riefen Aiken Drum in ihr Versteck und gaben ihm die Waffe. Er versprach, sie ihnen neu aufgeladen zurückzubringen. In Wirklichkeit hatte Aiken jedoch nicht die Absicht, seinen früheren Gefährten zu helfen. Von Mayvar wie von Gomnol ermutigt, strebte er danach, König des Vielfarbenen Landes zu werden, indem er Nodonn bei dem bevorstehenden Großen Wettstreit besiegte. Er warnte seinen Verbündeten Gomnol, damit dieser die Fabrik gegen die Saboteure schützte, und flog als Vogel verkleidet nach Norden, um zu verhindern, daß Claude und Madame das Zeitportal schlossen. In diesem Punkt versagte er. Das alte Paar opferte sein Leben und trug rechtzeitig eine Botschaft an die Milieu-Behörden zurück, worauf die Zeittransporte eingestellt wurden.

Die in die Ringefabrik eindringenden Saboteure stießen auf eine Streitmacht von Tanu-Rittern, Mitgliedern der Heerschar Nontusvels, die Nodonn geschickt hatte. Von den überlebenden Menschen wurde Felice dem Inquisitor Culluket zur Folterung übergeben, während Schwester Amerie, Häuptling Burke und Basil in ein Verlies geworfen wurden und beim Großen Wettstreit getötet werden sollten. Die Heerschar tötete Gomnol, den menschlichen Lord Koerzierer, durch mentale Energie und bezichtigte Felice der Tat.

Als sich die Zeit des Großen Wettstreits näherte, erreichten mehrere Krisen die kritische Phase. Aiken, seines mächtigen Verbündeten Gomnol beraubt, war durch Stein gefährdet. Der große Planetenkrusten-Bohrer war mit Sukey, jetzt seine Frau, gefangengesetzt, und seine geistige Gesundheit begann unter dem schädlichen Einfluß seines grauen Rings zusammenzubrechen. Stein mochte unabsichtlich enthüllen, daß Aiken gegen die Tanu konspirierte.

Der Versuchung widerstehend, seinen Freund zu töten, wandte sich Aiken an Mayvar mit der Bitte, Stein und Sukey aus Muriah und der mentalen Reichweite von Nontusvels Heerschar wegzuschaffen. Mayvar versprach es ihm. Dann ging sie zu einem Treffen der geheimen Friedensfaktion. Diese Tanu-Gruppe hoffte, Aiken werde die Königswürde erlangen und dem Vielfarbenen Land eine neue Ära des Friedens und der Zivilisation bringen. Zu denen, die den

Frieden liebten, gehörte auch Minanonn der Häretiker, einstmals Schlachtenmeister der Tanu, der gezwungen worden war, tief in den Pyrenäen im Exil zu leben.

Brede Schiffsgattin entließ Elizabeth aus dem Raum ohne Türen, weil sie einsah, daß die menschliche Metapsychikerin entschlossen war, ein Leben frei von Verantwortung zu führen. Elizabeth erklärte sich einverstanden, Stein und Sukey in ihrem Heißluftballon mitzunehmen, der Platz für drei Personen bot. Creyn der Redakteur holte sie aus dem Gefängnis – aber er brachte es nicht übers Herz, Felice zurückzulassen, die er bewußtlos und dem Tod nahe in der Nachbarzelle fand. Er hoffte, Elizabeth werde auf ihren Platz im Ballon zugunsten der gefolterten jungen Athletin verzichten.

Zwar war Elizabeth überzeugt, die Schiffsgattin habe dies geplant, um sie nicht entrinnen zu lassen, aber nun hatte ihre eigene Nächstenliebe sie in die Falle geführt. Elizabeth schickte Felice, Stein und Sukey mit dem Ballon weg. Sie selbst kehrte in den Raum ohne Türen zurück und hüllte sich in einen feurigen mentalen Kokon, der sie von Brede und allen anderen isolierte.

Die Zeit des Großen Wettstreits war da. Buchstäblich die gesamte Bevölkerung an Tanu und Firvulag und dazu eine große Anzahl menschlicher Sklaven versammelten sich auf der Weißen Silberebene unterhalb Muriahs zu den Zeremonien und dem rituellen Krieg. Aiken wurde von Mayvar zu einem der Anführer im Kampf ernannt; er hatte viele Anhänger unter den Tanu- und Mischlingskriegern um sich geschart. Bei einer Vorentscheidung besiegte Mercy den alten Aluteyn Handwerksmeister und wurde neue Präsidentin der Kreatoren-Gilde.

Hunderte von Kilometern westlich der Weißen Silberebene leiteten die drei fliehenden Ballonfahrer ein Drama ein, das den ahnungslosen Kämpfern zum Verhängnis werden sollte.

Als er Felice folterte, hatte Culluket der Inquisitor unwissentlich eine drastische gehirnverändernde Technik ähnlich der angewandt, mit der Elizabeth die Schiffsgattin zur Operanz gebracht hatte. Jetzt war auch Felice operant geworden und brauchte keinen Reif mehr, wenn sie Gebrauch von ihren metapsychischen Kräften machen wollte. Diese Kräfte – zumindest die destruktiven Aspekte der Psychokinese und Kreativität – waren größer als die jeder anderen Person auf der Welt. Aber auch ihre im Entstehen begriffene Psychose war ins Kraut geschossen. Felices Rachedurst war jetzt unentwirrbar verquickt mit einem dunkleren sadomasochistischen Element ihres kranken Geistes. Die Hilfe Steins, des früheren Planetenkrusten-Bohrers, erzwingend begann Felice, den schmalen Gibraltar-Isthmus mit Psychoenergie zu beschießen. Ihre Absicht war, das Wasser des Atlantik in das fast leere Becken des pliozänischen Mittelmeers stürzen zu lassen und die Teilnehmer am Großen Wettstreit zu ertränken.

Unter den mentalen Bolzen, die die Wahnsinnige schleuderte, kam die Felsenbarriere zum Zerreißpunkt nahe. Aber Felices Kräfte schwanden, bevor sie ihr Ziel erreicht hatte. In ihrem maßlosen Haß betete sie um Hilfe von jeder Macht der Dunkelheit, die existieren mochte – und die Hilfe kam von *irgendwo*. Ein titanischer Ausbruch von Psychoenergie öffnete das Tor von Gibraltar. Eine Kaskade aus Meereswasser donnerte in das leere Becken und raste auf die Weiße Silberebene unterhalb der Tanu-Hauptstadt Muriah zu.

Durch die letzte Erschütterung wurde Felice aus dem Ballon geschleudert. Völlig wahnsinnig, nahm sie die Gestalt eines monströsen Raben an. Stein und Sukey flogen mit dem Sturmwind davon und landeten schließlich in einem entlegenen Teil Frankreichs.

Die in die Zukunft sehende Brede Schiffsgattin wußte von der Katastrophe. Sie erschien Amerie, Basil und Häuptling Burke in ihrer Gefängniszelle, heilte sie und brachte sie in einen Raum des Gebäudekomplexes der Redakteursgilde, hoch auf dem Berg der Helden oberhalb von Muriah. Dort lag Elizabeth in ihrem selbsterzeugten Koma. Brede wies das Trio an, über Elizabeth, »der wichtigsten Person auf der Welt«, bis zum nächsten Morgen zu wachen. Dann würden sie erkennen, was getan werden müsse.

Inzwischen näherte sich der Große Wettstreit seinem Höhepunkt. Zum ersten Mal seit vierzig Jahren sahen die Firvulag sich fast schon als Sieger. Die hartnäckig konservativen Kleinen Leute hatten sich bisher geweigert, menschliche Taktiken zu übernehmen, wie es die Tanu getan hatten, doch der Sieg der aus Firvulag und Geringen bestehenden Streitmacht über Finiah hatte ihren Generälen Sharn und Ayfa die Augen geöffnet und sie zu Neuerungen angespornt. In der Mêlée-Phase des Wettstreits lagen die Firvulag nach Punkten nur wenig hinter den Tanu. Das Finale des rituellen Krieges, bei dem sich Einzelkämpfer duellierten, würde den Sieger bestimmen.

Die Rivalität zwischen Aiken und Nodonn spaltete die Tanu-Truppen. Bei einem Bankett, das dem Heldentreffen vorausging, versuchte Nodonn, Aiken zu diskreditieren, indem er Bryan Grenfell zwang, das negative Ergebnis seiner Studie über die Einwirkung der Menschheit auf das Vielfarbene Land zu interpretieren. Das vertiefte den Bruch zwischen den Traditionalisten und denjenigen Tanu, die zu Aiken hielten. Das Heldentreffen gewannen eindeutig die Firvulag. Nur ein Sieg Aikens über Pallol Einauge, den Oger-General der Firvulag, konnte das Blatt noch zugunsten der Tanu wenden. Aiken teilte Nodonn und den Traditionalisten mit, er könne das Monster schlagen, wenn man ihm erlaube, auf menschliche Art zu kämpfen. Das wurde ihm schließlich zugestanden. Aiken tötete Pallol, und die Tanu wurden zu Endsiegern des Großen Wettstreits erklärt.

Entmutigt und verbittert über ihre knappe Niederlage verließen die meisten Firvulag die Weiße Silberebene. Nur ihre königlichen Hoheiten blieben zur Siegerehrung und zu dem spannenden Duell zwischen Aiken und Nodonn um das Amt des Schlachtenmeisters (und letzten Endes die Königswürde) der Tanu. Die gesamte Blüte und Ritterschaft der Tanu hatte sich als Zuschauer versammelt. Brede persönlich war Zeugin, als Mayvar Königsmacherin Aiken seinen Tanu-Namen gab: Nach dem Leuchtenden Helden, der vor tausend Jahren am Schiffsgrab gefallen war, erhielt er den Namen Lugonn und den heiligen Speer, der wieder aufgeladen und einsatzbereit war. Nodonn führte eine ähnliche Waffe, das Schwert, das früher einmal einem Firvulag-Helden gehört hatte.

Die beiden Rivalen nahmen ihre Plätze ein und hatten ihr Duell gerade begonnen, als die Flutkatastrophe die Weiße Silberebene leerfegte.

Die Gedankenschreie der Tausende von ertrinkenden Leuten weckte Elizabeth. Sie und ihre drei menschlichen Gefährten blickten hinunter auf ein verwüstetes Muriah und eine untergegangene Weiße Silberebene. Doch es starben nicht alle Kämpfer und Zuschauer des letzten Großen Wettstreits. Die meisten Firvulag, die bereits mit ihren Booten auf der Heimreise waren, überlebten. Einige Tanu wurden von der Flutwelle ans Ufer geworfen oder konnten sich mit ihren metapsychischen Kräften selbst retten. Eine große Zahl von Menschen und Mischlingen brachte sich durch Schwimmen in Sicherheit. Verwundete Tanu-Ritter, die sich ins Redakteurshaus zurückgezogen hatten, und viele Mitglieder dieser Gilde, die sie pflegten, wurden nicht von der Flut erfaßt. Aluteyn Handwerksmeister und wegen Feigheit zum Tode verurteilte Ritter blieben am Leben, weil das Gefäß, in dem sie hatten verbrannt werden sollen, auf den Wellen schwamm. Aiken Drum trieb in einem Zeremonienkessel dahin und rettete später Mercy.

Aber mehr als die Hälfte der ruhmreichen Tanu, die ein Untertauchen in Wasser nicht vertrugen, kam um. Bis ins innerste Herz erschüttert und aus ihrer egozentrischen Verzweiflung gerissen, übernahm Elizabeth nun doch das Wächteramt, das ihr Brede vor ihrem Tod noch übertragen hatte, und koordinierte mit der Hilfe von Häuptling Burke, Basil, Schwester Amerie und der mächtigen Redakteure Dionket und Creyn die Evakuierung Muriahs.

Nach der Flut herrschte im Vielfarbenen Land ein völlig anderes Kräfteverhältnis. Sharn und Ayfa wurden Ko-Monarchen der Firvulag und führten unerhörte Reformen ein, darunter auch die Domestizierung von Tieren, die Benutzung eingeschmuggelter Milieu-Waffen und Experimente in Metakonzert-Angriffen. Das Königspaar kittete den alten Riß zwischen den normalen Firvulag und den mutierten

Heulern, gewährte ihnen die Bürgerrechte und ermutigte den Heuler-Lord Sugoll, die verlassene Firvulag-Stadt Nionel neu zu besiedeln.

Nachdem sie die aus sämtlichen Rassen bestehende Flüchtlingsschar in Sicherheit gebracht hatte, zog sich Elizabeth in ein befestigtes Chalet auf der Schwarzen Klippe im südlichen Frankreich zurück, um über ihre neue Aufgabe und das, was sich daraus ergeben mochte, nachzudenken. Zu den Personen, die freiwillig in ihren Dienst traten, gehörte auch Creyn der Redakteur. Dionket zog mit einigen friedliebenden Tanu, Firvulag und Menschen zu Minanonn dem Häretiker in die fernen Pyrenäen.

Felice, inzwischen völlig dem Wahnsinn verfallen, lebte in einer Höhle am Gipfel des Mulhacén im südlichen Spanien. Oft nahm sie die Gestalt eines riesigen Raben an. Ihr Horst enthielt einen ungeheuren Schatz an geraubten goldenen Halsringen und dazu den Speer Lugonns, den sie aus dem tiefer werdenden Neuen Meer gefischt hatte. Sie war besessen von dem Gedanken, Culluket den Inquisitor zu finden, den sie ihren ›Geliebten‹ nannte, und fühlte sich von den ›Teufeln‹ verfolgt, die ihr geholfen hatten, das Tor von Gibraltar zu öffnen.

Felice bildete sich die Teufelsstimmen durchaus nicht ein. Weit entfernt in Nordamerika lag auf Ocala Island die Siedlung der Überlebenden aus der Metapsychischen Rebellion. Vor siebenundzwanzig Jahren waren die fliehenden Rebellen in Madame Guderians Gasthof eingedrungen und durch das Zeitportal ins Pliozän gegangen. Sie hatten vielfältige Ausrüstungsgegenstände mitgenommen. Als Marc Remillard, ihr Anführer, entdeckte, daß Europa unter der Herrschaft von Fremden stand, zog er sich über den Atlantik zurück. Die Tanu, die ihn aufzuhalten versuchten, wurden bei einem Gefecht vernichtend geschlagen. Dieser Vorfall wurde aus der Tanu-Geschichte gelöscht.

Den größten Teil der inzwischen vergangenen Jahre hatte Marc Remillard seiner Sternensuche gewidmet, denn er hoffte, eine weitere Welt mit fortgeschrittenem intelligenten Leben zu finden. Die Zahl seiner Gefährten hatte sich auf dreiundvierzig verringert, aber es lebten jetzt außerdem zweiunddreißig erwachsene Kinder und eine Handvoll Nachkommen der dritten Generation auf der Insel. Je nach Temperament vegetierten sie dahin oder hatten sich dem Müßiggang ergeben.

Jahrelang hatten die erwachsenen Kinder der Rebellen die Ereignisse im Vielfarbenen Land aus schierer Langeweile verfolgt. Sie quälte die hoffnungslose Sehnsucht nach dem fortschrittlichen Milieu, das ihre Eltern zu beherrschen versucht hatten. Als Felice bei Gibraltar ihren telepathischen Hilferuf aussandte, drängten die Kinder Marc und die anderen älteren Leute, sich mit ihnen in einem Metakonzert zusammenzuschließen und einen Strahl psychokreativer Energie durch Felice zu leiten. Seit der Flut hatten die Rädelsführer unter den Rebellenkindern Felice ständig telepathisch angerufen. Sie jedoch fürchtete sich vor den Stimmen der ›Teufel‹ und weigerte sich zu antworten. Für Marc und die meisten Mitglieder seiner Generation stellte die europäische Katastrophe nur eine flüchtige Zerstreuung dar. Ihre Kinder dagegen sahen in dem nach der Flut eingetretenen Chaos im Vielfarbenen Land eine einzigartige Gelegenheit, der Sinnlosigkeit ihrer Existenz zu entfliehen.

Drüben in Europa war der aufgehende Stern im verwüsteten Tanu-Königreich kein anderer als der unverbesserliche Aiken Drum, der sich jetzt Aiken-Lugonn Schlachtenmeister nannte und als Usurpator über die vormals Nodonn gehörende Stadt Goriah in der Bretagne herrschte. Mercy, die ihren geliebten Nodonn für tot hielt, beugte sich der Notwendigkeit und unterstützte Aiken in seinem Streben, den leeren Tanu-Thron zu übernehmen. Sie versprach, ihn beim Großen Liebesfest im Mai zu heiraten.

Viele überlebende Tanu und die meisten Tanu-Menschen-Mischlinge strömten dem Banner des metapsychisch so begabten jungen Mannes zu. Die Konservativen scharten sich um Celadeyr von Afaliah, einem der wenigen überlebenden Kriegshelden.

Culluket der Inquisitor schloß sich Aiken als eine Art Großwesir an – nicht nur, weil er darin die größten Chancen für sich sah, sondern auch in der Hoffnung, Aiken könne ihn vor der wahnsinnigen Felice schützen, die immer noch erbarmungslos nach ihrem ›Geliebten‹ suchte.

Während der winterlichen Regenzeit griffen Firvulag-Truppen systematisch einsam liegende Städte der Tanu und Dörfer der Geringen an – trotz des Friedensvertrags, der nach der Flut geschlossen worden war. Die Firvulag-Monarchen Sharn und Ayfa bezeichneten abtrünnige Heuler als die Schuldigen und beteuerten ständig, für Aikens Pazifierungspläne zu sein. Aiken wollte den Großen Wettstreit (und die anderen Kämpfe zwischen Firvulag und Tanu) abschaffen und durch ein nicht tödliches ›Großes Turnier‹ ersetzen. Es sollte auf dem Goldfeld der Firvulag vor den Toren Nionels abgehalten werden. Früher war das Goldfeld abwechselnd mit der Weißen Silberebene Schauplatz des Großen Wettstreits gewesen, doch in den vierzig Jahren, die die Tanu regelmäßig Sieger geblieben waren, hatte man es nicht mehr benutzt. Kunsthandwerker der Firvulag schufen eine neue Trophäe, den Singenden Stein, als Ersatz für das Schwert Sharns, von dem man glaubte, es sei in der Flut verlorengegangen.

Um die neue Tanu-Firvulag-Entente zu festigen, sollten die königlichen Hoheiten der Firvulag zum ersten Mal an dem Großen Liebesfest der Tanu in Goriah als geehrte Gäste von Aiken und Mercy teilnehmen. Gewisse Tanu-Adlige zögerten, dabei zu erscheinen, weil sie den Verdacht hatten, Aiken werde die Gelegenheit nutzen und sich zum König ausrufen lassen. Da versammelte der Usurpator seine Streitkräfte und unternahm eine ›königliche Prunkreise‹, um die Wankelmütigen einzuschüchtern. Er hatte damit Erfolg, aber der sture alte Celadeyr von Afaliah kapitulierte erst, nachdem Aiken ihn in einem mentalen Duell geschlagen hatte.

Anfang April – etwa um die gleiche Zeit, als Aiken seine Reise antrat – gelang es den Rebellenkindern in Ocala endlich, Kontakt mit Felice aufzunehmen. Sie machten der Wahnsinnigen extravagante Versprechungen, und Felice erklärte sich einverstanden, mit ihnen zusammenzutreffen, wenn sie nach Europa kämen. Die Kinder planten, Felices ungeheuerliche Macht für ihre eigenen Absichten zu benutzen – die letzten Endes darauf hinausliefen, ein neues Zeitverwerfungsgerät zu bauen und ins Milieu zurückzukehren. Zu den Rädelsführern der jüngeren Generation gehörten auch Marcs Sohn Hagen und seine Tochter Cloud. Der schreckliche Marc war anfangs strikt gegen den Plan. Ein nach zwei Seiten offenes Zeitportal, so sagte er, werde den Milieu-Behörden Zugang zu *ihm* gewähren. Die Kinder schworen, sie würden das Pliozän-Tor zerstören, sobald sie es passiert hätten, damit ihre Eltern weiterhin sicher wären. Um Zeit zu gewinnen, erlaubte Marc schließlich Cloud, drei weiteren jungen Leuten und seinem Altersgenossen Owen Blanchard, nach Europa zu segeln und mit Felice zusammenzutreffen. Hagen verbot er die Reise mit der Begründung, seinen einzigen Sohn brauche er als Helfer bei der Sternensuche. Von da an haßte Hagen seinen mächtigen Vater, den er lange gefürchtet und beneidet hatte, und schmiedete Pläne, wie er seiner Herrschaft entfliehen könne.

In Goriah gebar Mercy ihr von König Thagdal empfangenes Kind, eine Tochter, die sie Agraynel nannte. Sie trauerte immer noch um Nodonn. Zwar liebte sie Aiken nicht und hatte das deutliche Gefühl, daß die Neigung des jungen Mannes für sie ihr Unheil bringen werde, aber sie erklärte sich trotzdem bereit, ihn zu heiraten.

Nodonn war jedoch nicht tot. Die Flut hatte ihn ans Ufer der fernen Insel Kersic (Korsika-Sardinien) gespült, wo er von Huldah, einer einfältigen, von Firvulag und Menschen abstammenden Frau, und ihrem bösartigen Großvater Isak gerettet wurde. Nahezu fünf Monate war Nodonn bewußtlos. Dann erwachte er. Zu seinem Entsetzen entdeckte er, daß er gelähmt war, daß ihm eine Hand fehlte und daß Huldah ihn, während sie ihn pflegte, als hilfloses Liebesobjekt benutzt hatte. Ihm blieb nichts übrig, als Huldahs Anbetung und Isaks Spott über sich ergehen zu lassen. Seine telepathischen Rufe wurden von dem Felsgestein rings um die Höhle, in der er lag, gedämpft.

In den Wäldern nahe der Firvulag-Hauptstadt Hoch-Vrazel hatten freilebende menschliche Geringe gleich nach dem

Fall von Finiah Dörfer zum Abbau von Eisenerz angelegt. Das ›Blutmetall‹ wirkte auf beide fremde Rassen als Gift, und die Menschen hofften, sich ihre Unabhängigkeit durch das Schmieden von Eisenwaffen zu erhalten. Tony Wayland, ein Metallurg, der in Finiah unter den Tanu eine privilegierte Stellung eingenommen hatte, wurde von den siegreichen Geringen gezwungen, in den Minen zu arbeiten. Zusammen mit seinem exzentrischen Gefährten Dougal lief er davon. Er glaubte, Aiken Drum werde ihm Zuflucht gewähren und ihm seine alten Privilegien zurückerstatten. Doch unterwegs wurden Tony und Dougal von Heulern in das wiederaufgebaute Nionel gebracht, gerade rechtzeitig zum Großen Liebesfest der Firvulag.

Erschöpft an Leib und Seele kehrte Aiken von seiner Reise nach Goriah zurück. Aus dem früheren Verlies der Glasburg holte er sich einen tragbaren Kraftfeld-Generator, der ihn gegen Angriffe auf sein Leben abschirmen konnte. Bei dieser Gelegenheit zeigte er Merca einen ungeheuren Schatz an eingeschmuggelten Milieu-Waffen und anderen, seinerzeit von Nodonn versteckten Gegenständen. Aiken war überzeugt, die Firvulag-Adligen würden versuchen, ihn umzubringen, wenn sie bei dem bevorstehenden Großen Liebesfest zu Besuch kamen.

Am 27. April erreichte das Schiff, mit dem Cloud Remillard und ihre Verbündeten reisten, die Mündung des Rio Genil in Spanien. Vaughn Jarrow, eins der Rebellenkinder, erregte Felices Zorn, weil er Delphine schoß. Sie tötete ihn und verwundete Jillian Morgenthaler, die Kapitänin, tödlich. Dem alten Rebellen Owen Blanchard gelang es, sie zu beschwichtigen, und beinahe wäre Felice in die Falle gegangen, die sie in die Gewalt der Nordamerikaner gebracht hätte. Eine telepathische Warnung Elizabeths rettete sie. Elizabeth drängte sie, auf die Schwarze Klippe zu kommen und sich ihrer Geisteskrankheit wegen behandeln zu lassen.

Schließlich stimmte Felice zu und flog in ihrer Rabengestalt davon. Cloud, Owen und Elaby Gathen blieben erschüttert zurück und fragten sich, was sie nun tun sollten.

Marc war nicht zu erreichen. Er steckte in seiner gehirnverstärkenden Ausrüstung und erforschte ferne Sterne. Es lag auf der Hand, daß ihnen nichts anderes übrigblieb, als freundlichen Kontakt mit Aiken Drum aufzunehmen.

Der Usurpator von Goriah hatte jedoch mit anderen Dingen alle Hände voll zu tun. Als Vorveranstaltung zu der Tanu-Feier nahm er den Firvulag-Herrscher mit auf eine Fliegende Jagd, bei der Sharn nur knapp einem wilden Plesiosaurier entrann. Sharn hatte (zu Recht) den Verdacht, daß Aiken ihn hatte in den Tod schicken wollen. Später taten Sharn und seine Recken ihr Bestes bei einem Metakonzert-Angriff, um Aiken das Gehirn auszubrennen, aber sie waren nicht geschickt genug, ihm zu schaden.

Das Große Liebesfest der Tanu schockierte die sittenstrengen Firvulag-Gäste. Es wurde geraunt, der Letzte Krieg stehe bevor – die endgültige Entscheidung des noch aus der Duat-Galaxis stammenden Konflikts zwischen Tanu und Firvulag, der vor tausend Jahren durch Bredes Angebot, sie mit ihrem Schiff wegzubringen, unterbrochen worden war.

Aiken heiratete Mercy am Mai-Tag. Nachdem er die Mehrheit der Tanu beeindruckt oder eingeschüchtert hatte, proklamierte er sich mit dem Segen Elizabeths zum König und ernannte eine neue Hohe Tafel, zu der sowohl seine Freunde als auch bestimmte frühere Feinde gehörten. Unter den letzteren waren Celadeyr von Afaliah und Kuhal Erderschütterer, ein leiblicher Bruder Nodonns. Celadeyr hatte ihn gerettet und pflegte ihn jetzt gesund.

Zur gleichen Zeit feierten die Firvulag ihr Großes Liebesfest in der Heuler-Stadt Nionel. Die Heuler-Bräute entgingen einer Demütigung, indem sie beim Brauttanz menschliche Männer wählten, die nach Liebe ausgehungert und nicht imstande waren, die Monstergestalten hinter den attraktiven illusorischen Körpern zu erkennen. Auch Tony und Dougal wurden verhext, und als sie am nächsten Morgen erwachten, stellten sie fest, daß sie mit hingebungsvollen weiblichen Kobolden verheiratet waren.

In der Höhle auf Kersic zelebrierte Huldah das Große Liebesfest auf ihre Weise. Sie kleidete den gelähmten Nodonn in seine Glasrüstung und bestieg ihn, nachdem sie den Hilflosen sexuell stimuliert hatte. Der böse alte Isak beobachtete das Paar beim Geschlechtsverkehr. Nodonns Abscheu und Zorn steigerten sich so, daß er seine Kraft zurückgewann, Huldah wegstieß und den alten Mann tötete. Er hätte auch die Frau erschlagen, doch Isak forderte ihn höhnisch auf, vorher »in sie hineinzublicken«.

Mit seiner Fernsicht entdeckte Nodonn, daß Huldah mit seinem Sohn schwanger war. Hier in der Höhle, abgeschirmt von der schädlichen Sonnenstrahlung, die ihn 800 Jahre lang praktisch steril gemacht hatte, war es Nodonn gelungen, den so heißersehnten Sohn zu zeugen. Er befahl Huldah, nach der Geburt für das Kind zu sorgen und auf seine Anweisungen zu warten. Dann verließ er die Höhle und sandte Mercy die telepathische Botschaft, er sei am Leben.

In Ocala brachte Hagen Remillard endlich den Mut auf, sich seinem schrecklichen Vater zu widersetzen. Während Marc seine sinnlose Sternensuche weiterführte, flohen Hagen und die übrigen Rebellenkinder und -enkel von der Insel, schlugen die Verfolger zurück und segelten nach Europa. Bei seiner ›Rückkehr‹ am 16. Mai ahnte Marc bereits, was vier Tage vorher geschehen war. Einige seiner alten Freunde waren dafür, die fliehenden Kinder zu töten und so die Bedrohung durch ein nach beiden Seiten offenes Zeitportal ein für alle Mal zu beseitigen. Marc lehnte dies ab und machte einen anderen Vorschlag. In etwa einer Woche, wenn die Bedingungen günstig waren, sollten die Kinder von ihrem Kurs abgebracht und an die afrikanische Küste verschlagen werden. Das würde ihren Eltern Zeit geben, ihre eigenen beschädigten Schiffe zu reparieren und ihnen nachzufahren. Marc hatte auch einen Plan, wie er Cloud daran hindern könne, eigenmächtig mit Aiken zu verhandeln. Mit etwas Glück sollte es ihm gelingen, den frischgekrönten König ganz zu eliminieren ...

Seine Identität verheimlichend, fernsprach Marc mit Aiken und gab dem König zu verstehen, daß er über seinen bevorstehenden Feldzug nach Spanien Bescheid wisse. Felice ließ sich gerade von Elizabeth redigieren, und Aiken hoffte, die Höhle der Wahnsinnigen zu finden und den unschätzbaren Speer Lugonns zurückzugewinnen. Denn das war nicht nur eine nützliche Waffe, sondern auch das alte Herrschaftssymbol der Tanu-Könige. Marc erbot sich, ihm die genaue Lage der Höhle mitzuteilen, und versprach ihm die mentale Unterstützung seiner Leute. Niemand wußte, wann Felice die Schwarze Klippe verlassen würde. Überraschte sie Aiken, während er ihren Hort plünderte, brauchte er alle Hilfe, die er bekommen konnte.

Aiken erriet die Identität des unbekannten Fernsprechers. Er traute Marc nicht, aber trotzdem wollte er ein raffiniertes Metakonzert-Programm benutzen, das der Rebellenführer ihm anbot – vorausgesetzt, in der aus vielen vereinigten Gehirnen gebildeten Struktur wurde eine lebende ›Sicherung‹ (in der Person des glücklosen Culluket) eingebaut, um Aiken vor Marcs direktem mentalen Einfluß abzuschirmen.

Aiken traf seine Vereinbarungen mit Marc und zog mit einer Armee aus seinen stärksten Metapsychikern nach Spanien. Dort wollte er mit Cloud Remillard und ihren Gefährten sowie mit einer Hilfstruppe zusammentreffen, die der konservative Celadeyr von Afaliah anführte.

Mercy begleitete Aiken. Sie zwang Culluket, heimlich mit ihr in Celadeyrs Lager zu fliegen, und verkündete dort die Neuigkeit, daß Nodonn am Leben war. Celadeyr war außer sich vor Freude, ebenso der genesende Kuhal Erderschütterer. Mercy hatte nicht gewagt, die Botschaft zu einem früheren Zeitpunkt telepathisch auszustrahlen, weil sie fürchtete, Culluket, ein mächtiger Redakteur, der seinen Bruder Nodonn haßte, werde sie an Aiken verraten. Aber jetzt ... Culluket gestand, seine Loyalität Aiken gegenüber sei erschüttert, weil Aiken ihm die Rolle der »Sicherung« aufgezwungen hatte, wobei er leicht den Tod finden konnte.

Mercy drängte die anderen, Aiken im Stich zu lassen und mit ihr ins ferne Var-Mesk zu fliegen, wo Nodonn sich versteckte. Aluteyn wies sie darauf hin, daß sie Aiken den Treueeid geschworen hatten. Es sei unehrenhaft, wenn sie ihre Gefährten so spät im Spiel verließen. Nein ... sie mußten den Überfall auf Felices Höhle wohl oder übel mitmachen. Danach war der richtige Zeitpunkt – falls sie überlebten –, sich um Nodonn zu scharen!

Am 2. Juni, als Aikens Truppe sich für den Sturm auf den Mulhacén bereithielt, begann Elizabeth mit dem entscheidenden Versuch, Felices Geist von den pathologischen Faktoren zu reinigen, die für ihre Psychose verantwortlich waren. Ungeachtet der Warnung des weiseren Dionket, der Lord Heiler der Tanu gewesen war, glaubte sie, eine geistig gesunde Felice werde ihre größenwahnsinnigen Machtphantasien aufgeben und sich zu einer überwältigenden Kraft des Guten wandeln. Unter großer Gefahr für sich selbst gelang Elizabeth die psychische Dränage. Felice erwachte, und ihr Geist war frei von Anomalien. Doch sie lachte nur über Elizabeths altruistische Vorschläge und flog glücklich von der Schwarzen Klippe fort, um ihren eigenen Lüsten zu frönen.

Den ersten Halt machte sie bei den Verborgenen Quellen in einem Dorf der Geringen in den Vogesen. Felice liebte Schwester Amerie, die dort allein eine Danksagungsmesse für die sichere Heimkehr zelebrierte. Sie verlangte von der Nonne, auf ihre Berufung zu verzichten und mit ihr zu kommen. Amerie weigerte sich. Felice wandte psychische Gewalt an und tötete sie. Dann machte sich Felice kaltblütig auf die Suche nach Culluket dem Inquisitor, ihrer zweiten Liebe. Als sie ihn bei einer schnellen Überprüfung mehrerer Tanu-Städte nicht fand, flog sie weiter zu ihrer Höhle, um dort die Nacht zu verbringen.

Sie fand ihr Versteck auf dem Berg unter Tonnen von niedergestürztem Felsgestein begraben – Aikens Werk. Brennend vor Zorn verfolgte sie ihn und seine fliehenden Streiter, die in Booten den Rio Genil hinunterrasten. Aiken und seine Techniker arbeiteten wie verrückt an dem laserartigen Speer, denn diese Waffe gewährte ihnen die Überlegenheit, wenn Felice angriff.

Marc sah Felice mit seiner künstlich verstärkten Fernsicht kommen und schlug Alarm. Aiken nahm die Position des ausführenden Organs im Metakonzert ein und schoß auf sie mit einem ungeheuerlichen Strahl an Psychoenergie. (So stark der Strahl auch war, er lag entschieden *unterhalb* des potentiellen Maximums. Aiken hatte bei der Bombardierung von Felices Höhle entdeckt, daß es ihn höchstwahrscheinlich umbringen würde, wenn er den vollen Output durch sein ungeschütztes Gehirn leitete. Und genau das mochte es sein, was der listige Marc geplant hatte.)

Die Echos des Schusses auf Felice erstarben, und Aiken hörte Marcs ferngesprochene Stimme: *Ich glaube, du hast sie erwischt.* Einen Sekundenbruchteil später verwandelte sich die Freude des Königs in nacktes Entsetzen. Er empfing den gequälten telepathischen Aufschrei von Marc: *GOTT NEIN SIE IST D-GESPRUNGEN!* Es folgte ein unverständliches Bild, und dann drängte ihn die Stimme Marcs, noch einmal auf Felice zu schießen.

Das Metakonzert mit seinen Tausenden von vereinigten Gehirnen geriet ins Wanken, dann festigte es sich wieder. Irgend etwas war auf entsetzliche Weise schiefgegangen – aber Aiken war klar, wenn er nicht jedes bißchen an Psychoenergie, das ihm zur Verfügung stand, gegen Felice schleuderte, würde sie sie alle vernichten. In seiner Verzweiflung griff er nach der vollen Ladung. Der Schock machte ihn bewußtlos.

Als er erwachte, bemühten sich Elizabeth, Dionket und Creyn um ihn. Er wäre beinahe gestorben, aber sie hatten ihn gerettet. In Erwartung einer solchen Katastrophe hatte Elizabeth sich an Minanonn gewandt und ihn gebeten, sie und die beiden anderen Redakteure nach Spanien zu fliegen, wo sie den Zusammenstoß mit Felice und seine Folgen beobachteten.

Felice war verschwunden. Der mentale Schuß hatte einen ungeheuren Bergrutsch in den Fluß ausgelöst, einen Teil von Aikens Flotte begraben und den Lauf des Genil verändert. Cull war tot und der Handwerksmeister und Mercy und mehr als neunzig andere. Die übrigen waren gesund – und warteten auf das Erwachen ihres Königs aus der Bewußtlosigkeit.

Aiken schien es kaum möglich, daß Mercy tot sei. Ihre

Leiche war nicht gefunden worden. Aber da waren das Zeugnis Celadeyrs, der behauptete, er habe sie sterben sehen, und Mercys Silber-Smaragd-Helm. Immer noch todesmatt, kehrte Aiken nach Goriah heim, um sich dort zu erholen. Er versuchte, mit Marc Remillard in Nordamerika fernzusprechen, erhielt jedoch keine Antwort.

Einige Zeit verging. Eine Schar von Geringen reiste unter der Führung von Basil Wimborne noch einmal zum Schiffsgrab-Krater. Dort reparierten sie nicht weniger als neunundzwanzig der fremden Flugmaschinen. Die übrigen zerstörten sie. Plangemäß brachten sie siebenundzwanzig Maschinen in ein Versteck auf dem Monte Rosa – der zur Zeit des Pliozän den Mount Everest an Höhe übertraf. Häuptling Burke hoffte, diese Region sei für Aiken wie für die Firvulag unzugänglich.

Mit den letzten beiden Maschinen flog die Expedition der Geringen in die Vogesen und versteckte sie im Tal der Hyänen, nicht weit entfernt von Nionel. Dort sollten sie zu Verteidigungszwecken umgerüstet werden.

In der kleinen Tanu-Stadt Var-Mesk am Ufer des Neuen Meeres traf Celadeyr von Afaliah endlich mit Nodonn zusammen. Mercy – die natürlich nicht tot war – begleitete ihn. Zwischen Nodonn und seiner früheren Frau kam es zu einer zärtlichen Wiedervereinigung. Da keine Zeit war, Nodonns fehlende Hand zu regenerieren, ersetzte Mercy die hölzerne Prothese, die der alte Isak auf Kersic geschnitzt hatte, durch eine silberne. Voller Bedauern riet Nodonn Mercy, zu Aiken zurückzukehren. Er dagegen wollte Celadeyr nach Afaliah begleiten und eine Streitmacht von Konservativen sammeln. Es war notwendig, daß Mercy sie über Aikens Tun und Lassen auf dem laufenden hielt. Aikens Metafunktionen waren so stark, daß kein Tanu ihn durch normales Fernwahrnehmen beobachten konnte. Nach einem kurzen glücklichen Zwischenspiel trennten sich die Liebenden.

Mercy tauchte bei Aiken mit einer Geschichte über einen Gedächtnisverlust auf. Der König schien ihr zu glauben. Aber er war nicht mehr der Possenreißer, der im vorigen

August das Vielfarbene Land betreten hatte. Ihn umgab eine düstere Aura, und er hatte sich von den furchtbaren Auswirkungen des Kampfes gegen Felice noch nicht wieder ganz erholt. Gemeinsam überwachten Aiken und Mercy die Vorbereitungen für das Große Turnier, das Ende Oktober anstelle des abgeschafften Großen Wettstreits stattfinden sollte.

Inzwischen benachrichtigten Nodonn und Celadeyr von Afaliah aus alle Tanu-Traditionalisten, der designierte Erbe des verstorbenen Königs Thagdal lebe und beabsichtigte, den menschlichen Usurpator herauszufordern. Nodonns Bruder Kuhal Erderschütterer unterzog sich zusammen mit Cloud Remillard einer neuartigen Behandlung in der Haut und gewann seine Kräfte fast vollkommen zurück. Cloud, jetzt allein im Vielfarbenen Land (ihr Bruder und die anderen kämpften sich langsam über Land von Westafrika aus nach Norden) fühlte sich von Kuhal angezogen und bekehrte sich zur Sache der Traditionalisten. Nodonn sagte seine Unterstützung bei einer kurzen Öffnung des Zeitportals zu, wenn die Rebellenkinder es danach restlos zerstörten.

Immer noch war es ein Rätsel, was aus Marc geworden war. Er antwortete nicht auf Clouds Kontaktversuche, und von den anderen alten Rebellen in Ocala ließ auch keiner etwas von sich hören. Cloud schloß daraus, ihr Vater müsse von Felice in einem ungewöhnlichen metapsychischen Manöver, dem Dimensionssprung, auch Translokation genannt, angegriffen worden sein. Im Grunde war dies eine Hyperraumreise mittels Geisteskraft – wie sie Bredes Schiff vollführt hatte, als es die Fremden von der Duat-Galaxis in die unsrige brachte. D-Springen war im Galaktischen Milieu eine seltene, gleichwohl bekannte Metafähigkeit. Möglicherweise war Felice dem Fernwahrnehmungsstrahl Marcs zu seinem Ursprung gefolgt und hatte dem Rebellenführer beträchtlichen Schaden zugefügt. Cloud und Hagen glaubten, daß Marc es überlebt hatte, da er in die Rüstung seines gehirnverstärkenden Apparats eingeschlossen gewesen war. Trotzdem erforderten seine Verletzungen bestimmt eine Behandlung in dem auf Ocala Island verfügbaren Regenerierungstank. Das würde erklären, warum Marc seit beinahe drei Monaten incommunicado war ...

Oben im Norden, in der Heuler-Stadt Nionel planten der Metallurg Tony Wayland und sein Freund Dougal von neuem, sich Aiken Drum anzuschließen. Sie verließen ihre sie treu liebenden Kobold-Frauen und schlugen sich durch den Dschungel, nur um zufällig in das Tal der Hyänen zu stolpern, wo die Geringen, die an den beiden versteckten Flugmaschinen arbeiteten, sie gefangennahmen. Als Deserteure aus den Eisendörfern und möglichen Verräter sollten Tony und Dougal unter Bewachung zu den Verborgenen Quellen geschickt und dort von Häuptling Burke abgeurteilt werden. Unterwegs wurde die Gruppe von regulären Firvulag-Truppen angegriffen. Dougal entkam, die Begleitmannschaft aus Geringen wurde getötet, und Tony rettete sein Leben nur dadurch, daß er den Firvulag von den Flugzeugen berichtete.

In Hoch-Vrazel wiederholte Tony seine Geschichte vor König Sharn und Königin Ayfa. Dann wurde er der Schrecklichen Skathe, einer Ogerin, übergeben. Die Firvulag-Monarchen überlegten, auf welche Weise sie von den gewonnenen Informationen Gebrauch machen könnten. Sie wußten, daß Nodonn unten in Afaliah Truppen sammelte und daß er das heilige Schwert Sharns in seinem Besitz hatte. Einstmals war diese Waffe von einem Vorfahren des Firvulag-Königs geschwungen worden, und beim Letzten Krieg sollte sie wieder im Besitz seines Nachfolgers sein. Im Augenblick war Nodonn noch viel zu schwach, um Aiken in Goriah anzugreifen – auch wenn er das Schwert einsetzte. Immerhin hatte Aiken den Speer.

Aber wenn Nodonn über Flugzeuge verfügte ...

Den Firvulag fehlte es an den nötigen Kenntnissen, um die beiden im Tal der Hyänen versteckten Flugzeuge selbst zu benutzen. Deshalb beschlossen Sharn und Ayfa, Nodonn über sie zu informieren. Dafür sollte Nodonn ihnen nach seinem Sieg über den Usurpator das Schwert geben. Seine Ehre würde Nodonn verpflichten, seinen Teil des Handels zu erfüllen, und zweifellos gab es bei den Tanu unter den alten Einwanderern ein paar überlebende Piloten.

Der Vorschlag wurde gemacht und angenommen. Am 24. August drangen vier Tanu und Cloud Remillard in das Tal der Hyänen ein und überwanden Basil und seine Mannschaft. Mit den beiden Flugzeugen – das eine von Thufan Donnerkopf, einem erfahrenen Tanu-Piloten, das andere von Celadeyr gesteuert, der ein bißchen Flugausbildung hatte – führte Nodonn 400 Tanu-Ritter zu einem Luftangriff auf Goriah.

Mercy wußte, daß sie kamen. Um Aiken daran zu hindern, die versteckten Milieu-Waffen gegen Nodonn einzusetzen, versicherte sie sich der Hilfe Sullivan-Tonns, eines menschlichen Psychokinetik-Spezialisten, dessen junge Frau Olone in Aiken verliebt war. Mercy und Sullivan brachen in den Lagerraum ein. Mercy löste mit ihrer kreativen Kraft die Plastik-Isolierschicht der Wände auf und bedeckte alle Geräte mit einer schwammähnlichen Masse, durchsetzt von Giftgas-Blasen.

Aiken stellte sie, als sie aus dem Verlies kamen. Er tötete Sullivan, dann holte er Mercy zu einer letzten, tödlichen Umarmung in sein Bett. Im Augenblick ihres Todes assimilierte sein Gehirn alle Kräfte, die ihr gehört hatten.

Vor Morgengrauen griffen Nodonn und seine Ritter den vorgewarnten Aiken an. Der listige König brachte die Flugzeuge zum Absturz, und die Passagiere des einen kamen dabei um. Die 200 von Nodonn, Celadeyr und Kuhal Erderschütterer angeführten Ritter drangen in die Glasburg ein und verwickelten Aikens Streitkräfte in einen heftigen Kampf. Aiken stand nur eine Rumpfarmee zur Verfügung, aber die meisten Verteidiger waren mit Milieu-Waffen wie Laser-Karabinern und Lähmgewehren ausgerüstet. Sie gewannen die Oberhand.

Nodonn fand Mercys Leiche – nur noch ein Gebilde aus grauer Asche, das immer noch seinen goldenen Halsring trug. Während er Mercy Lebewohl sagte, vernahm er Aikens Stimme. Sie befahl ihm, zu ihrem entscheidenden Kampf die Burg zu verlassen.

In der Luft schwebend, setzten die beiden das Duell fort, das vor so vielen Monaten von der Flut unterbrochen worden war. Nodonn konzentrierte sich auf den Angriff und beschoß Aiken sowohl mit der Photonen-Waffe als auch mit mentaler Energie. Aiken schien sich kaum zu verteidigen; er versteckte sich nur in einer psychokreativen Sphäre. Die Streiter in der Burg ließen vom Kampf ab, um dem phantastischen Treffen zuzusehen.

Als er den Eindruck hatte, Aikens Energieschild sei geschwächt, setzte Nodonn alles auf zwei letzte Entladungen, die die Kraftreserve des Schwerts aufbrauchten. Der kleine Mensch verschwand in einer blendenden Lichtkugel ... – aber als sie sich auflöste, war er immer noch da, ohne Schild, lebend und bereit, ein Ende zu machen. Die Zeugen hatten gesehen, daß Nodonn sein Äußerstes tat. Nun war Aiken an der Reihe.

Verächtlich ließ der König das Schwert wie den Speer davonfliegen. Nur sein Gehirn benutzend, schlug Aiken zu. Nodonn starb wie Mercy – seine geistigen Kräfte wurden aufgesaugt, sein Körper in Asche verwandelt. Seine geschwärzte Silberhand fiel dem Meer entgegen. Aiken fing sie auf und hob sie triumphierend in die Höhe.

Jenseits des Atlantik auf Ocala Island hatte Marc Remillard den Kampf beobachtet. Jetzt wollte er seine eigenen Pläne verwirklichen.

Es war der 25. August. Genau vor einem Jahr waren Aiken und die anderen Mitglieder der Gruppe Grün durch das Zeitportal ins Pliozän gekommen.

Lesen Sie jetzt den vierten und letzten Band der Saga vom Pliozän-Exil, der mit einer Rückblende auf die Zeit des großen Kampfes gegen Felice am Rio Genil beginnt – und dann den Hauptfaden der Chronik unmittelbar nach Aikens Sieg über Nodonn wiederaufnimmt.

DER WIDERSACHER

1

Es war geschehen, genau wie Elizabeth es erwartet hatte, und dabei handelte es sich nicht um eine metapsychische Vorausschau, sondern nur um Logik und das Erkennen des Unvermeidlichen, wenn man diese handelnden Personen betrachtete: Aiken Drum, Felice Landry und Marc Remillard.

Die letzten Echos der großen psychokreativen Detonation waren verhallt. Die vier Beobachter hingen noch hoch über Spanien, in ihrer Schutzblase, die Minanonn der Häretiker gesponnen hatte, außer Reichweite.

»Felice ist bestimmt tot«, meinte Minanonn.

»Ihre Gedanken und ihr Bild sind ausgelöscht«, schränkte Creyn ein.

»Was nichts beweist«, murmelte Dionket Lord Heiler.

Elizabeth konnte mit ihren Fernsinnen, die soviel schärfer waren als die der drei Tanu, aus dieser großen Höhe nichts Sicheres erkennen. Falls Felice noch lebte, war sie unter dem gewaltigen Erdrutsch begraben. »Ich glaube, wir können ohne Gefahr landen«, sagte sie. »Wir müssen das Risiko eingehen. Da sind Verletzte, die Hilfe brauchen ...«

Dionket ließ Minanonn eine schnelle Warnung zukommen: Halte deinen Schild auf maximaler Energie Bruder!

Die drei fremden Männer und die menschliche Frau glitten durch die von Rauchschwaden erfüllte Dämmerung abwärts, ohne eine Luftströmung zu spüren. Sie waren isoliert vom Gestank des brennenden Dschungels, von dem Dampf, der von dem umgeleiteten Rio Genil aufstieg, von dem Staub, der immer noch den Bergrutsch umbrodelte, diesen Bergrutsch, der den Fluß aus seinem Bett gedrängt und einen Teil von Aikens Flotille verschüttet hatte.

»So viele Tote und Verwundete am Rand der Steinmassen«, klagte der Häretiker. »Da liegt Artigonn, der Sohn meiner verstorbenen Schwester. Und Aluteyn Handwerksmeister, Tana gebe ihm Frieden! Er wollte der alten Kriegsreligion nicht abschwören, obwohl sein Herz sie ablehnte.«

»Ich sehe den König.« Dionkets Fernsicht zeigte ihm eine Vision von Aiken, der auf einer Kiesbank stromabwärts lag. Sein Körper in dem goldenen Anzug war steif, sein Herz hatte aufgehört zu schlagen, sein Geist hatte sich zu einem schreienden Klumpen zusammengezogen.

»Du und Creyn, ihr geht zu ihm!« sagte Elizabeth. Sie standen alle vier auf einem großen flachen Stein, bedeckt mit verbrannter Vegetation, eine Insel inmitten schäumenden schmutzigen Wassers. »Ihr werdet ihn am Leben halten können, bis ich komme. Es gibt viele unverletzte Überlebende. Die meisten sind dem Unglück wohl entkommen. Organisiert Rettungsmannschaften für die Verwundeten. Minanonn und ich werden uns euch anschließen ... nachdem ich herausgefunden habe, was mit Felice geschehen ist.« Nachdem ich den Ort durchsucht habe, wo sie abstürzte, ein sich selbst verzehrender Meteor. Wie mein Geist immer noch zurückschaudert vor dem letzten Aufschrei ihrer Gedanken: Qual und Bedauern, das ist zu verstehen – aber *Triumph?*

»Das Ungeheuer ist tot, wie Minanonn sagte. Und der Göttin sei gedankt dafür!« Creyns Gesicht wurde von den Flammen rot beleuchtet. »Gehen wir, Lord Heiler!« Von Dionkets Psychokinese getragen, verschwanden die beiden Redakteure in der Dunkelheit.

Elizabeth und Minanonn standen auf den verkohlten Ruinen des Inselchens. Die Schutzsphäre aus Psychoenergie war erloschen. Rings um sie ragten halb überflutete Bäume aus dem Wasser, zerrissene Lianen wogten in der mit Geröll beladenen Strömung. Ein paar brannten noch. In anderen kreischten und schrien Affen und andere Dschungelwesen zum Erbarmen.

Elizabeth schloß die Augen. Wieder suchte ihr Geist, strengte sich aufs äußerste an, um den Untergrund zu erforschen. Treibende Aschen- und Rußflocken setzten sich in ihr Haar und auf ihren Jumpsuit. Minanonn ragte neben ihr

G. MANGONI

auf, ein bärtiger blonder Riese in einer Tunika mit einem Dreizack-Abzeichen. Unter einem Arm trug er einen würfelförmigen Behälter von vielleicht einem halben Meter Kantenlänge aus einer fremden dunklen Substanz mit zarten Mustern an der Oberfläche, Fäden in Rot und Silber, die in der zunehmenden Dunkelheit wie interstellares Gas glühten. Der Kasten enthielt den starken Kraftfeld-Generator, den Brede Schiffsgattin den ›Raum ohne Türen‹ genannt hatte.

Elizabeth suchte.

Eine Leiche in einer zerbrochenen Glasrüstung trieb auf dem Wrack eines pneumatischen Bootes vorüber. Irgendwo rechts in den Felsmassen, verborgen in düsteren Schatten, schickte eine teilweise verschüttete Kriegerin einen telepathischen Hilferuf aus.

Bald Schwester, versicherte der Ex-Schlachtenmeister ihr. Und seine Gedankenstimme hob sich, um anderen Mut zuzusprechen: Bald wird Hilfe kommen.

Elizabeth suchte.

War Felice wirklich tot? War sie auf dem Höhepunkt des Gigantenkampfes ausgelöscht worden, hatte sie Culluket mit sich genommen? Geh die Erinnerung durch, seziere und analysiere sie! Löse die Paradoxa durch Konzentration auf den kritischen Moment, als das Mädchen nach ihrem einen Sekundenbruchteil währenden Sprung über den Atlantik, ihrer Translokation, von neuem materialisierte. Aiken Drum hatte in höchster Verzweiflung die volle Energie seines Metakonzerts abgerufen. In der Wiederholung sah Elizabeth die Psychoenergie aus tausenden vereinigter Gehirne auf den König zukriechen – und die diabolische Verstärkung durch Marc, gerade als der mentale Strahl den als Sicherung dienenden hilflosen Culluket passieren sollte.

Ja! So unerfahren sie in den offensiven Metafunktionen war, erkannte Elizabeth doch, daß der Engel des Abgrunds dies von Beginn an geplant hatte: Die Eliminierung zweier großer Geister, die seine Pläne bedrohten, und als Zugabe den Tod des Dritten, der nicht einmal der Verachtung würdig war.

Culluket, die unfreiwillige Sicherung, war der Schlüssel.

Elizabeth beschwor die Erinnerung herauf: Felice befand sich auf der Translokationsschwelle, war noch nicht völlig von ihrem die Zeit zerreißenden D-Sprung zurückgekehrt, als sie ihren Geliebten in Lebensgefahr sah. Instinktiv erkannte sie, wie sie die Gefahr beseitigen konnte und was der Preis dafür sein würde.

Das Mädchen hatte sich in die Metakonzert-Struktur eingefügt und den glücklosen Culluket gefaßt, bevor sein Geist zerstört wurde. Sie hatte das seelenzerreißende Energievolumen in sich aufgenommen, willentlich den ganzen Zerstörungsquotienten absorbiert und sich dadurch in eine strahlende neue Dualität verwandelt.

Der König, der bewußtlos in dem Energieüberschlag hing, wurde losgeschnitten – sein Körper vorübergehend tot, sein Geist ruiniert: Beide würden wahrscheinlich wieder heilen. Doch nicht der Körper Cullukets des Inquisitors, des Geliebten, der mit der sterblichen Gestalt Felices rettungslos verloren war. Nur ihre miteinander verschmolzenen Seelen blieben, gemeinsam gebunden an ein winziges Stäubchen Materie, das Felices unbezähmbarer Wille aus den psychischen Energien schuf.

Tief unter Tausenden von Tonnen dampfenden Gesteins brannte an einer seichten Furt des Rio Genil ein kleines Ding wie ein Rubinzylinder mit weißlichem Kern ...

»Ich habe Felice gefunden.« Elizabeth öffnete die Augen, übertrug das Bild auf Minanonn. »Und Cull auch.«

Elizabeth! Sie *leben?*

So könnte man es nennen. Oder Aufhebung. Oder Limbus.

Ein unbegreiflicher Zustand.

Ich begreife. Ich bin dort gewesen. (Bild des Feuerkokons.)

Tana! – Ihr Menschen. Aber Cull ...

... ist dort aus freien Stücken. Sich ans Leben klammernd.

Leidend ohneEnde!

Trotzdem lebend in Pseudo-Einheit.

Liebestravestie! Greuel!

Minanonn sie sind verdammte Seelengefährten ich versuchte sie zu retten oh wie ich es versuchte und glaubte es sei gelungen törichter Stolz aber sie *will* ihr eigener Mittelpunkt und Anziehungspunkt sein weist Gnade zurück entschlossen zu brennen wie Cull & Marc & o Gott manchmal glaube ich sogar ich …

Elizabeth deine Gedanken sind Rätsel.

Ich weiß. Ignoriere sie!

Wie kannst du dich mit anderen vergleichen? Ich bin einfacherMann Krieger erleuchtet zum Frieden trotzdem Kind vor dir & MarcAbaddon. Wenn ihrbeiden Sünde teilt kenne ich dieseSünde nicht. Aber Cull! Er war ThagdalSohn meinBruder. Ich kenne seine Versuchung. Anders als armer Aluteyn & so viele andere kannte er Wahrheit aber spottete darüber hochmütig allein außerhalb am Ende zu Tode gelangweilt in Angst vor Tod den Tod *personifizierend.*

Jetzt verurteilt um ihn zu flehen. Ihr Feuer umschließend.

Ich betrauere meinen armen Bruder.

Wie ich Felice betrauere.

Wir können für sie nur beten und das Lied singen.

Noch etwas anderes mußich mit deiner Hilfe tun. (Bild.)

Göttin! Wiedererweckung doch sicher unmöglich?!

Wir dürfen es nicht riskieren.

… Deshalb also hast du RaumohneTüren mitgebracht!

Raum von Brede vor ihrem Tod allein auf meine Aura programmiert. Einmal aktiviert läßt er mich und sonst niemanden ein. Nicht Aiken nicht einmal Marc. Sieh es ein! Niemand darf mit dieser schrecklichen Dualität herumpfuschen hoffend sie wiederzuerwecken und zu benutzen! Ich muß für sie ein dunkles unbezwingliches Haus Tabernakel Sanktuarium schaffen wo sie ungestört brennen werden.

Wie lange?

Gott weiß es.

Sie werden drinnen … sicher sein?

Keine Energie keine Materie kein Gedanke kann von außen in dies Kraftfeld eindringen. Energieversorgung Gravomagnetismus besteht so lange wie Erde. Es sei denn ich selbst kehre zurück trete ein und deaktiviere.

Dann Dualität sicher gefangengesetzt.

Nicht ganz.

?

Du vergißt. Wer drinnen ist kann immer hinaus.

Aber – wie? Das können sie doch nicht! Sieh dir das Ding an Elizabeth! Mikroskopisch schwachglühend nahe Erlöschen!

Aber das Sterben verweigernd.

Dann sind wir nie frei vor Bedrohung?

Frieden meinFreund. Ich habe das Gefühl (Schiffsgattin würde vielleicht sagen ich weiß!) daß dies Ding niemals wieder VielfarbenesLand bedrohen wird.

Die gefährliche Entscheidung ist deine Sache Lady.

Diesmal habe ich keine Zweifel.

... Wenn du RaumohneTüren hierläßt beraubst du dich seines Schutzes. Du wirst auf Schwarzer Klippe verwundbar sein ...

Genug Minanonn! Hilf mir jetzt! Benütze deine psychokinetische Kraft um die Dualität für einen Augenblick aufzudecken damit ich ihr Grabmal errichten kann. Dann müssen wir zu Aiken eilen ...

Heile ihn und du heilst die Nemesis.

Trotzdem werde ich es tun. Ich schulde ihm viel. Er hat die Arbeit getan vor der ich mich scheute.

2

Der Mann mittleren Alters mit dem vorspringenden Unterkiefer und dem unauffälligen Apparat am Kopf widmete sich seinen einfachen Gartenarbeiten. Die anderen Bewohner von Ocala Island trugen im Observatorium, um ihren vernichtenden Anführer geschart, einen Kampf aus, der den planetaren Äther erschütterte. Es war beinahe wie in der guten alten Zeit!

Sie waren so klug gewesen, *ihn* nicht dazu einzuladen.

»Armer Wandersmann«, sang Alexis Manion in klagendem Ton. »Di-da-da d-hum-dum DAH-hah.« Er fegte einen toten Singvogel auf und warf ihn in den Karren, der, seiner unbezwinglichen PK-Fähigkeit gehorchend, hinter ihm herrollte. »O ja, ich bin fehlgegangen, ich bin eine Schande für den ganzen Schurkenverein.« Summend, das leere Lächeln des Dozilisierten auf den Lippen, schlurfte er den Weg entlang. Der Garten rings um Marc Remillards Sternensuche-Observatorium glühte unter der Spätnachmittagssonne, aber unter den Makrophyllas lag tiefer Schatten. Ihre Blüten, so groß wie Eßteller vor Gewinden von meterlangen Blättern, strömten einen aufdringlichen Geruch aus, der die feineren Düfte der Granadilla-Ranken unterdrückte. Alexis säuberte einen Abschnitt des weißen Muschelwegs, der mit toten Schmetterlingen übersät war. (Gewöhnliche Heliconiae, zu schade. Nichts Passendes für seine Sammlung.) Dann schnalzte er mitfühlend, als er ein weiteres Opfer der Robot-Verteidigungsanlagen des Observatoriums entdeckte: Ein plattgedrücktes goldenes Reiher-Männchen in seinem herrlichen Balzkleid, das dicht an der Mauer des Gebäudes zu Boden gefallen war.

Langsam bildete sich ein Gedanke in Manions elektronisch gedämpftem Gehirn. Mit zusammengekniffenen Augen spähte er in den Sonnenglast an der schmalen Balustrade um das offene Kuppeldach, wo die Läufe der Röntgenstrahl-Laser wie glitzernde Spanische Reiter vorragten. Ja! Da lag auch die Leiche des Reiherweibchens, im Zwickel unter der Kuppel hängengeblieben. Die armen Liebenden! Immerhin, wenn man schon sterben mußte ...

»Das Maß meiner Leiden ist voll-voll-voll«, schmetterte er, »drum kauf ich mir eine Pistol-tol-tol.« Ein mentaler Stoß ließ den Kadaver nach unten fallen. Manion warf ihn in den Abfallkübel. »Die lad ich dann mit Pulver und Blei ...«

Alex! Komm sofort!

»Und schieß mir mein aharmes Herz entzwei«, flüsterte er und schloß sorgfältig den Deckel. »Drei, vier, fünf ...«

Schnell verdammt noch mal!

»Bumm!«

Die koerzible Kraft Steinbrenners faßte nach Manions Gehirn und fand an dem dozilisierten, vorprogrammierten Brei keinen Halt. Telepathische Flüche erklangen.

Manion lächelte sein trauriges Idiotenlächeln (so im Widerspruch zum Schnitt seines Unterkiefers) und hängte Handfeger und Kehrblech in ihre Halterungen am Karren.

Er ergriff eine Heckenschere. Über ihm verlor die Laser-Reihe ihren Glanz, denn die Energie war abgeschaltet worden. Ein Kormoran schwang sich unverschämt über das sich schließende Kuppeldach und schwebte auf den Lake Serene hinaus. Manion winkte ihm nach. Dann zupfte er verwelkte Blüten von einem Büschel rosa Laelien, die sich in der Astgabel eines Gumbo-Limbo-Baums angesiedelt hatten. Er begann ein neues Lied:

Mein Sohn, ich kann es beeiden,
Nur Lumpen sind bescheiden ...

Jetzt stürmten Leute aus dem Observatorium in den Garten. Ferngesprochene Gedanken mischten sich in einem wilden Durcheinander:

Es ist dieser gottverdammte Dozilisierer Steinbrenner geh *hol* ihn ...

Richtig. Pat komm hilf wir müssen Dozilisierer entfernen.

Ja schnellschnell!

SIEWARHIERJAGENAUHIERUNGEHEUER FELICEWARHIEROHHABTIHRES GESEHENWARESEINEILLUSIONOHCHRISTUS KEINWIRKLICHKEITHABTIHRES NICHTGESEHEN ...

Laura du&Dorsey macht Tank fertig die Keoghs bringen Transporter.

Bestätigung/Bestätigung/BestätigungBestätigung.

GOTTBLANCHARDISTTOTHABTIHRES GESPÜRTVERDAMMTSOLLERSEINWAS ISTMITUNGEHEUERFELICEHATSIEMARC ERWISCHTWERZUMTEUFELWEISSDAS ESWAREINDSPRUNGDSPRUNGWASISTMIT DENKINDERNSINDSIEINSICHERHEIT HALTDENMUNDOGOTTISTMARCTOTISTFELICE TOTODERHATSIEMARCÜBERWÄLTIGT IHRVERDAMMTENIDIOTENHALTETDENMUND ONEINHALTETDENMUNDONEINDIE GENEMENTALERMENSCHDIEGENEMARCMARC

HALTETDENMUNDHALTETDENMUND
HALTETDENMUND – *HALTET DEN MUND!*
DSPRUNGDSPRUNGSIEKANNÜBERWÄLTIGT
GETÖTETHABEN es war ein D-Sprung sage ich euch ...
Ruhe!

....

Jordy du kannst es nicht sicher wissen.
Es war ein D-Sprung.
Du wagst es nicht Geräte abzumontieren bis wir Sicherheit über Felices Exkursion haben.
Deshalb holen sie ja Manion herein du Dummkopf!
DIE GENE. O GOTT DIE GENE.
Zur Hölle mit den Genen! Die *Kinder!*
GathenDelembertWarshawvanWykBLEIBT. Alle anderen GEHEN.
Muß Bescheid wissen über die Kinder ihr könnt mich nicht hinauswerfen zur Hölle mit Marc zur Hölle mit den Genen zur Hölle mit euch allen ...
Steinbrenner wenn du Manion den Dozilisierer abgenommen hast legst du ihn Helayne AN.
Bestätigung.

Keine Notiz davon nehmend, werkelte Manion zwischen den Orchideen herum. Und da kam der große Jeff Steinbrenner, Erzquacksalber und Babykiller, stinkend vor Adrenalin-Überladung! Und die hübsche Pat Castellane mit Tränen in den stahlfarbenen Augen! Erstaunlich. Manion sang:

Willst du vorankommen im Leben,
Gilt's zu prahlen und anzugeben ...

Die beiden stürzten sich auf Manion und rissen ihm den Dozilisierer vom Kopf. Er taumelte, zuckte. Die Florida-Landschaft zerschmolz zu konzentrischen, sich ausdehnenden Farbschalen. Sie hielten ihn fest, solange seine Muskeln sprangen und sich verkrampften. Pat beruhigte ihn mit ihrer Redigierung; Jeff linderte die Erinnerung an die Qual. Endlich fand sein Gehirn den normalen Rhythmus wieder, und er konnte allein stehen.

Manion zitterte. Blut tröpfelte ihm von der durchgebissenen Zunge aufs Kinn. Mit seiner Psychokinese zwang er ihre Hände zurück. Dann entdeckte er, warum sie gekommen waren, und der soziale Aspekt seines Geistes war noch so zerrüttet, daß er unfähig war, die in ihm aufwallende boshafte Befriedigung für sich zu behalten.

»*Felice* hat ihn fertiggemacht?« Manion begann zu lachen. Steinbrenner schlug mit seiner Koerzierung zu, doch ohne Wirkung. Dozilisiert war Manion ziemlich fügsam gewesen; frei war er ein Fels an Unnachgiebigkeit. »Laßt den Schuft in seinem Teufelsapparat kochen!«

»Alex, es geht nicht nur um Marc!« rief Patricia. Sie ergriff Manions Hand. Trotz der Junihitze war ihre Haut eisig. »Wir sind alle in Gefahr. Und die Kinder. Das Metakonzert – wir wissen nicht, was sich abgespielt hat. Owen Blanchard ist tot, und Ragnar Gathens Sohn auch, und Gott weiß wie viele andere in Europa noch umgekommen sind. Wir haben keine Ahnung, was Felice getan hat. Marcs Dateneingabe in den Computer wurde im Augenblick des D-Sprungs abgeschnitten ...«

Wider Willen wurde Manions Interesse geweckt. »Sie hat ein richtiges Ypsilon-Feld erzeugt? Mit bloßem Gehirn?«

»Das nehmen wir an. Sie erschien genau hier im Observatorium und ... scheint Marc irgendwie durch die gehirnverstärkenden Apparate angegriffen zu haben.«

Manion lachte vor sich hin. »Ei, ei, was für eine unangenehme Überraschung.«

Patricia zog ihn über den weißen Muschelweg auf den Eingang des Observatoriums zu. An die zwanzig Rebellen-Veteranen standen herum und verströmten ein Gemisch von Emotionen, die das Blut gerinnen lassen konnten.

Steinbrenners Gedanken donnerten sie an: *Geht in eure Häuser!* Geht irgendwohin, nur weg von hier! Er lebt, und bald steckt er sicher im Regenerierungstank, sobald Diarmid & Deirdre mit dem Transporter kommen. JETZT GEHT WEG!

Mit vielem mentalen Gemurmel löste sich die Gruppe auf.

Manion war in seine eigenen Gedanken versunken. Seine

Feindseligkeit verschwand angesichts eines fesselnden Problems. »Ein D-Sprung! Wann war es doch, als wir das letzte Mal versuchten, einen beim IDFS nachzuweisen? Ja ... ein Halbwüchsiger von einer der schwarzen Welten. War es nicht Engong? Aber er legte nur zwei Kilometer zurück, und wir ...«

Patricia unterbrach: »Du wirst das Geschehen mit einer retrospektiven Dynamikfeld-Analyse untersuchen müssen. Hör mir zu, Alex!« Ihre Angst flammte aus ihr heraus. Ihr Geist zeigte ihm die schreckliche Möglichkeit. »Wir glauben, daß Marc innerhalb seiner Rüstung noch am Leben ist. Aber der Scanner ist fast ausgebrannt, und wir erhalten von ihm keine bewußte Kommunikation. Die Rüstung zu öffnen wagen wir nicht ...«

Manion nickte. Sein Lächeln war verschwunden. »Nicht, bevor ihr sicher seid, daß die Person in der Rüstung Marc Remillard ist. Ja. Ein interessanter Punkt.«

Sie betraten das Observatorium in dem gleichen Augenblick, als Helayne Strangford von Peter Dalembert und Ragnar Gathen herausgezerrt wurde. Steinbrenner übergab den Männern den Dozilisierer.

Helaynes mächtiger Geist schrie Manion voller Zorn zu: »Hilf ihnen nicht, Alex! Laß Marc in seinem verdammten Gehirnverstärkungsapparat sterben! Dann werden wir sicher sein, daß den Kindern nichts ...«

Die Stimme verstummte abrupt. Patricia drängte Manion ins Innere. Jetzt, mit geschlossenem Kuppeldach, war es dunkel, und die Temperatur lag um mindestens zehn Grad niedriger. Nur eine Handvoll der älteren Rebellen war noch da. In der Mitte der Kammer stand der hydraulische Hebezylinder mit gesenktem Kippwagen. Darauf lag die schwarze Masse der Kerametall-Rüstung, schimmernd unter einem kleinen Punktscheinwerfer, undurchdringlich für das geistige Auge. Alexis Manion schüttelte Castellanes Hand ab und näherte sich dem düsteren Kasten.

»Also hast du dich wieder verrechnet, wie?«

Der Bildschirm und der Lautsprecher, die normalerweise die Kommunikation mit dem unsichtbaren Träger der Rüstung ermöglichten, blieben stumm. Manion trat vor den

Lebenszeichen-Monitor und studierte die Anzeigen, dann sah er sich an, was der verkrüppelte Gehirnscanner zu bieten hatte. Die Emanationen, die aus der Rüstung kamen, ergaben kein identifizierbares Muster, nur die Versicherung, daß da drinnen jemand oder etwas lebte.

»Bist du da drinnen, Marc Remillard?« witzelte Manion. »Oder Klein-Felice?«

»Das sollst du ja für uns herausfinden, Alex«, sagte Jordan Kramer. Er stand vor der Hauptkonsole des Computers, und van Wyk bibberte hinter ihm. Die Keoghs waren endlich mit der Erste-Hilfe-Ausrüstung eingetroffen. Warshaw half ihnen, sie neben dem Wegen aufzubauen.

»Ihr würdet mir vertrauen?« Manion verpaßte seinen Mit-Magnaten einen spöttischen mentalen Nasenstüber. »Marc tat es nicht. Deshalb hat er mich zum Zombie gemacht.«

Gerrit van Wyk erklärte: »Wir müssen dir vertrauen, Alex. Die Analyse dieses verdammten Vorfalls geht über meine und Jordys Fähigkeiten. Nur du kannst uns sagen, ob Felice nach Europa zurückgesprungen ist, nachdem sie Marc verletzt hat. Ist sie immer noch hier – hat sie Marc überwältigt und wir öffnen diesen Apparat und lassen sie heraus – dann könnte sie ganz Ocala wegfegen!«

Manion summte »Hei-didel-dum.« Stirnrunzelnd prüfte er die zweifelhaften Wahrscheinlichkeitsgraphiken auf dem Schirm, die deutlich mit EREIGNIS UNBESTÄTIGT beschriftet waren.

»Wer auch immer in dieser Rüstung steckt«, meinte Patricia, »ist schwer verletzt. Wenn du uns zwingst, Marc sterben zu lassen, werde ich dich umbringen, Alex.«

»Vielleicht wäre ich dir dafür dankbar, Pat.«

Kramer hielt ihm das Eingabe-Mikrophon hin. »Wir wissen, daß du sehr an den Kindern hängst, Alex. Marc möchte sie retten, aber wir wissen nicht, wie seine Pläne aussehen. Ohne ihn haben wir nur eine Möglichkeit, die Wiedereröffnung des Zeitportals zu verhindern. Eine häßliche Möglichkeit.«

»Und wenn ich euch nun mit der Analyse anlüge?« gab Manion zurück. »Wenn ich Felice, falls sie da drin ist, unsere kollektive Gans braten lasse? Dann wäre ich sicher, daß die Kinder ihre Chance bekommen.«

Die Frustration und die Wut der anderen Ex-Verschwörer prasselten wirkungslos gegen den mentalen Schirm des Dynamikfeld-Spezialisten.

Van Wyks Selbstbeherrschung, immer etwas schwankend, begann sich aufzulösen. Seine Gedanken schrien heraus: Er könnte lügen er könnte! Das hat er schon getan und wir haben nichts gemerkt als er&Kinder den verdammten Feliceplan schmiedeten ...

Plötzlich müde, sagte Manion: »Ach, sei ruhig, Gerry!« Er nahm Kramer das Computer-Mikrophon aus der Hand und sprach in schnellem Tempo hinein.

Die anderen traten zurück. Die psychische Spannung ließ nach, verwandelte sich in Apathie, belebt von einer schwachen Hoffnung. Auf dem Bildschirm entstanden immer neue mehrfarbige Darstellungen der Wahrscheinlichkeiten. Manion pfiff »In meiner Badewanne bin ich Kapitän« durch die Zähne. Schließlich ließ er einen kunstvollen Aufbau stehen und schoß gleichzeitig einen Strahl mathematischer Geheimformeln auf die Gehirne von Kramer und van Wyk ab.

»Da habt ihr es! Sogar für euch zwei Scheiß-Physiker deutlich genug. Eine einzige Translokation ist bestätigt, zusammen mit dem Gummiband-Effekt des Zurückspringens. Eure übersteuerte Höllenladung muß Felice umgebracht haben, und den kleinen König wahrscheinlich auch. Um Gottes willen, das PC-Äquivalent lag über siebenhundert.«

»Wir hatten eine vage Intrakonzert-Wahrnehmung von *irgendeiner* mentalen Fusion«, gab Cornelia Warshaw zu bedenken.

»Felice hat Marc nicht überwältigt«, stellte Manion fest. »Ihr könnt Gift darauf nehmen, das verdammte Mädchen ist mausetot.« Wieder sprach er ins Mikrophon, löschte die Analyse und befahl eine starke künstliche Trägerwelle im i-Modus. Sie war mit einer Präzision, die keiner der anderen erreicht hätte, auf eine bestimmte mentale Unterschrift abgestimmt.

»Du da in der Rüstung! Hörst du mich?«

Der Scanner meldete ohne Worte, daß tatsächlich jemand innerhalb der schwarzen Masse hörte.

»Sag diesen Idioten, wer du bist! Ich habe eine Trägerwelle auf dich gerichtet. Alles, was wir brauchen, ist eine einzige bewußte Gedankenfolge.«

Aus dem Lautsprecher drang ein Knattern. Der Bildschirm flackerte. Die Anzeige lautete: IDENTITÄT UNBESTÄTIGT.

Patricia Castellane griff nach dem Mikrophon. »Marc, hier ist Pat. Kommuniziere mit uns! Benutze entweder den Mechanismus oder deine Fernwahrnehmung! Wir müssen wissen, ob dein Geist noch intakt ist. Bitte, Marc!«

Der Lautsprecher raschelte, als würden trockene Blätter aufgewirbelt. Der Schirm sagte: ZH? JE? (ÄUSSERUNG MEHRDEUTIG)

Und die Analyse: IDENTITÄT UNBESTÄTIGT.

Dr. Warshaw, die an dem zweiten Terminal arbeitete, bemerkte: »Wir brauchen mehr als das.«

»Marc, wir möchten dir helfen«, sagte Patricia. »Nur sprich mit uns!«

Ein Summton verwandelte sich in ein Zischen. ZH? JE? SS? (ÄUSSERUNG MEHRDEUTIG)

IDENTITÄT UNBESTÄTIGT.

»Frag ihn nach seinem Namen«, schlug Warshaw vor.

Als spreche sie mit einem kleinen Kind, fragte Patricia: »Quel est ton nom, chéri?«

JE SU? SOO? JE SUIS = »ICH BIN.« (FRANZÖSISCHER DIALEKT) erschien auf dem Schirm.

»Ton nom! Quel est ton nom, mon ange d'abîme?«

JE SUIS LE TENEBREUX = »ICH BIN DER UMSCHATTETE.« (IM ÜBERTRAGENEN SINNE GEBRAUCHT? S. GEDICHT ›EL DESDICHADO‹ VON GERARD DE NERVAL (PSEUD. LABRUNIE, GERARD, 1808–1855).)

»Geschafft!« rief die Psychotaktikerin aus. Die metallischen Laute hingen in der Luft. Auf dem Schirm blieben die glühenden Wörter stehen, und in der unteren rechten Ecke leuchtete die Bestätigung der mentalen Unterschrift auf:

IDENTIFIZIERUNG POSITIV: REMILLARD, MARC ALAIN KENDALL 3-602-437-121-015M.

Gerrit van Wyk heulte. Ragnar Gathen wandte sich ab und stieß einen schweren Seufzer aus. Diarmid Keogh und seine stumme Schwester wechselten blitzartige Gedanken mit Steinbrenner und bereiteten die Kopfumhüllung der Notfall-Lebenserhaltungsausrüstung vor.

JE SUIS LE TENEBREUX LE VEUF L'INCONSOLE LE PRINCE D'AQUITAINE A LA TOUR ABOLIE ABOLIE ABOLIE CYNDIA MEIN GOTT CYNDIA TU'S NICHT ...

Alexis Manion lachte. Patricia Castellane gab einen unartikulierten Schrei von sich und ließ das Eingabe-Mikrophon fallen. Pseudosprache hallte in der dunklen Kammer wider:

MA SEULE ETOILE EST MORTE! CYNDIA ... MON LUTH CONSTELLE PORTE LE SOLEIL NOIR ... J'AI DEUX FOIS VAINQUEUR TRAVERSE L'ACHERON FÜR NICHTS. DAS VERDAMMTE WEIB IST TOT JACK. SIE HAT MICH RUINIERT ABER SIE IST TOT.

Diarmid Keogh hob das fallende Mikrophon hastig mit seiner PK auf. Er stellte den Rüstungslautsprecher ab, ließ den Schirm sein wahnsinniges Flackern fortsetzen und gab die Befehle zum Entfernen der Geräte ein. Der Helmheber senkte seine Kabel herab. Haken faßten die massive blinde Kugel. Ihre Klammern öffneten sich klickend und drehten sich um neunzig Grad. Flüssigkeit sickerte aus der Verbindung mit der Körperhülle, wurde zu einem Rinnsal. Die Absaugvorrichtung für die Hautschutzlösung hatte versagt, und Marc war in Gefahr zu ertrinken.

Steinbrenner fluchte. »Aktiviere den verdammten Heber! Aber vorsichtig. Gott weiß, was darunter ist ...«

Sie sprudelten hervor, sobald sich der gedankenundurchlässige Helm hob, und der Kopf des Sternensuchers frei wurde: Bilder und Töne und Gefühle und Gerüche und Geschmäcke, normal und verzerrt, konkret und fragmentarisch, vage und quälend deutlich. Erinnerungen. Halluzinationen. Schrecken. Ekstasen. Der archetypische Lumpensack des tiefen Unterbewußtseins: eine mentale Kakophonie, ein Alptraum im Fortissiomo, weit offene emotionale Arretierungen schrillten, gellten, zischten über tiefem dröhnenden Donnergrollen. Das Ganze eingehüllt in ein Netz aus brennendem Schmerz.

Marc hör auf! schrien sie alle, zermalmt von dem Hurrikan.

Stille.

Der Kopf über dem Kerametall-Kragen hob sich ein wenig. Tiefliegende graue Augen öffneten sich, zeigten enorme Pupillen. Von den silbergestreiften Locken tropfte grüne Flüssigkeit auf die Stirn, wo sie sich mit dem Blut aus den winzigen Wunden vermischte, die die zurückgezogenen Gehirn-Elektroden hinterlassen hatten.

»Sie sind alle tot«, sagte er mit normaler Stimme. *(Bilder: Schnee Weihnachten Lichter Schlitten Dobbin Cantique de Noël Metalltafel Mount Washington unleserlich im Schneesturm verrückter alter Mann mit langhaariger Katze im Arm.)*

Patricia trat näher. »Wer ist tot? Felice und Aiken Drum?«

»Cyndia und Jack und Diamond.« Das wohlbekannte Lächeln hob eine Seite des großzügig geschnittenen Mundes. Die verletzten Augenlider schlossen sich. *(Bilder: Blau-weiß sprühender Punkt der Katastrophe. Gedankengeflüster: Es ist vorbei GroßerBruder jetzt mußt du wachsen ob es dir paßt oder nicht adieu lieber Marc es riecht nach Schmerz verblassendes Edelsteinlicht Zusammenbruch der triumphierenden Einheit.)*

»Kein wesentliches Trauma oberhalb des Halsrings«, stellte Steinbrenner fest. »Die Halsschlagader-Nebenschlüsse sind intakt, und der Helm-Apparat scheint unbeschädigt zu sein. Die Hülle für den Kopf brauchen wir nicht, macht die für den Körper fertig. Bringt die Tiefenredigierung irgend etwas, Diarmid?«

»Anscheinend erhält er sein autonomes Nervensystem mit dem Bewußtsein aufrecht.« Keogh schüttelte den Kopf. »Sehr schlimm, Jeff. Deirdre sagt, da sind metabolische Hinweise auf schwere externe Traumata an Rumpf und Gliedern. Du weißt ja, sein Körper verjüngt sich selbst – wird mit jeder gewöhnlichen Verletzung fertig. Aber diesmal droht die angiogenetische Programmierung durch Überladung zu versagen.«

»Wir müssen ihm diese Rüstung abnehmen«, meinte Steinbrenner, »und nachsehen, was ...«

»Wartet!« befahl Marc. Seine Augen öffneten sich wieder. *(Überwältigender Geruch nach Schmerz.)*

Steinbrenner und die beiden Keoghs erstarrten.

»Ich halte die Lösung ... in der Panzerung des Unterkörpers ... auf niedriger Temperatur. Wenn ich die Rüstung verlasse ... muß ich mich abschalten, um am Leben zu bleiben. Keine Kommunikation mehr. Aber erst muß ich euch sagen ...«

»Laß uns helfen!« riefen sie alle.

»Nein. Hört zu! Unser Experiment war ein ... bedingter Erfolg. Felice ist tot. Aiken Drum leider nicht. Er ist schwer verletzt. Zweifellos werden seine Heiler ihn mit der Zeit wieder zusammenflicken, so wie meine mich.«

»Aber was ist mit dir geschehen?« rief Patricia.

(Bilder: Flammende weibliche Gestalt materialisiert mitten in der Luft. Astrales Feuer erfaßte den Körper in der Rüstung hoch oben auf dem Transportwagen vom Hals abwärts. Kühlung und Lebenserhaltungssysteme innerhalb des ultradichten Kerametalls versagen, als die dämonische Energie in die undurchdringliche Hülle einsickert, den übermenschlich verstärkten Körper darin angreift. Nebenschlüsse an den Schenkeln und Neurorezeptoren brennen aus, die gesamte Betriebsenergie wird auf die Halsschlagadern verlagert. Eisblut und amniotische Flüssigkeit erhalten die inneren Organe, die wesentlichen Skeletteile und die Muskulatur. Psychokreativer Flammenwerfer des frustrierten Monstergeistes spielt über die verwundbare Körperoberfläche, brennt die Haut in einer Tiefe von vier Millimetern weg, zerstört Hände und Füße und äußere Geschlechtsteile vollständig. Wird dann, da die Jack-Formung nicht vollendet werden kann, zum Rückzug gezwungen.)

Die Gene!

»Unbeschädigt. Keine Bange. Drei Monate im Tank, und ich bin so gut wie neu.«

Das Gehirn!

»In dem Augenblick, als sie zuschlug, habe ich meine ganze kreative Kraft auf den Kopf konzentriert. Mein Gehirn wurde gerettet ... das meiste davon. Es gelang mir, sie aus der Rüstung zu vertreiben. Die Attacke ... dauerte nicht einmal eine halbe Sekunde. Ein Glück, daß der Schock in solchen Fällen verzögert eintritt. Ich behielt die Kontrolle über das Megakonzert, bis wir den ersten Schuß ins Ziel gelenkt hatten. Dann ... brauchte ich meine gesamte Energie für mich selbst.«

Die Augen in ihren tiefen Höhlen wurden glasig, und die Zuschauer zuckten unter einer neuen Schmerzwelle zusammen. Marcs Gedankenstrom stabilisierte sich. Der alte Magnetismus, die alte Überzeugungskraft berührte jeden einzelnen von ihnen und gab ihnen Mut und Zuversicht.

»Sorgt euch nicht! Sogar diese Katastrophe ... dieser D-Sprung war *wertvoll*. Ich habe gelernt ... aber das zeige ich euch, wenn ich aufwache. Bereitet in der Zwischenzeit alles für die Reise nach Europa vor. Jordy und Peter ... ich verlasse mich auf euch und eure Leute, daß ihr diese gehirnverstärkende Ausrüstung repariert. Demontiert sie ... Energieversorgung, Computer, Hilfsgeräte, die zweite Rüstung, alles! Bergt Kyllikki ... bringt alles an Bord! Benutzt die kleinen Sigmas, damit die Kinder und Aiken Drum euch nicht deutlich fernwahrnehmen können. Mein Plan ... Zerstörung der tiefen geologischen Struktur am Ort des Zeitportals, dadurch ... Eingriff in den geomagnetischen Input des Tau-Feldes. Der alte Guderian hat selbst geschrieben, daß dieser Input kritisch für den Brennpunkt der Zeitverwerfung ist. Vorteil dieses Plans ... wir haben es nicht nötig, uns mit den Kindern oder Aiken Drum direkt anzulegen. Und es ist eine Lösung auf Dauer. Kann jetzt nicht mehr sagen. Vertraut mir!«

»Das tun wir«, erklärte Patricia.

Wieder dies Lächeln *(Schmerz Schmerz Schmerz)*.

Marcs Fernsprache lachte, brüllte. Du bist noch nicht geboren Mentaler Mensch ich bin frei von dir!

Dann sprach er vernünftig, laut, sich ganz auf Patricia Castellane konzentrierend. »Paß gut auf mich auf, solange ich im Tank bin, Pat! Wir alle wissen, das ist ein Ding mit Haken und Ösen. Ich möchte nicht mit zusätzlichen Fingern oder Zehen ... oder sonst etwas aufwachen.«

»Dafür werde ich sorgen«, flüsterte sie. »Jetzt laß mich dich herausholen. Heraus aus dem Schmerz!«

Schmerzschmerzschmerzschmerz.

(Bilder: Halbwüchsiger Junge schlägt die Decke des Babys zu-

rück und sieht rosige Vollkommenheit. Mama er ist in Ordnung Papa hat also doch unrecht Ja Lieber unrecht unrecht unrecht. Schmerz entsteht krebsartige Degenerierung Gestank Rauch tropfende Nachtkerze consummatum est Klein-Jack.)

»Ich danke dir, Pat. Nein. Ich muß allein gehen. Au 'voir.« Die Augen schlossen sich. Die mentalen Projektionen verblaßten.

Marc Remillard hatte sich in seinen Abgrund zurückgezogen.

Erster Teil

Die Subsumtion

1

Sommernebel.

Er laugte Farbe und Substanz aus der Welt und ließ nur Grau zurück. Bleigraue Grabsteine graues Spinngewebe graue Mäuse graue Asche grauer Schmutz grauer Staub graue Leichen grau. Noch nie hatte es zu dieser Zeit des Jahres, Ende August, Nebel gegeben. Deshalb mußte es ein weiteres Vorzeichen sein – so unheilvoll wie der Tod des Einhändigen Kriegers. Viele behaupteten, der Nebel habe seinen Ursprung in der supergekühlten Asche des Helden: Um jedes Molekül seines verstreuten Körpers sammele sich Wasserdampf, jedes winzige Relikt ziehe die Tränen der Luft an sich, um dies große Leichentuch über das Vielfarbene Land auszubreiten.

(Solche, die dieser morbiden Poesie weniger zugetan waren, meinten, der Nebel sei eine meteorologische Laune, vielleicht eine verspätete Folge der Flut, die das Leere Meer gefüllt hatte. Ah ... aber sie waren in Goriah nicht dabeigewesen, sie hatten bei dem Duell im Morgengrauen nicht auf den Zinnen der Glasburg gestanden!)

Der Nebel rollte von der Straße von Redon her über Armorica bis zu den dichten Dschungeln der oberen Laar, im Süden über den Golf von Aquitanien und die Sümpfe von Bordeaux hinaus. Er füllte das Pariser Becken und den Herkynischen Wald und wanderte ostwärts zu den Vogesen, zum Jura, ja, bis zu den Vorbergen der Hohen Helvetiden. Am Nachmittag hatte sich seine südwärts vorrückende Front durch die kantabrischen Pässe bis ins zentrale Koneyn ergossen. Paradoxerweise an Volumen zunehmend, begrub er die niedrige Sierra Morena, sickerte in die Bucht des Guadalquivir und machte erst vor den schneebestäubten Betischen Kordilleren halt, wo er die Hänge der Veleta und der Alcazaba und des versengten, leeren Mulhacén umspülte.

Schmeichelnd, Energie absaugend, maskierte er die Sonne und erstickte jedes Geräusch und ließ die Vegetation

G. MANGONI.

traurig tropfend zurück. Waldtiere versteckten sich. Insekten und Vögel schliefen. Die großen Herden der Pliozän-Steppen drängten sich frierend auf den Anhöhen mit bebenden Nüstern, aufgerissenen Augen und gespitzten Ohren zusammen. Es lähmte sie, daß ihre Sinne ihnen keine andere Botschaft vermittelten als neblige Ungewißheit.

Es war der Tag, an dem der König ohne Geburt seinen großen Sieg erfocht. Der Tag, an dem Königin Mercy-Rosmar und Nodonn Schlachtenmeister starben.

Nach dem Kampf kehrte der König in seine Burg zurück, die Trophäe in der Hand.

Die Ritter und Schloßbewohner eilten ihm entgegen, jubelnd mit Stimmen und Gedanken, eifrig darauf bedacht, den Triumph zu verkünden. Aber sie wichen bestürzt zurück, als er die Silberhand im Hof fallenließ und stumm und mit leeren Augen dastand. Sein Geist war abgeschirmt, und doch war zu erkennen, daß er sich auf irgendeine schreckliche Weise verändert hatte. Er war voll bis zum Platzen, nicht ausgeleert, wie man hätte erwarten können.

Diejenigen, die ihm am nächsten standen, die großen Heroen Bleyn und Alberonn, drängten ihn, sich von dem Tumult zurückzuziehen. Er wollte jedoch nicht in sein Schlafzimmer gehen (erst viel später erfuhren sie, warum), und so sagte Bleyn: »Dann laß dich von uns in meine Räume bringen, wo meine Lady Tirone Herzenssängerin versuchen wird, dir mit ihrer Heilkraft zu helfen.«

Der König ging mit ihnen und widersetzte sich ihnen nicht, als sie ihm seine getrübte Glasrüstung auszogen und ihn in einem abgelegenen Ruheraum auf ein Bett legten. Er hatte keine körperlichen Wunden, aber obwohl er seinen mentalen Schild aufrechterhielt, merkten sie, wie geschwollen seine Psyche war, wie sie überzufließen und aus dem kleinen Körper, der sie einengte, zu entfliehen drohte.

»Was ist geschehen?« fragte Tirone ihn ängstlich und eingeschüchtert. Er wollte nicht antworten. Sie sagte: »Wenn ich dir helfen soll, Hochkönig, mußt du dich mir wenigstens ein bißchen öffnen und mir sagen, welches seltsame Leiden dich quält.«

Er schüttelte nur den Kopf.

Tirone machte eine hilflose Handbewegung zu ihrem Mann und Alberonn hin. Sie fragte den König: »Wäre es dir lieber, wenn wir dich allein ließen? Gibt es nichts, was wir tun könnten?«

Endlich sprach er. »Nicht für mich. Aber kümmert euch um unsere Leute und überwacht die Aufräumungsarbeiten. Ich werde hier ausruhen. Um einundzwanzighundert Uhr werde ich mich mit den Gefangenen befassen. Teilt den anderen Mitgliedern der Hohen Tafel durch Fernsprechen mit, sie sollen sich bereithalten.«

»Das kann doch bestimmt warten«, protestierte Alberonn.

»Nein«, erklärte der König.

Die drei wandten sich zum Gehen. Tirone erbot sich: »Ich werde draußen warten, falls du mich brauchst. Das Beste, was du jetzt tun kannst, ist schlafen.«

Der König lächelte ihr zu. »Es wäre das Beste ... nur werden mich die beiden nicht lassen.«

Sie verstanden ihn nicht, doch sie berührten seinen Geist mit Ermutigung und loyaler Verehrung. Dann gingen sie und glaubten, er sei allein.

Die Entsatztruppe kroch die Große Südstraße oberhalb Sayzorasks entlang, zwanzig mit geschmuggeltem Milieu-Material beladene Wagen, 200 Tanu-Ritter, die gleiche Zahl von Menschen, zu den Elite-Goldenen des Königs gehörend, und 500 Graureifen, die als Schwere Reiter, Fuhrleute, Burschen und Logistik-Personal fungierten. Die Sicht der Reisenden ohne Fernsinne (und dazu gehörten die meisten Goldenen, die ihren Halsring vom König als Ehrengabe erhalten hatten, unabhängig davon, ob sie latente metapsychische Eigenschaften besaßen) war auf etwas mehr als zwei Meter beschränkt, knapp eine Chaliko-Länge. Doch sie hatten sowieso kaum eine Chance, ihre Vordermänner zu erblicken, denn schon den ganzen Vormittag über war die Karawane in großen Abständen dahingezogen, und jedes Reiterpaar und jeder Wagen schien in feuchter Isolierung allein zu sein. Dadurch sollten die Schwierigkeiten, die die begleitenden Bärenhunde machten, möglichst klein gehalten werden. Seit sie Sayzorask verlassen hatten, spielten die eigensinnigen Bestien verrückt – sie machten die Chalikos scheu, indem sie ihnen vor die Füße liefen, sie geiferten und heulten und rollten ihre gelben Augen und spotteten allen Versuchen der Koerzierer, sie auf ihre angestammten Plätze an der Flanke zurückzuzwingen.

»Schlechte Ionen in der Luft«, diagnostizierte der Goldreif Yoshimitsu Watanabe. »Der Nebel hat die Amphikyons überempfindlich gegen metapsychische Schwingungen gemacht. Ich selbst habe fast das Gefühl, es lauere etwas am Rand des mentalen Wahrnehmungsvermögens ... Damals in Colorado hatte ich einen Hund, einen fünfundvierzig Kilo schweren Akita, der mich auf Wanderungen in den Rocky Mountains begleitete. Der benahm sich auch manchmal so, wenn wirklich schlechtes Wetter im Anzug war. Spielte verrückt, verstehst du? Primitive Hunde, die Akitas. Ich lernte, gut Obacht zu geben, wenn der alte Inu mir sagte, ich solle machen, daß ich aus der hochgelegenen Region wegkomme.«

»He – glaubst du, es gibt *hier* ein Unwetter, Chef?« Sunny Jim Quigley, der eine hochrädrige Conestoga mit dem kostbaren Infrarot-Suchgerät, seiner Energieversorgung und der Hilfsrobotik fuhr, war nichts weiter als eine Silhouette mit Kapuze. Nur seine Stimme war klar, telepathisch verstärkt durch seinen grauen Halsring.

»Unwetter?« Yosh hob die Schultern. »Wer kann es sagen? Meine Erfahrung mit dem Pliozän-Klima ist begrenzt. Du bist der Eingeborene.«

»Die Pariser Sümpfe waren ganz anders als das hier«, erzählte Jim. »Steppen auf den Hängen über der Rhône, Dschungel in den Niederungen. Aber wirklich, es ist plötzlich kalt geworden. Vielleicht kommt die Regenzeit zu früh.«

»Das hätte uns gerade noch gefehlt«, grunzte Vilkas, der auf einem Chaliko rechts neben dem Wagen ritt. »Als wäre es nicht schon mühsam genug gewesen, diese verdammte Ausrüstung von Goriah her über Land zu befördern. Wenn wir damit in Bardelask ankommen, wird der Boden mit den verdammten Gespenstern dichter besät sein als ein Müllhaufen mit Silberfischchen! Ich habe das alles schon einmal mitgemacht, und ich weiß Bescheid. Die Firvulag wollen zuerst die kleinen Städte wegputzen. Darum haben sie Burask angegriffen – darum machen sie Überfälle auf Bardelask und schieben die Schuld abtrünnigen Heulern zu. Sind die kleinen Städte gefallen, werden sie zu verwundbaren großen Städten wie Roniah übergehen. Und Seine Erhabene Leuchtigkeit kann absolut nichts dagegen tun!«

»Ach, Vilkas«, widersprach Jim, »der König schickt doch uns, oder nicht? Wir stellen dieses Infrarot-Ding hier in Bardelask auf, und dann kann sich kein Gespenst mehr mit einer Illusionstarnung anschleichen. Und in den anderen Wagen sind genug prima Waffen für Lady Armidas Leute, so daß die Gespenster von Famorel es gar nicht wagen werden, ihre Nasen aus den Alpen herauszustrecken. Habe ich nicht recht, Chef?«

»Das ist König Aiken-Lugonns Strategie.« Stirnrunzelnd lenkte Yosh sein Chaliko näher an den Wagen heran. Sein goldener Reif war warm unter den klammen Mastodonhaut-Plättchen seiner Nodowa, dem Halsstück seiner prunkvollen Samurai-Rüstung. Er konnte »hören«, wie die Tanu-Mitglieder der Truppe ängstlich miteinander auf ihrer privaten mentalen Wellenlänge, unverständlich für menschliche Goldene, flüsterten. Was bereitete sich vor?

Vilkas meckerte weiter. »Wenn sich der König solche Sorgen um Bardelask macht, warum hat er dann den Schamott hier nicht selbst in die Stadt geflogen – oder es den fetten Trauerkloß Sullivan-Tonn tun lassen –, statt uns drei Wochen auf die Reise zu schicken?«

»Was soll das Infrarot-Ding ohne Yoshi-sama nützen, der es aufstellen kann?« fragte Sunny Jim vernünftig. »Und die Waffen ohne Lord Anket und Lord Raimo und die Elite-Truppen, die mit ihnen umzugehen wissen? Mannomann!«

Yoshi paß auf! Die mentale Warnung kam von Anket. Bärenhunde verrückt! Vielleicht Säbelzahnkatzen – vielleicht Feind – vielleicht Tanaweißwas ...

»Zügel kurz!« rief der Samurai seinen Gefährten zu. Gleichzeitig brach Vilkas, dessen Chaliko sich aufbäumte, in heftiges Fluchen aus. Etwas Großes und Schwarzes stürmte aus der Suppe. Ein einzelnes Amphikyon wich den Klauen von Vilkas' Chaliko aus und verschwand unter dem hochrädrigen Wagen. Zwei weitere kamen hechelnd gerannt und wollten an dem gleichen Ort Zuflucht suchen. Wildes Heulen und Knurren brach los. Die vier Zug-Giraffiden schrien und schlugen aus. Unter dem schaukelnden Wagen kämpften die Bärenhunde, jeder fast 200 Kilogramm schwer, und stießen sich gegen die hohen Räder.

»Vorsicht!« schrie Jim und riß an den Zügeln. »Wir werden umgeworfen!«

Vergeblich stach Vilkas mit dem Schaft seiner langen Lanze auf die pelzigen Körper ein. Seine Flüche gingen unter in dem Tumult. Der Wagen schwankte wie ein Rettungsboot auf hoher See, und die wertvolle Ladung polterte gegen die Seitenwände. Jim hielt sich krampfhaft fest.

Zwei Tanu-Koerzierer und ein operanter menschlicher Goldener galoppierten auf ihren Chalikos heran, ihre Glasrüstungen ein verwischtes blaues Leuchten in dem wirbelnden Nebel. Aber ihre mentalen Anstrengungen richteten gegen die Wut der Bärenhunde nichts aus.

»Zurück!« befahl Yosh. Er zog seine Husqvarna aus dem Futteral und stellte sie auf den weitesten Winkel ein. Das Lähmgewehr zischte, sein Strahl fegte den Boden. Ersticktes Japsen und Röcheln folgten. Eins der großen Tiere schlug in seinen letzten Zuckungen zu und erschütterte das rechte Vorderrad der Conestoga.

Plötzlich war es sehr still.

Aus dem konturlosen Grau materialisierte sich eine hohe, violett leuchtende Gestalt. Das Geschirr ihres Reittiers schimmerte in dem gleichen unheimlichen Licht. Das war Ochal der Harfner, Enkel der Herrscherin von Bardelask und Anführer der Entsatz-Truppe.

Er wehrte Yoshs Erklärungsversuche und die Entschuldigungen der Koerzierer-Ritter ab. »Ich habe die Quelle des Wahnsinns gefunden – und des unbehaglichen Gefühls, das uns schon den ganzen Vormittag quält.« Er wies nach Osten. »Da drüben. Am anderen Ufer der Rhône. Seht!«

Seine mächtigen Fernsinne projizierten ein Bild. Für die kurzsichtigeren Personen in der Kolonne war es, als werde der geheimnisvolle Nebel transparent und ebenso der Wald in den Niederungen jenseits des Flusses.

Aus einem der steilen Quertäler, die Korridore in die Alpen bildeten, ergoß sich eine Armee, überheblich in ihrer Stärke. Im Eilmarsch durchquerte sie, ohne Schatten zu werfen, den geisterhaften ferngesehenen Dschungel. Ihre Soldaten waren dunkel und zahllos wie eine Horde Raubameisen, nicht zu identifizieren, bis Ochals mentales Auge sie vergrößerte und als Firvulag zeigte. Sie waren etwa vier Kilometer entfernt und erzeugten keine Tarnillusionen, wie es sonst ihr Brauch war. Vielleicht verließen sie sich darauf, daß der Nebel sie verbarg – oder vielleicht kümmerte es sie nicht, ob sie entdeckt wurden. Sie kamen, Riesen und Zwerge und mittelgroße Krieger, gekleidet in Obsidian-Rüstungen, in den Händen ihre traditionellen Waffen und mit Girlanden aus vergoldeten Schädeln geschmückte Standarten. Beim Marschieren summten sie einen Kriegsgesang, dessen Töne weit über der Hörbarkeitsschwelle von Tanu und Menschen lagen.

Doch die Bärenhunde hörten sie.

Der Weg, dem die Firvulag-Armee folgte, führte direkt in das Rhône-Tiefland und kreuzte den schmalen, am Ostufer gelegenen Pfad nach Bardelask, keinen halben Tagesmarsch flußaufwärts.

Es waren mindestens 8000 Krieger.

»Das ist die Hauptarmee Mimees von Famorel.« Ochal ließ das furchtbare Bild verblassen. »Jetzt ist Schluß mit der Behauptung, die Heuler seien für die Überfälle im Land und die Angriffe auf die Stadt meiner Großmutter verantwortlich. Die Kleinen Leute verletzen offen den Friedensvertrag! Zweifellos hat der Tod von Nodonn Schlachtenmeister ihnen Mut gemacht.«

Einer der Tanu-Koerzierer sagte: »Das ist der Eröffnungszug in dem Kampf, von dem einige unter uns fürchten, er sei unvermeidlich. Ich kann den Namen nicht aussprechen! Aber wir alle kennen Celadeyrs Vorhersage. Tana sei uns gnädig!«

Ochal erklärte: »Ich habe bereits mit Lady Armida ferngesprochen. Meine Verwandten werden, auch wenn sie zahlenmäßig hoffnungslos unterlegen sind, die Stadt bis zum Ende verteidigen.«

»Mannomann!« pustete Jim. »Hab noch nie in meinem Leben so viele Gespenster gesehen!«

»Verglichen mit der Armee, die Burask eroberte, ist das nur eine Rumpftruppe«, brummte Vilkas. »Trotzdem ist sie groß genug. Bardelask ist verloren – und die verdammt beste Brauerei im Pliozän dazu! Jetzt werden wir nichts anderes mehr zu trinken bekommen als Rachenputzer und Dschungelsaft.«

Yosh saß zusammengesunken im Sattel. »Ja, Ochal – jetzt sind unser Infrarot-Suchgerät und unsere Ladung an Milieu-Waffen für Bardelask keinen Mausdreck mehr wert.«

Der fernwahrnehmende Anführer stimmte ihm mit grimmigem Nicken zu. Im Befehlsmodus wandte er sich an die ganze Truppe:

»Kameraden! Es gibt keinen Weg, wie wir meine Heimatstadt vor den Firvulag erreichen können. Sie würden uns bestimmt angreifen, wenn wir versuchten, die Rhône in Höhe der Docks von Bardelask zu überqueren. Ich habe den König eindringlich gebeten, er möge uns erlauben, mit meiner erhabenen Großmutter zu sterben. Aber aus strategischen Gründen hat er es verboten ...«

»Gott schütze Aiken Drum!« murmelte Vilkas.

»... und deshalb müssen wir uns umgruppieren und dann sofort nach Sayzorask zurückkehren. Unser König sagte mir, die futuristische Ausrüstung, die wir bei uns haben, müsse um jeden Preis vor dem Feind gerettet werden. In Sayzorask warten wir dann auf seine Befehle ...«

»Und bei dem Pech, das wir haben«, knurrte Vilkas halblaut, »werden wir am Ende gegen Famorel selbst marschieren müssen.«

Ochal ignorierte ihn und wandte sich an Yosh. »Laß diesen Wagen so schnell wie möglich reparieren! Ich inspiziere inzwischen den Rest des Zuges. Wir haben eine kleine Chance, daß der Feind übersetzt, um sich uns zum Kampf zu stellen, aber wir dürfen ihm kein zu verlockendes Ziel bilden, indem wir verweilen. Zweifellos wissen die Firvulag, daß wir hier sind – und sie mögen ahnen, was wir mit uns führen.«

Yosh antwortete mit dem Tanu-Salut. Ochal der Harfner winkte den wartenden Koerzierer-Rittern mental zu, und die purpurn glühende Gestalt verschwand mit den drei blauen im Nebel. Als sie fort waren, merkten die anderen erst, wie dunkel es geworden war. In weniger als einer Stunde würde die Sonne untergehen, und das Miasma schien dichter zu sein als zuvor.

Yosh ließ die Husky wieder ins Futteral gleiten. »Na ja, machen wir uns an die Arbeit! Pack einen Scheinwerfer aus, Vilkas, dann wollen wir uns den Schaden einmal ansehen!«

Der Litauer tat es. Jim glitt vorsichtig auf die Erde und beruhigte die vier Zug-Helladotherien. Sie stampften mit den Füßen und drehten ihre Büschelohren. Das Licht des Solarzellen-Scheinwerfers ging an, und Jim hockte sich hin und betrachtete das gebrochene Rad. »Zu schade, daß wir *unsere* Rüstung nicht durch Geisteskraft glühen lassen können, wie es Lord Ochal und die anderen Operanten tun. Das wäre in so einer Notlage praktisch.«

»Du glühst nicht, wenn du die Kraft nicht hast«, sagte Vilkas. »Die psychoaktiven Mikroben, die in den Platten der Glasrüstungen eingeschlossen sind, schalten sich für arme Schweine wie dich und mich nicht an.« Er hielt inne und setzte dann pointiert hinzu: »Auch nicht für Goldene wie Lord Yoshimitsu, die keine echten Latenten sind.«

»Ihre Privilegien aber nichtsdestoweniger verdient haben«, bemerkte Yosh.

»Wenn der König sein Versprechen wahrgemacht hätte, würden alle von uns Menschen Gold tragen!« Die Stimme des Litauers klang bitter.

Jim blickte zu Vilkas hoch und zwinkerte. »He – *mir* gefällt mein grauer Reif. Besonders in einsamen Nächten!« Zu Yosh sagte er: »Chef, wir brauchen einen PK-Bonzen, der diesen Scheißwagen aus dem Dreck hebt. Einen Menschen – nicht irgendeinen dieser Tanu-Aristokraten, der von Tuten und Blasen keine Ahnung hat. Und du solltest mit dem alten Maggers reden, damit er uns ein Reserverad bringt.«

Yosh nickte. »Spann die Zugtiere aus! Ich werde Lord Raimo bitten, uns zu helfen.«

Er lenkte sein Chaliko ein paar Meter von dem Wagen weg, stieg ab und sagte: »Matte, Kiku. Braves Mädchen.« Das große Tier stand in der nebligen Dämmerung wie eine gescheckte Statue. Yosh stellte sich auf die Zehenspitzen, öffnete eine Satteltasche und nahm eine Kawa-nawa heraus, ein starkes Seil mit einer Reihe bösartig scharfer Haken.

Er kehrte zu dem Wagen zurück, rief Vilkas und zeigte auf die betäubten Bärenhunde, die noch unter dem gekippten Wagenkasten lagen. »Wir müssen diese Bestien herausholen und töten. Eine von diesen Helladen, die Jim gerade ausspannt, kann ziehen, aber du mußt darunterkriechen und das Seil festmachen.«

Vilkas stöhnte. Heute morgen waren seine Handschuhe sauber und sein Küraß aus Bronze und grünem Glas frisch poliert gewesen. Einen Augenblick lang zögerte er; ein meuterischer Protest lag ihm auf der Zunge. Da spürte er einen ganz schwachen elektrischen Impuls in dem Metall um seinen Hals.

»Jawohl, Yoshi-sama.«

»Danke, Vilkas.« Yosh drehte sich um und befaßte sich mit dem Hellad, während Vilkas sich in dem blutigen Schmutz auf die Knie niederließ und mit dem Hakenende des Seils unter die Conestoga kroch. Die betäubten und schlimm zugerichteten Bestien lagen in einem wirren Haufen da. Eine hatte sich unter dem Schock des Lähmstrahls entleert. Würgend schlug Vilkas die großen Zacken in die Schulter des Tiers.

»Fertig?« rief Yosh.

»Fertig.« Ohne die Verstärkung durch den Sklavenreif wäre die Antwort des Litauers nicht zu hören gewesen. Es war ein Glück für ihn, daß sein Samurai-Herr nicht fähig war, die feineren Nuancen der telepathischen Botschaft zu entziffern.

Das Seil straffte sich, der erste Amphikyon-Kadaver begann sich zu bewegen, und Vilkas kroch unter dem Wagen hervor. Als er wieder stand, fluchte er vor Ekel. Blutiger Schlamm und Kot befleckten seine Arme und Beine.

Jim versuchte, Mitgefühl zu zeigen. »Laß nur, Junge – wenigstens kämpfen wir nicht stromaufwärts in Bardelask um unser Leben. Es könnte viel schlimmer sein.«

»Das wird es noch werden. Warte nur ab!«

Yosh tauchte wieder aus dem Nebel auf. Er führte das Zug-Hellad. »Monku, monku, monku«, schalt er und gab Vilkas die Haken zurück. »Genug gemeckert. Dasselbe noch einmal, Mann! Zum Ausgleich werde ich deinen Reif heute abend mit etwas besonders Schönem programmieren.«

»Danke, Yoshi-sama.« Vilkas' Benehmen war von vollkommener Höflichkeit. Er tauchte von neuem unter den Wagen, packte das Seil mit festem Griff und hakte die dolchähnlichen Spitzen in die Kehle des nächsten Bärenhundes.

2

Der Konvoi aus Mehrzweck-Fahrzeugen, deren Zahl sich nach dem Unglück mit dem Schlepper in den Rif-Bergen auf fünfzehn reduziert hatte, kroch, eingehüllt in Staub, ionunempfindliche Mücken und Vorfreude, durch den messingfarbenen afrikanischen Sonnenuntergang.

Es waren keine 90 Kilometer mehr zur Mittelmeerküste. Und zu dem Großen Wasserfall.

Mehr als zwei Monate lang, seit sie es riskiert hatten, die marokkanische Küste, wohin die älteren Rebellen sie abgedrängt hatten, zu verlassen, hatten die ausgerissenen erwachsenen Kinder von Ocala Island in Richtung Nord-Nordost auf jene Landmarke zugehalten, die irgendwie symbolisch für ihre Schuld und ihren Wagemut geworden war. Sie hatten mehr als 1500 Kilometer Pliozän-Wildnis zurückgelegt: Sümpfe und Dschungel, wasserlose Wüsten und als letztes die Rif-Berge. Jetzt rollten sie durch die trokkenen Hügel und das dichte Buschwerk am oberen Ende des zerbrochenen Isthmus von Gibraltar. Die Logik hatte Hagen Remillard, dem Expeditionsleiter, geraten, das überflutete Mittelmeerbecken, das sie überqueren mußten, um sich mit Cloud in Afaliah zu treffen, weiter östlich auf einem direkteren Kurs anzusteuern. Aber die Logik mußte der unwiderstehlichen Anziehungskraft des Wasserfalls weichen. Wie konnten sie ihn links liegen lassen? Sie hatten an seiner Erschaffung mitgewirkt, als sie ihre Gehirne mit denen ihrer Eltern verbanden und der wahnsinnigen Felice halfen, die Wasser des westlichen Ozeans in das Leere Meer zu leiten. Sich ihn anzusehen, war ein psychologischer Imperativ.

Die fünf Kinder der mageren dritten Generation Ocalas, die Welpen genannt, waren noch neugieriger darauf als ihre Eltern. Als endlich eine hochragende Nebelsäule am Horizont erschien und den Wasserfall ankündigte, waren die Kleinen nicht mehr zu bändigen vor Zappeligkeit. Es lag auf der Hand, daß keins von ihnen in dieser Nacht würde schlafen können, ohne zuerst das Wunder geschaut zu haben. Deshalb entschloß sich Hagen, diesmal bei Sonnenuntergang kein Lager aufzuschlagen, sondern weiterzufahren. Sie würden reichlich Mondschein zur Beleuchtung der Szene haben.

Hagen bedauerte seinen impulsiven Entschluß, als Phil Overton der charmanten Koerzierung seiner vierjährigen Tochter Calinda nachgab. Sie bettelte darum, mit ihrem Vater im ersten Mehrzweckfahrzeug sitzen zu dürfen. Herzzerreißende Proteste von den anderen Welpen, vokal wie auch nervtötend telepathisch, waren unvermeidlich. Schließlich mußten sie trotz Hagens Einwänden alle Kleinen in das Kommando-Modul bringen. Diane Manion tauschte den Platz mit Nial Keogh und schwor Hagen, sie werde jedes Erg ihrer redigierenden Metafunktion dazu benutzen, die Welpen unter Kontrolle zu halten, und der gefällige Overton wurde vom Navigator zum Hilfsbabysitter degradiert. Aber je näher sie dem Wasserfall kamen, desto ungebärdiger wurden die Kinder.

»Daddy, stell den Guckkasten wieder an!« quälte Calinda. »Diesmal werden wir den Wasserfall bestimmt sehen!«

»Den Guckkasten! Den Guckkasten!« bettelten Joel Strangford und Riki Teichmann, viereinhalb und fünf Jahre alt. Sie schubsten sich in dem Bestreben, näher an das Terrain-Holobild heranzukommen, und dabei warfen sie die kleine Hope Dalembert zu Boden. Sie begann zu weinen.

»Quatschköpfe!« ließ sich der sechsjährige Davey Warshaw vernehmen. »Ein THB kann ein Loch im Boden nicht sehen, wenn Berge dazwischen sind.«

»Kann es doch! Kann es doch!«

»Nur wenn der Brechungswinkel richtig ist«, höhnte Davey. »Und das ist er nicht. Meint ihr, das Tor von Gibraltar ist so eine mickerige Sache wie ein trockenes Wadi oder eine Sandkuhle, von der das THB ein Analog liefern kann? Ha!«

»Wenn du so klug bist, zeig es uns doch mit Fernsicht!« forderte Calinda.

Davey, einer solchen Kraftleistung nicht fähig, beschwor aus der Phantasie eine Vision herauf, die die anderen Welpen verstummen ließ: Einen Planeten, gespalten wie eine gigantische Melone, und eine Wasserfontäne, die ins Weltall hinausspritzte.

Sanft berichtigte Diane Manion das Bild. »Es sieht eher so aus, Liebes.«

Alle Welpen quietschten vor Enttäuschung.

»Aber das ist nur ein *kleiner* Wasserfall«, protestierte Riki. »Wie der in dem Buch meiner Nana über die Alte Welt. Niagara. *Unser* Wasserfall ist größer als jeder, den es je auf der Welt gegeben hat!«

Calinda schob die Unterlippe vor. »Will keinen kleinen Wasserfall sehen. Hagen – du hast gesagt, er ist *gewaltig.*«

»Gewaltig«, wiederholte die kleine Hope Dalembert unter Tränen.

»Phil, Phil, stell den Guckkasten an!« rief Joel. Die anderen stimmten ein, bestürmten den unglücklichen Overton und nahmen Hagen den Platz an der Kommando-Konsole weg, bis er sie mit seiner PK verscheuchte und gleichzeitig telepathisch anherrschte:

Ihr seid jetzt alle ruhig!

Es war wie ein Wunder: Sie gehorchten.

Laut sagte Hagen: »Nun hört zu, ihr Welpen! Wir sind beinahe da. Ich glaube, ich spüre etwas! Ihr werdet es auch spüren, wenn ihr eine verdammte Minute lang keinen Lärm macht ...«

Das Winseln der Turbine, unter dem das Mehrzweckfahrzeug sich auf einen Kamm hinaufmühte. Das Knirschen und Brechen niedergewalzten Buschwerks. Das Summen der immer wieder aussetzenden Klimaanlage. Draußen der mißtönende Gesang von Zwerghyänen, versteckt in dem dunkel-purpurnen Chaparral.

Und dann ein Ton, der kein Ton war. Ein so tiefes Schwingen der Atmosphäre, daß es von den Gehörnerven nicht entdeckt werden konnte.

»Daddy, da ist was in meinem Hals«, flüsterte Calinda, *»ich schmecke ein Geräusch.«*

Phil nahm sie auf den Schoß, bevor sie von ihrer Angst ganz erfaßt wurde, und Diane beeilte sich, die drei kleineren Kinder mental zu beruhigen. Aber Davey Warshaw, reif an Weisheit, jubilierte.

»Das ist er! Das ist der Große Wasserfall! Schneller, Hagen – fahr schneller!«

Der Sohn Abaddons lachte kurz auf und gab Gas. Eine Krüppeleiche stellte sich ihnen bedrohlich in den Weg, und statt einen Bogen um sie zu machen, zerstrahlte er sie. Die Welpen kreischten, als sie durch wirbelnden, harzhaltigen Dampf und fliegende Holzsplitter rasten. Die Solarzellen-Turbine des Mehrzweckfahrzeugs heulte auf, denn der Weg wurde steiler. Höher und höher kletterten sie in den Abendhimmel hinein.

Das seltsame Unterschall-Vibrieren verstärkte sich zu einem Singen in den Knochen. Sogar die Erwachsenen spürten, daß die großen Knorpel ihrer Kehlen unter dem gewaltigen Klang bebten. Hope Dalembert verbarg das Gesicht wimmernd an Dianes Brust. Die vier anderen Welpen strengten mit aufgerissenen Augen ihre wenig leistungsfähigen kindlichen Fernsinne an, um zu entdecken, was vor ihnen lag. Schließlich erreichte das Fahrzeug den Kamm, holperte über Unebenheiten des Gipfels und kam auf einem schmalen, windgepeitschten Plateau zum Stehen.

Das Mehrzweckfahrzeug und die Anhöhe, auf der es stand, erschauerten in niemals endendem Donner. Das Geräusch tat den Ohren nicht weh; es lag auf einer zu niedrigen Frequenz, war einem Ding, das man anfassen kann, zu ähnlich. Erwachsene und Kinder saßen eine lange Minute bewegungslos da. Dann hatte Davey die Luke geöffnet und kletterte hinaus. Phil Overton faßte Calinda und Joel bei der Hand, Diane führte Riki und Hope.

Hagen, im Cockpit alleingelassen, nahm kurz von dem verblüffenden Anblick Notiz, den das Terrain-Holobild zeigte. In den leeren Äther hinein bemerkte er: »Wir sind endlich da, Papa. Das ist dein Werk ebenso wie Felices und unseres. Würdest du gern von meinen Augen Gebrauch machen?«

Nichts.

Hagen lachte. »Dann hat sie dich getötet? Hat eine unausgebildete Wahnsinnige den Herausforderer des Milieus umgebracht? Welch ein klägliches Ende das wäre! Gar nicht das, was meine Ödipuskomplex-Phantasie erwartet hat.«

Nichts.

»Du wirst uns nicht daran hindern, das Zeitportal zu öffnen«, flüsterte er. »Du hast es *zugelassen*, daß wir von Ocala flohen. Du hättest uns töten können, und du hast es nicht getan. Ich kenne dich, Papa! Du wagst es nicht, uns aufzuhalten. Und das ist nicht nur das Schuldgefühl – auch die verführerische Eleganz des Rades, das einen vollen Kreis beschreibt, der du nicht widerstehen kannst ...«

Nichts.

Hagen verzichtete auf eine Fortsetzung seines Monologs und ließ den Donner seinen Schädel füllen. Automatisch schalteten seine Hände die Systeme des Fahrzeugs ab. Dann stieg er aus und gesellte sich zu den anderen.

Sie standen auf einem Vorsprung unter einem indigofarbenen Himmel. Der August-Vollmond hatte sich ein gutes Stück über den östlichen Horizont erhoben. Zur Linken lief eine breite Schlucht auf den Atlantik zu, und zur Rechten lag ein monströser Abgrund, der neue Golf von Alborán mit seinem sternenlosen schwarzen Wasser tief unten. Wie ein silberner Vorhang, der sich in die unendliche Nacht erstreckte, den Saum im Sumpf der Welt badend, verband diese beiden der größte Wasserfall, den die Erde je gekannt hatte.

Hagens Instrumente hatten ihn vermessen: 9,7 Kilometer breit und 822 Meter hoch, dabei ständig wachsend, da die Erosion den Gibraltar-Einschnitt verbreiterte und vertiefte.

Der Große Wasserfall würde nicht einmal hundert Jahre bestehen, denn in dieser Zeit würde er das gesamte pliozänische Mittelmeer-Becken füllen.

Eins nach dem anderen erreichten die übrigen Fahrzeuge des Konvois das Plateau und hielten an. Ihre Insassen stiegen aus und versammelten sich nahe dem Klippenrand – achtundzwanzig Männer und Frauen und fünf kleine Kinder. Normales Sprechen war unmöglich, und eine mentale Unterhaltung schien überflüssig. Es war genug, zu schauen und sich das Bild einzuprägen.

Sie mochten Stunden dort gestanden haben, aber schließlich verblaßte der Mondschein, und die Brise wurde feucht. Von Europa her schob sich eine schwere Nebelwand heran und verbarg das Panorama.

Calinda Overtons mentales Stimmchen ließ sich hören: Ich glaube, es ist vorbei.

Und Hagen antwortete: Ja. Der schöne Teil.

Da lachten viele der Erwachsenen, um andere Emotionen zu verbergen. Diejenigen, die Eltern waren, sprachen vom Insbettgehen. Nial Keogh, immer praktisch, machte auf einen geeigneten Lagerplatz aufmerksam, den er sich gemerkt hatte, während die übrigen nur darauf erpicht gewesen waren, schnell voranzukommen, um das Wunder zu sehen. Ermattet in der Reaktion, schlenderten die Kinder und Enkel der Rebellion unter telepathischem Geplauder zu den Fahrzeugen zurück. Nur Hagen blieb mit dem Kommando-Modul allein auf dem Plateau, nachdem er Phil und Diane und die Welpen mit den anderen fortgeschickt hatte.

Er wartete in dem sich verdichtenden Nebel bis Mitternacht, der Zeit, zu der die Bedingungen für die Fernwahrnehmung optimal sind. Dann tastete er sich vorsichtig nordostwärts über die Betischen Kordilleren zu der Tanu-Zitadelle Afaliah vor. Als er sicher war, ihre Konzentration von Lebensauren identifiziert zu haben, bündelte er seinen Gedankenstrahl zu der dünnstmöglichen Nadel, stimmte ihn auf den intimen Modus seiner Schwester ab und rief.

HAGEN: Hörst du mich?
CLOUD: Ja. Wo bist du?

HAGEN: (Bild.)

CLOUD: !! Das ist er also! Kein Wunder, daß die Flut Muriah zerstörte. Es ist kaum zu glauben, daß dafür nichts als Geisteskraft verantwortlich ist. Felice ...

HAGEN: ... und ihre Teufel!

CLOUD: Hagen, wir *mußten* es tun.

HAGEN: Du rationalisierst nach der vollendeten Tat, Marctochter.

CLOUD: Ich dachte, du wolltest Diane an dieser verdammten Hamlet-Haltung arbeiten lassen. Du wirst zur Nervensäge.

HAGEN: Du und Papa zusammen wart nicht fähig, mich zu reduzieren. Warum glaubst du, sie könne es?

CLOUD: Sie liebt dich, Dummer. Das hilft sehr bei der Redigierung.

HAGEN: Ach ja. Ich hätte daran denken sollen, daß du und dein Tanu-Liebhaber ...

CLOUD: Zur Hölle mit dir und deiner Büchse voller Gehirnwürmer, Bruder.

HAGEN: Können wir den Austausch von Höflichkeiten verschieben? Was ist in Goriah geschehen?

CLOUD: (Überspielung der Vorgänge.)

HAGEN: Ein totales Fiasko. Aus ist es mit deiner Hoffnung auf eine Allianz mit Nodonn! Schön für dich, daß dein Kuhal es überlebt hat ... Ich schlage vor, daß wir nun zu unserem ursprünglichen Aiken-Drum-Drehbuch zurückkehren. Er wird nicht so leicht zu manipulieren sein, wie es Nodonn gewesen wäre, aber wahrscheinlich werden wir uns durchwursteln. Wer weiß? Dem Jungen mögen mittlerweile selbst Zweifel an seiner Zukunft als Elfenkönig gekommen sein. Vielleicht stellt unser Plan, ins Milieu zurückzukehren, auch für ihn eine gewisse Verlockung dar ...

CLOUD: *Hagen, Papa kommt.*

HAGEN: Oh, Scheiße. Wann?

CLOUD: Er drückte sich undeutlich aus. Er hat heute morgen mit mir ferngesprochen, nachdem Aiken sein Duell gegen Nodonn gewonnen hatte. Er hatte zugesehen.

HAGEN: Natürlich.

CLOUD: Er sagt, er will nach Europa kommen, sobald gewisse Veränderungen an der gehirnverstärkenden Ausrüstung fertiggestellt sind. Er bringt sie mit – und den Mutter-Computer und die Röntgen-Laser vom Observatorium.

HAGEN: Großer Gott – *wie?*

CLOUD: Mit Walter Saastamoinens Viermast-Schoner. Dies siebzig Meter lange Ungetüm ist groß genug, die Hälfte aller Apparate auf Ocala zu befördern.

HAGEN: Verdammt – ich habe Veikko gesagt, er soll das Schiff in tieferem Wasser versenken oder in die Luft jagen! Der sentimentale Esel. Laß mich nachdenken ... beladen wird es mindestens einen Monat bis hier brauchen.

CLOUD: Papa ist wütend, daß du den Überland-Treck begonnen hast.

HAGEN: Hat er mit einem psychoenergetischen Fernschuß gedroht?

CLOUD: Nein. Er war sehr zurückhaltend, sagte mir nur, ich solle euch davor warnen, Kontakt mit Aiken Drum aufzunehmen – sonst würde es euch schlimm ergehen.

HAGEN: ?? Seltsam, daß er nicht mit mir persönlich ferngesprochen hat.

CLOUD: Seine gehirnverstärkende Rüstung ist schon auf dem Schiff.

HAGEN: Teufel, Baby, er hat reichlich genug Kraft, um mich bei hellem Tageslicht anzurufen, nur mit Hilfe der alten kleinen grauen Zellen. Oder ...? !!. (Bild.)

CLOUD: Mit Felices D-Sprung hatten wir recht. Sie verfolgte seinen Strahl rückwärts und verletzte ihn schwer. Verbrannte ihm die Haut vom Hals abwärts ...

HAGEN: (Hastig unterdrücktes Bild.)

CLOUD: (Schmerz.) Seit Juni liegt er im Regenerierungstank.

HAGEN: Cloudie, ist es nicht möglich, daß Felice nicht nur seinen Körper, sondern auch sein Gehirn gebraten hat? Daß er sich zusammengekleistert hat, so gut er konnte – seine schlimmsten körperlichen Verletzungen geheilt, aber nicht gewagt hat, lange genug für eine vollständige neurale Wiederherstellung in der Suppe zu bleiben? Teufel – das könnte leicht acht, neun Monate dauern!

CLOUD: Wenn seine Metafähigkeiten verkrüppelt sind, würde das erklären ...

HAGEN: Darauf kannst du dein Leben wetten. Er würde lieber mit dir als mit mir im i-Modus sprechen, weil du in der Fernwahrnehmung besser bist. Vielleicht ist er weit von seiner normalen Leistungsfähigkeit entfernt. Und wenn er nicht imstande ist, ein kreatives Metakonzert mit voller Energie zu leiten, dann besteht keine Gefahr mehr, daß er uns mit einem Fernschuß erledigt! Oh, Cloudie, Baby – das könnte unseren Durchbruch bedeuten! Er würde fair kämpfen müssen! Er wäre gezwungen, uns ganz nahe zu kommen, wenn er uns koerzieren oder uns das Gehirn ausbrennen will. Soll er es nur versuchen! Wenn Aiken Drum und seine Tanu-Gefolgsleute auf unserer Seite sind ...

CLOUD: Papa sagt ... er sagt, er wolle sein Bestes tun, um uns zu helfen. Wenn wir ihm nur vertrauen könnten!

HAGEN: (Fluch.)

CLOUD: Er müßte *wissen*, daß wir den Milieu-Behörden keine Möglichkeit geben würden, ihn im Pliozän aufzuspüren.

HAGEN: Würden wir das wirklich nicht tun?

CLOUD: Du ... du ... *er liebt uns!*

HAGEN: Ja, mit seiner verdammten unmenschlichen Art von Liebe! – Er hat Mama geliebt, und wir wissen, was er ihr angetan hat. Hast du dich nie gefragt, warum?

CLOUD: Das ist alles ...

HAGEN: In der Ocala-Bibliothek. Hast du nie bemerkt, daß alle im Computer gespeicherten Berichte über die Metapsychische Rebellion in den meisten Aspekten des Konflikts frei und offen sind – außer in den Grundlagen, dem Ziel der ganzen verdammten Sache? Warum mußten sie denn kämpfen, um Gottes willen? Die Parole der Rebellen lautete: »Wir wollen den Mentalen Menschen heranziehen und dafür sorgen, daß er im Vereinigten Milieu den ihm von Rechts wegen zukommenden Platz einnimmt.« Was ist denn das für eine Motivation?

CLOUD: Papa und seine Leute wollten die Vorherrschaft des Menschlichen Sektors …

HAGEN: So einfach war es nicht! Da war noch etwas anderes. Man muß es sich aus Andeutungen in den anderen Eintragungen zusammenreimen. Das ist wie bei diesen Dingen, die man beinahe – aber nicht ganz – aus dem Augenwinkel sehen kann. Papas Rebellion hatte etwas mit *uns* zu tun. Mit menschlichen Kindern. Er plante etwas so Schreckliches, daß seine eigene Frau sich berechtigt fühlte, ihn zu ermorden – und das Milieu erklärte ihm nach hunderttausend Jahren ununterbrochenen Friedens den Krieg.

CLOUD: Es ist vorbei. Das alles hat vor langer Zeit ein Ende gefunden.

HAGEN: Liebe Schwester, *es ist noch gar nicht geschehen.*

CLOUD: Hör auf, Hagen, hör auf! Wichtig – für uns allein wichtig – ist, daß wir wegkommen! Weg von ihm, weg von dieser elenden primitiven Welt, wo wir in Einsamkeit und Hoffnungslosigkeit verkommen! Wir dürfen dieses Ziel unter gar keinen Umständen aus dem Auge verlieren.

HAGEN: … Nun?

CLOUD: Wir müssen das Risiko auf uns nehmen und uns mit Aiken Drum in Verbindung setzen. Du mußt so schnell wie möglich nach Afaliah kommen. Jetzt, wo du das Mittelmeer erreicht hast, wird es dich nicht mehr viel kosten. Steuere die engste Stelle der Balearischen Halbinsel an. Von da führt eine gute Straße, die Aven-Straße genannt, direkt nach Afaliah. Bist du einmal da, können wir ein Treffen arrangieren. Kuhal sagt … er machte mir einen Vorschlag, wie wir uns Aikens Kooperation erkaufen können. Wir haben miteinander gleich nach Aikens Sieg über Nodonn ferngesprochen. Kuhal wollte nicht, daß ich die Hoffnung verliere.

HAGEN: Und was ist das für eine Idee?

CLOUD: (Bild.)

HAGEN: ! Da will ich doch verdammt sein. In Afaliah?

CLOUD: Im Verlies. Es ist niemand mehr übrig, der mir die Autorität über sie streitig machen könnte, deshalb habe ich sie den ganzen Tag mit Hilfe des hiesigen Chefredakteurs ausgequetscht. Wir haben schon beinahe alle Daten.

HAGEN: Aiken Drum wird uns den Hintern küssen, um diese Information zu bekommen!

CLOUD: Rede kein dummes Zeug! Selbst mit der Information als Handelsobjekt werden wir außerordentlich vorsichtig mit ihm umgehen müssen. Aiken ist gefährlich, Hagen. Jetzt vielleicht gefährlicher als Papa.

HAGEN: Quatsch!

CLOUD: Bei dem Goriah-Duell war Aiken durch nichts, was Nodonn gegen ihn schleuderte, zu verletzen – und dazu gehörte dieser Photonen-Speer. Aber es kommt noch etwas anderes hinzu. Als er Nodonn und Königin Mercy tötete, subsumierte er ihren metapsychischen Komplexus.

HAGEN: *Was* hat er getan?

CLOUD: (Bild.) Ein sehr geheimnisvolles Phänomen. Ich erinnere mich, daß der Computer es in dem Artikel über die Poltroyaner in Zusammenhang mit der Ahnenverehrung erwähnt. Es ist sehr verworren. Unter Menschen niemals voll dokumentiert worden. Doch anscheinend hat Aiken es getan. Die ganze Glasburg in Goriah summt von der Neuigkeit. Wie nützlich ihm die Kräfte sein werden, bleibt abzuwarten. Kuhal sagt, einige Tanu glauben, die Subsumtion könne Aiken töten.

HAGEN: Wunschdenken ... Hör zu, Cloud, wir müssen seine Hilfe irgendwie gewinnen. Wir können nicht mit ihm um den Standort des Zeitportals kämpfen, und den Guderian-Apparat zu bauen heißt, auf Jagd nach den Rohmaterialien vom einen Ende Europas zum anderen zu reisen. Ganz zu schweigen vom Anheuern im Milieu ausgebildeter Techniker für die kniffligeren Teile bei der Konstruktion. Unsere einzige Hoffnung auf Erfolg hängt vom guten Willen dieses gehirnverzehrenden kleinen Dracula ab. Oder von der Möglichkeit, ihn zu koerzieren.

CLOUD: Von Aiken hängt mehr als das ab.

HAGEN: ?

CLOUD: Kuhal. Er und die anderen überlebenden Angreifer wurden gefangengenommen. Sie sind jetzt in Goriah, incommunicado unter einem Sigmafeld, des Hochverrats angeklagt. Darauf steht die Todesstrafe.

3

»Ihr werdet vor Gericht gerufen«, verkündete Commander Congreve.

Die 129 Überlebenden von Nodonns geschlagener kleiner Armee versammelten sich und bildeten eine stumme Doppelreihe mit Kuhal Erderschütterer und Celadeyr von Afaliah an der Spitze. Vorgewarnt von den grinsenden menschlichen Dienern, die ihnen das Abendessen gebracht hatten, trugen die Tanu-Ritter ihre Glasrüstungen. Sie hatten sie gesäubert, so gut es möglich war, und glühten in großartigem Trotz – in Kreatoren-Zyan und Koerzierer-Saphier und psychokinetischem Rosa-Gold. Die wenigen kämpfenden Fernwahrnehmer der Gesellschaft glichen aus schimmerndem Amethyst geschnitzten Statuen.

Ein Trupp von Congreves menschlichen Soldaten marschierte mit zugedeckten Körben herein. Auf einen mentalen Befehl hin gingen sie an den Reihen der Gefangenen entlang und verteilten Kristallketten. Jeder Aufrührer band sich freiwillig als Symbol, daß er oder sie sich Tana unterwarf, legte Fesseln um die Stulpen der Handschuhe und befestigte das in der Mitte befindliche Schnappschloß an seinem goldenen Halsring.

»Wir sind bereit«, sagte Kuhal. Prächtig in seinem Halogenid-Glanz ragte er über den menschlichen Kommandanten der Goriah-Garnison empor. Er betrachtete Congreves aus dem 22. Jahrhundert stammende Waffe, die einen seltsamen Gegensatz zu seiner exotischen Paraderüstung bildete. »Und das da wirst du nicht brauchen.«

»Die heiligen Ketten binden uns bei unserer Ehre«, grollte der alte Celadeyr.

Congreves mentaler Aspekt war eisig. »So war es auch mit eurem König Aiken-Lugonn geleisteten Treueeid, den ihr beim Großen Liebesfest geschworen habt. Folgt mir!« Er drehte sich um, hob den Matsushita-Laserkarabiner zu einem zeremoniellen Salut und ging auf dem Weg vom Gefängnis zum Außenhof der Glasburg voran.

Nebel umwallte die schwer beschädigte Fassade. Obwohl der fehlgeschlagene Angriff noch keine sechzehn Stunden zurücklag, war schon viel von dem Schutt aufgeräumt worden. Stapel von durchscheinenden Blöcken und die bereitliegenden Werkzeuge der Arbeiter zeigten, daß Reparaturen im Gang waren. Die Feenbeleuchtung der Türme war an diesem Abend nur ein verwischtes Violett und Gold. Da Nodonn den großen Turm der Burg weggeschossen hatte, war die Gesamtwirkung merkwürdig verstümmelt.

Die Gefangenen passierten die brandgeschwärzten Ruinen des großen Tors und betraten den Mittelturm. Die meisten Korridore waren gesäubert worden, und nur eine gelegentliche Lasernarbe oder ein mit Brettern vernageltes Fenster erinnerte an den verzweifelten Kampf, der hier stattgefunden hatte.

Die Ritter trugen stolz ihre Ketten, und ihr metapsychischer Glanz überstrahlte die matteren Öllampen an den Wänden. Endlich kamen sie in den Audienzsaal der Zitadelle, die der Usurpator völlig umgestaltet hatte. Der Boden bestand aus goldenen und mitternachtspurpurnen Fliesen. Pfeiler aus gedrehtem Bernsteinglas stützten eine hohe Kuppeldecke, besetzt mit sternengleichen Lämpchen. Die Estrade war der einzige helle Platz im Raum. Dahinter glänzte das aus Edelmetall gefertigte Emblem von Nodonn Schlachtenmeister. Der Usurpator hatte es beibehalten, weil die Sonnenscheibe auch das traditionelle heraldische Erkennungszeichen des ersten Lugonn gewesen war. Aber das ornamentale Sonnengesicht war jetzt ausdruckslos. Sein apollinisches Lächeln war mit der Erinnerung an sich zerstreuende Asche und eine angelaufene Silberhand, die aus dem Morgenhimmel fiel, verschwunden.

Auf dem Ehrenplatz stand ein Thron aus schwarzem Marmor, umgeben von zwanzig niedrigeren Sitzen, alle leer. Auf dem Thron saß ein kleiner Mensch, der einen Apfel aß: Der König des Vielfarbenen Landes. Offensichtlich war er eben erst aus dem Nebel hereingekommen, denn sein Tanu-Wetteranzug aus goldenem Leder glitzerte noch von feuchten Perlen. Die mit einem Visier versehene Kapuze war zurückgeschlagen, der Verschluß am Hals geöffnet. Aiken-Lugonns Kehle war bloß. Er brauchte keinen künstlichen Stimulus zur mentalen Operanz.

Die Gefangenen blieben vor der Estrade stehen und warteten, während Congreve seine kurze telepathische Meldung machte und sich dann mit der Wache in den dunklen Hintergrund der Halle zurückzog.

Der König kaute seinen Apfel und ließ seinen Blick über die erschöpfte Kampfgesellschaft wandern. Er hatte keinen metapsychischen Nimbus. Eigentlich wirkte er recht farblos. Nur das dunkelrote Haar und die gleichfarbigen Brauen und die Augen, schwarz wie Jettstückchen, gaben seinem Gesicht Leben.

Kuhl Erderschütterer sagte im intimen Modus zu Celadeyr:

Also lebt er Celo ... Ach hätte sich doch das Gerücht als wahr erwiesen er sei beim Verschlingen erstickt.

Der nicht. Aber er sieht aus als habe er sich psychisch überfressen.

Nodonn wie auch Mercy-Rosmar! Nur einen von ihnen zu subsumieren wäre über die Kraft unserer mächtigsten legendären Helden hinausgegangen. Was sollen wir von einem Wesen halten das *zwei* solche Geister assimiliert? Vielleicht ist es die endgültige Bestätigung daß er in der Tat der Widersacher ist.

Ich brauchte keine Bestätigung. Nur ihr Jüngeren habt gezweifelt.

Nicht wahr Celo. Der Handwerksmeister glaubte es nicht. Ebenso wenig Lady Morna-Ia. Ich weiß daß sogar mein Bruder Nodonn zweifelte als sein Ende nahte ...

Er glaubte.

Er zweifelte. Wer hat Nodonn so gut gekannt wie ich – ausgenommen vielleicht mein verlorener Geisteszwilling Fian Erderschütterer? Nodonn war der älteste Sohn meines Vaters Thagdal und meiner Mutter Nontusvel, und ich habe ihm dreihundertfünfundachtzig Jahre lang als Zweiter Psychokinetischer Lord gedient. Aiken Drum der Widersacher? – Unsinn! Nodonn haßte und fürchtete diesen elternlosen

Ungeborenen als menschlichen Emporkömmling und Abenteurer. Aber er hat ihn nie als Gegner für den Endkampf akzeptiert.

Tschah! Sogar die Firvulag erkennen den Bastard als den, der er ist! Was denkst du denn, warum die Kleinen Leute uns Vorschub geleistet, uns die Flugmaschinen im Austausch für unser Versprechen, ihnen das Schwert Sharns zurückzugeben, gezeigt haben? Die Ankunft des Feindes ist ein Vorzeichen des Letzten Krieges, und sie können den Letzten Krieg ohne ihr heiliges Schwert nicht führen. Oh, Kuhal, glaube! Nodonn hat niemals gezweifelt. Du bist der Zweifler! Und ich weiß, warum. Daran ist diese Nordamerikanerin schuld ... die Boduragol mit dir in der Haut gepaart hat ...

Alter Dummkopf! Ohne Cloud hätte ich immer noch einen halben Verstand.

Du *hast* immer noch einen halben Verstand. Die falsche Hälfte! Alle deine Tanu-Instinkte deine Rassenseele sind mit Fian gestorben ...

BöseralterMann HÖR AUF! Niemand auch du nicht darf meinen Mut bei diesem zum Scheitern verurteilten Unternehmen anzweifeln! Ebenso wenig meine Treue zu Nodonn und unserer Kriegsreligion. Dieser Streit um den Feind ist sinnlos da wir hier als überführte Verräter vor Gericht stehen.

... Ah ja. Ich bitte um Verzeihung Bruder Erderschütterer. Ich bin ein geschlagener Greis und sollte lieber darüber nachdenken daß ich bald in Tanas Frieden eingehen werde als über irgendeine mythische Apokalypse ... Aber ich habe so viele prophezeite Vorzeichen kommen sehen! Uns Alten war es ein Rätsel warum sie vor tausend Jahren am Rand der alten Duat-Galaxis fehlten. Jetzt haben wir die alles verschlingenden Wasser gesehen! Den monströsen Aasvogel Morigel! Den Einhändigen Krieger der die Kampfgesellschaft entgegen allem Brauch anführte! Den Sommernebel! Jetzt bleibt nur noch das letzte fürchterliche Omen ... jener böse Geistesstern der den Einbruch der Nacht verkündigt ... Ich sage dir Kuhal bald wird der Krieg toben in dem kein Mann Freund von Feind unterscheiden kann. Und schließlich werden Erde und Himmel bersten und der Widersacher wird triumphieren.

Celo ...

Und er ist *hier*.

Aiken Drum trat an den Rand der Estrade und knabberte den letzten Rest seines Apfels. Er warf das Kerngehäuse über seine rechte Schulter zurück. Er verschwand. Im gleichen Augenblick erschien ein stählerner Doppelhebel-Bolzenschneider in seiner Hand.

»Wißt ihr, was das ist?« Er sprach ruhig. Das tödliche Blutmetall-Werkzeug glänzte, als er es hob. »Das ist Eisen. Ihr Tanu habt geglaubt, es gebe keine Möglichkeit, einen Halsring zu entfernen, ohne den Träger zu töten. Nun, ihr habt euch geirrt. Es gibt zwei Möglichkeiten – und eine davon ist die Benutzung dieses Dings. Wenn man einen Ring mit einem eisernen Werkzeug abschneidet, schmerzt das wie die Feuer der Hölle. Es kann einen sogar wahnsinnig machen. Aber die meisten gesunden erwachsenen Tanu überstehen es, obwohl sich alle eure wundervollen metapsychischen Kräfte dadurch zur Latenz zurückentwickeln ... und ihr mental so impotent werdet wie der niedrigste bloßhalsige Mensch.«

Die Gefangenen glühten heller auf.

Aikens Gesicht war ausdruckslos. Er wandte ihnen den Rücken, und dann erklang seine telepathische Stimme plötzlich im deklamatorischen Modus:

DIE HOHE TAFEL VERSAMMELE SICH ZUM GERICHT!

Über einigen der für die höchst erhabenen Persönlichkeiten reservierten Sitzen materialisierten sich Gesichter – die ferngesendeten Simulakra des herrschenden Rates im Vielfarbenen Land: Morna-Ia Königsmacherin, Bleyn der Champion, Alberonn Gedankenfresser und seine Frau Eadnar, Condateyr der Donnerer von Roniah, Sibel Langhaar, Neyal von Sasaran, die Menschenfrau Estella-Sirone von Darask und Lomnovel Gehirnausbrenner von Sayzorask.

Celadeyrs intimer Gedanke stellte entgeistert fest: So wenige!

Und Kuhal antwortete sardonisch: Unsere eigenen Sitze sind leer Celo. Und ebenso die Thufans von Tarasiah und

Diarmets von Geroniah die beim Absturz ihrer Flugmaschine umkamen. Und der Sitz des armen Moreyn Glasherstellers der sich mit Eisensulfat vergiftete, als der Usurpator siegreich aufflammte. Und Königin Mercys Platz! Und die Sitze jener die am Rio Genil starben – Artigonn und der Handwerksmeister und mein Bruder der Inquisitor. Laß mich nachdenken – das Amt des Zweiten Redakteurs war vakant. Wer ist der fehlende zwanzigste? Ich hab's. Armida die Schreckliche Lady von Bardelask. Zweifellos muß sie sich um wichtigere Angelegenheiten kümmern.

Celo sagte: Neun Anwesende sind beschlußfähig. Genug uns zu verurteilen. Ylahayll ihnen allen!

Aiken sagte: *SPRECHT! WIE LAUTET EUER URTEIL ÜBER DIESE GESELLSCHAFT?*

Die neun Spektralköpfe antworteten: *Sie sind des Hochverrats schuldig.*

WELCHE STRAFE STEHT DARAUF NACH TANU-RECHT?

Die Köpfe: *Gefangenschaft unter der Kette des Schweigens bis zum nächsten Großen Wettstreit. Dann Tod in der Großen Retorte als Opfer für unsere erbarmende Göttin.*

Der kleine Mann grinste. »Zu schade«, stellte er mit seiner normalen Stimme fest, »daß ich, wie wir alle wissen, den Wettstreit abgeschafft habe. Dieses Jahr wird es zu Allerheiligen ein Großes Turnier geben. Und das Braten von Verbrechern in einem Glasofen würde bei den Festlichkeiten die Stimmung verderben.«

Er wandte das Gesicht den Gefangenen zu und wog den Bolzenschneider auf der Hand.

»Wir haben die Meinung der Hohen Tafel gehört. Jetzt will ich euch um eure eigene Meinung fragen! ... Aber zuerst sollt ihr ein paar neueste Nachrichten hören, die euch bei der Entscheidung helfen werden.

Erstens: Täuscht euch nicht – Nodonn Schlachtenmeister ist tot, und ebenso Königin Mercy-Rosmar. Ich habe ihre geistigen Kräfte subsumiert. Malt euch selbst aus, was das bedeutet ...

Zweitens: Sharn und Ayfa haben nicht nur den Friedensvertrag gebrochen, sie trampeln auch noch auf den Stücken herum. Ihr habt bemerkt, daß Armida die Schreckliche nicht erschienen ist, um euch zu richten. In diesem Augenblick wird ihre Stadt Bardelask von einer achttausend Mann starken regulären Firvulag-Armee angegriffen. Armida und ihre Leute kämpfen um ihr Leben, und sie werden verlieren. Die Entsatztruppe, die ich ihnen schickte, traf nicht mehr rechtzeitig ein.

Drittens: Condateyrs Spione haben Informationen, daß Roniah bei den Firvulag als nächste Stadt auf der Liste steht. Falls es uns nicht gelingt, für ihre Sicherheit zu sorgen, bis in einem Monat der Waffenstillstand beginnt, stecken wir in sehr ernsten Schwierigkeiten. Denn der verstorbene Lord Bormol von Roniah hat ebenso wie Osgeyr von Burask, sein ebenfalls dahingegangener Bruder, geschmuggelte Milieu-Artefakte gesammelt, und wir alle wissen, was geschah, als Burask fiel. Die Kleinen Leute eroberten einen beträchtlichen Schatz an hochentwickelten Waffen, die sie gerade jetzt benutzen, um die Mauern von Bardelask niederzulegen. Bekommen die Firvulag erst *Bormols* Hort in die Gnomenfinger, wird die Hölle losbrechen, liebe Feinde – denn Condateyr sagt, das illegale Waffenversteck seines ehemaligen Anführers sei zehnmal so groß wie das Osgeyrs! Bleibt uns Roniah erhalten, müssen wir das Zeug vernichten, um es dem Zugriff Sharns und Ayfas zu entziehen.«

Das Leuchten der angeketteten Ritter war kälter und schwächer geworden. Der Mund des alten Celadeyr arbeitete wütend. »Zum Teufel mit allem, was die Glorie der Schlacht beschmutzt!« brüllte er. »Vernichte die Geräte der Geringen auf der Stelle, oder du bist kein Tanu-König! Hast du kein Ehrgefühl?«

Aiken erwiderte: »Vielleicht solltest du diese Frage lieber König Sharn und Königin Ayfa stellen. Und ihrem Vizekönig Mimee von Famorel, der Bardelask bestürmt ... Und wenn du schon dabei bist, vergewissere dich, daß *ihre* Vorstellung von einem Letzten Krieg die gleiche ist wie deine.«

Das Gesicht des alten Helden war innerhalb des offenen Helms so blaß und hart wie Kalkstein. Das Zittern seiner mentalen Barriere kündigte eine weitere Explosion an.

Doch Kuhal ergriff das Wort. »Nodonn informierte mich,

daß der größte Vorrat von futuristischen Waffen sich hier unter der Burg befindet. Oder ist es Königin Mercy-Rosmar gelungen, ihn zu vernichten?«

»Sie hat die Waffen nur unbrauchbar gemacht«, sagte Aiken. »Nodonn war kein Traditionalist wie Celo. Er plante, die Milieu-Waffen später selbst zu benutzen und jede menschliche Opposition gegen seine Machtübernahme niederzuschlagen. Im Augenblick ist das ganze Lager unter einer klebrigen Masse von giftgefülltem Schaum begraben. Wir haben nach Roniah um einen im Milieu ausgebildeten Chemiker geschickt. Er ist der beste im Vielfarbenen Land, und ihr Tanu habt ihm einen Silberreif umgelegt und ihn eine blöde Bonbonfabrik beaufsichtigen lassen!« Aiken zeigte sein Kaspergrinsen. »Er freut sich nicht auf seinen Job, obwohl ich ihm eine sofortige Beförderung zu Gold versprochen habe.«

»Wenn das, was du über die Firvulag sagst, wahr ist«, erklärte Kuhal, »stehen wir am Rand des Abgrunds ...«

»*Ich* stehe an diesem Rand«, berichtigte Aiken ihn. Er wies auf die neun Projektionen der Mitglieder der Hohen Tafel. »*Sie* stehen dort! Das Hochkönigreich der Tanu, das ihr Schwachköpfe zu lieben behauptet, steht dort! Ihr dagegen braucht nicht hierzubleiben und das Debakel mitzuerleben. O nein. Ihr könnt den Tod wählen, wenn ihr wollt. Nicht nächsten November in der verdammten Retorte, sondern morgen früh, schnell und sauber vor den Matsu-Karabinern von Congreves Garde. Nach allen Prinzipien des Tanu-Rechts habt ihr den Tod verdient. Aber dies ist eine neue Ära, und ich sage, daß ihr euch selbst richten ... und eure Strafe selbst wählen sollt.«

Die Gedanken der Gefangenen summten verwirrt und erstaunt im intimen Modus.

»Da ist noch etwas, das ihr wissen müßt«, fuhr Aiken fort. »Elizabeth hat vorhin mit mir ferngesprochen und mir mitgeteilt, daß der menschliche Operante, den wir als Abaddon kennen, Nordamerika verlassen will. Er kommt hierher.«

»Der Sternengeist aus dem westlichen Morgen«, flüsterte Celadeyr mit erloschener Stimme.

Aiken blieb stumm.

»Du sagst, eine unserer Möglichkeiten sei ein sauberer Tod. Ist *das* eine zweite?« Kuhal nickte in Richtung des Bolzenschneiders, den Aiken in der Hand hielt. »Die mentale Kastrierung als Preis für die Freiheit?«

»Was würdet ihr mir dann noch nützen?« fragte der König ruhig. »Ich habe euch das Eisen nur gezeigt, um euch – zu einer Berichtigung eurer Einstellung anzuspornen.«

»Kuhal, es hat sich nichts verändert ...«, begann Celadeyr.

Der Erderschütterer unterbrach ihn. »Ich stehe im Rang über dir, Celo, auch wenn ich an Jahren jünger bin. Ich beanspruche das Recht, als Sprecher für uns alle aufzutreten.« Seine Gedanken richteten sich an die anderen angeketteten Ritter: Stimmt ihr mir zu, Kampfgefährten?

Wir stimmen dir zu.

Und du Celadeyr von Afaliah?

Ich ... ich beuge mich deiner Autorität.

Kuhal Erderschütterer hob die Arme. Die kristallenen Kettenglieder beschrieben zwei glitzernde Kurven von seinen Handgelenken zu seiner Kehle. Seine Gestalt gleißte in rosig-goldenem Licht.

»Dann spreche ich das Urteil über diese Gesellschaft. Wir sind schuldig, unsern Treueeid gebrochen zu haben. Schuldig, einen Prätendenten unterstützt zu haben. Schuldig, die Waffen gegen unseren gesetzmäßigen Souverän ergriffen zu haben. Unser Leben ist verwirkt, und du magst mit uns tun, was du willst, König Aiken-Lugonn. Aber wisse, daß wir uns dir jetzt bedingungslos unterwerfen und um Gnade bitten, und wenn du sie uns gewährst, werden wir uns mit Leib und Seele ohne Vorbehalte deinem Dienst widmen. Und Du, Tana, bist Zeugin.«

Der kleine Mann seufzte.

Mit melodischem Klingen fielen die Glasketten zu Boden.

»Ihr seid frei.« Der König drehte sich um, ging zu dem schwarzen Thron und ließ sich auf dem harten Steinsitz nieder. Er beugte sich vor, und plötzlich fand sich Kuhal wie ein Käfer auf einer Nadel in seinem koerziblen Griff.

»Edle Gefühle sind schön und gut. Allerdings neigen wir Geringen zu der Ansicht, daß Taten lauter sprechen als

Worte. Ich möchte einen Beweis für eure wiedergeborene Rechtschaffenheit. Zwischen euch Traditionalisten und mir gibt es kein Feilschen, keinen Pferdehandel. Verstehst du mich, Erderschütterer?«

»Ich verstehe, Hochkönig.«

Aiken lächelte und lockerte den koerziblen Griff. »Dann wollen wir uns praktischen Dingen zuwenden. Wo habt ihr die übrigen Flugmaschinen versteckt?«

4

Bruder Anatol Gorchakow quälte sich den in Nebel gehüllten Berg hinauf. Er rang nach Atem. Etwa alle fünfzig Schritte blieb er stehen, um seinen geschwollenen Knöchel und sein hämmerndes Herz auszuruhen.

Welch ein Jammer, daß die Räuber ihm sein Chaliko weggenommen hatten! Chalikos strauchelten nie, ganz gleich, wie dunkel die Nacht oder wie schmal der Pfad war. Mit einem Reittier hätte er das Chalet schon vor vier oder fünf Stunden erreicht. Er wäre trocken und warm, er hätte gegessen und vielleicht sogar schon begonnen, den Grundstein für die Mission zu legen. Aber das Chaliko, ein schönes Tier, ein Geschenk Lomnovels von Sayzorask, hatte eine unwiderstehliche Versuchung für die vier Schnappsäcke auf der Großen Südstraße dargestellt. Anatols begründete Bitte, er brauche das Tier, um die Arbeit des Herrn zu tun, wurde mit heiterem Gelächter beantwortet – und mit vier Vitredur-Lanzen, die ihm in den Nacken stachen.

»Selig sind die Armen«, erklärte der Räuberhauptmann mit vielsagendem Grinsen. »Wir tragen nur dazu bei, Sie im Stand der Heiligkeit zu erhalten, Padre. Und jetzt steigen Sie ab!«

Anatol seufzte und glitt aus dem hohen Sattel. Dreißig Jahre als reisender Priester im Europa des Pliozän hatten ihn empfindsam für die dunkleren Manifestationen des göttlichen Willens gemacht. Wenn er die letzten 50 Kilometer zu Fuß gehen mußte, dann fiat voluntas tua. Andererseits ...

»Es wird euch nicht gelingen, das Tier zu verkaufen, wißt

ihr«, sagte er. »Weiße Chalikos sind für bestimmte Zwecke reserviert. Ihr braucht damit nur in eine Stadt einzureiten, und die erste Graureif-Patrouille, die euch sieht, wird euch die Därme zu Knoten verschlingen.«

»Brenzzz!« zischte ein jüngerer Räuber, dem zwei Vorderzähne fehlten.

Meinend, er werde mit einem volkstümlichen Schimpfwort belegt, fuhr Bruder Anatol ihn an: »Wahre deine Zunge, Pizdosos!«

Der Anführer der Bande war eitel Liebenswürdigkeit. »Nein, nein, Padre! *Brenz.* Brenzkatechingerbstoff, eine Farbe, die man aus der Rinde von Dornbüschen herstellt. Eine Abreibung damit wird dies Tier von erhabenem Weiß im Handumdrehen in Wildchaliko-Braun verwandeln. Bis wir es hinunter nach Amalizan zur Auktion gebracht haben, sind seine Klauen rauh geworden und die Sattelspuren vergangen. Und damit er sich vor dem Vieh-Inspektor nicht zu zahm aufführt, werden wir ihm ganz zum Schluß ein bißchen Pfeffer in den Arsch blasen.«

Der zahnlückige Räuber kicherte und erklärte dies letzte Strategem in allen abstoßenden Einzelheiten, während die anderen Anatols Gepäck durchstöberten. Sie beschlossen, ihm das wollene Habit und die Sandalen, die er trug, zu lassen, dazu einen Beutel mit Schiffszwieback und trockener Salami, seinen kleinen Wasserschlauch und – nach den strengen Vorhaltungen des Bruders – auch noch die Quarz-Halogen-Laterne. Letztere wurde ihm widerwillig zugestanden, als Anatol ihnen sagte, er sei nach der Montagne-Noire-Wildnis unterwegs, wo die hohe Feuchtigkeit es unmöglich mache, des Nachts ein Feuer am Brennen zu halten, und irgendeine Lichtquelle notwendig sei, um schleichende Menschenfresser fernzuhalten. Als großmütige Geste schnitt der Räuberhauptmann Anatol noch einen kräftigen Wanderstab ab. So minimal ausgerüstet, setzte der Bruder seinen Weg fort.

Fast drei Tage lang zog er entlang einem lärmenden Bach durch dichten Regenwald. Das einzige gefährliche Wildleben, dem er begegnete, war eine patriarchalische Schwarzantilope, die sich glücklicherweise am anderen Ufer befand.

Mit zunehmender Höhe ging der Dschungel in Nadelwald über und öffnete sich dann zu ausgedehnten Mooren, unterbrochen von Felsgraten. Anatol sah Herden von Steinböcken mit Hörnern wie Krummsäbel, und manchmal folgten ihm neugierige kleine Gemsen auf dem steiler werdenden Pfad.

Endlich kam die Schwarze Klippe in Sicht, aus tannenbewachsenen Bergen deutlich hervorspringend, und Anatol wurde leichter ums Herz. Dort würde er, so Gott wollte, das Versprechen erfüllen, das er vor mehr als vier Monaten der besorgten Priesterin gegeben hatte. Sie hatten sich ganz kurz im Flüchtlingslager an der Torburg kennengelernt, sie war von seiner geistigen Zähigkeit beeindruckt gewesen, und zusammen hatten sie die Mission geplant ...

... aber jetzt, im Nebel verirrt, bei hereinbrechender Dunkelheit fragte er sich: »War ich ein eingebildeter alter Osloyeb, daß ich glaubte, Erfolg haben zu können, wo sie versagt hat? Wenn ich den Ort nun gar nicht finde? Wenn ich ihn finde, aber die Tanu-Leibwache aus Gehirnverbiegern mich mit einem Floh im Ohr wieder wegschickt?«

Er hatte seine letzten Reste an Lebensmitteln zum Frühstück gegessen. Vor Hunger und Müdigkeit war ihm schwindelig, und beim Überqueren eines von Geröll bedeckten Abhangs stolperte er oft. Nichts war dort zu entdecken, was einem Unterschlupf auch nur ähnelte. Der Nebel verwandelte sich in eiskalten Nieselregen. Sein linker Knöchel, den er sich am frühen Nachmittag vertreten hatte, als der Nebel plötzlich dichter wurde, war jetzt so dick, daß der Riemen seiner Sandale in dem verfärbten Fleisch verschwand.

Wo mochte der verdammte Weg sein?

Er schaltete die Lampe an und ließ das Licht wandern. Der gelbe Strahl schien in der Dunkelheit beinahe aus festem Stoff zu sein. Anatol betete: »Erzengel Raphael, Schützer der Reisenden, hilf mir, die Wegmarkierung wiederzufinden!«

Und da war sie: Drei aufeinandergeschichtete Steine, hell vor dem graphitischen Schiefer, und als Zugabe ein Haufen alten Chaliko-Dungs, das sichere Zeichen, daß ein anderer

GIUSEPPE·MANGONI

Reisender hier vorübergekommen war. Bruder Anatol pries den Herrn, die Markierung und den Dung. Sein Knöchel puckerte, die Nacht hatte ihn überfallen, er war durchgefroren und so hungrig, daß er Schuhleder hätte essen können – aber wenigstens ging er nicht mehr in die Irre.

Bruder Anatol hängte die Lampe an seinen Gürtel, ergriff den Stab und stapfte weiter. Der Weg stieg immer noch an, wand sich um Felsblöcke, so schwarz wie Tinte. Er kam an eine Gabelung. Rechts oder links? Achselzuckend wandte er sich nach rechts, dem breiteren Abschnitt zu. Der butterfarbene Kegel des Lampenlichts fiel auf nassen Kies, auf verstreute Gneißblöcke, auf einen heimtückisch glatten Abhang und auf ... nichts.

»Mat' chestnaya!« schrie der Priester. Er wankte und stützte sich auf seinen Stab, der in eine Ritze rutschte und sich dort fest verkeilte. Noch ein Schritt, und er wäre über den Klippenrand gestürzt. Nur die Lampe hatte ihn gerettet, und das Geschenk des Räubers.

Zitternd vor Schreck und Erleichterung blieb Bruder Anatol auf den Knien liegen. Gesprungener Schiefer schnitt wie mit stumpfen Messern durch seine nasse Robe, aber seine unverjüngten alten Knochen waren so kalt, daß er kaum Schmerz fühlte. Mit gesenktem Kopf murmelte er ein Ave in der alten Sprache. Irgendwo da unten schäumte und brauste ein Bergbach, und es kam Wind auf. Bruder Anatol blickte nach oben. Ein fast voller Mond raste durch Wolkenfetzen dahin. Der Nebel löste sich auf – oder vielleicht war er einfach über den Nebel hinausgestiegen –, und in wenigen Minuten hatte er klare Sicht auf ein enges Hochtal, durch das fadengleich ein silbriger Bach floß. Die gegenüberliegende Wand lag in tiefem Schatten, und darüber erhob sich ein Grat, der in einer großen, mondbeschienenen Klippe gipfelte. Sie war ungefähr so geformt wie eine altmodische päpstliche Tiara. Die Schwarze Klippe.

Anatol kletterte auf die Füße und hob die Lampe hoch. Wahrscheinlich konnten sie ihn sehen! Er stand an einer freien Stelle, ein gutes Stück von der abschirmenden Felsmasse entfernt, und die wachehabenden Fernwahrnehmer mochten schon stundenlang zugesehen haben, wie er sich durch den Nebel mühte. Vielleicht hatten sie sogar die Warnung gegeben.

In einer nur leicht gegen den Wind erhobenen Stimme sagte er: »Guten Abend! Ich bin Bruder Anatol Severinowitsch Gorchakow vom Orden der Minoriten. Ich bin mit einer wichtigen Botschaft hergeschickt worden. Darf ich näherkommen?«

War es nur der Wind – oder zupften spektrale Metasinne an ihm, forschten ihn aus? Prüften die Fremden ihn mit olympischem Wohlwollen – oder hatten sie vor, ihn wie eine aufdringliche Mücke zu verscheuchen?

War da oben überhaupt keiner, und war er nichts als ein alter Spinner mit knurrendem Magen und schnell dahinschwindenden Kräften?

Er hielt Stab und Lampe fest und stand schwankend da. Dann sah er es, weiter unten in der Schlucht, auf seiner Seite des Bachs: Ein winziges rotes Licht. Und dann leuchtete genau dahinter ein weißes auf, und noch ein rotes, und dann viele andere, abwechselnd rot und weiß, rot und weiß – eine gepunktete Linie, die zum Eingang des Tals führte und zweifellos die Fortsetzung des Weges anzeigte. Anatol keuchte. Weitere Lichter sprangen an der gegenüberliegenden Wand des Tals auf und ab und schlängelten sich bis zum Gipfel hoch. Und da oben glühte wie ein Korb voll glosender Kohlen ein freistehendes Gebilde, das einem alpinen Chalet ähnelte. Das hatte auch Schwester Roccaro gesagt.

Anatol schaltete seine Lampe aus. Die letzten Fetzen des Sommernebels hatten sich aufgelöst, und die Berglandschaft lag in hellem Mondschein. So plötzlich, wie es erschienen war, verschwand das Panorama aus Feenlichtern und dem Zauberschloß auf der Klippe. Übrig blieb nur ein einzelner dünner roter Strahl, kein Dutzend Meter von Anatol entfernt, der ihm zeigte, wie er zu der Weggabelung zurückkehren mußte. Bruder Anatol hinkte darauf zu. Bevor er das rote Licht erreichte, ging es aus, und ein weißes ging ein Stück weiter hinten an.

»Sehr freundlich von euch, wirklich«, sagte er. »Trotzdem werde ich noch eine Weile brauchen. Ihr werdet das Wasser heiß halten, ja? Und mir vielleicht ein Butterbrot aufheben?«

Der weiße Stern leuchtete stetig. Bis auf den Wind, der um die Felsen seufzte, war es sehr still.

»Also, ich komme«, sagte Bruder Anatol und nahm seine unterbrochene Wanderung wieder auf.

Im Geist immer noch verbunden, kehrten Elizabeth und Creyn von ihrem letzten metapsychischen Streifzug über Ocala Island zurück. Aber statt sich voneinander zu lösen, warteten sie, sich über den Eichentisch hinweg leicht an den Händen haltend, ob es wieder geschehen würde. Beide hatten sie sich den westlichen Fenstern zugewandt. Der Himmel hinter dem Balkongeländer flammte jetzt vor Sternen, gegen die der hochstehende Mond kaum ankam.

Creyn sagte: Es manifestiert sich.

Elizabeth sagte: Ja. Genau wie bei den beiden letzten Malen. Vielleicht ein bißchen gemächlicher im Zusammenfließen. Sich seiner selbst sicherer.

Creyn sagte: Es *ist* doch ein Simulakrum, nicht wahr?

Elizabeth sagte: Bete zu Gott, daß es eins ist. Laß uns eine genauere Analyse versuchen!

Draußen bildete sich eine Silhouette und verdeckte die Sterne. Es war die Gestalt eines hochgewachsenen Menschenmannes vor den bleigefaßten Fensterscheiben, anscheinend nicht mehr als sieben Meter von ihnen entfernt. Ihre verbundenen Fernsinne konzentrierten sich zu einer Sonde und führten mit äußerster Vorsicht eine Erkundung durch. Waren wirkliche Moleküle anwesend – oder war das Ding nur ein psychokreatives Simulakrum, ein projiziertes Bild, substanzlos wie die Hologramme einer Drei-D-Sendung oder die Übermittlungen der Tanu und Firvulag? Die Sonde wurde von einem ätherischen Phänomen abgewiesen, feiner als ein mentaler Schirm, einem Elizabeth unbekannten Kraftfeld, das eher absorbierte als reflektierte.

Creyn sagte: Er blufft. Anders ist es nicht möglich.

Elizabeth sagte: Psychologische Kriegführung. Weicht auf, bevor es zu einer wirklichen Konfrontation kommt. Verdammt soll er sein.

Der Mann auf dem Balkon trug ein dunkles, glitzerndes Kleidungsstück mit diagonalem Verschluß, buchstäblich hauteng vom Hals bis zu den Zehen. Seltsame Verzierungen, offenbar technischer Natur, saßen in der Region der Schlüsselbeine und der Lenden. Hals und Kopf des Mannes waren bloß. Das lockige Haar stand beinahe wie Tentakel von seinem Schädel ab. Seine Gesichtszüge waren nicht zu verkennen, und er schien sie anzusehen.

Um sich zu vergewissern, daß er sie hörte, sprach Elizabeth im raumüberbrückenden intimen Modus:

Warum kommunizierst du nicht mit uns Marc statt Spielchen zu treiben?

Das Bild war nicht ganz starr. Das Haar bewegte sich, und ein Mundwinkel hob sich um einen Millimeter. Diese Nacht war der Körper, anders als bei seinen beiden früheren Besuchen, von einem schwach leuchtenden Gebilde aus mechanischen Apparaten eingesponnen. Ein hellerer Nimbus aus halb sichtbaren Komponenten umgab den Kopf, und vermutlich waren es dicke Anschlußkabel, die sich in den Nachthimmel hineinwanden.

Creyn sagte: Offenbar ist der gehirnverstärkende Apparat wieder voll betriebsfähig.

Elizabeth sagte: Die ersten beiden Male müssen sie daran herumgebastelt haben. Oder vielleicht war er durch seine Verletzungen gezwungen, ihm unvertraute mentale Schaltungen zu benutzen ...

Nickte der Kopf um eine Winzigkeit?

Kannst du uns im Nah-Konversationsmodus hören, Marc?

Das Lächeln wurde breiter.

Elizabeth sagte: Nun, das ist eine Erleichterung. Wir sind ganz erschöpft davon, dir und deinen Kindern und Aiken und Nodonns Rittern und den Firvulag nachzuspionieren. Das waren anstrengende sechsunddreißig Stunden ... Wir haben dich gestern nacht vermißt. Hat dich das Große Duell so gefesselt, daß dir an einem Besuch bei uns nichts mehr lag? ... Wem hast du zugejubelt? Es war ein ziemlicher Rückschlag für deinen bestürzenden Nachwuchs, aber zweifellos werden die Kinder bald einen neuen Plan parat haben ... Was wollen sie *wirklich* in Europa, Marc? Es liegt auf der Hand, daß mehr dahintersteckt als ihr Wunsch, sich von der Vaterschürze loszureißen und ihr Glück an barbarischen Küsten zu suchen. Ich kann mir nicht vorstellen, daß du ihnen wegen einer so trivialen Sache nachgerast kommst ... Mittlerweile mußt du mit deinen Vorbereitungen für die Reise fast fertig sein. Auch wenn du über der Kyllikki ein Sigmafeld hast errichten lassen, ist uns nicht entgangen, daß an Bord eine bemerkenswerte Anzahl von Ausrüstungsgegenständen verstaut ist ... Wirst du bald Segel setzen? ... Während der letzten paar Wochen ist von Afrika eine Menge geheimnisvollen Geflüsters im intimen Modus herübergeweht. Was haben die Kinder deiner Meinung nach vor? –

Die in tiefen Höhlen liegenden Augen des Phantoms blinzelten langsam. Sein schiefes Lächeln verblaßte.

Elizabeth sagte: Marc, du hast keine Ahnung, wie du meine Arbeit als De-facto-Leiterin des Vielfarbenen Landes komplizierst. Ich bezweifle, daß Bredes Plan, nach dem ich die Patentante für ihr Volk spielen soll, dich und dein lästigen jungen Leute berücksichtigt hat ... Ich habe Aiken von deinen Reisevorbereitungen berichtet, und er ist außer sich. Er nimmt seine Pflichten als König sehr ernst, und ich vermute, er wird jede Frechheit mit all seiner kürzlich erworbenen Macht zurückweisen. Du verstehst doch, was ich meine? Bestimmt bist du Zeuge seiner beiden metafunktionalen Subsumtionen gewesen. Ich bin nicht mehr leicht zu beeindrucken – aber ich muß gestehen, das hat mich stutzig gemacht.

Verengten sich die Augen ein wenig, spannte sich der Mund?

Elizabeth sagte: Ich möchte jede gewalttätige Konfrontation zwischen dir und Aiken vermeiden. Laß mich nachdenken. Euch beide könnte ich vor katastrophalen Fehlkalkulationen schützen ... Aiken ist nicht mehr das zu Possen aufgelegte Wunderkind, mit dem du es zu tun hattest, bevor du in den Tank gingst. Seit Juni hat er sich sehr verändert. Im Aussehen ebenso wie in seinem aggressiven Potential! Er hat die Fallen aus dem Metakonzert-Programm, das du ihm gabst, entfernt und drillt seine Goldenen in der Technik. Diese von Halsringen verstärkten Metafähigkeiten mögen primitiv sein, aber vereinigt erreichen sie ein respektables

Potential. Wenn Aiken genug Leute zusammenbekommt und es lernt, die subsumierten Kräfte voll einzusetzen wird er dir mehr als gewachsen sein ... Überlege sorgfältig bevor du handelst. Rate deinen hitzköpfigen Kindern, ebenso zu tun. Wir können Frieden haben Marc! Willst du nicht wenigstens mit mir darüber reden? –

Die Gestalt draußen auf dem Balkon zerfloß in sternendurchsetzten Nebel, noch bevor Elizabeth ihre vergebliche Bitte beendet hatte. Elizabeth ging vom Kurzstrecken- zum raumüberbrückenden Modus über, rief Marcs Namen, brach ab. Die Vision schimmerte und verschwand spurlos.

Die mentale Verbindung zwischen Elizabeth und Creyn löste sich. Sie rief aus: »Verdammt sei der Mann für seine Arroganz! *Verdammt* sei er!« Sie ließ den Kopf auf die Arme sinken und brach in Tränen aus.

Creyn der Redakteur kam zu ihr und kniete neben ihrem Stuhl nieder. Unwillkürlich klammerte sie sich an ihn. Aufgestaute Angst und Erbitterung brachen aus ihr hervor. Die alte Versuchung, sich zurückzuziehen, war stärker als je zuvor.

Der Geist des Tanu war diskret geschlossen. Da war nur seine körperliche Anwesenheit, die starken, sie umfangenden Arme, die warme, übermenschlich breite Brust, der ruhige fremde Herzschlag.

Elizabeth hörte auf zu weinen und sagte: »Ich bin eine schreckliche Närrin.«

»Es hat dich erleichtert, und das ist gut. Sehr menschlich. Und bei den Tanu ist es übrigens auch nicht anders.«

»Ich habe mein Bestes getan. Als ich nach der Flut im Redakteurshaus erwachte und diese Aufgabe übernahm, hatte ich wirklich vor, mein Bestes zu tun. Damals im Milieu ging das Amt des Dirigenten – das heißt, des Planetenaufsehers – traditionsgemäß an die Person, die es nicht wollte. Und Gott weiß, das bin ich! Aber – ich verpfusche es, Creyn. Siehst du das nicht? Ihr alle meint, eine Großmeister-Fernwahrnehmerin und -Redakteurin müsse eine metapsychische Zauberin sein, eine allwissende Halbgöttin. Und ich war im Milieu nur eine *Lehrerin*, kein ausgebildeter Analysator oder sozioökonomischer Analytiker. Wie kann ich der Ombudsmann und Schiedsrichter für ein so wahnsinniges Durcheinander von Faktionen sein? ... Und jetzt kommt dieser elende galaktische Napoleon von seinem nordamerikanischen Elba über mich! – Brede nannte mich die wichtigste Frau auf der Welt. Welch ein ausgemachter Unsinn! Sieh dir den schrecklichen Fehler an, den ich bei Felice gemacht habe! Ich hatte keine Ahnung, wie man mit einer so gefährlichen Persönlichkeit umgehen muß. Aikens erfolgreiches Eingreifen war ganz allein seine Idee ... Und bald wird er hierherkommen, und ich soll ihm dann helfen, seinen Geist zu integrieren. Von der Subsumtion hat er eine mentale Verdauungsstörung bekommen, die zum Zusammenbruch führen kann, wenn ihm nicht bald geholfen wird. Was soll ich tun? Integriere ich diese Fähigkeiten, die er gestohlen hat, verwandelt er sich vielleicht in eine zweite Felice. Lasse ich ihn auseinanderbrechen, haben Marc oder seine Kinder freie Hand! Ich weiß nicht, wie ich derartig komplizierte Situationen meistern soll, Creyn. Ich bin die falsche Person für die Aufgabe. Einem Dirigenten im Milieu steht eine große Organisation zur Verfügung – der exekutive Arm des Magistratum, die Mitglieder des Rats als Berater, die Einheit, um ihn zu stärken und ihm Trost zu geben. *Ich bin ganz allein.*«

Er sagte: Es würde helfen, wenn du uns lieben könntest.

Sie wich vor ihm zurück. Wie immer, wenn er es wagte, sich diesem gefährlichen Boden zu nähern, schloß sich eine mentale Wand.

CreynmeinFreund nein ich kann nicht ich will nicht nein ...

Er sprach laut: »Es liegt in der Natur unserer beider Rassen, den geliebten anderen zu brauchen. Nicht für sich allein zu kämpfen. Du weißt, daß ich dich beinahe von dem ersten Augenblick an, als wir uns in der Torburg kennenlernten, geliebt habe. Wir waren beide nicht aus eigener Wahl einsam. Der Tod deines Lawrence hatte dich ebenso ins Exil getrieben wie der scheinbare Verlust deiner Metafähigkeiten. Und ich war noch kein Jahr verwitwet, als du zu uns kamst. Damals konnte ich nur im Hintergrund bleiben und beobachten, wie du als Schachfigur der Großen benutzt wurdest. Später dann ... als ich imstande war, dir zu dienen, dir beim

Exodus von Aven zu helfen, dir hier auf der Schwarzen Klippe beizustehen ... nie bin ich glücklicher gewesen. Ich sehne mich von Herzen danach, mein Leben mit dir zu teilen.«

Die Wände waren hoch und steinhart, aber sie hielt ihn mit ihren Armen fest umschlungen. Er fuhr fort: »Höre darauf, was dein Körper sagt. Kein Tanu, kein Mensch ist nur entkörperlichter Geist. Du hast den zweifachen Ausdruck der Liebe kennengelernt, damals im Milieu mit deinem Mann, und es half dir, die Tausende von Kindern, die du unterrichtetest, zu lieben. Jetzt lebst du in einer anderen Welt ... doch du kannst lernen, von neuem zu lieben.«

Elizabeths Stimme war sanft. »Du bist der liebste Freund, den ich habe. Ich weiß, was du anbietest, was du für mich zu tun hoffst, obwohl dir klar ist, daß ich dich nicht auf sexuelle Weise liebe. Aber es geht nicht ...«

»Es ist bei anderen gegangen, in deiner Welt ebenso wie in meiner.« Der Ton seiner Gedanken spiegelte sehnsüchtige Selbstverspottung wider. »Und wir Redakteure sind in solchen Dingen nicht ohne Geschick.«

»Oh, mein Lieber.« Sie hob den Kopf, und sie trennten sich voneinander. Die Tränen flossen von neuem; impulsiv zeigte sie ihm kurz eine brennende Erinnerung. »Wäre es nur so einfach! Aber du hast es selbst gesagt: Ich *habe* einmal geliebt. Wenn ich nicht wüßte, was eine wirkliche Ehe in der Einheit bedeutet ...«

»Ist der Graben so breit?« rief er. »Stehe ich so tief unter dir?«

Sie weinte, vollständig abgeriegelt.

Creyn sagte: »Du hast Brede zur Operanz erhoben, hattest sogar begonnen, sie zu initiieren. Tu es auch für mich! Mit der Zeit könnten wir unsere eigene Einheit schmieden!« Er hielt sie nicht mehr umfaßt, er stand aufrecht, eine hochragende rot-weiße Gestalt, schimmernde Rubine und Mondsteine in seinem Gürtel, ein goldener Reif um seinen Hals.

»Brede war keine Tanu«, erklärte Elizabeth mit dumpfer Stimme. Langsam erhob sie sich von ihrem Stuhl und ging zur Feuerstelle hinüber. Die Klötze aus Tannenholz waren zerfallen und glühten stoßweise auf. Elizabeth kehrte sie mit dem Griff des Schüreisens zusammen und betätigte den Blasebalg, bis ein paar Flämmchen hochzüngelten. »Brede gehörte zu einer widerstandsfähigeren Rasse. In mancher Beziehung menschlicher als eure, in anderer weniger. Sie war unglaublich alt, und das gab ihrem Verstand einen monumentalen Fundus an Ausdauer. Und sie war die Schiffsgattin! Ihr Gefährte hinterließ ihr ein besonderes Erbteil, und es erzeugte die den Geist expandierende Qual, die wir teilten. *Teilten*, Creyn!«

Er nickte. »Mein eigener Schmerz genügt nicht ...«

»Ich weiß keinen Weg, dich so zu stärken, daß du den Aufstieg zur Operanz überleben würdest. Daß *ich* ihn mit dir überleben würde. Verstehst du nicht, was ich dir zu sagen versuche, mein Lieber? Sieh ganz genau in mich hinein. Was ein erwachsener Latenter wie du durchmachen müßte, um diese neuen mentalen Kanäle zu öffnen ...«

»Ich würde alles erdulden, um deine Liebe zu erringen!«

»Du würdest *sterben*. Ich bin unfähig! Es geht über meine Kraft hinaus! Ich kann dich ebenso wenig operant machen, wie ich das arme Schwarzring-Baby Mary-Dedras retten kann. Glaubst du, ich würde euch nicht *alle* befreien, wenn ich könnte? Wenn ich es nur könnte ...«

Von neuem klammerte sie sich an ihn. Sie standen vor den östlichen Fenstern. Er sagte: Gib nicht auf Elizabeth! Laß dich von dem Feuer nicht in Versuchung führen! Halte aus! Wenn du nicht lieben kannst, dann lasse dich von der Hingabe jener, die dich brauchen, trösten. Bete um eine Lösung!

Elizabeth lachte laut heraus. »Brede hat vierzehntausend Jahre auf den Tod gewartet. Werde ich sechs Millionen Jahre warten müssen?«

Seine langen Finger berührten ihre geschwollenen Lider, trockneten die Tränen und ließen Kühle zurück. »Laß diese Gedanken! Blicke zu den Sternen und beruhige dich! Unten warten sie auf uns, schon seit Stunden.«

»Armer Minanonn. Was ich *ihm* sagen soll, weiß ich auch nicht.«

Ohne es zu wollen, wandte sie ihren Blick dem Himmel

zu. »Wie merkwürdig! Diese dichte Gruppe von sehr kleinen Sternen, da unten nahe dem Horizont. Ob das die Plejaden sind ? Es war ein komischer kleiner Haufen, vierhundert Lichtjahre von meinem Heimatplaneten Denali entfernt, und ebenso weit von der Alten Welt – von der Erde. Für uns Kolonisten hatte das eine starke gefühlsmäßige Bedeutung.«

»Wir und die Firvulag haben eine ähnlich symbolische Konstellation, die wir die Trompete nennen. Siehst du sie? Gleich oberhalb der Plejaden. Unsere Galaxis ist so weit weg, daß sie unsichtbar ist, sogar in den Teleskopen, die Zeitreisende ins Vielfarbene Land mitgebracht haben. Aber wir wissen, Duat liegt unter dem Stern, der das Mundstück der Trompete bildet, unzählige Lichtjahre von der Erde entfernt.«

Sein Arm lag um ihre Schultern. Er führte sie zu dem Alkoven gegenüber der Feuerstelle, wo früher der Kraftfeld-Projektor, der Raum ohne Türen genannt, installiert gewesen war. Jetzt war die kleine Nische leer bis auf zwei andere Geschenke der Schiffsgattin: Ein Bild von einer spiralförmigen Galaxis, die zwei große Arme hinter sich herzog, und davor die abstrakte Skulptur einer weiblichen Gestalt.

Creyn sagte: »Wir vertrauen darauf – Minanonn und ich und alle übrigen von der Friedensfaktion –, daß Tana sich tatsächlich um uns kümmert. Daß es eine größere Evolution als die des physischen Universums, des Körpers, der Seele gibt. Daß es ein All gibt, nach dem sich die Schöpfung sehnt. Jede Generation erkennt es deutlicher und kommt ihm dabei näher. Die Anhänger der alten Kriegsreligion glauben, man erreiche dies All nur durch Tod und Auslöschung. Daher rührt ihr Mythos vom Letzten Krieg, der erst unsere kleine abgesonderte Gruppe von Tanu und Firvulag verschlingen und später sämtliche Duat-Welten zerstören sollte.«

»Brede sprach davon«, erwiderte Elizabeth, »und daß dieser Glaube auf die Halsringe zurückzuführen sei. Sie erzählte mir, wie die alten Tanu die Ringe-Technik bei den anderen Duat-Rassen einführten. Doch Brede war schließlich zu der Überzeugung gelangt, es sei eine metapsychische

Katastrophe und habe den Geist eurer Galaxis in eine Sackgasse geführt. Und ihre intuitive Einsicht war richtig, Creyn. Der Reif – *jede* künstliche Verstärkung der Geisteskräfte, die zu einer dauernden Krücke wird – schneidet den Zugang zur Einheit ab. Das haben Marc Remillard und seine Leute im Milieu bewiesen.«

»Die Gläubigen unter uns sagen, daß sogar dies schreckliche Paradoxon, die Sackgasse, in die der Duat-Geist geraten ist, irgendwie in das größere Muster paßt – und gelöst werden wird.«

Elizabeth wandte der Statue und der Galaxis den Rücken und trat ans Feuer. Sie ergriff einen bronzenen Schürhaken und stocherte halbherzig in dem niedergebrannten Holz. Ein paar Funken flogen.

»Dieser Ansicht war Brede meiner Meinung nach nicht. Sie gelangte am Ende zu der Überzeugung, daß die Evolution des Duat-Geistes sich nur in eurer Verschmelzung mit der menschlichen Rasse fortsetzen werde. Vielleicht hatte sie eine Vision von den Überresten der Pliozän-Bevölkerung, die sich mit dem primitiven Homo sapiens paarte – und metapsychische Samenkörner in die riesigen, wunderbaren, leeren Neandertaler-Gehirne pflanzte. Voilà! Sofort ist der Cro-Magnon-Mensch da. Wirklich komisch ist, daß der moderne Menschentyp *tatsächlich* mit verdächtiger Plötzlichkeit auftauchte und in knapp fünfzigtausend Jahren den Sprung zur metapsychischen Operanz schaffte.«

Sie stieß heftig in das sterbende Feuer. Die Scheite, schon fast völlig zu Holzkohle reduziert, zerfielen in Stücke. Elizabeths Stimme war ausdruckslos, ihr Gesicht fest versiegelt. »Wenn du das den Meisterplan eines barmherzigen Gottes nennst, dann ist dein Glaube kaltblütiger als meiner, Creyn. Wir Menschen sind dann zur Einheit aufgestiegen, indem wir den zum Untergang verurteilten Duat-Geist als Trittstein benutzten. Hast du schon einmal gesehen, wie Wanderameisen im Dschungel einen Bach überqueren? Tausende von ihnen vereinigen sich und ertrinken freiwillig, damit ihre glücklicheren Gefährten das Wasser überqueren können, ohne nasse Füße zu bekommen.«

»Elizabeth, die Leute in der Duat-Galaxis *wissen es nicht.*«

»Aber ich weiß es.« Sorgfältig stellte sie den Schürhaken an seinen Platz. »Und ich kann es nicht ertragen. Im ganzen nicht, und im einzelnen nicht.«

»Du spielst nur mit der Verzweiflung«, behauptete er.

»Ich weiß. Schwester Amerie pflegte zu sagen, Spott mit dem Heiligen Geist treibe man auf eigene Gefahr – doch es gelang ihr nicht völlig, mir das abzugewöhnen.« Elizabeth lächelte strahlend. »Sollen wir nach unten gehen und die Konferenz eröffnen?«

Die große Tür zum Grand Salon des Chalets flog auf, und Lärm drang herein. Elizabeth und die Mitglieder der Friedensfaktion, die sich völlig auf ihre Gedankenverbindung konzentriert hatten, waren so verblüfft, daß sie gar nichts taten. Das gab dem Bruder die Möglichkeit, sich von Mary-Dedra und dem Haushofmeister Godal und den anderen beiden Tanu-Hausbewohnern loszureißen, die ihm von der Küche aus nachgejagt waren. Festhalten hatten sie den alten Mann wegen mangelnder PK oder koerzibler Fähigkeit nicht können. Bruder Anatol platzte in den Salon, und die Verfolger riefen und griffen nach ihm und sandten telepathische Entschuldigungen und verspätete Bitten um Hilfe aus.

»Halt!« brüllte Minanonn und erhob sich aus den Tiefen des Sofas wie der zürnende Jupiter.

Das gesamte Quintett der Eindringlinge erstarrte und verstummte.

»Wer, in aller Welt ...«, begann Elizabeth.

Minanonn lockerte seinen koerziblen Griff bei den Leuten der Schwarzen Klippe, und diese nahmen sich zusammen. Der ältere Menschenmann in dem zerlumpten Franziskaner-Habit balancierte weiter auf einem Fuß, die geballten Fäuste erhoben. Seine Augen waren wach und glitzerten.

»Wir haben ihn gastfreundlich aufgenommen«, entrüstete sich Mary-Dedra. »Wir haben ihm geholfen, das Chalet zu finden, wir haben ihn getrocknet und ihm ein gutes Abendessen gegeben!«

»Er machte einen ganz harmlosen Eindruck«, ergänzte der Haushofmeister Godal, »bis es Dedra herausrutschte,

Elizabeth sei endlich nach unten gekommen, um mit euch Erhabenen zu sprechen ...«

»Und da rief der alte Dummkopf etwas über seine Mission«, fuhr Mary-Dedra fort, »und stürmte hier herauf, bevor wir wußten, was los war! Jetzt werden wir ihn, wenn es euch recht ist, zur Vordertür hinauswerfen.«

Dionket der Heiler meinte: »Zuerst sollten wir uns lieber anhören, was er möchte.«

»Laß ihn sprechen, Minnie!« bat Peredeyr Einwanderer.

»Aber halte ihn trotzdem fest!« warnte Meyn der Nichtschlafende.

Der Bruder, immer noch unbeweglich vom Hals abwärts, benetzte die Lippen und räusperte sich. Er richtete die Augen auf Leilani-Tegveda die Schönstirnige und fragte: »Spreche ich mit der Großmeisterin Elizabeth Orme?«

»Das bin ich«, meldete sich eine sehr viel weniger imposante Frau in einem strengen schwarzen Gewand.

Der paralysierte Priester blickte etwas erleichtert drein. Trotz seiner lächerlichen Haltung sprach er mit Würde. »Mein Name ist Anatol Severinowitsch Gorchakov, und ich gehöre zum Orden der Minoriten. Ihre Freundin Amerie Roccaro hat mich geschickt, Ihr geistlicher Berater zu sein.«

Elizabeth starrte ihn sprachlos an.

»Sie können mich jetzt loslassen«, wandte Bruder Anatol sich an Minanonn. »Ich werde friedlich zu meinem Abendessen zurückkehren, und Sie können mit Ihrer Konferenz weitermachen.« Zu Elizabeth sagte er: »Sie sollten nur erfahren, daß ich da sein werde, wann immer Sie bereit für mich sind.«

Minanonn sah Elizabeth an. Sie nickte.

Der koerzible Griff löste sich. Anatol stellte seinen Fuß auf die Erde, öffnete die Fäuste und zog seinen Gürtelstrick zurecht. Es gelang ihm, ein etwas zitteriges Kreuz zu schlagen. »Wenn Sie bereit sind«, wiederholte er, dann drehte er sich um und ging aus der Tür.

5

Um ein Haar wäre der allererste Besuch der gräßlichen Houri bei Tony Wayland auch der letzte gewesen.

Halb wahnsinnig vor Angst und noch benommen von der Befragung durch ihre Schrecklichen Majestäten Sharn und Ayfa, war Tony überzeugt gewesen, auf ihn warteten nur noch Folter und Tod. Er war erstaunt, aber nicht geneigt, Fragen zu stellen, als das verführerische Wesen seine Zelle im Verlies von Hoch-Vrazel betrat. Vielleicht sollte sie ihn zu neuem Verrat an der Menschheit provozieren. Vielleicht war sie nur das Firvulag-Gegenstück zu einer letzten Zigarette für den Verurteilten. So oder so ... sie war geschmeidig und wollüstig, mehr oder weniger menschlich proportioniert, und obwohl ihre kohlschwarze Haut und das scharlachrote Kopf- und Körperhaar ihre exotische Herkunft verrieten, wäre er nie auf die Wahrheit gekommen. Er lag bereits in ihren Armen und war auf dem besten Weg zum Punkt, an dem es keine Umkehr mehr gibt, als die Katastrophe auf höchst unwahrscheinliche Weise abgewendet wurde.

Karbree der Wurm, der Riese, der ihn gefangengenommen hatte, kam in das Verlies getrampelt, hämmerte mit beiden gepanzerten Fäusten gegen die Holztür der Zelle und brüllte:

»Skathe! Ich weiß, daß du da drinnen bist, du pfefferfotzige Ramafickerin! Haha! Pech gehabt, Kameradin! Wir brechen *augenblicklich* nach Goriah auf.«

Diese dämonischen Mißklänge ließen die Luft aus Tonys amourösen Bestrebungen. Die Houri sprang mit wütendem Kreischen von ihm und verfluchte das lachende Monster auf der anderen Seite der Tür.

»Dafür kann ja ich nichts, Süße«, gurrte Karbree. Ein grünes Schlitzauge funkelte durch das Guckloch der Tür. »Es ist Sharns und Ayfas Entscheidung. Sie wollen Abgesandte an Ort und Stelle haben, gleich nachdem Nodonn das Gehirn des menschlichen Usurpators gebraten hat. Wir sollen von ihm die Rückgabe unseres heiligen Schwerts verlangen, bevor ihm etwas einfällt, wie er sich vor der Erfüllung seines

Versprechens drücken könnte. Die königlichen Hoheiten befehlen, daß wir Hoch-Vrazel noch in dieser Stunde verlassen – also vergiß dein anrüchiges Experiment und steck deinen Arsch in die Rüstung!«

Die Houri beugte sich über Tony, und ihr herrliches Haar fiel wie ein Vorhang über ihn. Ihre Hände liebkosten seine Brust. »Später, lieber Toniie«, flüsterte sie und zog mit einem blutroten Fingernagel eine Linie vom Brustbein zum Nabel. Die Zelle kreiste um ihn. Sie küßte ihn mit Lippen, die nach Erdbeeren schmeckten, und einen Sekundenbruchteil lang glaubte er, sie sei seine im Stich gelassene Koboldfrau.

»Rowane, geh nicht!« rief er.

Dann verschwand die Illusion, und ihm entrang sich ein Schluchzen des Entsetzens.

Vor ihm ragte die abstoßende Ogerin auf, die die Schreckliche Skathe genannt wurde; ihr Scheitel berührte die Dekke. Sie grinste, wobei sie einen Mundvoll gelbe Hauer wie gekrümmte elefenbeinerne Dolche zeigte.

»War ich nicht gut?« Sie faßte Tony unter das Kinn. Ihre Faust war schinkengroß, und der kitzelnde Finger hatte eine Klaue, die einem Feuerrücken-Adler Ehre gemacht hätte. »Was nun?« überlegte das Monster. »Ich sehe keinen Grund, warum wir dich nicht mitnehmen sollten. Wir werden auf dieser verdammten königlichen Mission schnell reisen, aber du kannst hinter mir im Sattel sitzen. Irgendwann unterwegs werden wir unsern magischen Augenblick schon finden.«

Länger als zwei schlaflose Tage reisten die Firvulag-Helden und ihr mitgeschleppter menschlicher Begleiter westwärts. Halt machten sie nur, um zu Schanden gerittene Chalikos gegen frische einzutauschen. Dann erfuhren sie in Burask von Nodonns Niederlage, und der ursprüngliche Auftrag wurde fallengelassen. In der Hoffnung, ihr unterbrochenes Experiment von neuem beginnen zu können, buchte Skathe eine teure Suite im besten Hotel der Stadt, das zu der Zeit, als Burask den Tanu gehört hatte, der lokale Freudendom gewesen war. Doch Tony sagte, als die Houri wiederauftauchte, nur mit schwachem Hohnlächeln: »Nichts zu machen«, brach zusammen und schlief wie ein Toter.

Skathe verfluchte ausgiebig den menschlichen Mangel an Widerstandskraft und nahm ihre Riesenform wieder an. Es gab Möglichkeiten, Tony zu wecken, und andere putzige Experimente außer den erotischen, an denen sie ihn als Vorspiel zu der krönenden Lustbarkeit teilnehmen lassen konnte. Aber die Ogerin hatte sich kaum die Methoden zurechtgelegt, als es in ihrem Gehirn klingelte. Das pelzbedeckte Bett, auf dem Tony schnarchte, flackerte und wurde undeutlich, und an seiner Stelle erschien eine Vision von Königin Ayfa.

Skathe, mein Großer Hauptmann! ertönte die ferngesprochene Stimme der Monarchin.

»Hier bin ich, Schreckliche Hoheit.«

Wieder bei deinen alten vulgären Spielen, wie ich sehe – während Prinzen sterben und Welten beben und Omen und Vorzeichen wie Pilze in einem Strohmisthaufen sprießen! Nun, du kannst deine Amüsements vergessen. Große Taten sind zu verrichten – Schlachten! –, und du wirst dabei sein.

»Ich bin deine gehorsame Vasallin, Souveränin der Höhen und Tiefen.«

Das ist schon besser ... Ich möchte, daß du und der Wurm auf Teufel komm raus nach Bardelask reitet. Da Nodonn tot und der Usurpator nicht in Höchstform ist, bietet sich uns eine ausgezeichnete Gelegenheit, den entscheidenden Angriff zu führen. Die Stadt ist von einzelnen Attacken stark geschwächt und reif zum Fall. Wir haben Mimee von Famorel befohlen, auf Bardelask zu marschieren – und du und der Wurm werdet als offizielle Beobachter fungieren. Sharn und ich wollen einen wahrheitsgetreuen Bericht, keinen vor Eigenlob stinkenden bombastischen Quatsch von dem Vogelgehirn. Du kennst diese männlichen Generale! Sie blähen ihre Meldungen mit endlosen Aufzählungen ruhmreicher Taten auf und verkürzen die Liste der Gefallenen und die Leistungsquoten pro Einheit und das Verzeichnis der Beute. Dies wird der erste Kriegseinsatz der Famorel-Armee seit mehr als fünfzig Jahren sein. Sie haben sich beim letzten Großen Wettstreit, als der Generalstab sie unter scharfer Beobachtung hielt, recht gut gehalten – aber ich möchte sicher sein, daß sie sich die neuen Kampfweisen zu eigen gemacht haben.

»Vereinigte Waffen, vereinigte Gehirne!« warf Skathe gewandt ein, den neuen Siegesruf der Firvulag zitierend.

Heb dir die Propaganda für die Truppen auf – nicht etwa, daß sie einen besonderen Ansporn brauchen werden, da Bardelask die größte Brauerei des Vielfarbenen Landes besitzt ...

»Also, das nenne ich ein strategisches Ziel!«

Du behältst einen klaren Kopf – und das gilt auch für den Wurm. Sonst ...! Denk daran, wir verlassen uns darauf, daß Famorel unsere Südflanke bewacht, wenn wir nächsten Monat den großen Angriff auf Roniah durchführen. Die Eroberung von Bardelask ist nichts als ein kleines Scharmützel, aber uns gibt es die Chance, die Schlagkraft Famorels zu beurteilen. Mach deine Sache gut. Ist die Schlacht gewonnen und hast du deine Berichte eingesandt, interessiert es mich nicht mehr, wieviel Bier du säufst und wie viele Geringe du frißt. Nun setz dich in Bewegung – und Slitsal!

Die Krieger-Ogerin salutierte der verblassenden Vision. »Slitsal, Hochkönigin!« Dann warf sie sich Tony über die Schulter und machte sich zu den Hotelställen auf.

Zehn Stunden später erreichten die beiden Großen Hauptleute der Firvulag und ihr bewußtloser Gefangener ein gewisses verlassenes Tanu-Fort an der Saône. Ein dichter Nebel, der sich über die Côte d'Or heranwälzte, hatte sie nur geringfügig aufgehalten. Dort übernahmen sie ein für sie bereits konfisziertes Flußboot samt der menschlichen Bootsführerin, der man den Halsring abgenommen hatte. Die Firvulag-Soldaten, deren Aufgabe die Beschaffung des Bootes gewesen war, verluden das Gepäck der Helden. Tony stand währenddessen benommen an der Anlegestelle des Forts und fragte sich, wo er sei.

Die Bootsführerin, eine unansehnliche Bohnenstange von einer Frau, erwies sich als unerwartet kriegerisch, obwohl sie ihren grauen Reif eingebüßt hatte und ihre beiden Knöchel an einen siebenundzwanzig Kilo schweren Anker angekettet waren, den sie gezwungen war, in den Armen zu halten. Sie spie Karbree vor die bespornten Füße, als er ihr befahl, sie nach Bardelask zu bringen, und erklärte: »Is' nich. Hau ab!«

Der Wurm kniff die Schlangenaugen gutgelaunt zusammen. »Sie nicht unvernünftig, Geringe! Du hast nur eine Alternative, und die ist traurig – eine Unterrichtsstunde im Tauchen, wobei dir jenes große Stück polymerummanteltes Blei auf den Grund der Saône vorausgehen wird.«

»Ich kann ebenso gut jetzt sterben wie später«, gab sie gelassen zurück. »Jeder weiß, was mit Menschen passiert, die ihr Teufel gefangennehmt. Vergewaltigung, Verstümmelung, und dann darf man mit brechenden Augen zusehen, wie Stücke von einem gefressen werden. Nein danke, Oger. Du kannst mich gleich ertränken.«

»Du hast zu vielen Tanu-Lügen zugehört, meine Liebe«, sagte Skathe. Sie stieß Tony die Laufplanke hoch und manövrierte ihn auf einen bequemen Sitz. »Frag den Jungen hier! Niemand hat *ihn* gefressen.«

»Noch nicht«, antwortete die Frau.

Tony war mit einem Schlag hellwach.

Skathe krächzte fröhlich. »Nichts als Propaganda! Märchen! Oh, ist das ein schönes Boot!«

Karbree richtete sich zu voller Höhe auf. Seine Obsidian-Rüstung, eingelegt mit Hunderten von grünen Beryllen und mit ziseliertem Gold geschmückt, schimmerte herrlich in den wirbelnden Nebelschwaden. »Weißt du, wer wir sind, Geringe? Helden des Großen Wettstreits! Friedliche Gesandte des Firvulag-Hofs!«

»Ihr seid Gespenster, und Gespenster fressen Menschen.« Die Bootsführerin beharrte auf ihrer Meinung. »Wenigstens tun das die Riesenwüchsigen unter ihnen – und in dem Punkt hast du eine Eins mit Stern, Langer.«

Karbree schlug mit der Faust gegen seine Brustplatte, daß sie dröhnte. »Bei meiner Ehre als Mitglied des Gnomenrats – ich, Karbree der Wurm, schwöre, daß dir kein Leid geschieht, wenn du mit uns kooperierst! Fahr uns drei schnell nach Bardelask, bring uns an der Marine-Patrouille der Tanu in Roniah vorbei und sicher durch die vier Stromschnellen, und wir lassen dich mit deinem eigenen Boot frei, sobald wir unseren Bestimmungsort erreicht haben.«

Das Gepäck war verstaut, und Zwergensoldaten standen

an den Bug- und Heckleinen bereit. Karbree lächelte, streckte der Bootsführerin die Hand hin und erbot sich: »Laß mich deinen Anker in den Radkasten tragen.«

Die Frau nagte an ihrer Unterlippe. »Also ...«

»Ein so gut in Schuß gehaltenes Boot«, lobte Skathe. »Es muß sehr schnell sein. Wie lange werden wir für die Reise brauchen, meine Liebe?«

»Nach Bardelask bringe ich euch in sechsundzwanzig Stunden. Schneller, wenn der Nebel sich verzieht und ich die Stromschnellen mit Höchstgeschwindigkeit hinunterschießen kann.«

»Wunderbar«, sagte die Ogerin. »Dann legen wir jetzt ab.«

»Na gut, abgemacht.« Die Bootsführerin ging über die Laufplanke, wobei Karbree fürsorglich den Anker trug, und ein paar Minuten später waren sie unterwegs.

Auf der ruhigen Strecke des Flusses unterhalb von Roniah, als die zunehmende Dunkelheit und der Nebel das plastiküberspannte Boot in einen sanft schaukelnden Mutterleib verwandelten, schlief Tony wieder ein und träumte, das schreckliche Wesen, das ihn in Banden hielt, sei keine Firvulag-Kriegerin, sondern seine Heulerfrau Rowane.

»Ich wollte dich nicht verlassen«, murmelte er. »Es ist nur so, daß ich in letzter Zeit nicht allzu stark bin. Hätte man mir nur meinen silbernen Reif nicht geraubt, wäre alles in Ordnung gewesen. Verzeih mir, daß ich fortgegangen bin. Verzeih mir ...«

Sie antwortete: »Aber du bist nicht gegangen, geliebter Toniie. Du bist hier bei mir. Du brauchst keine Angst zu haben. Liebe mich so, wie du es immer getan hast.«

»Ich kann es nicht ohne Reif. Das ist ja das Problem.« Aber Rowane – oder war es die rothaarige Houri? – hörte nicht auf, ihn zu quälen, und er versuchte, sich an eine Gefahr zu erinnern, und wollte sie wegschieben und schlug auf einer Couch um sich, die viel zu schmal war. Und als er die schlaftrunkenen Augen öffnete und endlich sah ...

»Aaouh!« schrie er und boxte wild in die Luft. Er fiel von der glatten Ledercouch und landete flach auf dem Gesicht.

Glücklicherweise war das Deck des pneumatischen Fahrzeugs ziemlich elastisch.

»Alles in Ordnung da hinten?« fragte die amüsierte Stimme Karbrees aus der vorderen Kabine, aus der ein rhythmisches Quietschen zu hören war.

»Nein!« rief Skathe. »Kümmere dich um deine eigenen Angelegenheiten, Wurm!«

»Da bin ich gerade damit beschäftigt, Süße.«

Die Houri hob Tony auf und setzte ihn wieder auf die Couch. Das einzige Licht war ein grünliches Glühen von den zahlreichen Instrumenten im Heck. Es hatte die unerfreuliche Wirkung, daß sich das Haar des Sukkubus von Scharlachrot in Schmutziggrau verwandelte. Die Houri schmiegte sich an ihn, küßte den Winkel seines Kinnbackens und streichelte sein Rückgrat.

Er zuckte zurück. »Bitte, laß das! Ich möchte meine Kleider wiederhaben.«

Ihre Fingernägel zwickten sein Ohrläppchen. Die Küsse schlitterten wie leichtfüßige Insekten seine Brust hinunter. »*Ich* möchte etwas ganz anderes!«

Aber er erschauerte und entzog sich ihr. »Du hast noch eine Menge über menschliche Männer zu lernen. Du kannst mich einfach nicht zwingen, weißt du. Ich muß in der richtigen Stimmung sein. Was ich in diesem Augenblick absolut nicht bin.«

»Fürchtest du dich, armes Baby? Das brauchst du nicht. Ich verspreche, nach unserm kleinen Experiment lasse ich dich gehen. Nur ... kooperiere ein bißchen! Unsere Leute haben immer ein starkes Vorurteil gegen Verbindungen mit euch Menschen gehabt. Doch in letzter Zeit wird erzählt – man hat es von den Heulerfrauen in Nionel, die menschliche Gefährten gewählt haben –, ihr sollt etwas ganz Besonderes sein.«

Trotz allem kitzelte das Tonys Stolz. »Es liegt ein gewisser Reiz in der Neuheit«, gestand er verschämt ein.

»Genau! Also, was paßt dir nicht? Dieser Körper, den ich trage, spricht dich nicht an? Laß mich einen anderen versuchen! Du hattest eine Heulerfrau, deshalb glaubte ich, du seist für etwas Ausgefallenes. Aber ich kann ebenso ein menschliches Mädchen sein. Oder ... Du bist doch ein Silberring gewesen. Wie wäre es dann mit einer dominierenden Blondine mit langen Hängebrüsten?«

»Bitte!« Tony rückte von ihr ab.

Das Gesicht der Houri nahm einen grübelnden Ausdruck an. »Was hast du damit gemeint, du seist nicht stark genug, seit du deinen Ring verloren hast? Du bist doch nicht ausgebrannt, oder?«

»Natürlich nicht! Es ist nur ... ah ... nun, weißt du, wenn Menschenmänner mit euch fremden Frauen schlafen – also, wenn wir einen Ring tragen, dann können die meisten von uns ... ah ... mehr leisten. Wohingegen ohne Ring – und auch mit Ring, wenn einer sich als inkompatibel erweist ... ich meine, es besteht die Gefahr ... da kommt ein gewisser Hemmfaktor zum Tragen ...«

»Ah-*ha!*« sagte Skathe.

Es folgte ein nachdenkliches Schweigen. Tony tastete im Dunkeln umher und fand seine Hose und sein Hemd. Die Houri tat nichts, um ihn aufzuhalten. Dankbar schlüpfte er in seine Kleider und rutschte gleichzeitig ans andere Ende der Couch. Das Monster folgte ihm nicht, hielt aber ständig den Blick auf ihn gerichtet.

Endlich sagte Skathe: »Du hast keine wesentlichen metapsychischen Kräfte. Warum haben dir die Tanu dann einen silbernen Reif gegeben? Damit du den Draufgänger im Freudendom spielen konntest?«

Tony entrüstete sich. »Ganz gewiß nicht. Ich war eine sehr bedeutende Persönlichkeit in Finiah. Meine beruflichen Fähigkeiten als Metallurg wurden hochgeschätzt. Ich hatte die Leitung des Barium-Abbaus.«

»Interessant. Die Barium-Mine war unser Hauptziel, weißt du. Madame Guderian erklärte uns, ohne Barium-Quelle seien die Tanu nicht imstande, neue Halsringe herzustellen.«

Tony hatte das bestimmte Gefühl, zuviel gesagt zu haben. Eilends setzte er hinzu: »Die Mine ist völlig unter Lava begraben. Es besteht nicht die kleinste Chance, sie wieder zu eröffnen. Nicht in einer Million Jahren.«

»Oder in sechs«, sagte Skathe.

Tony verhielt sich sehr ruhig. Der Körper der Houri schmolz, streckte sich. Die Schreckliche Skathe blickte auf ihn nieder und fragte sachlich: »Warum bist du durch das Zeitportal gekommen, Tony?«

»Nun ... es war im Grunde die alte Geschichte. Meine Liebste sagte mir, sie verlasse mich eines anderen wegen, und das war mein unmittelbarer Vorgesetzter. Wir drei arbeiteten zusammen in der gleichen Firma, verstehst du, und es war überhaupt keine Rede davon, daß *sie* gingen. Die Situation wurde unerträglich.«

»Also bist du weggelaufen.«

»Tatsächlich habe ich sie beide in eine Achthundert-Tonnen-Schmiedepresse gestoßen.«

Dem Monster quollen die Augen aus den Höhlen. »Tés Titten!«

»Seinerzeit wurde es als Unfall angesehen, aber ich wußte, früher oder später würden die forensischen Redakteure des Milieus mich schnappen. Mir schien es das Vernünftigste zu sein, die Platte zu putzen.«

Skath tätschelte Tony den Kopf. »Weißt du, du *gefällst* mir.«

»Warum läßt du mich dann nicht frei? Ich werde dir für dein Experiment nie von Nutzen sein. Abgesehen davon, daß ich mich zu Tode vor dir fürchte, bin ich so müde, daß ich eine Woche schlafen könnte, und gräßlichen Hunger habe ich auch.«

»Hunger hast du, ja, verdammt!« Sie brach in wahre Lachsalven aus, die Karbree an die Abteiltür brachten. »Wirf den Freßkorb herein, Wurm!« Sie zwinkerte Tony zu. »Wenn du gegessen hast, ruhst du dich aus! Schnall dich in einem der weichen Sessel an, damit du von den Stromschnellen nicht gestört wirst. Ich habe unten in Bardelask etwas zu erledigen, aber wenn das vorbei ist – werden wir sehen, ob ich dich freilasse.«

Wieder träumte Tony. Diesmal ging es um Finiah, die brennende, verwüstete Stadt. Leichen lagen zuhauf in den Straßen, und Firvulag-Ungeheuer sammelten sich zu ihrem entscheidenden Angriff auf das Palasttor. Lord Velteyn und seine Fliegende Jagd schwebten in dem Qualm, ihre mutigen Schlachtrufe hallten in seinem Gehirn wider, während er, Tony, ein Aquamarin-Schwert schwang und sich einen Weg durch eine Horde von angreifenden Geringen hackte.

Aber das hatte er nicht getan.

Noch während das Traum-Drehbuch ablief, erkannte Tony, daß es falsch war. Er hatte keine Ahnung gehabt, daß Finiah angegriffen wurde, bis das Gesindel von den Verborgenen Quellen in den Freudendom eindrang, seine Tanu-Bettgefährtin mit einem eisenbesetzten Streitkolben totschlug und ihn vor Gericht schleppte. Der Traum-Tony ließ sich von diesem Widerspruch nicht beeinflussen und kämpfte bis zu dem Augenblick, wo der Schläfer seine Augen öffnete und die Wirklichkeit erkannte: Schmutzige Rauchwolken, die sich über das Plastikblasen-Dach des Bootes wälzten, schwach zu vernehmendes Kriegsgeschrei und den unmißverständlichen Geruch nach einer Schlacht, der ihm in die Nase drang und ihn vor Schreck voll wach werden ließ.

Er war allein in der Heckkabine des Bootes. Es hatte inmitten von so hohen und dichten Papyrusstauden Anker geworfen, daß Tony auf keiner Seite Einzelheiten der Landschaft erkennen konnte. Der Blick nach vorn war weniger beschränkt. Er sah eine Landestelle mit zerstörten, brennenden Gebäuden, und als die Luft für einen Augenblick klar wurde, erhaschte er einen Blick auf eine Tanu-Zitadelle mit brandgeschwärzten Mauern und niedergebrochenen Türmen und einem einzigen Widerstand leistenden blauen Strahl vor dem sich senkenden Himmel. Vielfarbene Lichter zuckten stoßweise hinter den Fenstern der Festung auf. Ab und zu gab es kleine Explosionen, die unheimlich an das Knattern schwerkalibriger Gewehre erinnerten.

Es ließ sich nicht daran zweifeln, daß das hier Bardelask war. Und die Schlacht schien beinahe vorüber zu sein. *Wie lange hatte er geschlafen?*

Ob die Monster ihn allein zurückgelassen hatten? Tony machte sich auf den Weg nach vorn. Und dann kamen von dort unbestimmte leise Geräusche und murmelnde Stimmen und ein plötzlicher Ausbruch gedämpften Gelächters. Tony blieb stocksteif stehen.

»Wunderbar. Großartig!« Die Stimme gehörte Karbree dem Wurm.

»Nichts kratzt einen so auf wie ein anständiges Scharmützel«, stimmte Skathe ihm zu. »Gerade genug, um den niedrigeren Appetit zu reizen.«

Karbree kicherte scheußlich. »Ich bin immer noch der Meinung, du hättest deinen auch mitbringen sollen.«

»Das kommt noch, Kamerad. Ich habe meine eigene Art.«

»Du hast mir zugesehen, ich werde dir zusehen. Das ist nur gerecht.«

»Teil wenigstens die Reste mit mir«, verlangte Skathe.

Der Wurm knurrte, dann gab er gutmütig nach. »Na, zum Teufel, warum nicht? Hier – versuch mal diese Zehen.« Es knirschte.

Tony spürte, wie seine Eingeweide sich in einen eiskalten Klumpen verwandelten. Murmelmurmel ... *Tanu-Lügen!* ... Murmelmurmel ... *Propaganda, bei meiner Ehre als Mitglied des Gnomenrats* ...

Jemand stieß einen kolossalen Rülpser aus. Jemand anders entließ einen satten Seufzer. Die Stimmen der Firvulag schienen in größere Entfernung zurückzuweichen.

»Ja, das war eine großartige kleine Schlacht«, bemerkte Karbree. »Die Disziplin des Fußvolks brach so ziemlich zusammen, nachdem die Brauerei erobert worden war, aber man darf keine Wunder erwarten.«

Skathe pflichtete ihm bei. »Aber dem alten Mimee dem Vogel stelle ich für die Haupthandlung das beste Zeugnis aus. Und seine Sondereinheiten haben sich prächtig gehalten, wenn man die geringe Zahl von hochtechnisierten Waffen bedenkt, die wir nach Famorel haben schicken können.«

Der Wurm lachte wiehernd. »Und blickte die erhabene Lady Armida nicht überrascht drein, als Anduvor Doppelfuß ihr das Stahlmantelgeschoß in den Magen feuerte? Zu schade, daß die Leiche in den großen Gärbottich fiel. Das hat die ganze Partie Bier verdorben.« Bei der Erinnerung mußten die Oger lachen. Etwas Großes klatschte ins Wasser, dann ein paar kleinere Sachen. Sicher machten sie sich ans Aufräumen. Karbree gähnte laut.

»Warum hältst du nicht ein Nickerchen?« fragte Skathe

ihn. »Ich habe eine Menge Vorspiele weiblicher Art im Sinn, die ich genießen möchte, bevor ich zu meinem eigenen Hauptereignis komme. Ich will mein Zierpüppchen hänseln, bevor ich ihm sein kleines Souvenir an Bardelask gebe. Ich will ihn betteln hören. Mir beim Aufbau Zeit lassen. Aber ich wecke dich, wenn der Spaß richtig losgeht – keine Bange!«

Schiere Panik gab Tony endlich Kraft. Er drehte sich um und taumelte zum Heck. Es gab keine Möglichkeit, über Bord zu entfliehen. Hinter dem Radkasten war das Boot immer noch überdacht, und die Plastikfolie wurde von hartnäckigen kleinen Klammern festgehalten. Also mußte er sich verstecken – doch die großen Deckluken wollten nicht nachgeben, und die Kästen waren zu klein für ihn, und die Räume unter den Bänken waren bereits mit Schiffszubehör vollgestopft. Es war sinnlos, sich im Bugabteil zu verschanzen; das weibliche Monster war fähig, die Tür mit einem Ruck aus den Angeln zu reißen. Dann blieb nur noch der Haufen von Gepäck im Heck – alle Arten von Beuteln und Taschen und Kisten und Kartenmappen, zum größten Teil geöffnet, so daß der Inhalt in wirrem Durcheinander auf den Planken lag. Er konnte sich in den Haufen hineingraben und ...

»Toniie, bist du wach?«

Er erstarrte, teilweise hinter einem riesigen ledernen Kabinenkoffer verborgen. Die Houri schlich den Gang entlang. Er sah sie eintreten, dunkelhäutig, gekrönt von der fließenden Mähne in üppigem Scharlachrot. Sie hielt etwas in der erhobenen Hand, etwas, das im Licht der brennenden Stadt metallisch schimmerte.

»Ich habe dir ein wundervolles Geschenk mitgebracht, Liebling – genau das, was du brauchst! Wir werden an meinem kleinen Experiment den größten Spaß haben ...«

Stirnrunzelnd hielt sie inne. »Toniie, willst du mich ärgern?«

Er schrumpfte zusammen, versuchte in seiner Verzweiflung, in den geräumigen Lederkoffer mit all seinen Unterteilungen und Halteschlaufen zu kriechen, und dann fühlte er, in einer Art offener Scheide hängend, etwas Schlankes,

Hartes, länger als sein Arm. Er zog es heraus und traute seinen Augen nicht. Die Monster hatten natürlich andere Waffen geführt. Das hier –

»Komm sofort da raus!« zischte Skathe und schwenkte zornig das Geschenk. Endlich sah Tony, was es war.

Ein Halsring. Kein silberner. Das war Gold.

Er lugte über den Rand des Kabinenkoffers und grinste. »Ich habe nur Spaß gemacht, Schätzchen!« Seine Hände, außer Sicht, fummelten ungeschickt herum. Doch da war vor langer Zeit dieser Ferientag auf der barbarischen Assiniboia gewesen, und diese klassischen Stücke waren schließlich alle nach einem Muster gemacht.

Die Schreckliche Skathe hüpfte lachend in einer Parodie auf einen indischen Tanz näher. Sie war so verführerisch wie eine Schwarze Witwe kurz vor der tödlichen Umarmung des Spinnenmännchens. Tony stellte sich langsam auf die Füße, hielt das Ding bis zum letztmöglichen Augenblick mit der Spitze auf das Deck gerichtet. Dann, als sie die Hand mit dem Reif in die Höhe streckte, hob er die archaische Elefantenbüchse vom Typ Rigby 0,470 und schoß ihr ins Gesicht.

Die Explosion und der heftige Rückschlag warfen ihn um. Er sah die Ogerin fallen. Die hintere Hälfte ihres Schädels war weggeblasen, und das Schott hinter ihr nahm plötzlich die Farbe ihres Haars an.

Der andere Firvulag kam brüllend den Gang heruntergestürmt. Er trug seine illusorische Gestalt eines gliederlosen geflügelten Drachen mit untertassengroßen grünen Augen und von Gift tropfenden Fängen. Aber die Rigby war eine doppelläufige Waffe, und Karbree starb eines ebenso schmählichen Todes wie die Heldin.

Als stehe er immer noch unter einem Zauber, ergriff Tony den goldenen Reif und befestigte ihn um seinen Hals. »Rowane«, sprach er zu sich selbst.

Und dann hörte er das Zischen und Gurgeln und merkte, daß er nicht ungestraft davonkommen würde. Es kostet seinen Preis, wenn jemand auf einem pneumatischen Boot mit einer Elefantenbüchse herumballert – aber unter den Umständen hätte er gar nichts Vernünftigeres tun können.

In einer Schutzsphäre aus psychokreativer Energie schwebten der König und der Chemiker über der schaumigen Masse, die aus dem unterirdischen Lagerraum hervorgequollen war und einen Teil des Treppenhauses gefüllt hatte. Eingebettet in den Dreck waren zahllose Behälter und von Plastik umhüllte Päckchen.

»Sieht aus wie des Teufels Nesselrode-Pudding«, bemerkte der Chemiker. Bei seiner Silberreif-Initiierung hatten die Tanu ihn Wex-Velitokal getauf, was nur wenig besser klang als sein ursprünglicher Name Ethelbert Anketell Milledge-Wexler. Die Vorliebe der Fremden für Spitznamen war seine Rettung gewesen. Jetzt war er jedermann als Bert Bonbonkocher bekannt, und so hatte er sich dem König ohne die geringste Spur von Verlegenheit auch vorgestellt.

»Königin Mercy-Rosmar hat diesen Dreck aus der Wandisolierung hergestellt«, sagte Aiken. »Sie wollte verhindern, daß ich die Waffen und die anderen geschmuggelten Milieu-Geräte gegen Nodonn und seine Invasoren benutzte – aber endgültig zerstören wollte sie diese Dinge nicht. In der ersten Instanz hat sie durchaus Erfolg gehabt. Die Blasen dieses klebrigen Schaums sind mit Giftgas gefüllt. Stochert ein gewöhnlicher Mensch darin herum, ist er auf der Stelle tot. Ein Tanu, der nicht durch Kreativität abgeschirmt ist, wird zum Kandidaten für sechs Wochen in der Haut.«

»Kannst du für mich eine Probe entnehmen und hier hereinholen?« Bert Bonbonkocher wies ein Gerät vor, das etwa die Größe eines audiovisuellen Taschenrekorders und oben einen winzigen offenen Trichter hatte. »Das wird die Bestandteile in einer halben Sekunde für uns analysieren.«

Aiken nickte. Eine kleine Blase materialisierte sich über der tödlichen Lauge und sog eine Probe in sich ein. Sie drang durch die Oberfläche der größeren Sphäre, die die beiden Männer umhüllte, und verschwand in dem Analysator. Bert schloß den Trichter und studierte die kleine visuelle Anzeige.

»Teuflisch einfallsreich, ihre verstorbene Majestät. Sie hat einfach ein ganz gewöhnliches Polyurethan-Molekül auseinandergenommen. Das ursprüngliche Isoliermaterial in seine Bestandteile Tolylen-Diisozyanat und Poly(oxypropylen)triol zerlegt, das stinkende Gebräu erhitzt und Grundwasser aus den Schloßsümpfen hinzugefügt, dann noch ein bißchen mit dem Isozyanat herumgespielt, um das Zyanwasserstoffgas zu erzeugen.«

»Wie können wir es beseitigen?«

»Nun, ein talentierter metapsychischer Kreator brächte es fertig, den Prozeß einfach umzukehren ...«

Das Gesicht des Königs war ausdruckslos. »Wie *noch?*«

»Das beste Lösungsmittel wäre Azeton. Wirksam und für die Umhüllungen aus Kohlenstofffluorid-Thermoplast harmlos. Vermutlich hast du nicht irgendwo ein paar Tausend Liter davon gelagert?«

Aiken lachte bitter. »Wahrscheinlich ist da unten ein Gerät begraben, das uns in fünf Minuten soviel herstellen würde, wie wir brauchen – wenn wir es nur herausfischen könnten. Aber die Königin hat den Inventar-Kontrollcomputer zerstört, so daß wir jetzt nur noch einen großen Krabbelsack an hochentwickelten technischen Geräten besitzen. Mir gelänge es wahrscheinlich nicht einmal, einen Azetonkocher von einem Robot-Bartender zu unterscheiden, wenn du beide vor mir aufstelltest.«

»Ah. Gut! Natürlich läßt sich Azeton auch von Hand herstellen. Nicht besonders schwierig. Kaum zu vergleichen mit meinem letzten Projekt – die Perfektionierung eines Pökelprozesses, der den Walnüssen, die wir bei den Weinbrand-Buttercrème-Pralinen benutzten, den Geschmack von Pekan-Nüssen verlieh ...«

Aiken blinzelte. Der Chemiker unterbrach seine muntere Abschweifung, als sei vor seinem Gesicht mit einem Ochsenziemer geknallt worden.

»Man stellt Holzessig aus Kleinholz her – das heißt, aus Hartholzspänen. Behandelt es mit ungelöschtem Kalk. Deine Bauleute müßten Massen davon zur Hand haben. Durch Destillierung gewinnt man essigsauren Kalk. Erwärmt man ihn noch ein wenig, erhält man Azeton durch Fraktionierung. Ein einfacher Vorgang.«

Sie schwebten aufwärts. »Wie lange dauert es, die benötigte Menge zu produzieren?« erkundigte sich Aiken. Ihre Füße berührten Stein, und die Sphäre aus mentaler Energie flachte sich ab, als sie das unsichtbare Gas von der fest verschlossenen Tür wegdrückte.

»Gib mir Carte blanche, was Rohstoffe und Personal betrifft, und ich werde das Lösungsmittel in drei Wochen fertig haben. Die tatsächliche Entgiftung mag länger dauern, es sei denn, du kannst den Arbeitern Schutzkleidung mit Sauerstoff-Apparaten zur Verfügung stellen. Das Azeton wird den Schaum entfernen, aber dann müssen wir uns immer noch mit dem Zyanid befassen.«

Der kleine Mann in dem Wetteranzug aus goldenen Leder und der Chemiker, der die elegante türkisfarbene Robe der Kreatorengilde trug, traten in die reine Luft des Foyers der Burg. Die Tür zu dem tödlichen Lagerraum fiel zu.

»Du denkst nicht wie ein Metapsychiker, Bonbonkocher«, rügte der König, »aber das ist nicht zu verwundern, da deine eigenen Talente mehr auf intellektuellem als auf physischem Gebiet liegen.« Sie gingen schnell einen Korridor hinunter, und Aiken fuhr fort: »Dir wird ein Kader von ganz besonderen Assistenten zu Diensten sein – und damit meine ich, daß sie darauf vorbereitet sind, jede Schmutzarbeit zu tun, die diese schmutzige Angelegenheit erfordert. Sie werden ihre Geisteskräfte benutzen, um deinen Apparat zu bauen, um das Rohmaterial herzurichten, um zu tun, was immer du ihnen befiehlst. Sie werden sich mental schützen, während sie das vergiftete Zeug abwaschen – Ballen um Ballen, Paket um Paket –, so daß du dir um Sicherheitsvorkehrungen keine Sorgen zu machen brauchst. Dich können sie ebenso gut schützen wie sich selbst. Und was mehr ist, sie werden eine Woche lang arbeiten, ohne zu schlafen. Das ist leicht, wenn man ein Tanu-Recke ist.«

Aiken öffnete die Tür zu einem kleinen Vorzimmer. Mehrere Dutzend Tanu in Rittertracht warteten dort. Als der König eintrat, erhoben sie sich und legten die rechten Hände in der Geste des Treueeids an ihre goldenen Halsringe. Ihre mentalen Schutzschirme waren gesenkt. Alle waren entweder Kreatoren oder Psychokinetiker, und sie hatten einen so hohen Status, daß der menschliche Chemiker von Ehrfurcht überwältigt zurückwich. Nur dem Eingriff des Königs in sein Unterbewußtsein war es zuzuschreiben, daß er sich nicht in der für Silberreifen üblichen Art vor ihnen niederwarf.

Der König stellte vor, und ein leichtes Lächeln umspielte seine Lippen. »Das sind Kuhal Erderschütterer und Celadeyr von Afaliah und einige ihrer Gefolgsleute. Sie werden deine hauptverantwortlichen Helfer bei der Arbeit sein, aber du kannst dazu so viele andere haben, wie du für nötig hältst.«

Bert Bonbonkocher konnte nur wortlos nicken, als die früheren Mitglieder der Hohen Tafel und die anderen edlen Tanu ihm in demütiger Form ihre mentale Ehrerbietung erwiesen. Und dann schien ihm der König mit verzehrenden schwarzen Augen in die Seele zu blicken. Das Metall an seinem Hals wurde warm und *veränderte sich* – und dem Gedankengeflüster der Fremden entnahm Bert, daß der Reif zu freiem Gold geworden war.

Aiken sagte: »Du hast sieben Tage, um dies Lösungsmittel zu produzieren und die Milieu-Waffen und -Geräte zu entgiften. Arbeite, als hinge das Schicksal des Vielfarbenen Landes von dir ab!«

»Tut es das?« fragte der erschütterte Chemiker. Die Gedanken der verblüfften Tanu schienen die Frage zu wiederholen und Dutzende von anderen bereitzuhalten.

Aber in diesen brennenden Augen stand eine Warnung zu lesen, und die Tanu zögerten, und einen Augenblick später war der König gegangen.

AIKEN: Ochal! Wie geht es?

OCHAL DER HARFNER: Gut, Hochkönig. Wir von der Vorhut überqueren gerade den Fluß Galegaar und werden in Kürze Calamosk erreichen. Dort nehmen wir für die letzte Strecke frische Reittiere. Wir müßten in weniger als zehn Stunden in Afaliah sein.

AIKEN: Kaleidoskopisch. Dann wird euer Trupp vor den Nordamerikanern dort sein ... Und hier ist die schlechte Nachricht. Sie hatten gestern auf dem Neuen Meer steifen

Rückenwind, und Morna-Ia hat kurz vor Mitternacht durch Fernwahrnehmung festgestellt, daß sich Hagens Mehrzweckfahrzeuge dem Hals von Aven nähern.

OCHAL: Tanas Zähne, ist das ein verdammtes Pech! Die Vorratswagen und der größte Teil unserer Streitkräfte können bestenfalls vierzig Stunden nach uns in Afaliah eintreffen. Wenn die futuristischen Fahrzeuge der Nordamerikaner sich auf der alten Aven-Straße beeilen, sitzen wir in der Patsche!

AIKEN: Durchaus möglich. Meiner Meinung nach dürfen wir uns nicht darauf verlassen, daß Cloud Remillard ihr Wort hält – sobald sie ihren Bruder und seinen Haufen, bis an die Zähne mit Milieu-Waffen ausgerüstet, als Rükkendeckung hat. Sie behauptet ja, diese Mannschaft aus Junior-Rebellen strebe nicht danach, das Vielfarbene Land zu übernehmen, aber ob das stimmt, kann ich nur herausfinden, wenn ich persönlich das Gehirn von jedem einzelnen sondiere.

OCHAL: Was sollen wir tun, Hochkönig?

AIKEN: Eure Vorhut ist zu klein und zu leicht bewaffnet, um ihnen in Afaliah Widerstand leisten zu können. Mach weiter, wie geplant – sei der höfische Diplomat, bis Cloud dich zu Wimborne und den anderen Gefangenen führt. Dann erklärst du ihr kurz und bündig, daß du diese Leute nach Calamosk bringen wirst – und machst, daß du wegkommst. Da ihr Bruder dann noch unterwegs ist und Kuhal Erderschütterer sich in meinen Händen befindet, wird Cloud es nicht wagen, ihre aggressiven Redigierungskünste bei dir anzuwenden.

OCHAL: Du wirst dafür sorgen, daß wir in Calamosk Verstärkung bekommen?

AIKEN: Das müßte zeitlich hinkommen. Hagen Remillard wird sicher versucht sein, euch zu verfolgen, und ich zweifele nicht daran, daß er euch an Feuerkraft überlegen ist. Ich setze jedoch darauf, daß diese jungen Nordamerikaner das Patt erkennen und auf einen Versuch, die Wimborne-Gruppe mittels eines Überfalls auf Calamosk zu töten, verzichten werden. Für mich wird es das Stichwort sein, ein vernünftiges Wort mit ihnen zu reden!

OCHAL: Du bringst deine Fliegende Jagd nach Koneyn, Hochkönig?

AIKEN: Wenn der richtige Zeitpunkt gekommen ist. Aber mich wirst du in zwei oder drei Tagen in Calamosk sehen. Denke daran, daß ich mich auf dich verlasse, Harfner. *Laß Basils Höllenhunden nichts zustoßen!*

SHARN!

AikenmeinFreund! Wiegehtesdir? LangeZeit nichts vondirgehört!

AltesLügenmaul wasgemacht BARDELASK?

Nunnunnunnun ... MimeeFamorelVizekönig Alleingang fernvonHochVrazel außerhalbMeinerKontrolle Friedensvertragsbrecher stellte altenGroll gegen ArmidaSchreckliche über königlichePolitik warte nur bis Ayfa&ich uns MimeeVogelHitzkopf vorknöpfen ...

FLEDERMAUSDRECK!

Aiken!Junge! Du glaubst doch nicht im Ernst Wir hätten ungesetzliche Exkursion gegen Dich ermutigt? Unser königliches Wort gebrochen?

Wette deine Augäpfel darauf daß ich es glaube.

... Ich schwöre bei Meiner Ehre als Monarch der Höhen und Tiefen Vater aller Firvulag –

Jetzt mach einen Punkt! Ich weiß sehrgut was deinWort wert ist wenn menschlichemWesen gegeben. (Farbiges obszönes Bild.) Und es war sehr unklug von dir Geringe&Flugzeuge Nodonn in die Hände zu spielen!

FreundmeinesHerzens jetzt hast du mich erwischt ... Versuchung ging über meineKraft dachtean-SCHWERT fiel wie reifePampelmuse inFalle vonteuflischemSchlachtenmeister

Wahrscheinlicher ist daß dasGanze deineIdee. Nun hast du auf falschePartei gesetzt KönigSkorpionGlitzergedärm und dich inKlemme gebracht. Und dabei hatte ich schönefreundschaftliche Überraschung für GroßesTurnier geplant aber jetzt ...

Ich Unseliger! Té verdamme mich in tiefstenAbgrund!

– jetzt will ich mich hängen&vierteilen&meineLebermitZwiebelnbratenlassen bevor ich Schwert in deine hinterlistigenKlauen geraten lasse.

Junge ... KönigAikenLugonn ... Bruder Souverän ... es war nichts als ein schreckliches MISSVERSTÄNDNIS.

(Mitleidiges Lachen.)

Nein wirklich! Ich werde es beweisen! Werde Mimee zwingen von Bardelask abzurücken ...

Verdammt nochmal Sharn königlichesArschloch Stadt rauchende *Ruinen* Armida&Ritter *tot* was soll Abzug nützen?

Nun ... dann Reparationen.

Roniah.

?

Roniah alterHeuchler. Blase es ab!

??

Gib deinen geplanten Zug gegen Roniah mit HochVrazelRegulären festgesetzt auf letzteSeptemberwoche auf.

Té ist meine Zeugin ...

OKAY DIE JAGD FLIEGT HEUTE NACHT.

Nein warte ich werde nachprüfen vielleicht haben Medor oder Betularn oder Fafnor hinter meinem Rücken konspiriert ...

Tu was du willst um deinverdammtesGesicht zu retten aber Hände *weg* von Roniah!

Klar doch. Da kannst du ganz ruhig sein.

(Mühsames Lachen.)

??? (!) Aiken wir können Freunde sein. VielfarbenesLand großgenug für alle. Und wegen des Schwertes ... Du weißt es ist meinemVolk heilig. Es gehörte meinem Ururgroßvater SharndemGräßlichen. Gib es uns zurück Aiken! Wir werden Frieden halten. Ich *schwöre* es.

Keine endgültige Entscheidung bis nachTurnier. Betrachte Schwert als Unterpfand für Wohlverhalten.

Einverstanden! Ich weiß du wirst vernünftig sein Junge! Mit deinemVersprechen Schwertgeschenk werde ich Hitzköpfe imZaumhalten sie Energie für-

Turnier sparen lassen! Großartige Idee! Warte bis du wundervollen SingendenStein siehst ...

(Müdigkeit.) Gute Nacht Sharn.

Gute Nacht Aiken.

Gute Nacht ...

Zum ersten Mal seit beinahe einer Woche betrat Aiken die königliche Suite.

Die goldenen Türen hingen wieder in den Angeln, und es war keine Spur mehr zu sehen von den Verwüstungen der Angreifer. Aiken hatte befohlen, daß alle Dinge, die Königin Mercy-Rosmar gehört hatten, entfernt werden sollten. Und jetzt, als er durch das stille Wohnzimmer mit seinem auf das mondbeschienene Meer hinausgehenden Balkon schritt, bemerkte er, daß gewisse Gemälde und Skulpturen und Topfpflanzen verschwunden waren, auch der Webstuhl, an dem sie aus der Wolle der Schafe, die sie ins Pliozän mitgebracht hatte, weiche Schals zu weben pflegte, und der Wassernapf ihrer großen weißen Hündin und das geschnitzte Schränkchen mit den verkorkten Gewürzgläsern und ein blauer Teppich und die gestickten Kissen der Rattan-Sessel. In ihrem Ankleidezimmer gähnten offene, leere Schränke. Die Vasen enthielten keine Blumen. Ihre Schmuckkästen waren verschwunden und die Kosmetika und sogar der Duft ihres Parfums. Ihr Ruhebett mit der Milieu-Leselampe war ebenso weggeschafft worden wie die Kisten mit ihren Papierbüchern und Buchplatten und die audiovisuellen Aufzeichnungen der mittelalterlichen Festspiele und Opern und Theaterstücke und Reisen auf der Alten Erde. Sie hatte sie gemeinsam mit ihm, einem unbedarften Jungen von einem Kolonialplaneten, in den Nächten des letzten Winters angesehen, wenn Regen auf die Glasburg trommelte und sie planten, wie er auf den Thron gelangen könne ...

Sie war fort. Sie war immer noch da. Und der andere ebenso.

Aiken stand in dem leeren Ankleidezimmer und hatte das Gefühl, von zurückgebliebenem Gelächter umgeben zu sein. Er brannte. Sein Gehirn und sein Körper schienen gräßlich geschwollen zu sein, die Nähte des goldenen Wetteranzugs zu spannen. Er hatte ihn entschlossen weiter getragen, als der Sommernebel längst vorbei war. Er hörte sich selbst sagen: Wenn du mich nur geliebt hättest! Oder wenn ich dich nicht geliebt hätte! Und er erinnerte sich: »Wenn ich fort bin, wirst du keine andere finden. Todbringender Narr! Wie wirst du es tun, Amadán-na-Briona?«

Seine Instinkte hatten ihn getrieben, es so zu tun, daß er sie beide in einem Sturm von Furcht und Neid und schrecklicher Liebe nahm, sich vollstopfte mit der heißbegehrten Kraft, der Vitalität.

Es war der einzige Weg, schrie sein Geist.

Er stand in dem königlichen Bad. Das Bild eines Männchens in glänzendem goldenen Leder wurde von den Spiegelwänden hin- und hergeworfen, bis ins Unendliche vervielfacht. Er legte beide Hände auf die Ohren, drückte die Kapuze des Wetteranzugs mit all seiner übermenschlichen Kraft fest gegen seinen Schädel. Der gröbere Schmerz übertönte die Qual. Er rief: »Du gehörst Mir!«

Und es war gut.

Ein einziger kleiner Mann starrte sich in einem juwelenbesetzten Spiegel an. Das vertraute Badezimmer in Onyx und Gold mit dem kleinen sprudelnden Springbrunnen am kühlen Ende der großen versenkten Wanne und dem einladend dampfenden warmen Ende. Körbe voller gelber Orchideen, die einen schweren Duft verströmten. Ein klumpiger Mond spionierte ihm durch das Glas des Oberlichts nach. Stapel von purpurfarbenen Handtüchern und sein gelbseidener Schlafrock und mit Amethysten verzierte Espadrilles. Ein Kurg mit geeistem Met und ein kristallener Pokal, genau wie seine telepathischen Befehle an seine Silberreif-Domestiken es spezifiziert hatten.

Es war gut.

Im Spiegel studierte er sein Gesicht, blaß und leidvoll unter der Kapuze. Die Lippen waren in der Reaktion auf seinen unwillkürlichen Schrei fest geschlossen, die Nase war grausam geschärft. Er hatte geglaubt, das Fieber werde sich körperlich manifestieren. Er hatte den Wetteranzug aus zähem, vergoldetem Leder getragen, um seinen Zustand vor den anderen zu verbergen: Er war aufgeschwollen; er glühte. Er wußte, wenn er den Anzug ablegte, würden die Folgen seiner Völlerei und seiner Lust zu seiner Schande offenbar werden.

Aber es schien gut zu sein.

Er öffnete die Kapuze, nahm sie ab. Sein Kopf war schweißbedeckt, das dunkelrote Haar fast so schwarz wie seine Augen. Er schleuderte die Stiefel von den Füßen, öffnete die Verschlüsse an Handgelenken und Knöcheln, warf den Gürtel fort, riß endlich den Reißverschluß von der Kehle bis zum Penis auf und stieg aus dem Anzug. Sein Körper war drahtig, muskulös, wenig behaart. Da waren schwache Druckstellen von den Nähten des engen Anzugs, aber sonst war er wie gewöhnlich. Das, was zu finden er so gefürchtet hatte, war verschwunden. Wenn es überhaupt jemals dagewesen war.

Er lachte laut auf und tauchte in das dampfende Becken.

Es war tatsächlich gut.

Später, als er auf dem Balkon saß, Met trank und die Eulen beobachtete, kam Olone. Sie war hochgewachsen wie ein junger Baum, mit ihrem offenen blonden Haar spielte die Meeresbrise, und ihre koerziblen Emanationen stahlen sich in seinen Geist, wo sie federleicht die erotischen Auslöser berührten.

»Nein«, wehrte er ihr.

»Verzeih, mein König.« Sie trug ein durchscheinendes Gewand ohne Schärpe, das wie silbriges Wasser von ihren Schultern fiel. »Ich wollte dir nur in deiner Not helfen.«

»Und was sonst noch?« fragte er sanft. Seine eigene koerzibel-redigierende Sonde drang so vorsichtig in sie ein, daß sie keinen Verdacht schöpfte und nur an ihre kunstlosen Manöver dachte.

»Ich wollte dir sagen, wie froh ich bin. Daß du gesiegt hast. Daß beide Verräter tot sind – und Tonn dazu! Ich bin auf ewig dein – wenn du mich willst.«

Aiken lachte sehr leise.

Sie stand stolz vor ihm, eine Hand ruhte auf ihrem Unterleib. »Und ich habe dein Kind empfangen.«

»Das haben siebenundsechzig andere Tanu-Frauen auch. Ich bin der König.«

»Ich dachte, du würdest dich freuen!« rief sie.

Er nahm einen Schluck Met. Sein Blick war verschleiert, sein Geist inspizierte ihr stolzes junges Ego. »Ich weiß, was du gedacht hast, Oly. Was du *denkst.* Als ich Mercy für tot hielt, als ich nach dem Kampf mit Felice ausgehöhlt und geschwächt war, hast du mir Trost gegeben und geholfen, mich zu heilen. Dafür bin ich dir dankbar, und ich bin glücklich, daß du einen meiner Söhne trägst. Aber glaube niemals, du könntest mich manipulieren, koerzible Schwester.«

In panischer Eile schloß sie ihre mentale Abschirmung. Sie wich zur Balkontür zurück. »Mein König, verzeih mir ...«

»Arme Oly. Dein Ehrgeiz ist hoffnungslos – und lebensgefährlich. Ich habe für den Augenblick genug von Königinnen.«

»Ich ... ich war töricht und vermessen. Tu mir nicht weh!«

»Nicht, wenn du akzeptierst, daß ich mich verändert habe«, versicherte er ihr.

Sie zögerte. Ihre Angst verflüchtigte sich und ihr mentaler Aspekt wurde weicher, als sie merkte, daß er nicht zornig, sondern belustigt war, und traurig. »Dann soll ich Goriah verlassen?«

»Natürlich nicht. Und du brauchst nicht zu glauben, ich hätte dich nicht mehr gern, nur weil wir aufgehört haben, das Bett zu teilen. Du bist ein wunderbar sinnliches Tanu-Mädchen, und wir werden auch wieder unseren Spaß miteinander haben. Nur nicht jetzt. Aber du darfst mir ein Küßchen geben!«

Sie mußte laut lachen und flog zu ihm. Erst küßte sie ihn vorsichtig, dann mit voller Leidenschaft. Er hielt sie locker umschlungen. Sie gab sich der ekstatischen Erleichterung hin, und ihre Gedanken beichteten, und er vergab. Später saß sie zu seinen Füßen auf dem Boden und fragte: »Ist es wahr, daß du die Seelen Nodonns und der Königin verschluckt hast, wie es die legendären Heroen unserer verlorenen Duat-Welt taten? Und wenn du jetzt, wo das erobernde Feuer noch in dir brennt, mit mir ins Bett gingest, würde ich auch verzehrt?«

Er versuchte, es ihr zu erklären. »Elizabeth sagt, was ich getan habe – und du mußt mir glauben, daß es ohne meinen bewußten Willen geschehen ist –, diente dem Zweck, die metapsychischen Attribute Mercys und Nodonns zu subsumieren. Ich kenne eure Duat-Legenden nicht. Ganz bestimmt habe ich nicht zwei Leute bei lebendigem Leib gefressen, und ich habe ihnen auch nicht die Seele genommen und in meinem Kopf gefangengesetzt ...«

»... und doch hattest du Angst, das hättest du getan«, flüsterte Olone.

»Liebe Oly. Du läßt dich nicht zum Narren halten. Ist meine königliche Indisposition das Gespräch in der Burg?«

»Wir wissen, daß du nicht schläfst. Daß du tief beunruhigt bist.«

»Habe ich dazu etwa keinen Grund? Du weißt, wie die Firvulag den Friedensvertrag gebrochen haben.«

»Wird es Krieg geben?« Sie hielt beide Hände fest gegen ihren Bauch gedrückt.

»Wenn es einen Krieg geben wird, werde ich ihn gewinnen.«

»Dann hat die ... die Subsumtion dich sehr stark gemacht?« forschte sie eifrig. »So stark, daß Sharn und Ayfa es nicht wagen werden, uns anzugreifen?«

War es der Fall? Würden ihm die gestohlenen Kräfte zur Verfügung stehen?

Ja, da lag's! Noch nicht, soviel stand fest. Die Subsumtion war ein schreckliches Trauma gewesen; er hatte niemandem außer Elizabeth den vollen Umfang seiner Krankheit zu offenbaren gewagt. Sie allein wußte, daß er nur noch die einfachsten metapsychischen Operationen ausführen konnte – daß er kaum fähig war zu fliegen, daß er die psychokinetische Energie nicht mehr aufbrachte, die nötig war, seine 400 Ritter der Fliegenden Jagd mit ihren Chalikos in die Luft zu heben, daß er nicht mehr imstande war, Bolzen mentaler Energie zu schleudern oder einen Gedankenschirm zu errichten, der Laserstrahlen ablenkte. Die von Nodonn und

Mercy übernommenen neuen Kräfte waren in ihm, engten seine eigenen Metafähigkeiten ein und störten sie. Aber er war unfähig, sie wirksam einzusetzen. Die bestehenden Nervenbahnen reichten nicht aus. Er würde neue bilden müssen, die die erhöhte Ladung tragen konnten, genau wie er nach dem Kampf mit Felice andere Aspekte seiner kortikalen Funktionen modifiziert, das Metakonzert-Programm und die ihm von Abaddon überlassenen neuartigen Angriffstechniken integriert hatte. Das hatte Zeit gekostet, und Zeit brauchte er auch für die Subsumtion – wenn er dabei nicht wahnsinnig wurde, was, wie Elizabeth ihn gewarnt hatte, durchaus möglich war. Inzwischen mußte er bluffen und hinhalten und schmeicheln und schwindeln. Und sich an die Milieu-Waffen halten und sich in den Besitz dieser antiken Flugmaschinen setzen, die Basil Wimborne und seine Leute in den Alpen versteckt hatten ...

»Ich werde dein Geheimnis niemals verraten, mein König. Vertraue mir!«

»Was?« In seinen Gedanken versunken, hatte er Olone und ihre Frage vergessen, hatte sich hinter den mentalen Verteidigungen, die fast noch so stark wie früher waren, sicher gefühlt. Aber sie hatte sich erhoben und stand nun vor ihm, Mitgefühl ausstrahlend.

»Ich werde es nie weitersagen.«

Sie hatte es erraten. Olone, sensibel und um ihr ungeborenes Kind besorgt, klug und selbstsüchtig und ängstlich und bis über beide Ohren in ihn verliebt, wußte Bescheid.

»Aiken, es wird alles gut. Du wirst einen Weg finden. Du mußt. Du bist unser König.«

»Ja«, sagte er trostlos. Er lehnte sich in dem Sessel zurück, schloß die Augen und den Geist, bis sie fortging.

Noch später wanderte er an der Brustwehr entlang, von einem Block der Burg zum anderen, stieg die Türme hinauf und überquerte die Hängebrücken und sah in die teilweise reparierten Bastionen hinein – sie waren jetzt dunkel, denn es war die Periode, in der keine Lichter angezündet werden durften. Er grüßte die Nachtwachen, und sie versicherten ihm, es stehe alles gut. In den Stunden vor Sonnenaufgang erwachten die Dämonen in seinem Innern, und er begab sich in den großen abgebrochenen Turm, wo der Lichtstrahl geleuchtet hatte, wo er und Mercy die Meteoriten beobachtet hatten, und sah sich an, wie weit man mit dem Wiederaufbau gekommen war. Die Arbeiter hatten den vorletzten Treppenabsatz erreicht und würden in einem oder zwei Tagen fertig sein. Aiken stand auf dem neuen Fußboden aus staubigen Glasblöcken. Der Wind peitschte seine seidene Robe und summte durch die schmalen Schießscharten. In der westlichen Wand klaffte noch eine große Lücke, und Aiken hatte eine überwältigende Aussicht auf die Straße von Redon.

Was mochte *er* im Augenblick vorhaben?

Hatte er bereits Segel gesetzt?

»Und kann ich dich fernwahrnehmen?« fragte Aiken leise. Über ein paar hundert Kilometer konnte er seine Gedanken recht gut senden, und am Morgen des Vortags hatte er die Zerstörung von Bardelask ganz deutlich gesehen. Anders als die mentalen »Muskel«-Fähigkeiten war das Fernwahrnehmen mehr eine Sache der Exaktheit als der Kraft. Es hatte sogar seine eigenen Hilfsnervenbahnen, die mit den körperlichen Sinnen integriert waren, und deshalb war es viel weniger verwundbar als die holographisch funktionierenden Bereiche.

Warum sollte er es nicht versuchen? Es war Nacht, die beste Zeit für einen Fernruf, und die mentale Unterschrift kannte er nur zu gut!

Er wollte einfach beobachten. Nicht kommunizieren.

Er lehnte sich gegen die halbfertige Wand und steckte seinen Kopf durch eine Schießscharte, die ihm den richtigen Winkel gab. Dann entspannte er sich, ließ sein mentales Sehvermögen hinausschweifen, folgte der Krümmung der pliozänischen Erde, streifte mit breitgefächertem Strahl über das ihn nicht hindernde Wasser des Atlantik. Leicht … leicht … diffus und weich, mit einem Minimum an Energie, über den beginnenden Schmerz hinweggleitend … weiter … weiter … weiter …

Ha! Nordamerika.

Jetzt, ganz behutsam, näher heran. Den Strahl bündeln.

Südwärts über die von Leben überschäumenden Lagunen Georgias, über den Alapachee-Kanal nach Ocala Island. Punkte, die menschliche Lebensauren bedeuten. Und die *eine* Aura ...

Schmerz. Trotzdem muß der Strahl konzentriert werden. Das südliche Ende der Insel und die große Bucht absuchen, von der Cloud Remillard gesagt hat, sie werde durch einzelne Atolle der immer noch rätselhaften Bermoothes vor den schlimmsten Hurrikanen geschützt. Dort würden sie das Boot verankert haben.

Heftiger Schmerz. Der große Viermast-Schoner, zuverlässig und leicht zu bedienen und nützlich. Tief im Wasser. Beladen. Elizabeth hatte gesagt, sie hätten zum Kai hin einen Sigma-Schirm über der Kyllikki aufgespannt, aber jetzt war keiner da. Sie war in Salzwasser von vierzig Meter Tiefe verankert, und mit einem solchen Energieentzug wurde kein tragbarer Sigma-Generator fertig.

Unerträglicher Schmerz. Wo war er? Alle Ex-Rebellen warteten an Bord dieses Schiffes auf die Morgendämmerung. Er saß allein auf dem Achterdeck unter dem Mitternachtshimmel, bekleidet mit weißen Baumwollhosen und einem schwarzen Unterhemd.

Marc Remillard lächelte Aiken Drum zu. Aiken hatte nur ein schwaches, kleines Bild von ihm, doch seine Stimme klang, als befände er sich auf dem windigen Turm in Goriah.

»Wie du siehst, sind wir fertig zum Ablegen. Es war schwer, sich loszureißen – nach mehr als siebenundzwanzig Jahren. Einige von uns gehen sehr ungern von hier fort.«

Warum tut ihr es dann?

»Ah, das habe ich ganz vergessen!« Das Lächeln wurde breiter. »Du bist nicht ganz im Bilde, wie? Was unsere in die Irre gegangenen Kinder dir berichtet haben ... – nun, wir müssen Zugeständnisse machen. Doch es ist Zeit, daß du die Wahrheit erfährst, König Aiken-Lugonn. Mein Sohn Hagen, meine Tochter Cloud und ihre Altersgenossen sind mit nur einem Ziel nach Europa gekommen. Sie wollen das Zeitportal wieder öffnen. Von der Pliozän-Seite aus.«

Nicht möglich!

Marc lachte bekümmert auf. »Von meinem Standpunkt aus wäre es mir lieb, du hättest recht. Aber ich fürchte, es ist durchaus möglich – vorausgesetzt, daß es ihnen gelingt, einen sehr komplizierten Apparat zu bauen. Unsere rebellischen jungen Leute haben einen vollständigen Satz Baupläne für die Guderian-Erfindung mitgenommen, dazu bestimmte Produktionsmaschinen und alles an speziellem Zubehör, was sie hier finden konnten. Sie hoffen, dich dahin zu bringen, daß du ihnen Rohmaterialien und im Milieu ausgebildete Techniker zur Verfügung stellst und ihnen den Zugang zu dem Standort des Zeitportals gestattest. Ich meinerseits möchte vorschlagen, daß du ihnen erst dann volle Unterstützung gewährst, wenn du die Konsequenzen sehr sorgfältig überdacht hast.«

Öffnen ... Portal ... ZURÜCKKEHREN ...

»Die Kinder wünschen sich, ›nach Hause‹ ins Milieu zurückzukehren, wie sie es auf ihre phantastische Art nennen. Meine Gedanken zu diesem Thema wirst du dir vorstellen können.«

Die Sonne stand knapp unterhalb der östlichen Bergkette von Armorica. Das Brüllen ihres Plasmas füllte den Äther, und dadurch wurde eine konzentrierte Fernwahrnehmung für Aikens Geist furchtbar schmerzhaft. Die Kluft verbreiterte sich, das Bild verblaßte und ließ sich nicht zurückrufen. Nur die Stimme hörte er bis zum Ende deutlich:

»Denk darüber nach, Aiken! Ein offenes Zeitportal, das ins Galaktische Milieu zurückführt – und damit verbunden natürlich die Neueröffnung des ursprünglichen Portals vom Milieu ins Pliozän. Willst du das, König Aiken-Lugonn? Willst du das, König Aiken-Lugonn? Willst *du* wieder nach Hause?«

Der Wind pfiff um den niedergebrochenen Turm. Aikens Kopf dröhnte, als wolle er platzen. Geblendet sank er in die Knie und preßte die Stirn gegen die kühlen Glasblöcke.

Als die Sonne richtig aufgegangen war und er die Stimmen sich nähernder Arbeiter unten auf der Treppe hörte, riß er sich zusammen. Es lag immer noch in seiner Macht, sich in einen Mantel der Unsichtbarkeit zu hüllen. Er erzeugte die Illusion und schlüpfte in seine Räume zurück. Dort trat er an den Schrank, in dem sein alter Anzug mit den vielen Taschen hing. Er öffnete die Tasche unter dem rechten Knie und nahm eine Buchplatte heraus, die er dort vor einem Jahr und einer Woche verstaut hatte. Sie trug den Titel:

DER TAU-FELD-GENERATOR NACH GUDERIAN
Theorie und praktische Anwendung

»Möchte ich nach Hause zurückkehren?« fragte er sich selbst.

Er setzte sich im ersten Tageslicht auf den Rand des großen runden Bettes und begann, Seite eins zu lesen.

7

Es waren nicht so sehr die Riesenspinnen an sich, als vielmehr ihre Freßgewohnheiten, die Mr. Betsy schließlich zusammenbrechen ließen.

Am neunten Tag ihrer Gefangenschaft in der Gemeinschaftszelle weckte ihn das nur zu vertraute Kitzeln, als eins der Viecher über seine Hand lief. Er quietschte vor Abscheu, richtete sich in seinem Strohnest auf und zog seine Perücke gerade – und dann sah er, daß das widerwärtige Geschöpf immer noch dasaß, keinen halben Meter von ihm entfernt, dicht neben dem schnarchenden Ritter Dougal. Die Spinne wiederum sah Betsy, denn sie richtete sich auf, drehte ihre Mundgliedmaßen mit sichtlicher Unverschämtheit umeinander und gab ein knisterndes Schnurren von sich. Sie war kohlschwarz und haarig, und ihr Körper hatte die Größe eines Pfirsichs.

»Ekelhaftes Biest!« zischte Betsy. Er zupfte seine zerknitterte Halskrause zurecht. Durch den Fensterschlitz, der auf den Abgrund hinaussah, fiel morgendliches Dämmerlicht auf den Schmutz des Verlieses. Ringsumher lagen die zusammengekrümmten oder ausgestreckten Gestalten der als ›Basils Höllenhunde‹ bekannten kleinen Schar von Technikern, Piloten und Abenteurern, von einer geheimnisvollen operanten Frau Nodonn Schlachtenmeister in die Hände geliefert, der Flugmaschinen beraubt, die die Freiheit der menschlichen Geringen hätten sichern sollen. Basil selbst war vor Tagen aus der Zelle geholt worden, wahrscheinlich, um den Folterern übergeben zu werden.

Ein wachsames Auge auf die Spinne haltend, bückte Betsy sich und band den Schal los, der seine Reifröcke um die Knöchel festhielt. Er hatte schnell gelernt, so zu schlafen, da die Zelle von Mäusen, der legitimen Beute der Riesenspinnen, wimmelte. Betsy wußte nur zu gut – ebenso wie Generationen weite Röcke tragender Frauen vor ihm –, welche Verheerungen die kleinen Säugetiere anrichten konnten, wenn sie einem die Beine hochliefen. Vielleicht hätte er über die Anwesenheit der Spinnen froh sein sollen, denn die Mäuse bissen und die Spinnen nicht, aber statt dessen verabscheute er sie. Sie waren zu berechnend, zu behende in der Verfolgung ihrer Opfer, und die Mäuse schrien so herzzerreißend, wenn sie gefangen und an die Decke des Verlieses geschnellt wurden. Hatten die Räuber sich an den Körpersäften der Nagetiere sattgetrunken, ließen sie traurige kleine, in Spinnweben gehüllte Leichen auf die Gefangenen niederfallen.

Betsy mit seinem verwickelten elisabethanischen Kostüm war das bei weitem verwundbarste Ziel.

Und jetzt hatte *diese* Spinne die Frechheit, ihn herauszufordern! Er warf ein paar Strohhalme nach ihr. Sie jedoch dachte nicht daran, sich zurückzuziehen, und behauptete ihren Platz neben Dougals verbundenem ingwerfarbenen Kopf. Betsy tastete in den tiefen Schatten vergebens nach einem substantielleren Wurfgeschoß. Die Spinne schwenkte höhnisch die Beine. Mit einiger Anstrengung kämpfte Betsy sich auf die Füße und stellte dann bestürzt fest, daß sich an der ganzen Seite seines Reifrocks ein langer Riß entlangzog und das Gestell freilegte. Unter dumpfem Murmeln schüttelte er das Kostüm in die richtigen Falten.

Drei verpackte Mausleichen fielen aus seinen Unterröcken ins Stroh.

»Du – du häßliches *Ungeheuer!*« kreischte der ehemalige Rhofahrzeug-Ingenieur. Er riß sich einen seiner mit roten Absätzen versehenen Brokatslipper vom Fuß und schleuderte ihn mit aller Kraft. Der Slipper verfehlte die Spinne, die Dougal aufs Gesicht sprang. Der kauzige Liebhaber des Mittelalters öffnete die Augen, schrie Mord und Brand, schlug mit den offenen Händen auf seinen Bart ein und trat das Stroh nach allen Richtungen. »Hinweg, du Bube, du Schurke, du Memme! *Aaach* – der Hurensohn hat mich gebissen!«

Die anderen zwanzig Gefangenen erwachten zu verschiedenen Stadien der Munterkeit. Indem sie von ihren Strohhaufen purzelten, störten sie andere jagende Arachniden, und es war plötzlich, als sei das Verlies voll von Krabbeltieren. Sie rasten umher wie vom Körper getrennte Hände schwarzer Dämonen, und der wildäugige Dougal in seiner imitierten Kettenrüstung heulte und saugte an seinem Daumen und schlug mit einem Schmerzensschrei zu Boden. »Oh, ich sterbe ... das starke Gift bewältigt meinen Geist«, flüsterte er. Seine Augen schlossen sich.

»Himmel, Arsch und Zwirn!« rief der entsetzte Betsy aus. Der Ritter wand sich.

»Dougal hat's erwischt!« keuchte Clifford. Mit zitterndem Finger wies er auf Magnus Bell, den Chirurgen. »Und du hast gesagt, sie seien harmlos ...«

»Das sind sie auch«, protestierte Bell. Er war niedergekniet und fühlte dem Ritter den Puls. »Er ist nur hysterisch.«

Rings um sie wimmelte es auf Fußboden und Wänden. Aber das war wenigstens ein greifbarer Feind, keine mysteriöse Menschenfrau, die sie austrickste und ihnen das Gehirn versengte, die ihnen die grauen Reifen der Sklaverei um den Hals legte und sie in ein Tanu-Verlies warf.

Phronsie Gillis' Kontraalt schmetterte wie eine Trompete. »Worauf warten wir noch, Kameraden? Drauf auf sie!«

Basils Höllenhunde sprangen auf wie elektrisiert. Sie visierten das Ziel an und gingen mit Geschrei zum Gegenangriff vor. Betsy schwang seinen Slipper. Phronsie und Ookpik und Taffy Evans und Nirupam schlugen mit Stiefeln, hölzernen Bechern und Tellern auf die Spinnen ein. Farhat und Pongo Warburton trampelten sie tot. Bengt hämmerte mit bloßen Fäusten auf sie ein. Der lustige Techniker Cisco

Briscoe schwang mit übelkeiterregender Wirkung seinen Gürtel wie eine Peitsche. Sie fluchten, brüllten, jagten und fielen übereinander, und die ganze Zeit nahmen sie einen fürchterlichen Blutzoll an wirbellosem Leben. Nur eine Handvoll der Höllenhunde waren Nichtkombattanten: Miss Wang hatte sich an eine Wand gedrückt und kämpfte gegen den Brechreiz an, Philippe, der immer eigene, stand mit gerümpfter Nase abseits, und der tibetanische Arzt Thongsa schrillte vergebliche Ermahnungen:

»Ich bitte euch! Hört auf! Habt Achtung! Diese Lebensform ist physisch nicht sehr einnehmend, aber sie erfüllt einen nützlichen Zweck in der hiesigen Ökologie!«

»Zur Hölle mit der Ökologie!« krächzte Stan Dziekonski, der in der Metapsychischen Rebellion Kapitän eines Großkampfschiffs gewesen war. Er sprang mit beiden Füßen auf eine Spinne.

Dimitri Anastos kniete neben Magnus und hielt den Wassereimer, während der Arzt Dougals Bißwunde auswusch. »Bist du sicher, daß er nicht stirbt?«

»Asland!« stöhnte der Ritter. »Soll ich in dieser dumpfen Welt verweilen, die in deiner Abwesenheit nicht besser ist als ein Schweinestall?«

»Immer mit der Ruhe, Kumpel«, sagte Magnus. »Du wirst schon am Leben bleiben.«

»Tod!« Mr. Betsy schlug unter Benutzung seines blutverschmierten Slippers den Arachniden-Feind zur Rechten und zur Linken. »Tod!«

Die Tür des Verlieses klirrte, ruckte und flog mit widerhallendem Krach auf. Sechs menschliche Goldreif-Soldaten, bewaffnet mit Husqvarna-Lähmgewehren, marschierten herein. Ihnen folgte ein herrlich glühender Tanu-Ritter der Fernwahrnehmer-Gilde, dessen Glas-Küraß ein Harfen-Motiv zierte. Im Korridor wurden nackte Schwerter von anderen Recken im Blau der Koerzierer und im Rosa-Gold der Psychokinetiker geschwungen. Weitere nichtoperante Menschen trugen Milieu-Waffen.

Der Fernwahrnehmer hob gebietend die Hand. Unter dem Zwang ihrer grauen Halsringe waren Basils Höllenhunde sofort still und unterwürfig.

Der Tanu lächelte ihnen zu. »Ich bin Ochal der Harfner, und ich bringe euch von König Aiken-Lugonn Grüße und die Versicherung seines Wohlwollens. Freut euch – denn eure ungerechte Gefangenschaft hat ein Ende! Wir sind hier, um euch von diesem Ort wegzubringen und euch mit größter Eile nach Calamosk zu befördern, wo der König selbst euch in Empfang nehmen wird. Folgt uns jetzt in den Hof, wo euer Anführer Basil Wimborne euch erwartet!« Er drehte sich um und verließ die Zelle.

Die Höllenhunde, jetzt nicht mehr mental beeinflußt, sahen sich benommen und ungläubig an. Einer der mit Huskys ausgerüsteten Soldaten wies mit dem Daumen. »Na, los schon! Sonst enden wir noch alle in der Suppe.«

Die Höllenhunde begannen zu lachen. Sie zogen ihre Fußbekleidungen an, sammelten ihre mageren Besitztümer ein und setzten sich in Bewegung. Die Gesunden halfen den Lahmen. Betsy ging als letzter, nachdem er seine Slipper, so gut es ging, am Stroh abgewischt und seine beschmutzte Perücke zurechtgerückt hatte. Zwei Soldaten, die den Schluß machen sollten, standen grinsend zu beiden Seiten der Tür und präsentierten das Gewehr, als die Reinkarnation der Guten Königin Bess mit Grandezza vorbeifegte.

Die Tür fiel zu. Als das metallische Dröhnen erstorben war, herrschte in der großen Zelle absolute Stille. In dem Durcheinander von schwarzen Körpern auf dem Stroh zuckten ein paar und erstarrten dann auch.

Nach einer Weile krochen die Mäuse hervor und entdeckten, daß ein Jubelfest für sie angebrochen war.

Es ist ein Traum, sagte Hagen Remillard zu sich selbst. Es muß ein Traum sein ...

Die miteinander verbundenen Mehrzweckfahrzeuge tanzten an ihren Ankerketten im seichten Wasser des Mittelmeers südlich von Avens Hals. Sie warteten auf das erste Licht und die eilende Fahrt über Land nach Afaliah. Hagen hatte die Nachtwache übernommen, denn nach dem, was seine Schwester ihm über die Goldreifen-Armee mitgeteilt hatte, die vor ihm in der Zitadelle eintreffen würde, hätte er doch nicht schlafen können. Würde diese Vorhut des Königs ohne Geburt ihm ein unmögliches Ultimatum stellen? Waren die gefangenen Piloten und Techniker, die für seinen Plan entscheidend sein mochten, bedroht?

Das Grübeln über die verschiedenen Möglichkeiten hielt Hagen fast die ganze Nacht wach. So um 04.00 Uhr, in der toten Stunde, wenn die menschlichen Lebensenergien aus Mangel an Blutzucker am niedrigsten brennen, neigt selbst ein Metapsychiker zu Kleinmut. Mit glasigem Blick sah sein geistiges Auge nach innen auf eine Welt von Schatten, auf Erinnerungen und angsterregende Vorstellungen, die sich zu einem Alptraum verdichteten ...

Trudi nimmt seine Hand und führt ihn einen unbekannten Weg entlang zu einem Ort, wo die Erde aufgerissen und roh ist und ein neues Gebäude funkelnd und summend hoch vor dem Morgenhimmel aufragt. Sie gehen hinein, und er beginnt zu wimmern, denn die schrecklichen Unaussprechlichkeiten ängstigen ihn (er ist erst drei, und seine metapsychischen Rezeptoren sind ungeschult und unbeholfen). Das Kindermädchen sagt: »Still, es ist alles in Ordnung. Wir müssen Papa ›Willkommen zu Hause‹ sagen.«

Sie gehen auf einem seltsam glatten Fußboden in gedämpft beleuchtete Kühle, und Erwachsene engen ihn mit ihren großen Gestalten ein, ignorieren seine schwachen telepathischen Fragen. Ihre Gedanken flüstern von unverständlichen Dingen:

Sternensuche ... Lylmik? ... WAHNSINN! ... Gottverdammt, er hat es geschafft!

Gleich beim ersten Versuch eine Sondierung über 1700 Lichtjahre!

Und zurück mit heilem Gehirn!

Kann nicht glauben, daß Ausrüstung im Dschungel funktioniert hat.

NieimLebenwerdeichverdammtenApparatbenutzenMarcwahnsinnigwar2Jahrekrankfängtjetztwiedervonvornan ...

Schafft den Schwachkopf hier raus.

Aber wie lange soll Sternensuche dauern?

WAHNSINN! WAHNSINN!

Zeit haben wir im Überfluß Süße.

Ganze 6000000 Jahre.

Es wird klappen ... Sternensuche ... wird uns retten! ... neuer Anfang ... erleuchtete Rasse ... können sie koerzieren oder an ihre Nächstenliebe appellieren ...

WAHNSINN!

Der Mentale Mensch ... wir werden ihn vielleicht doch noch erleben!

Das Kind du Tölpel.

Oh ...

Laßt Hagen durch damit er sehen kann.

Laßt ihn sehen!

Laßt ihn sehen!

WAHNSINN! LASST DAS KIND DEN WAHNSINN SEHEN DER UNS IN DIES EXIL GEBRACHT HAT! LASST ES SEINE EIGENE ZUKUNFT SEHEN ...

Es war nur ein Traum. Ein Traum von einem gewaltigen gefangenen Ding, einem von seinem Körper gelösten Gehirn. Froh darüber! Künstlich mit Energie versorgt, die wahre Einheit verschmähend, sich sonnend in Einsamkeit.

In dem Traum hob Trudi ihn hoch, damit er das Ding sehen konnte, und sagte: »Das ist dein Papa.« Der dreijährige Junge schrie und versuchte wegzulaufen.

Nur ein Traum. Deshalb versuchte er jetzt nicht wegzulaufen, jetzt, wo er das Ding wiedersah, draußen vor der Windschutzscheibe des Cockpits. Es schien auf der Zugangsluke des Propellers zu ruhen, zwischen den Zwillingsgehäusen der Schallkanone. Ein klobiger Umriß, trüb schimmernd, ungefähr von der Form eines Menschen. Energiekabel und gepanzerte Schläuche entsprossen seinem blinden Kopf und verschmolzen mit dem grau werdenden Himmel.

In seinem Traum erhob sich Hagen von seinem Sitz an der Navigationskonsole, öffnete die Cockpit-Tür und trat hinaus. Schwebend näherte er sich der Phantom-Ausrüstung auf dem Vorderdeck, und dabei wurde sie transparent. Der Mann im Innern des Druckanzugs breitete die Arme aus, beugte sich nieder und lächelte dem verängstigten Dreijährigen zu.

»Ich bin es nur. Es ist nur Papa.«

Aber Hagen rührte sich nicht vom Fleck. Er wagte es

nicht, den Mann zu umarmen, denn noch in seinem Traum war er sich bewußt, daß der eigentliche Körper eines Menschen, der diese Rüstung trug, auf eine Temperatur nahe dem absoluten Nullpunkt abgekühlt und fast völlig von dem höchstvortrefflichen Gehirn geschieden war.

»Ich glaube, endlich verstehe ich«, sagte Hagen. »Jack war dein Modell. Es war dir nicht möglich, dich ständig zu modifizieren. Du warst zu alt für eine erfolgreiche Anpassung. Aber du warst entschlossen, mehr zu sein als der Bruder des Mentalen Menschen.«

»Ich wäre sein Vater geworden«, erwiderte Marc. »Und ich wäre es zufrieden gewesen, dich und die anderen die Sterne beherrschen zu sehen, die ich euch gab.«

»Nicht länger menschlich.«

»Du hättest dich nicht daran erinnert.«

»Geh weg!« rief der Dreijährige. »Faß mich nicht an! Sieh mich nicht an!« Das Kindermädchen hielt ihn fest und hinderte ihn daran, wegzulaufen. Er vergrub sein Gesicht in ihrem langen Rock und weinte, weigerte sich, noch einen Blick auf seinen Vater zu werfen. Die Gedanken der anderen flüsterten, und dann schlossen sich die Wände behutsam um ihn, er wurde hochgehoben und weggetragen ...

Hagen erwachte. Er stand im Morgenwind auf dem leeren Vorderdeck und ging, die Luke zu inspizieren, wo er die Illusion gesehen hatte. In dem Plastikmaterial waren zwei große runde Eindrücke, als hätte es ein ungeheures Gewicht getragen.

Yosh drückte sein Gesicht fester in das ummantelte Visier des Infrarot-Suchgeräts und erklärte: »Endlich können wir loslegen.« Servomotoren winselten, und die Maschine drehte sich mitsamt ihrem Operator langsam um 360 Grad. »Großartig. Der perfekte Standort, hier oben im Leuchtturm. Muß eine Reichweite von ungefähr siebzig, achtzig Kilometern haben, da Calamosk auf einem Hügel liegt. Bis halbwegs nach Afaliah haben wir freie Sicht, bevor wir gegen diese Berge auf der anderen Seite der Opaar stoßen. Oh, dies Baby ist für Steppen gemacht worden.«

»Wie klappt es mit der Feinabstimmung, Chef?« erkundigte sich Sunny Jim. Er und Vilkas saßen im Schatten und tranken Bier, nachdem sie zwei Stunden lang schwitzend die Sonnenkollektoren der Energieversorgung dem Licht ausgesetzt hatten.

»Funktioniert«, murmelte Yosh. »Ja, da habe ich sie, die Große Südstraße bei ... vier-eins-drei-eins-zwei-Pip-sechs-eins zieht eine Herde Hipparions entlang, wo sie freie Bahn haben, die faulen Biester. Nur gut, daß es hier im Pliozän keinen schnellen Oberflächenverkehr gibt. Sonst müßte man alle fünfzig Meter Warnschilder mit HIPPARION-WECHSEL anbringen.«

Vilkas stellte seinen großen Deckelkrug ab, wischte sich den Schnurrbart mit dem Handrücken und seufzte märtyrerhaft. »Müssen wir die Fernsteuerung sofort montieren, oder kann das bis nach dem Essen warten?«

»Was glaubst du denn?«

Yosh grinste seinen beiden Ashigaru kurz zu und verschwand dann wieder im Visiergehäuse. Vilkas ächzte. Yoshs gedämpfte Stimme fuhr fort: »Und außerdem müssen wir noch die Tochtersender durch Kabel ersetzen und etwas zurechtbasteln, das das vom Gehirn gesteuerte Paneel mit diesem roten Auge und den Waffenbatterien verbindet. Tut mir leid, Männer. Dieser Schrotthaufen muß mindestens vierzig Jahre alt sein, und die Laser sind sogar noch älter. Man sollte annehmen, irgendein Blödmann hätte inzwischen etwas Moderneres eingeschmuggelt.«

»Ist durchaus möglich.« Vilkas blickte düster in seinen leeren Krug. »Aber wer kann das wissen? Die Tanu-Lords, die Vorräte an Schmuggelwaren hatten, haben über ihre Sammlungen den Mund gehalten und ihre Schätze auch nicht getauscht oder miteinander verglichen. König Thagdal hätte ihre Köpfe auf Piken stecken lassen, wenn es herausgekommen wäre, daß sie seine Befehle mißachteten. Alle wichtigen Milieu-Erfindungen, die durch das Zeitportal kamen, waren doch angeblich Eigentum der Krone. Und Gewehre und dergleichen sollten vernichtet werden.« Er lachte ironisch.

»Ein Glück für uns, daß sie nicht vernichtet worden sind!« Jim nickte zu dem frisch installierten Büschel mittelgroßer

Laserwaffen hin. »Wir hätten keine Chance gegen diese nordamerikanische Bande, wenn wir nichts anderes gegen sie einzusetzen hätten als Glasklingen und Gehirnschmalz. Diese Laser – Mannomann! Da hinten im Sumpf habe ich so etwas nicht zu sehen bekommen.«

»Sie sind Schrott«, stellte Yosh kurz und bündig fest. »So veraltet, daß es zum Erbarmen ist. Sie sollen eine Reichweite von zehn Kilometern haben, und schon bei sieben werden sie plasmatisch! Gott, was würde ich für ein paar moderne feldummantelte Strahler geben – oder sogar für ein altes Röntgenstrahlen-Ding.«

Jim glotzte ihn mit offenem Mund an. »Mannomann, Chef – was muß dies Galaktische Milieu für eine tolle Sache gewesen sein!«

Yosh und Vilkas wechselten einen Blick. Der Robotik-Ingenieur fragte: »Waren deine Eltern Zeitreisende, Jim?«

»Die Großeltern«, antwortete der junge Mann. »Wir haben zwei ganze Generationen lang frei dort in Stelzenstadt gelebt, nachdem die Firvulag Nionel aufgegeben hatten. Nicht einmal die Heuler wollten das Pariser Becken.« Er kicherte. »Das war uns nur recht!«

Vilkas betrachtete seine Stiefel. »Würdest du in den Sumpf zurückkehren, wenn du die Möglichkeit hättest, Junge? Nach Hause gehen?«

»Und Wildgänse und Binsenwurzeln und Wasserschweine essen?« schnaubte Jim. »Nicht meiner Mutter Sohn! Du kannst das olle Paris behalten.« Er schnippte mit zwei Fingern gegen seinen grauen Halsring, daß das Metall klang. »*Das* nenne ich Leben!«

»Jesus«, sagte Vilkas leise.

Yosh war wieder im Innern des Suchgeräts, mit beiden Händen an den Kontrollen beschäftigt. »Letzter Test. Stöpsle einen von den Lasern ein, dann sehen wir, wie es mit Halbautomatik geht.«

Jim ging, um ein dünnes Kabel von einer der Waffen an die Turm-Batterie anzuschließen, während Vilkas die Mündung säuberte. Als die Kanone mit dem Suchgerät verbunden war, meldeten beide Graureifen: *Fertig Yoshi-sama.*

Servos kippten das Gerät und legten Yosh in seinem Kübelsitz bequem auf den Rücken. Die elektronisch angeschlossene Waffe zog parallel mit, als Yosh den Himmel absuchte. »Kernschußweite. Das haben wir, und das werden wir benutzen. Ich muß einen Vogel schießen. Nur einen einzigen kleinen Vogel. Die Rocky Mountain Audubon Society würde mich auf einer Stange aus der Stadt tragen, wenn sie es wüßte, aber ich brauche einen warmen Körper für eine Zielübung. Und ... und ... aha! Da kommt etwas, das nach einem Falken aussieht, über Calamosk bei einseins-sechs-sieben-Pip-null-vier ... chotto matte! Verdammt noch mal, ist der schnell! Entschieden ein Falke. Golden. Männlich. Und ... fertig ...«

»Chef – nicht!« rief Jim. »Schieß nicht!«

Yosh lugte aus dem Gehäuse, die Stirn in ärgerliche Falten gelegt. »Was ist, zum Teufel?«

»Diese goldenen Falken – es bringt Unglück, sie zu töten! Du schießt einen, und das Pech der ganzen Welt kommt über dich!«

»Oh, um Himmels willen!« rief Yosh aus.

»Bitte, Chef«, flehte Jim.

Yosh verzog angewidert das Gesicht und kehrte an das Visier zurück. Er schwenkte nach Süden herum und hinunter an das Ufer der Ybaar. »Wie ist es mit einem gottverdammten Perlhuhn in einer gottverdammten Schlammsuhle?«

»Das kannst du schießen«, erklärte Jim fröhlich.

Der Laser gab ein kurzes Zischen von sich. Yosh entspannte sich in seinem Sitz und seufzte. »Das wär's. Zieht den Stecker raus, dann gehen wir nach unten ...« Er erstarrte. Sein goldener Reif übermittelte ihm einen Anruf.

Yoshi hörst du mich?

(Er hörte ... und er kannte diese Gedankenstimme.) Ich höre Hochkönig.

Ich komme. Ist das Suchgerät einsatzbereit?

Wir sind gerade fertig, nur die Fernsteuerung und die nicht angeschlossenen Waffen ...

Mach dir darum keine Gedanken. Wir brauchen sie nun doch nicht. Bleib auf dem Turm! Warte auf mich! Sag NIEMANDEM daß ich komme.

Ja, Hochkönig.

Vilkas und Jim hatten die Werkzeugtaschen und die Prüfgeräte eingesammelt. Keinem war Yoshs Geistesabwesenheit aufgefallen. Der Litauer meinte: »Wenn wir dies Auge an das Gehirn-Paneel anschließen sollen, werden wir irgendwelche anderen Apparate ausschlachten müssen.«

»Vergiß es!« sagte Yosh. »Der König kommt. Der Plan ist geändert worden.« Stirnrunzelnd richtete er den Sucher wieder auf den Himmel nordöstlich von Calamosk. »Wir sollen hierbleiben und niemandem sagen, daß er unterwegs ist.«

»He – Klasse!« schrie Jim. »Bringt er die Fliegende Jagd mit, um den Hurensöhnen von Übersee heimzuleuchten?«

Yosh studierte die Anzeigen. »Ausgeschlossen. Die körperliche Masse müßte sich deutlich bemerkbar machen – und da draußen ist nichts. Nichts.«

»Ein Landheer?« mutmaßte Vilkas.

»Wie könnte er den Marsch eines Landheeres geheimhalten?« schalt Jim. »Selbstverständlich fliegt er!«

»O mein Gott«, stöhnte Yosh. Er hob das entsetzte Gesicht vom Visier und drückte den Löschknopf. Steif kletterte er aus dem Sitz. Seine Samurai-Rüstung, die er zur Arbeit abgelegt hatte, lag ordentlich aufgestapelt da. Ein wohlbekanntes telepathisches Signal ließ Jim und Vilkas herbeieilen und ihm beim Anziehen helfen. Es verwirrte sie, daß ihrem Herrn der Schweiß auf der Stirn stand und ein leichtes Zittern durch die Wangenmuskeln lief. Über ihre grauen Halsringe empfingen sie eine Andeutung des mentalen Aufruhrs, den Yosh nach besten Kräften zu verbergen suchte.

Der simple Jim war besorgt. »He, Chef – geht es dir nicht gut?«

»Doch, doch. Aber hört zu ... erinnert ihr euch, daß Clarty Jock uns einmal erzählte, wie wir unsere eigenen privaten Gedanken verbergen können, wenn wir fürchten, irgendein Tanu mit redigierenden Kräften schnüffele in unseren Gehirnen herum?«

»Ich erinnere mich«, antwortete Vilkas. »Nicht etwa, daß *er* es mir erst hätte beibringen müssen.«

»›Denkt an ein Lied, immer wieder von vorn‹«, zitierte Jim

gehorsam. »Ich werde an eins denken, das Opa immer gesungen hat:

> Wir sind die Sänger aus Finsterwalde,
> Leben und sterben für den Gesang ...«

Yosh unterbrach ihn. »Wenn der König eintrifft, *versteckt eure Gedanken!*«

»Aber warum, Chef?«

Yosh steckte sein Daisho- und sein Nodachi-Schwert ein, während Vilkas ihm die kragenartige Nodowa umband (tief ausgeschnitten, damit man seinen Status an dem goldenen Halsring erkannte) und Jim ihm den kunstvollen Helm mit den beiden Mondsichelhörnern hinhielt. »Zerbrecht euch nicht den Kopf, warum. Ihr werdet es merken, wenn der König hier ist.«

Alle drei warteten, die Gesichter nach Osten gekehrt. Ein winziger Fleck am wolkenlosen Nachmittagshimmel kam offensichtlich näher. Jim und Vilkas erstarrten. Aber dann sahen sie, daß es nur ein Vogel war, vielleicht irgendein Habicht, mit gelben und schwarzen Federn. Er segelte knapp über den Turm weg, und er hielt einen langen Strohhalm in seinen Klauen.

Paßt auf! flüsterte Yosh seinen Dienern telepathisch zu.

Der Vogel schwebte herab. Es war kein Habicht, sondern ein Goldfalke, und als er die Brustwehr berührte, verwandelte er sich in König Aiken-Lugonn, der in einer behandschuhten Hand seinen großen goldenen Glasspeer hielt.

»Hei«, sagte der König und schob das Visier von seinem Wetteranzug hoch. »Habt ihr das Suchgerät fertig, Jungens?«

Yosh salutierte und wies wortlos auf das Gerät. Jim murmelte: »Wir sind die Sänger aus Finsterwalde!«

Aiken hob spöttisch eine Augenbraue. »Darauf wäre ich nie gekommen.« Er wandte ihnen den Rücken zu und kletterte in den Sitz. »Mach dir nicht die Mühe, mir Instruktionen zu geben. Ich kann mit diesen Dingern umgehen.« Er sah nach Süden. »Ja ... da kommen Ochal der Harfner und seine Reiter – und ich vermute, die zusätzlichen Personen sind Basils vielbegehrte Höllenhunde.« Ein Finger stellte den Entfernungswähler auf äußerste Reichweite. »Und hinter ihnen verlassen gerade fünfzehn Mehrzweckfahrzeuge mit Höchstgeschwindigkeit die Berge.«

Vilkas und Jim starrten einander in einer Mischung aus Schreck und bösen Vorahnungen an. Yosh stellte sich ruhig an die Schulter des Königs und fragte: »Wie können wir dir helfen?«

Aiken stieg aus dem Suchgerät und winkte Yosh, seinen Platz einzunehmen. Jim beeilte sich, den Kabuto aufzufangen, den sein Herr vom Kopf riß und zur Seite warf.

»Ich werde euch dreien ein Staatsgeheimnis anvertrauen«, sagte Aiken. Seine Augen brannten wie Kohlen in einem papierweißen Antlitz. »Ich will euch nicht drohen – aber wenn ihr irgend jemandem erzählt, wie ich das heute nachmittag hier inszeniere, ist es gut möglich, daß mein Thron umfällt. Und ihr natürlich mit.«

»Wir sind deine Sklaven«, erklärte Yosh. Sogar in der Umarmung des großen Suchgeräts brachte er eine feierliche Verbeugung zustande. Vilkas und Jim scharrten mit den Füßen und leckten sich die Lippen.

Aiken fuhr fort: »Die nordamerikanischen Fahrzeuge werden Ochals Gruppe ganz bestimmt einholen, bevor sie in die Reichweite von Calamosks Verteidigungsanlagen gekommen ist. Das wurde mir klar, als ich sie beim Herflug durch Fernwahrnehmung beobachtete. Deshalb muß *ich* etwas unternehmen.«

»Teufel – alle haben geglaubt, du würdest die Fliegende Jagd mitbringen!« entfuhr es Jim. Vilkas trat ihm gegen den Knöchel.

»Ich kann die Jagd nicht tragen«, teilte Aiken ihm ruhig mit. »Ich habe kaum genug Kraft, selbst zu fliegen – und die Vogel-Illusion aufrechtzuerhalten. Würde ich die Fahrzeugkolonne des Feindes überfliegen und sie mit dem Speer angreifen, bliebe mir nicht genug Energie, einen psychokreativen Schild gegen ihre Waffen zu erzeugen. Ich besitze einen tragbaren Sigmafeld-Generator, aber seine Benutzung macht das Fliegen noch schwieriger, und es ist möglich, daß diese Nordamerikaner Waffen haben, die in ein kleines

Sigma hineinfahren wie eine Axt in eine Moschusmelone. Deshalb werde ich etwas anderes probieren, und ihr werdet mir dabei mit diesem Sucher helfen. Ich werde mit dem Speer auf große Höhe hinaufsteigen. Auf sehr große Höhe. Du, Yosh, peilst präzise den Punkt fünfzig Meter vor dem ersten Mehrzweckfahrzeug an und gibst mir mit Fernsprache die Koordinaten durch.« Er blinzelte und nahm die Frage des Ingenieurs vorweg. »Nein, ich kann meine eigenen Fernsinne nicht zum Zielen benutzen. Ich bin nicht imstande, über eine Entfernung von sechzig Kilometern genau zu fokussieren. Außerdem brauche ich die restlichen Watt meines Gehirns, um die feindlichen Suchgeräte zu verwirren. Wahrscheinlich werde ich den Speer mehr als einmal abfeuern müssen. Deshalb halte dich bereit, den Sucher neu einzustellen, sobald ich den Befehl dazu gebe. Ist das klar?«

»Ja, Hochkönig. Am besten wäre es, wenn du abwarten könntest, bis das Ziel auf fünfundvierzig Kilometer herangekommen ist. Bei extremen Entfernungen ist der Sucher vielleicht nicht zuverlässig.«

»Ein guter Rat. Ich werde abwarten, solange ich kann.«

Jim rief: »Was ist denn *passiert?* Jesus Kee-ristus, Majestät! Wie sollen wir diesen Haufen schlagen – wie sollen wir die Firvulag schlagen –, wenn du keine Kraft mehr hast?«

Lächelnd klopfte Aiken gegen die mit einem Helmbusch geschmückte Kapuze seines goldenen Anzugs. »Ich habe immer noch den vollen Quotienten meiner gewöhnlichen Schlauheit, Jim. Die normalen kleinen grauen Zellen, deretwegen ich überhaupt ins Pliozän verbannt worden bin. Hast du dich nie gefragt, warum man mich aus dem Milieu hinausgeworfen hat? Weil ich eine Gefahr darstellte, deshalb! Es gibt Gehirne, und es gibt Gehirne. Meins mag im Augenblick ein bißchen knapp an metapsychischer Feuerkraft sein, aber keine Bange, ich werde mich bald erholt haben. Inzwischen finde ich schon andere Wege, um der Situation gerecht zu werden.«

Cloud umklammerte die Kante der Kommando-Konsole mit angespannter Konzentration. »Wir holen sie ein! Geschätzte Zeitspanne elf Komma vier Minuten!«

»Sollen wir die Schallkanonen bemannen?« erkundigte sich Phil Overton bei Hagen.

»Nein, du Idiot. Sobald wir freie Sicht haben – keine Bäume, keine verdammten Antilopen oder sonst etwas, das uns in den Weg laufen kann – stellen wir die Sigmas an. Dann formieren wir uns zur Staffel und jagen los, bis wir in Reichweite der Lähmer sind. Betäuben ihre Chalikos, preschen heran, legen die ganze Gesellschaft mit geringer Energie schlafen und laden sie auf.«

»Mit den Schallkanonen oder den Lasern könnten wir die Tiere aus größerer Entfernung treffen«, meinte Phil.

»Und vielleicht einen Piloten oder Techniker töten, von dem unser Leben abhängen mag, wenn Papa uns nachkommt!« fauchte Hagen. »Keine Schallkanonen, verdammt noch mal, und auch keine Photonenwaffen! Die werden nur gegen Truppen von Calamosk eingesetzt.«

»Zum Navigieren und Abschießen der Huskys müssen wir Öffnungen in den Sigmas lassen«, bemerkte Nial Keogh. »Sie könnten uns erwischen, wenn sie auf Draht sind – Psychobolzen in der Art von springenden Kugelblitzen benutzen.«

»Wir werden es riskieren«, entschied Hagen. »Du und die anderen PK-Größen müßt auf metapsychische Tricks aufpassen. Jetzt gib den anderen durch Fernsprechen Bescheid. Wir werden die Staffel erst auf passendem Terrain bilden. Ich gehe auf Höchstgeschwindigkeit, um die Lücke zu schließen. Beißt die Zähne zusammen!«

Die Turbinen steigerten ihr Winseln zum Geheul. Die Mehrzweckfahrzeuge rasten den holprigen Pfad entlang, sie hopsten und schlingerten und erzeugten eine monumentale Staubfahne. »Ich hab sie auf dem Monitor«, meldete Veikko Saastamoinen. »Außerdem eine ferngesehene Großaufnahme. Sie wissen, daß wir hier sind, aber sie wirken ganz unbesorgt.«

Hagens Gesicht verfinsterte sich. »Hörst du irgendwas?«

»Sie sind doppelt und dreifach abgeschirmt. Die Reifträger haben eine Decke über die ganze Karawane gebreitet. Was würde ich nicht für das Metakonzert-Programm deines Alten geben! Mit einem mentalen Schuß, durch mich als

Ventil abgefeuert, könnten wir jedem Mann dieser Glasflaschen-Armee ein Loch zwischen die Ohren bohren.«

»Der König hat das Programm«, sagte Cloud, »falls du das vergessen hast.«

Die fliehenden Chaliko-Reiter überquerten ein trockenes Flußbett und galoppierten durch einen schmalen, mit Pappeln bewachsenen Streifen am anderen Ufer. Mit abgestellten Sicherheitsschaltungen schlugen die Mehrzweckfahrzeuge ein Tempo ein, das sie außer Kontrolle geraten lassen konnte.

»Du mußt verlangsamen!« rief Cloud. »Die anderen sind ...«

Vom Himmel kam ein kurzer grüner Blitz. Dreck spritzte in einer dunkelbraunen Blume hoch. Eine Explosion erschütterte ihre Gehirne gleichzeitig mit dem ferngesprochenen Gebrüll:

HALTET EURE FAHRZEUGE AN! VERSUCHT NICHT SIGMAFELDER EINZUSCHALTEN ODER ICH TÖTE ANFÜHRER!

Veikko schrie auf und preßte beide Hände an den Schädel. Hagen kämpfte mit den Bremsen. Das Fahrzeug schleuderte wie verrückt vom Pfad in das steinige Veldt, kippte weit nach links über, wobei es mit seinen Prallschirmen tiefe Furchen in die Erde pflügte, und hätte sich beinahe auf den Kopf gestellt.

Eine smaragdfarbene Feuersäule gebar eine zweite Explosion, und diesmal schlug der Strahl keine fünfzehn Meter vor ihnen ein. Fluchend brachte Hagen das Fahrzeug zum Halten.

BEWEGT EUCH NICHT! ERRICHTET KEINE SIGMAS ODER ICH SCHIESSE!

Nial Keogh sprach ruhig in das Mikrophon der Gegensprechanlage und überzeugte sich, wie es um die anderen stand. Veikko, für dessen empfindliches Gehirn das Volumen des gewaltigen mentalen Rufs zuviel gewesen war, lag auf dem Boden des Cockpits, in fötaler Haltung zusammengekrümmt, die Hände wie Klauen über den Ohren. Das Terrain-Holobild zeigte nur vielfarbigen Schnee.

Cloud und Hagen sahen sich in düsterem Begreifen an.

Die erste Runde des Spiels war vorüber. Aber wenigstens war nicht ihr Vater der Sieger.

Cloud sagte in Aikens intimem Modus: Wir haben angehalten. Darf ich auf die Brücke kommen und verhandeln?

Hinter dem letzten Fahrzeug der Kolonne gab es eine dritte Explosion. Gottähnliches Gelächter erklang.

IHR NARREN! ICH BEOBACHTE EUCH SCHON SEIT STUNDEN. ICH HÄTTE EURE GEHIRNE IN DEM AUGENBLICK BRATEN KÖNNEN ALS IHR MEIN VIELFARBENES LAND BETRETEN HABT. UND IHR GLAUBT IHR KÖNNTET VERHANDELN?

Cloud sagte: Wir haben einen Vorschlag zu machen, der dich interessieren könnte. Wir wollen deinem Königreich wirklich keinen Schaden zufügen.

ICH KENNE EUREN VORSCHLAG. ICH WEISS IHR MÖCHTET DAS ZEITPORTAL WIEDERERÖFFNEN.

Wir werden ... für deine Hilfe bezahlen.

WIE?

In Hagens Gesicht zeigte sich Verwirrung. Er und Phil Overton hatten sich in aller Eile beraten, und jetzt teilte er seiner Schwester heimlich mit: Etwas Komisches das nicht psychokreative Waffe sondern eine Art Photonenkanone!

ANTWORTET MIR! ODER MEINE METAPSYCHISCHE KRAFT WIRD EUCH AUSLÖSCHEN!

»Der Zauberer von Oz«, flüsterte Phil Overton. »Mit einer Photonenwaffe der Giga-Klasse. Es ist kein reiner Bluff – aber wir mögen Raum zum Manövrieren haben.«

Hagen sagte: Ich bin Marc Remillards Sohn. Wir werden für deine Unterstützung bezahlen, indem wir dir helfen, unseren gemeinsamen Feind zu schlagen – den wir sehr viel besser kennen als du. Ohne unsere Hilfe wird er dich vernichten wie er wahrscheinlich uns vernichten wird.

ER SAGT MIR DASS IHR DER WIDERSACHER SEID!

Hagen sagte: Und hat er dir auch verraten daß er das D-Springen gelernt hat?

Lange Zeit herrschte Schweigen. Schließlich befahl die Donnerstimme:

WARTET DREI STUNDEN LANG WO IHR SEID! DANN KOMMT IHR NACH CALAMOSK MIT GEÖFFNETEN VER-

DECKS UND DEMONTIERTEN WAFFEN – UND WIR WERDEN ALLE ZUSAMMEN TEE TRINKEN.

8

Basil Wimborne und seine Höllenhunde sahen die Zitadelle von Calamosk wieder, die sie früher in diesem Jahr unter ganz anderen Umständen besucht hatten. Damals, in der schlimmsten Regenzeit, hatte Basil zu denen gehört, die die Flüchtlingsarmee von der überfluteten Aven-Halbinsel wegführten. Der kleine Kader, aus dem später die Höllenhunde wurden, hatte einen improvisierten Stab unter ihm, Häuptling Burke, Schwester Amerie und Elizabeth gebildet. Erst waren die Heimatlosen von dem unerbittlichen Celadeyr aus Afaliah vertrieben worden. Dann wandten sie sich der kleineren Stadt zu und rechneten mit einem noch rauheren Empfang durch ihren arrivierten menschlichen Herrn Sullivan-Tonn. Aber wie sich herausstellte, waren Sullivan und seine junge Tanu-Verlobte von Aluteyn Handwerksmeister und einer Bande zur Großen Retorte verurteilter Ritter verdrängt worden. Calamosk hatte unter der Belagerung gelitten und war knapp an Vorräten, doch Aluteyn hatte den Flüchtlingen gegeben, was irgend erübrigt werden konnte. Dann riet er ihnen, weiter nach Norden in reichere Regionen zu ziehen.

Nun ritten Basil und seine Höllenhunde hinter Ochal dem Harfner in Calamosk ein und bemerkten gewisse Veränderungen. Die buntgetünchten, halb aus Holz bestehenden Häuschen, die einmal bloßhalsige menschliche Stadtbewohner beherbergt hatten, standen fast alle leer. Unkraut wuchs zwischen dem Straßenpflaster, es gab Staub im Überfluß, und niemand hatte die Haufen von Tierkot entfernt. Die steinernen Pflanzschalen und öffentlichen Gärten waren ungepflegt und welkten in der sommerlichen Dürre.

Da er früher schon einen goldenen Halsring getragen hatte, war allein Basil unter den befreiten Gefangenen erfahren genug in der Benutzung des Gedankenverstärkers, um telepathisch im Tanu-Modus zu sprechen. Er erkundigte sich bei Ochal:

Was ist geschehen? Die Stadt wirkt so schäbig. Ganz anders als die Tanu-Städte, die ich seit der Flut gesehen habe.

Ochal sagte: Die Ramas. Teils sind sie umgekommen, teils in die Wildnis entflohen. Das ist die Folge des mentalen Aufruhrs bei der Machtübernahme des Handwerksmeisters. Ramas sind friedliebende Wesen mit empfindlichen zarten Gehirnen. Wenn sie Halsringe tragen reagieren sie auf extrem emotionale Manifestationen indem sie vor den schädlichen ätherischen Vibrationen fliehen wenn es möglich ist und akute psychosomatische Störungen erleiden wenn sie zurückgehalten werden. Nicht nur in Calamosk auch in meinem eigenen beklagten Bardelask und sogar in Goriah selbst ist es zu einer Flucht der Ramas gekommen. Der Hochkönig hat natürlich befohlen daß Ersatz-Affen in die Hauptstadt geschickt werden. Aber Calamosk mußte mit einem völlig neuen Zuchtprogramm anfangen.

Basil sagte: Pech für die hiesigen Adligen die Domestiken brauchen.

Ochal sagte: Viele Menschen mit grauen Ringen sind immer noch treu und dienen gern – und sogar eine Zahl von Bloßhalsigen.

Basil: Diejenigen die zu ängstlich oder zu vorsichtig waren als Geringe zu leben – oder zu klug um in der Hoffnung der König werde ihnen goldene Halsringe geben nach Goriah zu rennen!

Ochal: (Lachen.) Das ist auch in anderen Städten als Calamosk ein Problem gewesen. König Aiken-Lugonn mußte von seinem ursprünglichen Vorhaben jedem Menschen der darum bat sofort die Bürgerrechte zu verleihen beträchtlich Abstand nehmen.

Basil: Hm. Seine Absicht war großzügig ...

Ochal: Aber zum Glück für die Ordnung im Hochkönigreich war sein ihm angeborener praktischer Sinn stärker. Ah! ... Endlich sind wir da.

Die Karawane kam in den Vorhof der zentral gelegenen Zitadelle, wo sich zahlreiche reiftragende Menschen jedes Standes sowie Tanu in Zivil und in voller Bewaffnung aufhielten. Im Umkreis der Burg war nichts von der Vernachlässigung zu bemerken, die ihnen in den Außenbezirken der Stadt aufgefallen war. Menschliche Diener eilten herbei und halfen den Neuankömmlingen beim Absteigen, und um Basil und seine Höllenhunde bemühte man sich ebenso beflissen wie um ihre Eskorte. Allerdings hielt sich die Elite-Garde aus menschlichen Goldenen zurück, die Milieu-Waffen griffbereit.

Ochal sagte zu Basil: »Dir widerfährt eine große Ehre – der Stadt-Lord ist persönlich heruntergekommen, um dich willkommen zu heißen.«

Basil neigte respektvoll den Kopf, als sich ein Tanu-Kreator in kurzer Tunika und aquamarinfarbener Halbrüstung näherte. »Parthol Schnellfuß«, stellte er sich vor. Er aktivierte kurz die Lustschaltung in den grauen Halsringen der Höllenhunde, was bei denen, die metapsychisch unbeleckt waren, eine verblüffte Reaktion hervorrief. »Meine Glückwünsche! Der König wartet mit Ungeduld darauf, euch zu sehen.«

»Und wir, ihn zu sehen«, erwiderte Basil. *Ruhig*, mahnte er seine Freunde. *Bleibt ruhig!*

»Am besten säubern wir euch zuerst ein bißchen, wie?« Parthol zwinkerte. »Das Verlies des alten Celo – nicht gerade ein Kurort.«

Basil brachte ein trockenes Lachen zustande. »Du bist sehr aufmerksam, Lord Parthol.«

»Folgt mir! Es wartet eine hübsche Überraschung auf euch!« Weg war der Tanu, und Basil und die anderen stolperten hinter ihm her (denn ein Tanu-Recke legt bei einem Schritt leicht zwei Meter zurück). Er wies auf bemerkenswerte Verbesserungen in den Verteidigungsanlagen hin, die sein Vorgänger, der verstorbene Aluteyn, hatte bauen lassen, während er sie durch die Außenwerke und den Innenhof und über eine kunstvolle weiße Marmorrampe in den Palastturm führte.

»Du warst ... ein Gefährte des Handwerksmeisters in seinem Unglück?« fragte Basil atemlos.

Parthol gluckste. »Sein Knastkollege, meinst du! Ganz richtig. Der alte Thagdal steckte mich wegen Mordes in die

Retorte. Enthauptete meine Schwiegermutter Coventone Petrifactrix bei einer königlichen Jagd oben in den Dunklen Bergen. Niemand wollte mir glauben, daß ich sie irrtümlich für eine Firvulag gehalten hätte. Kann mir nicht denken, warum.«

Über marmorne Treppen stiegen sie in die Eingeweide der Burg hinunter, wo Fackeln in silbernen Haltern rosa und schwarz geflieste Korridore beleuchteten. Eine gewisse Ängstlichkeit strahlte von Basil und seinen Höllenhunden bei diesem Abstieg aus. »Diesmal ist es nicht das Verlies!« beruhigte Parthol sie. Sie kamen an eine große schwarze Tür mit silbernen Beschlägen, bewacht von statuenhaften Menschenfrauen in silbern schimmernden Rüstungen. Erwartungsvoll grinsend, veranlaßte der Lord von Calamosk das Portal mit einer Handbewegung, sich zu öffnen, und winkte den Besuchern, ihm hindurchzufolgen.

Die Höllenhunde flüsterten miteinander und stießen sich mit den Ellbogen an. Einer stieß einen ungläubigen Pfiff aus. Sie waren in einen Komplex aus miteinander verbundenen Räumen getreten, die Gewölbedecken und Säulen hatten. Sie vereinigten die Eigenschaften eines luxuriösen türkischen Bades mit dem Aussehen eines ungarischen Hurenhauses des fin de sicle. Da waren tropfende Kristall-Kronleuchter, Barock-Diwans in schleierverhängten Alkoven und ein phantastischer Dampfraum in Gold und Jaspis, dessen Wände paphische Mosaiken schmückten.

»Amüsant, nicht wahr?« bemerkte Parthol zu Basil. »Euer betrauerter Landsmann Sullivan-Tonn ließ das hier während seiner kurzen Amtszeit installieren, und wir entschlossen uns, es zu behalten. Eine erfinderische Rasse seid ihr Menschen – wenn jene Abbildungen eine repräsentative Stichprobe der sexuellen Gebräuche eurer Alten Welt sind.«

Basil räusperte sich verlegen. »Einige der Mosaiken sind ... ah ... folkloristischen Ursprungs. Die Zentauren und die Meerjungfrauen zum Beispiel, und die ... ah ... heroisch proportionierten Individuen.«

»So? Wie schade. Allerdings habe ich mich schon gefragt, warum noch keiner von ihnen durch das Zeitportal gekommen ist.« Er sandte eine kurze Botschaft im Befehlsmodus ab, und zwei muntere Polynesierinnen in geblümten Lava-lavas traten mit Tabletts voller Gartennelken ein. Sie trugen silberne Halsringe, und während sie den verdutzten Höllenhunden die Blumen reichten, strahlten sie Behagen und Zufriedenheit aus.

»Salote und Malietoa werden für eure Bequemlichkeit sorgen«, sagte Parthol. »Wir sind ein bißchen knapp an Personal, so daß ihr euch gegenseitig den Rücken schrubben müßt, aber ich glaube, ihr werdet eure Waschungen genießen. Probiert das Sprudelbad aus! Dieser Sullivan hat sich die verdammtesten Sachen einfallen lassen. Und wenn ihr fertig seid, könnt ihr frische Kleidung bekommen. Mit Stolz sage ich, daß sich Calamosk eines wirklich erstklassigen Konfektions-Moduplex rühmen kann – eines Halston 2100. Macht euch jede Ausstattung, die euch gefällt!«

Mr. Betsy, dem seine Verkörperung sein ein und alles gewesen war, seufzte hingerissen.

Parthos strahlte den Elisabethaner in seinem traurig heruntergekommenen Staat an. »An Milieu-Stoffen haben wir keinen großen Vorrat mehr, seit das Zeitportal geschlossen wurde – wenig Auswahl in Nebulin und Dakolit und Repelvel – aber du wirst sehr hübsches Leinen und feine Baumwolle finden. Auch bin ich sicher, daß noch mindestens zwanzig Ellen Seidenbrokat da sind, und sicher wird dir Silberspitze für dein Kragendings gefallen.«

Phronsie Gillies unterdrückte ein höhnisches Grinsen. »Und von den Resten lasse ich mir seidene Knickerbockers machen!« Betsy ignorierte sie.

Parthol Schnellfuß wandte sich an Basil. »In zwei Stunden komme ich und hole euch ab. Ihr werdet doch nicht versuchen, zu fliehen oder euch zu verstecken oder sonst etwas in dieser Art zu unternehmen, nicht wahr? Ich will nicht darauf herumreiten – aber ihr alle tragt graue Halsringe. Wir würden euch mühelos finden. Wenigstens wartet, bis ihr gehört habt, was der Hochkönig euch zu sagen hat, bevor ihr anfangt, Pläne und Ränke zu schmieden.«

»Gut«, antwortete Basil. »Wir werden warten.«

Mit dem Tee wurde den Höllenhunden von König Aiken-Lugonn eine vollständige Mahlzeit vorgesetzt. Als sie gegessen hatten, versiegte das nichtssagende Geplauder allmählich, und aller Augen wandten sich der kleinen Gestalt des Monarchen zu. Er saß vor der kalten Feuerstelle des Audienzzimmers auf einem Thron aus vergoldeter Eiche; seine Gäste mußten sich mit fransenbesetzten Fußbodenkissen begnügen. Darauf lagerten jetzt die meisten, nur ein paar besonders Argwöhnische und Mr. Betsy standen noch. Der König trug seinen goldenen Wetteranzug ohne die Kapuze. Ein einfacher Ring aus schwarzem Glas ruhte auf seinem dunkelroten Haar. Er trank geeisten Pfefferminztee aus einem Waterford-Kelch, und während es immer stiller wurde und die Höllenhunde starrten, kaute er die Würfel.

»Wie viele von euch«, fragte der König endlich, »würden gern durch das Zeitportal ins Galaktische Milieu zurückkehren?«

Pandämonium.

Aiken lächelte und hob die Hand. Ein schrecklicher koerzierender Stoß ließ jeden verstummen. »Tut mir leid, aber viel Zeit haben wir nicht. In Kürze werden weitere Gäste eintreffen und sich unserer kleinen Party anschließen. Unter ihnen wird die Dame sein, die euch ins Verlies von Afaliah gebracht hat, nachdem sie geholfen hatte, eure Flugzeuge zu stehlen – Cloud Remillard.«

»Remillard!« schrien Gedanken und Stimmen der Höllenhunde.

»Ich sehe, da hat eine Glocke geläutet«, bemerkte der König. Sein Lächeln war grimmig. »Ja, sie ist seine Tochter. Marc Remillard und seine Ex-Rebellen haben siebenundzwanzig Jahre lang in Nordamerika gelebt und sich im großen und ganzen um ihre eigenen Angelegenheiten gekümmert. Aber das tun sie nicht mehr. Die Rebellen haben Kinder, und die Kinder kamen zu dem Schluß, sie hätten von der Bevormundung durch die Alten genug. So packten sie ihre Sachen, verließen das Vaterhaus und kamen *hierher*. Cloud war die erste, zusammen mit einer Handvoll anderer. Später folgten ihr Bruder Hagen und der ganze Rest der zweiten Generation.«

»Großer Gott«, stieß Basil hervor, »das ist unglaublich! Es hieß, Marc Remillard sei in der Rebellion umgekommen, ebenso seine wichtigsten Helfer.«

Aiken zuckte die Achseln. »Madame Guderian trägt für vieles die Verantwortung. Ich weiß nicht, ob sie sie freiwillig durchgelassen hat oder ob sie sie koerziert haben. Wahrscheinlich letzteres. Sie brachten massenhaft Schmuggelware mit.«

»Oh, Euer Majestät, lassen Sie das jetzt!« rief die kleine Miss Wang leidenschaftlich. »Erzählen Sie uns mehr über die Wiedereröffnung des Zeitportals – und die Rückkehr!«

»Das ist nicht möglich«, behauptete Dimitri Anastos. »Die Zeitkrümmung ist eine Einbahnstraße vom Milieu ins Pliozän.«

»Nicht«, erklärte Aiken, »wenn man *hier* einen zweiten Guderian-Taufeld-Generator baut. Und das ist es, was Marc Remillards Kinder und ihre Freunde vorhaben.«

»Nach Hause gehen!« rief Miss Wang. »Den entsetzlichen Irrtum rückgängig machen! Diesen gräßlichen Ort verlassen und von neuem im Frieden des Milieus leben ...«

»Ach, ich weiß nicht.« Phronsie Gillis verzog zweifelnd das Gesicht. »Dies Exil hat seine haarigen Momente, aber im allgemeinen gefällt es mir hier. Ist *dir* nach einer Rückkehr zumute, Bets?«

Mr. Betsy gab ein hohles Lachen von sich. »Du machst wohl Witze.«

»Das Milieu ist wohlwollender Despotismus! Zur Hölle mit ihm!« erklärte Pushface.

»Sprich für dich selbst, du Clown«, sagte Chazz. »Ich würde mich als erster um ein Rückreise-Billett anstellen.«

»Wie viele von euch«, wiederholte Aiken, »würden zurückgehen?«

Elf Hände hoben sich – und dann eine zwölfte, die einem adlernasigen Mann gehörte. Er erklärte: »Ich auch, König – falls du und der verdammte Engel des Abgrunds einen kleinen Krieg plant.«

Phronsie Gillis maß ihn mit einem finsteren Blick. »Ein Krieg, in dem Marc, das Großmeister-Arschloch Erster Klasse, mitmischt, wird niemals klein sein, Nazir! Wahrscheinlicher ist, daß er der pliozänischen Erde den Garaus machen wird, und dann wird das Milieu niemals geboren!«

»Nein, das kann nicht geschehen«, widersprach Dimitri mit hartnäckiger Pedanterie. »Im Gegensatz zu dem volkstümlichen Aberglauben sind sogenannte alternative Universen oder parallele Raum-Zeit-Gitter unmöglich. Es geht nicht, daß man seinen eigenen Großvater tötet und infolgedessen verschwindet! Keine Handlung hier im Pliozän kann die primäre Realität ändern, von der das Milieu und ebenso alle zukünftigen Ereignisse Manifestationen sind. Entsprechend der universellen Feldtheorie ...«

»Halt die Klappe, Dimitri!« sagte Mr. Betsy.

Ein Streit brach aus, den Aiken mit einem weiteren koerzierenden Schlag beendete. »Diejenigen von euch, die gehen würden. Wie viele sind fähig, die Tanu-Flugzeuge zu steuern?«

Miss Wang, Phillippe, Bengt Sandvik, Farhat, Pongo Warburton und Clifford hoben die Hand.

»Wie viele Piloten würden hierbleiben?«

Es meldeten sich Mr. Betsy, Taffy Evans, Thongsa, Pushface und Stan Dziekonski.

Der König fixierte Mr. Betsy nachdenklich. »Was hast du eigentlich im Galaktischen Milieu getan?«

Betsy richtete sich hochmütig auf. Basil sagte schnell: »Dr. Hudspeth war Forscher und Testpilot bei Boeing, Abteilung für kommerzielle Rho-Fahrzeuge.«

»Da will ich doch verdammt sein«, murmelte der König. Sein Blick schweifte über die übrigen Versammelten hin, und die Abenteurer erstarrten. Vergebens bemühten sie sich, die mentalen Fenster zu schließen, die die grauen Reifen in ihren Gehirnen geöffnet hatten.

»Ein Oxford-Professor, der Berge besteigt«, meinte Aiken verwundert. »Eine dritte Ingenieurin auf einem Trampfrachter ... ein Chirurg, der eine Mikrotomie-Operation zuviel ausgeführt hat ... ein Designer von Ypsilonfeld-Generatoren für G-Dyn Cumberland ... ein Ei-Bus Wartungstechniker ... ein Eskimo, der Elektronik-Ingenieur ist ... zu schade, daß kein Metallurg dabei ist ...«

Der König zog seine Sonde zurück. Basil ergriff das Wort.

»Sir, uns ist gesagt worden, daß du keine Feindschaft gegen uns hegst. Dein Abgesandter Ochal der Harfner beschrieb dich als gerechten und würdigen Herrscher – dem man ein paar menschliche Exzentrizitäten zubilligen kann.«

Aiken lachte.

Basil fuhr eindringlich fort: »Du hast uns mit Visionen über eine Rückkehr ins Milieu gequält und uns mit der Andeutung geängstigt, das Pliozän könne Schauplatz einer zweiten Metapsychischen Rebellion werden. Du hast flüchtig in unseren Gehirnen herumgestöbert, und ich vermute, du wirst uns zu gegebener Zeit eingehender befragen, um den Ort zu erfahren, wo sich die anderen Tanu-Flugmaschinen befinden ...«

»Oh, das weiß ich«, lächelte Aiken. »Cloud Remillard hat es mir erzählt.«

»Dann sage uns, was du mit uns vorhast«, verlangte Basil. »Sollen wir Sklaven bleiben? Sind wir bloße Figuren in deinem Schachspiel mit den jungen Rebellen?«

Aiken lehnte sich auf dem Thron aus kunstvoll geschnitztem und vergoldetem Holz zurück. Der Thron war eine Trophäe, den Firvulag vor Jahrhunderten bei irgendeiner Tanu-Jagd gestohlen, und über die Rückenlehne ragte ein glänzender Löwe mit wachsamen Goldberyll-Augen empor. Basils Frage ignorierend, wies der König auf einen Mann, der abseits von den übrigen stand. Sein verträumtes Gesicht umrahmte ein ingwerfarbener Bart. Er trug einen kurzen karminroten Wappenmantel über einem Kettenhemd.

»Du gehörst nicht zu Basils Höllenhunden«, stellte Aiken fest. »Wer bist du?«

»Nur ein Verrückter«, antwortete Dougal, »der den Erlöser sucht.«

»Dougal ist ganz harmlos«, bemerkte Basil.

»Verrückt?« Das schien den König zu verwirren. »Ist das der Grund, warum ich dein Gehirn nicht sondieren kann?«

»Vielleicht«, meinte Dougal. »Es könnte aber auch einen anderen Grund geben.«

Aiken hob eine Augenbraue. »Und würdest du gern ins Galaktische Milieu heimkehren, Sir Dougal der Verrückte?«

»Sire – ich bin, wie du, im Krieg zwischen Wollen und Nichtwollen.«

»Ah«, sagte der König, erhob sich von dem Thron und trat an den langen Tisch mit den Speisen und Getränken. Er goß sich neuen Eistee aus einer facettierten Kristallkaraffe ein und suchte auf den Platten mit Kuchen, Keksen und Sandwiches herum. »Die erwachsenen Kinder von Marc Remillards Rebellen haben sich der elterlichen Autorität entzogen, indem sie nach Europa kamen. Die ältere Generation ist mittels Windjammer nach hier unterwegs, wild entschlossen, die Jungen daran zu hindern, daß sie den Guderian-Apparat bauen.«

»Wär's abgetan, sowie's getan ist, dann wär's gut«, zitierte Dougal, »man tät es eilig.«

Aiken blinzelte ihm zu. »Cloud und Hagen hatten ursprünglich vor, einen Pakt mit Nodonn zu schließen. Jetzt haben sie ihr Augenmerk natürlich auf Mich gerichtet. Sie wollen nicht nur die Flugzeuge, sondern auch euch, die ihr sie fliegen und warten sollt. Die Flotte soll dazu benutzt werden, sie und ihre Ausrüstung hierhin und dahin zu bringen, wenn sie Rohstoffe für den Zeitkrümmer sammeln. Wie man mir sagte, müßten einige der selteneren Elemente durch Luftaufklärung festgestellt, dann abgebaut und an Ort und Stelle verhüttet werden.«

»Und du beabsichtigst zu kooperieren«, stellte Basil fest.

Aiken steckte einen Zuckerzwieback in den Mund und aß ihn auf. »Ich habe strategische Gründe, das zu tun. Und ich möchte, daß ihr mir helft, diesen jungen Rebellen zu helfen.«

»Wir haben ja kaum eine andere Wahl«, beschwerte sich Taffy, »wo wir diese Scheiß-Ringe um den Hals haben!«

Aiken trank mit gesenktem Kopf seinen Tee. »Ach, meine Freunde – hier stehe ich einem Dilemma gegenüber. Versucht Verständnis für meine Position aufzubringen. Ich möchte, daß dies Zeitportal gebaut wird, und etwa die Hälfte von euch möchte es auch ... sagt ihr. Aber was ist, wenn diejenigen, die *nicht* ins Milieu zurückkehren wollen, den Portalbau satt bekommen und sich in die Büsche schlagen – oder vielleicht sogar mit einem der Flugzeuge abhauen? Das könnte die ganze Operation zum Scheitern bringen. Wir haben sowieso schon zu wenig Piloten und Bodenpersonal, und es wäre mir sehr unangenehm, einen von euch zu verlieren.« Er lächelte auf gewinnende Art.

»Du beabsichtigst also, uns weiterhin die Ringe tragen zu lassen«, sagte Basil.

»Bis das Zeitportal fertig ist. Aber ich verspreche euch, daß ihr durch sie nicht koerziert oder bestraft werdet, wenn ihr euch vernünftig verhaltet. Nun, was haltet ihr davon?«

»Das Ende wird sein, daß wir dies Ungeheuer Marc Remillard zurückschlagen müssen!« schrie Mr. Betsy. »Wenn er mit seiner Bande von metapsychischen Schurken eintrifft, werden die Flugzeugpiloten unter uns Gott weiß was für welchem mechanischen und mentalen Beschuß ausgesetzt sein!«

»Wir haben auch Waffen und dazu Sigmafeld-Generatoren, die auf den Schiffen installiert werden können«, sagte Aiken. »Außerdem lassen sich gegen einen mentalen Beschuß mentale Schirme errichten.«

»Das kann *ich* ganz bestimmt nicht«, erwiderte der Rho-Ingenieur.

Aiken grinste. »Ich vergesse immerzu, daß ihr Mich nicht besonders gut kennt.« Er stellte sein Teeglas ab, schlenderte zu dem Thron zurück und warf sich in Positur. »Laßt mich euch ein kleines Beispiel dafür zeigen, was es bedeutet, König des Vielfarbenen Landes zu sein.«

Er stand ein paar Sekunden mit geschlossenen Augen ruhig da. Dann hoben sich die Lider, und aus den tiefen Höhlen schien das Feuer seines Geistes zu lodern. Sein Haar stand zu Berge, hell von tanzenden Funken, und die Glaskrone leuchtete von innen heraus. Ein Netzwerk von kriechenden violetten und bernsteinfarbenen Lichtern ergoß sich von seinen Schultern zu seinen Füßen und umgab seinen Körper, als sei er eine lebende Elektrode geworden. Es verdichtete sich zu einem flammenden Nimbus, und um seinen Kopf stand eine wahre Mähne aus goldenen Flammen, die sich in der Vergoldung des holzgeschnitzten Löwen oberhalb des Throns widerspiegelten. Aiken hob beide Hände und hielt darin Miniatur-Sonnen. Seine Gestalt

GIUSEPPE·MANGONI

wuchs, bis er weißglühend zu den Deckenbalken hinaufragte und die dort hängenden erbeuteten Firvulag-Banner in Brand zu setzen drohte. Der Raum vibrierte von koerziblen und psychokreativen Wellen. In den Gehirnen der Höllenhunde dröhnte und schmetterte es. Sie waren überwältigt, in Bann geschlagen von der Apotheose.

Nur Dougal blieb fähig, sich zu bewegen. Er stürzte nach vorn und warf sich auf die Knie. Sein Gesicht war verzerrt vor Schmerz und Freude. Tränen flossen ihm die Wangen hinunter. »Du bist es!« rief er. »*Du* bist es!«

Die kurze Manifestation unheimlicher Kräfte verschwand, als sei sie nur unabsichtlich in Erscheinung getreten. Der kleine Mann in dem goldenen Lederanzug stand da, lässig gegen den Thron gelehnt, und sah ganz normal aus.

»Ich will nicht prahlen«, sagte Aiken, »aber Marc Remillard mag eine böse Überraschung erleben, wenn er versucht, diesen Kontinent anzugreifen. Vergeßt nicht, daß seine Stärke während der Metapsychischen Rebellion auf einer großen Menge von Gehirnen beruhte, die er in einem aggressiven Metakonzert lenkte. Hier im Pliozän ist er gehandicapt. Viele seiner alten Freunde sind müde geworden. Andere sind unzuverlässig – oder besitzen Metafunktionen, die sich nicht für die Offensive eignen. Es ist sehr wahrscheinlich, daß er, wenn er gegen Mich ins Feld ziehen will, allein kommen muß. Seine Leute werden versuchen, ihm zu helfen, aber ihre Bemühungen werden kläglich sein im Vergleich zu den Kämpfen, die während der Rebellion stattfanden. Wir können ihn schlagen – und wir können dies Portal bauen! Es wird leichter gehen, wenn ihr dabei helft. Wollt ihr helfen?«

Dougal hielt beide Hände auf das Löwenbild gedrückt, das auf seinen neuen Wappenmantel gestickt war. Immer noch weinend, sprach er mit leiser Stimme: »Vorher, als deine Glorie maskiert war, habe ich dich nicht erkannt. Keiner von uns hat dich erkannt. Aber jetzt sehe ich dich, Aslan, der du gekommen bist, Narnia zu retten, wie ich es im Gebet erfleht habe. Du wirst uns nicht verraten, du wirst uns nicht über die dunkle Schwelle schicken. Du wirst den Traum nicht sterben lassen ...«

»Sei ruhig!« befahl der König scharf, und obwohl er sich mit seiner koerziblen Kraft zurückhielt, unterwarf sich der verrückte Ritter und sank mit der Stirn auf den Marmorboden. Aiken ging um ihn herum und stellte sich den anderen gegenüber.

»Werdet ihr mir freiwillig helfen?« fragte er, und seine Stimme klang merkwürdig gedämpft.

Eine kurze Pause entstand. »Ja«, antwortete Basil schließlich. »Diejenigen von uns, die im Pliozän bleiben möchten, werden um unserer Freunde willen, die zu gehen wünschen, kooperieren.«

Aiken seufzte. »Ich danke euch.« Hinter den Höllenhunden öffneten sich die Türen des großen Salons. Parthol Schnellfuß stand dort, diesmal in voller Rüstung, die in der Dämmerung blau-grün schimmerte. Mit ihm gekommen war Ochal der Harfner. Ihre Gedanken sprachen:

Du hast uns gerufen Hochkönig.

»Diese Freunde sollen in Zimmer geführt werden, wo sie sich ausruhen können«, sagte Aiken laut. Er wandte sich Basil zu. »Morgen werden wir über eine Expedition in die Alpen zur Bergung der Flugzeuge konferieren. Bleyn der Champion, mein Stellvertreter als Lord der Psychokinetiker, wird euch führen. Ihr werdet so bald wie möglich aufbrechen.«

»Wie es dir beliebt, Sir.« Basil neigte leicht den Kopf und sandte den anderen ein kurzes telepathisches Bild zu. Diejenigen, die noch saßen, standen auf. Die Höllenhunde setzten sich in Richtung der Türen in Bewegung.

Dougal richtete sich auf und stellte sich auf die Füße. Er zog ein leinenes Taschentuch aus einem Ärmel seines Kettenhemds und putzte sich die Nase. Der träumerische Blick war verschwunden, als er den König ansah und erklärte: »Wenn du planst, Guderians Gazebo aus Abfall zusammenzubasteln, Aslan, folge meinem Rat und hole dir meinen früheren Herrn Tony Wayland her. Ich meine, schon das Strangpressen von diesem verdammten Niobium-Dysprosium-Draht allein erfordert einen Fachmann der Weltklasse, ganz zu schweigen davon, daß das Zeug aus Erzen raffiniert werden muß. Tony hat die Barium-Mine in Finiah geleitet

... Er kennt sich mit Metallen gründlich aus, der alte Tony.«

»Wo steckt er jetzt?« drängte Aiken.

Dougal rollte die Augen himmelwärts. »Wehe! Er wurde von bösen Zwergen im Wald der Vogesen ergriffen, und nur ich entkam, um die Geschichte zu erzählen!«

Aiken schoß Parthol eine telepathische Anweisung zu. Parthol trat vor, legte Dougal eine sanft koerzierende Hand auf die Schulter und schlug ihm vor: »Willst du nicht mitkommen und mir alles darüber berichten?«

Dougal ließ es zu, daß Parthol ihn zur Tür führte, aber als sie sich schloß, rief er über die Schulter zurück: »Und du, Aslan, hältst in deinen Händen die Macht, diese Gefangenschaft aufzuheben ... ein gefährlicher Austausch, doch notwendig, deucht mich.« Fort war er.

Aiken schüttelte den Kopf, und der Ausdruck, den er Ochal zeigte, war beinahe hilflos. »Vermutlich wird Parthol Sinn darin finden. Kreatoren-Genialität – aber verdammt noch mal, Occy, es ist etwas Unheimliches an diesem großen Einfaltspinsel.«

»Das habe ich auch gespürt, Hochkönig.« Dünn verschleierte Furcht lauerte hinter seinem sozialen Schirm. »Geht es dir gut? Wir könnten die Nordamerikaner noch etwas hinhalten ...«

»Nein. Dazu ist keine Zeit. Dougal hat recht ... es wäre gut, man tät es eilig.«

»Sie haben unsere Anweisungen mit aller Fügsamkeit befolgt und warten darauf, daß es dir beliebt, sie zu empfangen. Ist es zu glauben, daß sie fünf Kleinkinder mitgebracht haben?«

»In letzter Zeit bin ich bereit, beinahe alles zu glauben«, bemerkte Aiken. »Hast du Hagen den großen Sigma-Generator ohne Streit abnehmen können?«

»Yoshi überwacht gerade seine Aufstellung oben auf der Galerie, Hochkönig.«

»Gut.« Aiken schritt zum Thron und ließ sich darauf niederfallen. »Wir müssen ganz sicher sein, daß keine Unbefugten die nächste kleine Besprechung belauschen.«

»Hast du sonst noch Befehle?«

Aiken winkte mit der Hand. »Schick nur noch ein paar Graue herein, die den Teetisch abräumen. Dann kannst du mir die Kinder der Rebellion bringen.«

Ochal salutierte und wollte sich zurückziehen, aber plötzlich sagte der König: »Erinnerst du dich an den Abend, als ich gerade nach Muriah gekommen war – König Thagdals verrücktes Fest, bei dem wir Neuankömmlinge uns zur Schau stellen mußten, damit ihr auf unsere Dienste bieten konntet?«

»Ich erinnere mich, Hochkönig.« Ochals Mund zuckte. »Ging es da wild her! Und jetzt erkenne ich, daß es nur dein Eröffnungszug in dem großen Spiel war.«

Aiken blickte in weite Fernen. »Es war eine kleine menschliche Redakteurin dabei, die sang. Weißt du das noch?«

»Ich höre sie noch in meiner Erinnerung, Leuchtender.«

Bitte, sagte Aiken.

Und später, als die Nordamerikaner furchtsam den mit einem Sigmafeld geschützten Salon betraten, um den schrecklichen König des Vielfarbenen Landes kennenzulernen, sahen sie einen kleinen Mann auf einem großen, von einem Löwen geschmückten Thron sitzen, und zu seinen Füßen sang ein Märchenritter in einer Amethyst-Rüstung »In dunkler Nacht« und spielte dazu auf einer juwelenschimmernden Harfe.

Als er sicher war, daß der Silberreif-Kastellan und seine Untergebenen fort waren, trat Basil Wimborne auf den Balkon seines Schlafzimmers hinaus, suchte den pliozänischen Polarstern und orientierte sich, so gut er konnte. Das Massiv der Flammenden Berge lag zwischen Calamosk und der Schwarzen Klippe, und seine fernwahrnehmenden Fähigkeiten waren selbst zu der Zeit, als er Gold getragen hatte, dürftig gewesen. Aber Elizabeth war eine Großmeisterin, und es gab eine Chance, daß sie seinen schwachen grauen Ruf hörte.

Er schloß die Augen, legte die Finger auf das warme Metall um seinen Hals und ließ seine ganze psychische Energie in den Ruf einfließen:

ELIZABETH …

Oh, meinLieber meinLieber wir hielten dich für tot. CloudRemillard&Nodonn brachten Höllenhunde&alles in Flugzeug Afaliah.

Aber du sicher? Und andere?

Sicher jetzt ja. Bei Aiken Calamosk. Du weißt Rebellenkinder kommen?

Ja. Und ich weiß ihrVater ist nicht weit hinter ihnen. Aiken&Kinder planen uns&Flugzeuge zu benutzen. Wir haben zugestimmt.

Aber Basil … ich nehme an da du Grau trägst tun es die anderen auch und ihr seid zur Kooperation gezwungen worden. Es besteht Gefahr. Aiken wird sich durch Bündnis mit Kindern Marc zum Feind machen. Ihr werdet in metapsychischen Streit geraten. Vielleicht besser ich verlange von Aiken euch freizulassen …

Elizabeth weißt du es nicht?

?

Warum Kinder kommen Bündnis mit Aiken wollen?

… Um Eltern zu entfliehen eigene Kraft zu erproben mit anderen Geistern zu mischen –

Um das Zeitportal von dieser Seite zu öffnen.

…

Elizabeth? – Elizabeth?

Ja Basil. Wie wollen sie das fertigbringen?

GuderianErfindung bauen. Sie können es wenn Aiken hilft.

Marc wird sein Äußerstes tun es zu verhindern.

Kinder 5 Tonnen MilieuWaffen + Flugzeuge hoffen auf Sieg. Aiken sagt Marcschwächer als er.

Mein Gott!

Was tun? WAS? Wir geben Flugzeuge hin Hoffnung FreiheitGeringe tot – Elizabeth hilf uns sag was tun!

Ich weiß es nicht Basil ich muß so viele Faktoren erwägen jetzt *dies* habe Geduld gehorche vorerst Aiken ich werde dich via intimModus Gedankenstrahl kontakten nachdem ich Zeit gehabt zum Nachdenken o Gott *ein offenes Portal!*

Elizabeth tu eins.

Ja Basil?

Berichte PeopeoMoxmoxBurke beiVerborgeneQuellen.

... Gut. Aber wenig Hoffnung daß seine Leute zu Flugzeugversteck Alpen vor Aikengeschickter Gruppe gelangen ...

Neinneinnein bitte ihn NICHT das zu versuchen! Nein! Berichte ihm Portalöffnung! Hilf ihm aus Untätigkeit/Dilemma/Furcht!

Peo Furcht? *Peo?*

Elizabeth du lange meditiert SchwarzeKlippe während wir warteten Rat erhofften. Kein Rat. Flugzeugplan schien einzigeHoffnung SchutzGeringer gegen BedrohungFreiheit durch Firvulag&Aiken. Peo wollte Flugzeuge benutzen Angriff Roniah Milieuwaffen erbeuten Abschrekkung. Wir fast bereit Aufbruch als Nodonn kam. Jetzt ... was jetzt? Welche Hoffnung? Kannst du nicht raten?

Basil ich weiß nicht was Aiken plant oder Marc. Firvulag werden fortfahren mit Überfällen mindestens bis Waffenstillstand. Ich kann Peo ebenso wenig raten wie du. Nicht im Augenblick.

Berichte ihm Portalöffnung.

Portalöffnung – du glaubst Peo kampfesmüde würde zurückkehren Milieu?

Möglich. Andere würden jetzt Flugzeughoffnung verloren bestimmt gehen.

Und du lieberBasil würdest du gehen?

Ich habe meinen Berg noch nicht bestiegen.

Ah. Pliozän-Everest. Ich erinnere mich.

Peo muß wissen von Portalöffnung. Alle Menschen müssen wissen. Um sich zu entscheiden. Auch du.

...

Verzeih mir Elizabeth. Ich werde auf deinen Ruf warten. Lebewohl!

Lebewohl Basil!

9

Kein Lüftchen regte sich in dem Kinderzimmer, denn obwohl die Sonne schon untergegangen war, drückte die stagnierende Sommerluft immer noch wie eine fette schweißige Hand auf das Chalet. Elizabeth stand am offenen Fenster und hatte sich in ihre Fernwahrnehmung verloren, die bloßen Arme steif ausgestreckt, das Gesicht blaß und glänzend vor Feuchtigkeit. Wie zum Schutz gegen die Qual hatte sie ein gürtelloses Tanu-Gewand aus schwarzem Schwanenflaum mit Jochkragen und herabhängenden, juwelenbesetzten Bändern in Scharlachrot angezogen: Bredes Farben.

Das Warten zog sich in die Länge. Minanonn ertrug es gleichmütig, in seine eigenen Gedanken versunken. Aber Bruder Anatols Entrüstung wuchs mit seinem körperlichen Unbehagen, als das leidende Kind jammerte. Schließlich nahm Mary-Dedra es aus seinem Wasserbett-Korb und drückte es an ihre Schulter, wiegte es, Reif an Reif, teilte den Schmerz, den sie nicht lindern konnte.

Anatol ertrug es nicht länger. Er sprang von seinem Hokker in der Zimmerecke auf und ging zu Minanonn. »Das ist grauenhaft«, flüsterte er. »Sie sind Koerzierer. Helfen Sie dieser armen Frau und ihrem Kind! Nehmen Sie wenigstens dem kleinen Jungen den Schmerz ...«

»Er muß für die Prozedur voll wach sein. Dedra weiß das.«

»Dann macht voran!« polterte der Priester los. »Was macht Elizabeth da, um Himmels willen? Rufen Sie sie nach hier zurück!«

»Sie hätte auf den ferngesprochenen Ruf nicht geantwortet, wenn er nicht wichtig gewesen wäre«, erklärte Minanonn. »Beruhigen Sie sich und besinnen Sie sich auf Ihre Pflicht!«

Getroffen wandte Anatol sich von dem Tanu ab und eilte zu Mary-Dedra. Sie war es, die seine Anwesenheit bei dem Unternehmen verlangt hatte, nicht die hochmütige Großmeisterin. In den acht Tagen, die er nun im Chalet wohnte, hatte sie seine Existenz kaum zur Kenntnis genommen. Die frühere Maribeth Kelly-Dakin, die als Goldringträgerin eine Protegée von Mayvar Königsmacherin gewesen war, diente jetzt als Hausverwalterin auf der Schwarzen Klippe. Als Anatol ihrem Mischlingsbaby die Hand auf den Kopf legte, gelang ihr ein Lächeln.

»Ich bin froh über den Aufschub, Bruder. Für den armen Brendan wird es noch schlimmer werden, sobald Elizabeth und Minanonn anfangen. Deshalb habe ich Sie gebeten zu kommen. Um meinetwillen.«

Anatol riß seine Hand von dem Kind weg, als habe er sich verbrannt. »Aber wenn er ein Schwarzreif ist ...«, begann er, und dann besann er sich und schalt: »Elizabeth und die Redakteure sollten ihr Bestes tun, seinen Schmerz zu *lindern* – nicht ihn durch irgendein höllisches Experiment zu verschlimmern! Dedra, wie können Sie das zulassen?«

Die Frau schloß die Augen. Tränen rannen unter den Lidern hervor. Das Kind jammerte in nervenzerreißender Monotonie und klammerte sich an seine Mutter. Der Junge war schön, blond und langgliedrig. Nur die unnatürliche Röte um seine Extremitäten und die heißen Blasen unterhalb seines kleinen goldenen Halsrings verrieten das ihm bevorstehende Schicksal.

Dedra sagte: »Sie verstehen nicht, Bruder. Brendan stellt für Elizabeth eine einzigartige Gelegenheit dar. Vielleicht ist es Vorsehung – oder zumindest ein eigenartiges zeitliches Zusammentreffen! – daß er sich nicht an den Ring anpaßte. Das Syndrom kommt auch bei anderen Babies vor, wissen Sie. Aber alle mit Ausnahme von Brendan sind reinblütige Tanu.« Sie öffnete die Augen und sah den alten Priester an. »Sie sind schon lange Zeit hier im Pliozän. Sicher wissen Sie über das Problem Bescheid.«

»Wenn sie den Kindern erst gar keinen Reif umlegen würden, gäbe es keine Inkompatibilität!«

»Und keine metapsychischen Kräfte.« Erstaunlich, welchen ironischen Ausdruck Dedras tränenüberströmtes Gesicht annehmen konnte! »Mir ist nie klar geworden, was die Metas hatten, als ich im Milieu lebte. Dann kam ich hierher, und die Tanu-Tests zeigten, daß ich starke latente Fähigkeiten besaß. Als sie sagten, sie würden mir einen Halsring geben – fürchtete ich mich. Jetzt möchte ich lieber sterben als ihn hergeben.«

»Und das ist der Preis.« Anatol deutete mit einem Kopfnicken zu dem Kind hin. »War es das wert, Dedra?«

Sie hob das Kinn. »Irgendwo, Millionen von Lichtjahren entfernt gibt es eine ganze Galaxis voller ringtragender Leute, die glauben, daß es das wert ist. Warum verurteilen Sie *sie* nicht, Bruder?«

»Es tut mir leid, daß ich so grob war.« Er zuckte die Achseln. »Ich bin nie ein großer Theologe gewesen – nur ein armer dummer Apparatschik aus Yakutsk, der sich übereilt entschloß, das Pliozän zu seiner Pfarrei zu machen ... Aber sagen Sie mir doch, warum Sie den Fall des kleinen Brendan für eine einzigartige Gelegenheit halten.«

»Mischlingskinder sollen angeblich nie zu Schwarzreifen werden. Auch Nachkommen Thagdals nicht. Brendan ist beides ...« – ihre Arme schlossen sich fester um das wimmernde Kind – »und Sie sehen, daß er das verdammte Syndrom in vollem Ausmaß hat. Wir wissen nicht warum. Elizabeth versuchte, Tanu-Schwarzreifen zu helfen, als sie in Muriah lebte, hatte jedoch keinen Erfolg. Das lag ebenso an den fremdartigen Schaltungen der kindlichen Gehirne wie an der Komplexität des Problems. Elizabeth hat sich um Brendan bemüht, seit die Krankheit ihn vor einem Monat ergriff, und Verschiedenes ausprobiert.«

Dedras Augen schlossen sich wieder, und neue Tränen flossen. Bruder Anatol blickte auf seine sandalenbekleideten Füße und wartete darauf, daß sie sich beruhigte. Endlich sagte sie: »Der arme Brendan ist in noch einem Punkt eine Ausnahme. Die meisten Schwarzreif-Kinder sterben innerhalb von zwei oder drei Wochen. Mein Baby ist zäher. Das sind Mischlinge oft.«

»Dann gibt es Hoffnung?«

Das Kind jammerte lauter, und Dedra wiegte es. Sie hatte sich Elizabeth zugewandt, die immer noch am Fenster stand, die Augen auf die fernen Pyrenäen gerichtet. In rosenfarbenem Alpenglühen erhoben sie sich über die dunstige Landschaft des Haut Languedoc.

»Mein Brendan war so kräftig, so vollkommen«, murmelte

Dedra. »Keinen Tag krank, auf dem ganzen Exodus von Aven, als wir kalt und naß und halb verhungert waren und von Moskitos und Stechmücken und Lord Celadeyrs herzlosen Schergen gequält wurden. Er war ein Wunder, mein Brendan! Mit sieben Monaten lief er, er konnte mit mir fernsprechen, ganz gleich, in welchem Teil des Chalets ich war. Wenn überhaupt ein Kind die Schwarzreifen-Krankheit überlebt, wird er es sein – und dann vielleicht andere, die wie er sind.« Sie küßte die blonden Locken des an ihrer Schulter ruhenden Köpfchens. Das Weinen des Kindes war in einen schluchzenden Schluckauf übergegangen. »Wenn Brendan stirbt, werden wir es wenigstens versucht haben. Das Wissen, das wir gewinnen, wird der Lohn für seinen und meinen Schmerz sein.«

»Aber, Dedra, er ist zu klein, um zu *wählen*«, protestierte Anatol.

»Ich wähle für ihn.« Sie legte das Kind wieder auf das Wasserbett, nahm ein weiches Tuch und wischte ihm das Gesicht ab. »Das ist mein Recht. Ich weiß, was für mein eigenes Kind am besten ist.«

Den Priester überlief es plötzlich eiskalt. Wie oft hatte er, als er beim sibirischen Primat in der Verwaltung tätig gewesen war, dies gleiche Argument von anderen Klerikern gehört, wenn sie die Partei der Elitisten ergriffen, die für die erzwungene Evolution eintraten! Es war die Partei der älteren Remillards und derjenigen, die buchstäblich jedes Mittel – sogar Experimente mit unreifen Gehirnen, die Tod oder Verkrüppelung zur Folge haben konnten – für gerechtfertigt hielten, solange sie nur die Vorherrschaft der metapsychischen Menschheit förderten. In jener Zeit hatten sich die menschlichen Moralisten deswegen in zwei Lager geschieden. Aber die nichtmenschlichen Schiedsrichter des Milieus über ethische Fragen waren sich in ihrer ablehnenden Haltung einig gewesen. Drei Jahre, nachdem Anatol zu seiner Mission aufgebrochen und durch das Zeitportal gegangen war, erfuhr er, daß die Kontroverse ihren Höhepunkt in der Metapsychischen Rebellion gefunden hatte.

Minanonn kam aus dem Schatten heraus und stellte sich an das Bett des Kindes, ernst und majestätisch in seiner blauen Robe. Er wandte sich Mary-Dedra zu. »Was Bruder Anatol zu dir sagt, findet ein Echo in der Philosophie meiner eigenen Friedensfaktion. So schwer es sein mag, wir müssen uns dem göttlichen Willen unterwerfen. Der einzige Frieden ist der Frieden Tanas.«

Dedra erwiderte scharf: »Du glaubst doch nicht etwa, daß ich Brendan einfach in Frieden sterben lasse! Wenn du das tätest, würdest du Elizabeth bei diesem neuen Verfahren nicht helfen!«

»Sie hat mich um meine Hilfe gebeten«, erklärte der frühere Schlachtenmeister, »und dies eine Mal tue ich es gern, weil ich hoffe, das Kind kann geheilt werden. Fortgesetzten Behandlungen, die seine Qual verlängern, würde ich jedoch nur zustimmen, wenn eine gute Chance für einen letztendlichen Erfolg bestünde. Es ist ungerecht, einen Unschuldigen zu so schrecklichem Leiden zu zwingen – auch wenn es zu seinem eigenen Besten oder zum Besten der größeren Gemeinschaft ist.«

»Du hättest Jesuit werden sollen!« sagte Dedra zu Minanonn. Und zu Anatol: »Was Sie angeht, Bruder, habe ich Sie hergebeten, um für uns zu beten, nicht um uns zu predigen. Wenn Sie also beten wollen, fangen Sie schleunigst damit an!« Das durch ihre Heftigkeit erschreckte Kind begann wieder zu weinen.

Anatol beherrschte sich heldenhaft, senkte den Kopf und murmelte: »Herrgott, segne diese Mutter und ihr Kind und lindere ihre Schmerzen. Führe uns nicht in Versuchung, sondern erlöse uns von dem Bösen.«

»Denken Sie sich ein besseres Gebet aus«, verlangte Elizabeth kalt, hinter seinem Rücken nähertretend. »Mit dem sind Sie zu spät dran – sowohl für Dedra als auch für mich.« Als der Priester mit bleichem Gesicht zurückwich, setzten Elizabeths Gedanken, an Minanonn gerichtet, insgeheim hinzu: *Und vielleicht ebenso für das Vielfarbene Land.*

Minanonn sagte: Elizabeth ... willst du mir erzählen, was vorgefallen ist?

Elizabeth sagte: Ich habe mit Basil und dem König gesprochen und schwere Erkundungsarbeit geleistet, um nachzuprüfen, was sie berichteten. Aiken und die jungen Nordamerikaner sind übereingekommen, daß sie bei dem Versuch, das Zeitportal von der Pliozän-Seite aus zu öffnen, zusammenarbeiten wollen. Marc Remillard ist mit seinen Verbündeten unterwegs nach Europa und entschlossen, sein Äußerstes zu tun, um das zu verhindern.

Minanonn sagte: Tana sei uns gnädig das könnte zum Letzten Krieg führen.

Der alte Franziskaner sah Elizabeth mit offenem Mund an. Sie kam ihm in ihrem fließenden schwarzen Seidengewand mit dem rubinenbesetzten Jochkragen so schön und so unerreichbar wie ein Bild Athenes vor. Ihr offenes langes Haar ringelte sich in der hohen Feuchtigkeit zu losen Lokken. Mit leichtem Lächeln meinte sie: »Sie sind gekommen, um für uns zu beten, Bruder. Tun Sie es jetzt! Zeigen Sie uns, wie wir unser Vertrauen auf die göttliche Gnade statt auf uns selbst setzen sollen!«

Und der Priester dachte: Du mit deinem eiskalten Herzen! Kein Wunder, daß die arme Amerie es bei dir aufgegeben hat ...

Er wollte schon aus dem Zimmer stapfen und sie ihren unmenschlichen Machinationen überlassen, als eine seltsam beruhigende Berührung sich in seinen Geist schlich. Obwohl er keinen Reif trug, erkannte er, daß das nur Minanonns Kraft sein konnte, unwiderstehlich wie die Flut. Sie richtete ihn auf und versprach ihm Zusammenarbeit. Irgendwie (schien der Fremde zu sagen) sind wir miteinander verwandt. Beide sind wir dazu bestimmt, diese schreckliche Frau auf entscheidende Weise zu beeinflussen ...

Dann sei es. Und ne bzdi, Anatol Severinowitsch!

»Es gibt da ein altes Gebet aus der Sonntagsmesse, das ich besonders gern mag. Beinahe könnte es für uns im Pliozän-Exil geschrieben worden sein.

Ewiger Vater, der Du von Ende zu Ende des Universums reichst
und alle Dinge mit Deinem mächtigen Arm regierst,
für Dich ist die Zeit die Entfaltung der Wahrheit, die die bereits ist,
die Entschleierung der Schönheit, die noch werden wird.

Dein Sohn, unser Omega, hat uns in der Geschichte gerettet,
damit Er, die Zeit durchdringend, uns befreie vom Tod.
Möge Seine Anwesenheit unter uns zum Erkennen der grenzenlosen Wahrheit führen
und uns die Schönheit Deiner Liebe enthüllen.

»Und jetzt werde ich euch hier alleinlassen, und ihr könnt tun, was ihr tun zu müssen glaubt. Ich meinerseits werde zur Quelle hinunterwandern, bevor es ganz dunkel wird. Vielleicht ist es dort kühler, und es könnten Pilze gewachsen sein. Diesen Pilzen kann ich nicht widerstehen. Das ist der Sibirier in mir.«

Er legte dem Kind die Hand auf den Kopf und segnete es. Mary-Dedra fragte: »Darf ich mitkommen, Bruder?«

»Gern«, antwortete Anatol, »aber erwarten Sie nicht, daß ich die Pilze mit Ihnen teile.« Er hielt die Tür des Kinderzimmers auf, und die beiden gingen hinaus.

Elizabeth und Minanonn, miteinander vereinigt, schienen innerhalb eines großen glühenden Netzes zu schweben, eines schlingpflanzenartigen Gewirrs, das sie sowohl durchdrang als auch umgab. Das Analogon des kindlichen Geistes war multidimensional und surrealistisch koloriert. Es pochte von kränklicher Vitalität. Ausbrüche hektischer Energie rasten auf offenbar zufälligen Pfaden die verbundenen Stränge entlang, als eilten meteoritische Mäuse in einem Irrgarten aus kristallenen Röhren hin und her.

Jetzt drücke in *dieser* Richtung, wies Elizabeth Minanonn an. Jetzt in *jener*. Gut! Und wenn ich hier öffne, wo ich ausbrennen muß, dämme die Flut zurück, die sich erheben wird, damit sie keinen epileptischen Anfall auslöst und die Krankheit verschlimmert ...

Und so arbeiten die beiden Manipulatoren, wegräumend und zusammenwebend, bildeten neue Verbindungen und umgingen andere, änderten das Nervengewebe, damit die fehlgeleiteten mentalen Energien auf harmonische Weise mit anderen Aspekten im Geist des Kindes zusammenwirkten, statt sich totzutoben.

Kraft. Das war der Durchbruch gewesen. Bei früheren Versuchen dieser Art mit ihren Redakteurskollegen Dionket und Creyn war Elizabeth an der Unlenksamkeit des unreifen Willens gescheitert. Das Baby ›weigerte‹ sich, die Gedanken-Revisionen zu lernen, die es hätten retten können; sein junges Gehirn war nicht imstande, auf Feinheiten zu reagieren. Trotzdem hatte Elizabeth die Überzeugung nicht verloren, ihr redigierendes Rettungsprogramm *würde* funktionieren, wenn es nur aufgezwungen werden konnte. Und so war sie ein Wagnis eingegangen, hatte eine neue Konfiguration entworfen, die einen mächtigen Koerzierer – Minanonn – einschloß und Finessen zugunsten gröberer, aber praktikabler Techniken opferte.

Gemeinsam hämmerten und bohrten, splissen und schnitten sie. Und es funktionierte. Aber sie brauchten zuviel Zeit.

Elizabeth gab das Zeichen zur Pause, denn endlich hatten sie einen Abschnitt der zerebralen Nervenstränge, deren Fasern die rechte und die linke Gehirnhälfte verbanden, neu kanalisiert. Diese Operation hatte Elizabeth als kritisch angesehen, und wenn sie gelang, bestätigte es zumindest die Grundzüge des Rettungsprogramms.

Das Netz, in dem sie schwebten, schien von sich beschleunigenden Lichtern durchschossen zu sein. Elizabeth wies Minanonn an, nicht länger zurückzudämmen, denn sie wollte die neuen Kanäle testen. Sie stimulierte mit genau abgestimmter Redigierung eine Region des rechten Kortex.

Das ganze mentale Hologramm reagierte, schwoll zu einem Gitterwerk aus herrlichem, singendem Licht an. Für einen kurzen Augenblick besaß das Kind einen normalen Geist ... *und mehr.* Dann war es wie zuvor.

Elizabeth zog sich zurück und nahm Minanonn mit.

»Hast du es gesehen!« keuchte sie.

»Allmächtige Tana – es war überwältigend! Aber was war es?« Minanonn hatte auf einem Ruhebett gelegen, den Kopf dicht neben dem Korb des Babys, während Elizabeth in einem Sessel saß. Jetzt richtete er sich auf. Er zitterte und war so in Schweiß gebadet, daß die blaue Seide seiner Robe an seiner herkulischen Gestalt klebte und fast jeden Umriß modellierte.

»Mein Programm«, flüsterte Elizabeth. Sie streckte die Hand nach dem kleinen Jungen aus, der unruhig wimmerte und mit geschwollenen Fingerchen an seinem Reif riß. Bei Elizabeths Berührung beruhigte er sich und atmete leichter.

»Dann funktioniert es?« fragte Minanonn. »Wir werden ihn heilen können?«

Elizabeth war wie erstarrt, nur ihre Hand bewegte sich und streichelte den Vorderverschluß des kleinen Reifs. Minanonn wiederholte seine Frage, und sie antwortete: »Ich weiß nicht, ob wir ihn werden heilen können. Wir arbeiten so langsam ... es nimmt einen schrecklichen Zoll von deiner koerziblen Kraft. Das Programm selbst ...« Sie hob den Kopf und begegnete seinem Blick. »Minanonn, einen einzigen Augenblick lang war das Kind operant.«

Er starrte sie nicht begreifend an.

»Dieses wunderschöne Aufleuchten harmonischer Funktionen«, erklärte sie. »Brendan umging die alten, von seinem Halsring erzeugten Nervenbahnen vollständig und benutzte *mehr* Kanäle als die, die wir geöffnet hatten. Er glitt in echte operante Metafähigkeit hinein.«

Der Häretiker saß auf dem Rand des Ruhebetts, und seine Finger wanderten zu dem Gold an seiner eigenen Kehle. »Das Gehirn des Babys hat ohne den Ring metapsychisch funktioniert? So wie deins und das des Königs?«

Sie nickte. »Als ich dies Rettungsprogramm entwarf, basierte ich es natürlich auf menschliche Beispiele – auf metapsychische Muster ähnlich jenen, die ich damals im Milieu kleinen Kindern beigebracht habe. Ein bestimmter Prozentsatz menschlicher Kinder ist potentiell operant – nur entwickeln sich Metafähigkeiten ohne Ausbildung des jungen Geistes fast nie optimal. Der Prozeß ist ähnlich dem Sprechenlernen. Die Kommunikation durch das gesprochene Wort ist eine ungeheuer komplizierte Angelegenheit. Wir nehmen sie als selbstverständlich hin, aber ein Kind wird sie nicht lernen, solange sein Gehirn nicht den notwendigen Input erhält, vorzugsweise in ganz frühem Alter, wenn der Wille besonders stark ist. Ob jemand vollen Zugang zu seinem Spektrum an Metafähigkeiten erhält, hängt auch sehr von der Erziehung ab – obwohl der Prozeß unter besonderen Umständen buchstäblich instinktiv ablaufen kann. Es gibt vieles, was wir immer noch nicht wissen – vor allem über repressive Faktoren, die eine Person trotz starker latenter Fähigkeiten in nichtoperantem Zustand halten.«

»Wie es bei Felice geschehen ist.«

»Und bei Aiken«, stimmte Elizabeth zu. »Beide gelangten schließlich zur Operanz, und zwar auf sehr verschiedenen Wegen. Felices schmerzhafter Durchbruch war ähnlich der Prozedur, die ich bei Brede Schiffsgattin anwandte. Bei Aiken ... Wie gesagt, es gibt vieles, das wir nicht wissen. Anscheinend geschieht es gelegentlich, daß sich Personen mit außerordentlich großer latenter Begabung an den eigenen mentalen Schnürsenkeln auf eine höhere Ebene ziehen. Die menschlichen Metas, die vor der Großen Intervention lebten, haben es fast alle von allein geschafft. Doch nachdem unsere Rasse ins Milieu aufgenommen war, verließen wir uns auf Lehrtechniken, die wir von fremden Rassen mitgeteilt bekamen. Zum Beispiel legten wir den Grundstein für die metapsychische Erziehung mittels telepathischer Interaktion zwischen Mutter und Fötus.«

Minanonn gab ein schwaches Lachen von sich. »Mit unseren Ringen ist das viel einfacher!«

»Das Einfachste ist nicht immer das Beste«, gab Elizabeth scharf zurück. »Kinder brauchten das Gehen nicht zu lernen, wenn man ihnen die Beine abschnitte und ihre Körper auf leistungsfähige motorisierte Karren montieren würde!«

Minanonn ließ den Kopf sinken. »Natürlich hast du recht. Ich denke nicht allzu klar.« Er wischte sich mit dem Rücken einer seiner großen Hände den Schweiß von der Stirn. »Göttin, bin ich müde. Zuletzt hatte ich Angst, ich würde dich im Stich lassen. Wir haben jenen Abschnitt gerade noch rechtzeitig fertigbekommen.«

»Du hast es sehr gut gemacht«, beruhigte sie ihn. Noch während sie sprach, ließ sie geschickt eine Sonde in seinen Geist gleiten und war entsetzt über das Ausmaß seiner Erschöpfung. Sie war selbst müde, aber der Tanu-Heros, nicht daran gewöhnt, mit seiner Kraft bei langen und konzentrierten Aktionen haushälterisch umzugehen, schien seine koerzible Fähigkeit fast zum Zerreißpunkt angespannt zu haben. Die Digitaluhr an der Wand des Kinderzimmers zeigte ihr, daß sie nahezu acht Stunden gearbeitet hatten. Es war zwei Uhr morgens vorbei. »Du mußt dich jetzt schlafenlegen«, sagte sie zu ihm. »Was wir getan haben, war sehr harte Arbeit.«

»Das brauchst du mir nicht erst zu sagen!« Er erhob sich unsicher von dem Ruhebett und blickte auf das Kind nieder, das eingeschlummert war. »Mir ist zumute, als hätte ich gerade allein einen Großen Wettstreit ausgefochten. Aber *er* war der einzige Gegner.«

»Der Geist eines Kindes ist viel stärker als der eines Erwachsenen. Das ist ein Überlebensfaktor.«

Minanonn seufzte und brachte ein klägliches Lächeln zustande. »Nun, ich bin bereit, morgen abend an ihm weiterzumachen, wenn du es bist.«

»Minanonn ...« – Elizabeth zögerte, legte eine Hand auf seinen muskulösen Unterarm. »Wir sollten lieber etwas länger warten. Drei Tage.«

Seine blonden Brauen schossen in die Höhe, seine Augen blitzten in begreifendem Schreck auf. »So schlimm, wie?«

Sie nickte. »Es ist nicht deine Schuld. Du bist einer der besten Koerzierer, die ich kenne. Aber es ist eine teuflisch schwierige Aufgabe. Die konzentrierten Eingriffe auf kleinstem Raum ...«

Minanonn sagte zu dem Baby: »Oh, du zäher kleiner Bettler. Einem ausgewachsenen Krieger wie mir mehr als gewachsen.« Er ging auf die Tür zu und fragte Elizabeth: »Soll ich Mary-Dedra hereinschicken?«

»Noch nicht. Ich möchte die redigierten Gebiete des Gehirns erst noch einmal prüfen, solange er ruhig ist. Gute Nacht, Minanonn. Und danke.«

Als er gegangen war, nahm sie ihren Platz neben dem Bettchen wieder ein und studierte die Nervenbahnen mit ihrem tiefsehenden Auge. Der Kleine litt gerade keine Schmerzen, aber hatte sich sein Zustand wirklich gebessert? Das Fieber war immer noch hoch, und in der Halsregion bildeten sich neue Blasen. Zäh mochte Brendan sein – und trotzdem war er wahrscheinlich zum Tode verurteilt. Die Holzhammer-Technik der Gehirnveränderung hatte gewirkt, doch es ging viel zu langsam.

Wenn Minanonn nur stärker wäre, klagte Elizabeth. Sie war sicher, daß die Zusammenarbeit eines Redakteurs und eines Koerzierers in diesem Fall richtig war. Stärke. Das war der Schlüssel ...

Das Kind schlief. Der starke kleine Brendan, dessen sich entfaltender Geist gegen den Ring angekämpft hatte, statt sich ihm anzupassen. Waren die Kinder, die unterlagen, immer Kämpfernaturen, standen sie immer am dichtesten vor der Schwelle zur natürlichen Operanz? Aiken Drum in seiner blühenden jungen Männlichkeit hatte sich seinem Ring widersetzt und ihn besiegt. *Wie?* Aiken würde es selbst nicht wissen, da er ein Naturtalent war, unerfahren in der metapsychischen Analyse. Und obwohl er der bei weitem mächtigste Koerzierer in Europa war, wagte Elizabeth es nicht, ihn um Hilfe bei der Redigierung des Kindes zu bitten. Aiken war selbst zu schwer geschädigt, der Auflösung zu nahe.

Elizabeth sank grübelnd in ihrem Sessel zurück. Eine willkommene kühle Brise streifte ihre bloßen Schultern. Wenn nur die schreckliche Hitze gebrochen und ein ehrliches Gewitter die Atmosphäre von neuem mit negativen Ionen aufladen würde! Dann wäre sie vielleicht imstande, die Sache logisch zu durchdenken, und könnte nicht nur das Problem der Schwarzreifen-Kinder lösen, sondern auch die größere Frage, ihren eigenen Berg der Herausforderung, errichtet von Brede.

Der Wind frischte auf. Elizabeth schwelgte darin, faßte nach hinten und hob ihr Haar. »Oh, das ist herrlich«, murmelte sie.

»Ich freue mich, daß es dir gefällt. Gern würde ich auch das Gewitter für dich arrangieren, aber die Entfernung ist zu groß.«

Sie fuhr herum, galvanisiert von dem Schreck. Dann erstarrte sie. Marc Remillard beobachtete sie von einem Platz gleich vor dem offenen Fenster. Diesmal war der silhouettierende Halo-Effekt der gehirnverstärkenden Ausrüstung auf ein undeutliches Schimmern reduziert, und sein mitten in der Luft schwebender Körper wirkte vollkommen stofflich. Elizabeth konnte das Spiel der Muskeln unter dem engen schwarzen Druckanzug sehen, als er die rechte Hand hob, die Handfläche nach vorn. Dieser Gruß der Metapsychiker des Milieus lud ebenso zur physischen wie zur mentalen Berührung ein.

Nein! schrie sie in instinktivem Abscheu, sprang aus dem Sessel und wich zurück.

Eine neue Welle kühler Luft ging von ihm aus. Er lächelte traurig, wobei sich eine Seite seines Mundes ein bißchen höher zog als die andere. Die Hand fiel langsam nieder.

»Du bist wirklich hier.« Es war eher eine Feststellung als eine Frage.

»Wie du siehst, Großmeisterin.«

»Ist das eine echte hyperräumliche Translation? Nur durch Geisteskraft?«

»Der Gehirnverstärker hilft mir, das Ypsilon-Feld zu errichten, aber den eigentlichen D-Sprung – und die Rückkehr natürlich – vollführe ich unter eigenem Dampf.«

»Ich nehme an, du hast das Programm von Felice gelernt. Hat sie dich dabei schwer verletzt?«

Anstelle einer Antwort erkundigte er sich: »Wo ist sie? Ich konnte ihre Aura nicht fernwahrnehmen, nicht einmal dann, wenn der Gehirnverstärker meine Suchfähigkeiten bis zum Maximum steigerte.«

Elizabeth zeigte ihm, wo sich das Grabmal des Mädchens am Rio Genil befand, die undurchdringliche Kugel des Raums ohne Türen, tief unter dem Bergrutsch begraben. »Felice ist außerhalb deiner Reichweite, Marc. Du wirst nach einer anderen Partnerin Ausschau halten müssen.«

Die beschatteten Augen schienen zu zwinkern. »Du hast deine eigene Verwundbarkeit bestehen lassen, Großmeisterin.«

Sie richtete sich auf. »Warum kommst du nicht herein und tust dein Schlimmstes? Seit deiner verdammten Rebellion haben wir im Milieu ein paar Dinge gelernt! Alle Metas werden in Selbstverteidigungsmanövern ausgebildet, um sich gegen die Art koerzibler Manipulation wehren zu können, die du und deine Verbündeten benutztet. Und für Großmeister gibt es ein letztes Mittel gegen eine Vergewaltigung des Geistes, zu dem ich an diesem Punkt beinahe gern greifen würde.«

»Vielleicht sollte ich besser bleiben, wo ich bin. Deinetwie meinetwegen. Der Gehirnverstärker besteht darauf, mir wie Marys kleines Lamm durch den Hyperraum zu folgen. Sollte dein Chalet keine verstärkten Fußböden haben, könnte ich mich in mehr als einer Beziehung als gefährlicher Gast erweisen.«

Gegen ihren Willen fasziniert, forschte sie: »Willst du damit sagen, daß die Maschine zurückbleiben wird, sobald das Translationsprogramm richtig ausgearbeitet ist?«

»O ja. Und der Anzug auch, wenn ich es wünschte.« Er machte eine gallische Geste. »Ich werde ihn jedoch anbehalten, um dir den Anblick meiner Narben zu ersparen.«

»Was willst du?« fragte sie, des Wortgefechts müde.

Er deutete mit einem Nicken zu dem schlafenden Kind hin. »Sein Problem interessiert mich. Es ist nicht unähnlich bestimmten Fragen, die mich einmal beschäftigten ... au temps perdu.«

»Ich bin überzeugt, Bruder Anatol würde dir zustimmen.«

Er lachte. »Spürst du eine gewisse Verwandtschaft?«

»Für ein anderes Mitglied des Frankenstein-Clubs? O ja. Aber im Vergleich zu dir bin ich ein Amateur, was das Eingreifen in den Lauf der menschlichen Evolution betrifft. Mir fehlt deine Selbstsicherheit ebenso wie deine Qualifikation als Großmeister erster Klasse. Zum Beispiel diese Schwarzreifen-Sache – ich verpfusche sie, und der Junge wird wahrscheinlich sterben, aber ich kann nicht gegen das Gefühl an, daß es für ihn das Beste wäre. Wenn ich Brendan und andere wie ihn rette, welche Zukunft hätten sie in diesem armen verdammten Land? Ich brauche Bredes Clairvoyance nicht, um vorauszusehen, was passieren wird, wenn du in Europa eintriffst. Es wird Krieg um den Standort des Zeitportals geben.«

»Nicht, wenn Aiken mit mir statt mit meinem Sohn kooperiert. Du könntest Aiken zeigen, wo sein Vorteil liegt.«

Elizabeth lachte bitter. »Du bist ein Narr, wenn du

glaubst, ich könnte diese Art von Einfluß ausüben. Aiken tut, was ihm beliebt. Wenn er sich entschlossen hat, deinen Kindern bei ihrer Flucht vor dir zu helfen, wird nichts, was ich sage oder tue, ihn davon abbringen.«

Die schwebende dunkle Gestalt trieb näher, einen Schwall kühler Luft voraussendend. Hastig deckte Elizabeth das Kind zu.

»Deiner Zurschaustellung von Hilflosigkit mangelt es an Überzeugungskraft«, bemerkte Marc. »Vielleicht hast du eigene Gründe, warum du den Bau eines Pliozän-Zeitportals begünstigst.«

»Und wie ist es mit deinem Motiv, es zu verhindern?« gab sie zurück. »Hast du wirklich soviel Angst, das Magistratum werde dich verfolgen? Oder ist es so, daß du deine Kinder lieber tot sehen würdest, als sie an die Einheit zu verlieren, die du nicht akzeptieren konntest?«

»Du beurteilst mich falsch«, sagte er. »Ich liebe sie. Alles, was ich getan habe, war für sie. Für alle menschlichen Kinder. Für den Mentalen Menschen, der danach schreit, geboren zu werden ...«

»Laß das, Marc!« rief sie. »Es ist vorbei – seit mehr als siebenundzwanzig Jahren! Die Menschheit hat den anderen Weg gewählt, nicht deinen!« Eine große Müdigkeit drückte sie nieder. Ihre Augen brannten. Die starken mentalen Mauern, die sie gegen die beherrschende Anwesenheit des Herausforderers der Galaxis errichtet hatte, schwankten, wurden schwächer. Sie war verwundbar, und das wußte er – aber er nützte es nicht aus. Sie flüsterte: »Laß deine Kinder gehen! Das Milieu wird sie willkommen heißen. Wende dein Schiff und kehre nach Nordamerika zurück! Ich werde mit allen meinen Kräften dafür sorgen, daß die Pliozän-Seite des Zeitportals für immer geschlossen wird, so daß du und die anderen Rebellen unbelästigt bleiben werdet.«

»Wie willst du das anfangen?« wollte er wissen. »Indem du selbst ins Milieu zurückkehrst?«

Sie wandte das Gesicht ab. »Laß uns in Ruhe, Marc! Zerstöre unsere kleine Welt nicht!«

»Arme Großmeisterin. Du hast dir da eine schwierige Rolle erwählt. Beinahe so einsam wie meine.« Der Klang seiner Stimme verstärkte sich. Elizabeth blickte hoch und stellte erschrocken fest, daß er tatsächlich auf dem breiten Sims des Fensters stand. Keine Spur der geisterhaften Maschinerie umgab ihn. Wie in einem Traum sah Elizabeth ihn heruntersteigen und langsam an das Korbbett des Kindes gehen. Er hinterließ nasse Fußabdrücke auf dem Parkettboden, und es strömte keine kalte Luft mehr von ihm aus. Er hatte sich voll materialisiert, sich von der gehirnverstärkenden Ausrüstung getrennt. Eine behandschuhte Hand faßte den Rand des Kinderbettes. Elizabeth hörte die Korbruten knarren. Seine grauen Augen unter den schweren, geschwungenen Brauen hielten die ihren fest.

»Zeig mir das Programm, das du für die Redigierung des Kindes benutzt! Schnell! Ich kann diese Stasis nicht länger als ein paar Minuten aufrechterhalten.«

Elizabeth war wie betäubt, über die Furcht hinaus. Sie rief das Programm ab und ließ es für ihn ablaufen.

»Sehr einfallsreich. Ist es völlig deine eigene Konstruktion?«

»Nein. Große Stücke stammen aus dem Lehrmaterial, das ich benutzte, als ich Kinder im Metapsychischen Institut von Denali unterrichtete.«

»Die Wissenschaft der Redigierung hat seit meiner Zeit große Fortschritte gemacht ... Ich möchte behaupten, dein Programm ist durchaus geeignet, eine Heilung zu bewirken.«

»Es ist zu langsam«, gab sie ganz sachlich zu. »Bei dem Tempo, in dem ich mit Minanonn arbeitete, würde die Prozedur mehr als eintausendzweihundert Stunden dauern. Fast sicher würde das Kind sterben, bevor wir sie beendet hätten.«

»Du brauchst nur die koerzible Ladung zu verstärken. Bei dieser peinlich genauen Fokussierung hält das Gehirn des Kindes das Zehnfache von dem Druck aus, den Minanonn liefert.« Er war in das kleine Gehirn eingedrungen, untersuchte, prüfte. Das Kind regte sich und gab einen leisen, gurrenden Laut von sich. Es lächelte im Schlaf.

Elizabeth sagte: »Ich kann in dieser Konfiguration nur einen einzigen helfenden Geist brauchen. Ein koerzibles Metakonzert kommt nicht in Frage.«

»Ich dachte an etwas ganz anderes.« Marc entfernte sich aus dem Gehirn des Kindes und trat zwei Schritte zurück. »Wir müßten warten, bis Manion und Kramer und ich das Problem gelöst haben, wie ich meine Translation in der Stasis halten kann – wie wir den Gummiband-Effekt ausschalten, der mich an den Startpunkt des Sprunges zurückzuziehen droht. Das darf auf keinen Fall mitten in der Redigierung passieren. Selbst mit maximaler Koerzierungseingabe wird es immer noch mehr als hundert Stunden dauern, den kleinen Burschen zu behandeln.«

»Zu behandeln?« Elizabeths Stimme war ein stockendes Flüstern.

Marcs Geist sprach zu ihr im intimen Modus: Zusammen könnten wir ihn völlig heilen. Mit bestimmten Verbesserungen deines Programms ist es vielleicht sogar möglich, ihn zu dauernder Operanz zu erheben.

»Mit *dir* arbeiten? Aber ich könnte dir niemals ...«

»Du könntest mir niemals vertrauen?« Mit seinem schiefen Lächeln verspottete er sich selbst. Er klopfte sich an den Kopf. Grünliche Tropfen flogen aus seinem nassen Haar und platschten gegen den Fensterrahmen. »An diesem Ende des D-Sprunges stehe ich mit bloßem Gehirn da, Elizabeth. Es besteht keine Gefahr für dich, wenn wir das Programm genau wie formuliert benutzen – der Koerzierer an zweiter Stelle, und du behältst die leitende Funktion. Du wirst ganz sicher vor ... diabolischem Einfluß sein.«

Er schien in die Nacht hinauszutreten. Von neuem bildete sich die halbtransparente gehirnverstärkende Ausrüstung um seinen levitierenden Körper. Er entfernte sich sehr schnell, aber seine mentale Stimme war deutlich:

Ich möchte das tun. Laß mich dir helfen!

Elizabeth fragte: »Was meinst du, wie lange wird es dauern, das Stasis-Problem zu lösen?« Und sie dachte: Bin ich wahnsinnig? Nehme ich seinen Vorschlag tatsächlich ernst – bin ich bereit, ihm zu vertrauen?

Er antwortete: Ich werde mindestens eine Woche brauchen. Vielleicht ein bißchen länger. Kannst du das Kind so lange am Leben erhalten?

»Minanonn und ich können die Prozedur fortsetzen.

Wenn keine Komplikationen auftreten, sollte der Kleine überleben. Ich glaube ...«

Und eine verblassende ironische Bemerkung: Vielleicht kann Bruder Anatol den Himmel stürmen.

Dann war der Sternenhimmel leer, und das Kind schrie – es hatte Hunger, es fror, und es brauchte frische Windeln.

10

Der ehemalige Richter Burke, nackt bis auf Lendentuch und Mokassins, kniete mit untergeschlagenen Beinen in dem Kanu, das er zwischen Binsen versteckt hatte, und wartete darauf, daß der Wasserbock einen Meter oder so näher heranwatete, bis auf idiotensichere Schußweite. Diesmal durfte er ihn nicht verfehlen.

Die Sonne über den Sümpfen des Tals der oberen Mosel war ein messingnes Guckloch in die Hölle. Der Schweiß lief Burke von dem Stirnband in die Augen, so daß er die sich nähernde Antilope nur noch undeutlich sah. Er blinzelte vorsichtig, atmete flach, hielt die gespannte Bogensehne gegen seine Wange. Seine Eingeweide hatten sich in furchtbarem Schmerz verknotet, in seinem Schädel hämmerte es, seine Kniesehnen fügten der Kater-Übelkeit Stiche hinzu. Dann sah er, daß der Kreuzdorn-Pfeilschaft krumm war – und dieser letzte Beweis seiner Unfähigkeit lastete schwer auf seinem indianischen Gewissen. In einem vergeblichen Kompensationsversuch verlagerte er den Zielpunkt und ließ fliegen.

Der Pfeil streifte den Wasserbock am Widerrist. Das Tier machte in dem knietiefen Wasser einen Satz. Teilweise zerkaute Pflanzen hingen ihm aus dem Maul. Peopeo Moxmox Burke von den Wallawalla legte schnell einen neuen Pfeil auf und schoß zum zweiten Mal, völlig daneben. Die Antilope sprang in einer Folge von großen Spritzern davon. Erschreckte Wildenten hoben sich vor ihr in die Luft, und ein scheckiger Schwan schoß schreiend von einem Fleck Schilfgras hoch. Dann war es bis auf Burkes gemurmelte Flüche still.

Er senkte den Bogen und ließ ihn auf den Boden des Kanus fallen. Dafür ergriff er das Paddel, tauchte es tief ein und lenkte das Boot aus seinem Versteck ins offene Wasser, auf den dünnen Schatten der Taxodium-Zypressen zu. Nachdem er es an einer der halb im Wasser stehenden Luftwurzeln vertäut hatte, nahm er einen langen Zug aus seiner Lederflasche. Irgend etwas schien hinter seinen Augäpfeln zu schwirren. Er trank noch einmal, und seine Sicht klärte sich. Grunzend arbeitete er sich in eine bequeme Lage und machte sich daran, den Rest der Pfeile zu untersuchen.

Fast alle waren krumm.

Er nahm den Bogen. Der Zement löste sich auf, und die Eibenholzteile fielen auseinander. Die gedrehte Sehne war abgenützt und schwach. Sogar der Wildleder-Köcher hatte Moderflecke und offene Nähte. Kein Wunder, daß es ihm nicht gelungen war, eine einzige Antilope zu schießen! Pfeile und Bogen wie der Rest seiner indianischen Besitztümer hatten während seiner Abenteuer im Süden lange Monate vernachlässigt auf dem Brett in seinem Wigwam gelegen. Und seit seiner Rückkehr zu den Verborgenen Quellen war er zu beschäftigt damit gewesen, Maßnahmen gegen die treulosen Firvulag zu planen, als daß er Zeit für die Jagd gehabt hätte.

Was, in aller Welt, hatte er sich heute morgen dabei gedacht, als er dieser Laune nachgab, den primitiven Jäger zu spielen?

Er war, plötzlich wach, aus Marialena Torrejons Bett gesprungen mit der schmetternden Erklärung, am Abend werde ein großes Fest stattfinden – eine offizielle Feier der großartigen Neuigkeiten! –, und er, der Anführer der Geringen, werde Wild für das Entree schießen.

»Du willst *schon wieder* eine Party?« fragte Marialena mißmutig und befreite ihre runden Gliedmaßen von den Leintüchern. »Hombre, que te jodas! Ich habe einen Kopf wie ein brodelnder Vulkan nach dieser letzten Nacht ...«

Er grinste nur eulenhaft. Das Dorf war in einen Jubeltaumel ausgebrochen, als er verkündete, Nodonns Coup sei fehlgeschlagen und Basil und die Höllenhunde seien in Sicherheit. »Aber ich habe euch nicht alle Neuigkeiten mitgeteilt, die ich von Elizabeth habe, Bubeleh. Ich wollte sie mir aufheben! Wir wollen ein richtiges Freßfest veranstalten – ein Monster-Barbecue, hörst du? Ich bringe dir sechs Antilopen zum Braten. Später erzähle ich dir und den anderen die sensationellsten Nachrichten seit der Flut!«

»Loco indio«, murmelte sie zärtlich »No me importa dos cojones.« Sie schlängelte sich an ihn heran. »Sieh mal, jetzt ist es schün kühl. Du brauchst wirklich nicht auf die Jagd zu gehen. Lucien und die Jungen können Wild für dein Fest besorgen. Vamos a pichar, mi corazón, mi porra de azúcar ...«

Sie haschte nach seinem schlaffen Glied, um ihm Standhaftigkeit zu verleihen, doch er war bereits aus der Tür ihrer Hütte, splitternackt im Morgengrauen (und immer noch sehr beschickert, um die Wahrheit zu sagen), flammend vor atavistischen maskulinen Instinkten, die wenigstens im Augenblick wichtiger waren als Sex. Er stolperte zu seinem Wigwam und zog sich an – nicht die Twillhose und die festen Stiefel, die seit dem Exodus aus Muriah seine übliche Kleidung gewesen waren, sondern seinen alten Lendenschurz und die Mokassins. Er schob den modernen zusammengesetzten Bogen aus Plastik und Metall, tödlich und zuverlässig, und die Vitredur-Pfeile mit Eisenspitzen, die so viele fremde Feinde getötet hatten, beiseite. Statt dessen griff er nach der Ausrüstung, die er vor vielen Jahren durch das Zeitportal mitgebracht hatte, als er noch davon träumte, zu den alten Sitten seines Stammes zurückzukehren.

Peopeo Moxmox, der edle Wilde und ehemalige Richter am Obersten Gerichtshof des Staates Washington, saß in seinem Kanu und lachte. Das Boot war nicht aus Rinde gemacht, sondern aus Dekamol, diesem Wunder der Milieu-Technik, und er würde die Luft herauslassen und es in eine Gürteltasche stecken, wenn die Komödie des heutigen Tages endete. Ihm fiel die Redensart ein, mit der der gute alte Saul Mermelstein ihn aufzuziehen pflegte, als er ein noch grüner Anwalt in Salt Lake City war: »Seht den stolzen Indianer, der sich von der Wissenschaft nie hat auf Abwege führen lassen ...« Aber er hatte sich auf Abwege führen lassen! Und nirgends mehr als im urtümlichen Pliozän.

Er befühlte den krummen Schaft eines Pfeiles und drehte ihn so, daß die sorgfältig zugehauene Obsidianspitze in der Sonne glitzerte. Irgendwo in seinem Wigwam lag ein Schaftstrecker herum, ein einfaches Gerät, das keinem primitiven Jäger fehlte. Andererseits waren Vitredur-Pfeile unzerstörbar, sie waren bereits mit Federn ausgestattet, und es gab eine große Auswahl von austauschbaren Spitzen. Einige von ihnen hatten sogar eingebaute Antwortsender, damit man verwundetes Wild aufspüren und leicht wiederfinden konnte.

Apfel-Indianer – außen rot und innen weiß!

»Also *warum* bin ich heute hier hinausgekommen?« fragte er die Welt im allgemeinen. »Warum fragst du, Burke? Du bist hoffnungslos schmeggegeh!«

Irgendwo platschte ein Krokodil, und ein Vogel sang. Zwei blaue Schmetterlinge wirbelten im Paarungstanz über das schimmernde Wasser. Burke nahm einen Hauch von Vanille in der stillen, heißen Luft wahr, blickte auf und entdeckte ein Büschel exquisiter winziger Orchideen, die aus einem Riß in der Rinde der Zypresse wuchsen. Er streckte die Hand aus und berührte sie. Er war sehr froh, daß er gekommen war, froh, daß er nichts getötet hatte.

Nach einer Weile konsultierte er seinen Handgelenk-Chronographen, ein ebenso hübsches (und unindianisches) Ding wie sein goldener Halsring. Es ging gegen 16.00 Uhr, und er hatte für Denny Johnson einen Zettel hinterlassen, auf dem er bat, am Uferpfad mit Chalikos und vielen Säcken für das Antilopenfleisch abgeholt zu werden ...

Grinsend band er die Fangleine los und paddelte die Lagune entlang auf den Hauptstrom der Mosel zu. Der Schwan kam zurück, majestätisch in schwarz-und-weißem Gefieder, und glitt zahm hinter dem Kanu her. Als der Abstand größer wurde und die Wellen der Kielspur sich legten, schien der Vogel im Mittelpunkt eines torfmoordunklen Spiegels auf seinem eigenen Bild zu schwimmen. Klumpen smaragdgrünen Grases, überragt von federigen Fahnen, rahmten ihn vor dem tieferen Grün des Dschungels ein. Über die Schulter blickend, hielt Burke den Atem an. Daran würde er sich erinnern – und an so vieles andere.

Dann saß das Kanu auf der Sandbank fest. Burke legte das Paddel hin, schob das Boot hinüber ins Stauwasser, stand auf und stakte kraftvoll stromaufwärts. Er hoffte, Denny selbst werde auf ihn warten. Bei der Begrüßung würde er einige Witze über sich ergehen lassen müssen, aber auf dem Ritt zurück zu den Verborgenen Quellen konnte er die Neuigkeit über das Zeitportal bekanntgeben. Und sie würden Mittel und Wege für eine Eroberung der Torburg durch die Geringen diskutieren.

Gefangene Geringe aus der Eisernen Jungfrau und Haut Fourneauville, sechzig oder siebzig an der Zahl, standen mit ihren Waffen in dem großen Holzkäfig bereit. Sie hatten eine starke Position, teilweise geschützt durch Granitblöcke auf dem Kamm des kleinen Berggrats. Es gab keine Möglichkeit, sie zu überraschen oder von der Flanke her anzugreifen. Ausgeschlossen war es, daß die Firvulag sie überwältigten, indem sie ihre Zuflucht zu dem traditionellen massierten Angriff oder der Schreckgespenst-Taktik nahmen. Die menschlichen Bergleute, Veteranen so manches Scharmützels in den belagerten Eisendörfern, konnten nur durch Geisteskraft besiegt werden.

Auf einer nahegelegenen Anhöhe befand sich der königliche Beobachtungsposten. Dort kaute König Sharn auf der Unterlippe, während er zusah, wie die erste Kompanie von Gnomenkriegern, angeführt von Pingol dem Haarigen, sich in Marsch setzte. Flüche und Pfiffe kamen von den sich verteidigenden Gefangenen, aber sie hielten das Feuer aufrecht. Irgendein erfahrener Kämpfer mußte sich zum Führer gemacht und der demoralisierten Mannschaft ein Minimum an Disziplin aufgezwungen haben. Ihre Schreie verstummten, erhoben sich dann von neuem, als ein zweites und kleineres Firvulag-Kontingent, Krieger-Ogerinnen unter Fouletot Schwarzbrust, die Schlucht an der linken Flanke des Kamms heraufkam. Diese Route bot den Angreiferinnen gute Deckung, war aber beträchtlich steiler. Für Sharn und Ayfa, die die Manöver von ihrem einen halben Kilometer entfernten Feldherrnhügel beobachteten, sahen die beiden angreifenden Trupps wie getrennte Schwärme von jettschwarzen Käfern aus, die, sägezahnige Piken und Standarten unter der gleißenden Sonne wie Fühler schwenkend, einen gigantischen herrenlosen Picknickkorb hinaufkrabbelten.

»Ich meine immer noch, es war ein Fehler, die Gefangenen mit Eisen zu bewaffnen«, sagte Sharn. »Nur ein Kratzer, und für unsere Leute ist Sense.«

»Sie müssen sich an das Risiko gewöhnen«, gab Ayfa brutal zurück. »Glaubst du, Roniah wird mit Glasschwertern und bronzenen Kampfäxten verteidigt werden? Von Rechts wegen sollten diese Gefangenen außer Pfeilen mit Blutmetall-Spitzen auch Lähmgewehre und Laser-Karabiner haben. Das ist es, was unsere Truppen in einer richtigen Schlacht erwartet. Denk daran, was Mimees Heer in Bardelask passiert ist!«

»Teufel, schließlich haben sie doch gesiegt!«

»Nur weil die Verteidiger von Bardelask bei weitem in der Minderzahl waren und weil ihnen die Pfeile ausgingen. Und wenn Aiken Drums Versorgungstrain mit den futuristischen Waffen angekommen wäre, hätte es geheißen ›Göttin, segne mich, bevor ich einschlafe‹!« Stirnrunzelnd sah die Königin zu dem Hügel hin, den die Firvulag-Truppen hinaufkrochen. »Unsere Jungen und Mädchen müssen begreifen, daß die *geistige Kraft* das einzige sichere Mittel zum Sieg ist. Konzertierte geistige Kräfte – nicht unsere üblichen unkoordinierten individuellen Bemühungen, die wie Kraut und Rüben durcheinandergehen. Darum hat Betularn Weißhand bei diesen Manövern den Geringen den taktischen Vorteil gegeben – und darum hat er unerfahrenen jungen Leuten wie Fouletot und Pingol bei dieser ersten Demonstration den Befehl anvertraut.«

»Hoffen wir, daß die Gefangenen einen guten Kampf liefern.« Sharn beschattete die Augen mit der Hand und spähte zu dem jetzt stillen Käfig hinüber. »Es wäre ein Jammer, wenn sie einfach aufgäben.«

Ayfa kicherte. »Betularn hat ihnen höchstpersönlich versichert, daß wir sie freilassen, sollte es ihnen gelingen, unsere Truppen bis Sonnenuntergang abzuwehren.«

Der König wieherte vor Vergnügen über den Spaß. »Die

armen Tröpfe! Sie lernen anscheinend nie, daß das feierliche Wort eines Firvulag nur für den Fall gilt, daß es einem anderen Firvulag oder einem Tanu gegeben wird – nicht einem Geringen. Wie kann man auch einen Pakt der Ehre mit einer Nichtperson schließen?«

»Sie fallen immer wieder darauf herein«, stellte Ayfa fest und schüttelte vor Verwunderung ihren von einem dunklen Helm bedeckten Kopf. »Sogar der größte Geringe von ihnen allen!«

Der König beugte sich mit finsterem Gesicht in seinem Sitz vor. »Pingols Haufen kommt verdammt zu nahe an den Käfig heran. Warum läßt er den Verteidigungsschirm nicht einschalten? Diese Gefangenen können jetzt jede Minute ... Tés Zähne!«

Bei dem bestürzten Ausruf des Monarchen schoß ein Hagel von Pfeilen mit Eisenspitzen aus dem Käfig und regnete auf den vordersten Angriffstrupp nieder. Es waren verstreute Aufschreie und Klagelaute zu vernehmen, und ein verspäteter telepathischer Befehl. Eine unregelmäßig funkelnde Barriere aus mentaler Energie entstand und flackerte da und dort, wo einer der Zwerge beim Anschluß an das defensive Metakonzert hinterherhinkte. Die Geringen brüllten höhnisch und schickten eine Pfeilsalve nach der anderen los. Die meisten von Pingols Kompanie standen fest und konzentrierten sich auf die Verstärkung des mentalen Schirms. Dieser verfestigte sich zu einem drei oder vier Meter hohen, durchscheinenden Kugelabschnitt, der direkt vor den ersten Reihen schwebte. Noch aus dieser Entfernung hörten Sharn und Ayfa das unheilvolle Klirren der Eisenspitzen, wenn sie die Barriere trafen und niederfielen.

Gut gemacht! sandte der König, um die Leute zu ermutigen. Er stand auf und nahm seine Verkleidung als monströser Skorpion an. Eine Handvoll Gnome brach in Proforma-Jubelrufe aus, aber die meisten hatten genug damit zu tun, den großen Schirm aufrechtzuerhalten. Für andere, die bewegungslos mit verrenkten Gliedern auf den Felsen lagen, war der mentale Schutz zu spät gekommen.

»Sie haben nicht gemeinsam gehandelt, und der Schirm ist zu breit aufgefächert«, kritisierte Ayfa. »Und dieses

Arschloch Pingol hat viel zu lange gewartet, bis er den Befehl gab ...«

»Da kommen die großen Mädchen!« rief Sharn.

Fouletots Ogerinnen schwärmten den Hohlweg zur Linken des Käfigs herauf. Ein fachgerechter kleiner Schirm schützte sie auf dem steilen Terrain. Etwa ein Dutzend der Riesinnen, das mochte ein Fünftel der gesamten Truppe sein, blieb hinter den anderen zurück und scharte sich zu einer dichten Formation zusammen. Einen Augenblick später sprang aus ihrer Mitte eine blaue Flamme wie eine Leuchtkugel in die Luft. Sie stieg hoch über den Grat hinaus und fiel auf das Käfigdach, wo sie zur Begleitung entsetzlicher Schreie der Geringen langsam in das schwere Gitterwerk einsank. Schlangen fettigen Rauchs sickerten zwischen den Felsen hindurch. Nach einer kurzen Pause prasselte ein wütender Schauer von Pfeilen auf die Ogerinnen nieder. Eine fiel heulend, und die Überlebenden erweiterten hastig ihren Schirm.

Unten vor dem Käfig entfaltete sich die Gnomentruppe von neuem. Die unzusammenhängende Pfeilsalve wurde zum größten Teil von ihrem mentalen Schirm abgelenkt, der jetzt viel kompakter und wirksamer war. Erzeugt wurde er von einem Halbkreis aus kreativen Kriegern, die langsam bergauf vorrückten. Nur gelegentlich drang ein Geschoß durch, aber dann genügte die kleinste Wunde, um Tod zu bringen. Die Menschen im Käfig höhnten und jubelten jedes Mal, wenn ein Firvulag fiel.

Nun stellten Pingols Krieger das Schwenken ihrer Hellebarden und mit Schädelketten geschmückten Standarten ein und bildeten drei festgeschlossene Kader hinter dem sich bewegenden Schild. Plötzlich erhoben sich drei glühende Energiekugeln, fast weiß im harten Sonnenlicht, beschrieben Kometenbahnen und trafen über dem Käfig zusammen. Das Gebilde ging sofort in Flammen auf. Die Gefangenen schrien und sprangen umher, schlugen mit ihren Kleidern auf das brennende Holz und schütteten ihren knappen Vorrat an Trinkwasser auf die hartnäckigeren Flammen. Der Pfeilbeschuß ließ nur wenig nach, und innerhalb von Minuten war er dichter als je zuvor.

Die kleinere Abteilung der Ogerinnen hatte eine Felsplattform gewonnen, eine Schicht härteren Gesteins, das sich etwa fünfzig Meter unterhalb der Rückwand des Käfigs entlangzog. Der Sims war sehr schmal, wenig mehr als ein Steig, bestreut mit rutschigem Geröll von dem Steilhang darüber. Statt ihn zu erklimmen, zogen sich die Ogerinnen zu einer Reihe auseinander, immer durch den Schutzschirm gedeckt. Auf ein ferngesprochenes Signal hin hoben alle Kriegerinnen ihre schwarzen Glasschwerter und öffneten einen Schlitz in dem Schirm. Aus den Spitzen der Waffen flossen flammende Strahlen, die sich kurz vor dem Käfig zu einem dicken gedrehten Blitzstrang vereinigten. Er traf den Käfig genau, und gleichzeitig erreichte ein Donnerschlag die Ohren Sharns und Ayfas. Sie mußten blinzeln und verpaßten deshalb den Beginn von Pingols Angriff – dann jubelten sie begeistert beim Anblick der Gnome, die, immer noch in ihrer disziplinierten Dreifach-Formation, die Schilderzeuger voran, den Berg hinaufstürmten und den Käfig mit einer Breitseite aus kleinen psychokreativen Entladungen bombardierten.

»Herrlich!« rief Sharn und peitschte mit seinem Skorpionschwanz umher. Er warf den Tisch mit den Erfrischungen um, aber weder er noch die Königin merkten, daß sie in einem Durcheinander aus verschüttetem Bier, Pilzen, Gewürzgurken, Scheiben von schwarzen Melonen, Aal à la Flamande und kandierten Malmignattes auf- und absprangen.

Ayfa schrie: *Tötet die Geringen! Die Waffen vereinigt, die Gehirne vereinigt!*

Und die Firvulag-Soldaten respondierten: *Yllahayl dem Feind!*

Der von Fouletot Schwarzbrust und ihrem Trupp erzeugte Blitzstrahl hatte nicht nur viele der menschlichen Verteidiger getötet, sondern auch ein Ende des Käfigs in Splitter zerlegt. Die Überlebenden krochen auf die Felsen hinaus. Sie schwangen ihre Pfeile und Bogen, ihre langen Messer und kleinen Tomahawks, bereit, in den Nahkampf mit den vorrückenden Firvulag einzutreten. Die angreifenden Zwerge schleuderten weitere Feuerkugeln. Die Ogerinnen ließen einen letzten Blitz los, der den Käfig vollständig zerstörte. Dann mischten sich Menschen und Firvulag im Kampf. Die Geringen tauchten unter wackelige mentale Schirme oder schossen Pfeile in so hohe Parabolbahnen, daß sie die hinteren Reihen der Feinde trafen. Die Disziplin unter den Firvulag geriet ins Wanken, brach zusammen. Offiziere und Gemeine vergaßen, im Metakonzert zusammenzuarbeiten, und kehrten zu ihren traditionellen Kampfmethoden zurück. Sie brüllten die alten Kriegsrufe, wechselten die Gestalt und wurden zu monströsen Erscheinungen. So fielen sie über die zahlenmäßig unterlegenen Geringen her. Zwerge hackten und hieben mit sägezähnigen Obsidian-Klingen. Ogerinnen stießen mit Widerhaken-Lanzen zu – oder griffen sich entwaffnete Menschen und zerrissen sie Glied um Glied. Der Lärm hallte von den Hängen des Grand-Ballon-Berges wider. Vereinzelte Rauch- und Dampfsäulen zeigten, wo sich ein Firvulag an die Befehle erinnerte und mentale Energie benutzte, um den Feind zu vernichten.

Sharn und Ayfa sahen in ihren normalen Gestalten schweigend zu. Die blendende Sonnenscheibe ging hinter den Türmen von Hoch-Vrazel unter, und ein kalter Wind fegte etwas von dem Schlachthausgeruch weg. Aasvögel kreisten und senkten sich nieder. Schließlich ließ sich auf das felsige Schlachtfeld eine tiefe Stille herab, und in den Gehirnen des Königs und der Königin erklangen gleichzeitig die fernsprechenden Stimmen Pingols und Fouletots:

Hochkönig und Hochkönigin – wir verkünden den Sieg in Tés Namen!

Alle Zwerge und Riesen und mittelgroßen Ungeheuer kamen auf dem Hang vor dem zerstörten Käfig zusammen, hoben die Waffen und die Standarten hoch in die Luft und riefen: »Lob und Preis sei Té, der Schlachtengöttin! Und Sharn und Ayfa, Hochkönig und Hochkönigin! Und den großen Hauptleuten Pingol und Fouletot – und *uns allen!* Die Waffen vereinigt! Die Gehirne vereinigt! *Slitsal! Slitsal! Slitsal!*«

Freudigen Herzens gaben die Ko-Monarchen die rituelle Antwort und erklärten das Manöver für mit triumphalem Erfolg beendet. Danach blieben sie noch eine Weile stehen und sahen zu, wie die Bahrenträger und Heiler und Bestatter und Inspektoren und Zähler und die anderen glanzlosen Fachleute für Kriegsfolgen ihre Arbeit taten. Die arrangierte Schlacht hatte zweiundzwanzig Firvulag das Leben gekostet; nur drei waren verwundet. Jeder menschliche Gefangene war getötet worden.

Sharn sagte: »Es war gut, daß wir es gemacht haben. Die anderen Hauptleute werden von dieser unter Einsatz des Lebens durchgeführten Demonstration profitieren, und die folgenden Manöver können ohne Blutvergießen verlaufen.«

»Es wird gar nichts anderes übrigbleiben, jetzt, wo die Eisendörfer fast aufgegeben sind«, erwiderte Ayfa. »Uns stehen keine Gefangenen mehr zur Verfügung – wenn wir nicht Monolokee den Eklen auf fort Rostig loslassen wollen.«

»Noch nicht. Die Ausrottung der Geringen in den Vogesen hat Zeit bis zum Waffenstillstand. Während der nächsten drei Wochen müssen wir uns auf wichtigere Dinge konzentrieren. Neben den Vorbereitungen für den Letzten Krieg sind da noch die Übungen für das Turnier. Und da ist Roniah.«

Die Königin hob einen goldenen Becher vom Boden auf, zapfte ein frisches Bierfaß an und nahm ihren Sitz wieder ein. »Planst du immer noch, die Sache ganz groß aufzuziehen? Einen Angriff auf der ganzen Linie mit Mimee und so weiter?«

Sharn wandte seinen Blick nicht von dem Schlachtfeld ab. Die schinkengroßen Fäuste ruhten auf seinen zeremoniell gerüsteten Hüften. »Nachdem ich gesehen habe, daß wir tatsächlich fähig sind, im Metakonzert zu arbeiten – bin ich geneigt, den Plan zu ändern. Seit Bardelask hat sich die Waage des Schreckens sehr hübsch auf unsere Seite geneigt; wir haben es nicht mehr nötig, in Roniah Eindruck zu schinden. Was Mimee angeht, soll er Bardelask plündern und sich zurückziehen, damit es den Anschein hat, als beugten wir uns Aikens Forderungen. Inzwischen schleichen wir uns mit einer Streitmacht vorsichtig am Ostufer der Saône entlang, lassen uns in Dekamol-Booten flußabwärts treiben und machen vom Wasser her einen Überraschungsangriff auf die Zitadelle. Condateyr wird nicht im Traum mit einem Überfall von dieser Seite aus rechnen. Das hat es bei den Kleinen Leuten, die sich an die alten Bräuche halten, noch nie gegeben! Wir sausen hinein so schnell wie Wiesel, schlagen sie mit Geisteskraft und Blutmetall und Lasern, leeren das Versteck mit den Milieu-Waffen – und sind mit der Beute wieder verschwunden, bevor die Garnisonssoldaten auch nur ihre Socken hochziehen können.« Er drehte sich um und grinste seine Frau an. »Und wenn wir kurz vor dem Waffenstillstand zuschlagen, hat Aiken keine Chance mehr für eine Vergeltung.«

»Aber der Junge wird schäumen vor Wut, und er wird wissen, wer es getan hat ...«

»Sicher, aber die Hohe Tafel läßt es nicht zu, daß er den Waffenstillstand durch einen Gegenschlag bricht. Im Verkehr mit uns muß er sich an die von ihm anerkannte Tanu-Moral halten – während es uns freisteht, *ihn* wie jeden anderen Geringen zu behandeln!«

Ayfa dachte einen Augenblick lang nach. »Es wäre leicht, unsere Leute bei dem Angriff auf Roniah als Geringe zu verkleiden. Ein bißchen Gestaltwechseln würde dem offensiven Metakonzert nicht viel Energie entziehen. Und die Täuschung würde noch glaubwürdiger durch die Verwendung von Eisen und futuristischen Waffen. Natürlich müßten wir unsere Toten wegtragen und aufpassen, daß wir keine verräterischen Gegenstände zurücklassen.«

»Das gefällt mir!« rief Sharn. Er griff nach seinem Pokal, wischte ihn oberflächlich mit dem Brokat-Tischläufer ab und hielt ihn Ayfa zum Nachschenken hin. Nach einem langen Zug betrachtete er den juwelenäugigen Schädel des verstorbenen Velteyn von Finiah und bemerkte: »Dieser Bursche hier war tatsächlich unser erster Erfolg im Letzten Krieg, Ayfa. Alles hat in Finiah begonnen, wo wir den ersten Sieg nach so vielen Jahren der Schmach errangen. Beim letzten Großen Wettstreit setzte sich unser Aufstieg fort – auch wenn wir unseres rechtmäßigen Triumphes beraubt wurden. Das erste Ereignis erhob unsere Herzen, das zweite bekräftigte unsere Entschlossenheit.« Er sah die orangehaarige Ogerin zärtlich an. »Ich habe Mimee befohlen, den

Schädel der Lady Armida von Bardelask herzusenden. Daraus soll ein zu diesem passender Pokal für dich gemacht werden.«

Sie senkte die Augen, denn eine Träne der Rührung stahl sich ihre Wange hinunter, und dann konnte sie nicht anders als sagen: »Bevor die Regenzeit beginnt, haben wir vielleicht schon einen ganzen Satz berühmter Schädel!«

Sharn bekundete seine Zustimmung mit brüllendem Gelächter. König und Königin tranken einander zu und füllten ihre Trinkgefäße von neuem. Sharn meinte: »Zu schade, daß Aiken ein solcher Knirps ist. Sein Schädel ist kaum groß genug für einen Eierbecher.«

»Wir können ihn beim Frühstück abwechselnd benutzen«, schlug seine Frau vor. »Übrigens – was wollte er eigentlich heute morgen?«

Der König winkte geringschätzig ab. »Nur ein Bla-bla-bla über Reparationen für Bardelask, die mit den Preisen beim Großen Turnier verrechnet werden sollen. Ich gestand ihm alles zu, was er verlangte. Warum auch nicht? Nach dem Letzten Krieg können wir uns alles zurücknehmen! – Doch eins brachte er vor, das mir rätselhaft ist. Wissen wir etwas über einen Geringen namens Tony Wayland?«

»Das war der Kerl, den der Wurm gefangennahm. Der uns alles über die im Tal der Hyänen versteckten Flugzeuge verriet.«

Sharn schlug auf die Tischkante. »Richtig! Ich hatte es vergessen. Nun – Aiken will, daß wir ihm diese Kreatur zurückgeben. Er behauptet, dieser Tony sei ein Busenfreund von einem seiner besten Freunde. Er bot sogar an, von den Reparationen einen guten Teil zu streichen, wenn wir den Geringen auf der Stelle zu ihm spedieren.«

Ayfa ließ den Rest ihres Biers mit finsterer Miene kreisen. »Das hat er tatsächlich gesagt? Hier stinkt etwas, Ader meines Herzens. Skathe hatte an Tony einen Narren gefressen. Als ich sie und Karbree hinunterschickte, um die Bardelask-Operation zu überwachen, nahmen sie den Geringen mit. Und Skathe und der Wurm starben auf höchst mysteriöse Weise ...«

Der König nickte. »Die Morde sprechen von menschlichem Verrat. Mimee wußte nicht, wie er sie sich erklären sollte. Die Stadt war bereits eingenommen, als das halb gesunkene Boot und die Leichen gefunden wurden. Du glaubst also, dieser Tony hätte ...«

»Wer weiß?« Das Gesicht der Königin innerhalb ihres lünettierten Helms trug einen schrecklichen Ausdruck. »Laß Mimee nach ihm Ausschau halten! Gib auch den anderen Kleinen Leuten im Süden Bescheid! Wenn dieser Geringe meine Freundin Skathe und den Wurm tatsächlich getötet hat, wollen wir uns nicht zu sehr damit beeilen, ihn den Tanu zurückzugeben.«

»Nun«, sagte der König, »Aiken hat nicht spezifiziert, in welchem Zustand die Ware sein soll.«

Ayfa beugte sich vor und küßte seine bärtige Wange. »Du verstehst mich immer.«

»Immer!« wiederholte er, das Funkeln in ihren Augen richtig deutend. Er setzte seinen Pokal auf den Tisch und löste den ihren sanft aus ihrer Hand. Dann näherten sich die beiden monströs gepanzerten Gestalten einander, und die von der Sonne vergoldeten Felsen hallten wider bei der klirrenden Vereinigung.

Sicher hinter Erdnußsäcken verschanzt, beobachtete Tony Wayland vom Dachboden eines am Wasser stehenden Lagerhauses, wie die Plünderung Bardelasks dem tödlichen Finale zustrebte.

Die letzten Kolonnen aus beladenen Packtieren wurden an der Kai-Straße zusammengestellt. Gruppen von menschlichen Gefangenen, halbtot nach fast einer Woche Zwangsarbeit, schleppten die Nachlese an Schätzen aus den Häusern entlang dem Anlegeplatz: Fässer mit Öl, Alkohol und Farbstoffen, Ballen seltenen Leders, Zuckerhüte, seidene Taue und Stoffe, Kaffeebohnen in Jutesäcken und Kisten mit kostbarer Erdbeermarmelade und gebrauchsfertigen Gewürzen.

Zum Glück für Tony machten die Firvulag sich nichts aus Erdnüssen. Und nachdem er sechs Tage lang kaum etwas anderes gegessen hatte, stand auch ihm die vortreffliche Hülsenfrucht bis obenhin.

Mittels seines goldenen Halsrings konnte er die trostlosen Gespräche der Gefangenen hören, die allesamt Grau trugen. (Jeder, der Gold oder Silber getragen hatte, war auf der Stelle erschlagen worden.) Von Tonys Gesichtspunkt aus gab es gute Nachrichten. Die Angreifer würden Bardelask nicht besetzen und als Stützpunkt für Störungen des Schiffsverkehrs auf der Rhône benutzen; ihr Befehl lautete, sich zurückzuziehen. Der Anführer der Heerschar aus Famorel, ein boshafter Gnom namens Mimee, bekam daraufhin einen Wutanfall und riß in seinem illusorischen Aspekt, dem eines flugunfähigen Vogel Rocks, zweiundzwanzig hilflosen Graureifen den Kopf ab, bevor er die Selbstbeherrschung zurückgewann. Etwas später erfuhr Tony, daß Mimee ein zweites Mal in Zorn geraten war, als König Sharn die Famorel-Leute von dem geplanten Angriff auf Roniah nachträglich ausschloß. Diese Information brachte Tony zu dem Entschluß, nach Norden, nicht nach Süden zu ziehen, sobald er sein Versteck zwischen den Erdnüssen ungefährdet verlassen konnte.

Die Zwischenzeit nutzte er dazu, sich wieder mit einem Reif vertraut zu machen.

Der goldene Halskragen, das Geschenk der verstorbenen Skathe, enthielt genau die gleichen gedankenverstärkenden Komponenten wie der silberne, den er in Finiah getragen hatte. Doch anders als der silberne Reif besaß der goldene keine Sklavenschaltungen, die ihn an Tanu-Kontrolle banden, und auch keinen Sender, der es Goldreifträgern ermöglicht hätte, ihn mit einem Minimum an Fernwahrnehmung aufzuspüren. Mit dem goldenen Ring um den Hals war Tony frei – und verfügte wieder über die wundervollen Kräfte, die das Leben im verlorenen Finiah so befriedigend gemacht hatten.

Die Verstärkung seiner bescheidenen psychokreativen Begabung ermöglichte es ihm, zahlreiche kleine, aber nützliche Energie-Manipulationen vorzunehmen. Er entzog der Luft Trinkwasser und entfernte die Feuchtigkeit aus seiner klammen Kleidung, wenn der Flußnebel des Nachts sein Versteck einhüllte. Er röstete die Erdnüsse in der Schale. Drohte keine Gefahr, ließ er ein kleines Licht aufleuchten, ohne einen Permazünder zu brauchen. Er tötete Fliegen und anderes kleines Ungeziefer, das sich an seine Person heranmachte. Am Tag wurde der Speicher erstickend heiß; dann pfiff er eine kühle Brise heran. Langweilte er sich, lieferte der magische Reif autoerotisches Amüsement. Er linderte die Qualen der körperlichen Erschöpfung, ließ ihn Verletzungen nicht mehr spüren, schickte ihn im Handumdrehen in erquickenden Schlaf, weckte ihn, wenn ein mittelgroßer bis großer Körper bis auf fünfzehn Meter an sein Versteck herankam, verbannte Ängste und klärte seine Gedanken, so daß er vernünftige Pläne schmieden konnte. Mit dem Halsring war er fähig, auf eine Entfernung von einigen 300 Kilometern zu sprechen, zu hören und undeutlich zu sehen. (Dies letzte Talent war unter Silbernen nicht sehr häufig, Tony hatte jedoch elf Jahre Übung gehabt.) In Finiah, mehr oder minder ein Provinznest, hatte er sich damit belustigt, die mentalen Unterschriften bestimmter Tanu-Notabeln, die er bei gesellschaftlichen Veranstaltungen im Freudendom kennenlernte, zu »sammeln«. Wenn sie sich im Freien befanden, spionierte er ihnen nach. Zu seinem Bedauern schaffte er es nicht, durch Steinmauern fernwahrzunehmen, aber es war unterhaltsam, zu sehen, was die Fremden al fresco trieben. Jagden waren noch das Harmloseste!

Während Tony darauf wartete, daß die Firvulag von Bardelask abrückten, grübelte er, obwohl irgendwelche seiner alten Silberreif-Kameraden die Zerstörung Finiahs überlebt hatten. Wo waren sie – der alte Yevgeny und Stendal, der kecke Liem und der unerschütterliche Tiny Tim, die leckere Lisette und Agnes, die Jungfrau-Märtyrerin? Nun konnte er sie rufen ... und etwa eine Stunde lang tat er es. Die in den Äther gesandten Unterschriften brachten keine einzige Antwort. Seine ehemaligen Freunde hatten entweder ihren Halsring oder das Leben verloren, waren untergegangen im Chaos der sich ändernden Zeiten. Tony empfand kein Verlangen, mit seinen früheren Tanu-Kollegen fernzusprechen, nicht einmal mit denen, die sich seine kreativen Brüder genannt hatten. Die Fremden würden kein Interesse für ihn haben, für einen einzigen menschlichen Vertriebenen unter

Tausenden von anderen. Sie hatten heutzutage genug eigene Probleme, die armen Teufel – und an nicht wenigen davon waren Menschen schuld.

Er dachte an Dougal. Verrückt, aber treu, war er so etwas wie ein Freund gewesen. Aber Dougal hatte keinen Reif getragen, und inzwischen war er wahrscheinlich Würmerfraß im Herkynischen Wald, wo Karbree der Wurm mit seiner Patrouille sie überfallen hatte. Nein ... es war nur noch eine lebende Seele im Vielfarbenen Land übrig, die es kümmern mochte, ob Tony Wayland lebte oder starb.

Oder haßte sie ihn jetzt? Es geschähe ihm nur recht.

Seine Augen wurden feucht vor Selbstmitleid, und er lehnte den Kopf an das raschelnde Erdnußsack-Kissen. Draußen vor dem Lagerhaus erschollen gutturale Firvulag-Kommandos, knallten Peitschen, schnaubten Helladen und Chalikos, klirrten Harnische, polterten und bumsten Packstücke. Es war heiß und feucht und langweilig – Zeit, Zuflucht zu den Tröstungen des Rings zu nehmen.

Er hörte das wütende Brüllen eines Firvulag. Der Schrei eines Menschen ging in Gurgeln über und verstummte. Tony schaltete auf das graue Band um und lauschte:

Verdammtverdammtverdammt seht euch den armen-Werner an!

Armer Tropf hätte doch wissen müssen wie man den Ballen richtig festbindet ...

Aber ihm die Zunge ausreißen?

Seine Schuld hat Gespenst widersprochen.

MutterMaria er blutet sich zu Tode!

Na und? Wiralle sind bald tot.

Sehtsehtsehtseht da kommen 3 Gespenster oJesus mit Gewehren ...

Tony wurde übel, und er schaltete ab. Es gab nichts, was er tun konnte, um den armen, zum Tod verdammten Kerlen zu helfen. Von draußen drangen Klagerufe und Flüche herein, und ein bestimmtes Wort, das sehr laut in der Firvulag-Sprache gebrüllt wurde. Dann zischten die Matsu-Karabiner, methodisch, eine Note nach der anderen in präzisem Rhythmus, bis das Gewirr menschlicher Stimmen verstummt war.

Tony ließ sich in den herrlichen Trost des Rings einsinken. Er sah sich selbst, wie er die Rhône in einem gestohlenen Boot überquerte, auf der Großen Straße vorsichtig nordwärts wanderte, durch seinen Verstand und das Statussymbol mentalen Goldes überlebte. Nach Beginn des Waffenstillstands würde die Straße nördlich von Roniah voll sein von Sportfreunden aller drei Rassen, die friedlich zum Großen Turnier zogen. Es war dann ungefährlich, offen mit ihnen zu reisen. Tony beabsichtigte, die Saône aufwärts zu pilgern, vorbei an dem von Firvulag besetzten Burask (harmlos zur Zeit des Waffenstillstands), dann den Nonol hinunter zu dem einzigen ihm gebliebenen Sanktuarium – der Stadt mit den Pilzkuppeln, die wie El Dorado schimmerten, der von Wiesen umgebenen Stadt, durch eine Regenbogenbrücke mit dem Goldfeld verbunden. Die Stadt der Monster, die Stadt der Freunde. Er wollte heim nach Nionel und zu Rowane.

In seine Phantasien versunken, umarmte er sie und erfuhr Freude. Später erwachte er und stellte fest, daß die Sonne untergegangen und es viel kühler geworden war. Bis auf das ferne Geheul der Hyänen und das Quieken der Ratten in dem Lagerhaus war Bardelask völlig still.

Tony stand auf, wischte Erdnußschalen von seiner Kleidung und stieg zuversichtlich die Leiter vom Dachboden hinunter. Draußen auf dem Kai fand er, was er zu finden gefürchtet hatte. Aber er fand auch eine stabile kleine Jolle, komplett mit Rudern, unterhalb des verwüsteten Ladens für Schiffszubehör angebunden. Tony unternahm eine kleine Exkursion nach Gegenständen, die für die Firvulag als Beute nicht wertvoll genug gewesen waren, und legte ab. Das Boot trieb auf der ruhigen Ysaar dahin; zu rudern brauchte er nicht. Die Strömung würde ihn bis zum Zusammenfluß mit der Rhône tragen, der keinen Kilometer entfernt war. Auf dem gegenüberliegenden Ufer des größeren Flusses wollte er übernachten und sich am Morgen auf den Weg nach Hause machen.

11

AIKEN: Ich grüße dich, Elizabeth.

ELIZABETH: Hallo und herzliche Glückwünsche! Wie ich sehe, bist du bereit, Calamosk mit den Mehrzweckfahrzeugen zu verlassen. Du hast die jungen Nordamerikaner sehr geschickt behandelt.

AIKEN: Sie sind auf meinen Bluff hereingefallen, wenn es das ist, was du meinst. Und im Augenblick akzeptieren sie meine Autorität. Hagen Remillard fürchtet, es gehe etwas Verdächtiges vor, aber er weiß nicht recht, was es ist.

ELIZABETH: Hat er versucht, dein Gehirn zu sondieren?

AIKEN: Das ist das Spezialgebiet seiner Schwester ... aber nein, bisher haben sie sich zurückgehalten. Immerhin belauern sie mich.

ELIZABETH: Fahrt ihr jetzt auf direktem Weg nach Goriah?

AIKEN: Wir alle bis auf die Mitglieder der Alpen-Expedition. Sie werden sich an der Amalizan-Kreuzung von unserer Karawane trennen. Über den Lac Provençal segeln und dann die Straße hinter Darask in die Berge nehmen. Sie werden sich dem Monte Rosa durch die italienische Hintertür nähern. Bleyn ist von Goriah aufgebrochen, um die Expedition zu leiten, und Ochal der Harfner wird sein Stellvertreter sein. Ich schicke sieben der fünfzehn Mehrzweckfahrzeuge mit zehn von Hagens Leuten, die keine Techniker sind, als Fahrer. Basil und seine Höllenhunde gehen natürlich mit – alle außer einem Mann namens Dimitri Anastos, der ein As als Ypsilonfeld-Ingenieur ist. Hagen meinte, er käme uns bei dem Zeitportal-Projekt zupaß. Ich vervollständige die Expedition mit etwa dreißig Tanu und Elite-Goldenen, bis an die Zähne bewaffnet. Diese Flugzeuge sind die Familien-Juwelen, Baby. Ob mit oder ohne Zeitportal, ich säße schön in der Tinte, wenn Marc oder die Firvulag angriffen, und ich hätte die Maschinen nicht rechtzeitig bekommen. Du könntest der Expedition helfen, wenn du möchtest.

ELIZABETH: Als Pfadfinderin?

AIKEN: Das vor allem. Die Darask-Leute sagen, niemand

kenne das Gebiet östlich der Seealpen. Im Norden liegt natürlich Famorel. Die Expedition muß eine Begegnung mit Mimees Truppen um jeden Preis vermeiden. Wenn du die Augen offenhalten, sie von feindlichen Streitkräften weglenken, ihnen die für Mehrzweckfahrzeuge besten Routen zeigen könntest, würdest du Leben retten.

ELIZABETH: Natürlich, das werde ich gern tun.

AIKEN: (Erleichterung.) Ich hatte schon Angst, es könne gegen eins deiner verdammten Prinzipien sein.

ELIZABETH: Ich bin unfähig, dir bei einer *Aggression* zu helfen, Aiken. Doch das ist nichts dergleichen. Deine Sicherstellung der Flugmaschinen mag einen Krieg verhindern.

AIKEN: Hoffen wir's.

ELIZABETH: Wirst du sofort mit der Arbeit an dem Guderian-Apparat beginnen?

AIKEN: Ich habe Alberonn und Lady Morna-Ia beauftragt, sich sofort auf die Suche nach geeigneten Technikern und anderen Wissenschaftlern zu machen. Sie sollen das Personal in Goriah versammeln. Am liebsten möchte ich das Projekt an einem geheimen Ort verstecken, wo Marc es nie finden würde – aber Hagen traue ich nicht über den Weg, und es sind andere Typen unter diesen jungen Schurken, neben denen *er* wie Sir Galahad wirkt. Oh, wir kommen prima miteinander aus.

ELIZABETH: Glaubst du im Ernst, es ist möglich, den Taufeld-Generator zu bauen?

AIKEN: Diese Nordamerikaner haben eine verdammte Menge Zeug mitgebracht – Komponenten, Produktionsmaschinen, Apparate in Hülle und Fülle. Und wahrscheinlich werden wir weitere nützliche Dinge in dem Goriah-Lager finden, das Kuhal und Celo für mich gesäubert haben. Sie stellen gerade das neue Inventar fertig. Die am schwierigsten zu beschaffenden Rohmaterialien sind wahrscheinlich ein paar seltene Erden, von denen Hagen sagt, daß sie in Fennoskandia abgebaut werden müssen. Auch mit Flugzeugen wird es eine höllische Arbeit sein, die Erze zu lokalisieren. Keiner von den Tanu kennt sich in diesem nördlichen Land aus.

ELIZABETH: Du solltest dir Sugolls Hilfe sichern.

AIKEN: ?
ELIZABETH: Viele von seinen Leuten haben vor dem Heuler-Zusammenschluß in dieser Region gelebt. Vielleicht sind immer noch einige dort. Ich weiß, daß die Mutanten sich intensiv mit dem Abbau von Edelsteinen und -metallen beschäftigt haben. Wenn du ihnen diese seltenen Erden beschreibst, könnten sie dich bei deiner Suche unterstützen.
AIKEN: Großartige Idee! Ich werde mit Sugoll fernsprechen, ihm ein Garn vorspinnen ...
ELIZABETH: Sag ihm die Wahrheit! Über alles.
AIKEN: Du meinst doch nicht, er würde ... o mein Gott, *nein!*
ELIZABETH: Alle friedliebenden Bewohner des Vielfarbenen Landes müssen über das Zeitportal informiert werden. Und selbst wählen können.
AIKEN: (Gelächter.) Oh, Frau! Ich sehe es geradezu vor mir. Neun- oder zehntausend Kobolde strömen durch das Portal in das Frankreich des 22. Jahrhunderts! Was wird man sich über die neuen Nachbarn *freuen!* Das Milieu müßte ihnen einen übrigen Planeten zur Verfügung stellen oder so etwas.
ELIZABETH: Du könntest die Sache leiten.
AIKEN: Wer sagt, ich wolle zurückkehren?
ELIZABETH: Willst du das nicht? Ich hatte es als selbstverständlich vorausgesetzt.
AIKEN: Zieh keine voreiligen Schlüsse, Süße! Das Portal-Projekt ist ein Schuß aus großer, großer Entfernung auf ein undeutliches Ziel. Ich habe viele andere Probleme, die bei mir keine Langeweile aufkommen lassen. Zum Beispiel den Wiedergewinn meiner eigenen geistigen Gesundheit und meiner Kräfte, bevor dieser verdammte Abaddon in Europa landet.
ELIZABETH: Aiken ... Ich dachte, du wüßtest, daß Marc zu D-Sprüngen imstande ist. (Bild.) Er war hier. Auf der Schwarzen Klippe. Er hat die Fähigkeit noch nicht unter Kontrolle, aber es wird nicht mehr lange dauern, bis er sich an jeden Ort der Welt teleportieren kann.
AIKEN: Dann hat Hagen die Wahrheit gesagt. Ich hatte ge-

hofft, er sei selbst getäuscht worden, und Marc hätte mit seinen verstärkten Fernsinnen und seiner Kreativität nur irgendeinen raffinierten Bilokationstrick vollführt.

ELIZABETH: Er hat sich innerhalb meines Chalets materialisiert.

AIKEN: Jesus! Hat er dich bedroht?

ELIZABETH: Nein.

AIKEN: Ich kann dir einen Sigma-Generator geben. Hagen glaubt nicht, daß Marc imstande sein wird, durch das Kraftfeld zu d-springen.

ELIZABETH: Ich danke dir, aber nein. Ich muß mit Marc auf meine eigene Weise umgehen.

AIKEN: Du hast eine Weise? Fein! Ich wollte, ich könnte von mir dasselbe sagen. Bei unseren Konferenzen hier haben wir uns unter Hagens großem SR-35-Sigma versteckt, damit Marc uns weder fernbelauschen noch sich der Party anschließen konnte – und ich werde das Ding in Goriah dazu benutzen, das Guderian-Projekt abzuschirmen. Aber der König kann nicht dauernd in einem blöden Goldfischglas leben ... Sobald Marc sein Kunststück beherrscht, wird er mich in die Mangel nehmen. Wenn er von dem Zeitportal-Projekt erfährt, wird er versuchen, mir das Gehirn auszubrennen – und vielleicht Erfolg haben.

ELIZABETH: Er ist viel schwächer, als er einmal war. Felice hat sowohl seinen Körper als auch sein Gehirn verletzt.

AIKEN: So haben es Hagen und Cloud erzählt. Aber sie wußten nicht, in welchem Ausmaß die Kraft seines bloßen Gehirns beeinträchtigt ist. Selbst zu neunzig Prozent ruiniert, ist er Mir im Augenblick wahrscheinlich immer noch überlegen! – Ganz zu schweigen von der Hilfe, die er von *ihnen* bekommen wird.

ELIZABETH: (Sorge.) Von ihnen. Du sprichst nicht von den Remillard-Kindern und ihren Freunden, auch nicht von den älteren Rebellen ...

AIKEN: (Leises Lachen.)

ELIZABETH: Hat es bei deiner Subsumtion keine Verbesserung gegeben?

AIKEN: Wenn überhaupt etwas geschieht, verliere ich an Boden.

ELIZABETH: Symptome?

AIKEN: Seit dem Kampf mit Nodonn habe ich nicht mehr geschlafen. Zehn schreckliche Tage lang. Ich kann kaum noch fliegen, und es ist gar nicht daran zu denken, daß ich dabei etwas trage. Mit meiner Kreativität ist nichts mehr los, ausgenommen das Illusionsspinnen. Die Fähigkeit des Redigierens ist so gut wie ausgelöscht. Ich kann immer noch koerzieren. (Das Gegenteil würdest du natürlich wissen!) Ich kann fernwahrnehmen, aber es tut mir höllisch weh.

ELIZABETH: Ich wäre nie darauf gekommen. Du hast eine sehr täuschende Psycho-Oberfläche.

AIKEN: (Verzweifelte Müdigkeit.) Du meinst, liebe Dame, daß ich *trickreich* bin. Das mag meine letzte Bastion des Überlebens sein. Wenn ich nicht bald Hilfe kriege, verfalle ich noch vor dem Waffenstillstand tobendem Wahnsinn.

ELIZABETH: Oh, Aiken.

AIKEN: Wie ist es? Ich bin bereit. Sag ein Wort, und ich komme.

ELIZABETH: Auf die Schwarze Klippe?

AIKEN: Ja, falls du inzwischen nicht gelernt hast, eine Tiefenredigierung aus der Ferne durchzuführen. Der Fahrzeug-Konvoi verläßt Calamosk noch in dieser Stunde. In weniger als zwei Tagen erreichen wir die Abzweigung nach Amalizan, wo wir uns mit Bleyn treffen und die Teilnehmer der Alpen-Expedition uns verlassen. In Luftlinie, wie der goldene Falke fliegt, ist die Schwarze Klippe nur acht Kilometer von da entfernt. Ich glaube, ich könnte es so gerade eben schaffen. Sagen wir – am Abend des fünften September.

ELIZABETH: Aiken ... ich rechne damit, daß Marc wiederkommt. Du wärest hier in Gefahr. Auch mit dem Sigma. Er darf auf keinen Fall ... ich wage es nicht ...

AIKEN: (Zorn + Furcht.) Vielleicht denkst du, ich machte Witze über meinen mentalen Zustand! Also, das tue ich nicht. Tagsüber, wenn ich beschäftigt bin, ist es nicht so schlimm. Aber jede Nacht werden sie größer und geraten weiter außer Kontrolle. Sie richten es so ein, daß der letzte Witz auf meine Kosten gehen wird. Ich werde nicht nur sterben, ich werde *lächerlich* sterben!

ELIZABETH: Das verstehe ich nicht. Willst du sagen, daß du jetzt außer unter der metapsychischen Schwäche und den Schmerzen auch unter Halluzinationen leidest?

AIKEN: Das sind keine Halluzinationen! Es ist wirklich (Bild) wirklich grotesk ich schäme mich so das kann doch nicht passieren (Bild) nicht Mir passieren sie sind tot es ist unmöglich daß sie es können (Bild) daß sie mich anschwellen und brennen lassen und wieder aussaugen (Bild) und wieder (Bild) Wirklichkeit oder nicht das ist egal weil es mich Mich mich kaputtmacht *ELIZABETH HILF MIR!!* (Außerordentlich obszöne Montage abrupt abgeschnitten.)

ELIZABETH: Ja. Natürlich will ich dir helfen. Ich komme zu dir.

AIKEN: Du kommst?

ELIZABETH: Immer mit der Ruhe, Lieber. Ich komme. Minanonn wird mich hinbringen – und Dionket und Creyn auch. Wir werden dir helfen.

AIKEN: Allein. Komm allein! (Niemand darf es wissen! Niemand darf es wissen!)

ELIZABETH: Ich brauche aber Hilfe, genau wie damals, als ich dich nach dem Kampf mit Felice am Rio Genil redigiert habe. Vertraue mir.

AIKEN: Du wirst bestimmt kommen?

ELIZABETH: Ja. Jetzt hör mir zu! Wir benötigen einen sicheren Ort. Das Sigmafeld wollen wir nicht benutzen. Das Ding ist für einen guten Fernwahrnehmer wie ein Leuchtfeuer, und Marc darf nicht auf die Idee geraten, daß ich an dir arbeite.

AIKEN: (Niemand darf es wissen! Er schon gar nicht! Demütigung! Lächerlichkeit! Ein Spaß auf Kosten des Spaßmachers!)

ELIZABETH: Es gibt wichtigere Gründe für die Geheimhaltung. Ich kann dir nur helfen, ein Rahmenwerk zu errichten, in das du zum Zweck deiner Reintegration die subsumierten Fähigkeiten einbaust.

AIKEN: Ich werde nicht geheilt ...?

ELIZABETH: Du wirst, wenn die Redigierung gelingt, von quälenden Symptomen frei und imstande sein, deine Metafähigkeiten allein zurückzugewinnen. Dein Geist wird heilen, wie es nach dem Kampf am Rio Genil geschehen ist. Aber du willst doch nicht, daß deine Feinde von deiner Schwäche erfahren.

AIKEN: (Niemand darf von der Schande wissen!)

ELIZABETH: Hör zu! Ich habe Minanonn gefragt, und er sagt, da sei ein passender Ort etwa zwanzig Kilometer südwestlich der Kreuzung. (Bild.) Es ist eine leere Firvulag-Höhle, schon vor Jahrhunderten verlassen, als die Kleinen Leute sich aus dem südlichen Frankreich zurückzogen.

AIKEN: Ja. Ich sehe sie. Du willst dort mit mir zusammentreffen?

ELIZABETH: Versuche, am fünften vor Sonnenuntergang in der Höhle zu sein. Marc scheint seine D-Sprünge nur des Nachts zu vollführen, wenn die Sonne das Ypsilonfeld am wenigsten stört.

AIKEN: *Sie* wachsen auch des Nachts. Sogar dann, wenn ich unter dem Sigma schlafe.

ELIZABETH: Es wird dir bald besser gehen.

AIKEN: *Bist du sicher?*

ELIZABETH: Nein, das bin ich nicht. Was du gemacht hast – die Subsumtion – ist ohne Beispiel. Aber ich werde mein Bestes tun, um dir zu helfen.

AIKEN: Bitte. Bitte! Versuche alles! Oh Elizabeth sie sind so unheimlich so ungeheuerlich und jetzt ist Das größer als der Rest meines Körpers kontrolliert mich bestraft mich macht mich zu Seinem Sklaven weckt meinen Haß gegen Es weil ich Es benutzt habe ich wußte nicht daß es geschehen würde ich dachte nicht darüber nach warum wie ich es machte …

ELIZABETH: Sag dir, daß es nur eine Halluzination ist. Ein Traum. Keine Wirklichkeit.

AIKEN: Es geschieht nicht meinem Körper?

ELIZABETH: Nein, Lieber. Nimm es nicht so schwer! Warte auf mich in der Höhle! Es wird alles in Ordnung kommen. (Bitte, laß es in Ordnung kommen.)

AIKEN: Ja. Das habe ich mir selbst schon gesagt.
ELIZABETH: Lebewohl, Aiken. (Lebewohl, armes Halbgöttchen, armer mutwilliger Loki, armer priapischer Narr, armer Mentu-Ra mit dem feurigen Phallus, armer Ithyphallikos. Jetzt wissen wir beide, wie schrecklich es ist, dem selbstgewählten Mythos nachzuleben.)

Das Unwetter, das an den Pyrenäen entlangraste, kam in Sicht, kurz nachdem Minanonn alle drei – Elizabeth, Dionket und Creyn – über das Tal der Proto-Aude zur Großen Südstraße getragen hatte. Gewitterwolken bildeten eine lange Reihe vom Golf der Löwen bis hinein in das zornige Abendrot. Ihre in die Stratosphäre reichenden Gipfel waren durchsichtig weiß, ihre Unterseiten von purpurnem Schwarz mit Pinselstrichen in schmutzigem Kupfer an den nach Westen gerichteten Flanken, wo die untergehende Sonne immer noch mürrisch verweilte. Blitze flackerten in ihren Herzen und unterhalb der grauverhangenen Bäuche. Auf dem Flug weiter nach Süden wollte ein leises Donnergrollen gar nicht mehr aufhören.

»Hab keine Angst«, versicherte der frühere Schlachtenmeister Elizabeth. »Wir werden in der Höhle sein, bevor es zu regnen beginnt.«

»Jedenfalls bedeutet es das Ende dieser schrecklichen Hitzewelle«, meinte sie.

»Hat sie dir soviel ausgemacht?« erkundigte Dionket sich überrascht. »Ich fand sie angenehm. Erinnert mich an Duat. Wir hätten nur ein bißchen mehr Feuchtigkeit haben müssen, dann wäre es richtig heimatlich gewesen.«

»Ihr Einwanderer!« amüsierte Creyn sich. »Heimweh nach dem Höllenloch der Ahnen.«

»Unsinn, Junge«, wehrte sich Minanonn. »Auf Duat war es viel angenehmer als auf diesem Planeten. Ein weicher Dunst, der den Glanz der Sonne milderte, niemals diese langen Trockenzeiten und Regenfluten, in denen man fast ertrinkt, für den Rest des Jahres. Auf Duat waren die Niederschläge ziemlich regelmäßig auf das ganze Jahr verteilt. Und die Temperatur fiel selten so stark, daß es kalt wurde, nicht einmal am Aphelium.«

»Er spricht natürlich vom Heimatland der Tanu«, erklärte Dionket. »Wir lebten in der Äquator-Zone, die Firvulag an den Polen, wo die wirklich hohen Berge waren. Grauenhaftes Land, das des Feindes. Ständiger Winter.«

»Überhaupt keine wechselnden Jahreszeiten?« fragte Elizabeth.

»Keine, die der Rede wert waren«, antwortete der Lord Heiler. »Die Achse unseres Planeten hatte nur einen minimalen Neigungswinkel.«

»Eine halsstarrige Welt«, bemerkte Creyn, »wie die Völker, die sie gebar. Glücklicherweise erwiesen sich die Bewohner von Duats Tochterplaneten als flexibler. Sie waren es, die die friedliche galaktische Föderation ins Leben riefen, die sich Duats Versuch – *unserem* Versuch – widersetzten, die alte Kriegsreligion zu neuem Leben zu erwecken.«

»Brede hat mir einiges von eurer Geschichte erzählt.« Elizabeths Blick war auf die Reihe sich auftürmender Gewitterwolken gerichtet. »Waren die Duat-Kolonien zu der Zeit, als ihr ins Exil gingt, die einzigen Planeten in eurer Galaxis, die eine interstellare Soziökonomie besaßen?«

»Die einzigen Planeten«, erklärte Dionket, »aber nicht die einzigen Leute. Da waren die Schiffe.«

»Die Schiffe.« In Elizabeths Stimme schwang Staunen mit. »Sie kommen mir unglaublich vor, obwohl ich Bredes Glasmodell habe. Wie konnten sich hochintelligente Lebensformen in der Leere des Raums entwickeln?«

»Es gibt keine Leere«, sagte der Lord Heiler. »Der Raum zwischen den Sternen ist voll von Materie und Energie. Alle für die Erzeugung von organischem Leben notwendigen Moleküle sind in den Staubwolken vorhanden, die durch die Galaxien treiben. In dieser ebenso wie in der von Duat, die ihre Schwester ist.«

Elizabeth schwieg. Die Luft um sie hatte eine unnatürliche Klarheit angenommen. Ihr war, als könne sie jedes einzelne Blatt der Dschungelbäume, jedes Büschel trockenen Grases zwischen den Rinnen der staubigen Straßen, jeden Stein und jeden Grashüpfer und jede Zistrose am Straßenrand erkennen, auch ohne ihr fernwahrnehmendes Auge zu benutzen. Nach einer Weile sagte sie: »Wir hatten siebenhundertvierundachtzig von Menschen besiedelte Planeten in unserem Milieu, einschließlich der Alten Erde. Wie viele Welten waren Tochter-Kolonien von Duat, als ihr ins Exil gingt?«

»Mehr als elftausendvierhundert«, erwiderte Dionket. »Nach den Verlusten durch den Galaktischen Bürgerkrieg betrug die Gesamtbevölkerung immer noch nahezu einhundertfünfzehn Milliarden.«

»Die Hälfte von der unseres Milieus«, überlegte Elizabeth, »und doch mehr als genug für die Vereinigung zum Galaktischen Geist, hättet ihr euch nicht in die Sackgasse der goldenen Reifen verirrt.«

»Du sagst es.«

Minanonn wandte sich mit einer gewissen schroffen Ungeduld an Elizabeth. »Ich habe einen einfachen Verstand und eigne mich als Lastträger und für andere Aufgaben, die mehr Muskeln als Feinheit erfordern. Trotzdem hoffe ich, du wirst mir eines Tages erklären, was genau diese ›Vereinigung‹ ist – und warum wir Tanu so zu bedauern sind, daß wir sie nicht haben! In unserer Friedensfaktion herrscht ein Kameradschaftsgeist, der sowohl tröstlich als auch stimulierend ist. Kann eure Einheit soviel größer sein?«

»Vielleicht wirst du es selbst herausfinden«, sagte Elizabeth schwach. Ein Bild formte sich in ihren Gedanken, das die drei Tanu aufkeuchen ließ.

»Ein Zeitportal ins Milieu?« fragte Dionket ungläubig.

»Und uns würde erlaubt werden, es zu passieren?« rief Minanonn.

Elizabeth sagte: »Wenn das Portal gebaut und ohne Gefahr für das Milieu in Betrieb genommen werden kann, steht jedem Bewohner des Vielfarbenen Landes das Recht zu, es zu durchschreiten. Ihr wißt, wie skeptisch ich es aufgenommen habe, daß Brede mich ›die wichtigste Frau der Welt‹ nannte. Nun ... in letzter Zeit habe ich mich gefragt, ob sie mich vielleicht in der Rolle der Zeitportal-Hirtin gesehen hat. Bestimmt gäbe das mehr Sinn, als wenn ich bloß die Dirigentin eines Kontinents voller barbarischer Horden und unzufriedener Milieu-Flüchtigen wäre.«

»Du würdest zurückgehen?« fragte Creyn. »Uns führen?«

»Falls es das Richtige zu sein scheint.« Die alte Unsicherheit war in der ausweichenden Antwort deutlich zu spüren.

»Woher willst du das *wissen?*« fragte Creyn.

Elizabeth sagte: »Es ist verfrüht, jetzt schon eingehend darüber nachzudenken. Zu vieles könnte schiefgehen. Vielleicht öffnet sich das Zeitportal niemals – vielleicht kommt der Letzte Krieg über uns! –, wenn wir Aiken nicht helfen können, seine mentale Kraft zurückzugewinnen.«

Minanonn meldete: »Wir nähern uns dem Karawanenlager. Mach uns unsichtbar, damit wir nicht zufällig entdeckt werden, Lord Heiler!«

»Schon geschehen«, sagte Dionket.

Sie überflogen eine Prärie zwischen zwei Flüssen. Da und dort standen offene Wäldchen von Silberblatt-Pappeln und Eschen. Die Mehrzweckfahrzeuge der Nordamerikaner waren in einem ordentlichen Kreis geparkt, umgeben von einer weniger ordentlichen Kollektion von Tanu-Zelten und angebundenen Chalikos.

»Wie ich sehe, sind Bleyns Streitkräfte angekommen«, bemerkte Minanonn. Er fragte Elizabeth: »Kannst du fernwahrnehmen, ob der König da unten anwesend ist?«

Elizabeth benutzte ihre Metafähigkeit. »Er ist fort. Möchtet ihr eine Nahaufnahme der Neuankömmlinge sehen?«

Die beiden Männer stimmten zu. Sie zeigte ihnen eine Gruppe, die sich unter einem großen Wohnzelt versammelt hatte. Das Abendessen wurde aufgetragen. Zwei lange Tische waren mittels eines dichten psychischen Schleiers von den anderen getrennt. Am Kopfende des einen saß ein stämmiger junger Mann Ende Zwanzig, der mit finsterem Gesicht einem schmächtigeren, fuchsgesichtigen Gefährten zuhörte. »Hagen Remillard«, stellte Elizabeth fest. »Abgesehen von dem dunkelblonden Haar und der etwas kleineren Statur hat er eine ziemlich große physische Ähnlichkeit mit seinem Vater. Die mentale Ähnlichkeit ist nicht so stark.« Sie zeigte ihnen Cloud, die den Vorsitz an dem zweiten Tisch hatte, dann die anderen siebenundzwanzig Erwachsenen und die fünf kleinen Kinder.

»Sie sind alle so jung«, sagte Creyn verwundert. »Haben sie außergewöhnliche Gehirne?«

»Ich weiß noch sehr wenig über sie«, sagte Elizabeth, »nur das, was Aiken mir über die Remillards erzählt hat. Was ihre Metafähigkeiten angeht – sie sind alle voll operant, aber von ihren Eltern und den anderen Ex-Rebellen nur unvollkommen ausgebildet worden. Ihrem Erbgut nach repräsentieren sie wahrscheinlich ein breites Spektrum an Talenten. Ich würde mich nicht wundern, wenn die Mehrheit über große Kräfte verfügte. Vergessen wir nicht, daß sie Felice geholfen haben, Gibraltar zu sprengen.«

»Und Tausende von Personen zu ertränken«, setzte Minanonn tonlos hinzu.

Die Tanu studierten die unschuldig wirkenden Speisenden. Ein junger Schwarzer an Clouds Tisch unterhielt seine Gefährten mit einer komischen Geschichte. Eltern wischten Kindern das schmutzige Kinn ab und ermahnten sie, wenn sie die Etikette verletzten. Eine mollige Brünette wurde von ihren Nachbarn aufgezogen, weil sie sich zwei Stücke Calamosk-Torte nahm.

Dionket sagte: »Und die Einheit eures Milieus stellt ein so herrliches Ziel für sie dar, daß selbst so schreckliche Mittel gerechtfertigt erscheinen?«

»Ihre Erziehung«, gab Elizabeth zurück, »kann kaum ideal gewesen sein, vom ethischen Standpunkt aus.«

»Wenn wir Barbaren sind«, murmelte Minanonn, »was sind sie dann?«

»Kinder«, meinte Elizabeth. »Erwachsene Kinder.«

»Und euer Milieu – würde es diese jugendlichen Massenmörder willkommen heißen?« forschte Dionket.

»Es wird jeden Geist aufnehmen, der bereit ist, die Reife zu suchen – was immer ein sehr schmerzhafter Prozeß mit reichlich Gelegenheit zur Buße ist. Und das Milieu wird wissen, wer ernsthaft strebt und wer nicht. Die Einheit kann nicht getäuscht werden ... jetzt nicht mehr.«

Das Lager blieb hinter ihnen zurück. Sie flogen über ein dicht bewaldetes Vorgebirge. Im Westen war der Himmel bis auf die Blitze ganz dunkel geworden. Der Donner hatte sich vom Grollen zum lauten Wummern gesteigert, unterbrochen von dröhnenden Salven. Unregelmäßige Böen zausten die Baumwipfel.

Minanonn zeigte nach vorn und vergrößerte die Ansicht für die anderen. »Die Höhle liegt dort, an der Flanke jenes Hügels. Der Eingang ist gut verborgen.«

Sie senkten sich in den wild schwankenden Dschungel hinab und landeten auf einem Abhang, wo ein Bächlein über moosige Steine floß und verfilzte Lianen von riesigen Süßgummibäumen hingen. Der Spalt im Fels war unauffällig. Sie näherten sich ihm zu Fuß und sahen, daß das Netz einer schönen, schwarz-und-gelben Spinne sich wie ein aus Fäden bestehendes Tor vor dem Eingang spannte. Der Häretiker setzte die Spinne mit seiner PK auf den Boden; sie rannte ins Unterholz. »Die königliche Schildwache«, bemerkte er mit winterlichem Lächeln. »Und ihr müßt zugeben, daß wir vor dem Regen angekommen sind.«

Sie traten in eine Kammer, die mit Geröll und trockenen Blättern verstopft war und keinen Ausgang zu haben schien. Aber Minanonn führte sie zuversichtlich hinein, und am hinteren Ende wandten sie sich scharf in die Finsternis. Ihr Führer hob zwei Finger und erzeugte eine stetige gelbe Flamme. Sie erhellte den Weg in einen sich schlängelnden Gang, so niedrig und eng, daß die Tanu-Männer in unbequem geduckter Haltung gehen mußten. Weiter unten verbreiterte der Tunnel sich, und seine Wände glitzerten von Sickerwasser. Die Luft flutete in einem düsteren Rhythmus hin und zurück und trug einen Geruch nach Metall und Zwiebeln mit sich.

Schließlich erreichten sie eine Sackgasse, wo der dunkle Fels mit roten und orangefarbenen Mineralen dicht geädert war. In die Wand eingefügt war eine Tür aus verfaulendem Holz. Verblaßte Firvulag-Ideogramme waren auf einer gefirnißten Platte, bequem in der Augenhöhe von Zwergen angebracht, kaum noch sichtbar.

Minanonn mußte sich bücken. »Quecksilber-Höhle«, übersetzte er. »Das ist der Ort.« Lauschend neigte er seinen massigen Kopf zur Seite. »Horcht!«

Sie strengten ihre Metasinne an, aber es hatte den Anschein, als liege hinter den zerbröckelnden Planken eine psychische Leere. Nichts war zu hören außer tropfendem Wasser und unter ihren Füßen knirschenden Steinen.

Minanonn legte seine Hand auf die Klinke und ließ seine metapsychische Fackel langsam erlöschen. Ein Flackern drang durch die Ritzen der Tür.

»Halte den Schutzschirm aufrecht, koerzibler Bruder!« warnte Dionket.

Geräuschlos schwang die Tür auf. Sie blickten auf flache Stufen hinunter, die in eine aus dem Fels gehauene Säulenkammer führten. In ihrer Mitte war ein Stück eingesunken und schien mit einem Spiegel von mindestens fünf Metern Kantenlänge ausgelegt zu sein. Licht fiel schräg aus einem Alkoven zur Rechten und warf einen Schatten auf eine ansonsten konturlose graue Wand.

Den Schatten eines Ungeheuers.

Es schwankte hin und her, so daß seine Umrisse sich dauernd veränderten und es unmöglich war, seine wirkliche Größe abzuschätzen. Der Schatten war riesengroß. Der Körper war humanoid, aber grotesk dick mit aufgetriebenem Bauch, vorstehenden Hinterbacken und unpassend schlanken Beinen. Das Wesen hatte gewaltige Brüste mit spitzen Warzen, die es mit besenstieldünnen Armen stützte. Den breiten Schultern entsprangen drei lange Hälse, wie die Körper von Pythonschlangen miteinander verflochten. Die Köpfe waren weniger leicht zu definieren. Einer war vogelartig, ein zweiter löwenartig und ein dritter reptilartig mit vielen Fangzähnen und gespaltener Zunge.

»Große Göttin!« flüsterte Creyn. »Was mag das sein? Diesen Schatten wirft kein Firvulag oder Heuler. Wir würden ihre Aura spüren. Was ... was *macht* es? Tana – läßt es sich einen monströsen Schwanz wachsen?«

»Nein«, sagte Dionket. »Es ist kein Schwanz.«

Ein Geräusch erklang, ein leiser Tierschrei aus drei verschiedenen Kehlen. Er ging in eine Reihe von Grunzlauten über, zu deren Begleitung sich das Wesen wand. Die Zukkungen wurden heftiger, und dabei nahm der Körper weiter an Umfang zu. Etwas Säulenähnliches stieß aus dem Unterleib vor, steif wie ein Baumstamm und fast dreimal so dick wie die Beine. Das Wesen taumelte, aus dem Gleichgewicht gebracht, und das Ding wuchs pulsierend bis auf Schulterhöhe und darüber hinaus. Vergeblich bemühten sich die

Spinnenhände, es zu stützen. Das Rückgrat krümmte sich, und die drei sich verrenkenden Köpfe heulten ein dämonisches Terzett. Die Knie knickten ein. Der Schattenkörper lehnte sich über seine Fersen zurück, mit immer noch pumpenden Hüften. Die Brüste reckten sich gegen die Decke der Steinkammer hoch, ebenso das überwältigende Glied, das länger geworden war als der ganze übrige Körper. Die Tierschreie wurden ohrenbetäubend, als die Schattenorgane ihr größtes Ausmaß erreichten. Und dann ging das Bild in einem dreifachen Aufflammen von blendendem weißen Licht unter. Ein verebbendes Stöhnen in drei Klangfarben hallte von Säule zu Säule wider. Der Schatten war verschwunden. Die Kammer war dunkel bis auf ein goldenes Flackern. Es kam bestimmt aus der Richtung des ursprünglich hellen Lichts.

»Eine Chimäre«, flüsterte Elizabeth. »Kommt!« Und sie eilte die Stufen hinunter.

Paß auf! riefen Minanonns Gedanken. Er warf einen mentalen Schild vor sie. Aber sie drehte sich um und schüttelte den Kopf. Der riesige Koerzierer ließ seine Barriere fallen. Er und seine Gefährten hielten sich dicht nebeneinander und bildeten einen schützenden Kordon um die Frau. Elizabeth durchquerte schnell die Kammer, ging an dem großen, versenkten Spiegel vorbei und betrat den Alkoven auf der rechten Seite. Es herrschte völlige Stille bis auf das Geräusch ihrer Schritte. Der Äther war leer.

Sie betraten den Nebenraum und fanden eine meta-aktivierte Juwelenlampe, trübe wie ein sterbendes Holzfeuer, auf dem Boden stehen. Davor lag mit dem Gesicht nach unten Aiken Drum. Sein Körper war normal, auch sein Gesicht, das er ihnen zuwandte. Seine Augen standen offen, und er atmete durch leicht geöffnete Lippen.

Er hatte seinen goldenen Wetteranzug getragen. Das starke Leder war an jeder Naht aufgeplatzt und lag in Fetzen auf seiner blassen Haut.

Elizabeth kniete neben ihm nieder, entfernte die Überreste der mit einem Helmschmuck versehenen Kapuze und berührte Aikens Wange. Ein ganz schwaches Lächeln erschien.

»Du bist gekommen«, sagte er. »Jetzt wird alles gut werden.«

Aiken träumte.

Er stand auf dem Spiegel, der sich von Horizont zu Horizont erstreckte. An dem Nachthimmel über ihm funkelte der Sagittarius-Arm der Milchstraße, wie man ihn von seinem Heimatplaneten Dalriada aus sah. Niederblickend, sah er die Spiegelbilder der Sterne, seinen eigenen nackten Körper und sein verwundertes Gesicht, und als er über die Schulter spähte ...

Mit einem erschreckten Ausruf richtete er die Augen nach oben und hinter sich. Nichts. Niemand. Aber als er den Blick wieder senkte, waren die beiden zurück, ernst und etwas mißbilligend in ihrem Ausdruck.

Ein Mann und eine Frau, die er nie zuvor gesehen hatte. Er dunkelhaarig, mit zupackenden schwarzen Augen, einer vorspringenden Nase und einem zu einer festen Linie zusammengepreßten Mund. Sie mit dunkelrotem krausen Haar, einer hohen Stirn und feinen, regelmäßigen Zügen, zu streng, um schön zu sein.

»Wo seid ihr gewesen?« schalt er sie. Sie tauschten Blicke, betrachteten dann ihn mit kurzem zweifelnden Lächeln und verschwanden. Bitterer Groll stieg in ihm auf. Er hörte irgendein kleines Tier schreien und den spottenden Singsang von Kindern und seine eigene mächtige Erwachsenen-Stimme, die bösartige Obszönitäten brüllte.

Unter seinen Füßen wogte der Spiegel wie Quecksilber, wurde flüssig. Er sank in ihn ein und fand sich inmitten einer ganz normalen Landschaft wieder: kurzes Gras mit ein paar verstreuten Blumen, einen Steinwurf entfernt der Rand eines Waldes ...

Er bückte sich und wollte einen Stein zum Werfen aufheben. Auf der glatten weißen Oberfläche stand geschrieben:

ICH WAR NICHT, ICH WURDE.
ICH WAR, ICH BIN NICHT: DAS IST ALLES.
UND WER MEHR SAGT, LÜGT.
ICH WERDE NICHT SEIN.

Es lag eine ganze Reihe von Steinen da, halb im Gras verborgen. Er hob einen anderen auf, aber auf dem stand nichts. Er zögerte, legte beide Steine an ihren Platz zurück und betrachtete die Reihe voller Unbehagen. Sie schien eine Grenze zu markieren, eine Grenze, die zu überschreiten außerordentlich gefährlich sein mochte. Auf die Steine und seine eigenen Füße starrend, entdeckte er, daß er seine guten alten goldenen Stiefel mit den verschiedenen Fächern und seinen Anzug mit den vielen Taschen trug, von denen jede einen Gegenstand barg, der einem vorsichtigen Reisenden von Nutzen sein konnte.

»Zum Teufel, warum nicht?« fragte er sich selbst keck und trat über die Grenze, wieder voller Selbstvertrauen.

Er schwamm um sein Leben.

Salzwasser füllte seinen Mund und seine Nase und erstickte ihn. Er kämpfte sich nach oben auf ein grünes Licht zu, das immer goldener wurde. Er brach an die Oberfläche durch, hustend und würgend, so schwach, daß ihm klar war, gleich würde er von neuem untergehen.

Aber etwas hüpfte in seiner Nähe und kam auf ihn zu. Er sah, daß es ein Kessel war, seine Rettung, und er trat schwach mit den Füßen und schlug das Wasser mit den Händen. Auf diese Weise schwamm er ein paar Züge und faßte nach einem der Henkel oberhalb des niedrigen Kesselrandes.

Ein Drache erhob sich aus dem Innern und stieß nach ihm. Seine Fänge verfehlten Aikens tastende Hand nur knapp. Ein Tropfen fliegenden Gifts traf ihn ins linke Auge. Er schrie vor brennendem Schmerz und sank zurück. Sofort verging die Qual. Er entspannte sich und ließ sich in dem warmen, dunkler werdenden Wasser treiben ... in dem Wasser, das Tod bedeutete.

Nein! schrie er. Die Wut elektrisierte ihn. Der Schmerz kehrte zurück. Er brach an die Luft durch und fand sich neben dem goldenen Kral wieder. Aber als Mercy diesmal mit offenem Maul nach ihm schlug, packte er sie und drückte den Hals des Drachens zusammen und schmetterte die Fänge gegen den Rand, bis das Reptil zerbrochen und blutig war. Dann kletterte er ungefährdet in das Gefäß.

Mayvar die Hexe beugte sich über ihn und küßte das verbrannte blinde Auge. Sofort war es geheilt. Dann nahm sie ihn auf den Schoß und säugte ihn. Das Baby kuschelte sich an, endlich zufrieden, und trank und schlief.

Er stand auf einer Ebene aus glitzerndem Salz und trug seine goldglänzende Rüstung.

Der Gegner war nirgends zu sehen. Dieser Feigling! Wo versteckte er sich? Warum kam er nicht heraus und kämpfte?

Aiken faßte seinen Photonen-Speer fester und suchte das gleißende flache Land mit zusammengekniffenen Augen ab. Ein Schatten raste auf ihn zu. Er blickte auf, in die Sonne.

Der goldene Adler fuhr mit ausgestreckten Klauen hernieder, genau auf sein Gesicht zu. Aikens Visier war offen, und er kreischte, als die Klauen sein rechtes Auge auskratzten und der Vogel einen schrillen Triumphschrei ausstieß. Aiken fiel schwer auf den Rücken. Blut sprudelte aus seiner Augenhöhle, und der Himmel war rot, ebenso die gnadenlose Sonne. Er wußte, er würde dort liegen, halb blind und ausgedörrt, bis er starb. Der Adler schwang sich außer Reichweite, und Aiken briet hilflos in seiner Rüstung.

Aber er hatte immer noch den Speer.

Mit letzter Kraft hob er die Glaslanze, stellte sie auf die höchste Energiestufe ein und schoß der Sonnenscheibe ins Gesicht. Licht ertränkte Licht. Der patriarchalische Vogel fiel aus einem Himmel, der sich plötzlich in Indigo verwandelt hatte. Als er auf dem Salz aufschlug, wurde er zu einem Mann in einer matt gewordenen Glasrüstung, der ein zerbrochenes Schwert hielt.

In Todespein schob sich Aiken Zoll für Zoll auf den unbeweglichen Körper des Schlachtenmeisters zu und fühlte sein eigenes Leben durch die zerrissene Augehöhle versikkern. Er griff mit zitternder Hand nach dem geborstenen Helm seines Feindes und öffnete ihn.

Das Gesicht darin war das Stein Olesons.

Mit schwindelndem Kopf brach Aiken über der Brust des titanischen Ritters zusammen. Unter dem Glas-Küraß mit dem Sonnengesicht-Emblem schlug das Herz immer noch. Erstaunt, von neuer Kraft erfüllt zog Aiken sich in die Höhe.

Er sah, daß der Riese lächelte. Seine behandschuhte linke Hand hob sich, bot ihm das zerbrochene Schwert in der Geste des Treueeids. Aiken nahm es und fühlte das Leben zurückfluten. Seine Sicht klärte sich. Er beugte sich über den sterbenden Mann und küßte ihn auf den Mund.

Es war tiefe Nacht auf dem Spiegel.

Aus dem Quecksilber-Teich kam der dreiköpfige Hermaphrodit und zog sich auf das schimmernde Ufer. Die Chimäre war keine bedrohliche Monstrosität mehr. Zwar war sie immer noch sowohl männlich als auch weiblich, aber die körperlichen Entstellungen waren verschwunden und die Glieder gut proportioniert. Sie stand aufgerichtet im Sternenlicht, anmutig und hochgewachsen. Der mittlere Löwenkopf war hocherhoben und stolz; der Drache und der Adler wandten sich ihm mit leicht gebeugtem Hals zu. Das Leuchten des Sagittarius-Arms gab ihm ein Spiegelbild – keinen Schatten –, das sich über den ganzen Quecksilber-Teich erstreckte. Aiken sah, daß er es selbst war.

»Aber was *bedeutet* es?« rief er etwas gereizt aus.

»Du bist geboren«, sagte Elizabeth.

Darüber dachte er eine Weile nach. »Auf Dalriada hat man mich einen Psychopathen genannt.«

»Du warst einer. Eine leidende Seele. Unvollständig. Des Eros ermangelnd. Eine Mißgeburt und ein Krüppel, fast unvermeidlich verdammt. Du warst intelligent und charmant und ganz und gar egozentrisch. Es war dir unmöglich, jemand anders als dich selbst zu lieben, obwohl du Interesse vortäuschen konntest, wenn es deinen Zwecken dienlich war.«

»Man wollte mich einsperren – oder töten!«

»Du stelltest eine Bedrohung dar, eine Verantwortung für eine strukturierte Gesellschaft. Du rettetest dich, indem du hierher kamst. Dein silberner Reif lenkte die fehlgeleiteten psychischen Energien in neue Kanäle. Du gewannst neues Selbstvertrauen und fingst an, dich zu ändern, als du sahst, daß du fähig warst, echte Macht auszuüben.«

»Im Milieu wäre das unmöglich gewesen.«

»Dort paßte dein Ehrgeiz nirgends hin. Dies Vielfarbene Land ist eine einfachere Welt. Hier warst du sogar imstande zu lieben. Und du wagtest zweimal, es selbstlos zu tun. Du erreichtest eine Art mentaler Integration. Aber das war nicht genug. Nicht für dich! Du wurdest zu Mercy hingezogen und getrieben, Nodonn herauszufordern. Du wolltest mehr sein als ein mächtiger, erfolgreicher Mensch: Du wolltest König sein. Und deshalb zog es dich zu zwei außergewöhnlichen Persönlichkeiten – und du subsumiertest ihre Attribute in einem Versuch, deinen Ehrgeiz zu befriedigen. Vor der Subsumtion wußtest du, daß du unzulänglich warst.«

»Aber ich machte ihnen vor, ich sei es nicht!«

»Ja. Nur dich selbst konntest du nicht betrügen. Sieh dir die illusorischen Körper an, die du getragen hast: Schmetterling, Libelle, Ziegenmelker, goldener Falke. Jedes Tier stärker als das vorhergehende, aber immer geflügelt, flüchtig. Du spieltest den König nur, warst königlich, ohne edel zu sein. Du warst kein König von Geburt.«

»Der Hahn auf dem Misthaufen.«

»Mit dem Ehrgeiz, eine Welt zu beherrschen ... Deshalb begingst du diese Ungeheuerlichkeit: Ungeachtet der Lebensgefahr subsumiertest du genau die Metafähigkeiten, die den wahren König auszeichnen. Du warst wie ein Mann, der in einem schönen großen Haus lebt, sich aber nach einem Palast sehnt. Eines Tages erfüllt sich sein Traum, das notwendige Baumaterial wird geliefert ...«

»Begräbt das ursprüngliche Haus unter sich und zerstört es beinahe! Ich verstehe.«

»An dieser Redigierung hast du das meiste selbst getan. Dionket und Creyn und ich halfen dir – ich leitete und sie stützten –, aber die psychischen Einsichten, die jetzt ein solides Fundament bilden, sind deine eigenen. Dein Palast ist alles andere als fertig, doch nun hast du die Pläne für den Bau und die Mittel, die Einzelteile zu einem harmonischen Ganzen zusammenzufügen.«

»Wie lange wird die Fertigstellung dauern?«

»Es mag Jahre erfordern oder in einem Augenblick geschehen.«

»Bete um letzteres, Baby, um unser aller willen! – Da ist noch etwas, das ich nicht verstehe. Warum ein *Löwe?*«

»Du mußt selbst herausfinden, was das in deiner Psyche

bedeutet, Aiken. Der Löwe ist ein königliches Tier – aber er hat keine Schwingen. Manchmal frißt er seine eigenen Jungen – und manchmal verteidigt er den Stolz bis zum Tod.«

»Du meinst, ich kann es *immer noch* versauen.«

»Du bist ein menschliches Wesen, Lieber, und du hast immer noch viele Entscheidungen zu treffen. Zweifellos kannst du versagen. Der Archetypus des Trickbetrügers ist nicht alltäglich. Vielleicht ist das ganz gut! Weißt du, der Trickbetrüger ist eine Person, die wir gleichzeitig bewundern und fürchten. Wir wissen, er kann zuschlagen und fortlaufen – uns zu seinen Opfern machen. Aber er hat auch die erlösende Gabe des Lachens, das uns inmitten der Schmerzen des Lebens ausharren läßt. Er nimmt unseren Schmerz auf sich, wie ein großer Psychologe einmal gesagt hat. Und das mag dir helfen zu verstehen, wo das Löwenbild hinpaßt. Wenn du es als integralen Bestandteil deiner selbst akzeptierst, wirst du nicht länger der flüchtige Merkur sein, der umherschießt, wie der Geist es will. Du wirst auf etwas von dem Lachen verzichten und bei der Verteidigung des Stolzes Schmerzen erleiden, vielleicht sogar dein Leben hingeben müssen.«

»Ha! Die Hyänen sollen sich vorsehen!«

Elizabeth mußte lachen. »Oh, mein Lieber. Zeig es ihnen, Hermes Trismegistos – dreifach mächtiger Führer!«

»Darauf kannst du dich verlassen«, sagte der König.

ENDE DES ERSTEN TEILS

Zweiter Teil

Die Konvergenz

1

In den ersten vier Jahren ihres Exils, als die Rebellen noch voller Entschlossenheit waren und ihr Optimismus solche Wogen schlug, daß einige der Ocala-Siedler es wagten, Kinder in die Welt zu setzen, stand eine auf ihre Zwecke zugeschnittene Technik bei ihnen hoch im Kurs. Sie hatten es wirklich nicht notwendig, zu einem primitiven Leben zurückzukehren, denn die früheren Wissenschaftler, Militärs und Planeten-Administratoren hatten eine große Auswahl an Milieu-Geräten mitgebracht. Trotzdem kam das einfache Handwerk wieder zu Ehren, als sie daran arbeiteten, ihre Insel in eine Heimat zu verwandeln. Sobald sie sich von ihren mentalen und physischen Wunden erholt hatten, entwickelten die meisten Rebellen eine oder mehrere Grenzland-Fertigkeiten.

Für Walter Saastamoinen, einstmals unter Ragnar Gathen stellvertretender Kommandeur der Sternenflotte (Strategie), stand von vornherein fest, welchen Beruf er ergreifen wollte. Er widmete sich dem Geschäft seiner Vorfahren – dem Schiffsbau. Mit der Hilfe von Roy Marchand, seinem früheren Adjutanten, und einem Dutzend anderen (plus den vollständigen Daten, die die Computer-Bibliothek lieferte) baute Walter ein siebzig Meter langes, viermastiges Segelschiff, das zum wichtigsten Transportmittel für die Kolonie wurde. Von Mineralen bis zu Megahippus-Pferden von den Antillen und dem nord- und südamerikanischen Festland beförderte es alles nach Ocalas erster Siedlung am Kopf der Manchineel-Bucht.

Das Schiff wurde ›Kyllikki‹ genannt, nach einer Zauberin in einem finnischen Epos, und seine Linien glichen denen der alten Pazifik-Holzfrachter, geräumig, aber elegant. Es trug eine blonde Hexe als Gallionsfigur, ein langes Bugspriet, hatte einen Mastenkran und einen hochgezogenen Stern. Ihre Masten, die Stämme großer Langblatt-Kiefern aus den jungfräulichen Wäldern Georgias, erhoben sich fünfunddreißig Meter über das Deck aus schwarzem Mahagoni und hatten einen sportlichen Fall.

Als der Zeitpunkt gekommen war, die Kyllikki zu takeln, wollten Walters Mitarbeiter, voll von romantischen Phantasien über legendäre Windjammer, sie mit einem vollständigen Satz an Rahsegeln ausrüsten. Der Schiffsbauer wies darauf hin, daß das eine große Besatzung aus Männern erfordere, die behende und furchtlos genug seien, bei jedem Wetter in die Wanten aufzuentern – auch bei den heftigen Böen und viel zu häufigen Hurrikans, die die Gewässer von Florida heimsuchten. Eine Takelung über die ganze Schiffslänge sei zwar nicht so spektakulär und man erziele damit nicht ganz die gleiche Geschwindigkeit, aber sie könne von Deck aus bedient werden, sogar von Anfängern. Außerdem biete sich für das Setzen und Einholen der Segel die Installation von Motorwinden und vollautomatischen Reffmaschinen an. Da Walters Vorschlag praktischer und er als Koerzierer den anderen überlegen war, setzte er sich durch.

Als der Reiz einfacher Handwerksarbeit verblaßte und es auf Ocala zu einem kurzen Spurt in hochentwickelten Fertigungstechniken kam, erhielt die Kyllikki einen mit Sonnenenergie betriebenen Hilfsmotor, der ein Paar einziehbarer zykloidischer Flügelrad-Rotoren antrieb, ähnlich denen der Mehrzweckfahrzeuge, die die Rebellen aus dem Milieu mitgebracht hatten. Sie machte weite Fahrten, um den Bedarf nach exotischen Rohmaterialien zu befriedigen, sie diente eine Zeitlang sogar als schwimmende Bohrplattform und als Pumpstation für den großen Seewasser-Ionen-Konzentrator. Die Jahre wurden zu Jahrzehnten, und immer mehr der früheren Rebellen sahen Marcs Sternensuche als sinnlos an. Da versandeten die ehrgeizigen Bemühungen, und die Kyllikki wurde von der schleichenden Krankheit insofern betroffen, als man sie in ein Vergnügungsboot für gelangweilte Degenerierte umwandelte. Sie jagte Wale die Mississippi-Bucht hinauf, trug nostalgische Touristen ins Neuengland des Pliozän, diente als Basis für Tauch-Expeditionen entlang der südamerikanischen Küste, transportierte wilde Tiere auf die Jagdreservat-Insel in den Bermoothes und nahm an dem katastrophalen Unternehmen teil, in Costa

Rica einen Vulkan wachzukitzeln. Am denkwürdigsten war die abenteuerliche Fahrt einer großen Gruppe von Rebellen und ihrer erwachsenen Kinder zu den antarktischen Inseln. Walters Frau Solange Forester gehörte zu den mehr als zwanzig Personen, die sich entschieden, ihr Leben in dem »reinen weißen Schweigen« des gletschergekrönten Südens zu beenden.

Als Walter nach Florida zurückkehrte, schenkte er die Kyllikki seinem Sohn Veikko und zog sich in den Alkohol zurück. Der junge Mann machte jedoch kaum Gebrauch von dem Riesenspielzeug, und als die Kinder der Rebellion planten, von Ocala zu fliehen, war Veikko insgeheim froh über Hagens Befehl, den Schoner anzubohren. Er brachte ihn ins Sun Key Hole mit der Absicht, ihn in achtzig Faden Tiefe zu versenken. Dann dachte er an die Fracht von Erinnerungen, die die Kyllikki trug, die liebende Fürsorge, die Walter ihr in seinen seltenen nüchternen Stunden immer noch erwies, und seine weinseligen Beteuerungen, er werde ein neues Leben anfangen und sie dann alle wieder mit auf große Fahrt nehmen. Veikko führte das Schiff nach Ocala zurück und öffnete auf der Ostseite der Manchineel-Bucht seine Flutventile, so daß es in seichtem Wasser weich auf Korallensand lag und seine hohen Masten bei Ebbe gerade noch von Wasser bedeckt waren.

Aus diesem unzulänglichen Grab wurde die Kyllikki von Marc Remillard befreit. Er stattete sie neu aus und bereitete sie für die Strafexpedition nach Europa vor. Von der ganzen buntscheckigen kleinen Segelflotte Ocalas war nur der Frachtraum der Kyllikki groß genug, um die Installierung von Marcs gehirnverstärkendem Apparat zu ermöglichen. Sie war ein Schlüsselfaktor in seinen Plänen, ebenso wie ihr Kapitän.

Walter, von Jeff Steinbrenner mit grausamer Tüchtigkeit rehabilitiert, weinte, als er den Schoner zum letzten Mal aus der Manchineel-Bucht steuerte, hinein in den Golfstrom auf dem Böses verheißenden Weg nach Osten. Seine Mit-Rebellen hielten es für ein tiefes Gefühl und waren gerührt. Sie ließen es sich nicht einfallen, in einem solchen Augenblick seine Gedanken zu erforschen. Andernfalls hätten sie gehört, wie sein Herz die flüchtige jüngere Generation auf der anderen Seite des Atlantik rief. Walters telepathische Kräfte waren zu schwach, um sie zu erreichen, aber trotzdem versuchte er, ihnen eine Warnung zusammen mit bitteren Vorwürfen zuzusenden:

Wenn ihr nur den Mut gehabt hättet, das Schiff zu töten! Wenn ihr nur getan hättet, wozu mir jetzt der Mumm fehlt! Dann hätte euer Traum eine Chance auf Erfolg gehabt ... Aber jetzt kommen wir euch auf der Kyllikki nach. Wir werden euch daran hindern, das Zeitportal zu öffnen. Marc sagt, ihr Kinder könnt auf friedliche Weise zurückgehalten werden, aber die meisten von uns fürchten das Schlimmste. Lauf fort, Veikko! Nimm Irena mit und jeden, der hören will! Versteck dich! Nimm dich in acht! Denn die Kyllikki kommt, und sie trägt den Tod.

Die Seelenqualen des Kapitäns blieben von den anderen zweiundvierzig Leuten an Bord unbemerkt. Für die meisten war die erste Woche der Reise eine Zeit der Muße und Ruhe, eine Chance, sich von den hektischen Wochen der Vorbereitung und dem Losreißen der Wurzeln zu erholen. Es war eine Zeit, die Furcht zu leugnen und erneute Zweifel zu ersticken. Walters Crew hatte mit dem Durchchecken zu tun. Die Passagiere dagegen dösten auf Deck in der Sonne, beobachteten am Stern die fliegenden Fische in der sahnigen Kielspur oder hockten unter einem kobaltblauen Himmel in einem der Krähennester, während Fregattenvögel über ihnen dahinzogen und eine steife Brise die Segel prall spannte. In diesen kurzen idyllischen Tagen versuchten die müden alten Rebellen, ihre Gehirne von allen Gedanken freizuhalten – das Denken überließen sie Marc und den zehn überlebenden Magnaten, die seine intimen Freunde waren. Statt dessen verbanden sie sich mit der Wesenheit, die lebendiger zu sein schien als jeder von ihnen: mit dem großen Schiff, das wacker die Wellen des funkelnden Ozeans durchschnitt.

Am 7. September, als sie sich etwas über 400 Kilometer südwestlich von Bermuda befanden, frischte der Wind auf, und der Himmel wurde bleigrau. Die Kyllikki stürmte mit gerefften Segeln durch immer höhere Wogen. Die Passagiere blieben unter Deck und achteten wenig auf Walters Versicherung, es stehe kein wirklich schweres Wetter bevor, nur eine Kette von geringfügigen tropischen Störungen. In Abständen wurde die See kabbelig, der Schoner stieß, hämmerte und zitterte, und es herrschte eine niedergeschlagene Stimmung vor. Dann gab es Gewitter – und Reizbarkeit. Wenn die Sonne sich herabließ zu scheinen, hob sich das Meer in großen, schwindelerregenden Wellen, der Wind wehte stoßweise und sprang oft um. Der Prolog zu einer echten Katastrophe war ein Beinahe-Sturm unter trüben Wolkenfetzen, der Rest eines sterbenden Hurrikans, vor dem die Kyllikki sich bäumte und ausschlug und sich weit überlegte.

Diejenigen Passagiere, die nicht der Seekrankheit zum Opfer fielen, reagierten mit Lethargie und Gereiztheit auf das ständige Eingesperrtsein, das heftige Schaukeln und vor allem den Lärm. Holz knarrte und ächzte, Windenmotoren kreischten beim Umsetzen der Segel, laufende Brecher zischten am Rumpf entlang, der Wind heulte, der Hilfsmotor, der die Rotoren antrieb, sprang an und verreckte, während Ragnar und die Ingenieure nach einer unverständlichen Fehlfunktion suchten, und die Masten, die Sparren und die Takelage des großen Schiffes vibrierten in hundert unharmonischen Tönen. Es war, als habe sich die Zauberbarke der ersten Woche in eine schwimmende Folterkammer verwandelt. Als die vierte Nacht des schlechten Wetters anbrach, fiel das Barometer der Moral an Bord der Kyllikki auf seinen Tiefstpunkt.

Patricia Castellane saß allein in dem großen Salon, aus dem alle anderen entflohen waren. Das Abendessen, falls sie eins wünschte, würde aus Resten bestehen. Alonzo Jarrow und Charisse Buckmaster lagen beide mit mal de mer darnieder, und niemand hatte sich erboten, ihre kulinarischen Pflichten zu übernehmen. Patricia kam zu dem Schluß, sie habe keinen Hunger. Sie versuchte, sich einen Drei-D-Film von Wagners ›Fliegendem Holländer‹ anzusehen, aber bei seinen stürmischen Kadenzen wurde ihr nur noch übler. Deshalb drehte sie die Lampen niedrig, machte es sich in einem kardanisch aufgehängten Sessel bequem, las einen klassischen Thriller von Desmond Bagley und trank heißen gebutterten Rum. Das Schiff krängte weit nach Steuerbord, so daß die Bullaugen auf dieser Seite ganz unter Wasser waren. Patricia konnte die phosphoreszierende Gischt vor dem dicken Glas vorbeiwirbeln sehen. Dieser Anblick und die Mischung von Geräuschen waren so hypnotisch, daß sie einschlief – nur um voll wach hochzufahren, als jemand ihre Schulter faßte und eine telepathische Stimme drängte:

Pat! Wach auf – wir brauchen deine Hilfe!

Es war Cordelia Warshaw. Sie sah wie ein nasses, schmutziges ältliches Kind in dem ihr drei Nummern zu großen Ölzeug aus. Bei ihr war Steve Vanier, ein früherer Taktik-Analytiker, jetzt Walter Saastamoinens zweiter Maat. Sein Geist war fest verschlossen wie eine Auster, und sein Gesicht war in einer Grimasse von Schmerz und Wut verzerrt. Er drückte das rechte Handgelenk mit der linken Hand gegen die Brust. Blut tröpfelte vorn an seinem Mantel hinunter und färbte die frische Wasserpfütze auf dem Salon-Teppich.

»Das war Helayne Strangford«, berichtete Cordelia und warf Patricia eine wetterfeste Jacke und einen Südwester zu. »Sie hatte ein Messer, und sie kam auf die Brücke und griff Steve am Ruder an.«

»Sie muß es geschafft haben, irgendein Rauschgift an Bord zu schmuggeln, diese Verrückte«, sagte Steve. »Walter wehrte sie ab. Sie schrie etwas in dem Sinn, sie müsse die Kinder retten. Wollte einen Schiffbruch herbeiführen.«

»O Gott«, sagte Patricia.

Cordelia fuhr fort: »Jetzt ist sie ins Krähennest des Besanmasts hinaufgeklettert und sagt, sie wird springen. Du weißt, eine wie starke Koerziererin sie ist. Ich glaube nicht, daß es uns gelingen wird, sie aufzuhalten. Versuchten, die anderen Magnaten zu Hilfe zu rufen, aber nur Steinbrenner antwortete.«

»Und der nützt uns einen Scheißdreck«, murmelte Steve. Er hatte hinter der Bar herumgestöbert und nahm jetzt einen großen Schluck Wodka gleich aus der Flasche. »Ah, Jesus – das hilft.«

»Ruf Marc!« sagte Patricia.

Cordelia gab ein trillerndes kleines Lachen von sich. »Wie üblich ist er fort. Bevor er das D-Springen lernte, ist nur sein Geist umhergewandert. Jetzt verläßt er uns mit Leib *und* Seele!«

Steve ergänzte: »Gleich als Strangford angestürmt kam, hat Walter versucht, Marc zu wecken. Kramer sagt, er ist schon länger als zwei Stunden weg.«

»Ich werde sehen, was ich tun kann«, versprach Patricia.

»Und du gehst in die Krankenstation«, wandte Cordelia sich an Steve. »Rüttle diese verdammten Keoghs aus diesem oder jenem siebten Himmel, in dem sie schweben. Erzähle ihnen, was Steinbrenner über möglicherweise durchtrennte Sehnen in deinem Handgelenk gesagt hat.«

Immer noch die Flasche im Arm, taumelte der Maat in den nach vorn führenden Gang, während die beiden Frauen nach achtern eilten. Alle Kabinentüren waren geschlossen, und dieser Teil des Schiffes schien verlassen zu sein. Sich gegen die starke Krängung stemmend, erreichten sie den umgebauten Frachtraum, der die Einrichtungen für die gehirnverstärkende Apparatur und ihre Hilfsgeräte enthielt. Die Panzertür, die allein Zugang gewährte, war von der anderen Seite fest verschlossen. Patricia durchdrang das Metall mit ihrer fernsprechenden Stimme.

Jordy! Gerrit! Ich bin es, Pat. Laßt mich ein! Notfall!

Cordelia zog eine große Taschenlampe aus der Tasche ihres Ölzeugs und ballerte damit gegen die Tür. Ein vorsichtiger fernwahrnehmender Schimmer stahl sich nach einigen Augenblicken heraus und flackerte über sie hin. Dann hörte man ein Klicken, und widerwillig öffnete die Tür sich einen Spalt. Jordan Kramer lugte hindurch, das Gesicht wie eine Gewitterwolke.

»Zum Teufel, was ist los? Marc hat den Planeten verlassen, und wir sind beim Überwachen der Stasis an einem kniffligen Punkt ...«

Patricia schob ihm das mentale Bild zu. »Helayne ist los. Wir brauchen Marc.«

Kramer stöhnte. »Zur Hölle mit dieser Frau! Wenn wir ihren Input nicht so notwendig für das offensive Metakonzert brauchten, würde ich sagen, laßt sie springen!«

»Kannst du Marc zurückholen?« drängte Patricia.

»Ausgeschlossen. Er ist jetzt unabhängig. Der Gummiband-Effekt ist endlich neutralisiert. Es läßt sich nicht sagen, wann er zurückkehren wird. Warum ruft ihr nicht die anderen Koerzierer für ein Konzert zusammen?«

»Jeder einzelne ist seekrank oder im Tiefschlaf oder sonstwie außer Gefecht«, erwiderte Cordelia. »Die von uns, die oben waren, als Helayne zum Berserker wurde, erhielten auf einen Ruf an alle so gut wie keine Antwort. Steinbrenner kam und Bum-Bum Laroche. Außer ihnen sind da noch Walter und Roy und Nannie Fox, die mit mir und Steve Wache hatte – und nun auch Pat.«

Kramer blickte gehetzt drein. »Also, van Wyk und ich können gar nichts tun. Keiner von uns beiden ist Koerzierer, und wir müssen die Geräte überwachen.« Er wollte die Tür schließen.

»Dann gib uns Manion!« verlangte Patricia. »Wenn wir ihm den Dozilisierer abnehmen, wird seine PK wahrscheinlich stark genug sein, um Helayne gegen ihren Willen festzuhalten.«

»Um nichts in der Welt!« rief Kramer. »Wir behalten den Schurken mit geknebeltem Gehirn hier drinnen, bis Marc sicher zu Hause ist. Ihn hinauslassen? – Gott – dann wären zwei Verrückte los statt bloß einer!«

Obwohl sie wußte, es war hoffnungslos, flehte Patricia: »Alex würde Helayne helfen wollen. Du weißt, sie waren einmal ...«

»O ja, das weiß ich genau«, erklärte der Psychophysiker. »Und ich weiß auch, was geschehen würde, nachdem Manion seiner alten Flamme seinen Dozilisierer aufgesetzt hätte. Er würde euch alle ausschalten, den Generator in Stücke schlagen und Marc im grauen Limbo stranden lassen!« Die Tür knallte zu.

Ohne weitere Zeit zu verschwenden, drehten die beiden Frauen sich um und rannten nach der Kajütentreppe. An Deck hatte der Regen aufgehört, und ab und zu war die Mondsichel durch zerfetzte Wolken sichtbar. Schwarze

Wellen mit schimmernden Kämmen sprangen und streckten sich chaotisch unter dem sterbenden Wind. Walter, Roy Marchand und Nanomea Fox hatten sich am Fuß des Besanmastes, der sich aus dem niedrigen Heckaufbau erhob, zusammengeschart. Abseits von ihnen klammerten sich Jeff Steinbrenner und Guy Laroche an die Reling. Nanomea hielt einen Punktscheinwerfer auf das wild schaukelnde Krähennest gerichtet. Roy trug ein Lähmgewehr, und Laroche hatte sich einen Laser-Karabiner über die Schulter geworfen.

Cordelia sagte: Hier ist Pat. Sie ist die einzige, die zur Hilfe bereit war.

Walter sagte: Helayne ist noch da oben, aber sie duckt sich außer Sicht.

Patricia sagte: Keine Chance Betäubung?

Roy sagte: Mast schwankt zu sehr außerdem ihre Kreativität genügender Schirm. Bum-Bum erschießt sie mit Laser wenn sie droht ...

Patricia sagte: Negativ negativ! Wir BRAUCHEN Helayne! Ich leite Metakonzert okay?

Die anderen sagten: In Ordnung.

Patricia sagte: Fertig – KOMMT HEREIN!

Ihre Gehirne verbanden sich, folgten der Führung der einstmaligen Dirigentin von Okanagon. Die kombinierte koerzible Fähigkeit faßte nach dem verrückten Geist hoch oben und schloß ihn in ein Netz aus mentaler Energie ein. Es zog sich zusammen ...

Alle schrien. Ein überwältigender Stoß zerfetzte das Metakonzert wie eine weißglühende Klinge. Hoch in der Luft beugte sich ein geisterhaftes Gesicht über den Rand des Krähennestes. Helayne Strangfords telepathisches Gelächter dröhnte in ihren Gehirnen.

Patricia sagte: Wir wollen dir helfen Helayne. Bitte komm herunter!

ERsollmichbittenwarumistERnichtgekommenwoversteckt ERsichichlassenichtzudaßERKindernschadet ...

Patricia sagte: Marc will den Kindern doch nicht schaden.

Anderewollenes! DUstahläugigesMetaGroupie! DUhübscheOmaCordelia!DUJeffBabykiller! IhrwolltKindertötendeshalbtöteichEUCH!

Patricia sagte: Komm mit mir zu Marc Helayne! Er wird dafür sorgen daß niemand den Kindern etwas tut. Er hat es versprochen. Du weißt du kannst Marc vertrauen.

Vertrauen ... oooh das habe ich getan. Das haben wir alle getan. Im Milieu während der Rebellion und noch in der Niederlage. Wir vertrauten Marc folgten Marc liebten Marc. ABER ER LOG!

Patricia sagte: Marc lügt nicht.

DochdochdochDOCH! Sagt er würde uns nie verlassen. NIE. ABER ER GEHT.

Patricia sagte: Helayne er kommt immer zu uns zurück.

ErlügtsagtZerstörungStandortZeitportalverhindertFlucht Kinder! MußKindertötenSICHSELBSTschützen. Aberichstoppeihnichweißwie. TÖTEEUCH! TÖTEIHN!

Ein Messer blitzte im Licht des Scheinwerfers auf. Helayne hielt sich an den oberen Quersalingen fest und kletterte langsam auf den Rand des Mastkorbs. Ihr flatternder seidener Pyjama knatterte im Wind wie eine Fahne.

IchfliegehinuntertöteeuchALLE!

Patricia sagte: Du kannst nicht fliegen Helayne. Wenn du springst wirst du sterben. Chris und Leila werden sich schuldig fühlen. Der kleine Joel wird nach seiner Nana weinen. Spring nicht! Komm herunter und laß uns dir helfen!

LieberChris ... liebeLeila ... JoelSchatz. Erwillsietötenaberichweißwieihnstoppen. Ich töte die anderen. Beraube Teufelengelhenker seiner Metakonzertgenossen mache IHN hilflos! Schwach! MENSCHLICH! ... Und das ist genau das was ich getan *habe* wißt ihr.

Letzteres erklärte sie so sachlich und selbstzufrieden, daß es den sieben Personen am Fuß des Mastes im Augenblick die Sprache verschlug. Und dann stürmte Steve Vanier die hintere Kajütentreppe herauf an Deck, und sein Gehirn platzte vor Entsetzen. Er rief: »Die Keoghs – beide auf der Krankenstation erstochen! Und sie muß in die Kabinen gegangen sein, die nicht abgeschlossen waren ...« Blutrote Bilder entsprangen seinem Geist. Helaynes wahnsinniges Gelächter stieg zu den windzerrissenen Wolken auf.

Nanomea Fox hielt den Scheinwerfer ständig auf die schwankende Gestalt gerichtet. Helayne rief in singendem Ton: »Walter! Komm herauf, Lieber! Hilf mir! Ich verspreche, ich werde nicht springen, wenn du kommst.« Die Gewalt ihrer Koerzierung war ein unwiderstehlicher Sirenenruf. Walter ging mit leerem Gesicht auf den Mast zu. Fox und Marchand standen hilflos daneben.

»Nein, Walter!« schrie Patricia. Und dann schlang sich der mentale Tentakel um ihren eigenen Willen, befahl ihr zu klettern, befahl es Roy und ...

Jeff Steinbrenner riß Laroche den Karabiner aus den gelähmten Händen und feuerte, ohne zu zielen. Ein Zischen war zu hören, Flämmchen wie bei einem Elmsfeuer flackerten auf. Etwas schien die Flügel auszubreiten und einen letzten Laut wie den Schrei eines Seevogels von sich zu geben. Bruchstücke von Holz und Metall und durchtrennten Tauen regneten auf das Deck.

Sie alle blickten zu dem zerbrochenen leeren Krähennest hoch, und dann nahmen sie ihren ganzen Mut zusammen, um nach unten zu gehen.

Als die schwarz gepanzerte Gestalt sich auf dem improvisierten Bett materialisierte, brach der dozilisierte Mann, der in einer dunklen Ecke des Frachtraums saß, endlich sein Schweigen. »Das Gig des Kommodore kommt! Bootsmann, pfeifen Sie! Mister Kramer, hissen Sie die Fahne des Rye-Harbor-Yachtklubs!«

»Halt den Mund, Alex!« befahl Patricia Castellane, »oder ich stelle die Schmerzschaltung auf Maximum, so wahr mir Gott helfe.«

Alexis Manion fügte sich, aber ein schlaues Lächeln umspielte seine Lippen. Er stand von seinem Stuhl auf und schlenderte näher heran, als Gerrit van Wyk den Helmheber in Position brachte und Jordan Kramer die Demontage der Rüstung überwachte.

Dann war Marc von seiner Rüstung befreit. Er sagte: »Die Stasis hat drei Stunden und dreißig Minuten lang perfekt gehalten. Ich glaube, jetzt habe ich es. Wie hat es an diesem Ende ausgesehen?«

Kramer antwortete: »Perfekt. Kein Anzeichen einer anomalen Feldverwerfung oder eines Bilokationsphänomens. Wir werden Manion eine gründliche Analyse durchführen lassen, aber auf den ersten Blick war alles sehr gut. Wie weit bist du hinausgegangen?«

»Achtzehntausendsechshundertundsiebenundzwanzig-Lichtjahre. Nach Poltroy. Habe meine Grenzen getestet und meiner Neugier nachgegeben.«

»Hat sich die Translation immer noch ohne spürbaren Zeitverlust vollzogen?« fragte van Wyk.

»Ja«, antwortete Marc. »Es scheint keine Entsprechung zu den subjektiven Stunden oder Tagen zu geben, die die Insassen eines überlichtschnellen Raumschiffs im grauen Limbus verbringen. Ich schätze, daß ich bei jedem der D-Sprünge dreißig subjektive Sekunden in der Hyperraum-Matrix war. Natürlich dauert das Durchbrechen an die Oberfläche an jedem Ende länger.«

Er trat in die kleine Duschkabine und warf den Druckanzug hinaus. Das heiße Wasser sandte Dampfwolken an die mit Kabeln überzogenen eichenen Schiffsbohlen.

»Also bist du auf Poltroy gewesen, mein tüchtiger Junge?« sang Alexis Manion.

»Ich hatte vergessen, daß der Planet im Pliozän zum größten Teil vergletschert ist«, berichtete Marc. »Glücklicherweise hielten die Einheimischen mich für einen nach dem Rechten sehenden Gott und liehen mir ein paar Pelze, sonst hätte ich in der Rüstung bleiben müssen. Das hätte das Experiment sinnlos gemacht.« Patricia kam mit einem Handtuch und einem Morgenmantel. »Ich glaube, jetzt habe ich das D-Sprung-Programm voll assimiliert. Ich werde noch weitere Verbesserungen ausarbeiten, aber es funktioniert jetzt schon. Ich kann die Rüstung als Sicherheitsvorkehrung gegen eine feindliche Umgebung mitnehmen oder sie in den Oberflächen, wo sie mich nicht stört, zurücklassen oder sie sogar nach Hause schicken, wo sie warten wird, bis ich pfeife, und mich von den Systemen ab diesem Ende der Raumkrümmung völlig abschneiden.« Lächelnd band er den Gürtel des Mantels zu. »Es ist ein verdammtes Gefühl, wenn man ohne Schiff mit Überlichtgeschwindigkeit reist. Noch unheimlicher war es, im Fleisch eine Welt zu besuchen, die ich bei der Sternensuche ferngeschaut habe.«

Kramer erkundigte sich: »Ist das Durchbrechen der Hyperraum-Grenzen so unangenehm wie in einem Sternenschiff?«

Marc nickte. »Ich verwickle mich in das Ypsilonfeld. Ganz gleich, ob das Ding mechanisch oder metapsychisch erzeugt wird, es tut weh, wenn man es durchbricht. Bei D-Sprüngen gibt es den erweiterten Unterraum-Vektor nicht – den subjektiven Zeitabschnitt, der im grauen Limbus verbracht wird. Der Schmerzfaktor scheint seine üblichen Komponenten zu haben – Anstieg in einer geometrischen Reihe bei Zunahme der zurückgelegten Entfernung. Ich habe mit dem Hüpfer nach Poltroy fast meine Grenzen erreicht, aber das Teleportieren rund um die Erde beunruhigt mich nicht mehr als ein Reißnagel.«

Alexis Manion neigte koboldhaft den Kopf auf die Seite und sang:

Geh du voran, geh du voran,
Du hast die dicksten Buxen an!
In uns kocht das Helden-, Helden-, Heldenblut,
Denn wir haben frohen, frohen Mut!

Marc sah ihn ohne Groll an. »Wir wollen dir den Dozilierer abnehmen und dich an die Arbeit setzen, Alex. Ich möchte eine detaillierte Analyse dieser Operation.«

Er ließ seine mächtige redigierende Fähigkeit in den Geist des Dynamikfeld-Spezialisten gleiten, um eine ernsthafte Desorientierung beim Entfernen des Dozilisierers zu vermeiden. Manion zuckte zusammen, blinzelte, massierte dann seine Augenlider mit den Fingern. Die Grundeinstellung des Hasses wurde fast augenblicklich von einer eigentümlichen Begeisterung maskiert.

Er sagte: »Wir haben eine kleine Überraschung für dich, Marc! Während die Katze aus dem Haus war, hat die verrückte Maus getanzt.«

Patricia beeilte sich, ihm zuvorzukommen, und übertrug Marc in Höchstgeschwindigkeit eine Darstellung der Katastrophe. Manion glühte vor perverser Befriedigung. Kramer und van Wyk bestätigten wortlos, daß Helayne tatsächlich fünfzehn Personen ermordet hatte – darunter Kramers Frau Audrey und die früheren Ratsmagnaten Deirdre und Diarmid Keogh und Peter Dalembert –, bevor sie von Steinbrenner erschossen wurde. Ein paar andere waren von der Wahnsinnigen verwundet worden, Arkady O'Malley schwer.

»Bon dieu de merde«, keuchte Marc mit hell gleißendem Geist.

»Du könntest dich für diesen Job auf Poltroy bewerben«, witzelte Manion. »Nur würden die Eingeborenen vielleicht eine weniger anschauliche Arbeitsbeschreibung vorziehen.«

Marc stand regungslos. Sein Gesicht war leichenblaß, und seine Augen waren die Abaddons. Alex Manions Körper wurde in die Luft gehoben und von einem schrecklichen Krampf geschüttelt. Seine Augen traten hervor, Blut drang aus einem Dutzend stecknadelkopfgroßer Wunden. Er stieß einen tierischen Schrei aus, und gleichzeitig füllte sein Gehirn den Äther mit Todesqual. Dann lag er auf den Planken. Seine Glieder zuckten heftig. Er ertrank fast in Erbrochenem, war besudelt von seinen eigenen stinkenden Exkrementen.

Das schnatternde, schmerzgequälte Ding brach bewußtlos zusammen. Van Wyk und Kramer waren starr vor Entsetzen. Marc faßte ohne einen weiteren Blick auf Manion Patricias Ellbogen, steuerte sie an den beiden anderen Männern vorbei und ging mit ihr auf die hintere Kajütentreppe zu.

Sie stiegen zu seiner Kabine auf dem Achterdeck hinauf. »Sag nur ein Wort«, erbot sich Patricia, »und ich werde persönlich eine Tiefensondierung an dem Schwein vornehmen. Es würde mich nicht überraschen, wenn ich dabei feststellte, daß er Helayne das Rauschmittel in der Hoffnung gegeben hat, etwas in der Art werde passieren. Sein Gift war es doch, das sie gegen dich aufgebracht – und auch die Kinder verdorben hat! Jetzt haben wir die Keoghs verloren, unsere besten Redakteure. Und Peter ...«

»Die armen Keoghs«, sann Marc. »Siegmund und Sieglinde. Wenigstens sind sie stilgerecht abgetreten! Aber wer hätte gedacht, daß Peter Dalembert im Bett sterben würde?« Er öffnete die Kabinentür und hielt sie höflich für sie auf.

»Als wir ihn fanden, waren seine Augen offen. Und sein Gesicht ...« – sie projizierte das Bild – »war ganz ruhig. Ein Kreator seines Ranges hätte imstande sein müssen, sich vor Helaynes Messer abzuschirmen – wenn er es gewollt hätte.«

Marc trat an die eingebaute Kocheinheit und aktivierte sie. Dann öffnete er seinen Kleiderschrank. »Ich hatte mich darauf verlassen, Peters Liebe zu Barry und Fumiko und der kleinen Hope bilde ein Gegengewicht zu seinem ziemlich heftigen Todeswunsch.« Mit geistesabwesendem Lächeln warf er Unterwäsche, Jeans und einen Pullover aufs Bett. »Wieder eine Fehlkalkulation von mir. Offenbar glaubte Peter, ich könne die Kinder nicht aufhalten, ohne ihnen Schaden zuzufügen.«

Patricia blieb stumm.

»Aber du hast nie auf seine Gefühle als Stammvater gebaut, nicht wahr, Pat?«

»Ich werde dir bei jedem deiner Pläne folgen, Marc. Tun, was immer du sagst. Das weißt du. Mir liegt nichts mehr an dem Mentalen Menschen, Marc. Nur an dir.« Du bist mein Engel, zu schrecklich, als daß ich dich lieben könnte. Du läßt dich herab, dein Leben mit mir zu teilen, mir finstere Freude zu geben, auch wenn du keine hast. Warum hast du keine? Dein großer Plan ist immer noch durchführbar. Wir brauchen Cloud und Hagen und die anderen Kinder nicht, solange wir die Gene und das Gehirn haben. Solange wir dich haben, Immerlebender!

»Treue Pat.« Er stand dicht vor ihr, blickte von seiner großen Höhe auf sie hinunter, und den Morgenmantel hatte er fallenlassen. Seine Umrisse waren immer noch hinreißend, aber ein dichtes Netzwerk von schlecht verheilten Narben, die Folge eines zu kurzen Aufenthalts im Regenerierungstank, bedeckten seinen ganzen Körper vom Hals abwärts. Nur seine Hände und Genitalien waren völlig wiederhergestellt worden.

Sie kam in seine Arme, und ihre Lippen trafen sich, nach Salz und Honig schmeckend. Sie wurde in den brennenden Mahlstrom geschleudert, der unvermeidlich Beginn und

G. MANGONI

Ende war. Auf die wundersame Art von Meister-Metapsychikern gab es keine Behinderung durch die Schwerkraft zwischen ihnen, keine von Kleidungsstücken aufgerichtete Barriere, keine Unbeholfenheit in der Umarmung. Die unaussprechliche Lust trug sie bis an den Rand der Bewußtlosigkeit, hob sie wie auf einer riesigen Welle zur höchsten Vereinigung. Dort leuchtete der Doppelstern eine kleine Ewigkeit lang, sie in dem blendenden Glast der Erfüllung, er wie immer in seinen Abgrund zurückgezogen.

Von Anfang an hatte Marc sie gewarnt, es werde niemals Liebe sein. Sie hatte bereitwillig zugestimmt und ließ ihn auf dem Höhepunkt allein. Aber in dieser Nacht war sein Vorhang nicht dicht genug gewoben. Sie hatte einen Blick auf das erhascht, was unter der strahlenden Corona der orgastischen Befreiung lag.

Patricia lag allein auf dem Bett, ins Bewußtsein zurückgekehrt. Die Erinnerung umklammerte ihr Herz wie eine eisige Faust. War er wegen der schrecklichen Vorfälle abgelenkt gewesen? Oder hatte sein Unterbewußtsein den Zwang verspürt, das Geheimnis zu verraten?

»Marc«, flüsterte sie, »ist es wahr?«

Er war vollständig angezogen und sah aus dem vorderen Fenster des Heckaufbaus. Das Meer hatte sich beruhigt und spiegelte die Sterne wider. Die Segel waren von den Motorwinden gehißt worden, und der große Schoner machte gute Fahrt.

Marc antwortete: »Du wirst es niemandem sagen. Es könnte eine katastrophale Wirkung auf die Moral haben. Die Kinder wissen es natürlich nicht. Niemand wußte es außer den Keoghs – und Manion. Alex hat seine eigenen Gründe, darüber zu schweigen.«

»Wie ... wie lange?«

Seit vor der Rebellion seit ihrem Tod je suis le veuf à la tour abolie.

»Mein Gott! Aber wir glaubten, die Keoghs hätten ...

»Nach Cyndias Tod stellten sie mich vollständig wieder her, genau wie der Tank hier mich wiederhergestellt hat.« Er war ganz ruhig. »Es ist keine organische Fehlfunktion, nur Lebensunfähigkeit. Mein verstorbener Bruder schob es auf ein Schuldbewußtsein. Ich vermute eher einen Willensdefekt oder das unvermeidliche Trauma, das beim Fallen aus großer Höhe entsteht.« Er sah sie unter seinen geschwungenen Brauen hervor unverwandt an. »Sollte es je eine Heilung geben, wird sie spontan erfolgen – herbeigeführt durch Erfolg. Wir können immer noch Erfolg haben. Der Mentale Mensch wird leben, wenn wir die Kinder daran hindern, durch das Zeitportal zu gehen. Der Idealfall wäre, wenn wir sie alle hätten. Als Minimum brauchen wir meinen Sohn.«

»Wenn du es Hagen doch erzählt hättest! Oder Vorsichtsmaßnahmen getroffen hättest ...«

»Vorsichtsmaßnahmen sind getroffen – und unterlaufen worden. Während unserer ersten Jahre auf Ocala war ich zu vertrauensselig. Später, als ich meinen Fehler auszugleichen versuchte, war ich mit den Kindern zu streng. Hagen trägt einen Makel, seinen schwachen Willen. Er weiß es. Meine Bemühungen, ihn einzuschüchtern, brachten ihn nur dazu, mich zu hassen. Ihm die Wahrheit zu enthüllen ... – das hieße, ihm eine Waffe zu geben. Es ist eine höllisch verfahrene Situation, und noch komplizierter wird sie durch das Bündnis der Kinder mit Aiken Drum. Aber wir *können* immer noch Erfolg haben. Wenn das Zeitportal sich nicht öffnet ... wenn ich Hagen und Cloud beweisen kann, daß ich sie liebe, daß ihre Bestimmung bei mir liegt ...«

Patricia stand langsam auf und strich sich das hellbraune Haar aus dem Gesicht. Sie bemühte sich, ihre Besorgnis zu unterdrücken. »Es sind so wenige von uns übrig, um dir zu helfen. O-Malley stirbt vielleicht, und Fitzpatrick und Sherwoode sind nicht stark. Wenn wir diese drei abrechnen, bleiben nur noch zweiundzwanzig für dein offensives Metakonzert. Sechs von uns Magnaten.«

»Wir werden es schaffen. Wir haben eine Menge konventioneller Waffen, die wir gegen Aiken Drum einsetzen können. Und die D-Sprung-Fähigkeit.«

»Du kannst keine Waffe mit in deine Rüstung nehmen.«

Darauf antwortete er nicht. Patricia trat an die Kocheinheit und nahm sein Essen heraus, dann goß sie Tee für sie beide ein. »Komm und iß dein Abendbrot, solange es noch warm ist!« sagte sie und setzte sich an den Tisch vor den Fenstern. »Hier ist Schinken in Orangensauce und sogar deine geliebte Gamma-Erbsensuppe.«

»Ich hatte sie bestellt, weil ich glaubte, ich würde einen erfolgreich durchgeführten langen D-Sprung feiern.« Er nahm einen Löffel und betrachtete sinnend die dampfende Schüssel. »Nur noch drei Beutel übrig nach siebenundzwanzig Jahren. Erbsensuppe im Pliozän! Ein Hauch von New-Hampshire an Bord eines Windjammers!« Er schüttelte leicht den Kopf und begann zu essen.

Patricia trank ihren Tee, ohne seine Gedanken zu berühren. Nach einer Weile fing sie mit leiser, drängender Stimme an: »Ich verstehe jetzt, warum du gegen diejenigen von uns Stellung bezogst, die gegen die Kinder Gewalt anwenden wollten, um die Bedrohung durch das Zeitportal aus der Welt zu schaffen. Du hast im Grunde nie wirklich Angst vor einer Vergeltungsaktion des Milieus gehabt, nicht wahr?«

Er winkte ab. »Das war ein Rauchschirm. Eine notwendige Täuschung, dachte ich. Hauptsächlich auf die Kinder gezielt und auf die Angehörigen unserer Generation, deren Loyalität zweifelhaft ist.«

»Das habe ich mir gedacht. Du hast dir all das blutdürstige Gerede, falls notwendig, müsse man die Kinder töten, angehört – hast sogar so getan, als ziehest du es in Erwägung –, und die ganze Zeit war dir klar, du würdest einen anderen Weg finden müssen.«

»Ich habe ihn gefunden«, erklärte er. »Die Zerstörung der tiefen Felsformationen rund um den Standort. Das ist einfach und human ...«

»Und Alex Manion sagt, das könne unmöglich funktionieren.«

»*Was?*« Marc legte den Löffel hin. Patricia fühlte sich von der Macht seiner Koerzierung verschlungen. Willig öffnete sie ihr Gedächtnis und zeigte ihm die komplizierten mathematischen Gleichungen, genau wie der Dynamikfeld-Spezialist sie ihr gezeigt hatte.

»Alex nennt dies die Theorie der Erhaltung von temporalen Ereignisknoten. Kurz gesagt, du kannst den Standort des Zeitportals hier im Pliozän nicht zerstören, weil wir *wis-*

GIUSEPPE·MANGONI

sen, daß er sechs Millionen Jahre in der Zukunft, im Milieu, aus dem wir alle gekommen sind, noch existiert. Ergo ist unsere Hoffnung eitel, die Formationen zerstören und die geomagnetischen Faktoren in dem Tau-Gitter umwerfen zu können. Paradoxa sind nicht erlaubt. Die Realität ist. Vergangenheit, Gegenwart, Zukunft ...«

»... und alles liegt sicher in der Hand Gottes«, endete er für sie, den Mund zu seinem berühmten Lächeln verzogen. »Früher einmal habe ich es geglaubt.«

»Ich nie! Und ich will es auch jetzt nicht glauben. Aber Alexis Manion glaubt es, und er war der beste Dynamikfeld-Theoretiker im Milieu.«

»Zur Hölle mit ihm! – Pat, weißt du, ob er mit anderen über diese ... diese Theorie gesprochen hat?«

Patricia hob hilflos die Hände. »Ich fürchte, daran läßt sich nicht zweifeln. Wahrscheinlich hat er jeden Augenblick genutzt, in dem er nicht dozilisiert war.« Verzweifelt fragte sie: »Könnte Alex sich irren?«

»Nein. Aber bestimmt könnte er lügen.« Marcs Gesicht hatte sich verdüstert. »Morgen werde ich es herausfinden. Doch auch wenn er die Wahrheit sagt, wie er sie sieht, werde ich verhindern, daß dies Zeitportal sich öffnet!«

»Wie denn?« rief sie. »Marc, sage es uns! Vertraue uns, wie du es sonst immer getan hast! Wir fühlen uns alle verloren! Du bist anderweitig so beschäftigt gewesen – erst mit der Sternensuche, jetzt mit dieser D-Sprung-Geschichte. Wir sind loyal, und wir möchten dir folgen, nur wissen wir nicht, wie wir mit dieser Situation fertigwerden sollen. Wir haben so lange gewartet, und jetzt sind nur noch so wenige von uns übrig ...« Hilf uns! Wir haben all unser Vertrauen auf dich gesetzt. Nimm uns unsere Ängste! *Sag daß du nicht zu einer anderen Welt d-springen und uns im Stich lassen wirst!*

Über den Tisch weg ergriff er ihre Hand. Seine Haut war warm, seine Finger zeigten jugendliche Vollkommenheit, und der mentale Kontakt gab ihr neuen Mut.

»Euch im Stich lassen? Niemals. Ich habe etwas ganz anderes im Sinn. Im Augenblick muß ich mich um ein paar dringende Angelegenheiten kümmern. Doch ich verspreche, daß ich euch wieder zur Verfügung stehen werde –

nicht nur euch Magnaten, sondern allen. Wir werden regelmäßige Konferenzen abhalten, gleich ab morgen. Und ich habe gute Nachrichten. Ich bin dabei, das Vertrauen der Großmeisterin Elizabeth Orme zu gewinnen. Und bei Aiken Drum habe ich auch schon einen guten Anfang gemacht. Jetzt, wo der D-Sprung nahezu perfekt ausgefeilt ist, kann ich beginnen, im Ernst Druck auf ihn auszuüben. Bevor er weiß, wie ihm geschieht, wird die Kyllikki in dem seichten Wasser vor der bretonischen Insel gegenüber seiner Burg Anker werfen. Mit eingeschaltetem Sigma stellt das Schiff eine unbesiegbare Drohung dar.«

»Die Kinder haben den großen Energieschild – den SR-35.«

»Und wir haben meine Batterie von Röntgen-Lasern, die jeden tragbaren Schirm, der je gebaut worden ist, durchschneiden! Aiken Drum wird kapitulieren, sage ich dir! Und mit ihm auf unserer Seite sind die Kinder schachmatt. Es gibt andere Möglichkeiten, dafür zu sorgen, daß das Zeitportal sich niemals öffnet. Zerstören wir doch die Laboratorien! Natürlich warnen wir die Kinder vorher, damit sie sie räumen können. Wenn ich die Zeichnungen und bestimmte unersetzliche Herstellungsmaschinen vernichte – Plattenätzer, photonische Metallmischer, gedankenkontrollierte Mikromanipulatoren – wird der Guderian-Apparat hier im Pliozän niemals gebaut. Schließlich werden die Kinder zur Vernunft kommen.«

»Marc, sie wollen nicht nach Ocala zurückkehren.«

Er lachte. »Sollen sie doch ein paar Jahre als Untertanen von Aikens barbarischem Königreich verbringen! Wir können sie an Feiertagen mittels D-Sprung besuchen, vorausgesetzt, daß wir uns in der Nachbarschaft der Erde befinden, und unsere Einladung in Abständen wiederholen.«

Er zeigte ihr, was er im Sinn hatte, und sie keuchte.

»Ist das durchzuführen?« rief sie. »Du könntest *uns* tragen?«

»Wenn ich ein Ypsilonfeld erzeugen kann, das groß genug ist, mich und drei Tonnen Rüstung durch den Hyperraum zu transportieren, dürfte es nur Sache der Übung sein, bis es mir gelingt, ein größeres Volumen und eine größere

Masse zu bewältigen. Für kurze Hüpfer auf der Erde werden die Passagiere wohl nicht einmal ein Lebenserhaltungssystem brauchen. Felice hat keins gebraucht.«

»Aber ... du sagtest, wir würden die Erde verlassen.«

»Wir haben die zweite gehirnverstärkende Rüstung, die ich Hagen geben wollte, und wir können weitere bauen – oder einfach eine Raumkapsel konstruieren. Pat, begreifst du nicht, was das bedeutet? Wir brauchen nicht darauf zu warten, daß uns eine andere vernunftbegabte Rasse rettet. Wir retten uns selbst!« Er wurde plötzlich ernst. »Aber das ist Zukunftsmusik. Morgen bei der Konferenz werde ich euch allen erklären, was ich getan habe. Es ist das Ende unseres Exils. Bald werden wir den Grundstein für das Kommen des Mentalen Menschen legen. Wir alle! Und die Kinder auch, sobald sie die Wahrheit erkennen.«

»Ja«, sagte sie. »O ja!«

Sie hob seine Hand, die sie immer noch hielt, und berührte den Handrücken mit ihren Lippen. Dann saßen sie beisammen, tranken Tee und sahen das Morgenrot den östlichen Horizont färben. Das kündigte, wie Marc ihr versicherte, gutes Wetter an.

2

Die letzten Arbeiten an den Säumen hatte Mooliane Froschjungfrau gemacht, und jetzt stand Katlinel mit der fertigen Kreation in der Mitte des Probierraums. Er war gedrängt voll mit den kleinen Wesen, die an dem Kleid gewirkt hatten. Sie zwitscherten ängstlich, als Bukin der Achtungswerte, der Chef-Couturier, die Lippen schürzte und mehrmals um die Herrin von Nionel herumging. Er zupfte hier an einer nicht richtig liegenden Spitzenkrause, glättete da einen vergoldeten Draht, beugte sich näher, um eine kritische Naht oder eine Stelle der Perlenstickerei zu prüfen. Endlich trat er zurück, räusperte sich und verkündete: »Es geht. Bringt den Spiegel!«

All die Gnomen-Schneider und -Näherinnen quietschten vor Freude und klatschten in die Hände, Pfoten oder andere

Greifwerkzeuge. Zwei kräftige Koboldmädchen zogen einen dreiteiligen Standspiegel heran, und zum ersten Mal sah Katlinel sich in dem Gewand, das sie als Gastgeberin des ersten Großen Turniers tragen würde.

Es bestand aus einem steifen weißen Stoff, der geheimnisvoll rosa und gelb und blaßgrün schillerte wie das Innere einer Muschel. Das tief ausgeschnittene Oberteil und die langen Ärmel lagen eng an, ebenso der Unterrock. Von der tiefgezogenen Taille sprangen mit Draht versteifte Bahnen vor, die sich nach außen und dann zu den Knien hin einwärts bogen wie die Blütenblätter einer perlmutternen Lilie. Darunter war ein Überrock aus zarter goldener Spitze, der zwischen den Blütenblättern als leuchtender kannelierter Kegel hervorflammte. Goldspitzen zierten auch die Ärmel und bildeten weite Manschetten. Kopf und Dekolleté der Lady der Heuler umgab ein phantastischer hoher Kragen, dazu trug sie einen feinen goldenen Gesichtsrahmen. Die letzte Vervollkommnung des ganzen Ensembles bildeten Kristallperlen und Briolettes, die die ständig wechselnden Tönungen des Stoffes reflektierten.

Katlinel drehte sich langsam vor dem Spiegel, eine vervielfältigte Vision von Sonnenaufgangsfarben, betaut mit Gold. »Das Kleid ist herrlich«, erklärte sie. »Ich habe noch nie etwas so Wundervolles gesehen. Ich danke euch, liebe Freunde – und besonders dir, Bukin.« Sie beugte sich nieder und küßte das Heinzelmännchen auf den runzligen Kopf. Der Couturier errötete vom Hals bis zu den Spitzen seiner haarigen Ohren.

»Gnädige Herrin Katy«, sagte er schroff, »meine Karriere umspannt drei Jahrhunderte. Ich habe in dieser Zeit manch ein großartiges Kleidungsstück entworfen – denn, wie du weißt, hat unser mißgestaltetes Volk im Vielfarbenen Land nicht seinesgleichen, was die persönliche Verschönerung angeht. Diese Kreation ist jedoch mein Meisterstück – und das all der Kunsthandwerker, die sich um dich versammelt haben.«

Eine Elfenstimme piepste: »Das Perlen-Lamé ist einzigartig!« Und eine andere fiel ein: »Das Klöppeln dieser Goldspitze hat uns beinahe zum Wahnsinn getrieben!«

Bukin scharrte mit den Füßen. »Dies Große Turnier ist in achthundertundsechsundfünfzig Jahren das erste Ereignis, an dem unsere Heuler-Nation gemeinsam mit unseren nicht mutierten Brüdern teilnimmt. Wir wollen mit Stolz auftreten. Und da wir besonders stolz auf *dich* sind, ist es unsere Absicht, dich vor den versammelten Massen mit Glorie zu umgeben. Lady ... du bist eine aus Tanu- und menschlichem Stamm entsprungene Blume und blühst jetzt in einem Garten, der dir seltsam und bizarr vorkommen muß. Aber wir freuen uns, daß wir dich bei uns haben. Du tröstest uns mit deiner Schönheit und Freundlichkeit. Du zeigst eine hingebungsvolle Liebe zu unserem Herrn, dem am schrecklichsten Deformierten von uns allen, und hast uns damit neue Hoffnung gebracht. Du hast es für richtig gehalten, uns für dies Geschenk zu danken, aber in Wirklichkeit gebührt unser Dank dir.«

»Wir danken dir«, seufzten die Monster.

Dann flog die Eingangstür des Ateliers auf, und ein grünhaariger Geist kreischte: »Er kommt! Lord Sugoll kommt, unsere Lady anzusehen!«

Der Lord der Mutanten trat ein, groß und scheußlich, und Katlinel streckte ihm die Arme entgegen. Ihm folgte sein menschlicher Genetiker Gregory Prentice Brown, der strahlte, als die Liebenden sich umarmten.

»Ich wollte diese Geschenke erst bis zum Turnier-Abend aufheben«, sagte Sugoll. »Doch ich glaube, es ist besser, sie dir jetzt zu geben, in Anwesenheit dieser ergebenen Freunde. Greggy! Den Kasten.«

Grimassierend wie ein aufgeregter Tamarinaffe hielt Greg-Donnet Genetik-Meister dem Heuler-Lord einen ziemlich großen Kasten aus vergoldetem Silber hin. Sugoll öffnete ihn, und unter dem hingerissenen Quietschen und Pfeifen der Koboldhorde entnahm er ihm eine Kette aus seltenen Nordlichtsteinen. Geschickt mit zwei Tentakeln hantierend, befestigte er sie unter dem goldenen Halsring seiner Frau. Ein dritter Tentakel griff nach einem Krönchen, das mit den gleichen seltsam schillernden Edelsteinen besetzt war. Katlinel nahm es und setzte es auf ihre kunstvolle Coiffure.

»Jetzt bist du in Wahrheit unsere Königin«, sagte Sugoll.

Die Menge grotesker Gestalten jubelte und hüpfte. Greggy machte einen Kratzfuß, küßte Katlinel die Hand und murmelte: »Umwerfend. Wirklich umwerfend.«

»Und nun«, wandte der Heuler-Fürst sich an sein Volk, »möchte ich euch bitten, uns eine Weile allein zu lassen, solange ich mich mit meiner Lady und Lord Greggy über Staatsangelegenheiten berate.«

»Mittagspause – alles hinaus!« rief Bukin. »Beeilung, ihr Kobolde und Feuergeister und Schreckgespenster!« Die Mutanten flohen Hals über Kopf, und einen Augenblick darauf waren Sugoll und seine Frau und Greg-Donnet allein. Der Genetiker zog für Katlinel und sich selbst zwei Sessel heran, während die große Abscheulichkeit es sich auf dem Fußboden der Probierstube bequem machte.

»Es gehen merkwürdige Dinge vor«, sagte Sugoll. »König Aiken-Lugonn hat um Heuler-Führer für eine Exkursion nach Fennoskandia gebeten, wo bestimmte ungebräuchliche Erze gesucht werden sollen.«

»Wozu denn das?« fragte Katlinel.

Der kleine alte Genetiker kicherte. »Genau das haben wir uns auch gefragt, liebe Katy! Die in Rede stehenden Minerale sind Ytterbit und Ytterspat, Quellen für die sogenannten seltenen Erden. König Possenreißer war anfangs sehr verschlossen darüber, wozu er diese eigentümlichen Substanzen braucht. Daß er sie *dringend* braucht, wurde offenbar, als Lord Sugoll sich nicht zur Kooperation geneigt zeigte.«

»Und warum sollte ich auch kooperieren?« grollte der mutierte Herrscher. »Was hat er denn in letzter Zeit für uns getan? Es sind nur noch sieben Wochen bis zum Turnier, und er hat uns nicht einmal die erste Rate des Tanu-Anteils an den Kosten geschickt. Der unzuverlässige kleine Hanswurst! Wahrscheinlich hat er seinen ganzen Schatz bei diesem schamlosen Spektakel zum Großen Liebesfest im Mai verpulvert ...«

»Seltene Erden?« Katlinel, die vor ihrem Abfall Mitglied der Kreatorengilde und der Hohen Tafel gewesen war, schüttelte verwirrt den juwelengeschmückten Kopf. »So geringe Kenntnisse in der Chemie ich habe, bin ich mir doch sicher, daß diese Rohstoffe in der Tanu-Technik nicht gebraucht werden.«

»Aber in der des Milieus!« fuhr Sugoll auf. »Und als ich mich widerstrebend zeigte, mußte der goldene Sausewind endlich mit der Sprache herausrücken und mir sagen, warum er das Zeug haben will. Er baut eine Zeitportal-Maschine!«

»Allmächtige Tana«, flüsterte die Lady. »Doch nicht – ein Portal, das *in* die zukünftige Welt führt?«

Greg-Donnet nickte mit komischer Feierlichkeit. »Anscheinend sammelt er Experten aus allen Ecken des Vielfarbenen Landes und plant, das Tor wieder zu öffnen, das die furchterregende Madame Guderian zugeknallt hat. Das Potential für das Unheilstiften ist erschreckend!«

»Sobald er mir reinen Wein eingeschenkt hatte, versprach ich ihm natürlich unsere uneingeschränkte Mitarbeit«, sagte Sugoll.

Katlinel starrte ihn entsetzt an.

Greggy meinte friedlich: »Wenn die Heuler durch das Portal in die Welt gingen, aus der ich stamme, könnten ihre deformierten Körper zweifellos umgestaltet und ihre Gene auf die Firvulag-Norm zurückgeführt werden. Seit ich bei euch bin, habe ich auf diesem Gebiet ein paar schwache Versuche gemacht – aber mein Herumstümpern ist nichts im Vergleich zu den wissenschaftlichen Hilfsmitteln des Milieus. Seine Wissenschaftler würden in ein paar Monaten schaffen, wozu ich, hier im Pliozän auf mich allein gestellt, vielleicht Jahrzehnte brauche.«

»Ich kann nicht glauben, daß Aiken ...« Katlinel brach kopfschüttelnd ab. »Er ist teuflisch gescheit, das wissen wir alle. Aber das kommt mir unmöglich vor. Er muß irgendeinen anderen Plan ausbrüten ... Vielleicht will er Sharn und Ayfa mit diesen Zeitportal-Phantastereien von ihren Kriegsvorbereitungen ablenken.«

»Wenn dem so sein sollte«, erklärte Sugoll, »dann gebe Téah dem Tanu-König Erfolg! Und für uns ist das ein weiterer Grund, ihm zu helfen. Ich habe Kalipin geschickt, Aikens Expedition zu führen, da er Erfahrung im Umgang mit Geringen hat, und für die technischen Angelegenheiten Ilmary und Koblerin den Klopfer, die über die Minerale des Landes jenseits der Bernsteinseen mehr wissen als jeder andere von uns.«

»Laßt uns im Volk keine falschen Hoffnungen wecken«, bat Katlinel.

»Keine Bange«, sagte Greggy. »Ich mache mit meinen eigenen Experimenten wie bisher weiter.« Er zwinkerte fröhlich. »Tatsächlich sieht der Hauttank-Apparat vielversprechend aus. Ich habe mehrere Freiwillige, die ihn gern ausprobieren wollen.«

»Wann bricht Aikens Expedition auf?« erkundigte sich Katlinel.

»Die ersten Pfadfinder müßten in wenigen Tagen hier sein«, antwortete Sugoll. »Von Nionel segeln sie nordwärts zur Biegung des Seekol und schneiden dann den Weg über die Große Ebene zum Anversischen Meer ab.«

»Sie werden Monate brauchen, um diese Minerale zu finden«, gab Katlinel zu bedenken. »Falls sie sie überhaupt finden. Und was den Bau der Zeitportal-Maschine betrifft – es ist einfach unglaublich!«

»Ich fürchte, du hast recht«, seufzte der Genetiker. »Aber sollte es *doch* wahr sein ...« Er grinste Katlinel und ihren über alle Maßen scheußlichen Gemahl an. »Welche Freude würde es mir machen, euch beide auf eine große Tour durch das Galaktische Milieu mitzunehmen! Es würde euch gefallen. Bestimmt!«

Kuhal Erderschütterer saß auf einer Glasbank in einem abgeschlossenen Teil des Burggartens und wartete auf Cloud. Der Abend war belebt von Geräuschen: Zirpende grüne Buschgrillen, eine Nachtigall, die sich in Erwartung der herbstlichen Paarungszeit das Herz aus dem Leib sang, das Läuten der Kristallglöckchen, die sich als Girlanden von Baum zu Baum zogen, und als Hintergrundgeräusch der Marktlärm der Stadt, die nur ein paar hundert Meter weiter unten lag, hinter der Gartenmauer und einem schmalen Grüngürtel. Während des Regimes von Kuhals älterem

Bruder Nodonn Schlachtenmeister war es verboten gewesen, am Abend Handel zu treiben. Aber der Usurpator hatte das alles geändert in seiner Hast, sich bei seinen Landsleuten beliebt zu machen, die es vorzogen, einzukaufen und zu zechen, nachdem die heiße Pliozän-Sonne untergegangen war. Jetzt wanderten Graue und Bloßhalsige zu jeder Stunde frei umher, störten den Frieden und machten den Rama-Säuberungstrupps zusätzliche Arbeit.

Eine kräftige Mondsichel stieg auf. Glühwürmchen schimmerten in dem Gebüsch um den Lilienteich. Oben in der Glasburg leuchteten die juwelenfarbenen Fenster, und ein Überfluß an Feenlichtern ließ die Silhouetten der frisch reparierten Türme und Zinnen hervortreten. Der König, erst an diesem Nachmittag triumphierend von Calamosk zurückgekehrt, gab eine Gesellschaft, um die Nordamerikaner der Hohen Tafel und der Blüte und Ritterschaft Goriahs vorzustellen. Kuhal war pflichtgemäß kurz erschienen und hatte es fertiggebracht, diese Verabredung zu treffen.

Und nun kam sie.

Er spürte ihre kühl fragenden Gedanken und stand von der Bank auf. Sie trat unter den Weiden hervor, eine seltsam fremdartige Gestalt in einer futuristischen Hülle aus grauem Satin, den Geist sorgfältig abgeschirmt.

Cloud, sagte er und öffnete sich ihr.

Dann standen sie beisammen, ohne sich körperlich zu berühren. Ihre redigierende Sonde, zart wie ein Schmetterlingsflügel, arbeitete schnell hinter seinen Augen. Laut sagte sie: »Endlich bist du wieder ganz gesund. Beide Gehirnhälften in Ordnung, alle Metafähigkeiten wiederhergestellt, dein Verlust auf die Erinnerung reduziert, wo er hingehört. Es scheint dir gut bekommen zu sein, daß du eine Schlacht verloren hast und zur Strafe Aikens Augias-Stall ausmisten mußtest. Ich würde sagen, du bist wieder ein normaler Mann.«

»Nur wenn du bei mir bist«, erwiderte er. »Und mir kommt es vor, als seien wir ewig getrennt gewesen.«

»Nicht einmal drei Wochen.« Lachend zog sie sich von ihm zurück. Sein Gesicht war beschattet, sein Haar verwirrt. Zum ersten Mal seit dem Großen Liebesfest trug er die rosa-goldene Robe des Zweiten Psychokinetischen Lords.

»Das scheint kaum möglich zu sein«, meinte er. »So viel Schreckliches ist geschehen.«

»Nun, deine Prüfung ist vorüber, und du sitzt wieder an der Hohen Tafel – für geleistete Dienste.« Ihre Stimme war flach, der mentale Schild härter geworden. »Was beabsichtigst du jetzt zu tun?«

»Ihm dienen«, antwortete Kuhal, »wie ich es gelobt habe. Er schickt mich, Waffen aus Roniah zu holen und die Torburg als Vorbereitung für den Neubau zu sichern. Das ist eine Aufgabe, bei der ich große Verantwortung trage.«

»Zweifellos«, stellte sie kurz fest, wandte sich von ihm ab und blickte über den Teich hinweg. »Viel Glück!«

Er war bestürzt. »Cloud – was ist? Ich dachte, du würdest dich über dies Wiedersehen so freuen wie ich. Mißfällt es dir, daß ich mich dem König unterworfen habe? Hat das etwas zwischen uns verändert?«

Sie zog ihren Schal aus Spinnwebwolle über den Schultern zusammen, obwohl der Abend warm war. »Es ist nichts zwischen uns, Kuhal – außer vielleicht einem bißchen Transferierung, was bei einer Redakteur-Patient-Beziehung ziemlich häufig ist ... Also nach Roniah willst du reisen? Wann?«

»In drei Tagen breche ich auf. Die Arbeit wird mich nicht lange aufhalten, und wir können Möglichkeiten finden, zusammenzukommen ...«

»Nein«, sagte sie ohne Zögern, anscheinend völlig in den Anblick eines großen weißen Reihers versunken, der zwischen den Wasserlilien aufgetaucht war und Frösche fing. »Wir werden uns nicht wiedersehen, jetzt wo du gesund bist. Ich bleibe hier in Goriah und helfe mit, die rekrutierten Wissenschaftler auf Vordermann zu halten. Eine Reihe von ihnen ist alles andere als begeistert von dem Guderian-Projekt. Aber wir müssen das Gerät so schnell wie möglich fertigstellen, und ich werde keine Zeit für Nebensächlichkeiten haben. Du brauchst mich wirklich nicht mehr, Kuhal – und ganz bestimmt brauche ich dich nicht.«

Er lachte leise, und mit der äußersten Vorsicht griff er mit seiner Psychokinese zu. Cloud wurde ein paar Zentimeter über das Gras hochgehoben und in der Luft mit dem Gesicht zu ihm gedreht. Er hatte sich auf ein Knie niedergelassen, so daß ihre Augen auf einer Höhe waren. Doch es war keine Spur von Unterwürfigkeit in ihm, als er sagte: »Du lügst mich an, Cloud Remillard. Du mit deinen versteckten Gedanken! Ich *weiß*, du magst mich, sonst hättest du keine Tränen in den Augen gehabt, als du heute abend der Hohen Tafel vorgestellt wurdest – und du hättest dich auch nicht bereiterklärt, mich hier zu treffen.«

»Setz mich ab!« rief sie zornig. »Du großer barbarischer Flegel!« Ihr Geist schlug auf ihn ein, aber es gelang ihr nicht, sich aus dem demütigenden Griff zu befreien oder seine Koerzierung mit ihrer eigenen zu unterminieren. Einen langen Augenblick später ließ er sie nieder, und immer noch lächelte er in ihr wütendes Gesicht.

»Du lügst«, wiederholte er. »Gib es zu!«

Der Gedankenschirm zitterte. Der Zorn wich einer komplexeren Empfindung. »Vielleicht mag ich dich ... ein bißchen. Aber seit ich wieder bei meinen eigenen Leuten bin, habe ich Zeit zum Nachdenken gehabt. Ich habe unsere Situation im Licht dessen, was ... geschehen wird, analysiert.«

»Du meinst, im Licht deines Entschlusses, in die Zukunftswelt des Galaktischen Milieus zu gehen?«

Sie rief: »Wir werden es tun oder bei dem Versuch sterben! Du kannst einfach nicht verstehen, was wir durchgemacht haben, wie verzweifelt wir zu fliehen wünschen!«

»Ich weiß, ihr habt nicht gezögert, die meisten Angehörigen meiner Rasse zu vernichten, als wir euch im Weg zu stehen schienen.«

»Ja«, gestand sie, und der Schirm verdünnte sich zur Transparenz, zeigte das Schuldbewußtsein, das die Entschlossenheit überlagerte. »Und das werdet ihr nie vergessen. Doch das ist nur ein Teil davon.«

»Ich liebe dich trotz allem. Wir werden zusammen ins Milieu gehen.«

Ihr entschlüpfte ein kurzer, erstickter Aufschrei. Ein Bild lugte aus ihrem Gehirn, kindisch komisch. Vergeblich versuchte sie, es zu unterdrücken.

»Was«, fragte er, trotz seiner Verwirrung mit Würde, »ist ein Basketball-Spieler?«

Sie platzte mit Lachen heraus, und dann weinte sie und warf ihre Arme um ihn, der kniete. »Es ist ein Witz«, sagte sie kläglich, »ein bösartiger, grausamer Witz. Dieser verdammte Hagen ... mit seinen Spekulationen darüber, wie unser gemeinsames Leben aussehen könnte – besonders, wenn wir beide ins Milieu gingen.«

»Das verstehe ich nicht.« Er hielt sie fest. Seine Gedanken sangen: Sie hat tatsächlich gelogen!

»Wir sind zu verschieden.« Cloud entzog sich ihm, und Kuhal erkannte den dauerhaften dunklen Kern im Herzen der Helligkeit. »Und wenn Hagens Humor auch brutal ist, im Prinzip hat er recht. Früher oder später werden wir einander verabscheuen ... oder es wird etwas noch Schlimmeres geschehen.«

»In Afaliah«, erinnerte er sie, »waren die körperlichen Unterschiede nichts im Vergleich mit der Verwandtschaft unserer Seelen.«

Sie wich zurück und ging den Weg zurück, den sie gekommen war. »In der Haut waren wir zwei verletzte Kreaturen in Not. Leckten einander die Wunden. Beide einsam. Beide ... beraubt. Die gegenseitige Anziehung war natürlich. Unvermeidlich. Aber die Not ist vorbei. Wir sind miteinander fertig, Kuhal! Ich gehe jetzt.«

Er folgte ihr. Sie schritt schneller aus, rannte beinahe. Seine Tanu-Beine hielten mühelos mit ihr Schritt. Sie kamen in den Schatten der Bäume, wo der Mondschein so spärlich war wie eine Handvoll weggeworfener Münzen. Er faßte sie mit beiden Händen, ragte wie ein furchterregender Waldgeist über ihr auf, und seine Verzweiflung machte sie schaudern. »Nichts, was du gesagt hast, berührt den wirklichen Grund, warum du mich ablehnst! Warum, Cloud? *Warum?*«

Sie sagte: »Fian.«

Verwundert fragte er: »Du weist mich meines toten Zwillingsbruders wegen ab?«

»Er war mehr als dein Bruder!«

»Er war die Seele meiner Seele ... und er ist tot.«

»Ich will seine Stelle nicht einnehmen«, erklärte sie. »Niemals!« Ihr redigierender Stoß traf ihn unerwartet, und als er sich erholt hatte, stand er allein mit nichts als dem Schal in den Händen.

Der König bekam seine Gesellschaft satt, die, um die Wahrheit zu sagen, nicht gerade ein Erfolg war. Die jungen Nordamerikaner machten sich wenig aus Tanzen und Trinken und den Vorspielen süßer Torheiten. Sie zogen es vor, mit den Wissenschaftlern und Technikern, die für das Guderian-Projekt zusammengezogen worden waren, Tacheles zu reden. Um Mitternacht, als die Sache hätte richtig in Schwung kommen sollen, war der Ballsaal halb leer, und das Orchester spielte für sich selbst. Die noch übrigen Gäste waren fast alle Menschen, vertieft in deprimierend ernsthafte Gespräche.

»Zum Teufel damit!« murmelte Aiken, schlich sich in das große Foyer und von da in den Hof, um frische Luft zu schnappen. Gerade stiegen Yosh Watanabe und Raimo Hakkinen in eine wartende Kalesche.

»Fahrt ihr in die Stadt?« erkundigte sich der König. »Das kann ich euch nicht verübeln. Oben ist überhaupt nichts los.« Er seufzte schwer.

»Wir haben eine Sause vor«, sagte Yosh. »Aber zuerst möchten wir meine Neputa-Werkstatt besichtigen. Ich bin zu lange fort gewesen, die Handwerker haben es wahrscheinlich fertiggebracht, die Sache zu versauen. Heimliche Inspektionen halten die Arbeiter auf Trab. Außerdem liegt der Laden gleich neben meiner Lieblingskneipe, der Seejungfrau.«

Aiken hob die Hand. »Aha. Nun, amüsiert euch, Jungens.« Er wandte sich zum Gehen.

Raimon bat impulsiv: »Aik, komm mit! Vergiß diesen Königsscheiß für eine einzige Nacht!«

»Ich werde euch hinderlich sein.«

»Zieh einfach die königlichen Klamotten aus!« schlug Raimo vor.

»Etwa so?« fragte Aiken. Ein gedämpfter Blitz zuckte auf. Sein herrlicher goldener Anzug verschwand. Er trug abgewetzte Khaki-Shorts, wadenhohe Sandalen mit Zehenschlinge und ein schmieriges gelbes T-Shirt mit dem Aufdruck DALRIADA WINDSURFER RACING TEAM. Seine unverkennbare Physiognomie war unter einem zerfressenen Stroh-Sombrero verborgen, und um seinen Hals lag ein silberner Reif.

»Steig ein, Junge!« sagte Raimo lachend. »Wir werden dir die Großstadt zeigen.« Er peitschte das Hellad, und los ging es, Holterdipolter über die große gläserne Zugbrücke und auf den gewundenen Weg, der durch den Burgpark führte. Noch bevor sie auf den Boulevard kamen, der zu dem zentral gelegenen Marktplatz führte, hörten sie lautes Lachen und Rufen, die Anpreisungen der Verkäufer und die Flöten und Geigen und elektronischen Akkordeons umherziehender Musikanten.

Der Marktplatz war so überfüllt, daß sich ihr Wagen im Schneckentempo vorwärtsbewegte. Die meisten Fußgänger waren Menschen, doch es waren auch viele Tanu unterwegs, und Aiken erkannte eine Reihe höchst erhabener Persönlichkeiten, die sich von seiner Gesellschaft unter dem Vorwand dringender Geschäfte schon früh entschuldigt hatten. Alle Läden an der Ringstraße waren geöffnet. Auf dem Platz in der Mitte standen dicht bei dicht die farbigen Stände freischaffender Kunsthandwerker und der Lieferanten von Neuheiten, Blumen, Milieu-Ramsch und anderen Artikeln.

»Etwas fehlt.« Raimo runzelte nachdenklich die Stirn. Dann schnippte er mit den Fingern. »Die Firvulag-Verkäufer! Weißt du noch, Yosh? Bevor wir mit der Karawane nach Bardelask aufbrachen, waren nachts auf dem Marktplatz viele Gespenster zu sehen. Der Friedensvertrag hatte sie aus ihren Löchern gelockt, und sie boten ihren Tand und ihre Nippes und ihre komischen Pilze und den unheimlichen Schnaps an. Aber sie sind fort!«

Yosh streifte den König mit einem Blick. Aiken nickte nur mit düsterem Gesicht.

»Eis! Himbeereis!« rief eine nasale Stimme.

»Klingt verlockend«, bemerkte Raimo erfreut. »Wie ist es mit euch, Jungens?« Er stand von dem Fahrersitz auf, ließ ein ohrenzerreißendes Pfeifen hören und hielt drei Finger hoch. Der Eisverkäufer nahm grinsend die Münze in Empfang, die ihm über die Köpfe der Menge zuflog. Gleich darauf faßte Raimo mit seiner PK drei Becher, hoch mit rosigem Schaum gefüllt, und beförderte sie sicher in die Kalesche. Dann fuhren sie weiter und schleckten ihr Eis.

»Verdammt gut.« Der König fuhr sich mit der Zunge über die Lippen. »Wir sollten den Clown beim Großen Turnier unterstützen. Ihm einen Erfrischungsstand hinstellen, eine Menge verschiedener Geschmacksrichtungen. Eine neue Leckerei wie diese würde bei den Sportfans groß einschlagen.«

»Ich werde dafür sorgen«, sagte Raimo. »Der alte Guercio wird vor Aufregung sterben.«

Er lenkte das Hellad in eine Seitenstraße. Obwohl hier weniger Gedränge herrschte als auf dem Markt, war sie doch voll von Fußgängern, die der berühmten Seejungfrau und anderen Stätten der Unterhaltung zustrebten. »Die Werkstatt ist gleich hier.« Yosh beugte sich nieder und donnerte mit dem bronzenen Kasten seines Samurai-Fächers gegen eine Hoftür. Zwei Ramas öffneten die Flügel weit, und Raimo fuhr die Kalesche hinein. Als sich die Tür hinter ihnen schloß, fiel der Geräuschpegel um sechzig Dezibel. Der Hof war von zwei hängenden Öllampen matt beleuchtet.

»Zu dieser Nachtzeit ist natürlich niemand da«, erklärte Yosh. Sie kletterten aus dem Wagen. »Aber die kleinen Affen werden uns hineinlassen.« Mit seiner telepathischen Stimme sprach er die beiden Ramas fachmännisch an. Eins beeilte sich, die Tür eines scheunenähnlichen Gebäudes aufzuschließen, während das andere eine große elektrische Lampe aus dem 22. Jahrhundert holte.

Sie betraten die Werkstatt. Von Wänden und Decken hingen lange Papierbahnen, alle kunstvoll mit Figuren bemalt, die bei einem Kampf auf Leben und Tod mitten in einer heftigen Bewegung erstarrt waren. Bei diesem Anblick rief Aiken überrascht: »Das sieht wie eine zweite Drachenfabrik aus!«

»Warm, aber nicht heiß«, entgegnete der Samurai. »Neputa sind eine Art große Laternen, die bei dem traditionellen herbstlichen Festzug in der japanischen Stadt Hirosaki auf der alten Erde gezeigt werden. Ich habe die Konstruktion ein bißchen abgeändert, und wir werden unsere auf Räderplattformen rollen lassen. Aber sie werden eine großartige Wirkung zeitigen, glaubt mir!«

Er zeigte ihnen ein unfertiges Gemälde, das flach auf dem sauberen Fußboden lag. Es war im Umriß ungefähr fächerförmig und sechs Meter hoch. Auf dem Spezialpapier waren anmutig blühende Bäume und ein Tanu-Ritter zu Chaliko mit kühnen Strichen in schwarzer Sumi-Tinte wiedergegeben, die eine ähnliche Wirkung erzeugte wie die Bleifassung bei Buntglasfenstern. Zartere Einzelheiten waren mit warmem Wachs gemalt; diese würden durchscheinend bleiben, wenn die Komposition mit Textilfarben behandelt wurde.

»Ganz anständige Pinselarbeit«, bemerkte Yosh. Er wanderte umher und gab Erläuterungen zu den fertigen Gemälden, die ein Potpourri von japanischen, Tanu- und freien Themen darstellten. »Wir können diese Riesenlaternen in Einzelteilen auf das Goldfeld transportieren. Wenn die Neputa zusammengesetzt sind, haben sie zwei große Bilder vorn und hinten und kleinere Dekorationen an den Seiten. Erhellt werden sie mit Hunderten von Kerzen, die in Glasbechern von dem inneren Rahmenwerk hängen. Eine Parade von sechzig oder siebzig dieser Dinger, die das Feld zur Musik von Flöten und Trommeln umrundet, ist ein unvergeßliches Schauspiel.« Er blinzelte dem König zu. »Und seeehr ökonomisch.«

»Ich liebe sie!« rief Aiken. »Gehen wir trinken und feiern!«

»Sollen wir den Wagen nicht hierlassen, wo er uns aus dem Weg ist?« schlug Raimo vor. Sie folgten den Ramas nach draußen.

»Gute Idee«, pflichtete Aiken bei. Er wies einen der Affen an, das Eingangstor aufzuschließen, und die drei Männer schlüpften auf die Straße hinaus.

»Platz!« rief jemand. »Macht Platz!« Ein Trupp von Grauen in Halbrüstung und der violetten Livree der Fernwahrnehmer schob Fußgänger ohne jede Förmlichkeit beiseite, damit eine Tanu-Dame auf einem großen weißen Chaliko unbehindert hindurchreiten konnte. »Platz für eine höchst erhabene Persönlichkeit!« brüllte der Captal und stieß Aiken an die Wand. Raimo und Yosh mit ihren goldenen Halsringen wurden ein bißchen höflicher behandelt.

»Ob sie sich nun verschleiert oder nicht, ob sie ihren Geist abschirmt oder nicht, ich kenne diese Frau«, knurrte Aiken. »Es ist Morna-Ia – die behauptete, an unerträglicher Migräne zu leiden, als sie sich um dreiundzwanzig Uhr oben in der Burg verdrückte!«

»Sieht aus, als wolle sie sich die zweite Vorstellung im Bijou ansehen.« Raimo verrenkte sich den Hals, um festzustellen, welchem Ziel die edle Dame zusteuerte. »Was wohl gespielt wird?«

»*Der Malteser Falke*«, sagte ein bloßhalsiger Passant. »Klassischer 2-D. Schwarz-weiß, aber Dynamit!« Er verschwand im Gedränge.

Und dann, in der unerklärlichen Art von Straßenmengen, entstand eine plötzliche Lücke. Eine freie Bahn bildete sich bis zum fast dreißig Meter entfernten Eingang des Marktplatzes. Aiken sah den Himbeereis-Verkäufer, der seinen Karren langsam weiterrollte, und dann für einen Kunden stehenblieb, einen sehr großen Menschen mit krausem grauen Haar, gekleidet in eine lohfarbene Hose und ein dazu passendes Hemd mit einem gelben Tuch, die übliche Tracht der Elite-Garde. Das Hemd spannte über den Schultern des Mannes, als habe er es sich von einem weniger stämmigen Freund ausgeliehen. Er bezahlte sein Eis, nahm es mit sichtlichem Vergnügen in Empfang, sah die Seitenstraße hinauf, nickte freundlich, als er Aikens Blick begegnete, und verschwand im Gebrodel des Marktes.

»O mein Gott«, sagte der König.

»Chef«, flüsterte Yosh, »bist du okay? Du siehst aus ...«

Aiken holte tief Atem. Dann riß er seinen Stroh-Sombrero ab und zertrampelte ihn gründlich auf den Pflastersteinen.

»Aik – was ist los, zum Teufel?« platzte Raimo heraus.

»Es ist Zeit, daß wir in die Seejungfrau gehen«, teilte Aiken seinen Freunden durch zusammengebissene Zähne mit, »und uns fürchterlich betrinken.«

Er ging davon. Raimo und Yosh sahen einander an, zuckten die Achseln und zottelten hinterdrein.

»Wie lange«, erkundigte Elizabeth sich bei Marc, »hast du vor zu bleiben?«

»Fünf Stunden sollten uns einen guten Anfang ermöglichen.« Er blickte auf das schlafende Kind in seinem Korbbett nieder. »Wir müssen sehen, wie er auf den verstärkten psychischen Druck der Redigierung reagiert. Bei meinem nächsten Besuch hoffe ich, mehr Zeit bei euch verbringen zu können. Aber heute nacht ...« – er lächelte bei der Erinnerung – »habe ich einen kleinen Abstecher gemacht, bevor ich zur Schwarzen Klippe kam. Euer Vielfarbenes Land ist ein interessanter Ort. Ich würde gern mit dir darüber diskutieren.«

Elizabeth betrachtete voller Unbehagen den nassen Overall mit seinen metallenen Funktionsmonitoren und Kabelanschlüssen, und dann fiel ihr zum ersten Mal die Reihe punktförmiger Wunden über seinen Augenbrauen auf. »Es ist Blut auf deiner Stirn. Bist du bei deinem kleinen Abstecher verletzt worden?«

Er winkte mit der behandschuhten Hand munter ab. »Das ist von den gehirndurchbohrenden Nadeln meiner Ausrüstung. Bloße Mückenstiche. Sie werden in ein paar Minuten von selbst verheilen ... Bist du mit der Funktion eines Gehirnverstärkers nicht vertraut, Großmeisterin?«

»Im Milieu sind sie jetzt verboten. Sie gelten als gefährlich für den Operator.«

Marc lachte nur.

Elizabeth erklärte ziemlich steif: »Vielleicht hättest du gern bequemere Kleidung.«

»Nett von dir, daß du es mir anbietest. In meinem letzten Hafen mußte ich mir welche stehlen.«

Wie beiläufig fragte sie: »Dann kannst du bei einem D-Sprung nichts mitnehmen?«

»Noch nicht. Aber ich arbeite daran.«

Ohne die Augen von ihm abzuwenden, ging Elizabeth an die Kinderzimmertür und öffnete sie. Draußen im Gang saß der kauzige alte Franziskaner auf einer Bank und zählte in aller Gemütsruhe die Perlen seines Rosenkranzes. Erwartungsvoll sah er auf.

»Bruder Anatol«, sagte Elizabeth, »darf ich Ihnen Marc Remillard vorstellen?« Anatol stand auf, verstaute den Rosenkranz und starrte. Marc verbeugte sich leicht. Elizabeth bestätigte: »Unser Besucher braucht Kleidung zum Wechseln, Bruder. Vielleicht sind Sie so freundlich, etwas für ihn aufzutreiben und ihn dann hierher zurückzubringen. Oh ... und wenn es Ihnen nichts ausmacht, hätten wir gern, daß Sie an der redigierenden Sitzung teilnähmen.«

Marc amüsierte sich. »Lobenswerte Vorsicht, Großmeisterin.«

Ihre Lippen spannten sich. Sie zog sich in das Kinderzimmer zurück, schloß die Tür und ließ die beiden Männer allein.

»Sie machen sie nervös«, stellte Anatol liebenswürdig fest.

»Und Sie? Oder fühlen Sie sich gewappnet gegen den Demogorgon mit ihrem Brustpanzer der Gerechtigkeit und Ihrem Helm der Erlösung?«

»Ich müßte eigentlich Angst vor Ihnen haben«, gestand Anatol und winkte Marc, ihm zu folgen, »aber ich bin zu neugierig. Ich bin drei Jahre vor Ihrer berühmten Rebellion ins Pliozän gekommen. Als Sie noch ein Großmeister erster Klasse waren und dem menschlichen Sektor halfen, die ahnungslosen fremden Mitglieder des Rats, die noch nicht recht wußten, was sie aus uns machen sollten, in Verwirrung zu stürzen. Als Sie ein Held waren – der Champion des Konzepts vom Mentalen Menschen.«

»Und was bin ich jetzt?« fragte Marc friedlich.

»Sie sind ungefähr von meiner Größe, würde ich sagen. Soll ich Ihnen meinen sündigen weltlichen seidenen Bademantel und eine Gartenarbeitshose leihen? Bei Ihrem nächsten Besuch werden ich etwas bereitliegen haben, das Sie Ihr Eigentum nennen können. Wie wäre es mit einem Frack und einer weißen Fliege oder einem Kostüm als Doktor Faust?«

»Was bin ich, Bruder Anatol?«

Von einer unwiderstehlichen koerziblen Kraft am Fleck

festgehalten, mühte der alte Priester sich, über die Schulter zurückzublicken. »Wir sind gleich an meinem Zimmer angekommen. Wollen Sie mit der Gehirndurchstöberung nicht warten, bis wir drinnen sind? Mich hier im Flur von außen nach innen zu drehen, ist ein bißchen unzivilisiert.«

»Wie Sie wollen.« Marc ließ ihn los, und sie gingen weiter. »Was tun Sie hier auf der Schwarzen Klippe, Bruder?«

»Ich bin ihr Beichtvater.« Der alte Mann grinste ironisch. »Sie hat bis jetzt von meinen priesterlichen Fähigkeiten zwar noch keinen Gebrauch gemacht, aber hinausgeworfen hat sie mich auch nicht. Ich habe in den letzten zweieinhalb Wochen jeden Tag von einundzwanzig bis drei Uhr vor diesem Kinderzimmer auf Sie gewartet – auf ihren Befehl hin. Glauben Sie, sie erwartet von mir, daß ich Sie exorziere oder so etwas?«

Marc lachte herzlich. »In wenigen Minuten werden Sie Ihre Chance bekommen.«

Sie stiegen eine kleine Hintertreppe hinauf. Anatol sagte: »Ihr beiden wollt also Brendans Redigierung intensivieren, wie? Meinen Sie, der kleine Bursche wird es schaffen?«

»Man kann es nur versuchen.«

Der Bruder warf einen listigen Blick auf die ihm folgende Gestalt in Schwarz. »Und ich frage mich, warum Sie es überhaupt versuchen.«

Marc antwortete nicht.

»Ist das Kind nur ein Vorwand?« Anatol öffnete, oben angelangt, eine Tür. Sie kamen in eine geräumige Suite unter dem Dach des Chalets, deren eine Seite ganz aus deckenhohen Fenstern bestand. Als sie drinnen waren und die Tür geschlossen hatten, sagte Marc: *Jetzt!*

Anatol biß die Zähne zusammen, schloß fest die Augen und stand steif wie ein Pfahl. »Machen Sie es schnell, verdammt noch mal!«

Er spürte die koerzibel-redigierenden Impulse in sich eindringen. Seine Kopfhaut prickelte, und vor seinen geschlossenen Augen brannte ein neurales Feuerwerk ab. Als Marc anfing, die Informationen abzurufen, verlor Anatol den Kontakt mit der Realität. Dann fand er sich ganz entspannt in der Mitte des Wohnzimmers stehend wieder. Aus seinem

Badezimmer kam das Geräusch der laufenden Dusche, und jemand pfiff »Le veau d'or«. Anatol suchte und fand den herrlichen scharlachroten Brokatmantel und die alte, verblichene Hose und hängte beides an den Türhaken. Er ging hinaus auf den Balkon und sprach unter den Sternen das Erste Mysterium des Leidens, um seine Nerven zu beruhigen. Gethsemane. Blutiger Schweiß. Und wenn er nun fragt? Alle Remillards waren Katholiken. Wenn es möglich ist, laß diesen Kelch an mir vorübergehen. *Weiß dieser Mann überhaupt, daß es Sünde war?*

»Es war keine Sünde, nur ein Versagen, Anatol Severinowitsch. ›Und auch wenn meine Truppe dort besiegt fiel, ist es eine Trophäe, ein hohes Ziel angestrebt zu haben ...‹«

Der Priester drehte sich um und sah den Herausforderer der Galaxis an. »Das ist nun wirklich interessant. Nach zweiundvierzig Jahren im Priesteramt hat man alle Sünden im Lexikon gehört. Aber Angelismus! – Das ist eine echte Seltenheit.« Er bemerkte die Narben auf Marcs Brust. »Und ist das eine weitere Trophäe des hohen Ziels?«

»Durchaus nicht. Nur die Spuren eines kürzlichen Unfalls. Sie werden in ein paar Monaten verschwinden. Mein Körper verjüngt sich von selbst.«

»Sie können also die Geier, die an Ihrer Leber nagen, ignorieren, wie? Trotzdem – welch eine fürchterliche Art von Sicherheit! Und auf lange Sicht auch einsam. Nun ... falls Sie mich irgendwann einmal brauchen, werde ich zur Stelle sein. Das habe ich ihr gesagt, und es gilt ebenso für Sie.«

Marcs Gesicht war ausdruckslos. »Hören Sie mir zu, Anatol Severinowitsch! Ich sehe, daß Sie es gut meinen und ein freundlicher Mann sind. Aber lassen Sie sich nicht einfallen, in meinen Angelegenheiten herumzupfuschen.«

»Sie wollen mir doch nicht erzählen, Sie seien so tief gesunken, daß Sie einen armen alten Priester nur dafür, daß er für Sie betet, töten würden?«

»Sparen Sie sich Ihre Gebete für Elizabeth! Ich brauche sie nicht mehr. Und jetzt wollen wir wieder nach unten gehen.« Er drehte sich um und wandte sich zur Tür. Anatol kam ihm nach.

»Nu, ne mudiy, mein Sohn! Ihr Bruder Jack würde Sie mit diesem Ausspruch nicht davonkommen lassen.«

Marc blieb stehen. Er sprach mit tödlicher Ruhe. »Für einen Mann, der ins Pliozän gekommen ist, bevor mein Bruder ... weit und breit bekannt wurde, scheinen Sie merkwürdig viel über seine seelische Struktur zu wissen.«

»Es kommt vom Anhören all dieser Beichten«, seufzte der Bruder. »Sie würden staunen über die Art von Leuten, die auf Zeitreise gegangen sind, um der Realität zu entfliehen. Oder vielleicht würden Sie auch nicht staunen! Ich weiß eine Menge mehr über Sie, als meine Erinnerungen Ihnen bei Ihrer Gehirndurchstöberung verraten haben, Sohn.« Er lächelte ermutigend. »Die Einsamkeit zum Beispiel. Ist das der wirkliche Grund, warum Sie hier auf die Schwarze Klippe kommen – die Hoffnung, einen anderen Metapsychiker zu finden, der Sie als Menschen statt als gefallenen Engel sieht?«

»Eine sehr interessante Frage«, sagte Marc Remillard. »Wir wollen beide versuchen, die Antwort zu finden.« Seinen schwarzen Overall über dem Arm, ging er lachend hinaus.

3

Té sei gelobt, es war ein gutes Jahr für Riesenschnecken.

Purtsinigelee Fleckbauch hob den Rindendeckel von der letzten Schüssel mit schalem Bier. Sie war ganz voll von dicken Mollusken, bernsteinfarben mit grauen Tupfen, jede einzelne fast so groß wie die Bananen, die die Geringen auf den Pflanzungen unten bei Var-Mesk anbauten – und viel saftiger und nahrhafter. Heute morgen waren alle Schüsseln an der Fallenlinie voll von Schnecken gewesen. Angezogen von dem verführerischen Hopfenduft, krochen sie über den Boden des Regenwaldes in dem Alpental und die moosigen Baumstümpfe hinauf, auf denen die Schüsseln standen. Nachdem sie sich bis zu gnädiger Bewußtlosigkeit vollgetrunken hatten, fielen die Schnecken in das Bier und ertranken. Es war ein leichter Tod, und Purtsinigelee, der ein friedlicher Zwerg war, stellte beim täglichen Einsam-

GIUSEPPE MANGONI

meln im Gresson-Tal oft philosophische Betrachtungen darüber an. Später, gepökelt und in Fäßchen gelagert, lieferten die Schnecken nicht nur proteinreiche Nahrung für seine Familie, wenn die Winterstürme die Helvitiden herunterfegten, sie stellten auch einen wertvollen Handelsartikel dar. Die anspruchsvollen Firvulag im westlichen Famorel zahlten gepfefferte Preise für erstklassige Herbstschnecken wie diese. Die Delikatesse mochte beim Großen Turnier dieses Jahres sogar ihren Weg auf die Bankettafel von König Sharn und Königin Ayfa finden. Purtsinigelee hoffte es; er selbst blieb am liebsten zu Hause, aber es war ein hübscher Gedanke, daß einige seiner Schnecken in den höchsten gesellschaftlichen Kreisen Anerkennung finden würden ...

Eine fröhliche Melodie summend, praktizierte er die letzte Schnecke in den Tragebeutel, der ihm über die Schulter hing. Er schüttete die Restflüssigkeit aus der Schüssel hinein, gab noch etwas schales Bier dazu und befestigte mit Sorgfalt den locker sitzenden Deckel. Über den steilen Pfad mit dem nebelumwallten Grün, den tropfenden Rhododendren und den Vögeln und Oreopithecinae-Affen, die unten am Fluß großen Lärm vollführten, schlug er dann den Weg nach Hause und zum Mittagessen ein.

Nach einer Weile kam er aus der dicht bewaldeten Schlucht in offeneres, felsigeres Land. Die Sonne stieg höher, der Nebel löste sich auf, und es wurde ein kühler, schöner Septembermorgen. Die Wiesen waren mit Blumen getupft, der Himmel war so strahlend blau, daß die Augen davon schmerzten, und entlang dem nördlichen Horizont ragte die überwältigende Frontkette der Penninischen Alpen in ehrfurchtgebietender Majestät auf. Die Famorel-Firvulag nannten sie die Göttinnenberge – nicht nur wegen ihrer Schönheit, sondern auch, weil einige Einwanderer sagten, die schneebekleideten Gipfel ähnelten der alten Heimat auf der verlorenen Duat. Die Erde des Pliozän besaß keine erhabeneren Berge.

Purtsinigelees Haus lag wie das vieler anderer Firvulag, die isoliert in höhlenlosen Gebieten lebten, auf einer beherrschenden Anhöhe, genau unterhalb des Grates, der das Gresson-Tal vom Fluß Ysez im Osten trennte. Einen Augenblick stehenbleibend, erspähte Purtsinigelee das hübsche Häuschen. Geformt wie ein steinerner Bienenkorb, schmiegte es sich am Rand eines kleinen Bergsees in den Schutz von Steineichen und windverkrüppelten Tannen. Und ringsumher standen ...

Er stieß einen Jammerlaut aus und flitzte in die Deckung eines großen Steinblocks. *Maschinen!* Gnädige Té – irgendwelche fremdartigen Erfindungen hatten sein Haus eingekreist! Vorsichtig erweiterte er seine Fernsicht und entdeckte auch eine ziemlich große Zahl von Leuten. Schrekken über Schrecken! Der Feind war über ihm! Er stöhnte laut und ließ den weichen Schneckensack zu Boden fallen.

»Meine arme Hobbino – und die Kinder! Die Göttin möge sie schützen!«

Mit klopfendem Herzen kroch er hinter dem Felsblock hervor und duckte sich unter einem niedrig wachsenden Wacholder. Es schienen sieben Maschinen zu sein, Fahrzeugen ähnlich, mit acht dicken Rädern an jeder Seite. Sie starrten von Auswüchsen, die wer weiß welchen Zwecken dienen mochten, und hatten viele schmutzige Fenster, die matt im Sonnenschein schimmerten. Ihre Höhe betrug etwas mehr als das Doppelte seiner eigenen, und sie waren vielleicht viermal so lang. Nicht nur Tanu-Ritter in Glasrüstungen, auch reiftragende und bloßhalsige Geringe waren sichtbar, gingen in sein Haus hinein, kamen heraus und machten es sich auf seinem Besitz gemütlich, als gehöre er ihnen, diesen Schurken! Té allein wußte, welche Greuel stattgefunden haben mochten.

Purtsinigelee nahm sich zusammen und wagte es, den Namen seiner Frau im intimen Modus zu rufen. Wie er gefürchtet hatte, kam keine Antwort. Die Hausmauern waren dick, sicher gegen jedes telepathische Eindringen, wenn es nicht von außergewöhnlicher Stärke war. Er überlegte, ob er die Kinder rufen sollte, aber seine beiden Söhne und drei Töchter waren alle noch keine zehn Jahre alt und völlig ungeübt darin, sich mental abzuschirmen. Bestimmt würden sie dem Feind seine Anwesenheit verraten.

So blieb er einige Zeit liegen. Seine Gedanken rasten. Den Schneckensack hielt er in seiner Verzweiflung fest umklammert. Dann raffte er sich mit aller Anstrengung auf. Was machte der Feind hier? Tanu wagten sich niemals ins entlegene Famorel. Ganz selten kam es vor, daß ein unglücklicher menschlicher Gesetzloser von Var-Mesk heraufwanderte, aber keiner blieb lange am Leben. Schließlich lauerten Tatsol Flammenspeier und Ryfa die Unersättliche zwischen den Seealpen! Da die Region immer sicher gewesen war, hatten die Kleinen Leute keine Garnisonen. Die einzigen ausgebildeten Krieger lebten nahe Famorel City, der Hauptstadt des Vizekönigs, sechs Tagesreisen weiter südwestlich.

Purtsinigelee dachte nach wie nie zu vor in seinem Leben. Es mochte mehr auf dem Spiel stehen als das Überleben seiner geliebten Familie! Soviel er erkennen konnte, betrug das Expeditionskorps mindestens fünfzig Mann. Einige von ihnen trugen Dinge, die den futuristischen Menschenwaffen, von denen jedermann redete, nur allzu ähnlich sahen. Er mußte diese Information über das Fernruf-Relais weitergeben. Es war seine Pflicht!

Mit äußerster Vorsicht kroch er den Weg zurück, den er gekommen war. Wenn er nur ein paar hundert Meter hinter sich brachte, konnte er vom Haus aus nicht mehr gesehen werden. Sobald er außer Sicht war, begann er zu laufen. Er erreichte eine Weggabelung und wandte sich nach Süden, parallel zu dem Berggrat und dem Fluß, bis er den fernwahrnehmungssicheren Warzenhügel zwischen sich und sein vom Feind erobertes Heim gelegt hatte.

Nach Atem ringend, warf er sich zu Boden. Sein nächster Nachbar war Tamlin der Stinkende, ein Moschusöl-Hersteller, der eine Tagesreise weiter westlich wohnte. Wegen der Einsamkeit erfordernden Natur seines Gewerbes war er der leidenschaftlichste telepathische Schwätzer im ganzen Vorgebirge. Old Tam würde dafür sorgen, daß der große Held Mimee selbst von diesem unerhörten Geschehen erfuhr. Seine ganze mentale Kraft sammelnd, sandte Purtsinigelee den Ruf hinaus. Damit fertig, nahm er den Schneckensack und wanderte entschlossen ohne Rücksicht auf Entdeckung zu seinem Haus zurück.

Als er dort ankam, waren die Eindringlinge fort. Ihre einzige Spur war eine immer noch über dem nördlichen Kamm schwebende Wolke. Seiner Frau und seinen Kindern war kein Leid geschehen. Sie saßen benommen um den Küchentisch.

»Was ist *passiert?*« schrie er.

»Sie sagten, sie wollten die Große Göttin ersteigen«, berichtete Hobbino ihm. »Sie haben uns nichts getan. Sie wollten vor dem Aufstieg Lebensmittel kaufen.« Sie lachte ziemlich hysterisch, dann suchte sie in ihrer Rocktasche und förderte einen Beutel aus Sämischleder zutage. »Sieh nur!« Sie zog die Schnüre auf und kippte einen glitzernden kleinen Haufen aus Edelsteinen auf das selbstgewebte Tischtuch. »Mehr als wir in fünf Jahren verdienen könnten!«

»Sie haben den Keller leergemacht«, erzählte der älteste Junge. »Auch das letzte Faß haben sie mitgenommen.«

Das jüngste Mädchen setzte ernst hinzu: »Aber, Papa – du hättest die schlimmen Dinge hören sollen, die sie sagten, als sie ein Faß öffneten und sahen, was sie gekauft hatten.«

VEIKKO: Hagen.

HAGEN: Hier, Junge. Warte eine Sekunde, ich will mir eben noch einmal eingießen!

VEIKKO: Glückspilz. Der einzige Alkohol, den wir hier haben, ist für medizinische Zwecke.

HAGEN: Halte dich an Kräutertee, oder du wirst enden wie dein Alter!

VEIKKO: Besser wie meiner als wie deiner, du Arschloch.

HAGEN: Schon gut, schon gut, hast ja recht. Jetzt kühl dich ab und berichte. Du hast mich lange warten lassen.

VEIKKO: (Redigierte Darstellung.)

HAGEN: (Lachen.) Ich hoffe, Irena hat eine Menge Rezepte für Schneckengerichte im Kopf.

VEIKKO: Hör zu, mir graust es bei dem Gedanken, daß ich entweder diesen Berg besteigen oder im Basislager bleiben und nur Schnecken pur essen muß. Du solltest dies Monte-Rosa-Ungeheuer einmal beaugapfeln! Das ist kein einzelner Gipfel, das ist eine ganze verdammte Bergkette – wie die Mauer am Ende der Welt, tropfend von Gletschern. Wer hätte gedacht, daß es im Pliozän soviel

Schnee geben würde? Und diese Alpen schießen unmittelbar aus der Po-Ebene empor, auf eine Entfernung von sechzig Kilometern vom Meeresspiegel bis auf neuntausend Meter Höhe.

HAGEN: Gib mir die genaue Position eures Lagers an.

VEIKKO: 40-50-31 Nord, 7-48-13 Ost, 4322,3 m hoch. Wir müssen sechs Kilometer Luftlinie vom Hauptgipfel entfernt sein. Zu schade, daß wir nicht fliegen können! Ich keuche wie eine gestrandete Schildkröte von der Höhenkrankheit. André ist heute nachmittag dreimal ohnmächtig geworden, und von den Männern des Königs sehen einige ganz so aus, als würden sie seinem Beispiel gern folgen. Ich glaube, nur ihre Halsringe halten sie noch aufrecht. Den Tanu geht es prima, und Basils Höllenhunde sind richtig obenauf. Wimborne nennt diesen Ort Camp Bettaforca. Es liegt Schnee hier, doch wir haben es in den Dekamol-Hütten bis auf den Sauerstoffmangel recht gemütlich. Der Quacksalber der Höllenhunde meint, wahrscheinlich würden wir uns in ein paar Tagen akklimatisiert haben.

HAGEN: Irgendwelche neuen Informationen über den eigentlichen Aufstieg?

VEIKKO: Die große Konferenz findet morgen statt. Der Sturmtrupp braucht nicht bis zum höchsten Punkt des Scheißgipfels hinauf, verstehst du. Sie müssen nur auf die andere Seite, wo die Flugzeuge geparkt sind. Es ist so gedacht: Eins wird freigeschmolzen und nach hier zurückgeflogen, um die übrigen Leute abzuholen. Dann geht es nach Goriah. Es kann nicht allzu schwierig sein, die Vögel startklar zu machen. Schließlich stehen sie noch nicht lange auf dem Berg – erst seit Ende Juli. Der mühselige Teil ist, die Maschinen mit dem ersten Team zu erreichen. Wimborne will eine Art Relais-Stationen mit Hilfsmannschaften einrichten.

HAGEN: Von unseren Leuten ist keiner bei dem Sturmtrupp, nicht wahr?

VEIKKO: Also, Buckmaster und Collins haben sich freiwillig gemeldet. Du kennst sie ja.

HAGEN: Die gottverdammten Trottel! Sag ihnen, sie sollen

es vergessen. Keiner von unseren Leuten setzt sein Leben aufs Spiel, außer es bleibt ihm keine andere Wahl!

VEIKKO: Amen.

HAGEN: Wer ist dem ersten Team zugeteilt worden?

VEIKKO: Das steht noch nicht fest. Aber alle werden Höllenhunde sein, ausgenommen Bleyn, den Ober-Tanu, und seine Tanu-Ungergebenen. Sie gehen mit, um aufzupassen, daß die Höllenhunde nicht mit den Vögeln abhauen. Du müßtest die Stiefel sehen, die dieser Nirupam für die Kletterer zusammengeschustert hat: Groß genug, um ein Huhn darin zu kochen! Gott, ich wünschte, ich hätte ein Huhn ...

HAGEN: Während der Sturmtrupp unterwegs ist, werdet ihr übrigen nur stillsitzen und warten?

VEIKKO: Sieht so aus.

HAGEN: (Zweifel.) Hör zu, Veik! Ich habe ein mulmiges Gefühl wegen dieser Firvulag, mit denen ihr auf dem Weg nach oben in Kontakt gekommen seid. Die, von denen ihr die Schnecken gekauft habt.

VEIKKO: Ja-a. Du meinst, sie könnten uns an das Gespenster-Hauptquartier verraten haben. Aber Elizabeth soll uns im Auge behalten und warnen, wenn sich Kleine Leute nähern, und bisher hat sie keine Bewegung gemeldet ...

HAGEN: Ich würde mich nicht zu sehr auf sie verlassen. Im Augenblick hat sie Interessanteres zu tun, als das Kindermädchen für euch zu spielen. Die Dame hat Papa in ihrem Chalet empfangen!

VEIKKO: ?!

HAGEN: Sie hat es dem König gegenüber eiskalt zugegeben. Wie sie sagt, ist es ihr ein Anliegen, Marc mit uns allen zu versöhnen ...

VEIKKO: Das ist wohl aussichtslos. Hat sich dein Alter sonst noch in der Nähe von Goriah blicken lassen?

HAGEN: Nicht mehr, seit der König ihn entdeckte, wie er vor einer Woche eine Kostprobe von dem Nachtleben nahm. Aber wir sind vorbereitet, wenn er versucht, das Projekt anzugreifen. Das Burgverlies ist aus dem gewachsenen Fels gehauen, so daß er nicht hineinspringen kann, und alle Zugänge sind in Sigmas gehüllt und werden von bewaffneten Soldaten bewacht. Cloudie hat die mentalen Identifikationsmerkmale von jeder Person, die berechtigt ist, sich im Sperrgebiet aufzuhalten, und kontrolliert das Betreten und Verlassen mit dem Burg-Computer. Es ist unmöglich, daß Papa sich maskiert einschleicht. Die wirklich unersetzlichen Arbeiter werden so sorgfältig bewacht wie das Komponenten-Lager. Auf diese Weise kann er uns also nicht treffen.

VEIKKO: Wie geht es mit der Rohstoffsuche voran?

HAGEN: Eine Menge haben wir schon. Es sieht aus, als läge der einzige Engpaß da, wo wir ihn von vornherein vermutet haben – bei der Beschaffung des Dysprosium-Niobium-Drahtes für das Maschengitter des Taufeld-Generators. Der Kleine König hat eine Gruppe auf die Erzsuche ins Nordland geschickt, aber das kann monatelang dauern. Wir brauchen diese Flugzeuge, Veik. Und nicht nur für das Heranschaffen von Mineralen ... Ich wollte den König dazu überreden, aufs Meer hinauszufliegen und Kyllikki mit seiner wunderbaren psychokreativen Kraft aus dem Wasser zu blasen. Er lehnte den Vorschlag rundweg ab. Ohne Angabe von Gründen. Ich *weiß*, es war ein Trick dabei, als er uns überrumpelte!

VEIKKO: Macht Kyllikki immer noch gute Fahrt?

HAGEN: Sie hat günstigen Westwind und ist etwa halbwegs zwischen den Bermudas und den Azoren. In frühestens neunzehn Tagen kann sie hier sein.

VEIKKO: (Furcht.) Mit aufgeladenen und schußbereiten Röntgen-Lasern. Wir müssen es schaffen, die Flugzeuge vorher nach Goriah zu bringen.

HAGEN: Wie recht du hast! Sie werden von Tag zu Tag wichtiger. Zum Beispiel – wie können wir, wenn Papa auf dem Kriegspfad ist, auch nur hoffen, den Guderian-Apparat *ohne* Lufttransport an den Standort des Zeitportals zu bringen?

VEIKKO: Um die Wahrheit zu sagen, es hat mich gewundert, warum ihr das Ding nicht gleich dort an der Torburg aufbaut.

HAGEN: Ich war dafür, aber der König legte ein Veto ein.

Natürlich will er uns unter dem Daumen behalten. Und vom Sicherheits- und logistischen Standpunkt aus ist Goriah der bei weitem bessere Ort, abgesehen davon, daß es zu nahe am Meer liegt. Das wirkliche Problem mit der Torburg ist, daß sie seit der Flut so gut wie leergestanden hat. Im letzten Winter überwältigte ein Firvulag-Trupp die kleine Wachmannschaft, drang ins Innere ein und richtete eine Menge Schaden an. Die Burg wird jetzt repariert und soll wohl als Herberge für Wanderer dienen, die zu dem Anfang November oben im Norden stattfindenden Turnier unterwegs sind. Letzte Woche hat der König Clouds Tanu-Freund geschickt, die Bauarbeiten zu überwachen.

VEIKKO: Traurig für Cloud.

HAGEN: Hm. Sie *sagt*, zwischen ihr und Kuhal sei es aus. Aber ich stelle fest, daß sie immer noch ziemlich regelmäßig telepathischen Kontakt aufnehmen. Zweifellos führen sie ernsthafte Diskussionen über die Bedeutung des Lebens und dergleichen Blödsinn.

VEIKKO: Wie geht es Diane?

HAGEN: Sie macht mir das Leben schwer, wenn du es unbedingt wissen mußt. Plötzlich hat sie Bedenken, welchen Empfang uns das Milieu bereiten wird. Wegen Gibraltar. Wegen ... dessen, was wir sind. Sie hat sich schon halb eingeredet, es sei besser, hierzubleiben.

VEIKKO: Gott! Nach allem, was wir durchgemacht haben?

HAGEN: Und noch werden durchmachen müssen ...

VEIKKO: Vielleicht hat sie Angst um ihren Vater.

HAGEN: Alex kann für sich selbst sorgen. Jetzt, wo Papa mit dem D-Springen angefangen hat, braucht er Manion mehr als je zuvor. Nichtsdestoweniger – hast du kürzlich versucht, mit Walter auf Kyllikki fernzusprechen?

VEIKKO: Das hätte nicht viel Sinn gehabt, da wir jede Nacht in einem Tal kampiert haben, um uns außer Fernwahrnehmungsreichweite der Firvulag zu halten. Sollte ich es bei Walter versuchen, wo ich nicht einmal dich erreichen konnte?

HAGEN: Versuche es! Jetzt, wo du auf halber Höhe des

höchsten Berges der Erde sitzt, könntest du eine Chance haben, Kontakt herzustellen.

VEIKKO: Gut. Falls meine Gehirnzellen noch nicht an Sauerstoffmangel eingegangen sind. Möchtest du etwas Besonderes wissen?

HAGEN: Wie die Moral an Bord des Schiffes ist. Ob die Magnaten immer noch dafür sind, uns das Lebenslicht auszublasen. Ob Papa immer noch die stählerne Faust im Samthandschuh bevorzugt. Hinweise, wie er die Röntgen-Laser einsetzen will. Über seine D-Sprung-Reisen und seine Annäherungen an den König und Elizabeth ... Würde Walter dir über einen dieser Punkte die Wahrheit sagen?

VEIKKO: Jesus, Hagen, das weiß ich nicht. Er wünscht sich ebenso sehr wie Alex, daß wir davonkommen. Aber ...

HAGEN: Ja, ja. Ich wäre eher geneigt, ihm zu vertrauen, wenn er als Kapitän dieses Schoners nicht soviel Tüchtigkeit zeigte.

VEIKKO: Heute nacht versuche ich, mit ihm fernzusprechen, in den ersten Morgenstunden, heißt das. Früher hat er für gewöhnlich die Mittelwache genommen. Aber erhoffe dir nicht zuviel. Ich bin nicht der Fernsprecher, der Vaughn Jarrow war.

HAGEN: Du bist auch nicht der Vollidiot, der Vaughn war. Tu dein Bestes!

VEIKKO: Noch etwas.

HAGEN: ?

VEIKKO: Jetzt, wo unser Lager an einer freien Stelle aufgeschlagen ist, können wir auch noch von anderen als den Virvulag entdeckt werden ... Hagen, wenn Marc nun hier auftaucht? Ich weiß, er kann keine Waffen mitnehmen. Er würde ja auch keine brauchen. Wenn der Sturmtrupp sich an einer schwierigen Stelle abmüht, genügt ein kleiner Stoß ...

HAGEN: Gott, ja! Warne bei dieser Konferenz morgen Basil und die anderen vor der Möglichkeit.

VEIKKO: Und?

HAGEN: Geht kein Risiko ein! Wenn Papa auf jenen Berg kommt, tötet ihn auf der Stelle!

Irena O'Malley kam mit einer neuen Ladung dampfender Teller aus der Kochhütte, stellte sie auf die Anrichte und überprüfte die Kaffeemaschine. Sie entschloß sich, eine kurze Pause in ihrer Arbeit einzulegen und nachzusehen, wie es Veikko ging. Vom Lager aus kletterte sie bis zu der Stelle hinauf, wo er saß, allein auf einem flachen Fels im Sonnenschein, zwischen einzelnen Flecken alten Schnees. Er war immer noch ganz in sein Elend versunken. Den schmächtigen Körper hatte er zu einem schlampigen Lotus-Sitz zusammengekrümmt. Seine Kontemplation schien dem überhängenden Fels zu gelten, der wie eine versteinerte Tsunami-Welle, gekrönt von hängenden Gletschern, aufragte. Im Osten lag der gewaltige Cresson-Eisfall und jenseits davon der wolkengeschmückte Gipfel des Monte Rosa.

»Sind die Kopfschmerzen noch schlimm, Liebster?« erkundigte sich Irena. Veikko antwortete mit einem bleichen Lächeln. Sie deutete auf sein fast unberührtes Frühstück. »Magst du die Schnecken nicht?«

»Sie schmecken großartig, Rena. Wirklich! Ich habe nur einfach keinen Hunger. Liegt vielleicht an der Höhe.«

Sie kniete sich neben ihn zwischen die Büschel von Alpenpflanzen, eine große und robuste junge Frau mit glänzendem schwarzen Haar, das zu schlichten Hängezöpfen geflochten war. Ihm besorgt eine Hand auf die Schulter legend, versuchte sie, mit ihrer Redigierung in sein Gehirn zu schlüpfen. Aber sie stieß gegen die gleiche Barriere geheimnisvollen Kummers, an der ihre früheren Trostversuche auch gescheitert waren. »Wenn du mich nur einlassen würdest, könnte ich dir helfen! Was ist denn mit dir heute morgen? Und speise mich nicht mit irgendwelchem Unsinn über Höhenkrankheit ab.«

Er biß sich auf die Lippe und weigerte sich, ihrem Blick zu begegnen. Als sie die Arme um ihn legte, verlor er den letzten Rest Selbstbeherrschung und wehrte sich wie ein gefangenes wildes Tier. »Sag es mir!« drängte sie.

Er hatte die Augen geschlossen, und jetzt drangen Tränen unter den zitternden Lidern hervor. »Es tut mir leid. Es tut mir so leid. Aber früher oder später mußt du es doch erfahren. Sie alle müssen es erfahren!«

»Veikko, *sag* es mir!«

»Heute nacht ist es mir endlich gelungen, mit Walter auf Kyllikki fernzusprechen. Er berichtete mir, daß ... daß etwas Gräßliches geschehen ist. Vor zehn Tagen hat sie – hat sie – Marc war auf einem D-Sprung, und keiner der anderen an Bord hatte einen Verdacht, was sie plante. Du weißt, wie raffiniert sie im Abschirmen ist. Und – dann hat sie Leute umgebracht.«

Irenas Finger krallten sich in Veikkos Schultern. »Wen?«

»Barry Dalemberts Vater. Und die beiden Keoghs – nicht daß Nial einen Pfifferling darum geben wird, das herzlose Schwein!«

»Schsch, Baby ... wen sonst noch?«

Veikko vergrub seinen Kopf an ihrer Brust, und seine Gedanken teilten ihr die Liste der Toten mit: Frieda Singer-Dow, Mutter von Chee-Wu Chan; Claire Shaunavon, Mutter von Matiwilda; Audrey Truax, Mutter von Margaret und Rebecca Kramer; Isobel Layton und Alonzo Jarrow, Eltern von Vaughn Jarrow; John Horvath, Vater von Imre; Abdulkadir Al-Mahmoud und Olivia Wylie, Eltern von Jasmin Wylie; Eva Smuts, Ko-Mutter von Kané Fox-Laroche; Ronald Inman; Everett Garrison; Gary Evans und ...

Jetzt weinter er. »Es tut mir leid, Rena. Arky auch. Er war einer von den Verletzten. Steinbrenner tat sein Bestes, aber als Chirurg ist er nicht so gut wie die Keoghs es waren, und auf Kyllikki gibt es keinen Regenerierungstank. Arky ist vor drei Tagen gestorben.«

Endlich öffnete sich sein Geist. Sie schmolz, goß psychischen Balsam auf seine emotionale Überempfindsamkeit, wiegte ihn hin und her, und die Sonne der Tagundnachtgleiche wärmte die Südflanke des Berges.

Sie sagte: »Seltsam, ich habe von Daddy geträumt – damals. Es war ein langer Traum, voll von Einzelheiten. Wahrscheinlich Erinnerungen an Geschichten, die er mir erzählte, als ich klein war, und an Bücher und Drei-D-Kassetten, die wir gemeinsam lasen und ansahen. Im Traum reisten wir im ganzen Milieu umher. Zuerst besuchten wir die menschlichen Kolonien von Volhynia und Hibernia, um zu sehen, wie unsere ethnischen Verwandten die Wildnis zähmten, und dann ruhten wir uns auf der kosmopolitischen Welt Riviera aus, dem Ferienparadies. Dann besichtigten wir exotische Planeten. Wir begegneten komischen kleinen Poltroyanern und abstoßenden Wesen, von denen grüner Schleim tropfte, und hochgewachsenen Hermaphroditen mit riesigen gelben Augen – und alle waren vereinigte Metapsychiker, trotz ihres seltsamen Aussehens. Wir sahen die Krondaku, die in Person nicht ganz so unheimlich sind wie in einem Hologramm. Mit den Lylmiks veranstalteten wir eine Art Séance. Wie wir erfuhren, ist ihre Rasse so alt, daß sie aus dem vorigen Universum herstammen mag. Schließlich kehrten wir auf die Alte Erde zurück, nach New Hampshire in Amerika, wo die O'Malleys und die Petrowitsche Anfang des 20. Jahrhunderts in den Papiermühlen arbeiteten und kleine Farmen besaßen. Wir sahen Mount Washington, wo die Intervention begann, und das alte Remillard-Haus in Hanover. Arky und ich sahen es alles zusammen: die Heimat unserer Großeltern und die Schulen und Kirchen und Läden und Restaurants und anderen Landmarken der wirklichen Welt ... Er war ein netter alter Schurke, Veikko. Auch dich hatte er gern, obwohl er sich viel Mühe gab, es nicht zu zeigen. Andauernd fragte er mich, wann wir ein Kind haben würden.«

»Nicht hier.«

»Ich versuchte, es ihm zu erklären. Warum wir an Marc und seine Sternensuche nicht länger glauben können. Aber er weigerte sich, es zu verstehen. Nun ist er tot, und diese anderen alle auch.«

Veikko wischte sein Gesicht mit dem Ärmel ab, suchte einen Kamm und fuhr damit durch sein glattes helles Haar. Sein Gesicht war nachdenklich. »Jetzt sind nicht mehr allzu viele übrig, die Marc manipulieren kann, nicht wahr? Rechnen wir nach: Sechs Magnaten, Manion nicht mitgezählt. Das sind die Geister, um die wir uns wirklich Sorgen machen müssen. Nur Kramer und Warshaw haben noch lebende Kinder, und die alte Lady ist hart wie Stein, wenn es um die Treue zu Marc geht. Bei Kramer bin ich mir nicht so sicher. Er könnte umfallen, wenn es dazu kommen sollte, Marge und Becky zusammen mit uns anderen umzubringen. Von den Großmeistern der zweiten Garnitur sind es – achtzehn. Quinn Fitzpatrick und Allison Sherwoode sind schwach; die anderen kann er für ein Metakonzert gut brauchen. Und dieser große Hengst Bum-Bum Laroche ist bei jeder Aufgabenverteilung anderthalb Gehirne wert.«

»Walter würde doch nie ...«

Alle Personen bitte sofort unter dem großen Zeltdach versammeln!

»Die Konferenz.« Veikko stand auf. Unterwegs zu dem kleinen Dorf aus Hütten und geparkten Fahrzeugen sagte er: »Täusch dich nicht über meinen Vater, Rena! Walter ist wie viele andere Ex-Rebellen. Wenn er sich außerhalb von Marcs Aura befindet und selbständig denken kann, versteht er unsere Lage und sympathisiert mit uns. Aber bring ihn zurück in die koerzible Reichweite unseres Engels des Abgrunds, und der alte Zauber bannt ihn von neuem – genau wie *uns*, bevor Alexis Manion uns zeigte, wie wir entfliehen konnten.«

»Und dafür bezahlte«, setzte Irena hinzu. Eine Minute später fragte sie: »Wirst du den anderen von den Morden erzählen?«

»Erst wenn Hagen sein Okay gegeben hat. Vielleicht nicht einmal dann. Soll er es ihnen doch mitteilen, wenn wir alle sicher in Goriah angekommen sind. Falls das je geschieht.«

Sie nahmen ihre Plätze auf den Dekamol-Bänken vor einem improvisierten Podium ein, auf dem Basil Wimborne geduldig wartete, bis die letzten Nachzügler sich gesetzt hatten. Zwangsläufig hatte sich die Gruppe in drei verschiedene Cliquen aufgeteilt: die zehn Nordamerikaner, die zwanzig Höllenhunde und die Männer des Königs, zwölf Tanu und zwanzig menschliche Goldene. Nur Basil selbst und Nirupam, das fröhliche kleine Faktotum der Höllenhunde, waren auf der Reise vom Rhône-Tal her ungezwungen mit allen umgegangen.

Der frühere Oxford-Lehrer klopfte dreimal auf das Pult und fixierte die Zuhörer mit professoralem Selbstbewußtsein. Das Gebabbel aus Gedanken und Stimmen verstummte.

»Wir haben die erste Etappe der Expedition erfolgreich

zurückgelegt«, begann Basil. »Dank dem Geschick unserer Fahrer und den guten Diensten der Großmeisterin Elizabeth, die unsere Route überwachte, ist uns auf den vierhundertundsechsundneunzig Kilometern zwischen Darask und Camp Bettaforca kein Unglück widerfahren. Unsere Reise hat vierzehn Tage gedauert, was eine unter den Umständen beachtlich kurze Zeit ist. Ich bin von Bleyn dem Champion, dem stellvertretenden Lord der Psychokinetiker, gebeten worden, euch allen die herzlichsten Glückwünsche von König Aiken-Lugonn zu übermitteln, dessen Herz und fernsehendes Auge ständig mit uns sind. Seine Majestät ist überzeugt, die zweite Phase der Operation wird so erfolgreich verlaufen wie die erste.«

Die Grußbotschaft wurde mit entschieden ironischem Ton ausgerichtet. Die meisten der Höllenhunde reagierten darauf mit verständnisinnigem Grinsen, während Bleyn und die Tanu feierliche Mienen bewahrten.

»Den eigentlichen Angriff auf den Monte Rosa wird, wie die meisten von euch wissen, mein eigenes Team von ... ah ... Höllenhunden unternehmen. Doch auch den Expeditionsmitgliedern, die im Basislager bleiben, werden bestimmte Aufgaben zufallen. Lord Bleyn erhielt heute früh von Elizabeth die Nachricht, eine Truppe von ungefähr zweihundert Ogern und Zwergen sei von Famorel City ausgerückt und ziehe das Ysaar-Tal hinauf nach Norden. Wir können nur vermuten, daß sie dem Fluß ostwärts folgen, durch den Kleinen St.-Bernhard-Paß in das Proto-Augusta-Tal marschieren und von da versuchen werden, uns zu überfallen.«

Ausrufe und Erstaunen und Bestürzung. Lusk Collins, der junge amerikanische Fahrer, rief: »Ich habe euch gesagt, ihr solltet die Firvulag töten, von denen wir die Schnecken gekauft haben!«

»Sie zu verschonen war ein kalkuliertes Risiko«, behauptete Basil steif. »Darf ich euch, abgesehen von humanen Erwägungen, daran erinnern, daß wir angewiesen sind, Blutvergießen zu vermeiden. Theoretisch besteht ein Friedensvertrag zwischen dem Königreich der Tanu und dem der Firvulag.«

»Erinnere die Famorel-Gespenster, nicht uns!« ließ sich Phronsie Gillis hören. »Dann kämpfen wir eben. Was soll's? Wie lange wird es dauern, bis diese Scheusale hier sind?«

»Elizabeth schätzt sechs Tage«, antwortete Basil. »Wir sind gut bewaffnet, und die Zeit müßte ausreichen, uns ... ah ... einzugraben und die Stellung zu sichern. Lord Ochal der Harfner wird die Verteidigungsmaßnahmen koordinieren, und ich will sie jetzt nicht weiter besprechen. Meine Domäne ist der Berg, und ich glaube, er – und nicht die Armee der Famorel-Firvulag – wird sich als unser größter Gegner erweisen.«

»Hört, hört!« sagte Mr. Betsy.

Basil suchte in seiner Hemdtasche. Er zog ein kleines Stück Papier hervor und überflog es, bevor er zusammenfaßte: »Das Hauptziel dieser Expedition ist es, die siebenundzwanzig Rho-Flugmaschinen sicherzustellen, die auf der anderen Seite des Monte Rosa stehen, und sie dem König in Goriah abzuliefern. Ich bin angewiesen worden, jedes Risiko für unser Personal – vor allem für die Piloten – sehr sorgfältig abzuwägen. Aber die Eroberung eines Gipfels wie dieses birgt nun einmal Gefahren, besonders da wir so wenige erfahrene Bergsteiger und eine nur improvisierte Ausrüstung haben. Eigentlich brauche ich nicht erst zu erwähnen, daß ich bei der Operation eine führende Rolle zu übernehmen gedenke. Bevor ich ins Pliozän kam, ließ ich meinen Körper für ... ah ... Unternehmungen in großen Höhen modifizieren. Und da es eine Grille von mir war, die dazu führte, daß die Flugzeuge auf dem Monte Rosa geparkt wurden, ist es nur gerecht, wenn ich an der gefährlichsten Phase der Wiederbeschaffung teilnehme. Unglücklicherweise bin ich weder Pilot noch besitze ich die technischen Kenntnisse, die ... ah ... Motoren eines Fahrzeuges anzuheizen, das zwei Monate lang tiefgekühlt worden ist. Sie müssen auch wissen, daß die Besteigung eines großen Berges wie des Rosa notwendigerweise eine Team-Leistung ist. Hilfsgruppen müssen eine Reihe von Lagern mit Vorräten anlegen, so daß der eigentliche Angriff auf den Gipfel in Sprüngen erfolgen kann. Ich werde sowohl die Hilfsgruppen wie die Sturmtrupps anführen.«

»Und dabei jede elende Minute genießen«, bemerkte Mr. Betsy. Er sah mit einer Schwanendaunen-Weste und einer betroddelten Balaklava über seinem elisabethanischen Staat anachronistischer denn je aus.

Basil fuhr fort: »Auf meine Bitte hin hat Lord Bleyns Karawane von Goriah bestimmte Artikel wie Motorwinden, Seile und Kabel, Vitredur-Hammer und -Eispickel, Medikamente und warme Kleidung mitgebracht. Wir haben eine Anzahl der ausgezeichneten Rucksackpacks, die die Auberge zur Verfügung stellte, mit ihren Dekamol-Unterkünften und -Leitern, Koch- und Heizgeräten und entsprechenden Vorräten an Nahrungsmittelkonzentraten. Nirupam hat eifrig Krampen und Ringnägel, Schrauben und andere ... ah ... Eisenwaren aus Vitredur hergestellt. Wir haben keine Sauerstoffgeräte, aber ich glaube, wir schaffen es auch so, da nur die stärksten von uns klettern werden.«

Er drehte sich um und zeigte auf die schimmernde Wand des Berges hinter ihm. »Der Monte Rosa erhebt sich 9082 Meter über den Meeresspiegel. Glücklicherweise brauchen wir nicht den Gipfel zu stürmen – obwohl ich persönlich meine Seele dafür verkaufen würde, wenn man mir den Versuch erlaubte.«

Die Höllenhunde lächelten einander wissend zu, während die übrigen Expeditionsmitglieder Basil mit fasziniertem Entsetzen betrachteten.

»Unsere Aufgabe ist, durch den Westpaß zu gelangen, dies sattelförmige Gebiet links vom Gipfel. Es liegt ungefähr in der Höhe von nur 7800 Metern. Elizabeth hat die möglichen Wege mit ihrer scharfen Fernwahrnehmung untersucht und mir die mentalen Bilder übertragen, aus denen ich wiederum eine ungefähre Marschroute entwickelt habe. Vom Camp Bettaforca aus werden wir zuerst den Gletscher überqueren, den ihr unmittelbar über uns seht. Ich habe ihn den Gresson-Gletscher genannt. Das Eis ist alt, schmutzig und morsch, was große Vorsicht erfordert. Wenn wir die Abdachung mit den Eisfällen erreichen, müssen wir uns entscheiden, welchen wir zum Aufstieg benutzen. Unglücklicherweise haben wir keine große Wahl. Die drei Fälle zu unserer Linken und der östlichste fallen beinahe senkrecht ab, ebenso wie die Felswände. Da bleibt uns nur der – nennen wir ihn den Gresson-Eisfall, der eine verhältnismäßig bequeme Neigung von fünfzig Grad hat. Ich sagte verhältnismäßig. Der Weg diese große niedergestürzte Masse hinauf ist wahrscheinlich der gefährlichste Abschnitt unserer Tour. Sind wir einmal oben, wenden wir uns nach Westen. Merkt euch die drei massiven Zacken auf der Südwestflanke des Berges, die wie die Zinken einer riesigen Gabel aussehen. Wir müssen sowohl über die mittlere als auch über die westliche Zinke hinweg – und über die urweltlichen, schneebedeckten Gletscher zwischen ihnen –, um den Westpaß zu gewinnen. Entlang der Route werden mindestens drei Voraus-Camps errichtet. Ich habe ein Hilfsteam von neun Personen zusammengestellt, die als ... ah ... Sherpas dienen werden. Es sind Nirupam, der ein echtes Mitglied jener Volksgruppe ist, Stan, Phillipe, Derek, Cisco, Chazz, Phronsie, Taffy und Clifford. Wenn sie die Lager fertiggestellt haben, ist ihre Arbeit getan, und sie können sich zur wohlverdienten Ruhe nach hier auf die Basis zurückziehen.«

»Gerade rechtzeitig für den Kampf mit den Firvulag«, seufzte Stan Dziekonski.

Ungerührt fuhr Basil fort: »Der aus acht Personen bestehende Sturmtrupp wird in zwei unabhängige Teams geteilt, die mit einer Stunde Abstand vorrücken. Da sie mit Hitzestrahlern und Werkzeugen für die Flugzeugreparatur belastet sind, werden sie Motorwinden und Fertiganker benutzen, um ihr Gepäck und sich selbst den Berg hinaufzuziehen, wo immer das Terrain solche ... ah ... unsportlichen Manöver erlaubt. Haben sie den Westpaß hinter sich gebracht, steigen die Sturmtrupps zu dem Parkplatz der Flugzeuge ab, der auf 5924 Metern Höhe an der Nordwand liegt.«

Irene O'Malley fragte: »Warum eigentlich zwei Sturmtrupps?«

»Ausfälle«, antwortete der Professor.

Unter den Zuhörern herrschte Totenstille.

»Wir dürfen hoffen«, fuhr er fort, »daß mindestens ein vollständiges Team das Ziel erreicht. Es müßte bestehen aus einem erfahrenen Bergsteiger als Anführer, einem Piloten, einem Techniker und ...«

»Einem Tanu«, fiel Bleyn der Champion ein. »Auf Befehl des Königs.« Sein mentaler Ton verriet nichts als Gutwilligkeit. »Da Lord Aronn und ich beide Psychokinetiker sind, können wir vielleicht sogar beweisen, daß es sich gelohnt hat, uns durchzufüttern.«

Basil sagte: »Der Sturmtrupp Nummer Eins besteht aus mir, Dr. Hudspeth, Ookpik und Lord Bleyn. Zu Nummer Zwei gehören Dr. Thongsa, der Pilot, Bergsteiger und Arzt ist ...«

»Alles in einen einzigen kleinen unerträglichen Windbeutel zusammengepackt«, murmelte Phronsie mit finsterem Blick auf den Tibetaner, der so tat, als höre er es nicht.

Basil fuhr fort: »Nazir geht mit als Techniker und Bengt als Erster Pilot ...«

»Und als Polizist!« setzte Phronsie hinzu. »Wenn irgendein Schlitzohr daran denkt, mit einem Flugzeug abzuhauen, wird der alte Bengt ihm den Hintern versohlen.«

»Lord Aronn vervollständigt das zweite Team«, sagte Basil. »Unter idealen Bedingungen erreichen beide Teams die Flugzeuge, und dann stehen uns drei Piloten, nicht nur einer, zur Verfügung, die die Maschinen hierher ins Camp Bettaforca zurückfliegen können. Mr. Collins, unser Spezialist für Mehrzweckfahrzeuge, versichert mir, die Vierfachwagen könnten zum Verladen in die Flugzeuge in ihre ursprünglichen kleineren Module zerlegt werden. Wir hoffen, das gesamte Lager zu evakuieren und in toto auf die Nordflanke zu schaffen. Selbst wenn ... ah ... uns das Glück nicht hold ist und uns nur ein einziges Schiff für die Luftbrücke zur Verfügung steht, wird es immer noch möglich sein, alle Leute mit einem einzigen Flug in Sicherheit zu bringen. Sobald die Flugmaschinen Energie haben, sind sie fähig, eine dünne Atmosphäre zu verdichten. Empfindliche Personen werden an Bord untergebracht, während eine ausreichende Zahl von Schiffen für den ersten Flug nach Goriah vorbereitet wird. Deshalb brauchen nur die Angehörigen des technischen Stabes und ihre Tanu-Aufseher auf dem Berg zu bleiben, um die übrigen Maschinen zu bergen

... Uns steht eine schwierige Aufgabe bevor. Es kann sein, daß einige von uns dabei das Leben verlieren. Aber wir wissen, die Flugmaschinen sind ein entscheidender Faktor nicht nur bei der Öffnung des Zeitportals, sondern auch bei der Verteidigung des Vielfarbenen Landes gegen mächtige Feinde. Auf die Gefahr hin, daß ich mich dem Vorwurf aussetze, immer wieder auf denselben Punkt zurückzukommen, möchte ich damit schließen, daß ich einen eigentümlich passenden Vers von Kipling zitiere:

> Etwas ist versteckt. Geh's suchen!
> Such es hinter diesen Bergen.
> Es verlor sich in den Bergen,
> Wo es auf dich wartet. Geh!

Wenn es irgendwelche Fragen gibt, werde ich sie jetzt beantworten.«

»Wann sollen wir Sherpas losmarschieren?« erkundigte sich Stan.

Basil antwortete: »Morgen stecken Nirupam, Ookpik und ich einen Weg über den Gresson-Gletscher zum Eisfall ab. Mittwoch, den vierundzwanzigsten, beginnen Hilfsteams, Vorräte zu einem geeigneten Platz am Fuß des Eisfalls zu tragen.«

»Und wie lange wird es dauern«, fragte ein besorgt wirkender Elite-Goldener, »bis die Vögelchen nach Goriah ins Nest heimfliegen?«

»Wir haben genau neunzehn Tage Zeit«, stellte Veikko fest, »ob ihr es glaubt oder nicht.« Und er erzählte ihnen, wann die Kyllikki mit den Röntgen-Lasern eintreffen werde, und als sich der Aufruhr wegen dieser Nachricht gelegt hatte, gab er die wirklich schlechten Neuigkeiten über Marc bekannt.

4

Mary-Dedra trocknete die entzündete Haut ihres kleinen Sohns. Dann bestäubte sie ihn mit samtigen Sporen, indem sie einen trockenen Bovist über seinem Körper ausdrückte.

Er erwachte einen Augenblick aus der schrecklichen Betäubung, und sein Geist lächelte: *Schön.*

Seine Mutter redete ihm durch ihren goldenen Reif zu: Bald wirst du dich besser fühlen viel besser bald Brendan. Laut sagte sie zu Elizabeth: »Bruder Anatol hat diesen Ersatz für Kinderpuder vorgeschlagen. Er erzählte, es sei ein altes sibirisches Heilmittel. Der Schwamm scheint gegen die Blasen besser zu wirken als Salben.«

Die Augen des Kindes mit ihren vergrößerten Pupillen richteten sich auf Elizabeth. Das schwache Glühen eines angenehmen Gefühls wurde von Angst ausgelöscht. *Weh tun? Wieder?*

Elizabeth antwortete: Ja Brendan. Weh tun damit alles Wehtun weggeht. (Und du mußt mich fürchten, armes Kind, du darfst die Person, die dir weh tut, nicht lieben, damit die Schaltwege des Geistes sich nicht verwirren und du den Schmerz für Freude ansiehst.)

Dedra wickelte das Kind in eine leichte Decke und hielt dabei den Strom telepathischer Zusprache aufrecht. Trotzdem brach Brendan in hoffnungsloses Wimmern aus, als sie ihn Elizabeth gab. Überwältigt von Schuldgefühlen, schrie Dedra auf.

»Wir sind dem Erfolg ganz nahe«, versicherte Elizabeth der Mutter. »Es kann noch heute nacht sein.«

»Aber es geht ihm doch kein bißchen besser ... Du sagst, die Behandlung macht Fortschritte, aber ich sehe keine! Außer in seiner Kommunikation mit mir, wenn er mir sagt, wie sehr es ihn quält.«

»Ich weiß. Es tut mir leid, aber das ist unvermeidlich. Hielten wir ihn während der Redigierung unterhalb der Schmerzschwelle, wäre er nicht fähig, uns zu helfen. Glaube mir, Dedra, es geht ihm wirklich besser. Unglücklicherweise haben sich die Veränderungen im Gehirn noch nicht im übrigen Körper manifestiert. Wenn sie es tun, wird die Besserung dramatisch und abrupt erfolgen. Wir sind schon weit in die multimodalen thalamischen Nuklei eingedrungen – ein primäres integratives Gebiet. Das Werk ist fast vollendet.«

»Werdet ihr wieder die ganze Nacht arbeiten?«

»Ja.« Elizabeth drückte das schluchzende Kind an ihre Schulter. Sie löste eine massive Dosis von Endorphinen aus, damit Dedra das Kind wenigstens noch einmal lächeln sah, bevor sie ging – falls dieser Anblick es sein sollte, der in ihrer Erinnerung weiterleben würde. »Dedra, es besteht immer noch Gefahr. Bis zum Schluß.«

Die Mutter küßte das Köpfchen ihres Kindes, fieberheiß unter den seidenfeinen Locken. *Liebe Brendan Liebe.*

Brendan liebt Mutter.

»Ich weiß, wie schwer du gearbeitet hast«, sagte Dedra zu Elizabeth. »Du und – dieser Mann. Ich bin dankbar, was auch geschieht. Glaube mir.«

Elizabeth legte das jetzt ruhige Kind in seinen Korb. »Du kannst Marc hereinschicken. Sag Bruder Anatol, er soll heute nacht mit dir draußen warten. Damit wir ihn rufen können, wenn wir ihn brauchen.« Für den Abschiedssegen.

»Gut.«

Dedra verließ das Kinderzimmer. Elizabeth trat von dem Korbbett ans Fenster, um ein paar Atemzüge kühle Luft zu schöpfen. Ein herbstlicher Mond ritt über den silbrigen Wellen der Montagne Noire. Der Äther schien über ganz Europa still zu sein.

Anscheinend, dachte sie, spielt sich alles, was es an Angst und Qual auf der Welt gibt, hier auf meiner traurigen Klippe ab, und ich fürchte mich sehr. Nicht vor einem persönlichen Versagen. Nicht einmal davor, Dedras Leid sehen zu müssen. Ich fürchte mich vor ihm und den Energien, die er durch mich in den Geist dieses sterbenden Kindes leiten wird. Seit zehn Tagen ist er getreulich jeden Abend hier erschienen. Die Hilfe, die er mir geleistet hat, ist über jedes Lob erhaben. Nie hat er den leisesten Versuch gemacht, die Leitung an sich zu reißen oder auch nur meine Anweisungen in Frage zu stellen. Sein Benehmen war von formeller Höflichkeit. Und trotzdem fühle ich mich weiterhin bedroht ...

»Guten Abend, Elizabeth.«

Sie wandte sich vom Fenster ab, und da stand er neben dem Kinderbett. Wie immer trug er den roten Seidenmantel, den Bruder Anatol ihm freundlicherweise abgetreten hatten.

»Wir wollen heute nacht zum Abschluß kommen«, sagte sie. »Da es uns alle drei schwer mitnehmen wird, müssen wir es in kurzen Phasen tun und dem Kind dazwischen reichlich Zeit für die Erholung der Synapsen lassen. Bist du soweit?«

»Gleich.« Er hielt ihr die geschlossene Faust hin, drehte sie um und öffnete die Finger. Auf seiner Handfläche lag ein kleiner weißer Stern. »Ich war heute auf Entdeckungen aus und habe dir ein Souvenir mitgebracht.«

Unwillkürlich streckte sie die Hand danach aus. Es war eine Blüte. In feine weiße Wolle gehüllte fleischige Blätter umgaben die goldenen Knötchen in der Mitte. Elizabeth betrachtete sie verblüfft.

Er sagte: »Ein Edelweiß. Sollen wir anfangen?«

Halt fest! Dämme die Flut zurück!

Schon geschehen.

Jaohgut sieh das Holonetz reagiert brenne es MEHR ja genug. Jetzt Hirnstamm-Input. *(SchlafBrendanschlafKindchenschlafjetzt.)* Löse dich vorsichtig ... komm heraus Marc und ruh dich aus!

Sie saßen in ihren Sesseln zu beiden Seiten des Bettes und rangen mit gesenktem Kopf nach Atem. Wie immer, erholte er sich zuerst und nahm die Karaffe mit Obstsaft und die Gläser von dem in der Nähe stehenden Tischchen. Nachdem er eingeschenkt hatte, bückte er sich und hob etwas vom Fußboden auf.

»Du hast deine Blume verloren«, meinte er lächelnd.

Elizabeth nahm sie von ihm entgegen und steckte sie sorgsam in die Brusttasche ihres Jumpsuits. Der wollige Stern sah aus wie ein Orden. »Meine Tapferkeitsmedaille«, bemerkte sie. »Wenn wir heute nacht Erfolg haben, werde ich sie für immer in Ehren halten.«

Er hob ihr sein Glas entgegen und trank.

»Im Milieu«, sagte sie nach einer Weile, »wuchs das Edelweiß nur im Hochgebirge wild. In den Alpen.«

»So ist es auch im Pliozän.« Er leerte sein Glas und goß

sich noch einmal ein. »Und ein mit Gefahr verbundenes Andenken, wie sich herausstellte. Zum Glück für mich ist die junge Jasmin Wylie kein As im Umgang mit einem Matsu-Karabiner.«

»Du hast die Monte-Rosa-Expedition gefunden!«

»Das war nicht schwer. Ich versuchte, vorsichtig bei meinen Beobachtungen zu sein. Doch offenkundig wurde ich erwartet – und war nicht willkommen. Ich gestehe, daß ich mich davonmachte, ohne die Beweggründe der Schützin zu sondieren. Hat Aiken Drum den Schießbefehl gegeben?«

»Es tut mir leid – das hat Hagen angeordnet. Der König hat allerdings zugestimmt. Er ist entschlossen, die Flugzeuge in seinen Besitz zu bringen.«

»Soll er sie doch bekommen.«

Das überraschte sie. »Hast du nicht die Absicht, die Bergung zu verhindern?«

»Warum sollte ich? Du mußt Hagen und den König beruhigen, mußt ihnen sagen, daß ich den Monte Rosa in vorhersehbarer Zukunft nicht noch einmal besuchen werde.« In seinen überschatteten Augen stand ein rätselhaftes Glitzern. »Dessen ungeachtet freue ich mich, daß ich imstande war, dir die Blume zu bringen.«

Das plötzliche Begreifen ließ ihr einen kalten Schauder über das Rückgrat laufen. »Du hast sie auf dem D-Sprung mitgenommen.«

»Mein erster Versuch. Natürlich war sie von meiner gepanzerten Hand fest umschlossen, was fast gemogelt ist. Nun, irgendwo muß man beginnen. Vielleicht gibst du die Information an meinen Sohn weiter.«

MehrDruckmehrDruck MEHR Energie ohverdammt! VERDAMMT ...

Elizabethverbindekreativen/koerziblenImpuls SCHNELL!

IchverstehejaJETZT ... okayGottseiDankhätteihnfastverloren ... Beginne wieder mit dem Hirnstamm-Input. Mit Bypass ist er im Augenblick in Ordnung. *(SchlafKindchenschlaf.)* JesusGott machen wir daß wir hinauskommen ...

Sie blickten auf den kleinen Körper nieder, blaß gegen die

weiße Zudecke. Die Brust hob und senkte sich beinahe unmerklich. »Der Schmerz ist weg«, flüsterte Elizabeth. »Beinahe wäre er uns entglitten, Marc. Wir sind zu weit gegangen, haben zuviel Kraft eingesetzt.«

»Aber es hat *funktioniert.*«

»Ja«, sagte sie tonlos. Lange Zeit ruhten sie sich aus, ohne zu sprechen.

Marc meinte: »Es muß immer noch die Reifschaltung durchtrennt werden – der Augenblick der Wahrheit. Und dann das Aufflammen zur Operanz.«

Elizabeth, tief in Selbstredigierung versunken, hatte das Gesicht mit den Händen bedeckt. Jetzt hob sie den Kopf. Die Linien, die die Anstrengung um ihren Mund und auf ihre Stirn gezogen hatte, waren verschwunden, aber ihre Augen blickten verzweifelt. Ihre Stimme klang ruhig. »Marc, mit der Durchtrennung werde ich fertig – mit dem Aufflammen nicht. Deine Kraft ist in dieser Konstellation größer als meine Kapazität. Ich bin zu fein auf den redigierenden Modus abgestimmt, und um Brendan von der Latenz loszureißen, ist rohe Gewalt nötig.«

»Laß mich die Exekutive übernehmen, und wir schaffen es!«

Nacktes Entsetzen, vermischt mit Zorn, sprudelte aus ihr hervor. »Ich hab es *gewußt!* Darauf hast du die ganze Zeit gewartet, stimmt's? Auf die Chance, die Kontrolle über mich zu gewinnen!« Daswirddirnichtgelingenverdammtsollstdusein niemals mehrwirstdu Großmeisterkontrollieren daraufprogrammiertletztlichVergewaltigung durchTodzu verhindern …

»Nein, Elizabeth. Ich werde die Situation nicht ausnützen. Bitte, vertrau mir!«

Sie gewann die Beherrschung zurück. »Ich kann es nicht riskieren. Brendan wird eine normale Person ohne seinen Halsring sein, auch wenn er latent bleibt. Damit müssen wir uns zufriedengeben.«

Marc beugte sich über den Korb. Die langen, vollkommenen Finger seiner rechten Hand streichelten die Schädeldecke des Kindes, befühlten die Fontanelle, wo die Knochen noch nicht ganz zusammengewachsen waren und nur die zarte Haut das Gehirn schützte. »Er könnte soviel mehr haben, wenn du dich nur überwinden würdest, mir zu vertrauen.«

»Aiken hat dir vertraut«, sagte sie. »Du gabst ihm ein Metakonzert-Programm, das er gegen Felice anwenden sollte, und du hofftest, es werde sie beide töten.«

»Unsinn!«

»Weißt du, was deine Absicht vereitelt hat? Ich will es dir zeigen!« Sie projizierte die Ereignisse, die ihren Höhepunkt in dem Kampf am Rio Genil gefunden hatten. »Felice war es, die Aiken rettete. Ohne Rücksicht auf den Preis, den sie dafür bezahlen mußte, wollte sie verhindern, daß ihr geliebter Culluket zusammen mit dem König ausgelöscht wurde. Als alles vorbei war und Aiken sich erholt hatte, analysierte er dein Metakonzert-Programm und entfernte die mentalen Fallen. Er kann es jetzt ohne Gefahr für sich gegen dich einsetzen – und das wird er tun, wenn du versuchst, die Öffnung des Zeitportals zu sabotieren.«

»Meine Kinder dürfen nicht ins Milieu gehen. Sie wissen nicht, was sie tun.«

»Wenn du dir Sorgen um deine eigene Sicherheit und die der anderen Ex-Rebellen machst, können wir dir, vorausgesetzt, du verhältst dich friedlich, garantieren ...«

»Garantien interessieren mich nicht, wenn mein Sohn von hier weggeht – aber damit kommen wir vom Thema ab.«

Elizabeth rief aus: »Mit dem *allen* kommen wir vom Thema ab! Das einzige, worauf es jetzt und hier ankommt, ist dies Kind. Willst du die Redigierung so vollenden, daß du als Koerzierer dich mir unterordnest, oder nicht?«

Langsam senkte er den Kopf. Ein Winkel seines Mundes hob sich in diesem Lächeln von eigenartiger Süße. Es vermittelte Vertrauen, Licht, Ordnung.

»Folge mir!« sagte Elizabeth, und sie begannen von neuem.

KommKindkommBrendan. Laß los! Komm diesen Weg nicht jenen!

ANGST.

Laß los Junge! Versuche den neuen Weg steil aber besser führt zu schönen Dingen wird dir bald leichtfallen.

NEIN. ANGST.

(Jetzt drücke Marc.)

NEIN (Qual) NEIN!

(FesterMarcfester brenne hinter ihm damit er den NeuenWeg benutzen muß.) SiehstduBrendan o ja komm jetzt Brendan. (Er ist beinahe bereit ...) Versuch es nur Kind versuch es einmal (TRENNE!) *ja!*

(STAUNEN.)

Ich habe dir doch gesagt, es wird schön sein.

(STAUNEN.)

Ja Brendan *ja!*

(Freude. Erleichterung. Wachstum.)

Ja. (Hülle den prämotorischen Kortex ein Marc während ich festhalte.) Ah. Es ist geschafft Gott geschafft. Er ist latent aber gerettet. Entferne den Reif ... wastustduMarcwastustdu – *Nein!* LASS DAS ABADDON HÖR AUF DU TEUFEL HÖRAUFHÖRAUFHÖRAUF ...)

Laß mir die Führung! Du brauchst nicht zu sterben. Und schon ...

(EKSTASE.)

... ist es geschafft. Und so leicht.

Du – du läßt uns gehen?

Arme Elizabeth. Natürlich.

Später sagte er: »Es tut mir wirklich leid, daß ich Gewalt anwenden mußte. Aber eine bessere Gelegenheit hätte es für ihn nie mehr gegeben. Er war reif und bereit, und ich sagte mir, der Zweck heilige die Mittel. Ich wußte, du würdest dich nicht umbringen. Deinem Unterbewußtsein war klar, daß ich keine Bedrohung darstellte, auch wenn dein in Panik geratenes Bewußtsein versuchte, dir etwas anderes einzureden.«

»Du Teufel.« Sie war fast gelähmt vor Abscheu.

»Ich bin nur ein Mann, genau wie du nur eine Frau bist.« Er sprach gleichmütig, fast zurechtweisend. »Eine Frau, die sich *au fond* an untergeordneter Stelle viel wohler fühlt, als es deinem verstorbenen Gatten Lawrence wohl bewußt war. Das halte dir vor Augen, wenn du über deine schwierige Situation nachdenkst.«

»Kein Wunder, daß deine Kinder dich hassen. Und das Milieu ...«

Müde wandte er sich ab und ging auf das Fenster zu. »Weder dir noch dem Kind ist ein Leid geschehen. Und es ist operant.«

Eine syntaktische Sondierung bestätigte ihr die Diagnose. Das Kind schlief, und seine Gedanken kreisten in leuchtender Traumlosigkeit. Seine Haut zeigte eine normale rosig-elfenbeinerne Farbe. Die einzigen Spuren der schrecklichen Blasen waren winzige Stückchen trockener Kruste um das ringlose Hälschen.

Elizabeth sank in ihrem Sessel zurück. Sie war bis in die tiefsten Tiefen ihrer Seele erschöpft; die Augen fielen ihr zu. Sie hörte Marc sagen:

»Kinder ... du und Lawrence, ihr hieltet eure Arbeit für wichtiger und saht euren Fehler zu spät ein. Auch ich hatte nie die Absicht, natürliche Kinder zu zeugen. Nicht mehr, nachdem sich die Biomanipulierung des an seinem normalen Ort befindlichen menschlichen Gehirns als undurchführbar erwiesen hatte. Nicht mit meinem Erbgut! Das Hin und Her, dem der heilige Jack ein Ende machte, muß seinen Niederschlag in den Geschichtsbüchern des Milieus nach der Rebellion gefunden haben. Aber ich bezweifele, ob du die Wahrheit über mich und die anderen kennst – Luc und Marie und die arme verdammte Madeleine und die Totgeborenen und die mißgebildeten Fehlgeburten und Matthieu, der mich noch vor seiner Geburt getötet hätte, wäre ich ihm nicht zuvorgekommen. Oh, wir waren ein bißchen geringer als die Engel, wir Remillards, um die Wahrheit zu sagen. Ein Heiliger und eine Myriade von Sündern! Und alle mit Ausnahme des einen Glücklichen an unser schwaches Fleisch gekettet, abgelenkt von seinen Nöten, leidend unter den chemischen Reaktionen, die wir Gefühle nennen. Und wie die ganze übrige Menschheit dazu verurteilt, uns über endlose Generationen hinweg langsam und schmerzvoll zu entwickeln – bis ich glaubte, einen Weg gefunden zu haben, wie ich der Evolution die Hand führen könnte. Vor meinem geistigen Auge sah ich eine Milliarde erlöster Menschen, frei und unsterblich: Alle meine Kinder. Den mentalen Menschen zu zeugen, wäre für mich genug an Vaterschaft gewesen ...«

Schweigen herrschte. Elizabeth sah ihn vor sich stehen, wieder in das gewohnte Schwarz gekleidet, aber mit einem kleinen goldenen Reif um ein Handgelenk. Bruder Anatols Brokatmantel lag wie eine Blutlache zu seinen Füßen auf dem Boden.

Elizabeth sagte: »Und doch hast du Hagen und Cloud gezeugt.«

»Cyndia wollte Kinder, und ich liebte sie.«

»Aber die Kinder konntest du nicht lieben?«

»Natürlich liebte ich sie. Und liebe sie immer noch. Ich brachte sie an diesen Ort, obwohl ich wußte, sie würden aufwachsen, ohne jemals meine Klasse zu erreichen. Und das nur, weil ich unmöglich alles im Stich lassen konnte, was mir von meinem Traum übriggeblieben war. Meine Kinder tragen das Potential immer noch in sich – und nicht nur Hagen und Cloud, auch die anderen. Wenn sie mir nur folgen würden.«

»Du verstehst überhaupt nicht, warum sie dir entfliehen wollen!« Ihre Stimme verriet ihren Abscheu.

»Ihre Vision ist ebenso begrenzt wie ihr Geist.«

»Marc – sie wollen einfach frei sein!«

Er erklärte geduldig: »Als sie noch jünger waren, akzeptierten sie ihre Bestimmung willig. Aber es gab Probleme auf Ocala, Abnutzungserscheinungen bei den schwächeren meiner alten Verbündeten, und ich war zu oft wegen meiner Sternensuche abwesend. Die Kinder wurden dem Ideal abtrünnig gemacht, hauptsächlich von einem Mann namens Alexis Manion, der früher einmal mein engster Freund gewesen war.«

»Auch er steht in den Geschichtsbüchern. Er versuchte, nachzuweisen, daß das Konzept der Einheit irrig sei.«

Marc lachte kurz auf. »Es wird dich interessieren, daß er seine Meinung geändert hat.«

»Du meinst, er hat die Wahrheit entdeckt! Die Einheit ist der einzige Weg, auf dem sich die Menschheit natürlich entwickeln kann. Ihr Rebellen hattet die falsche Vorstellung, daß sie die Individualität bedroht. Die Entwicklung auf einen galaktischen Geist hin ist für intelligentes Leben unvermeidlich. Die Vereinigung schlägt unseren Geist nicht in Fesseln, sie setzt ihn frei! Es liegt in unserer Natur, andere zu brauchen, uns auf die universelle Liebe zuzubewegen. Allen Rassen denkender Wesen ist das klar, sogar den prämetapsychischen. Darum haben deine Kinder instinktiv erfaßt, daß Manion ihnen die Wahrheit sagte. Darum widersetzten sie sich deinem Plan, der eine so logische Abkürzung zur Perfektion zu sein scheint.«

»Er würde *funktionieren.*«

»Er ist zu drakonisch, zu bar jeder Art von Liebe. Er hätte zur Folge gehabt, daß die Menschheit sich vom Rest des galaktischen Geistes isolierte. Deine Ideen klingen bestechend, aber in ihrer Künstlichkeit bedeuten sie ebenso eine Sackgasse wie die goldenen Halsringe der Tanu.«

»Wir könnten die menschliche Kondition verändern«, beharrte er, »und jedem menschlichen Geist geben, was Jack hatte!«

Was Jack hatte. Endlich verstand Elizabeth.

Zum ersten Mal faßte sie Marcs behandschuhte Hand. »Sieh es doch ein, mit Jack war es genau umgekehrt! Dein Bruder hat seine Unmenschlichkeit niemals akzeptiert. Obwohl ihn seine schreckliche Mutation unwiderruflich abseits stellte, bestand er darauf, zu uns anderen zu gehören. Du sahst den Mentalen Menschen als den idealen Menschen – Jack war zu klug, um diesen Fehler zu machen. Darum mußte er dich bekämpfen, obwohl er dich liebte. Darum opferten er und seine Frau das Leben, um deine Rebellion niederzuschlagen.«

»Und ließen mich verwitwet, unsterblich und verdammt zurück.« Er sprach leichthin und betonte mit einem schwachen Druck seiner Hand den Schmerz. Dann trennten sich ihre Hände. Das Kind war aufgewacht und meldete sich. »Für mich ist es Zeit zu gehen und für dich, Brendan seiner Mutter zu bringen.«

Er ging zur Tür und hielt sie für Elizabeth auf. Dedra und der Priester, die aneinandergelehnt schlafend auf der Bank saßen, sprangen bei dem leisen Geräusch auf. Die Mutter brach in Tränen aus, und Bruder Anatol sprach ein donnerndes Dankgebet, das den gesamten Haushalt aufweckte. Während der Flur sich füllte und von Jubelgeschrei widerhallte, schlüpfte Marc zurück ins Kinderzimmer.

Eine hochgewachsene, in eine Robe gekleidete Gestalt erwartete ihn. »Mein Name ist Creyn. Ich bin Elizabeths Freund und Wächter. Die Arbeit an dem Kind ist also abgeschlossen?«

»Du hast es gesehen«, erwiderte Marc. »Und Elizabeth ist kein Leid zugefügt worden. Geh weg von dem Fenster, damit ich hinauskann!«

»Du hast Brendan zur Operanz erhoben. Nun tu das Gleiche für mich!«

»Gott – das kann nicht dein Ernst sein!« Der Mann in Schwarz levitierte und blieb vor dem frühmorgendlichen Himmel in der Luft schweben. Ein Nimbus aus seiner spektralen Maschinerie bildete sich um seinen Körper. Sein Haar wogte wie vom Wasser getragene Tentakel. Er zuckte zusammen, als seine glänzende Stirn mit einer Reihe von winzigen Einstichen punktiert wurde.

»Wenn der Kleine die Prozedur überlebt hat, werde ich sie auch überleben«, erklärte Creyn. »Ich flehe dich an.«

Das durchbohrte Haupt betrachtete ihn mit blinden Augen. *Du Narr. Weißt du wer ich bin?*

»Du bist der Widersacher, von Anbeginn der Zeit dazu bestimmt, unser Volk herauszufordern. Ich weiß, was du in deiner zukünftigen Welt getan hast, und ich weiß, was du hier für das Kind getan hast. Ich weiß auch, was du in den dazwischenliegenden Äonen tun mußt. Hilf mir, und ich werde dir helfen!«

Ich brauche keine Hilfe.

»Doch! Ich weiß, wohin du gehen wirst und was die Arbeit ist. Du weißt es nicht. Und meine Gilde ist Hüterin des Dämpfers, den nicht einmal die Wissenschaft des Milieus besitzt. Transformiere meinen Geist! Erhebe mich auf ihr Niveau, und ich will ihn dir geben, zusammen mit der Wahrheit!«

Die aufgehende Sonne ließ den kleinen goldenen Reif, der

um Marc Remillards Handgelenk befestigt war, aufglänzen. Die Moleküle seines Körpers rannen in das Ypsilon-Feld, und er wurde so durchsichtig wie Wasser. Es war, als wolle er sprechen, aber er übermittelte nur einen Hauch von Verblüffung, dann Ungläubigkeit.

Creyn sagte: »Ich lüge nicht. Vielleicht reden wir das nächste Mal miteinander.«

Der Schatten zuckte die Achseln und löschte sich aus.

Als seine Erfahrung ihm sagte, Elizabeth stehe am Rand einer explosiven Reaktion, führte Bruder Anatol sie von der Feier weg in die Küche des Chalets. Der Backofen verbreitete mattes Licht und Wärme, und es war niemand da.

»Die Heilung des Kindes ist ein großartiger Vorwand für eine Party«, meinte der Bruder, »aber Sie brauchen jetzt Ruhe und Frieden.«

Er setzte sie an den großen Brettertisch und machte sich daran, ein schnelles Frühstück zuzubereiten – Rührei und Entenleber und frisches Brot mit Erdbeermarmelade. Beim Essen ermutigte er sie, von der mentalen Heldentat zu berichten, die sie und Marc vollbracht hatten, obwohl ihre ausführlichen Erklärungen ihm ganz unverständlich blieben. Immerhin konnte Anatol daraus entnehmen, daß Brendans Heilung sowohl erfreulich als auch ohne Vorgang war. Er hatte den starken Verdacht, daß Elizabeth dabei ihr Leben riskiert hatte, doch sie wollte es nicht zugeben.

»Dieser Aspekt spielt keine Rolle, Bruder«, wehrte Elizabeth ab. »Wichtig ist nur, daß es getan – und gut getan ist. Gott! Wie wunderbar ist es, die Aufgabe zu erfüllen, für die ich ausgebildet worden bin, nämlich die belehrende Redigierung, statt so unqualifiziert herumzuwursteln, wie ich es seit meiner Ankunft im Pliozän getan zu haben scheine.«

Der Bruder stand am Herd und kochte Kaffee. »Ich würde Aiken Drums Persönlichkeitsintegrierung keine amateurhafte Bemühung nennen.«

»Das meiste daran hat er selbst vollbracht. Ich habe ihn nur angeleitet. Bei diesem Kind war es etwas ganz anderes. Wie soll ich es Ihnen klarmachen? Es war eher ein Unterricht als eine Operation. Das war mein Beruf damals im Milieu. Darin bin ich gut. Sogar Marc sah ...« Sie verstummte und blickte stirnrunzelnd auf ihren Teller.

»Was hat er gesehen?« fragte Anatol.

Elizabeth stocherte in ihrem Rührei. Dann legte sie die Gabel hin und strich Marmelade auf eine Scheibe Brot. »Marc war ebenfalls gut als Lehrer«, berichtete sie verwirrt. »Wer hätte das gedacht? Ein Mann wie er. Ein Planetenvernichter.«

»So sehen Sie ihn?« Anatol füllte zwei große Gläser mit dem dampfenden Gebräu. Er zog einen Silberflakon unter seinem Skapulier hervor und würzte Elizabeths Kaffee mit ihrem Inhalt. »Martell Réserve du Fondateur. Um Himmels wille, verraten Sie Mary-Dedra nicht, daß ich die Sache so kavaliersmäßig behandele.« Er schob ihr das Glas zu. »Trinken Sie!«

Elizabeth lachte hilflos. »Sie sind beinahe so unmöglich wie Marc.« Sie trank, und die Cognac-Dämpfe trieben ihr Tränen in die Augen. »Wie soll ich ihn denn sehen, außer als einen Fanatiker, der die Einheit zerstört hätte? Und alle diese Leute, die seiner Besessenheit wegen umgekommen sind ...«

Anatol sagte: »Sie dürfen nicht vergessen, daß ich vor seiner Rebellion ins Pliozän gekommen bin. Ich habe ihn natürlich nicht persönlich gekannt, aber er war viele Jahre lang ein Gegenstand des öffentlichen Interesses, ein Führer mit magnetischer Anziehungskraft, dessen Ideale durchaus nicht eo ipso böse waren. Er war ein großer Mann, vielbewundert. Das Debakel kam erst, als er sich gezwungen sah, Gewalt anzuwenden. Und sehr viele gute Menschen sympathisierten mit seiner Rebellion – nicht nur die menschlichen Chauvinisten.«

Elizabeth leerte ihr Glas und ließ sich mit geschlossenen Augen schlaff zurücksinken. »Ich muß zugeben, er war anders – als ich es erwartet hatte. Nach unserer gemeinsamen Arbeit fiel es mir schwer, meinen Eindruck von ihm mit meinem Vorurteil in Einklang zu bringen.«

Der Priester lachte. »Wie alt waren Sie zur Zeit der Rebellion?«

»Siebzehn.«

»Kein Wunder, daß Sie ihn sich als die Inkarnation Satans vorgestellt haben.«

Elizabeths Augen öffneten sich. Bitter stellte sie fest: »Er ist immer noch stolz wie der Teufel – und entschlossen, seinen eigenen Weg zu gehen.« Sie berichtete, wie Marc in der letzten Phase der Redigierung die Leitung an sich gerissen und ihr die zweite Stelle in der mentalen Verbindung aufgezwungen hatte. »Er hatte mich völlig in seiner Gewalt. Er hätte mich töten, mich ihm für dauernd unterwerfen können. Aber er tat es nicht. Das ist noch merkwürdiger als sein Wunsch, mir bei der Behandlung des Kindes zu assistieren! Bruder – was *will* er?«

»Das weiß Gott.« Anatol goß den letzten Rest Cognac in Elizabeths Glas. »Trinken Sie!«

Sie trank und genoß den Duft, der von dem immer noch warmen Glas aufstieg. »Marc hat siebenundzwanzig Jahre lang die Sterne erforscht und versucht, einen einzigen Planeten mit erleuchteten Intelligenzen zu finden. Aber als ich wissen wollte, was er vorhabe, wenn er eine solche Welt finde ... da lachte er nur.«

Der Bruder schüttelte den Kopf. »Ich bin nur ein armer alter sibirischer Priester ohne eine einzige Metafunktion in meinem Schädel. Wie soll ich wissen, was Menschen wie Marc Remillard motiviert ... oder Sie?«

Elizabeth musterte ihn einen Augenblick lang schweigend. Er lächelte bescheiden in sein halbgeleertes Kaffeeglas. »Zu schade«, meinte sie schließlich, »daß Sie einem alten Freund von mir, Claude Majewski mit Namen, nie begegnet sind. Sie beide hätten sich phantastisch verstanden. Er war auch so ein alter Sonderling mit einer großen Portion Bauernschläue.«

»Komisch, das meinte Schwester Roccaro auch.« Vergeblich schüttelte er die Cognacflasche, dann schraubte er sie zu und steckte sie wieder in die Tasche seines Habits. »Ich hoffe sehr, von diesem Martell ist in den Kellern der Schwarzen Klippe noch mehr versteckt. Er schlägt das Wasser von Lourdes auf der ganzen Linie. Möchten Sie beichten?«

Elizabeth fuhr zusammen. »Nein!«

Anatol hob die Hände mit den Handflächen nach vorn. Das kleine Lächeln stand ihm immer noch im Gesicht. »Immer mit der Ruhe! Wollte nur mal fragen.« Er wandte sich der Küchentür zu. »Aber wenn Sie wollen, jederzeit.«

»Warum fragen Sie *ihn* nicht?« schleuderte sie ihm entgegen.

»Oh, das habe ich getan. Vor drei oder vier Tagen, nachdem ich seinen Overall gestohlen hatte, weil ich glaubte, dann könne er das Chalet nicht mittels seiner infernalischen Maschine verlassen.«

»Sie haben *was* getan?«

Anatol blieb mit der Hand auf der Klinke stehen. »Eine sinnlose Geste, wie sich herausstellte. Er braucht den Overall für den D-Sprung gar nicht. Das Ding dient nur der Überwachung. Also habe ich es ihm zurückgegeben.«

»Und Ihr Angebot spirituellen Beistands?«

Der Bruder kicherte, ging durch die Tür und machte sie hinter sich zu.

5

»Ich bitte euch inständig, es noch einmal zu überdenken«, sagte Old Man Kawai.

Er stand unter dem Vordach von Madame Guderians Häuschen und hielt eine lohfarbene kleine Katze auf dem Arm. Drei Katzenkinder purzelten zu seinen Füßen übereinander. Gelegentlich versuchte sich eins darin, die beiden Chaliko-Reiter anzufauchen, die im grauen Nebel des Vorgartens aufragten.

»Du bist derjenige, der es noch einmal überdenken sollte, Tadanori-san«, antwortete Häuptling Burke. »Die Firvulag können jetzt jeden Tag die Siedlung bei den Verborgenen Quellen angreifen – ganz gleich, was Fitharn Holzbein behauptet. Er ist uns freundlich gesonnen, aber er ist nur eine einzige Person. Und Fort Rostig war der Strohhalm, der dem Hipparion den Rücken gebrochen hat. Wir dürfen den Kleinen Leuten einfach nicht mehr vertrauen. Sharn und Ayfa haben zu oft gelogen.«

»Das Firvulag-Königspaar wollte die Eisendörfer zerstören«, gab der alte Japaner zurück. »Weil sie eine Bedrohung darstellten. Eine, die jetzt aus der Welt geschafft ist.«

»Dreiundachtzig sind bei Rostig gefallen«, stellte Denny Johnson fest. »Zweihundert weitere wurden im Verlauf der Monate, in denen man uns langsam aus den anderen Eisensiedlungen an der Mosel vertrieb, bei einzelnen Überfällen abgeschlachtet – und mindestens ebenso viele sind verwundet oder vermißt. Diese Ecke hier ist dem Feind zu nahe, Old Man. Der alte Sharn sagt schon seit langem ›Hüpf, Frosch!‹ zu uns. Endlich sind wir gescheit geworden und haben uns entschlossen zu hüpfen! Und das wirst du auch tun, falls du nicht bereit bist zu sterben. Niemand verlangt von dir, den Überfall auf Roniah mitzumachen. Du kannst dich der Karawane nach Nionel anschließen. Geringe sind dort willkommen – gesegnet seien die häßlichen Herzen der Heuler.«

»Ich kann nicht fort.« Kawai streichelte die Katze. »Ich verstehe, warum ihr diesen Ort verlassen wollt, aber ich muß bleiben.«

Burke beugte sich aus dem Sattel und hielt ihm ein Husqvarna-Lähmgewehr hin. »Nimm wenigstens das zur Selbstverteidigung.«

Kawai schüttelte den Kopf. »Ihr werdet jede Waffe brauchen, wenn ihr nach Roniah eindringen wollt. Außerdem – wenn die Firvulag sehen, daß ich waffenlos bin, warum sollten sie mich dann belästigen? Mich, einen halbblinden Achtziger mit einem Häuschen voller Katzen? Nein, ich will bleiben und der Verwalter für diese unsere gute Heimat sein, die uns so viele Jahre lang behütet hat. Ich will die Gärten pflegen und die Wege frei von Gras halten und mich um die Wassermühle kümmern und die Gebäude gegen Ungeziefer sichern. Von den freigelassenen Tieren halten sich auch noch welche in der Nähe auf – Ziegen und ein paar Hühner und der große Gänserich, den Peppino nicht in den Tragekorb locken konnte. Ich werde sie füttern. Und wer weiß? Vielleicht möchten eines Tages, wenn die Unruhen vorbei sind, menschliche Wesen zu den Verborgenen Quellen zurückkehren.«

»Gott weiß, ich würde bleiben«, gestand Denny Johnson, »wenn ich glaubte, wir würden in Frieden gelassen werden. Aber du weißt, was Fitharn gesagt hat.«

Kawai runzelte die Stirn. »Du glaubst seine Geschichte von einem bevorstehenden Letzten Krieg?«

»Old Man, ich weiß nicht mehr, was ich glauben soll. Aber eins steht fest: Ich wußte nicht, wo es mir gut ging, als ich im Milieu in Covent Garden um mein Abendessen sang. Wenn man mich durch dies Zeitportal zurückkehren läßt, bin ich gern bereit, mit weißgeschminktem Gesicht den Jago zu spielen.«

Kawai erstickte ein Kichern im Fell der Katze. »Nun – umaku iku yo ni, lieber Freund. Viel Glück!«

Johnson erwiderte den Segenswunsch. Dann wandte er sich an Burke. »Wir müssen jetzt losreiten, Rothaut, damit die Karwane keinen zu großen Vorsprung auf der Straße gewinnt.«

»Reite voraus, Nigger! Ich will diesem sturen alten Karpfen noch einen letzten juristischen Rat geben.«

Der eine Reiter verschmolz mit dem Nebel. Häuptling Burke dagegen kletterte aus dem hohen Sattel und stellte sich, die Fäuste in die Hüften gestemmt, vor dem kleinen Japaner auf. Sein narbenbedecktes Mahagoni-Gesicht war ausdruckslos, aber seine Stimme brach. »Tu es nicht! Bitte!«

Der alte Mann seufzte. »Ihr Geist ist hier, und ich werde sicher sein.«

»Sie wäre die erste, dir zu sagen, was für ein Idiot du bist!«

Die Katze sprang von Kawais Arm und holte eilends eins ihrer Kinder zurück, das davongelaufen war, um eine des Weges kommende Kröte herauszufordern.

»Hör mir zu, Peopeo Moxmox! Ich bin stolz auf das Leben, das ich hier im Pliozän geführt habe. Ein Leben nahe der Natur, voll von Gefahren, aber reich an einfacher Befriedigung. Ich hatte keinen Ehrgeiz, ein großer Krieger zu werden wie du, nur ein tüchtiger Handwerker wie meine Vorfahren. Hier in diesem Dorf habe ich Webstühle und Schleifmaschinen und Papier und Keramik und Schuhe gemacht. Ich habe andere meine häuslichen Künste gelehrt.

Es war alles sehr gut. Sogar der Verlust von Madame und Amerie-chan und den anderen war zu ertragen, wenn man ihn im Sinn des sich endlos drehenden Rades und der ewigen Wiederkehr betrachtete. Aber ich bin jetzt sehr müde, Peo. Obwohl du und ich uns im Alter sehr nahestanden, bin ich wirklich alt geworden, während du immer noch voller Kampfesmut bist. Deshalb will ich hierbleiben, wie es mein gutes Recht ist. Ich werde darum beten, daß ihr anderen Erfolg darin habt, Waffen aus Roniah zu stehlen, weil ihr sie für notwendig haltet, wenn ihr mit dem König verhandeln wollt. Ich bin ja der Meinung, ihr solltet diplomatischere Mittel einsetzen, damit er euch durch das Zeitportal gehen läßt – doch ich kann verstehen, daß ihr für die Verhandlungen eine Position der Stärke haben wollt. Für mich ist das nichts. Nicht mehr. Mein Rad hat fast schon den vollen Kreis beschrieben, und du mußt mir verzeihen, wenn ich so töricht bin, daß ich hierbleiben möchte, an dem Ort, auf den ich so stolz bin.«

»Du bist nicht töricht, Old Man.« Burke verbeugte sich. »Lebewohl!«

»Ich sage nicht Sayonara zu dir, Peo, sondern itte irassahi, was nur ›Lebewohl für den Augenblick‹ bedeutet. Bitte sag den Leuten, die nach Nionel ziehen, sie sollen mich nicht vergessen und mich hier besuchen, wenn es ihnen möglich ist. Und solltest du deine Meinung über das Zeitportal ändern, wartet dein Wigwam auf dich. Ich werde das Dach neu decken, bevor der Regen kommt, und die Rahmen zum Aufspannen der Häute reparieren.«

Der alte Mann verbeugte sich tief, und als er sich aufrichtete, saß Burke wieder im Sattel. Der Häuptling hob die Hand, gab dem Chaliko die Sporen und galoppierte den Weg am Bachufer hinunter.

Kawai spitzte die Lippen und gab den auf- und abschwellenden Pfeifton von sich, der Deja und die Kätzchen zu ihrem morgendlichen Imbiß aus Fisch und Ziegenmilch rief. Er selbst nahm ebenfalls ein frugales Frühstück zu sich und verbrachte einige Zeit damit, im Haus herumzuwerkeln.

Als der Nebel weggebrannt worden war und Sonnenstrahlen durch die Tannen stachen, ging er nach draußen und arbeitete im Rosengarten. Das Unkraut war hochgeschossen, und die mit Mastodon-Dung genährten Büsche mußten beschnitten werden. Bei vielen von ihnen hatte die Herbstblüte eingesetzt, und sie erfüllten den Garten mit Duft. Fast drei Stunden lang mühte er sich ab, dann setzte er sich auf eine Holzbank und sah zu, wie die Katze ihre Kinder im Beschleichen von Grashüpfern unterrichtete. Was sollte er als nächstes tun? »Ich werde ihr Rosen bringen!« entschloß er sich impulsiv. Unter den Krügen auf dem Wandbrett im Geräteschuppen suchte er sich einen aus und füllte ihn an der Quelle. Er schnitt einen Strauß von den sich gerade öffnenden Precious-Platinum-Knospen ab, die von starkem Wohlgeruch und tiefroter Farbe waren. »Rot für die Märtyrer«, erzählte er der Katze. »Und Madames Lieblingsblumen waren sie auch.«

Um die schickliche Ehrerbietung zu zeigen, ging er ins Haus und legte saubere Kleidung an. Die Tiere schloß er ein, bevor er sich auf den Weg machte, damit sie ihn nicht ablenkten. Langsam ging er zwischen den verlassenen Wohngebäuden hindurch, überquerte den mittleren Bach, der sein Wasser von den Dutzenden heißer und kalter Quellen empfing, nach denen das Tal benannt worden war, und hielt sich für einen halben Kilometer weiter flußabwärts auf der Straße, bis er zum Friedhof kam. Ein kummervolles Zischen entschlüpfte ihm. Auch hier hatten nur drei Wochen der Vernachlässigung dem Dschungel erlaubt, von neuem vorzudringen. Alle waren mit den Vorbereitungen zum Aufbruch so beschäftigt gewesen, daß sie keine Gedanken für die Toten mehr übrig gehabt hatten.

»Hier werde ich als erstes Ordnung schaffen!« schwor er.

Mit einem Mal stand er ganz still, lauschte.

Über den Vogelgesang und das Schnattern der Rieseneichhörnchen legte sich ein anderes Geräusch, tief und rhythmisch, das wie der Herzschlag der Erde aus dem Boden unter seinen Füßen aufzusteigen schien. Dazu kam ein rollendes Murmeln, das sich verstärkte und als sonorer Gesang im Kontrabaß enthüllte, gesungen von nichtmenschlichen Stimmen. Kawai hatte es schon gehört. Es waren die Marschlieder der Firvulag.

Er trag zurück auf den Hauptweg und spähte zum Fuß des Cañons hinüber. Seine schwachen Augen nahmen einen tintigen Schimmer wahr, dazwischen barbarische Blitze von farbigem Licht. Die Trommelschläge dröhnten, und das tiefe melodische Summen begann von den sich verengenden Wänden der Schlucht widerzuhallen, als die Eindringlinge näherkamen. Kawai erkannte von Bildern gekrönte Standarten mit goldenen Anhängseln, untersetzte Soldaten in Obsidian-Rüstungen, schwarzbehängte Chalikos, die die Oger-Offiziere trugen.

Immer noch den Krug mit den roten Rosen festhaltend, stand der alte Japaner mitten auf dem Weg und wartete.

Mit traumartiger Gleichgültigkeit rückte die Zwergenhorde heran. Das Fußvolk trug sägezähnige Piken, eigentümliche neue Armbrüste und Lanzen, deren Spitzen nur aus Eisen bestehen konnten. Die in Viererreihen marschierende Kolonne teilte sich vor ihm und floß links und rechts an ihm vorbei, als sei er ein Fels in der Mitte eines dunklen Stroms. Der Gesang dröhnte weiter. Kein einziger Firvulag nahm von Kawai Notiz. Er stand wie angewurzelt im Staub, zu erstaunt, um sich zu fürchten.

Nun erreichte ihn die Kavallerie und das Korps der berittenen Offiziere. Sie hielten ihre Tiere an. Die Infanterie marschierte unaufhaltsam zum Dorf weiter. Kawai starrte zu einem gigantischen Reiter hoch. Er war von Kopf bis Fuß in glitzernde Platten aus schwarzem Glas gekleidet, die mit Dornen und Knäufen und juwelenbesetzten Auswüchsen dekoriert waren. Den schweren Helm schmückten milchfarbene Kristallhörner. Der linke Handschuh der Erscheinung war ebenfalls aus weißem Glas. Er trug einen riesigen, mit Edelsteinen eingelegten Schild, und an seiner Seite hing eine Scheide, aus der der Griff einer Waffe des 22. Jahrhunderts hervorragte. Hinter dem Oger-Anführer hielten zwei andere von weniger glänzendem Aussehen zusammen mit einem Zwergoffizier, der ziemlich lächerlich auf dem Rükken eines gewaltigen grauen Chalikos hockte. Die Kompanie Firvulag-Kavallerie scherte zu beiden Seiten von Kawai aus und bezog Posten. Auf einen ungesprochenen Befehl hin zogen die Soldaten Laser-Karabiner und Solarzellen-

Blaster aus den Sattelscheiden und richteten sie auf den alten Mann.

Kawai verbeugte sich ernst vor den Offizieren. »Guten Morgen. Willkommen im Tal der Verborgenen Quellen. Unter den Bedingungen des von König Sharn und Königin Ayfa unterzeichneten Friedensvertrages sind Sie meine geehrten Gäste.«

Er hielt ihnen den Rosenstrauß hin.

Der Firvulag-Anführer hob das Visier seines Helms von seinem grotesk zerknitterten Gesicht, das sich in einem wilden Ausdruck verzog. »Ich bin Betularn von der Weißen Hand, Champion und Großer Hauptmann und Einwanderer und Geißel des Feindes!« deklamierte er mit kratziger, brüllender Stimme. »Bete zu den kümmerlichen Göttern deines Glaubens, Geringer!«

»Das habe ich bereits getan, danke«, sagte Kawai und trat dicht an das Chaliko des Monsters heran. »Ihre Blumen, Lord Betularn.« Mit aufforderndem Lächeln hob er die Rosen hoch.

Von den anderen Offizieren kam Gemurmel. Der mit dem Kropftauben-Küraß nahm den Helm ab und erwies sich als kraushaarige Frau. Sie grinste ihren Vorgesetzten breit an. »Da kannst du nichts machen, Weißhand – obwohl Té allein weiß, wie ein Geringer Kenntnis von dieser uralten Sitte erhalten hat. Nimm die Blumen!«

Der weiße Handschuh griff nach den Rosen. Wie durch ein Wunder senkten sich die Waffen. Die beiden anderen Offiziere öffneten ihre Visiere und blickten nachdenklich auf Kawai nieder. Einer von ihnen machte eine Handbewegung zu den berittenen Soldaten hin, und sie entfernten sich in Richtung des Dorfes.

»Also ist eine Gabe von Blumen bei Ihrem Volk ebenso von Bedeutung wie bei unserm«, bemerkte der alte Mann liebenswürdig.

Betularn ignorierte das. Er neigte den Kopf auf die Seite, als lausche er. Dann grunzte er überrascht. »Weg?« rief er aus. »Was meinst du damit – sie sind weg?« Er beäugte den alten Mann. »Wo sind die anderen Geringen?«

Kawai ließ sein Gesicht einen Ausdruck höflichen Bedauerns annehmen. »Gonen nasai, Lord Betularn. Sie sind alle weggezogen. Sehen Sie, uns hat während der letzten Monate soviel Unglück getroffen. Plündernde Horden griffen unter Mißachtung der Wünsche unserer Monarchen unsere friedlichen Dörfer an und töteten viele Leute. Man kam zu dem Schluß, dies Land sei zu gefährlich für eine Besiedlung durch Menschen. Alle Geringen außer mir sind nach Nionel gezogen. Sie wollen die Gastfreundschaft annehmen, die ihnen Lord Sugoll und seine Gemahlin Katlinel die Dunkeläugige so großzügig angeboten haben.«

»Eine Gelegenheit weniger, die unsere Jungen und Mädchen ablenken könnte«, meinte die Offizierin. »Vorwärts marsch zu dem Hauptereignis!«

»Halt den Mund, Fouletot!« fuhr der Große Hauptmann sie an. Er fragte Kawai: »Wann sind Ihre Leute abgereist?«

»Oh, das ist lange her. Sie müssen inzwischen fast an den Pliktol-Quellen sein.«

Betularn kaute auf seinem ergrauenden Schnurrbart und zupfte an seinem Kinnbart. »Verdammt ... wir müssen einen Umweg machen und das nachprüfen.«

»Es ist nur noch eine Woche bis zum Waffenstillstand!« warf der Zwergenoffizier mit schriller Stimme ein.

»Du hältst den Mund, Pingol!« röhrte Betularn.

»Denk an unsere Befehle!« sagte der zweite männliche Oger.

»Und du hältst *auch* den Mund, Monolokee! Té verbrenne mich zu Asche – laßt mich einen Augenblick nachdenken.«

Kawai sagte höflich: »Ich kann Ihnen nur eine dürftige Gastfreundschaft bieten, gute Nachbarn. Doch das Brunnenhaus enthält kaltes Bier, das nach einem heißen Ritt erfrischend sein mag, und ich habe einen ziemlich großen Krug mit Erdbeermarmelade.«

Betularn fixierte den lächelnden kleinen Menschen mit durchbohrendem Blick. »Wenn das ein Trick ist ...«

Kawai spreizte in unterwürfigem Protest die Hände. »Ich bin ganz allein. Bestimmt haben Ihnen Ihre Truppen diese Tatsache inzwischen bestätigt. Bitte – folgen Sie mir! Sie sind höchstwillkommen, das versichere ich Ihnen.« Er drehte sich um und ging auf das Dorf zu. *Liebe Amerie-chan,* betete er, *deine Rosen haben ein halbes Wunder vollbracht. Du willst doch jetzt nicht noch alles verderben, nicht wahr, Tochter?*

Hinter sich hörte er monströses Gelächter, das Rasseln von Harnischen, das langsame Plop-plop klauenbewehrter Chaliko-Füße im Staub. »Das verdammte Bier sollte besser kalt sein«, murmelte Betularn.

»O ja!« Kawai grinste über die Schulter. »Kommen Sie nur! Es ist nicht weit.«

»Bist du fest entschlossen dazu?« forschte Greg-Donnet.

Das einzige blaue Auge auf der Stirn der Heulerfrau sah ihn an, ohne zu blinzeln. »Sähe ich wie ein Mensch aus, hätte er mich geliebt. Meine Illusionen waren nicht gut genug. Da er einmal einen Silberreif getragen hatte, durchschaute er sie besser als andere Ehemänner aus dem Volk der Geringen.«

Sie legte ihre letzten Kleidungsstücke ab und reichte sie der Labor-Assistentin. Leicht erschauernd stand sie neben dem großen Aufbau des Tankapparats und seiner Steuerkonsole. Ihr mutierter Körper war schlank und schuppig. Ein leichter Pelz wie der eines Blaufuchses wuchs um ihre Schulter und an der Mittellinie ihres Thorax hinunter. »Ich bin bereit. Was soll ich tun, Melina?«

»Steig in den Tank!« sagte die Technikerin, »und wir wikkeln dich in die Haut. Dann schließen Dr. Prentice Brown und ich die Monitore und das Lebenserhaltungssystem an. Es wird das gleiche Gefühl sein, als ob du einschläfst. Du merkst es nicht mehr, wenn der Tank sich füllt.«

»Werde ich träumen?« Es war eine ängstliche Frage.

»Schöne Träume«, versicherte Greggy ihr. »Vielleicht von ihm.«

Das kleine Wesen lächelte. »Ich weiß, es besteht die Möglichkeit, daß ich sterbe oder deformierter als zuvor aus dem Tank komme. Aber ich tue es gern. Sollte er kommen, bevor ich aufwache, wirst du ihm das sagen, nicht wahr?«

»Natürlich«, antwortete Greggy. »Jetzt hinein mit dir – und denke positive Gedanken! Es ist sehr wichtig, daß du die selbstredigierenden Impulse willentlich auslöst.«

Er und seine Assistentin machten sich an die Arbeit.

GIUSEPPE MANGONI

Schnell wickelten sie die Mutantin in die transparente Membrane und stellten die Verbindung zu den Hilfsgeräten her. Sie schlossen den Tank, überprüften ein letztes Mal ihre Funktionen und ließen den großen Kristallbehälter vollaufen. Der Körper schwebte darin in waagerechter Lage, festgehalten von der Medusenkappe, die bald beginnen würde, regenerierende Befehle in das schlafende Gehirn einzuspeisen.

Greg-Donnet sah sich die wechselnden Anzeigen auf der Konsole an. Er berührte seinen goldenen Halsring. »Schläfst du, Lämmchen? Kannst du mich hören?«

Gehirnwellen liefen langsam über den Bildschirm. Ein einziges Wort überquerte die Bewußtseinsschwelle, bevor der Geist der Mutantin sich dem Hauttank und seinem heiligen Vergessen ergab:

Toniie.

6

Die acht wackeren neuen Mehrzweckfahrzeuge, frisch bemalt in Pflaumenfarbe und Gold, brausten aus der Brandung auf den Sandstrand der bretonischen Insel. Von der Peitschenantenne des Kommandowagens flatterte das Digitus-impudicus-Banner König Aiken-Lugonns, der selbst an den Kontrollen saß. Er war in bester Laune, weil zur Abwechslung einmal alle Nachrichten gut waren. Die Alpen-Expedition hatte einen Weg auf den heimtückischen Gresson-Eisfall vermessen und ihr erstes Versorgungslager errichtet. Dagegen war die Famorel-Armee, die auf den Monte Rosa zumarschierte, in der Tarentaise in einen Bergrutsch geraten. Sie hatte einen Tag und mehr als dreißig Kompanien verloren. Aus Roniah meldete Kuhal Erderschütterer, die Vorräte an Milieu-Waffen seien größer, als sie zu hoffen gewagt hatten. Er bereitete das ganze Arsenal zum Transport nach Goriah auf der längeren, aber sicheren Südroute vor. Man hielt es für unklug, die Waffen auf direktem Weg entlang der Weststraße zu schicken, auch während des Waffenstillstands. Eine starke Begleitmannschaft von Tanu-Recken würde sie rhôneabwärts, über Land nach Sasaran und dann wieder auf dem Wasserweg die Garonne hinunterbringen, wo die Königliche Flotte sie zum Weitertransport nach Goriah übernehmen konnte.

Voll Übermut drückte Aiken auf die Hupe des Fahrzeugs und ließ die Fanfare von den grasbewachsenen Dünen widerhallen. Wasserläufer und Uferschnepfen entflohen, und der König lachte. Mit einigen seiner Höflinge und vierzehn der jungen Nordamerikaner war er unterwegs zu der offiziellen Eröffnung der Königlichen Eisenmetallurgischen Werke oben im bretonischen Hochland. Endlich sollte die Produktion aufgenommen werden. Das Küchenpersonal der Burg hatte einen üppigen Speisekorb gepackt, die Mehrzweckfahrzeuge rollten ungehindert über eine eigens für den zu erwartenden schweren Verkehr angelegte Straße, und an dem kobaltblauen Himmel türmten sich Blumenkohlwolken.

»Ein viel zu schöner Tag«, sagte Aiken zu Dougal, »für einen Coup. Wahrscheinlich hast du dir das Ganze eingebildet, alter Junge.«

Der als Ritter des Mittelalters gekleidete Mann im Kopilotensitz seufzte tief. »Erscheinen höchst willkommene und unwillkommene Dinge gleichzeitig, lassen sie sich schwer miteinander versöhnen. Der helle Tag ist es, der die Natter hervorbringt, und deshalb muß man vorsichtig ausschreiten ... Und wenn der Wicht nichts Böses plant, warum fährt er dann mit den Kindern der Rebellion?«

»Vilkas geht dahin, wohin sein Chef geht«, stellte der König vernünftig fest. »Und Yosh überprüft die Kursrobotik von Hagens Wagen. Sie scheint eine kleine Macke zu haben.«

»Ich bin nur ein armer Irrer«, sagte Dougal, »aber ich habe Euch getreulich mitgeteilt, was ich heute morgen hörte, als die schurkischen Nordamerikaner sich im unteren Hof der Burg versammelten. (Sie achten nicht auf mich, weil ich verrückt bin.) Es ist ganz klar, was sie vorhaben, Sire. Der boshafte Litauer hat sie über Eure mentale Indisposition informiert, und so wollen sie heute irgendwie an Euch Verrat üben.«

Die Augen des Königs waren schwarze glitzernde

Schlitze unter dem Rand seines goldenen Huts. »Vilkas und Yosh und der Junge waren in Calamosk dabei, als ich meine Schau abgezogen habe. Aber was könnte Vilkas für ein Motiv haben, mich zu verraten?«

»Er denkt zuviel. Die Menschen sind gefährlich! Und er ist von saurer und nachtragender Gemütsart und verbittert, weil er keinen goldenen Halsring bekommen hat.«

Alberonn Gedankenfresser, der mit seiner Frau Eadnar hinten im Cockpit auf den Plätzen der Navigatoren saß, beugte sich jetzt vor, Furcht ausstrahlend. »Wenn Verrat zu befürchten ist, Hochkönig, sollten wir sofort nach Goriah umkehren. In deiner Begleitung sind bei dieser Exkursion nicht allzu viele Recken. Auch hast du es nicht für nötig gehalten, deine mechanischen Schirme anzulegen.«

»Sie sind mir lästig.« Aiken schaltete die Turbine um; die Straße führte jetzt geradeaus. Bald war sein Wagen allen anderen weit voran und rollte mit beinahe 90 Stundenkilometern durch das offene Waldland. Die Windschutzscheiben-Ionisierer hatten schon wieder versagt, und der König spähte tief in Gedanken durch den Fliegendreck. Sie kamen an die neue Hängebrücke über den Proto-Oust. Aiken nahm Gas weg, so daß sie gemächlich hinüberkrochen. Keins der anderen Fahrzeuge war in Sicht.

Der König hielt an und wartete. Auf dem Bildschirm waren die weniger als drei Kilometer entfernten Schmelzwerke zu sehen. Er fragte: »Und du bist sicher, daß sie heute etwas vorhaben, Dougie? Sie haben sich nicht nur mit ein bißchen törichter Majestätsbeleidigung vergnügt?«

»Die Torheit, Sire, umkreist den Erdball wie die Sonne; sie scheint an allen Orten!« Der Ritter nahm wieder einmal einen blitzartigen Rollenwechsel vor und setzte unwiderlegbar hinzu: »Vierzehn der Junior-Rebellen sind bei diesem Ausflug dabei. Nur Miss Cloud und die drei Wissenschaftler sind zu Hause geblieben. Das ist genug Gehirnschmalz für ein ungezogenes kleines koerzibles Metakonzert. Und ich habe gehört, wie Nial Keogh, der mit dem Fuchsgesicht, sagte, eine Eisengießerei stelle eine einzigartige Gelegenheit dar.«

Alberonn und Eadnar projizierten gleichzeitig: Blutmetall

in großer Menge! Deine Verteidiger zumeist Tanu&verwundbar!

Die anderen sieben Fahrzeuge näherten sich der Brücke. In dem ersten saßen Hagen und seine Verbündeten. Aiken studierte es mit seinen Fernsinnen und entdeckte darin nichts als unschuldige Fröhlichkeit. Die Reparatur des Autopiloten war offensichtlich beendet, und jetzt traktierten die Nordamerikaner Yosh, Vilkas und Jim mit dem ordinären, aber im Überfluß vorhandenen Wein, den das Volk von Goriah Pudelpisse nannte.

Aiken sandte Yosh die scharfe Frage zu: Wichtig. Denk nach! Könnte die Robotik-Panne Sabotage sein Vorwand dich & Helfer in Hagens Fahrzeug statt ein anderes zu bekommen?

Teufel Chef ... möglich ist es. Warum fragst du?

Schongut YoshiJunge nur halte die Augen auf!

»Die Gottheit schirmt den König solchermaßen«, versicherte der Ritter Aiken, »daß der Verrat sein Ziel nur sieht von fern.«

»Also das ist deine Meinung?« Aiken bedachte den großen Rotbart, der unmerklich auf den Platz des Hofnarren gerückt war, mit einem freudlosen Grinsen. »Deine Gottheit soll ja rasch eingreifen, wenn ich außer gegen Marc Remillard auch noch gegen Hagen und seine Bande kämpfen muß! Ich hatte geglaubt, die jungen Rebellen auf meiner Seite zu haben – und jetzt sieht es aus, als hätten sie nur auf eine Chance gewartet, mir das Lebenslicht auszublasen. Nach dem, was Vilkas ihnen über den Trick erzählt hat, mit dem ich sie bei Calamosk hereingelegt habe, halten sie mich wahrscheinlich für ausgebrannt.«

»Sie müßten es besser wissen!« rief Alberonn. »Schließlich haben sie gesehen, wie du die Metakonzert-Manöver unserer Truppen geleitet hast!«

»Ah, aber der Leiter braucht nicht selbst über große Kräfte zu verfügen«, bemerkte Aiken. »Wenn er nur das richtige Programm in seinem Kürbis verstaut hat, ist die mentale Kraft längst nicht so wichtig wie Genauigkeit und das Talent, Energien zu kanalisieren. Vielleicht hat Hagen Angst, ohne ein Konzert als Rückendeckung sei ich Marc bei einer Konfrontation von Mann zu Mann nicht gewachsen. Er ist ein übervorsichtiger junger Lump, weißt du. Meine ungezwungene Art imponiert ihm nicht – da laufe ich ohne drei Sigmaschirme und eine Kerametall-Rüstung herum, die meinen königlichen Arsch vor einem heimtückischen Überfall schützen könnte. Der Junge macht sich möglicherweise Sorgen, sein Alter werde mich einfach packen. Und benutzen.«

Die anderen Mehrzweckfahrzeuge rumpelten über die Brücke, immer eins auf einmal. Hagens im intimen Modus an Aiken gerichteter Gedanke wehte herüber: Sir du hast uns schön abgehängt. Du bist ein besserer Fahrer als jeder von uns! Möchtest du daß wir aufschließen damit wir als Parade in die Fabrik einfahren? Ich könnte sogar eine flotte Dudelsackmusik über den Lautsprecher senden ...

Aiken dachte ungerührt zurück: Folgt Mir einfach!

Damit startete er sein Fahrzeug. »Das wird er tun«, meinte Dougal leise. »Er wird Euch folgen, weil er es für zweckmäßig hält, vorausgesetzt, Ihr zeigt ihm ein für alle Mal, wer der Vasall und wer der König ist.« Er klopfte auf den Löwenkopf, der in Gold auf seinen Wappenmantel gestickt war.

Aiken warf dem Ritter einen überraschten Seitenblick zu. Dougal trug keinen Reif, und doch erriet er so oft seine Gedanken. Jetzt erst fiel Aiken auf, daß das Löwenbild neuerdings eine Krone trug, und das rief eine halbvergessene Erinnerung aus seiner übelverbrachten Jugend auf dem Planeten Dalriada wach. Aber der Gedanke entschlüpfte ihm unter dem Druck der sofort zu treffenden Entscheidungen, und er sagte: »Zuerst müssen wir uns absolut vergewissern, daß sie einen Coup planen. Es ist nie gut, wenn man sein Pulver verschwendet. Besonders, wenn man nicht allzu viel auf der guten alten Pfanne hat.«

Der Werkmeister der neuen Königlichen Eisenmetallurgischen Werke war ein zäher alter Bloßhalsiger namens Axel, der schon früh aus den Eisendörfern der Geringen in den Vogesen übergelaufen war. Auf der bretonischen Insel hatte er, vom König mit allen Vollmachten ausgestattet, was Material und Arbeitskräfte betraf, eine viel modernere Anlage geschaffen – und außerdem war sie buchstäblich sicher gegen jeden Angriff, der nicht gerade eine Bombardierung aus der Luft war. Die Minen, in denen Siderit abgebaut wurde, lagen völlig unter der Erde. Das Erz wurde unter minimalem Einsatz von Menschenkraft durch vier kompakte Bergbaumaschinen, die aus dem Schmuggelwaren-Versteck in Goriah stammten, nach oben befördert. Der erste Schmelzvorgang fand in einem danebengelegenen Ofen statt, ausgestattet mit einem Paar riesiger wasserbetriebener Blasebälge.

Nach einem kurzen Rundgang durch das Bergwerk und einem Blick auf den brüllenden Ofen wurden Aiken und seine Begleiter auf einen Steg geführt, der sich etwa fünfzehn Meter über dem Fußboden des gewaltigen Schmelzwerks hinzog. Von dort betrachteten sie den spektakulären Strom des geschmolzenen Roheisens vom Tiegel in einen großen eimerförmigen Abschöpflöffel. Das Gefäß hatte die dreifache Höhe der Arbeiter, die es bedienten. Die Leute trugen silberfarbene reflektierende Anzüge, die sie vor der Hitze und fliegenden Funken schützten. Wenn der Löffel voll war, rollte er über ein Gleis zu einem noch größeren, eiförmigen, oben offenen Kessel, der zur Seite gekippt das noch unreine flüssige Eisen aufnahm.

»Metall direkt aus dem Tiegel verwenden wir für Pfeil- und Lanzenspitzen und andere einfache Produkte«, erklärte Axel dem König. »Den Rest gießen wir zu Blöcken, die im Hammerwerk nebenan zu Schmiedeeisen umgewandelt werden. Aber das macht einen Lärm wie die Glocken der Hölle und ist nicht besonders interessant. Ich dachte mir, die erhabenen Persönlichkeiten würden lieber etwas Fesselnderes sehen. Deshalb werden wir die neue Bessemer-Birne zum ersten Mal für Sie abblasen!«

»Ausgezeichnet«, meinte der König.

»Ich wollte so eine Bessemer-Birne in Haut Fourneauxville bauen, aber Tony Wayland, unser Aufseher, war dagegen.« Axel verzog das Gesicht. »Er wollte etwas ganz Kompliziertes – als ob wir ausgefallene Legierungen oder reinstes Eisen gebraucht hätten, um Firvulag abzustechen! Wayland brachte seinen elektrischen Ofen nie zum Funktionieren. Es gelang uns nicht, die geeigneten Maschinen zur Energieerzeugung in Finiah zu bergen.«

Der König hörte aufmerksam zu. »Dieser Wayland – war er Ihrer Meinung nach ein erstklassiger Metallurg?«

Der Werkmeister kräuselte die Lippen und wies mit dem Kopf auf Dougal. »Fragen Sie lieber ihn! Er war Waylands Wärter. Ich weiß nur, wir können hundertmal soviel Stahl in meiner Bessemer-Birne herstellen, als wir es mit Waylands elektrischem Peilstab-Ofen geschafft hätten. Sie werden schon sehen!«

Der Abschöpflöffel goß weißglühendes Metall in das weite Maul der Birne. Alberonn bemerkte: »Wie würden die Firvulag-Feinde heulen, könnten sie diesen Überfluß an Blutmetall sehen, der zu ihrer Vernichtung geschaffen wird ...«

»Sie *werden* ihn sehen«, erklärte Aiken, »weil ich beim Großen Turnier ein paar nützliche Erfindungen aus Stahl einsetzen will, nur um Sharn und Ayfa wissen zu lassen, daß sie nicht gut daran getan haben, die Geringen aus den Dörfern abzuschlachten. Dann werden wir ja sehen, ob die Kleinen Leute immer noch wild darauf sind, den Letzten Krieg anzufangen.«

Axel spähte zu den Arbeitern hinunter. Eine silbrige Gestalt gab das Startzeichen, indem sie die behandschuhten Hände über dem Helm zusammenlegte. Der Abschöpflöffel rollte davon, und die mit geschmolzenem Eisen gefüllte Birne begann um ihre Achse zu kippen. Einen Augenblick sah das Maul genau in die Richtung der Zuschauer, und unwillkürlich wichen sie vor dem Anblick des weißglühenden Innern zurück. Dann stand der Behälter aufrecht, und schließlich kam er ein bißchen nach hinten geneigt zur Ruhe. Die Öffnung konnte jetzt gegen einen konkaven Schirm blasen, der die Holzwand des Gebäudes schützte.

»Alles mal herkommen!« rief Axel, überschäumend in seinem Eifer als Veranstalter. »Ich werde erklären, was geschieht.«

Aiken war dicht umgeben von den Tanu-Mitgliedern seiner Entourage; die Nordamerikaner und die meisten menschlichen Höflinge hatten sich entlang dem Geländer verteilt. Plötzlich forderte der König die Tanu auf: »Was ist, erhabene Brüder und Schwestern, wo bleibt euer Sinn für Gastfreundlichkeit? Macht Platz in Meiner Nähe für unsere nordamerikanischen Gäste, damit sie hören können, was Axel zu sagen hat. Diese Stahlwerke sind nur teilweise automatisiert, und ihr kommt vielleicht auf ein paar nützliche Einfälle, wie die Produktion zu verbessern wäre.«

Der goldtragende Samurai verbeugte sich. »Wie du befiehlst, Aiken-sama.« Sunny Jim drängte sich beflissen nach vorn, aber Vilkas blieb mit gleichgültiger Miene zurück.

»Komm schon, Mann!« drängte Aiken. »Gleich beginnt die große Show. Willst du nicht von der vordersten Reihe aus zusehen? Neben Hagen und Nial ist noch viel Platz.«

Der junge Remillard und seine dreizehn Verbündeten standen in einer lockeren Gruppe zur Linken des Königs. Axel strahlte sie entzückt an. Ein menschlicher Chauvinist bis auf die Knochen, war der Werkmeister insgeheim stolz, daß diese wichtigen jungen Leute Bloßhalsige wie er selbst waren. Sie hatten bei der Besichtigung seinen kleinen Vorlesungen mit schmeichelhafter Aufmerksamkeit gelauscht, und einige waren besonders beeindruckt von seiner wiederholten Erklärung gewesen, warum das Blutmetall die äußerste Waffe gegen beide fremde Rassen sei.

Jetzt wandte sich Axel mit wachsender Begeisterung den Versammelten zu. »Die Bessemer-Birne ist ebenso einfach wie dramatisch. Sie werden bemerken, daß es *kein* Mittel gibt, die Kammer von außen zu beheizen – und doch wird die Temperatur innerhalb von Minuten bestimmte Unreinheiten in glühende Gase und andere in Schlacke verwandeln! Das erreichen wir, indem wir einen starken Luftstrom durch Düsen im Boden der Birne leiten. Er kommt nicht von einem einfachen Blasebalg, sondern von einem Kompressor mit Solarantrieb! Der injizierte Sauerstoff entzündet den im Eisen noch gefangenen Kohlenstoff. Der Inhalt der Birne kocht wie ein Vulkan! Unerwünschte Elemente schießen in einem überwältigenden und gleichzeitig wirksamen Feuerwerk hinaus!« Er zog ein großes gemustertes Taschentuch hervor und wischte sich das schweißtriefende Gesicht. »Noch irgendwelche letzten Fragen, bevor wir anfangen?«

»Ist es ohne Gefahr, dies Teufelsei zu kochen?« fragte Dougal streng. »Schließlich – sagten Sie nicht, es werde zum ersten Mal abgeblasen?«

»Keine Gefahr, überhaupt keine«, beteuerte Axel. »Herr im Himmel, wir sind fünfzig Meter von dem Ding entfernt, und es zeigt in die andere Richtung!«

»Blasen Sie ruhig ab«, sagte Hagen. »Wir haben keine Angst. Sicher wird es sehr interessant.« Er wandte das kühle blaue Auge Aiken zu. »Was sagen Euer Majestät?«

»Weitermachen!« befahl der König.

Axel beugte sich über das Geländer und winkte heftig mit dem bunten Tuch. Eine der silbernen Gestalten winkte zurück und eilte an ein großes Radventil in den Röhren, die in den rechten Zapfen hineinführten. Er drehte es auf, ein zischender Schrei manifestierte sich, und eine monströse Flammenzunge heulte aus dem Birnenmaul. Ein blendender Funkenschauer eruptierte und sprang von dem schützenden Stahl-Keramik-Schirm an der Rückwand ab. Eine Hitzewelle fegte über die Zuschauer hin. Das ganze Gebäude zitterte bis auf die Grundmauern. Vielfarbener Rauch stieg zu den Dachbalken hoch und entwich durch Ventilierungsschlitze.

»Aufgepaßt!« rief Axel. »Es kommt noch besser!«

Der Mann an dem Ventil ließ weitere Druckluft einströmen. Das Gebrüll stieg in höhere Tonlagen, bis der Konverter triumphierend zu schreien schien. Der Rauch, von einem eigentümlichen bräunlichen Scharlachrot, stieß Lanzen aus glühendem Gas aus, die purpurn und rosa und orangefarben flackerten. Tropfen geschmolzener Schlacke flogen wie Meteoriten im Bogen durch die Luft. Die silbergekleideten Arbeiter unten auf dem Boden sprangen in Ekstase auf und ab. Oben auf dem Steg beobachtete die um den König versammelte Gruppe hingerissen das Schauspiel.

Langsam nahmen die hochschießenden Flammen ein helles Gelb an. Der Rauch verzog sich, während die Reinigung des Eisens weiter fortschritt und Silizium verbrannte. Unauffällig schoben sich Hagen und seine Leute weiter nach links; Vilkas folgte ihnen. Dem Litauer in seiner festlichen Ashigaru-Tracht stand der Mund offen, seine Augen flitzten zwischen dem König und dem feuerspeienden Ei auf der anderen Seite des Gebäudes hin und her. Die Nordamerikaner standen Schulter an Schulter in einem dichten Haufen zehn Meter weiter weg. Erstaunlicherweise hatten sie die Augen geschlossen.

Die Flammen aus der Birne wandelten sich von Orange zum reinsten Weiß, versprühten ein diamantenes Glitzern und wanden sich wie geflochtene Sternenmaterie. Jetzt brannte Kohlenstoff; die glühenden Gase hatten ihre höchste Temperatur erreicht und beschädigten den Schutzschirm, so daß die Schamott-Fütterung zu einem glänzenden Bullauge wurde.

Die Birne begann auf ihrem Drehlager zu kreisen.

»*Nein!*« schrie Axel.

Der Gasstrom wanderte von dem Schutzschirm weg und setzte die Holzwand in Sekundenbruchteilen in Brand. Die Arbeiter unten liefen in alle Richtungen davon. Einen einzigen Helden sah man vergebens mit dem Luftventil ringen. Wie ein kolossaler Flammenwerfer sengten die aus der Birne röhrenden Flammen sich einen drei Meter breiten Weg über das Dach und die Wand hinunter, vor der der König und sein vor Entsetzen gelähmtes Gefolge standen.

Dann blies das offene Maul sie direkt an und umhüllte sie mit weißer Glut.

Vilkas stöhnte. Der Steg stand in Flammen, und das ganze Gebäude war mit dickem Qualm gefüllt. Er rannte los und erreichte die Holztreppe, wo ihm eine Rauchschwade den Atem nahm und ihn blendete, so daß er stolperte und beinahe kopfüber hinuntergefallen wäre. Laut schluchzend klammerte er sich an das Geländer. »Hilfe, Hilfe, um Gottes willen!« heulte er.

Er hörte, daß das Brüllen des Konverters verstummte. Das Prasseln des brennenden Holzes verlor sich im Nichts. Ein starker Wind trieb den Qualm nach oben, durch die Dachventile hinaus. Einen kurzen Augenblick lang glühten die gelöschten Balken noch einmal auf, bevor sie sich in tote Holzkohle verwandelten.

Vilkas richtete sich auf. Tränen strömten ihm aus den brennenden Augen. Der große eiförmige Konverter stand still, etwa um fünfundvierzig Grad gekippt. Die Öffnung wies auf Aiken und seine Gruppe. Sie waren sicher innerhalb einer schimmernden Kugel aus psychokreativer Energie, die der Geist des Königs erzeugt hatte, und standen auf einem unversehrten Stück des Stegs, das allem Anschein nach mitten in der Luft schwebte.

Sanft senkte sich die Blase auf den Boden des Schmelzwerks nieder. Der Abschnitt des Stegs kam auf dem gestampften Lehm zur Ruhe. Die Sphäre löste sich auf.

Axel fiel vor Aiken auf die Knie und brach in Tränen aus. Vilkas konnte die Antwort des Königs sehr deutlich durch seinen grauen Halsring hören.

»Regen Sie sich nicht auf, Mann! Es war nicht Ihre Schuld, und uns ist nichts passiert.« Der kleine Mann in dem goldenen Anzug neigte den Kopf auf die Seite und musterte die vierzehn jungen Nordamerikaner, die bewegungslos am Ende des zerstörten Stegs standen. »Und es sieht so aus, als hätten auch unsere Freunde aus Übersee die Katastrophe überlebt. Das ist kaleidoskopisch. Wir säßen schön in der Klemme, müßten wir ohne eure Hilfe das Zeitportal bauen und das Vielfarbene Land gegen eure Eltern verteidigen! Natürlich würden wir uns irgendwie durchwursteln, sollte uns irgendein schrecklicher Unfall eurer Gesellschaft berauben. Aber gemeinsam werden wir alle unsere Ziele bequemer erreichen ... Oder bist du anderer Meinung, Hagen Remillard?«

»Ich pflichte dir bei, Hochkönig.«

Ohne zu den Leuten oben auf dem Steg hinzusehen, schlenderte Aiken zu der über ihm aufragenden Bessemer-Birne hinüber und betrachtete die abkühlenden Schlackentröpfchen am Rand der Öffnung. »Nach einer kleinen Verbesserung – und mit ein paar neuen Sicherheitsvorkehrungen – wird dies Ding uns gute Dienste leisten. Sicherheitsvorkehrungen kann man auch an Personen installieren. Doch das würde ich wirklich ungern tun, weil manche Leute so negativ auf Halsringe reagieren. Ich habe nicht die leiseste Ahnung, ob man einem nicht erleuchteten Operanten einen silbernen Reif umlegen kann, ohne daß die Schaltkreise des Geräts durchbrennen – beziehungsweise das Gehirn. Deshalb habe ich keine große Lust, Experimente auf diesem Gebiet anzustellen, es sei denn, mir bleibt keine andere Wahl. Hast du verstanden, Hagen Remillard?«

»Ich habe verstanden, Hochkönig.«

Der König setzte seinen Weg fort und winkte den Arbeitern verzeihend zu, die ihre silbrigen Helme abgenommen und sich ängstlich zusammengeschart hatten. »Schon gut. Denkt euch nichts dabei, Jungen und Mädchen. Ende gut, alles gut – wie mein Freund Dougal sagen würde ...« Er drehte sich zu seinen Tanu- und menschlichen Untertanen um. »Nichtsdestotrotz, es sind Gerüchte umgegangen. So wurde behauptet, meine königlichen Kräfte seien geschwächt und ich sei deshalb nicht länger zum König des Vielfarbenen Landes geeignet.« Seine koerzible Kraft fiel über sie wie ein glänzendes Netz. »Was sagt ihr dazu?«

»Slonshal, Aiken-Lugonn!« riefen sie alle.

Der König summte eine Melodie – es mochte »Heil dem Führer« sein. Er näherte sich Vilkas, der am Fuß der Treppe stand. »Und hier ist noch einer, der Glück gehabt hat. Oder?«

Vilkas gab ein ersticktes Ächzen von sich. Das Gebäude schien vor seinen Augen in weite Ferne zu entschwinden und dann zurückzurasen, um ihn mit anomaler Deutlichkeit zu umgeben. Todesangst überschwemmte sein Gehirn.

Aiken schnalzte mitfühlend. »Es widerstrebt mir, einen Geist so roh zu sondieren, aber ich muß es tun, um ganz sicher zu sein. Ah. Welch ein Jammer. Und alles nur, weil du dachtest, du verdientest Gold? Du armer Tropf. Wenn du Gold bekommen hättest, wäre dir nur etwas anderes eingefallen, worüber du brüten konntest – und vielleicht ein anderer logischer Grund, die zu verraten, die dir vertraut haben.«

»Bitte, Hochkönig ...«, begann Vilkas. Und dann stieß er einen einzigen markerschütternden Schrei aus und griff mit schrumpfenden, nach verschmortem Fleisch stinkenden Fingern an seinen Reif. Das graue Metall um Vilkas' Hals glühte wie der gelbe geschmolzene Stahl, der noch in der

Bessemer-Birne rauchte. Vilkas fiel auf den Lehmboden, ohne noch einen Laut von sich zu geben.

»Du hast Gold gewollt«, sagte der König und wandte sich ab.

7

Tony Wayland stakte sein Dingi durch die weiten Sümpfe unterhalb des Lac de Bresse und versuchte, einen Kurs beizubehalten, der ihn nach Norden in offenes Meer bringen sollte. Es war mühselige Arbeit. Der feuchte Morgennebel erlaubte nur wenige Meter Sicht, und der Sumpf wimmelte von Egeln, die sich bereithielten, sein Blut zu trinken, wenn er zufällig eins ihrer Verstecke in den dichten, tropfenden Binsen streifte.

Seit seiner Flucht von Bardelask war er länger als drei Wochen nach Norden unterwegs, die meiste Zeit zu Fuß entlang der Großen Südstraße, die parallel zur Rhône verlief. In dem Land westlich des Flusses, wo die Kleinen Leute weit verstreut lebten und um den vom Feind verseuchten Korridor einen weiten Bogen machten, war er keinem einzigen Firvulag begegnet. Zu leiden hatte Tony hauptsächlich unter den Vipern an den trockenen Lagerplätzen und den wilden Ebern im Tiefland gehabt – und von unerwarteten Zusammenstößen mit Mitgliedern seiner eigenen räuberischen Spezies. Er war mit knapper Not davongekommen, als eine Bande von gesetzlosen Bloßhalsigen ihn auf einem Nebenweg überfiel, den er eingeschlagen hatte, um ein großes Fort zu vermeiden. Zwei der Räuber hatte er erschießen müssen, bevor sie auf ihn als eine zu gefährliche Beute verzichteten.

In der Nähe der Metropole Roniah lauerte eine ganz andere Gefahr auf Tony: Der königliche Rekrutierungsdienst. Seine bisherigen Bemühungen verstärkend, kämmte König Aiken-Lugonn Wald und Feld nach Personal aller Art durch, denn ein Krieg mit den Firvulag schien mehr und mehr unvermeidlich zu sein. Verlockende Vorteile wurden Freiwilligen in Aussicht gestellt, die sich graue Halsringe anlegen ließen, und es ging das Gerücht, für heimatlos gewordene Personen sei bereits die allgemeine Wehrpflicht eingeführt. Tony trug natürlich Gold. Aber der Gegensatz zwischen seinem erhabenen Halsschmuck und seiner schäbigen Kleidung war allein schon Grund für amtliches Mißtrauen. Er hatte bei den wenigen Gelegenheiten, wo er gezwungen gewesen war, Lebensmittel zu kaufen oder sich auf der Straße anderen Reisenden anzuschließen, darauf geachtet, den Reif unter einem Halstuch zu verbergen.

Der Rekrutierungsdienst hatte sein Netz kunstvoll auf einer baumlosen Savanne ausgebreitet, wo die Große Südstraße sich in höheres Gelände wand, um eine Stromschnelle der Rhône zu umgehen. Dort oben auf den windgefegten Höhen konnte man kilometerweit in fast alle Richtungen sehen; jeder Reisende, der versuchte, die Hauptstraße zu verlassen, wurde sofort entdeckt. Für Tony war der erste Hinweis auf eine nahe Gefahr eine fröhliche Tafel:

WILLKOMMEN, REISENDE!
DURSTIG? HUNGRIG?
ESSEN UND TRINKEN GRATIS
IM GIPFELHAUS – 6 KM

Der Nachmittag, an dem Tony diese Strecke wanderte, war heiß und staubig gewesen, und er las die Tafel mit Freude. Aber dann überholte ihn eine Karawane aus Wagen, die mit Helladen bespannt waren. Sie brachte Chaliko-Futter nach Roniah, und einer der Fuhrleute nahm Tony mit. Sein Name war Wiggy, und er beeilte sich, Tony die wahre Natur des vor ihnen liegenden Etablissements zu erklären.

»Ein Menschenfänger-Nest, das ist es! Paß dort bloß auf dich auf, Pilger, oder du trägst im Handumdrehen einen grauen Reif und wirst als neuer Rekrut für die Arbeitsbrigade des Königs nach Roniah geschickt.«

Die Fuhrleute, dem Rekrutierungsausschuß wohlbekannt und im Gipfelhaus ihrer gewinnträchtigen Beschäftigung wegen offiziell nicht zugelassen, hatten nichtsdestoweniger die Gewohnheit, jedes Mal, wenn sie vorüberkamen, eine

Gratis-Erfrischung zu schnorren. Tony blieb nichts anderes übrig, als der Gefahr mutig ins Auge zu sehen. Er stapfte mit den anderen hinein, und bald saßen sie an langen Tischen, tranken kaltes Bier oder Sangria und mampften ihren Imbiß. Offensichtlich waren die Fuhrleute alte Bekannte des befehlshabenden Captals und der Kompanie Soldaten, die das Gipfelhaus betrieben. Tonys Eingeweide verkrampften sich, als der Captal witzelnd von ihm als einem »guten Fang« sprach und Wiggy eine hübsche Prämie zusagte, sollte Tony unterschreiben.

»Besten Dank, aber ich bin krank gewesen«, sagte der Metallurg. »Ich bin gar nicht der Typ, nach dem Sie Ausschau halten. Sie brauchen tapfere Leute für die Armee des Königs.« (Die Elefantenbüchse des verblichenen Karbree, in einem ranzigen Rohleder-Futteral verborgen, war mit Tonys anderem Marschgepäck draußen im Wagen geblieben.)

Der Rekrutierungscaptal zwinkerte. »Es sind noch viele andere gute Posten im königlichen Dienst zu vergeben! Ich sehe, Sie sind ein gebildeter Mann – kein Gespensterfutter wie der Rest dieser Bande.« Die Fuhrleute, die, solange das Spiel dauerte, aßen und tranken, soviel sie konnten, lachten und stießen sich mit den Ellbogen. »Falls Sie irgendwelche technische Kenntnisse besitzen, könnten wir Sie dem neuen wissenschaftlichen Korps zuweisen, das von der Kreatorengilde aufgebaut wird. Die Leitung hat der gute alte Lord Celadeyr, ein echter Tanu-Edelmann, wenn es je einen gegeben hat. Liebt menschliche Wesen wie seinesgleichen und verteilt Silberreifen wie Schießbudenblumen an Experten, die brav kooperieren.«

»Nun ... ah ... ich bin eher Humanist«, murmelte Tony.

»Bildung ist Bildung«, behauptete der leutselige Captal. »Es würde Ihnen in Goriah gefallen. Soviel Frauen, wie Sie wollen, gutes Essen, Alkohol, Nachtleben – also, ich würde selbst hingehen, wenn ich könnte.«

Er produzierte eine mit kleinem Druck bedeckte Pergamentrolle, einen Kugelschreiber und einen hübschen blauen Samtbeutel, der etwas Ringförmiges von vielleicht sechzehn Zentimetern Durchmesser enthielt.

»Unterschreiben Sie hier, Mann! Sie werden es nie bereuen! Wir können Sie morgen mit einer Eilkarawane nach Goriah schicken – nach einem Abend im Vergnügungsviertel von Roniah, der Ihnen unvergeßlich bleiben wird! Was meinen Sie?«

Die mit Tony am Tisch sitzenden Fuhrleute und der Captal kicherten wie Verrückte, und alle außer Wiggy drängten ihn zu unterschreiben. Als letztes Argument der Überredung öffnete der Captal den Beutel und zog dramatisch einen schimmernden grauen Halsring hervor. Sofort verstummten das Lachen und Scherzen. Die Hälse der Fuhrleute waren bloß.

Der Captal schob Tony den Ring über den Tisch zu. Sein Knaufverschluß stand offen. Das gewundene Metall war hohl und mit kleinen Ventilationsschlitzen für die psychoelektronischen Komponenten im Innern versehen.

»Nehmen Sie Ihr Halstuch ab«, redete der Captal Tony zu. »Probieren Sie ihn einmal an!« Er berührte sein eigenes graues Halsband. »Diese Dinger sind wundervoll. Sie tun einem Gutes – haben Sie das gewußt? Man hat keine Kopfschmerzen und keine wunden Füße mehr, man fühlt sich nie mehr einsam oder müde oder ängstlich. Und das ist längst nicht alles. Wenn Ihr Vorgesetzter ein Goldener oder Silberner ist, kann er Ihren Reif mit einem Lustgefühl programmieren, toller als alles, was Sie bei Sex oder Koks oder Alkohol erleben können. In einem Augenblick läßt dieser Zauberreif Sie alle Ihre Sorgen vergessen. *Unterschreiben Sie!*«

Vier große Soldaten materialisierten sich hinter Tonys Sitz. Er erhob sich halb, ließ sich wieder zurückfallen. Der Schweiß strömte ihm vom Kopf und durchweichte sein Halstuch. »Ich ... ich möchte jetzt lieber nicht.«

Die Fuhrleute leerten die Neige in ihren Bechern, grapschten sich einen letzten Keks oder eine Handvoll Nüsse und schlenderten zur Tür. Wiggys Gesicht zeigte, daß er sich schämte.

»Unterschreiben Sie!« drängte der Captal, den von Panik erfaßten Metallurgen fixierend.

»Unterschreiben Sie!« wiederholte das Soldaten-Quartett im Chor, grinsend wie Wölfe.

Tony versuchte, seinen Stuhl zurückzuschieben. Es ging nicht. Der Captal stand auf und ergriff den Halsring. Er kam herum zu Tonys Seite des Tisches, öffnete den Reif an den rotierenden Scharnieren weiter und hielt ihn über Tonys Kopf.

»Gottverdammt, *nein!*«

Tony löste die Lustschaltung in den grauen Reifen des Rekrutierungsteams durch seinen goldenen Reif aus und traf die Gehirne der Männer mit der maximalen Orgasmus-Ladung. Alle fünf krachten zu Boden, wie mit der Axt gefällt, und wanden sich mit zuckenden Hüften.

»Heilige Scheiße«, keuchte Tonys Fuhrmannsfreund. Mehrere andere Fuhrleute lugten ihm über die Schulter und hielten den Atem an.

Tony schob den Tisch zurück, umging die am Boden Liegenden, die stöhnend ihre Hände auf ihre samenfleckigen Hosen preßten, stellte sich den Fuhrleuten gegenüber und riß sich das Tuch vom Hals. Ein allgemeines Stöhnen war zu hören.

»Genug ist genug! Jetzt muß ich hier verschwinden. Diese Jungen werden sich an nichts erinnern, wenn sie aufwachen – glaube ich wenigstens. Aber falls sie es doch tun, möchte ich dann weit weg sein.« Tony funkelte sie so herrisch an, wie er es nur zuwege brachte. »Werdet ihr mich nach Roniah fahren oder nicht?«

Wiggy berührte grinsend seine Stirn. »Ihr Wagen wartet, Erhabener Lord.«

Tony ergriff das graue Halsband und näherte sich mit ihm dem Mann. »Ich habe gute Lust, dich zu beringen, um ganz sicher zu sein, daß du dein Wort hältst.«

»Nein!« kreischte der Fuhrmann. »Nein!«

Tony gab ein häßliches kleines Lachen von sich. »Du weißt also, was die Hingabe an Tanu-Freuden einem Mann antun kann! Ausgezeichnet! Dann verstehen wir uns ja. Und jetzt los!«

Er wollte den Reif schon zurück auf den Tisch legen, als er es sich anders überlegte, ihn in den Samtbeutel zurücksteckte und mitnahm.

An diesem Abend verkaufte er das Gerät auf dem

Schwarzen Markt in Roniah für genug Geld, um sich ein vollständig ausgerüstetes Chaliko, neue Kleider, ein Dekamol-Boot, ein Zelt und eine verdächtige, aber schön glitzernde Schmuck-Garnitur aus Rubinen als Friedensangebot für Rowane anzuschaffen. Ihm blieb reichlich Geld übrig, daß er den Rest der Strecke nach Nionel in allem Komfort zurücklegen konnte, und am nächsten Morgen war er unterwegs.

Und wieder drehte das wankelmütige Glück ihm eine Nase. Das Chaliko erwies sich als ein Schinder, der 40 Kilometer nördlich von Roniah zu lahmen begann. Wenn Tony in die Stadt zurückkehrte, um sich bei dem Verkäufer zu beschweren oder ein neues Tier zu kaufen, lief er Gefahr, wegen des Streichs, den er dem Königlichen Rekrutierungsausschuß gespielt hatte, verhaftet zu werden. Er befand sich mitten in einem Land voller feindlicher Firvulag, von denen viele zweifellos zu gern noch einmal zuschlagen würden, bevor in fünf Tagen der Waffenstillstand anfing. Der nach Norden strömende Verkehr war auf militärische Trains und arme versprengte Flüchtlinge, wie er selbst zum Gelobten Land Nionel unterwegs, zusammengeschrumpft. Die Chance, daß Tony von einem Fahrzeug mitgenommen wurde, war gering. Aber wenn er in seiner teuren neuen Ausstattung zu Fuß weiterging, konnte er von menschlichen und fremden Räubern wie eine sitzende Ente abgeschossen werden.

Es blieb ihm der Wasserweg. Die Saône war an diesem Punkt breit und träge und von einem Segelboot leicht zu befahren. Oder sollte er durch die stillen Lagunen rudern? Er versuchte es, und es ging. Natürlich kam er nicht schnell voran, aber war er einmal im Lac de Bresse, konnte er bis zum Beginn der Weststraße rudern – und dann auf nach Nionel!

So stakte Tony an diesem 27. September im Nebel durch das Schilf, immer auf der Hut vor fallenden Blutegeln. Seine Fernsicht nutzte ihm in dem konturlosen Sumpf nichts, und er mußte sich ständig mittels seines Armband-Navigationsgeräts orientieren. Er verfluchte sich, daß er das ihm übriggebliebene Geld auf dem Schwarzen Markt in Roniah nicht in einer Navigationsautomatik mit Peilzeichen gebendem Ohrstöpsel angelegt hatte. Aber wie hätte er auf den Gedanken kommen sollen, daß er so etwas brauchen würde? Endlich erreichte er ein Gebiet mit sich windenden Bächen und seufzte erleichtert. Jedenfalls hatte es jetzt ein Ende mit den Blutegeln. Die Sonne kam heraus, und mit ihr kamen die Moskitos und Mücken. Er rieb sich mit Mückensalbe ein und litt schweigend.

Gelegentlich fuhr er an kleinen, tiefliegenden Inseln vorbei. Um die elfte Stunde landete er mit seinem Dinghy an einer von ihnen und kochte sich unter einem ganz mit Moos bewachsenen Taxodiumbaum Kaffee. Er hatte eine Tisch-und-Bank-Kombination aus Dekamol, die sich im Nu aufblies, und eine reichliche Auswahl an Backwerk zu essen. Ein Paar schwarz-und-roter Anhingas beobachteten ihn von einem Baum in der Nähe und verrenkten sich die Schlangenhälse. Ein kleines Wassernagetier paddelte durch einen Tümpel und zog eine schwache Kielspur hinter sich her. Wasserlilien blühten. Die Sonne schien warm, und die Insekten verschwanden. Tony Wayland fühlte sich mit der Welt im Frieden.

Rowane …

Die Augen verträumt geschlossen, rief er sie mit Fernsprache. Sie war mehr als 300 Kilometer von ihm entfernt, aber vielleicht verlieh die Sehnsucht seinen dürftigen Metafähigkeiten Kraft. Er sagte:

Ich komme zurück zu dir kleine Frau. Dein Toniie ist unterwegs mit einem neuen goldenen Reif der ihm Mut macht. Von nun an wird uns nichts mehr aufhalten. Warte auf mich Rowane. Warte!

Er schlief ein bißchen – und erwachte von dem Geräusch platschender Ruder.

Wer ist da? fragte sein Geist unwillkürlich. Er sprang vom Tisch auf, verschüttete kalten Kaffee und verscheuchte ein Mäuschen, das zwischen den Krumen fouragiert hatte.

Die Binsen jenseits des Tümpels teilten sich, und ein großes Dekamol-Kanu, in Tarnfarben gestrichen, glitt in Sicht. Es trug fünf menschliche Männer und eine Frau, alle körperlich eindrucksvolle Exemplare und alle bis an die Zähne bewaffnet. Am Stern des ersten tauchte der Bug eines zweiten Kriegskanus auf, darin eine zweite Frau und drei weitere Männer und eine Anzahl von Frachtstücken. Der Bugruderer in dem führenden Fahrzeug, ein großer Indianer in Dschungelkleidung, hob ein Gewehr und zielte, gerade als Tony sich entschloß, zu seinem Dinghy zu stürzen.

»Stehenbleiben!« sagte Häuptling Burke.

Mit finsterem Gesicht hob Tony die Hände. Die Kanus landeten, und die Desperados stiegen aus. Eine der Frauen sah Tonys Besitztümer durch, während die anderen herumlungerten, diskret im Gebüsch verschwanden oder mit der Kaffeemaschine spielten. Die Frau, die in Tonys Habe stöberte – ein kräftiger spanischer Typ mit Bogen aus blauem Maskara über ihren großen Augen – schrie aufgeregt, als sie die Rigby-Elefantenbüchse entdeckte.

»Madre! Sieh dir einmal dies Cojonudo-Stück an! Zwei Läufe – und ein Schuß aus nur einem würde jeden von deinen armen Cagarrutas sauber in zwei Hälften blasen!«

Burke unterzog seinen Gefangenen einer genauen Musterung. »Kenne ich Sie nicht? Wie ist Ihr Name?«

»Bill«, antwortete Tony mit unruhigem Blick. »Bill – Johnson.«

Ein großer Schwarzer, der hinter dem Indianer stand, lachte herzlich. »He – das könnte mein lange vermißter kleiner Bruder sein! Ob er Tenor singt?«

»Sein Name ist nicht Bill«, rief die Spanierin. Sie schwenkte etwas. »Es sei denn, er hat eine Vorliebe für Boxer-Shorts aus gelber Seide mit passendem Handtuch, auf das beides in Liebesknoten ›Tony‹ gestickt ist.«

»Lassen Sie das liegen, verdammt noch mal!« heulte Tony. Er dankte dem Himmel, daß die Rubine in einem Geldgürtel verborgen waren.

In höhnischem Mitleid schnalzte die Frau mit der Zunge. »Ay! Hoy tiene mala leche – no?« Sie hielt eine schmale Buchplatte hoch. »Alles, was wir im Augenblick brauchen, ist das hier, Peo. Mir kam der Kerl doch gleich bekannt vor.« Sie kam herbei und gab das Buch Denny Johnson, der das Titelblatt studierte.

»›Technik der Metallurgie‹ – einem gewissen Anthony

Bryce Wayland überreicht von der Alchymist Society der Universität Manchester.« Drohend trat Denny vor. »So! Unser durchgebrannter Aufseher der Eisendörfer! Ihr erinnert euch doch alle an Tony Wayland, der unsere Leute im Tal der Hyänen verriet? Sollen wir ihn gleich hängen – oder bis später warten, damit es uns den Appetit nicht verdirbt?«

Tony zog das Halstuch zur Seite, das er immer noch trug. Gold schimmerte. »Faßt mich nicht an!« rief er, den Reif befingernd. »Ich kann euch das Gehirn ausbrennen oder euch töten, wann immer ich will!« Ein sehr dünner Strahl Psychoenergie flog von den ausgestreckten Fingern seiner anderen Hand und versengte das feuchte Moos vor Häuptling Burkes Stiefeln. »Das ist nur eine Kostprobe, Rothaut! Jetzt laß das Gewehr fallen – und daß keiner von euch übrigen frech wird, sonst ...«

Tony Tony Tony!

Ein geisterhafter Flammenring tanzte um Tonys Füße. Häuptling Burke öffnete den obersten Knopf seiner grünen Bluse und sagte:

Wie du siehst trage auch ich einen goldenen Reif. Und das bedeutet, daß ich deine metapsychische Aura sehen kann. Sie ist *sehr* klein. Ich möchte sie fast armselig nennen – jedenfalls reicht sie in den aggressiven Metafunktionen kaum an meine heran. Falls du nicht schnell geröstet werden willst, hör mit dem Bluff auf.

»O verdammt«, sagte Tony angewidert. »Hängt mich, damit wir es hinter uns bringen!«

Burke schüttelte den Kopf. »Lebendig bis du uns mehr wert. Der Äther summt seit mehreren Wochen von deinem Namen. König Aiken-Lugonn scheint ganz erpicht darauf zu sein, deine Bekanntschaft zu machen.«

Tony faßte frischen Mut. Dann fing er einen gewissen Ausdruck in Burkes Augen auf und resignierte wieder. »Was habe ich *ihm* denn getan, um Gottes willen? Manchmal glaube ich, jeder einzelne im ganzen Vielfarbenen Land ist darauf aus, meine Haut an die Wand zu nageln.«

»Du bist ein Handelsartikel«, stellte Burke knapp fest. »Mehr brauchst du nicht zu wissen.« Er drehte sich zu Denny Johnson um und gab ihm das Photonengewehr.

»Von jetzt an ist er dein Gefangener, Nigger. Paß verdammt gut auf ihn auf, wenn du jemals wieder den Baron Scarpia in Covent Garden singen willst!«

»Wir sollen ihn nach *Roniah* mitnehmen?« rief Johnson. »Hast du deinen tomahawkschwingenden Verstand verloren, Peo?«

»Wir brauchen Roniah nicht mehr der Waffen wegen zu erobern«, gab Burke zurück. »Es ist nicht mehr notwendig, Gewalt anzuwenden, um Geringen eine anständige Behandlung zu sichern oder uns die Passage durch das Zeitportal. Wir werden Roniah offen betreten, und Kuhal Erderschütterer, Mitglied der Hohen Tafel und dortiger Stellvertreter des Königs, wird uns willkommen heißen und uns geben, was immer wir verlangen.«

»Seinetwegen?« rief einer der Männer.

Der Häuptling nickte. »Wayland dreht den Mantel nach dem Wind. Er ist ein Verräter und ein durch und durch schlechter Mensch. Aber er ist unsere Fahrkarte zurück ins Galaktische Milieu.«

Die versammelten Desperados murmelten und flüsterten. Die Spanierin rief: »Aber Orion Blue und Karolina und die beiden anderen mußten dieses Puto wegen sterben! Und Basils Leute wurden verraten! Ich sage, er muß hängen!«

»Es hat keinen Zweck, Marialena«, sagte Burke. »Tony Wayland ist vom Obersten Gerichtshof begnadigt worden.«

Sie schoß dem Metallurgen einen mörderischen Blick zu. »Also, die Unterhose kriegst du nicht zurück«, zischte sie. Dann wandte sie sich den anderen zu und erklärte: »Jetzt werde ich Essen machen.«

MARC: Cloud. Tochter.

CLOUD: *Papa!* Du hättest nicht kommen sollen – es ist gefährlich ...

MARC: Ich bin nur als Simulakrum anwesend. Wie die Sendungen deines Freundes Kuhal. Der Garten ist einsam, aber Aiken Drum hat den Überwachungsgeräten meine mentale Unterschrift eingespeist. Ich werde mich hüten, einen D-Sprung in seine Glasburg zu machen.

CLOUD: Du hast mich beobachtet, als ich herkam?

MARC: Beobachtet, nicht belauscht. Glaube mir.
CLOUD: ... Was willst du?
MARC: Deine Hilfe. Bei Hagen.
CLOUD: Es ist zu spät.
MARC: Ich verdiene es, von euch beiden zurückgestoßen zu werden. Abgelenkt von meiner Arbeit, habe ich euch vernachlässigt. Ich war kalt gegen dich. Ungeduldig mit seiner Schwäche. Hart. Die Sache mit dem Tarpun ist unverzeihlich. Aber ich möchte ihn um Verzeihung bitten. Er kann nichts dafür, daß er ist, was er ist, ebensowenig wie ich. Er muß jedoch begreifen, daß ich nicht aus Laune grausam war. Es war eine mißleitete Therapie.
CLOUD: Es war ein kalkulierter Gewaltakt. Du weißt, er hat immer Angst vor dir gehabt. Du dachtest, ihn zu brechen, und statt dessen hat er die Kraft für die Flucht gewonnen ...
MARC: Er darf nicht fliehen, Cloud! Ich muß die Chance bekommen, ihm – euch beiden – zu erklären, warum ihr nicht gehen dürft.
CLOUD: Wir werden dafür sorgen, daß die Milieu-Behörden nicht durch das Zeitportal zurückkommen.
MARC: Ich weiß. Darüber habe ich mir nie ernsthafte Sorgen gemacht. Es gibt einen viel wichtigeren Grund, warum ihr nicht ins Milieu zurückkehren dürft.
CLOUD: Was ist das, Papa?
MARC: Laßt mich mit euch beiden zusammentreffen, in Person. Ich werde alles erklären.
CLOUD: Ich bin bereit, dir zu vertrauen, aber ich fürchte, Hagen wird es nie tun. Sag mir, was du willst, und ich sage es ihm. Ich werde deine Botschaft weitergeben.
MARC: So geht es nicht. Ich muß von Angesicht zu Angesicht mit euch reden.
CLOUD: Um uns zu koerzieren? Oh, Papa!
MARC: Meine Liebe, was ich von euch erbitten möchte, könnte ich niemals durch Koerzierung gewinnen. Sie dauert nur so lange, wie der Griff des Koerzierers hält. Ich brauche eure freiwillige Mitarbeit, eure Hingabe ...
CLOUD: Papa, es ist zu spät! Um Jahre zu spät! Wir haben unsere Wahl getroffen. Wir wollen frei sein.

MARC: Aber das ist es ja gerade. Ihr würdet im Milieu nicht frei sein. Nicht wirklich, ebensowenig, wie ich es war. Ihr seid meine Kinder, habt mein Erbe. Es gibt Dinge, die ihr nicht versteht ... die ich euch erst erzählen wollte, wenn ich mit der Sternensuche Erfolg gehabt hätte. Um eures eigenen Seelenfriedens willen. Aber jetzt zwingt ihr mich dazu.

CLOUD: Papa, um Gottes willen! *Was?*

MARC: Ich muß es euch beiden sagen. Von Angesicht zu Angesicht. Alles, was ich getan habe, war für euch. Du mußt es glauben!

CLOUD: Ich ... ich kann nicht mehr tun, als Hagen mitzuteilen, was du mir gesagt hast. Aber er hat Angst, Papa. Und jetzt ... habe ich auch Angst.

MARC: Du brauchst keine Angst zu haben. Nicht vor mir. Wenn ihr nur Mut habt, kann eure Zukunft wundervoll werden. Ich werde euch alles erzählen, wenn ihr euch nur mit mir trefft.

CLOUD: Ich werde Hagen mitteilen, was du gesagt hast. Wir werden darüber sprechen.

MARC: Ich danke dir, Cloud. Ich liebe dich.

CLOUD: Ich liebe dich auch Papa, aber ...

MARC: Bitte!

...

MARC: Cloud?

...

8

Als Basil in den Tiefen der großen Gletscherspalte verschwand, behielten seine Gedanken ihren üblichen lakonischen Ton bei:

Ich falle. Jeder sichere sich.

Chazz, der Nummer 2 am Seil war, brüllte eine Obszönität. Er fiel aufs Gesicht und wurde mit um sich schlagenden Armen und Beinen durch körnigen Harsch gezerrt. Der Eispickel baumelte wirkungslos am Ende seines Halteseils. Derek, die Nummer 3, trieb seinen Pickel gleichzeitig mit Nirupam, dem Schlußmann, in das harte weiße Eis, gerade als Chazz den Klippenrand erreichte. Mit gedämpftem *Peng!* spannte sich das Seil.

Nirupam sagte: Wie geht es Baz?

Basil sagte: Hänge mit dem Kopf nach unten wie ein in der Schlinge gefangener Hase. Einen Augenblick ich werfe meinen Rucksack ab ... ah. Kopf wieder oben. Himmel ich wäre beinahe gegen einen ziemlich üblen Vorsprung geschleudert worden. Gut gemacht mit der Sicherung wenn auch ein bißchen spät. Hängt Chazz auch in der Spalte?

Chazz sagte: Bin gerade noch am Klippenrand.

Nirupam sagte: Keiner darf sich bewegen. Derek bist du ganz sicher festgemacht?

Derek sagte: Darauf würde ich nicht wetten.

Ein widerhallender Aufschrei kam von Chazz, dann rief er laut: »Das verdammte Seil schneidet in den Rand ein wie ein Messer in Käse! Ich rutsche ab ...«

Basil sagte: Ich werde mein Seil abschneiden um den Zug zu verringern.

»Tu das nicht Baz, tu's nicht!« brüllte der Mann über ihm. Das Bild von Basils in einen bodenlosen blauen kristallenen Abgrund stürzenden Körper überflutete seinen Geist und wurde durch seinen grauen Halsring den anderen übermittelt.

Basil sagte: Immer mit der Ruhe Junge! Ich habe doch *gesagt* daß ich dicht über einem Sims bin. So. Ich bin unten.

Nirupam sagte: Großartig. Jetzt bleibt alle ganz cool während ich Anker werfe. Sobald ich ein bißchen Handwerkszeug ausgepackt habe lassen wir die todesverachtende Baz-&-Chazz-Rettungsaktion anrollen.

Tief in seinem überdachten Cañon aus blauem Eis schob sich Basil vorsichtig auf seinem Sims ein paar Meter weiter, so daß er sich nicht mehr direkt unterhalb des durchgetrennten Kletterseils befand, an das sein Rucksack durch ein dünneres Seil noch angehängt war. Schauer weichen Schnees rieselten ständig von oben herab, während Chazz langsam zurück auf sicheren Boden gehievt wurde. Dann krachte plötzlich ein Schneebrocken, groß wie ein Mehrzweckfahrzeug, vom Gletscherrand auf den Sims und löste sich in eine zuckerige Wolke auf.

Basil sagte: Macht euch keine Sorgen. Ich werde versuchen zu Fuß heraufzukommen.

Die anderen riefen: *Was?*

Basil sagte: Der Sims steigt an und der Spalt wird enger je weiter nach Norden ich mich bewege. Hallo. Das Eis wirft sich hier und die Schneedecke wird sehr dünn. Ich glaube – könnt ihr mich sehen?

Er hatte seinen Arm durch die Schneekruste gestoßen und wackelte damit. Einen Augenblick später erschien sein ganzer Oberkörper. Er lachte über die Gesichter der anderen und bahnte sich einen gewundenen Pfad zurück zu der verankerten Winde.

»Seht euch den Mann an!« rief Derek. »Kühl wie die sprichwörtliche Pfeffergurke. Mein Gott – als ich dich außer Sicht fallen sah und Chazz dir nachrutschte, dachte ich, ihr hättet beide vor, euch dem armen Phillipe in Walhalla anzuschließen!«

Basils Rucksack wurde von der solarzellenbetriebenen Hilfsmaschine über den Schnee gezogen. Der Altphilologe und die drei Techniker hockten sich nieder und genossen eine schnelle Tasse Tee und einen Riegel Schokoladen-Algenprotein.

»Gletscherspalten brauchen nicht tödlich zu sein«, erklärte Basil, »solange man beim Absturz nicht verletzt wird – oder wie Phillipe im Schmelzwasser ertrinkt. Zu seinem Unglück fiel er in einen runden Schacht, eine Art Ablaufrohr in dem morschen Eis der Gletscherspitze. Wegen der Krümmungen der Spalte und des rasch strömenden Wassers war ihm nicht mehr zu helfen – nicht einmal mit Lord Bleyns Psychokinese.«

»Mein Gedächtnis bewahrt immer noch seine letzten mentalen Schreie«, sagte Nirupam leise. »Wie bitter, gleich am ersten Tag unserer Versorgungsoperation sterben zu müssen.«

Chazz schmierte Salbe auf sein geschundenes Gesicht. »Das soll uns übrigen eine Lehre sein, sich an deinen abgesteckten Weg zu halten – sogar beim Pinkeln. Mir ist es ein Rätsel, wie du und Basil und Ookpik wissen, wo sich Spalten unter dem Schnee verstecken.«

»Wir irren uns gelegentlich«, bemerkte der Professor. Er zog ein kleines Fernrohr aus seinem Anorak und betrachtete die mittlere Zacke, in deren Richtung sie unterwegs waren.

»Hast du eine schnelle Route für uns gefunden?« erkundigte sich Nirupam. »Die Zeit verrinnt. Wenn die Sonne den gefrorenen Fels erwärmt, bekommen wir in den Senken Steinschlag, und der Grat hat ein paar häßlich aussehende kleine Schneefelder, die vielleicht darüber nachdenken, ob sie vor dem Abendessen Lawinen loslassen sollen.«

»Über den Rest dieser Gletscherzunge marschieren wir geradeaus.« Basil reichte das Fernrohr weiter. »Nur noch ein kleiner Graben, wo das Eis von der Gratwand fällt. Dann müssen wir die Eispickel benutzen und unsere Wahl treffen, in welcher Schlucht wir aufsteigen wollen. Ich wäre am ehesten für die dunkle, die im Schatten dieses zweiten Ausläufers liegt. Sie verspricht, länger fest zu bleiben als die anderen.«

Nirupam kniff seine Mongolenaugen zusammen. »Fest sieht sie aus, das stimmt. Als ob seit dem Miozän kein Sonnenstrahl mehr hineingefallen wäre. Scharf und tief und wahrscheinlich von oben bis unten aus schwarzem Eis, hart wie Beton. Unsere Eispickel werden davon abspringen. Falls wir uns keine Stufen mit dem Blaster schmelzen, brauchen wir bis oben zum Grat leicht fünf Stunden. Ich bin für eine der offeneren Schluchten. Wir können uns auf der schattigen Seite halten und uns in acht nehmen. Die dritte Schlucht nördlich deiner schwarzen Schönheit ist so steil, daß sie regelmäßig Lawinen hinunterschicken wird. Viel Schnee kann da nicht liegengeblieben sein. Ich würde es mit der ersten versuchen.« Er gab Basil das Glas und wartete, während der Professor den Vorschlag überdachte. »Nun? Bist du einverstanden?«

Basil seufzte. »Na gut. Ich taufe sie Darjeeling-Schlucht zu deinen Ehren, wenn du mir dies ... ah ... ökumenische Vorgehen verzeihen willst.«

Sie tranken ihren Tee aus, packten ihre Ausrüstung wieder ein, seilten sich an und machten sich dann auf den Weg.

Das Licht des hellen abnehmenden Mondes und des klaren Himmels ausnutzend, waren sie zu ihrer Tageswanderung um 03.00 Uhr von dem Vorratslager an der Basis des Gresson-Eisfalls aufgebrochen, einer Zeit, wo dieser unstabile Haufen von Eisblöcken am friedlichsten war. Basil und der erfahrene indische Bergsteiger hatten sich jeder vierzig Kilogramm aufgeladen, Chazz und Derek je achtundzwanzig, und der größte Teil davon war in Camp 1 zurückgelassen worden, das sie in 5585 m Höhe errichteten. Bei Sonnenaufgang waren sie mit beflaggten Stangen, einer Biwak-Ausrüstung, der Winde und einer Menge Seil weitergezogen, um eine Route zu Camp 2 zu erkunden. Im Idealfall hätten sie, nachdem sie über das eine oder andere Gießbachbett hinweg die Spitze der mittleren Zacke erreicht hatten, ein bißchen umhergesucht, bis sie einen guten Platz für die Verankerung der Winde entdeckten. Waren Maschinen und Seile einmal fest installiert, konnten sich andere Kletterer einfach einhaken, dem treuen Esel ein Zeichen geben und sich unter minimaler Anstrengung die Felswand hinaufziehen lassen.

Doch dem Pionier-Team hatten sich Schwierigkeiten entgegengestellt.

Es war fast 09.30, als sie die grabenähnliche Kluft erreichten, die den Westrand des Zackengletschers darstellte. Spät am Nachmittag würde der halb aus Fels, halb aus Eis bestehende Korridor wegen des laufenden Schmelzwassers gefährlich sein. Aber jetzt war er fest gefroren und für ihre mit Eissporen bewehrten Füße fast wie eine Treppe. Mühelos stiegen sie zur Darjeeling-Schlucht auf, überquerten den Miniatur-Bergschrund, wo die Schneekaskaden sich mit dem Hauptgletscher vereinigten, und begannen, den in blendendem Weiß strahlenden Sechzig-Grad-Hang hinaufzukriechen. Sie hielten sich so weit links wie möglich, um den tödlichen Erwärmungseffekt der Sonne zu vermeiden, durch den Steinschläge und Lawinen ausgelöst werden konnten. Bis oben waren es etwa 900 Meter. Auf dem größten Teil dieser Strecke war die Schlucht ein Flickenteppich aus hartem Schnee, undurchsichtigem, sprödem Eis, entstanden durch den täglichen Zyklus von Auftauen und Gefrieren, zähem ›lebenden‹ Eis, das den Glasfängen der Eissporen und -pickel widerstand, und seltenen Flecken Pulverschnee.

Anfangs kamen sie flott voran, doch nach vielleicht einer Stunde wurden Chazz und Derek schwächer. Da sie nur Amateur-Kletterer waren, mußten sie die leicht zu lernende, aber ermüdende Technik anwenden, daß sie die Zehenspitzen der Eissporen waagerecht ins Eis trieben, während sie sich mit Hilfe ihrer Pickel weiterzogen. Basil und Nirupam, die die wirksamere Plattfuß-Technik anwandten, sahen, daß sie ihre Geschwindigkeit drastisch herabsetzen – und dann ihre erschöpften Seilgefährten sichern und sogar auf den schlimmsten Strecken des lebenden Eises Stufen für sie schlagen mußten.

Die Sonne stieg höher, und die Schlucht wurde zur Hitzefalle. Sie alle trugen Sonnenbrillen, aber das Licht blendete sie trotzdem. Brocken spröden Eises sausten auf sie nieder. Sie waren nicht groß, und die Kletterer trugen harte Hüte, doch die demoralisierende Wirkung war verheerend.

Auf halber Strecke wurde der Hang weniger steil, und die beiden Amateure faßten frischen Mut. Der bescheidene Lunch wurde hastig auf einem kleinen Felsblock eingenommen, der über die Schneedecke hinausragte. Das starke Sonnenlicht war Gift für Chazz' zerschundenes Gesicht, und das rohe Fleisch um seine Augen schwoll an. Aber es war so warm geworden, daß schon der Gedanke an eine leichte seidene Gesichtsmaske unerträglich war. Deshalb trug er einfach noch einmal antibiotische Salbe auf.

Sie kletterten weiter, und es verging nicht einmal eine halbe Stunde, als Basils telepathische Stimme gleich oberhalb eines kleinen Simses Halt gebot.

Er sagte: Niru meinAlter dieser Hang gefällt mir nicht besonders.

Nirupam sagte: Zu spät am Tag Schnee tief genug für Matsch.

Basil sagte: Es könnte gehen.

Nirupam sagte: Alternative Travers-Couloir Südseite. Höllische Kletterpartie kostet doppelte Zeit könnten Schlucht immer noch schaffen ist noch nicht 14.00 Uhr.

Basil sagte: Riskant.

Nirupam sagte: Du bist Chef. Aber Chazz am Ende seiner Kraft Absturz in Gletscherspalte hat dir nichts ausgemacht bei ihm vielleicht verspäteter Schock dazu wundes Gesicht & nahezu erblindet.

Basil sagte: Chazz meinAlter du mußt jetzt die Nummer 3 am Seil machen. Ist sicherer für alle falls ich an der Spitze abstürze.

Chazz sagte: Tut mir leid daß ich euch behindere.

Derek sagte: Verschone uns mit Entschuldigungen Junge. Tausche einfach mit mir. Sicherheitsleinen fest? Okay. Langsam! Wenn du mich mit deinen Nagelstiefeln trittst werden sie mich unten im Basislager schreien hören!

Basil sagte: Bitte seid alle ganz ruhig ... selbst dann wenn ihr getreten werdet. An diesem Punkt könnte ein plötzliches Geräusch katastrophale Folgen haben.

Chazz sagte: Er meint du könntest mit deinem großen Maul eine Lawine auslösen Derek.

Derek sagte: Oder du mit deinen ungeschickten Quanten.

Basil blickte auf das Paar hinunter, das seine Gurte vom Hauptseil gelöst hatte. Beide manövrierten vorsichtig auf dem schmalen Sims verdichteten Schnees, Chazz mit Derek durch eine leichte Sicherheitsleine verbunden und Derek bereit, sich und ihn wieder ans Hauptseil anzuhängen, sobald der Positionswechsel durchgeführt war. Nirupam, der Schlußmann, behielt die beiden Amateure scharf im Auge, versah sie mit Ratschlägen und Ermunterungen. Und dann war in der Ferne ein Knistern zu hören. Nirupam entdeckte vor dem Gleißen des oberen Eisfelds ein weißes Wölkchen. Eine gezackte blaue Linie fuhr in der Höhe über den Hang und öffnete sich wie ein mit Fangzähnen besetztes Maul, bevor sie hinter einer stiebenden Schneemasse verschwand.

»Die Lawine kommt herunter!« brüllte Nirupam. »Festhalten! Festhalten!«

Seine Rufe gingen unter in einem melodischen Rumpeln, das klang, als habe jemand auf die Pedale einer große Orgel getreten. Eine Kaskade von Stücken zerbrochener dünner Kruste lief der Lawine klingelnd und zischend voran. Die Kletterer duckten sich, drückten sich an den Hang und zogen den Kopf zwischen die Schultern. Basil riß seinen Rohrkopfhammer aus dem Halfter und senkte das zweite Werkzeug mit der linken Hand ins Eis. Mit aller Kraft hielt er sich an Pickel und Hammer fest, während die Lawine sie überrollte.

Er sagte: Haltet fest Jungens *haltet fest!*

Chazz' Geist sprach zuerst, ungläubig, nicht fassend, daß er in undurchsichtiger weißer Luft Rad schlug, statt sich mit den Zehenspitzen und einem sicher verankerten Eispickel an einen Hang zu klammern. Derek schrie. Ein vierzig Kilo schwerer Schneebrocken traf ihn wie ein schlitterndes Stück von einem Bürgersteig und riß ihn von seinem Halt. In dem vergeblichen Versuch, sich zu sichern, schlug er mit dem Eispickel um sich und durchtrennte das Seil, das ihn mit Nirupam und Basil verband. Er flog gegen den indischen Bergsteiger, der hilflos abstürzte. Sein Eispickel hing ihm noch am Gurt und schlug ihm um die Knöchel, aber er konnte ihn nicht in die Hand bekommen, weil sein Genick gebrochen war und die motorischen Nerven seiner Arme nicht mehr funktionierten.

Die Lawine rauschte an Basil vorbei. Er wagte es, den Kopf zu heben und hinunterzublicken, gerade noch rechtzeitig, um zu sehen, wie die Lawine den Boden des Couloir erreichte, den Bergschrund unter sich begrub und glitzernde Boviste hochsprühen ließ. Chazz sprach einen letzten telepathischen Fluch und Derek sagte einfach: Lebt wohl. Nirupam rezitierte heiter ein buddhistisches Gebet und starb an seiner Rückgratverletzung. Basil rief die Namen aller drei Männer telepathisch und laut, und dann hing er da mit dem Gesicht zum Eis und ließ die Tränen über seine wettergegerbten Wangen strömen. Es war sonnig und sehr still.

Nach einer Weile rief er mittels Fernsprache Bleyn den Champion in Camp Bettaforca. Nein, sagte er, er werde nicht umkehren. Da er immer noch Winde und Kabel bei sich trug, werde er den Aufstieg über den jetzt lawinenfreien Hang fortsetzen und den Apparat installieren, so daß das nächste Versorgungsteam ohne Schwierigkeiten Camp 2 aufschlagen könne. Für ihn sei es eine einfache Sache, bei Dunkelwerden nach Camp 1 zurückzukehren. Er werde sich mit der Winde abseilen und dann der markierten Route über den Zackengletscher folgen.

Widerstrebend stimmte Bleyn ihm zu. Und eine Zeitlang beobachtete der Champion, wie der hartnäckige Mensch aufwärtskroch, und hörte mit seinem geistigen Ohr die Verse, die Basil unaufhörlich durch den Kopf gingen und die er unbeabsichtigt in den Äther ausstrahlte:

I, demens, et saevas curre per Alpes,
ut pueris placeas et declamatio fias.

Der Tanu wußte, daß Basil wieder einen menschlichen Dichter zitierte, wie er es getan hatte, als er zu Beginn des Aufstiegs seine Orientierungsansprache hielt. Das Gedicht Kiplings hatte Bleyns Sinn für mutige Taten angesprochen, aber das hier schien merkwürdigerweise aus Basils eigenem Unterbewußtsein zu kommen:

Geh, Wahnsinniger, und eile über die grausamen Alpen,
damit du Knaben gefällst und von dir reden machst.

Menschen, dachte Bleyn der Champion, sind doch paradoxe Wesen.

9

Aiken, allein auf seinem Balkon der Glasburg, beobachtete Kyllikki mit seiner Fernwahrnehmung. In Goriah war es Nacht, aber auf dem Atlantik gleich nördlich von den Azoren, wo der große Schoner vor einem günstigen Wind lief, war die Sonne gerade eben erst untergegangen. Die Solarkollektoren-Segel des Schiffes schimmerten wie Bronze in dem warmen Licht. Es schwamm auf einem flammenden Meer, der Abendstern sah ihm über die Schulter, und die tiefe Nacht war sein Ziel.

Aiken rief: Elizabeth.

Ja. Wie geht es dir Lieber?

Kultiviere Löwenherzigkeit. Ich habe Kyllikki beobachtet

und Laphroaig getrunken und mich mit Schottischen Eiern vollgestopft. Drei tragbare Sigmas sind aufgeladen und bereit sich um meinen königlichen Hals zu legen wenn ich mich entscheide zu Bett zu gehen aber ich muß immerzu daran denken daß ein Strahl von einem Röntgen-Laser diese Schirme aufschlitzen würde wie ein Sgian-dhu einen Kartoffelknödel ... Du weißt wohl nicht wo Marc ist?

Nein. Als er uns am Mittwoch nach der Heilung des Kindes verließ sagte er nichts davon wann er wiederkommen wolle. Soll ich Goriah für dich absuchen?

Bitte.

... Nicht da falls er keinen mentalen Regenschirm aufgespannt hat.

Bist du *sicher?*

Aiken ich kann nach ihm nicht wie nach ein er normalen Person fernsuchen. Sobald er die Trennschicht durchbricht und sich im Normalraum befindet steht es in seinem Belieben ob er seine Aura tarnen oder sogar auslöschen will. Dann kann ihn nicht einmal ein Großmeister aufspüren. Aber ich weiß bisher ist er noch nicht imstande einen großen Gegenstand mitzunehmen. Nur kleine Dinge die Platz innerhalb seiner Rüstung haben. Ganz bestimmt keinen Röntgenstrahlen-Laser. Du bist sicher vor ihm wenn du deine Sigmas trägst. Und ich glaube nicht daß er versuchen wird dich zu töten ... noch nicht.

Anders als sein reizender Sohn Hagen meinst du? Nun der hat sich beträchlich abgekühlt! Trotzdem werde ich ihn niemals in einer der Flugmaschinen fliegen lassen – vorausgesetzt Basil und seinen Jungen gelingt es sie zurückzubringen. Hagen und Cloud halte ich bis auf weiteres an einer kurzen Leine. Sollen sie an dem Guderian-Apparat arbeiten, wobei der alte Celo ihnen in den Nakken pustet und auf eine einzige falsche Bewegung wartet.

Wie kommt das Projekt voran?

Ganz gut glaube ich. Sie haben die Hälfte aller Geräte in meinem Schmuggelwarenlager auseinandergenommen und schlachten Bestandteile und Rohstoffe aus.

Hast du darüber nachgedacht ob du ins Milieu zurückkehren willst?

Alles woran ich denken kann ist die Konfrontation mit Marc und wie ich die verdammte Angelegenheit hinter mich bringe.

Er wird Ort und Zeit selbst bestimmen. Es sei denn du tust was ich dir vorgeschlagen habe.

Ich soll mit ihm bei dir zusammentreffen? ... Unter gar keinen Umständen! Dann hätte er uns *beide* genau da wo er uns haben will.

Er hatte bereits die Möglichkeit mich zu unterwerfen als er während der Redigierung Brendans die Exekutive übernahm. Und er ließ mich gehen. Ich glaube nicht daß du Marc verstehst.

! DuglaubstDUverstehstihn?!

Besser als du. Ich habe mit ihm gearbeitet und ich habe mir außerdem das in meinem Gehirn gespeicherte Material über die Geschichte der Rebellion angesehen das ich vor langer Zeit studiert hatte. Marc hat seinen eigenen seltsamen Ehrenkodex. Wenn er einwilligte sich in meiner Anwesenheit mit dir auf neutralem Boden zu besprechen würde er dir kein Leid tun.

Ha! Ich würde ihn zusammenschlagen ohne mit der Wimper zu zucken – ob Waffenstillstand ist oder nicht!

Nein das würdest du nicht tun. Nicht wenn du mir dein Wort gegeben hättest. Ich kenne dich.

Bilde dir nichts ein Weib! Jetzt fängt Marc schon an bei seinen D-Sprüngen Gegenstände mitzunehmen und bald wird er das Programm vervollkommnet haben. Was soll ihn dann daran hindern die ganze Kyllikki in den Burghof zu werfen?

Hör mir zu Aiken! Versuch zu verstehen! Ist Marc einmal zu dieser Art des Psychotransports fähig *hat er kein Motiv mehr sich der Öffnung des Zeitportals zu widersetzen.* Ich möchte euch beide zusammenbringen um ganz sicher zu sein daß dir das klar ist.

? ... Du meinst die Milieu-Behörden würden für Marc keine Bedrohung darstellen wenn er um den ganzen Pla-

GIUSEPPE·MANGONI

neten herumhüpfen kann – seine vergreisten Schurken und ihre Ausrüstung unter dem metaphorischen Arm?

Genau.

(Erleichterung.) Frau du könntest recht haben. (Neue Unruhe.) Oh-oh. Wir vergessen einen komplizierten Faktor. Diese verdammten Rebellenkinder. Denen kann ich doch nur durch ihre Angst Dampf unter dem Hintern machen.

Jede Entscheidung würde Rückwirkungen auf sie haben. Marc will sie nicht gehen lassen.

(Verblüffung. Zorn. Zwei verschiedene Potentiale. Erschöpfung.)

Ich weiß Lieber. So oder so kann nichts sofort unternommen werden. Ich werde zu beschäftigt sein die Situation auf dem Monte Rosa zu beobachten und den Leuten dort zu raten.

Dann meinst du die Famorel-Firvulag werden morgen angreifen? Wenn die beiden Sturmtrupps zum Gipfel aufbrechen?

Es sind nur noch zwei Tage bis zum Waffenstillstand – und die Kleinen Leute von Famorel halten sich strenger an die Tradition als Sharn und Ayfa. Am ersten Oktober bei Sonnenaufgang werden sie den Kampf einstellen und nach Hause gehen.

Ich habe sie heute um den Fuß des Berges kriechen sehen. Verdammt! Wenn ich nur etwas tun könnte! Aber ich habe es kaum geschafft den Coup mit der Bessemer-Birne zu verhindern. Durch den Kräfteverzehr konnte ich hinterher nicht mehr fliegen – allerdings wissen Hagen und seine Bande das nicht.

Du wirst deine Kraft jetzt, wo die Integration deiner Persönlichkeit Fortschritte macht, schnell zurückgewinnen. Am Ende wirst du sogar stärker sein als vorher.

Zweifellos. Wenn ich so lange am Leben bleibe. Aber ich habe ein unheimliches Gefühl ... Weißt du, daß wir beiden als einzige Grüne übriggeblieben sind?

?Gruppe Grün?

Alle sind sie tot. Außer uns. Und nun faselt der behämmerte Dougal von Aslan und seinem edlen Opfer und die

Tanu an meiner Hohen Tafel behaupten Marc Remillard sei der Widersacher der den Letzten Krieg auslösen wird. Dann wirst du als einzige übrig sein.

Lieber Aiken. Du hast zuviel Malzwhisky getrunken. Das macht dich rührselig. Außerdem irrst du dich. Stein lebt.

Ich habe nach ihm Ausschau gehalten. Habe weder Haut noch Haar noch gehörnten Helm gefunden.

Du bist wirklich etwas angesäuselt. Ich will dir ihn und Sukey und den kleinen Thor zeigen wenn du versprichst daß du nie versuchen wirst Verbindung mit ihnen aufzunehmen oder dich auf irgendeine Weise in ihr Leben einzumischen.

Sie haben ein Kind? – Gut. Ich verspreche es. Bei meiner Ehre als König. Warum soll ich sie in meine Sorgen hineinziehen? Aber warte ... sind sie glücklich?

So glücklich wie nur möglich.

(Sentimentale Befriedigung.) Dann zeig sie mir. Bitte.

Warte. Da! *(Bild: Fluß Insel Halbmond von Binsenkerzen erleuchtetes Fenster Spiegelung in schwarzem Wasser Zypressen Lebenszeichen Zimtbäume Blockhaus Anlegestelle aus Ziegelsteinen kleines Fischerboot Krokodil Zaun versilberter Garten Hof mit Dornenhecke Strohdach daraus hervorragender Schornstein. Offenes Sommerzimmer mit Perlenvorhang Arbeitsschuppen Haupthaus mit Glasfenstern großem Herd Dielenboden. EIN MANN EINE FRAU (EIN KIND AUF DEM ARM.)*

Ein Junge namens Thor sagst du? Wie alt? Rund zwei Monate jetzt. Es ist ein schönes kräftiges Kind.

Sukey sieht gut aus. Stein ... wirkt älter. Wie leben sie? Er jagt und fischt und stellt Fallen. Manchmal ganz selten segelt er die Garonne hinunter nach Rocilan zum Handeln. Sukey quält ihn er soll sie und das Kind mitnehmen aber er will nicht hat Angst es könne in ihr den Wunsch erwecken sich nahe der Stadt anzusiedeln. In der Nähe von Tanu und von anderen Menschen die es vielleicht herausfinden.

Wie Stein Felice bei Gibraltar geholfen hat? – Macht ihm das Sorgen?

Er kann es nicht vergessen. Er glaubt daß es notwendig war aber er kann es nicht vergessen. Es würde viel schlimmer solltest du wieder in sein Leben treten. Stein muß in Frieden gelassen werden wie eine heilende Wunde. Sieh! *(Bild: Baby in Wiege gelegt schreit Stein nimmt es drückt es gegen seine massige mit einer Wildlederweste bekleidete Schulter tätschelt wie ein erfahrener Vater den kleinen Rücken stippt Fingerspitzen in Honigtopf Baby saugt Vater herzt es grimmiger Gelbbart lächelt.)*

Er gibt einen sehr guten Papa ab.

Das weiß dein Unterbewußtsein längst.

... Das ist eine unheimliche Sache und eine die ich nie erwartet hätte.

Das Unterbewußtsein verwendet was es muß.

Und warum Mayvar als Mutterfigur – und nicht dich?

Sie war *richtig*. Du liebtest sie und ihn auch Kraft&Verwundbarkeit GroßerWuchs&Winzigkeit reifesUrteil&kindischerImpuls. In beiden. In dir. Ihr Kind ist Vater deines Mannes. Du wähltest deine Eltern und gebarst dich selbst.

Ich liebe dich auch!

Als Schwester. Ich bin die Eiskönigin weißt du noch? (Leises Lachen. Meditieren über langsam verblassendes Bild.) Komisch. An so etwas bin ich in letzter Zeit gar nicht interessiert gewesen.

Du wirst es sein. Mach dir darüber keine Gedanken. Ich spare meine Energie für die wirklichen Probleme! – Eine gute Nachricht heute inmitten der umfassenden Finsternis: Wir haben Tony Wayland gefunden den Metallurgen den wir für das Guderian-Projekt brauchen. Ist es zu glauben? Häuptling Burke und seine Geringen nahmen ihn gefangen und boten ihn uns zum Kauf an! Alles was sie dafür wollen ist freie Rückkehr ins Milieu und anständige Behandlung für ihre Banditenfreunde. Natürlich habe ich zugestimmt. Der Häuptling trifft morgen in Roniah ein um mit Kuhal Erderschütterer im Haus des Stadt-Lords die Einzelheiten des Tauschgeschäfts auszuarbeiten.

Hm. Seit kurz vor der Redigierung des kleinen Brendan bin ich mit Peo nicht mehr in Verbindung gewesen. Merkwürdig daß er bereit war einen Mit-Geringen als Ware anzubieten.

Tony ließ sich nur zu gern verkaufen. Die Alternative war daß er wegen seiner Schwerverbrechen und Missetaten gehängt wurde.

Großer Gott!

Gute Nacht Elizabeth.

Walter Saastamoinen kam pünktlich um Mitternacht auf Kyllikkis Brücke, um Patricia Castellane am Steuer abzulösen.

»Alles friedlich, nehme ich an«, bemerkte er, drückte die Taste der Navigationsautomatik und sah sich die Aufnahme der Ereignisse während der ersten Wache an. »Für einen Lehrling hast du das manuelle Steuern sehr gut gemacht, Pat. Die Automatik hat deine Entscheidungen in den ganzen vier Stunden nur einmal widerrufen.«

»Es ist eine Erleichterung, etwas anderes zu tun als diese blöden Psycho-Übungen«, antwortete sie. »Meine Metafunktionen werden durch mentales Muskelbiegen nicht viel stärker werden. Eher schwächer, bei meiner Ausbildung als Dirigentin. Aber versuche mal, das Jeff beizubringen.« Ihr Mund war verkniffen vor Groll.

Walter trat ans Steuer, unterbrach die Verbindung zu dem Autopiloten und ließ die Seele des großen Schoners in sich einfließen. *Oh, du Schöne!* »Kyllikki zu steuern, ist gut für das, was uns beide quält. Ich wünschte, wir könnten einfach so weitersegeln. Den Kurs nach Süden ändern ... an der Küste Afrikas entlang ... um das Kap der Guten Hoffnung und weiter in den Indischen Ozean, um uns das pliozänische Asien anzusehen. Marc würde uns nie umherstreifen lassen, nach der antarktischen Tragödie. Aber jetzt gibt es keinen wirklichen Grund mehr, warum wir es nicht tun sollten.«

Sie holte zwei Becher Kaffee vom Spender und reichte Walter einen. Mit leichtem Stirnrunzeln sagte sie: »Ich verstehe dich nicht.«

»Die Milieu-Polizisten werden uns niemals kriegen, wenn Marc mit seinem neuen D-Sprung-Trick Erfolg hat.« Er spielte mit der Atmosphäre-Analog-Einheit neben dem Kompaßhaus. »Wie ich es gehört habe, müßte er fähig sein, uns *alle* von diesem Planeten wegzubringen, sobald er die Sache im Griff hat. Wir könnten umherkreuzen, bis es soweit ist. Den Streit mit den Kindern wegen des Zeitportals vergessen. Sicher würden sie einwilligen, die Öffnung zu verschieben, bis wir uns in Sicherheit gebracht haben.«

»Glaubst du?« Patricias Stimme klang flach. »Mir fällt mindestens einer ein, der es vielleicht nicht täte.«

Walter ignorierte das. »Ich weiß nicht, ob ich diesem kleinen Wetter-Analog-Computer besonders vertrauen soll«, meinte er. »Was er über den tiefen Graben unterhalb von Rockall sagt, ist Wischi-waschi. Will sich nicht festlegen. Wir werden wohl Marc um eine Tiefensondierung des Systems bitten müssen. Nimmt der Sturm unseren Weg, stehen uns ein paar ungemütliche Tage bevor, die wir, sofern wir die richtigen Trenddaten haben, mit einer Kursänderung vermeiden könnten.«

Patricia ließ sich nicht ablenken. »Du weißt, Hagen haßt Marc. Der Junge freut sich darauf, seinem Vater das Magistratum auf den Hals zu hetzen! Wir werden Gewalt anwenden müssen, um dies Zeitportal geschlossen zu halten. Nichts anderes wird zum Ziel führen. Es sei denn, *du* überzeugst die Kinder, welche Gefahr ihnen droht, Walter.«

»Ich liebe es, über die Straße des Mondscheins im Wasser zu segeln – du nicht? Es passiert selten, daß es sich gerade so trifft, aber wenn, dann ist es zauberhaft.«

Patricia knallte ihren Kaffeebecher auf die Kartenkonsole. »Dann steck doch den Kopf in den Sand! Träum weiter, wir könnten dies schreckliche Dilemma mit vernünftigem Zureden und freundlichen Absichten lösen. Cordelia Warshaw und ich wissen es besser – und es wird nicht mehr lange dauern, bis auch Marc der Wahrheit ins Gesicht sehen muß.«

Walter preßte die Lippen zu einer harten Linie zusammen. Er starrte geradeaus und drehte das Steuerrad mit einfühlsamen Bewegungen.

Patricia sagte: »Ich habe mit Jordy über das Teleportieren von externer Masse gesprochen. Wenn Marc Gegenstände tragen will, die sich außerhalb seiner gehirnverstärkenden Rüstung befinden, muß er das von seinem Geist erzeugte Ypsilonfeld erweitern. Das bedeutet, daß die Rüstung einen höheren Input braucht – und damit wird der Druck auf sein Gehirn größer und größer. Er kann das nicht abrupt tun, sonst riskiert er eine Überladung. Kramer ist sich nicht einmal sicher, ob Marc die Kapazität für ein ausreichend großes Volumen hat. Dann sind da die Passagiere. Werden sie Lebenserhaltungssysteme für Sprünge auf der Erde brauchen? Alles, was wir haben, ist die zweite Rüstung, drei zusätzliche Tonnen Masse, die Marc zu tragen hätte. Die Tests brauchen Zeit ... Und ich kann mir kaum vorstellen, daß Hagen oder Aiken Drum die Öffnung des Zeitportals verschieben, solange Marc seine Teleportationsprobleme löst.«

»Wir könnten sie darum bitten«, meinte Walter.

Patricia stand an der Tür des Steuerhauses. »Das werden wir. Mit den Röntgen-Lasern hinter uns und der ganzen konzertierten Koerzierung, die wir zusammenbringen!« Damit ging sie.

Walter folgte ihr im Geist, um sich zu vergewissern, daß sie sich in ihre Kabine zurückzog. Dann sondierte er seine übrigen Gefährten an Bord. Sie schliefen entweder oder waren mit ihrer Arbeit beschäftigt – ausgenommen zwei. Marc war auf einem Sprung, und Alexis Manion war unerwarteterweise frei. Er wanderte auf dem Hauptdeck herum, blieb von Zeit zu Zeit stehen, polierte die Metallteile mit einem Lappen. Er stand unter dem Einfluß des Dozilisierers. Niemand hatte daran gedacht, ihn ins Bett zu schicken, und nur die Magnaten besaßen den notwendigen Befehlskode. Untergeordneten Großmeistern wie Walter war es verboten, sich mit dem potentiell gefährlichen Manion zu befassen.

»Armer Teufel«, murmelte Walter. Die undeutliche Gestalt verschwand im Dunkeln hinter dem vorderen Deckhaus. Eine Weile grübelte Walter über Manion nach, dessen Verbrechen es gewesen war, den Kindern die Wahrheit über ihre Eltern zu enthüllen. Dann war es Zeit, mit Veikko fernzusprechen. Walter schickte seine Gedanken ostwärts in die Alpen und vergaß darüber den Dynamikfeld-Spezialisten.

WALTER: He, Junge!

VEIKKO: Ich bin hier, Walter.

WALTER: Wie steht es?

VEIKKO: Einer der Bergsteiger bekam ein kleines Lungen-Ödem, und eine Frau hat erfrorene Füße. Davon abgesehen machen wir Fortschritte. Heute wurde Camp 3 mit Vorräten versehen. Die Sturmtrupps brechen morgen zum Großangriff von hier auf. Basil ist noch auf dem Berg und führt die Gruppe der Helfer nach unten, und eigentlich sollten die Sturmtrupps warten, bis er zurückkommt. Wir erwarten jedoch Firvulag-Gesellschaft, deshalb haben sie es eilig. Basil hat einen tibetanischen Arzt namens Thongsa beauftragt, die anderen sechs Stürmer in einer einzigen Gruppe zu führen, bis sie mit ihm zusammentreffen. Dann teilen sie sich, wie ursprünglich geplant, in zwei kleinere Teams, und Basil führt sie zu den Flugzeugen.

WALTER: Hört sich so an, als habe Basil in der letzten Woche nicht viel Schlaf bekommen.

VEIKKO: Er hat fast jede andere Hilfsgruppe geführt. Ich kann nicht glauben, daß der Mann zweiundsiebzig ist. Verjüngt natürlich.

WALTER: Damit ist er ein Jahr jünger als Marc. Und zwei Jahre älter als ich.

VEIKKO: Wir wissen doch alle, daß der verdammte Marc unsterblich ist. Aber du siehst aus ... ich meine ...

WALTER: Der Regenerierungstank auf Ocala war ein bißchen veraltet. Ich habe nicht viel Gebrauch von ihm gemacht. Basil ist bestimmt das Produkt einer fortschrittlicheren Milieu-Technik, sofern er der bergsteigende Supermann ist, als den du ihn beschreibst.

VEIKKO: Es muß zum Staunen sein ... das Milieu, meine ich.

WALTER: Du wirst sehen.

VEIKKO: ... Walter, bist du sicher, daß du es immer noch versuchen willst?

WALTER: Ihr Jungen müßt eure Chance bekommen.
VEIKKO: O Gott. Marc bringt dich vielleicht um.
WALTER: Das ist möglich. Nur sollte er es sich zweimal überlegen. Angenommen, der Autopilot versagt? Es ist nicht allzu schwierig, Kyllikki bei gutem Wetter zu manövrieren. Kommt ein Sturm – und es mag schon einer da draußen lauern –, läßt sich dieser große Viermaster nur ungern manuell steuern.
VEIKKO: Ich erinnere mich an den Sturm im Ross-Meer! – Du glaubst also, selbst wenn du ... wenn du glaubst, Marc würde es nicht wagen ...
WALTER: Ich werde es versuchen zu hoffen, daß Marc mich nicht tötet, wenn er es herausfindet. Was geschieht, geschieht. Ich weiß nicht, wann meine Gelegenheit kommt, aber dann ergreife ich sie. Obwohl die Dinger unter festem Verschluß sind, werde ich eine Möglichkeit finden, sie auszuschalten.
VEIKKO: Oh, Walter. Oh, Daddy.
WALTER: Sorge du nur dafür, daß du und Irena von den verdammten Kobolden, oder was sie sind, nicht umgebracht werdet. Wenn dir etwas zustieße, glaube ich nicht, daß ich die Kraft noch aufbrächte.
VEIKKO: Wir haben das Basislager ganz eingegraben, und Waffen haben wir massenhaft. Es wird schon gutgehen. Aber du ... wann ...
WALTER: Sobald ich kann. Mach dir keine Sorgen! Ruf mich morgen, wenn möglich! Andernfalls am Dienstag.
VEIKKO: Der Tanu, der bei uns ist, sagt, die Firvualg werden wahrscheinlich abziehen, wenn am Mittwoch bei Sonnenaufgang ihr heiliger Waffenstillstand beginnt.
WALTER: Nun – das ist wenigstens etwas. Sei vorsichtig, Sohn! Gerade kommt jemand ins Ruderhaus, und ich muß mich von dir verabschieden.
VEIKKO: Viel Glück ...

Walter schaltete den Autopiloten ein und wandte sich lächelnd vom Ruder ab. »Hallo, Alex. Komm herein!«

»Ich bin nur ein armer Wandergesell«, sang Manion. Er rieb emsig die Bullaugenrahmen mit seinem Poliertuch.

Walter sagte entschieden: »Alex. Laß das! Komm her und hör mir zu!«

Der dozilisierte Mann ließ seinen Lappen gehorsam sinken und stellte sich vor Kyllikkis Kapitän.

»Du bist der beste Psychokinetiker von uns allen, Alex. Und ein schlechter Koerzierer bist du auch nicht. Ich frage mich, ob du stark genug bist, an dem Dozilisierer vorbeizukommen. Ich frage mich, ob deine Koerzierung den Befehlscode unterdrücken kann, wenn ich dir die richtige Inspiration gebe. Hör zu, Alex: *Ich weiß, wie du und ich den Kindern helfen können!* Ich brauche deine Hilfe. Verstehst du?«

Langsam verzog sich das verwüstete Gesicht zu einem breiten Lächeln. Manion sang leise:

Belauscht mich niemand? Bin ich ganz alleine?
Dann geb ich's zu: Ich bin nicht, was ich scheine.

Walter packte ihn bei den Armen. »Kannst du es tun? Hast du das Ding schon von innen angenagt? Du weißt, ich bin nicht imstande, den Dozilisierer abzuschalten.«

Alex sang:

Dies strenge Gesicht,
es führt euch nur hinters Licht!
Der zynische Zug,
er ist doch nichts als Betrug,
Und der biedere Frack
soll tarnen den guten Geschmack!

»Lieber Alex! Ich möchte, daß du mit mir in den vorderen Frachtraum hinuntersteigst – und Marcs Schloß knackst.«

Alex flüsterte:

Beschleichen wir die Beute auf leisen Katzensohlen,
In grauser Stille tasten wir unsern Weg verstohlen ...

»Ich werde die Röntgen-Laser sabotieren, Alex, damit Marc sie nicht gegen die Kinder benutzen kann. Natürlich hat er dann immer noch die anderen Waffen. Aber die lassen sich mit den Sigma-Schilden der Kinder abwehren. Und wahrscheinlich ist unser Metakonzert-Potential geschrumpft, das des Kleinen Königs dagegen gewachsen. Wenn Marc herausfindet, was wir getan haben, tötet er uns vielleicht. Andererseits braucht er dich dringend, und niemand kann diesen Kahn so gut führen wie ich – deshalb haben wir eine Chance. Und wenn wir es bis Europa schaffen, wer weiß, was geschieht? Möglicherweise ändert Marc seinen Entschluß, Gewalt gegen die Kinder anzuwenden, wenn ihm die Teufelskanonen nicht mehr zur Verfügung stehen.«

Alex sang:

Ist so ein Schurke gerad nicht engagiert
(nicht engagiert)
In bösen Taten oder Plänen, kann
Es durchaus sein, daß er sich amüsiert
(sich amüsiert)
In aller Unschuld wie ein Ehrenmann.

Langsam und zitternd schloß sich ein Auge und öffnete sich wieder. Alexis Manion hatte einwandfrei geblinzelt.

»Marc ist auf einem D-Sprung, und die übrigen schlafen entweder oder sind beschäftigt«, erklärte Walter. »Tun wir es auf der Stelle, ja?« Er nahm den Physiker bei der Hand und führte ihn weg wie ein glückliches Kind.

10

Bets! Wach auf Junge! Wach auf es ist Zeit loszumarschieren!

Mr. Betsy regte sich. Eine manikürte Hand kroch aus der Seide und den Schwanendaunen seines Schlafsacks und hakte sich in die Öffnung seiner Balaklava, die bis in die Nachbarschaft seines natürlichen, zurückweichenden Haaransatzes gerutscht war. Der Finger zog die rosa Strickhaube herunter, so daß ein einzelnes grünes Auge aus dem wollenen Schlitz lugen und die Leuchtziffern auf dem nach innen gedrehten Armband-Chronometer ablesen konnte: 0216. Der graue Halsring prickelte, vertrieb den Schlaf.

Mr. Betsys telepathische Stimme klang sauer: Großer Gott Ookpik es kann noch nicht Zeit zum Aufbruch sein ich bin gerade erst zu Bett gegangen!

Schlechte Neuigkeiten. Elizabeth hat unsern Tanu-Fernwahrnehmer benachrichtigt Firvulag nähern sich schnell Camp Bettaforca. Außerdem sagt Basil auf Berg Wetter sieht verdächtig aus. Wir können mit dem Aufstieg nicht bis Sonnenaufgang warten. Zehn Minuten.

Betsy erklärte laut: »Oh, du verdammte Scheiße!«

Ookpik sagte: Und vergiß dein Gewehr nicht!

Mit schwachem Knurren richtete Betsy sich auf und hüpfte durch die Hütte wie eine akrobatische Raupe, umhüllt von ihrem Kokon. Er zündete die Laterne an und kniete sich vor das Heizgerät der Kocheinheit, wo seine Stiefel und Überkleider während der kurzen Nacht bei fünfzig Grad Celsius geröstet worden waren. Er sah nach der Außentemperatur und stellte überrascht fest, daß sie knapp über dem Gefrierpunkt lag. Gut. Er verzichtete im Augenblick auf Unterhose und -jacke, zog den atmungsaktiven Wetteranzug über mehrere Schichten Wollzeug, fuhr in die Stiefel, die Schneegamaschen und die Klettergurte. Um den Schweiß aus seinem Schlafsack zu entfernen, stopfte er ihn für ein paar Augenblicke in das Heizgerät und ließ die fleißigen kleinen Mikrowellen ihre Arbeit tun. Dann wanderten Schlafsack und Unterkleidung in seinen Rucksack. Er zog seine Fausthandschuhe an und ergriff den Eispickel und den Weatherby-Magnum-Blaster.

Sechs Minuten. Mr. Betsy erlaubte sich ein zufriedenes Grinsen und trat hinaus in die Alpennacht.

Ein lauer Wind blies von Westen her, und der frischgefallene Schnee von gestern war matschig geworden. Das Lager war als Sicherheitsmaßnahme verdunkelt, aber Betsy sah, daß sich zwischen den Hütten der Goldreif-Soldaten dunkle Gestalten bewegten. Ein verschwommener Halbmond beleuchtete den Monte Rosa mit grünlich-bleichem Licht. Das Massiv wurde gekrönt von einer ungewöhnlich doppelten Wolkenformation: Über den höchsten Gipfel zog sich eine glatte Kappe, von der eine lange, nach Osten sich bauschende Feder aufstieg.

Nach einem schnellen Besuch der Latrine trat Betsy in die Versammlungshütte der Bergsteiger. Ookpik war dort bisher der einzige. Er hockte auf einer Bank neben den aufgebauten Eßwaren, trank Tee und knabberte Schnecken à la Villeroy.

»Ich bin froh, daß wenigstens einer in dieser Horde fix ist«, bemerkte der Eskimo trocken. »Die übrigen stolpern noch herum und suchen nach ihren Socken – und dazu gehört auch unser ehrfurchtgebietender Anführer Dr. Thongsa. Hier ist Tee, Bets. Die gebratenen Schnekken sind gar nicht so übel. Siehst du die Wolke auf dem Berg?«

»Ja«, antwortete Betsy kurz. Er stellte sein Gepäck ab und zog die Handschuhe aus. »Lord Bleyn hat gestern sein Bestes getan, um gute Miene zum bösen Spiel zu machen. Ich hätte mir denken können, daß wir hier nicht so leicht herauskommen! Diese Firvulag müssen es verstehen, ihre Bewegungen irgendwie zu verbergen, wenn sie sich uns so weit genähert haben, ohne daß Elizabeth sie entdeckte. Erwartet wurden sie erst morgen abend. Ein Nachtmarsch über die Gletscherzunge muß bei dem augenblicklichen warmen Wetter extrem gefährlich sein.«

Ookpik betrachtete eine gebratene Schnecke scharf, bevor er sie in den Mund steckte. »Das ist nicht die einzige Fliege in der Suppe, guter Freund. Ich habe selbst mit Basil ferngesprochen. Konnte nicht schlafen.«

Betsy tat einen großen Löffel Honig in seinen Tee. »Ich dachte, du könntest nur ein paar hundert Meter weit senden?«

»Ich habe geübt. Du würdest dich wundern, wie nackte Panik den alten zerebralen Output steigert ... Jedenfalls, es geht Stan schlechter.«

»O Gott!«

»Er ist ein sturmerprobtes altes Walroß, aber ein Lungenödem ist nichts, was man leichtnehmen sollte. Es hat seinen Zustand ein bißchen gebessert, daß man ihn nach Camp 2 hinuntergebracht hat, aber er ist immer noch schlecht dran. Basil und Taffy werden ihn den ganzen Rest des Weges auf dem Dekamol-Schlitten ziehen müssen.«

»Wie geht es der armen lieben Phronsie?«

»Ihre Füße reagieren auf die Anregung des Kreislaufs mittels des Halsrings. Sie kann gehen, nur nicht sehr schnell. Sie möchte, daß Baz und Taffy sie in Camp 2 zurücklassen und Stan schleunigst weiter nach unten bringen. Sie meint, sie wird den Rückweg nach hier allein schaffen, wenn sie sich ein paar Tage ausgeruht hat. Oder wir könnten eine Rettungsmannschaft schicken.«

»Falls die Firvulag Camp Bettaforca nicht zuerst wegfegen«, murmelte Betsy. »Rettungsmannschaft? – Die einzigen Bergsteiger, die hier übrigbleiben, nachdem wir fort sind, werden Cliff und Cisco Briscoe sein, und keiner von ihnen ist sehr stark.« Mit zweifelndem Gesicht legte er eine halb aufgegessene Schnecke auf den Teller zurück. »Die Ausfälle lichten die Reihen von Basils Höllenhunden ziemlich rasch. Einen vorzeitigen Firvulag-Angriff und zu allem anderen noch ein Unwetter können wir wirklich nicht brauchen.«

Die Hüttentür öffnete sich, und drei Tanu sowie Kang Lee, den Goldreif-Offizier der Wache, traten ein. Die Tanu-Bergsteiger Bleyn der Champion und Aronn wirkten in ihrer Kluft fast wie übergroße Menschen. Nur Ochal der Harfner bot in seinem weißen Anorak und den über die hell glühende Amethyst-Rüstung gezogenen Hosen einen unheimlichen Anblick.

»Die anderen kommen gleich«, meldete der Fernwahrnehmer. »Wir wollen zur Orientierung lieber diese Karte benutzen, statt uns in einer mentalen Verschmelzung zu versuchen.« Er breitete ein großes Durofilm-Blatt auf dem Tisch in der Mitte der Hütte aus. Weitere Leute trampelten herein – Bengt Sandvik und Nazir vom zweiten Sturmtrupp und der nicht zu den Bergsteigern gehörende Arzt Magnus Bell. Als letzter erschien, lächelnd und ungerührt von dem kühlen Gesichtsausdruck der anderen, der kleine stellvertretende Anführer Dr. Thongsa.

»Fangen wir jetzt mit der Besprechung an!« befahl er. Irgendwer kicherte.

Ochals gepanzerter Finger zog einen Pfad über die Karte und ließ eine noch ein Weilchen glühende Spur auf dem Durofilm zurück. »Anscheinend hat der Feind das Unerwartete getan. Da seine Armee von dem Bergrutsch in der Tarentaise dezimiert worden ist, rechnete niemand damit, daß er es wagen würde, den Rest der Truppe zu teilen. Trotzdem ist genau das geschehen. Nach der Überquerung des Kleinen St.-Bernhard-Passes und einem Marsch in das Proto-Augusta-Tal kamen die Firvulag hier an.« Er wies auf eine Stelle des Flusses, die etwa 40 Kilometer östlich des Passes lag. »Rund einhundert Mann zogen entlang der Augusta in östlicher Richtung geradewegs ins Val d'Ayas weiter, das sich ihnen als Zugang zum Camp Bettaforca anbietet. Das ist die Abteilung, die Elizabeth aufgespürt hat.«

»Und die anderen?« fragte Ookpik.

»Die Abteilung, die sie *nicht* aufgespürt hat«, fuhr Ochal fort, »besteht aus etwa siebzig der mächtigeren Persönlichkeiten, die starke abschirmende Fähigkeiten besitzen. Nach der Trennung von ihren Kameraden zogen sie durch die tiefen Schluchten der Valpelline, wo auch eine Großmeisterin Schwierigkeiten hat, sie wahrzunehmen. Sie hielten sich erst nordöstlich, dann östlich auf sehr zerklüftetem Terrain und schlugen darauf einen Bogen nach Süden. Sie werden uns von oben statt von unten angreifen, wahrscheinlich von jenem Grat des Ayas im Nordwesten aus.«

»Das Unwetter nähert sich aus dieser Richtung«, stellte Ookpik vergnügt fest. »Vielleicht hält es die Schurken auf.«

»Wir müssen sofort aufbrechen!« schrillte Thongsa und spaltete die Luft mit seinem Eispickel. »Sind wir einmal auf dem Gletscher, werden die Firvulag nicht wagen, uns zu folgen – und wenigstens sind *wir* dann in Sicherheit!«

Ein peinliches Schweigen folgte diesem Ausrutscher.

Ochal erklärte liebenswürdig: »Wir glauben, daß die Firvulag vorhaben, Camp Bettaforca anzugreifen, und unsere Leute halten die Waffen bereit. Aber du wirst einsehen, daß es noch eine andere Möglichkeit gibt. Das Volk der Firvulag hat sich in den hohen Schneebergen von Duat, unserer Heimatwelt, entwickelt. Auch tausend Jahre im Vielfarbenen Land werden ihre Überlegenheit auf einem solchen Terrain nicht geschmälert haben – und die Kleinen Leute von Famorel kennen sich im Gebirge noch besser aus als ihre Verwandten aus dem Norden. Sie sind ausgezeichnete Fernwahrnehmer. Zweifellos kennen sie die Lage unserer Voraus-Camps auf dem Monte Rosa.«

»Unmöglich!« jammerte der tibetanische Arzt.

»Ziel der Firvulag«, erinnerte Bleyn der Champion ihn, »ist, uns an der Bergung der Flugmaschinen zu hindern. Sie werden viel eher geneigt sein, uns Bergsteigern zu folgen, als das stark verteidigte Camp Bettaforca zu überfallen. Außerdem – die zweite Abteilung der Kleinen Leute ist dafür in einer viel besseren Position.«

Thongsas schwarze Augen flitzten wie verängstigte Käfer in seinem flachen bronzenen Gesicht hin und her. »Wir müssen den Aufstieg verschieben, bis der Feind besiegt ist!«

Bleyn blieb unerbittlich. »Der Feind könnte auch uns besiegen. Der König befiehlt, daß wir sofort mit dem Aufstieg beginnen.«

»Aber vielleicht müssen wir uns den ganzen Weg die Südwand hinauf erkämpfen!« schrie Thongsa.

»Jetzt hast du es kapiert, Liebling«, meinte Mr. Betsy gemütlich. Er schulterte seinen Rucksack, zog die Schnallen fest und placierte die Kapuze seines Anoraks über die rosa Troddeln seiner Balaklava. »Gehen wir?«

»Warte!« verlangte der Tibetaner wild. Sein Protest ging unter in der donnernden Zustimmung der anderen, die schon ihre Ausrüstung anlegten.

»Hast du Lust, heute einen Anfänger zu führen, Bets?« fragte Magnus Bell. »Ich möchte mich euch anschließen – wenigstens für einen Teil des Weges –, damit ich mich um die Kranken kümmern und helfen kann, sie nach unten zu transportieren. Als Bergsteiger bin ich unwissend, aber willig. An steilen Stellen erwarte ich, gezogen zu werden.«

Thongsa hüpfte beinahe vor Wut. »Das ist Wahnsinn! Als ich mich bereiterklärte, den zweiten Sturmtrupp anzuführen, hatte ich keine Ahnung, daß das eine regelrechte Schlacht einschließen würde! Ich trete zurück!«

»Voran!« befahl Aronn düster. Er war ein pferdegesichtiger Tanu mit dem ständigen Ausdruck der Desillusionierung und nicht darüber erhaben, sein PK-Talent zu benutzen, um beim Würfelspiel zu betrügen. Muskeln hatte er wie ein Gigantopithecus-Bulle. »Du kannst vom Amt des Führers zurücktreten, wenn du willst, Geringer. Allerdings bist du wegen deiner Fähigkeiten als Bergsteiger und Pilot unersetzlich. Du kommst mit, und wenn ich dich am Kragen packen und tragen muß!«

»Das ist unerträglich«, wimmerte Thongsa.

»Richtig, richtig«, pflichtete Betsy ihm bei. Er hielt sein zartes, spitzbärtiges Gesicht nahe an das des aufsässigen Arzt-Piloten. Andere Hände hoben Thongsa den Rucksack auf die Schultern, und Betsy schnallte ihn fest. »Denk an die Flugzeuge, Liebling! Denk an das Zeitportal, das die Flugzeuge helfen werden zu bauen! Stell dir vor, wie du durch dies Zeitportal gehst. Möchtest du nicht ins Milieu zurückkehren?«

Tränen standen in Thongsas Augen. »Bisher hatte ich es nicht vor. Aber jetzt ... ja. Ja! JA!«

Sie krochen über das morsche Eis des Gresson-Gletschers, teilten sich in Gruppen zu je vier Mann und seilten sich fest an, obwohl der Weg abgesteckt war. Rund um sie waren die Geräusche von fließendem Wasser und das Ächzen und Stöhnen sich verlagernden Eises. In langen Zwischenräumen hörten sie das donnernde Krachen, mit dem die vier großen Eisfälle kalbten. Der Mond hatte einen Hof, und der Gipfel des Monte Rosa trug eine spektrale Glückshaube.

Die beiden Tanu standen in dauernder telepathischer Kommunikation mit dem Basislager, und gleichzeitig suchten sie mit ihrer Fernwahrnehmung die weite Eisfläche nach Zeichen des anrückenden Feindes ab. Doch es geschah nichts. Länger als zwei Stunden, bis das graue Licht der Morgendämmerung den Himmel hinter Rosas rechter Flanke beschmutzte, zogen sie ungestört über den Gletscher. Thongsa ging als erster und prüfte das Eis mit seinem langschäftigen Pickel. Er führte Nazir, Bengt und Aronn. Dann kam Ookpik mit Betsy, Magnus und Bleyn dem Champion am Seil. Keiner fiel in eine Spalte. Keiner rutschte auch nur aus. Die Halsringe halfen ihnen, im Dunkeln zu sehen. Thongsa bot ein Schulbeispiel für eine konservative Gletscherwanderung: mühsam, sicher und sehr, sehr langsam.

Sie sahen den Sturm auf sich zufegen, als sie sich dem Vorratslager am Fuß des Gresson-Eisfalls näherten. Gleichzeitig verkündete Bleyn:

Elizabeth bedauert daß eine Kombination von meteorologischen Störungen gedankenresistenten Felsformationen und Firvulag-Schirmen es ihr völlig unmöglich macht die Position der nördlichen Abteilung des Feindes genau festzustellen. Die südliche Abteilung läßt sich 8 Kilometer südlich von Camp Bettaforca im Ayas-Tal wo sie offensichtlich biwakiert leicht wahrnehmen ...

Ein Graupelschauer traf sie. Der Äther hallte wider von Verwünschungen, während sie Pause machten, um die Futterale ihrer Waffen fest zu verschließen und ihre Kapuzen herunterzuziehen. Dann marschierten sie weiter durch die Dämmerung. Der Sturm wurde heftiger. Aronns Fernsicht half Thongsa, die beflaggten Stangen zu finden. Manchmal wateten sie bis zu den Knöcheln in fließendem Wasser, und ihre Socken waren schnell durchweicht. Aber die beiden Tanu-Oberherren beschleunigten die Zirkulation in den Extremitäten der Graureifträger, so daß ihre in Wolle gekleideten Füße warm blieben, wenn sie auch ein bißchen wund wurden.

Magnus sagte: Trotzdem werden wir Blasen bekommen falls wir uns die Füße nicht bald abtrocknen können.

Bleyn sagte: Ich nehme die Vorratszelte in weniger als einer halben Meile Entfernung wahr.

Ookpik erkundigte sich: Wieviel ist das in ehrlichen Metern?

Aronn sagte: Das weiß ich nicht aber ihr Kurzbeinigen werdet bis dahin mindestens noch eine Stunde brauchen wenn ihr nicht einen Schritt zulegt.

Nazir sagte: Subhan'llah ich glaube ich sinke ein Leute! ... *Ich sinke ein!*

Thongsa sagte: Sichere Bengt ich bin fest.

Bengt sagte: Hab ihn.

Nazir sagte: Hölle und Verdammnis ich sitze bis zur Mitte drin ...

Thongsa sagte: Kannst du ihn hochheben Lord Aronn?

Aronn sagte: Hoch mit dir kleiner Mann!

Wie in einem Aufzug levitierte der arabische Techniker aus der mit Schneebrei gefüllten Spalte, die ihn zu verschlucken gedroht hatte. Aronn und Bleyn hielten ihn mit ihrer Psychokinese mitten in der Luft fest und kippten ihn behutsam, damit das Wasser von verschiedenen Teilen seiner Kleidung ablief.

Bleyn sagte: Der Sturm ist zu heftig als daß wir dich richtig trocknen könnten Nazir. Ich kann das Unbehagen bannen bis wir das Vorratslager erreichen. Bist du damit zufrieden?

Nazir sagte: Mach schon!

Bei zunehmender Helligkeit ließ der Hagelsturm etwas nach. Die Schneefelder des Monte Rosa nahmen langsam eine blutige Färbung an, und der Himmel verwandelte sich in Purpurrot, bestreut mit schnell dahinziehenden kleinen schwarzen Wolken.

»›Morgenrot, Regen droht‹«, zitierte Magnus. »Gilt das auch für das Wetter in den Bergen?«

»Wahrscheinlich«, antwortete Betsy mit fröhlichem Pessimismus. »Da! Der Wind reißt den Nebel vor uns auf. Ich sehe den Eisfall – und die Zelte.«

Die Menschen jubelten. Die silbernen Dekamol-Hütten waren vor dem Eis buchstäblich unsichtbar, aber sie trugen flatternde Banner aus orangefarbener Seide und schienen kaum noch 150 Meter entfernt zu sein.

»Wir werden uns gut ausruhen, uns trocknen und eine substantielle Mahlzeit zu uns nehmen«, erklärte Thongsa. »Offenbar waren die Firvulag klüger als wir und haben die Nacht in irgendeiner gemütlichen, sturmsicheren Unterkunft verbracht. Kommt! Beeilen wir uns!«

Er schritt mit gegen das Wassereis klirrenden Sporen aus, den Eispickel keck erhoben. Der Photonenstrahl, der ihn auf der Stelle tötete, war zweifellos ein Versehen. Ein übereifriger Firvulag-Recke hatte die Sache verpfuscht und zu früh aus dem Wirrwarr von weißen Blöcken links neben den Zelten geschossen. Die darauffolgende unregelmäßige Salve kam aus extremer Matsu-Reichweite und ging hoffnungslos in dem Graupelregen unter, der den Gletscher peitschte.

»Hinlegen!« brüllte Bleyn. »Hinter dem Eiswall da!«

Sie sprangen gerade noch rechtzeitig von dem ausgesteckten Pfad. Der Sturm verhauchte seinen letzten Atemzug, und als die Luft sich klärte, zischten die Laserstrahlen mit zunehmender Wirksamkeit heran und rissen große Stücke aus dem Wall.

Sie machten sich von den Seilen los und krochen ostwärts. Der Wall gab ihnen gute Deckung, obwohl er nicht sehr hoch war, und führte sie zu einem granitenen Auswuchs, wo sie sich neu gruppierten und die Situation besprachen.

Es war jetzt heller Tag. Sie waren mehr als 300 Meter von den Zelten entfernt und noch etwas weiter von dem Versteck der Firfulag. Die Feinde hatten sich in einem Haufen hausgroßer Eisblöcke am rechten Rand des Eisfalls versteckt und beherrschten den einzigen Weg den Berg hinauf.

»Irgendwer in dem Haufen da drüben hat Grütze im Kopf«, bemerkte Ookpik. »Trotzdem, es könnte schlimmer sein.«

»Und es wäre schlimmer«, murmelte Betsy, »wenn dem einen Gespenst nicht der Zeigefinger gejuckt hätte.«

»Ist das die ganze Bande?« fragte Nazir. »Die Abteilung die Ochal der Harfner auf etwa siebzig geschätzt hat?«

»Ich zähle sie gerade«, erklärte Bleyn grimmig. »Bei so kurzer Entfernung erkenne ich jeden einzelnen, auch wenn sie sich abschirmen.«

»Zu schade, daß du es nicht eher getan hast«, brummte Betsy.

»Ich habe mich unverzeihlich leichtsinnig verhalten«, gestand der Champion. »Eine solche genaue Beobachtung erfordert starke Konzentration, und meine Aufmerksamkeit war abgelenkt: Zuweilen schläft auch ein Mitglied der Hohen Tafel – Tana verfluche das Pech!«

»Es könnte schlimmer sein«, wiederholte Ookpik. Er machte einen befremdend aufgeregten Eindruck, als er mit einiger Schwierigkeit ein Fernrohr aus seinem Rucksack hervorholte und hindurchspähte.

»Was ist?« fragte Bengt.

»Man nennt das nicht ohne Grund einen Eisfall, Kamerad«, antwortete der Eskimo-Ingenieur.

Aronn meinte: »Er hat sich nicht bewegt, seit wir auf dem Berg sind.«

»Braucht ein Schmiermittel«, stellte Ookpik fest.

»Man müßte den Auslösungspunkt ganz genau treffen«, sagte Nazir zweifelnd. »Ich meine, wir können den Eisfall nicht stundenlang beschießen, denn dann wird den Gespenstern ein Licht aufgehen.«

»Wie kann ich diese Winkel abschätzen, wenn ihr andauernd quasselt?« beschwerte sich Ookpik. Alle waren mehrere Minuten lang still. Dann erkundigte sich der Eskimo: »Kann einer von euch Tanu fliegen?«

»Nein«, antwortete Bleyn. »Ich habe einen mentalen Block, und Aronn war nicht imstande, das Programm zu assimilieren.«

»Aber ihr könnt Dinge aus der Ferne bewegen?«

»Ich bin kein Kuhal Erderschütterer, aber ich kann rund das Achtfache meines Gewichts schleudern. Aronn schafft die Hälfte.«

Ookpik stellte eine schnelle Berechnung an. »Mehr als eine Tonne. Okay. Ihr könntet etwas auf den Eisfall werfen?«

»Nun ...« Bleyn zögerte. »Wir könnten es versuchen. Aber nur werfen, nicht in der Luft halten. Und wir müssen unbehinderte Sicht darauf haben.«

Die Augen des Eskimos glitzerten. »Gebt mir nur noch ein paar Minuten Zeit.«

Sie machten es sich hinter den eisbedeckten Felsen bequem. Nasse Socken und Stiefel wurden von Aronns kreativer Kraft getrocknet. Betsy half Nazir, die Kleidung zu wechseln. Magnus kochte heiße Schokolade. Von Zeit zu Zeit eröffneten die Firvulag das Feuer auf ihre Stellung, aber der einzige Erfolg war, daß sich die Eisrinde an der Nordseite des Auswuches zum größten Teil auflöste und der Granit minimal beschädigt wurde.

»Ich zähle achtundsechzig Feinde«, verkündete Bleyn. »Der ganze Nordflügel muß sich hinter diesen gewaltigen Eisblöcken eingegraben haben.«

»Sie scheinen hauptsächlich mit Matsus bewaffnet zu sein«, sagte Betsy. »Ich habe nur zwei oder drei Strahlenbündel von anderer Farbe bemerkt. Vielleicht Mauser-Gewehre mit Solarzellen. Nichts, was unseren Weatherbys und Bosches gleichkommt.«

»Ich habe die Stelle gefunden«, ließ sich endlich Ookpik hören. »Perfekt. Ein bißchen höher, als ich es gern hätte, aber was soll's? – Momentum ist Momentum. Was macht es schon, wenn wir eine neue Route den Fall hinauf auskundschaften müssen? Wir können uns zuerst im Vorratslager ausruhen. Vielleicht geben wir Basil damit eine Chance, mit dem armen Stan nach unten zu kommen.«

»Wir wissen nicht, ob es klappt«, warf Betsy grimmig ein. »Planen wir besser nicht *zu* weit voraus, Liebling!«

Ookpik hatte das Fernrohr am Auge. »Stimmt euch alle auf meine optischen Wahrnehmungen ein. Seht ihr den Block, der wie eine auf der Seite liegende Coke-Flasche geformt ist?«

»Was ist eine Coke-Flasche?« fragte Aronn.

»Das da«, verdeutlichte Ookpik es ihm. Als alle den Schlüssel-Eisblock identifiziert hatten, erklärte ihnen der Ingenieur, was zu tun war. Sie nahmen ihre Waffen und zielten sorgfältig auf einen bestimmten Punkt. »Denkt daran, ihr beiden Erhabenen«, ermahnte Ookpik die Tanu, »wir schießen, und ihr *hebt.* Wir müssen bewirken, daß er hinunterpoltert, und mit ein bißchen Glück bricht dann der ganze Aufbau zusammen. Fertig?«

Feuer!

Drei grüne Strahlen und vier blau-weiße blitzten. Dampf und pulverisiertes Eis blühten auf. Die beiden Psychokinetiker setzten ihre mentale Kraft ein. Der Eisblock erzitterte, blieb jedoch an seinem Platz.

»Schaukelt ihn!« schrie Ookpik. »Noch einmal – Feuer!«

Die Photonenwaffen sangen. Bleyn und Aronn standen Schulter an Schulter, die schönen Gesichter verzerrt von der Anstrengung. Die Wolke auf halber Höhe des Eisfalls wuchs. Ein kratzendes Geräusch erreichte ihre Ohren. Aronn rief: »Er kippt!« Und dann schimmerte der Graben aus riesigen Eisblöcken im stärker werdenden Licht. Die Fernsinne der Tanu konzentrierten sich auf den Anblick und gaben ihn an die grauen Reifen der Menschen weiter. Sie sahen die Front der aufragenden gefrorenen Kaskade wogen. Blau-und-weiße Massen flogen wie in Zeitlupe nach oben und außen. Im Fallen drehten sie sich, und ihre schimmernden Facetten brachen das Licht wie wolkiges Glas. Ein gewaltiges Brüllen füllte die Luft. Loser Schnee, von den stürzenden Blöcken weggeschleudert, explodierte in großen Klumpen, und kristallene Wirbelwinde funkelten an den Rändern der monströsen Lawine.

Unmenschliche Schreie erschütterten den Äther.

Als es vorbei war, hatte sich der Gresson-Eisfall sehr wenig verändert, denn ein Eisblock unterscheidet sich nicht besonders von irgendeinem anderen. Aber die Vorderseite des Falls, die schmutziggrau gewesen war, hatte ihr ursprüngliches Weiß zurückerhalten – und erstreckte sich fast halbwegs zu den Felsen, wo der Sturmtrupp in Deckung lag. Die Feldschanze der Firvulag war unter wenigstens sechzehn Metern Eisgeröll begraben – die Vorratszelte zehn Meter tief.

Ookpik sah die anderen resigniert an. »Man gewinnt etwas, man verliert etwas. Ich glaube, wir sollten mit dem Klettern anfangen. Es ist ein langer Weg hinauf zum Camp 1.«

11

Mit gläsernen Handschellen gefesselt, verdrießlich, aber gefaßt, stand Tony Wayland neben Kuhal Erderschütterer auf dem Balkon des Palastes, den der Stadt-Lord von Roniah bewohnte. Er sprach zu dem Simulakrum des Königs, das gleich auf der anderen Seite der Balustrade mit untergeschlagenen Beinen mitten in der klaren Nachmittagsluft zu sitzen schien.

»Zunächst einmal, Euer Majestät, muß das Niobium in einer Argon-Atmosphäre bearbeitet werden. Das ist der größte Teil deines Problems. Was die Legierung mit Dysprosium betrifft, habe ich nicht die leiseste Ahnung.«

»Aber du könntest experimentieren?« Aiken beugte sich eifrig vor, die Hände auf die Knie seines goldenen Taschenanzugs gestützt.

»Oh, ich glaube schon.« Tony wahrte nur knapp die Höflichkeit. »Wenn ich ausreichende Mengen von dem Zeug bekomme. Doch wie du sagst, besitzt du gar nichts von dem reinen Element. Ahnst du, wie schwierig es sein wird, das Dysprosium aus Erzen zu extrahieren? Ich meine, selbst wenn es einem gelingt, den Yttrium-Komplex aus dem Dreck hervorzulocken, wird es einem noch höllisch schwer werden, das Dysprosium zu halbwegs reinem Zustand zu raffinieren. Du kannst es wohl nicht durch irgendeine andere paramagnetische Substanz ersetzen?«

»Nein«, sagte Aiken. »Allerdings haben wir ein Gerät, Ionen-Konzentrator genannt, das dir vielleicht bei deinem Raffinierungsproblem helfen kann.«

»Vielleicht«, fauchte Tony. »Aber es ist dein Problem, nicht meins.«

Kuhal Erderschütterer gab dem Metallurgen eine Ohrfeige, die ihn auf die Knie warf. »Vergiß nicht, mit wem zu sprichst, Geringer! Dein Leben hängt an einem Faden!«

Tony lachte nur. Sein goldener Halsring und seine relativ schwache Psyche würden ihn gegen die subtileren Manifestationen mentaler Gewalttätigkeit schützen – wie er aus seinen Jahren in Finiah ganz genau wußte. »Schlag mich ruhig!« höhnte er. »Ich werde euch kaum noch von Nutzen sein, wenn du meinen Kortex beschädigst!«

Aiken nickte zustimmend. »Als du noch Barium gefördert hast, bist du immer durch freundliches Zureden bei der Stange gehalten worden, nicht wahr, Tony?«

»Verdammt richtig.«

»Auch ich möchte dein Freund sein«, sagte der König gewinnend. »Ich werde Lord Kuhal nicht beauftragen, deinen goldenen Reif durch einen grauen oder silbernen zu ersetzen, wenn du mir dein Ehrenwort gibst, mit uns im Geist guten Willens zusammenzuarbeiten. Leider wirst du für die Dauer des Projekts unter Hausarrest stehen müssen, aber das geschieht vor allem deiner Sicherheit wegen. Außerhalb der Arbeitsstunden darfst du dich in der Glasburg frei bewegen, und du bekommst an guten Dingen, was dein Herz begehrt. Wenn wir den Guderian-Apparat zum Funktionieren bringen, kannst du jede Belohnung verlangen.«

»Ich möchte ja nur nach Hause zu meiner Frau in Nionel«, sagte Tony niedergeschlagen.

Der König entwirrte seine Glieder, stand auf und reckte sich. »Hilf uns bei der Herstellung dieses Luxus-Drahtes, den wir brauchen, und du könntest schon beim Großen Turnier in ihre liebenden Augen blicken.«

»In ihr Auge«, korrigierte Tony ihn. »Oh ... na gut. Ich werde mein Bestes tun. Du hast mein Wort.«

»Schick ihn heute abend mit dem Konvoi hinaus!« befahl Aiken dem Erderschütterer und verschwand.

Kuhal steuerte Tony auf die Treppe zu. »Die Handschellen lassen wir dir der Sicherheit wegen. Sie sind nicht zu unbequem. Ich habe sie selbst sogar eine Zeitlang getragen.«

»Willst du mich verarschen?« fragte Tony matt. Glasglieder führten von jedem Handgelenk zu einem Ring, der an seinem Reif befestigt war. Die Ketten waren mehr symbolisch als echte Fesseln; trotzdem bedeuteten sie eine empfindliche Demütigung. Grübelnd stieg Tony mit Kuhal in die unteren Regionen des Palastes hinab und trat auf den Hof hinaus, wo Chalikos darauf warteten, sie zu den Docks von Roniah zu bringen.

»Wenigstens bin ich frei von dieser Rotte aus Halsabschneidern, die mich im Sumpf fingen«, bemerkte Tony und setzte sich im Sattel zurecht. »Ich nehme an, sie wurden mit königlichen Gunstbeweisen überschüttet.«

Kuhal antwortete: »Der Hochkönig hat ihre Wünsche gern erfüllt. Sie baten um freie Passage zurück durch das Zeitportal, sollte es eröffnet werden, für sich selbst und diejenigen ihrer Gefährten, die sich ebenfalls danach sehnen, auf die Alte Erde heimzukehren.«

»Pah!« machte Tony verächtlich. »Reisende soll man nicht aufhalten.«

Kuhal sah ihn mit plötzlich aufblitzendem Lächeln an.

»Ich glaube, der Hochkönig teilt deine Empfindungen, kreativer Bruder.«

Es ging dem Metallurgen wie ein Stich durchs Herz. Kreativer Bruder ... So hatten ihn die Tanu in Finiah genannt, und jetzt bestätigte dies Mitglied der Hohen Tafel nonchalant seine Adoption. Tony dachte: Ich mag vorübergehend deklassiert worden sein, aber wenigstens habe ich große Erwartungen!

»Es war mir ernst, als ich sagte, ich würde kooperieren«, erklärte er mit leiser Stimme.

»Ich weiß.« Kuhal war jetzt eitel Freundlichkeit. »Und das Wissen macht mich froh. Ich gehöre selbst zu denen, die durch das Zeitportal ins Galaktische Milieu gehen möchten.«

»Du!« rief Tony ungläubig.

»Wenn du deine Arbeit gut und schnell erledigst, werden dir viele Leute Dankbarkeit schulden. Es bereiten sich unheilvolle Ereignisse vor, und dein Geschick mag entscheidend für das von Tausenden sein.«

Das verschlug Tony die Sprache. Sie verließen das Palastgelände und ritten durch das Tanu-Viertel von Roniah. Die Stadt wurde, seit Bormol in der Großen Flut umgekommen war, von Condateyr dem Donnerer regiert, und die Einwohnerzahl war etwas zurückgegangen. Doch im großen und ganzen war Roniah von dem Aufruhr, der in so vielen anderen Teilen des Landes Spuren hinterlassen hatte, kaum berührt worden. Ramas trippelten umher, lieferten Pakete ab, fegten die gepflasterten Straßen und pflegten die Blumenbeete. Fontänen plätscherten auf den kühlen, von Bäumen umstandenen Plätzen in silberne Becken. Roniah war nicht so barock-prächtig, wie die Stadt der Lichter gewesen war, aber herrlich genug mit den Filigran-Bogen aus schneeweißem Marmor, den verblüffenden Gebäuden mit ihren Buntglasfenstern und den Dächern in Gold und Blau, unterbrochen von spitzenartigen Türmchen.

Tony und Kuhal ritten zur Esplanade hinunter. Rings um sie schlenderten die Tanu- und menschlichen Bewohner der Stadt in der schläfrigen Nachmittagshitze umher oder gingen ihren Geschäften nach.

»Ich hatte vergessen, wie schön eine Tanu-Stadt sein

kann«, bemerkte der Metallurg. »Nach dem Fall von Finiah hielten die Geringen mich oben im Norden in den Eisendörfern fest. Gott, war das ein Elend! Ich bin weggelaufen.«

»Und nach Nionel gekommen?« fragte der Erderschütterer.

Tony grinste. »Genau richtig zum Großen Liebesfest. Ich hatte nicht damit gerechnet, verheiratet zu werden. Als es geschehen war, hielt ich es dort nicht mehr aus, obwohl ich Rowane liebte. Man hatte mir meinen Silberreif abgeschnitten, und ... na, du weißt schon. Aber dann, als ich in alle möglichen Schwierigkeiten geriet, wurde mir klar, daß ich zu Rowane heimkehren mußte. Ich mußte einfach. Es ist sehr merkwürdig, wirklich. Wir hatten wenig gemeinsam. Rowane ist eine Heulerin.« Er projizierte ihr erstaunliches mentales Bild, ganz in einen weichen Halo gehüllt, und blickte auf die Zügel seines Chalikos nieder. »Komische Sache, die Liebe. Man sucht und wählt nicht.«

»Ich verstehe, Bruder. Besser als du weißt.«

»Ich nehme nicht an ...« Tony zögerte, begann von neuem: »Würde der König es in Betracht ziehen, Rowane nach Goriah kommen zu lassen? Das heißt, wenn sie mir verzeiht, daß ich sie verlassen habe.«

Das schöne, melancholische Gesicht des Tanu war voller Bedauern. »Große Aufgaben bedürfen eines Anreizes, Bruder. Der König würde sagen, daß es in deinem Fall Rowane ist. Aber du wirst doch sicher unbehindert mit ihr kommunizieren. Durch deinen goldenen Reif können sich eure Herzen über die Meilen hinweg begegnen.«

»Ich habe es versucht«, gestand Tony kläglich. »Leider trug ich keinen Reif, als wir zusammenlebten, und ich vermute, bei mir reicht es nicht dazu, im Firvulag-Modus fernzusprechen. Darin bin ich nicht einmal besonders gut, wenn es sich um meine eigenen Leute handelt.«

»Dann solltest du Lady Katlinel um Hilfe bitten.«

Tonys Gesicht erhellte sich. »Würdest du mir ihre Unterschrift geben?«

»Gern.« Der Tanu projizierte das Bild. Tony prägte es sich genau ein, und gelobte, noch am gleichen Abend einen Kontaktversuch mit der Lady von Nionel zu machen.

In einer Stimmung ungezwungener Kameradschaftlichkeit ritten sie am Fluß entlang, wo eine große Spielwiese mit Weiden und blühenden Büschen lag. Menschliche und fremde Frauen spielten dort mir ihren Goldringe tragenden Kindern, und ein alter Bloßhalsiger wanderte mit einer Drehorgel und einem kostümierten Affen an einer Kette umher. Tony kniff beim Anblick des gefangenen Tieres die Lippen zusammen. Kuhals Gedanke glitt in sein Gehirn:

Die einzige wahre Freiheit findest du bei deinem adoptierten Volk. Bald werden die Fesseln entfernt, und alles wird besser sein als zuvor. Nur hilf uns, den Zeitportal-Generator zu bauen.

Du mußt wirklich darauf brennen, zu gehen!

Sie will gehen, und ich muß folgen.

Oh. Nun, es ist ein komischer Ort, das Milieu. Aber viel Glück.

Sie näherten sich dem wichtigsten Teil der Dockanlagen, wo es von Arbeitern wimmelte. Karren voller Waren und Helladen-Karawanen trugen zu der Verstopfung am Kai bei. Die Anlegestellen waren fast alle von pneumatischen Fahrzeugen besetzt, die gelöscht wurden.

»Lieferungen für das Große Turnier«, erklärte Kuhal. »Glücklicherweise sind die Pflanzungen an der oberen Rhône von den Firvulag-Überfällen verschont geblieben. Vielleicht waren die Kleinen Leute klüger, als wir dachten, und wollten nicht riskieren, daß es bei den Spielen an Erfrischungen mangelt.«

»Der König hat den Wettstreit also tatsächlich abgeschafft?«

»Ein heftiger Wettstreit wird es immer noch sein, und zweifellos wird es dabei einige Todesfälle geben. Aber die Punkte werden nicht mehr nach erbeuteten Köpfen berechnet.« Er seufzte. »Die Friedensfaktion begrüßt das sehr und hat erklärt, daß sie beabsichtigt teilzunehmen. Vielleicht werden die Ereignisse nicht so zahm ablaufen, wie einige Traditionalisten fürchten, wenn Minanonn der Häretiker in die Schranken tritt.«

Sie kamen an eine lange Pier, die von den anderen durch Taue abgesperrt war. Etwa zwanzig große Boote wurden von Graureif-Stauern statt von Ramas beladen. Tanu-Ritter in voller Glasrüstung hielten mit Milieu-Waffen Wache auf den Fahrzeugen und neben den Stapeln versiegelter Kisten, die noch am Kai standen. Trupps von Grauen in bronzener Halbrüstung patrouillierten an der Absperrung und verscheuchten Schaulustige.

»Du wirst die Rhône hinuntersegeln und dann über Land weiter nach Sasaran und dem Fluß Baar reisen«, sagte Kuhal. »Es wird dich interessieren, daß vielleicht nie eine wertvollere Fracht von dieser Stadt abgegangen ist als die, die du begleitest. Der Lord von Sasaran wird dich in eigener Person eskortieren.«

»Oh? Ein Schatz?«

Der Erderschütterer schüttelte sein goldenes Haupt. »Es ist besser, wenn du es nicht weißt. Doch sei versichert, daß du ebenso wie die Fracht König Aiken-Lugonn von höchstem Wert bist.«

Kuhal ritt an einen Captal der Garde heran, der einen blauen Helmschmuck trug, und grüßte, indem er die Faust auf den zweigesichtigen Januskopf legte, der seine rosagoldene Tunika schmückte. »Empfehle mich dem höchst erhabenen Lord Neyal dem Jüngeren und bitte ihn, er möge kommen und seinen Passagier abholen.«

»Zu euren Diensten, erhabene Lords«, antwortete der Captal. »Sein Gepäck ist bereits eingetroffen und an Bord gebracht worden.« Er half Tony beim Absteigen. Unsicher blieb der Metallurg stehen.

»Nun, dann sage ich Lebewohl ...«, begann er.

Ein lauter Ruf, vokal wie telelpathisch, kam vom hinteren Ende der Pier. Ein Klammerbrett schwenkend und Wellen des Frohsinns auf sie abstrahlend, näherte sich Sasarans Stadt-Lord, helmlos, aber ansonsten in seinem saphirenen Koerzierer-Harnisch, der ganz mit Gold und bernsteinfarbenen Zirkonen eingelegt war. Neyal war so groß und dünn, daß man ihn nur einen Strich in der Landschaft nennen konnte. Sein Haar war wie Weizenstoppeln.

»Erschütterer! Ich wollte dich aufsuchen, als die Karawane ankam, aber man hat mich sofort auf diesen von Tana verlassenen Booten ans Arbeiten gekriegt!«

Neyal tauschte freundschaftliche Bemerkungen mit seinem Kollegen von der Hohen Tafel, lächelte auf Tony hinunter wie ein Erntegeist und streckte ihm eine gepanzerte Hand entgegen.

Tony ergriff sie mit Zittern und Zagen, aber die Begrüßung verlief rücksichtsvoll.

Kuhal sagte: »Darf ich dir unsern kreativen Bruder Wayland-Velkonn vorstellen? Er trägt das Symbol von Tanas Frieden nur so lange, bis er der Obhut des Hochkönigs übergeben wird.«

Wieder überkam Tony das Gefühl des déjà vu. Niemand hatte ihm seinen Ehrennamen Velkonn gegeben, seit die Stadt der Lichter in Flammen aufgegangen war. Es war so lange her ... oder doch nicht gar so lange?

»Heute vor einem Jahr.« Neyal nickte und wurde ernst. »Und wie manche glauben, war es das Vorspiel zum Letzten Krieg.«

In Kuhals undurchsichtigen blauen Augen stand eine Warnung zu lesen: »Wer das glaubt, sollte seine Gedanken für sich behalten.«

Neyal zuckte die Achseln. »Komm an Bord und hebe einen Krug mit uns!« lud er Kuhal ein. Dieser jedoch lehnte ab, weil er eilends zur Torburg zurückkehren müsse.

»Ich bin nur nach Roniah gerufen worden, um uns als Beauftragter des Königs die Dienste von Lord Wayland-Velkonn zu sichern«, sagte der Erderschütterer. »Da der Waffenstillstand bald beginnt, muß ich dafür sorgen, daß die Plattform für das Zeitportal innerhalb der Torburg fertig ist, bevor die Sportfans in großer Zahl zum Turnier nach Norden ziehen. In diesen Tagen sind Spione aller Art unterwegs, und der König möchte den Standort gesichert haben.«

Tony blickte überrascht drein. »Aber ihr werdet den Guderian-Apparat doch wohl außerhalb der Burg bauen, da, wo die Milieu-Seite der Zeitverkrümmung sich öffnete ...«

Kuhal meinte: »Auch ich hatte mir das so vorgestellt. Dann schickte der König uns einen gewissen Dimitri Anastos – einen von dem Geringen-Kader, den man Basils Höllenhunde nennt. Dieser würdige Mann scheint seine Zeit im

Millieu mit dem Entwerfen von Ypsilonfeld-Ausrüstungen verbracht zu haben, und wahrscheinlich weiß er auch etwas über die Theorie der Zeitverwerfung. Jedenfalls warnte er uns, unser Gerät werde nur dann funktionieren, wenn jede mögliche Interferenz von dem Milieu-Gerät ausgeschaltet sei. Unser Portal muß sich auf der Alten Erde in leerer Luft öffnen.«

Tony verstand. »Richtig. Genau wie man an diesem Ende etwa einen halben Meter über dem Felsplateau vor der Torburg auftaucht.«

»Anscheinend funktioniert das Taufeld mehr oder minder überall in der Gegend einer gewissen futuristischen Stadt im Rhône-Tal«, setzte Kuhal hinzu. »Die ursprüngliche Maschine wurde sogar von ihrem Erfinder an einen anderen Platz geschafft. Aber wenn man eine Stelle wählt, wo sich die ... ah ... Fracht inmitten einer undurchdringlichen Materie materialisieren würde, funktioniert der Guderian-Apparat einfach nicht.«

»Eine Sicherheitsschaltung«, bemerkte Tony. »Es wäre deprimierend, würde man das der Zeitkrümmung in soliden Fels geraten. Oder auch nur teilweise in die Mauer eines französischen Landhauses eingebettet werden.«

Kuhal berichtete weiter: »Dieser Anatol fand eine passende Stelle innerhalb der Torburg. Dort bauen wir eine Plattform zum Ausgleich dafür, daß sich diese Region in den sechs Millionen Jahren zwischen jetzt und dann leicht gehoben hat.«

»Du wirst doch zu den Spielen kommen, Erschütterer?« fragte Neyal. »Unsere Sasaraner Jungen sind willens, bei den Mannschaftskämpfen eine gute Show zu liefern, aber wir brauchen Anfeuerung.«

»Ich werde da sein«, erwiderte Kuhal, »wenn nicht unser Freund hier sehr schnell arbeitet. In dem Fall müßte ich eine vorrangige Verabredung wahrnehmen.«

Neyal lachte verständnislos. »Also, wir sehen uns dann. Komm mit, Velkonn! Wir legen gleich ab.« Er schlug zum Abschiedssalut seine Faust gegen den neunzackigen Stern auf seinem Küraß und winkte Tony, ihm zu folgen.

»Ich ... ich werde bestimmt mein Bestes tun«, versicherte

der Metallurg Kuhal noch einmal. »Viel Glück dir und deiner Lady.« Er drehte sich um und ging langsam die Pier hinunter, wobei er sich den Weg durch die hastenden Stauer bahnen mußte. Lord Neyal stritt mit einem wilden Silberreif-Vorarbeiter, schwenkte sein Klemmbrett und schien seinen Passagier vergessen zu haben. Eine Weile saß Tony auf einer geheimnisvollen Kiste, unbelästigt und unbemerkt. Schließlich sagte ihm der Captal der Wache, er finde sein Quartier auf dem letzten Boot. Also ging er an Bord. Die Kabine mit seinem Gepäck war winzig und trostlos. Deshalb stellte er sich in das offene Heck, das zur Fahrrinne der Rhône hinzeigte. Das aufgeblasene Material bildete eine bequeme Bank, und es war angenehm, in der Sonne zu sitzen und den Schiffsverkehr auf dem Fluß zu beobachten. Lord Neyals Versprechen, man werde sofort ablegen, stellte sich als typischer Tanu-Überoptimismus heraus. Eine Stunde verging, dann noch eine. Tony schlief ein.

Eine ironische telepathische Stimme weckte ihn:

Wenn das nicht der Ober-Schlemihl ist!

Benommen hielt er Umschau. Zuerst sah er nichts als den breiten Strom, von der untergehenden Sonne in Kastanien- und Ockertönen gestreift, die funkelnden Lampen entlang der geschwungenen Esplanade und die großen Fackeln, die im Dämmerlicht am Kopf der Pier flammten.

He! Draußen auf dem Wasser, Schmock! Achtzig Meter stromaufwärts.

Tony bemühte sich, seine Fernsicht zu fokussieren. Seine Augen erkannten einen schmalen dunklen Fleck, irgendeine Art von Flußboot. Sein Geist, noch nicht ganz wach, schälte eine grob zugehauene Gestalt heraus, die sich auf das Dollbord stützte und ihn beobachtete.

Tony sagte: Häuptling Burke.

Burke sagte: Genau der. Ich dachte, man habe dich inzwischen schon den Fluß hinunter verkauft.

Tony sagte kühl: Es wird nicht mehr lange dauern. Dieser Haufen ist ungefähr ebenso tüchtig wie ihr Geringen.

Burke sagte: Touché Bubi. Aber du brauchst keine Angst zu haben weißt du. Ich habe zur Bedingung gemacht daß Aiken Drum dich anständig behandelt bevor ich mich einverstanden erklärte dich nach Roniah zu bringen. Das durfte ich meinen Leuten natürlich nicht verraten.

Tony sagte: Ich hoffe du hast im Austausch für mich mehr herausgeschlagen als einen Wampum-Gürtel und eine Rückfahrkarte nach Utopia GmbH.

Burke sagte: Wir haben außerdem dies Motorboot und soviel Waffen wie wir tragen konnten bekommen. Jetzt sind wir unterwegs nach Nionel wohin die übrigen Leute aus der Siedlung bei den Verborgenen Quellen vor den Firvulag geflohen sind.

Tony sagte: *Nionel?*

Burke sagte: In den Vogesen sind nicht mehr viele Geringe. Oder sonstwo auf den Tummelplätzen der Firvulag. Nionel ist so ziemlich unsere einzige Alternative dazu daß wir uns Aiken Drum anschließen ... bis das Zeitportal geöffnet wird.

Tony sagte: Guten Rutsch und mach dir nicht die Mühe zu schreiben.

Burke sagte: Keine harten Gefühle?

Tony sagte: Nummer 10 auf Mohs Härteskala wird genügen.

Burke sagte: Garstig garstig. Und ich habe versucht mich versöhnlich zu zeigen.

Tony sagte: Burke ... meine Frau ist in Nionel. Ich habe sie verlassen. Ich war ein Esel. Ich werde versuchen mich mit ihr in Verbindung zu setzen aber wenn irgend etwas passiert wirst du ihr dann sagen daß ich alles daran setze zurückzukommen? So sieht sie aus. (Bild.) Ihr Name ist Rowane.

Burke sagte: Ich werde es ihr sagen. Sie sieht wie eine liebreiche kleine Lady aus. Shalom Bubi. Geh Schwierigkeiten zur Abwechslung aus dem Wege.

Tony hielt eine Antwort nicht für nötig. Er saß mit hängendem Kopf, und die Welt versank, eingesaugt von der goldenen Einsamkeit seines Halsrings. Zwei weitere Stunden vergingen. Lord Neyals Untergebene, endlich mit dem Beladen fertig, wurden nun beauftragt, die Mannschaften der Flußboote in den Kneipen und Bordellen des Hafens aufzutreiben. Die Pier wurde weiterhin streng bewacht.

Es riß Tony aus seiner Träumerei, daß ihn etwas Scharfes

ins Brustbein stieß. Mit einem Ausruf der Entrüstung öffnete er die Augen und sah einen schwergebauten Mann in den Lumpen eines Gesetzlosen am anderen Ende einer Lanze mit Eisenspitze.

»Halt die Schnauze, Geringer!« befahl ein hartes Flüstern. »Wenn du dich bewegst oder fernsprichst, spieße ich dich auf wie eine gebratene Lerche.«

Eine primitive Strickleiter war am Stern festgehakt worden. Der Grobian kletterte herauf, und sofort folgte ihm etwa ein Dutzend Kameraden. Zwei hatten Matsu-Karabiner, und die übrigen trugen Eisenwaffen.

»Wie viele Leute auf diesem Eimer?« fragte der erste Räuber.

»Ich habe niemanden gesehen, außer dem Ritter, der die Laufplanke bewacht«, antwortete Tony. Der Speer wanderte zu seinem Adamsapfel und stach zu. »Um Gottes willen, glaubt mir! Ich bin nichts als ein Passagier. Ein Gefangener!« Er hob die Glasketten. »Die meisten Soldaten waren draußen am Kai, als ich an Bord kam. Das ist Stunden her.«

»Durchsucht das Boot!« befahl der Speerträger.

Zwischen den anderen vor Anker liegenden Fahrzeugen war ein leises Plätschern zu hören. Der Mond war noch nicht aufgegangen, und die Rhône, von Nebel eingehüllt, wirkte ein paar Meter hinter der Heckreling beinahe pechschwarz. Musik und Lachen wehten aus dem Gebiet hinter der Absperrung herüber. Roniahs Feenlichter waren alle eingeschaltet und bestirnten die Gebäude in Bernstein und Blau. Man hätte glauben können, daß die Stadt vorzeitig den Waffenstillstand feierte und die Abfahrt des Konvois trotz des gegenteilig lautenden königlichen Befehls verschoben worden sei.

Die meisten Männer des Enterkommandos waren gegangen, die inneren Bereiche von Tonys Boot zu untersuchen. »Ihr macht einen großen Fehler, wißt ihr«, zischte Tony beschwörend. »Ihr Geringen braucht keine Tanu-Städte mehr zu bestehlen. Es ist eine Amnestie erlassen worden. Ich vermute, ihr seid hinter Waffen her.«

»Ist das nicht ein schlaues Kerlchen, Pingol?« bemerkte ein massiger Räuber, der mit einem Laser bewaffnet war.

»Viel zu schlau.« Die Eisenlanze zog behutsam einen Halbkreis von einem Ohr Tonys zum anderen und schnippte dabei gegen seinen goldenen Halsring. »Andererseits sind seine metapsychischen Kräfte ziemlich mitleiderregend, wie jeder Trottel deutlich sehen kann, und feige ist er auch. Also warum trägt er Gold? Ganz zu schweigen von den heiligen Fesseln der Göttin?«

Der hochgewachsene Mann mit der Matsu beugte sich vor. Sein Gesicht verschwand beinahe ganz unter einem Busch fettigen dunklen Haars. Der Atem des Gesetzlosen ließ Tony zurückschaudern. »Wie heißt du, du Furz?«

»Ich bin Lord Velkonn.«

Die Lanzenspitze schwebte vor Tonys linkem Auge, und der Speerträger sprach im Ton seidenweicher Drohung. »Deinen *menschlichen* Namen will ich wissen.«

Die Worte sprudelten über Tonys Lippen. »Tony Wayland. Aber das solltet ihr lieber nicht tun, sage ich euch! Häuptling Burke hat eine Ladung Waffen im Austausch für mich bekommen. Er ist abgereist, um sie euren Leuten in Nionel zu bringen. Wenn ihr diesen Überfall ausführt, wird sich der König so ärgern, daß er eure Amnestie widerruft! Was mich betrifft, so wird der Guderian-Apparat ohne meine Hilfe nie fertig, und wenn ihr mir etwas tut, werden die von den anderen Geringen, die ins Milieu zurückkehren möchten, eure Thymusdrüsen auf Toast essen!«

Der hochgewachsene Räuber trat zurück und rief: »Tony Wayland?!«

»Tanzende Té, was regst du dich so auf?« knurrte der Speerträger seinen Gefährten an. »Machen wir diese saftlose Rübe hin, und ...«

Einer der Gesetzlosen, die nach vorn gegangen waren, kam zurückgerannt und meldete: »Hauptmann Pingol! Hauptmann Fouletot! Große Neuigkeiten. Innen bewachte nur eine einzige Tanu-Ritterin das Schiff, und sie unterlag unserem Blutmetall. Die anderen Schiffe an dieser Pier scheinen ähnlich vernachlässigt zu sein, obwohl viele Graue die Esplanade patrouillieren. Soll ich den anderen Enterkommandos das Signal geben?«

»Überbringe den Befehl in Person!« befahl der Speerträger. »Keine Fernsprache! Feind hört mit.« Sein Gesicht phosphoreszierte jetzt, und seine Gestalt wurde merkwürdig unstofflich.

Tony holte zittrig Atem. »Ihr seid keine Geringen!«

Das Paar kicherte in einträchtiger Bosheit.

Der zwergenhafte Überbringer der guten Nachricht setzte triumphierend hinzu: »Wir haben im Frachtraum eine Kiste geöffnet. Té sei gepriesen, es ist, wie unsere Spione es vorhersagten. Die Kisten sind voll von Milieu-Waffen!«

»Benachrichtige sofort Lord Betularn Weißhand«, sagte der Speerträger. Er und sein Gevatter verwandelten sich vor Tonys entsetzten Augen, warfen ihre Verkleidung als Geringe ab und nahmen ihre natürlichen Gestalten wieder an. Einer war ein Gnom und der andere eine Ogerin. Beide Offiziere trugen die Obsidian-Rüstung der Kampfgesellschaft König Sharns und Königin Ayfas.

»Und sag Betularn auch, daß wir den berüchtigten Tony Wayland in unserer Gewalt haben«, befahl die Ogerin Fouletot, »denselben, der die Schreckliche Skathe, meine wakkere Verwandte, und den Helden Karbree den Wurm ermordet hat.«

Der Bote salutierte, kletterte über den Stern zurück und verschwand in der Dunkelheit.

»Was habt ihr mit mir vor?« fragte Tony mit bebenden Lippen.

»Wir werden dich König Aiken-Lugonn um unser heiliges Schwert verkaufen«, erwiderte Pingol mit höhnischem Grinsen. »Letzten Endes.«

12

»Viel Glück zum Namenstag! Viel Glück zum Namenstag! Slitsal dem jungen Dreckspatz!«

Die große Halle zu Hoch-Vrazel erbebte vom Applaus, als der älteste Sohn des königlichen Paares, jetzt sieben, von dem Helden Medor, seinem Paten, auf die Plattform geführt wurde. Vom Status des Kindes zu dem eines Jünglings befördert, trug der Junge eine kleine Rüstung in schimmerndem Jettschwarz, geschmückt mit grünen kristallinen Dornen und Knäufen. Seinen Helm überragte ein smaragdener Heuschreck mit aggressiv gespreizten Flügeln. Dreckspatz lugte ziemlich ängstlich aus dem offenen Visier hervor. Dann legte sich der Tumult, und die Menge drängte sich in Erwartung der Ersten Manifestation nach vorn.

»Sieht er nicht großartig aus?« flüsterte Ayfa ihrem Mann zu und wischte sich eine Träne fort. Sie waren hinter einem Stalagmiten verborgen, damit ihr Anblick in vollem Schmuck ihres königlichen Amtes das Kind nicht noch nervöser machte. »Unser Erstgeborener! Und welch ein wundervolles Geschenk für uns *alle* an seinem Namenstag ...«

»Pst«, sagte der König. »Medor will seine Rede halten.«

»Kampfgefährten, Jugendliche und Kinder!« deklamierte der Heros. »Wir haben uns heute abend hier versammelt, um es zu feiern, daß einer aus unserer Schar den Weg der Prüfungen vom abhängigen Nichtkombattanten in die Reihen der jungen Krieger geschafft hat! Hier tut er seinen ersten Schritt auf unserm heiligen Pfad – dem Pfad zum Ruhm, auf den uns der Befehl unserer Göttin der Schlachten seit undenklichen Zeiten ruft. Wie alle Kandidaten vor ihm, wird er feststellen, daß es ein mühsamer Weg ist. Er wird seine jugendliche Kraft beim Studium der Gehirnverbiegung und bei Übungen in den Kriegskünsten verzehren. Er wird seinen Vorgesetzten mit demütigem und loyalem Herzen dienen. Er wird die Befehle seines Paten ausführen, auch wenn dieser sein Leben von ihm fordert ... damit er, wenn die von Té gewollte Zeit gekommen ist, selbst in die Kampfgesellschaft des Firvulag-Volkes aufgenommen werde!«

Die Menge heulte die rituelle Frage: »Wer ist er? Wer ist er?«

Der große Medor und der kleine Junge standen Hand in Hand. »Ich kenne ihn von der Zeit an, als er in der Wiege lag – wie ich vor ihm seinen Vater und den Vater seines Vaters kannte. Wir haben ihn mit seinen Brüdern und Schwestern in den Gassen und Winkeln von Hoch-Vrazel spielen sehen. In letzter Zeit haben wir ihn bei Festen und Zeremonien willkommen geheißen. Einige von uns sind seine Lehrer und Prüfer gewesen. Andere haben ihn ermahnt, wenn ihn jugendlicher Übermut gelegentlich von seinen Pflichten ablenkte.«

Die anderen Kinder in der Halle kicherten. Die Erwachsenen brüllten: »Wer ist er?«

»Sechs Jahre lang haben wir ihn mit seinem Kindernamen ›Dreckspatz‹ genannt. Aber heute abend wirft er ihn für immer ab, zusammen mit den anderen Zeichen kindlicher Abhängigkeit, und nimmt seinen wahren Namen an.« Medor stellte sich hinter den Jungen und legte die Hände auf dessen schmale Schultern. »Mit Vertrauen und Liebe nenne ich ihn: *Sharn-Ador! Tritt vor und manifestiere!*«

»Jetzt geht's los«, flüsterte Ayfa mit bebender Stimme. »O Göttin, hilf, daß er sich nicht blamiert!«

Medor zog sich zurück und ließ den Jungen in seiner Rüstung am Rand der Plattform allein. Sharn-Ador hob die Hände und begann, in einem pulsierenden grünen Licht zu leuchten. Sein Körper verlor seine humanoide Form, wechselte die Gestalt, wurde zu einer durchscheinenden smaragdgrünen Heuschrecke mit regenbogenfarbenen Flügeln und grimmigen, klappenden Kiefern. Er wuchs, bis er so groß wie der Oger hinter ihm war.

Die Menge röhrte: »Sharn-Ador! Slitsal! Slitsal! Slitsal!« Und dann verstummte sie. Die psycho-verstärkte Stimme des Jungen hallte in der Höhle wider.

»Ich stehe vor euch als ein Jüngling. Und um euch für euren Beifall zu danken, habe ich die Ehre, einen großen Triumph unserer Kampfgesellschaft zu verkünden! Der Held Betularn von der Weißen Hand und seine Stellvertreter Fouletot Schwarzbrust, Pingol der Haarige und Monolokee der Ekle haben in der feindlichen Stadt Roniah einen entscheidenden Sieg errungen!«

Das Publikum keuchte. Dann brach die Hölle mit Gebrüll und Jubel los. Der illusorische Grashüpfer sprang ausgelassen auf und ab, auf und ab und entging nur knapp den erbeuteten Bannern und vergoldeten Schädeln, die von den vielfarbigen Felsformationen der Höhlendecke hingen. »Wir haben sie geschlagen! Wir haben sie geschlagen!« zirpte der in seinen illusorischen Aspekt übergewechselte Junge.

Schließlich blieb er auf der Plattform stehen, gewann seine würdige Haltung zurück und meldete: »Vor noch nicht einer Stunde griffen unsere Krieger eine ihnen überlegene Streitmacht aus blutdürstigen Tanu-Rittern an und rieben sie vollständig auf! Und Beute! – Ich meine, die Begleiterscheinungen des Sieges schlossen eine umwerfend reichhaltige Sammlung aus verrückten Zukunftswaffen ein!« Das wurde mit Freudengeschrei begrüßt, aber das Kind dämpfte es: »Wartet, wartet, das ist noch nicht alles! Wir haben auch jenen gemeinen Schlächter Tony Wayland in unsere Gewalt bekommen! In diesem Augenblick machen sich Fouletot und Pingol bereit, dem Schurken die Arme und Beine auszureißen und ihm seine eigenen gerösteten Geschlechtsteile fressen zu lassen!«

Aaaaah! triumphierten die rachsüchtigen Gedanken der Menge.

Das Kind nahm seine natürliche Gestalt wieder an und verbeugte sich bescheiden. »Und was ich noch sagen möchte: Ich glaube, noch nie hat jemand einen so herrlichen Namenstag gehabt wie ich.«

»Slitsal, Sharn-Ador! Slitsal! Slitsal!«

»Mein Baby!« rief Ayfa, und die Augen gingen ihr über.

Plötzlich packte der König ihren Arm. »Große Göttin!« keuchte er. »Sieh nur!«

Der Beifall der Anwesenden verwandelte sich in Bestürzung. Der kleine Sharn-Ador stand wie angewurzelt vor Entsetzen und starrte zu den unbesetzten Zwillingsthronen am hinteren Ende der Plattform, vor denen sich ein sprühender goldener Nebel verdichtete.

In seiner Mitte stand ein kleiner Mann in einem ganz mit Taschen besetzten Anzug. Die juwelengeschmückten Gurte eines Energiepacks schlangen sich ihm um Schultern und Taille, und in einer Hand hielt er ein großes Schwert mit Diamantklinge. Mit der anderen winkte er dem paralysierten Kind.

»Ich habe noch ein Geschenk für dich, Junge.«

Sharn, Ayfa und Medor stürzten auf die Plattform, die Waffen erhoben, die Geister brüllende Wut. Sägezähnige Obsidianklingen trafen das goldene Männchen. Doch sie fuhren durch leere Luft, klirrten auf die Fliesen der Plattform und zerfetzten den Teppich. Aiken blieb unverletzt.

»Ihr Idioten«, sagte er. »Ich bin eine mentale Projektion.«

Die beiden Monarchen und ihr Großer Hauptmann wichen verwirrt zurück. Die Zuschauer standen stumm und starr. Der kleine Sharn-Ador piepste: »Was für ein Geschenk?«

Aiken schwang das Schwert.

Oooooh, summte die Monster-Horde.

Aiken sagte: »Ich will Tony Wayland, und ihr wollt das Schwert. Wir können ein Geschäft miteinander machen – aber nur, wenn Wayland vollständig unverletzt ist. Ihr solltet lieber mit euren Beauftragten in Roniah fernsprechen und dafür sorgen.«

König Sharn zeigte ein finsteres Gesicht, aber gleichzeitig kommunizierte sein Geist im intimen Modus.

Königin Ayfa sagte: »Es mag zutreffen, daß sich der Mörder Tony Wayland jetzt in unserm Gewahrsam befindet. Wenn ja, werden wir in Erwägung ziehen, ihn dir im Austausch für unser heiliges Schwert zu übergeben.«

»*Und* die zehn Bootsladungen Waffen, mit denen ihr davongekommen seid«, verlangte Aiken, »bevor die Patrouillen und Lord Neyals Recken den Arsch in die Rüstung bekamen und eure schleichende Diebesbande über den Fluß jagten.«

»Wir wissen nichts von irgendwelchen Booten und Waffen«, behauptete Ayfa frech. »Wir haben gehört, Roniah sei heute nacht von Geringen angegriffen worden. Aber das Firvulag-Volk steht wie immer treu zu dem Friedensvertrag.«

»Also *die* Taktik wollt ihr verfolgen?« Aikens Simulakrum wirbelte das schwere Schwert und füllte die Berghalle mit tanzenden prismatischen Lichtern.

»Hör zu, Aik!« sagte Sharn. »Du willst Wayland; er gehört dir! Du selbst fliegst das Schwert morgen, am ersten Tag des Waffenstillstands, zu Betularn. Er wird sich mit dir auf der Nordstraße treffen, zwei Meilen oberhalb von Roniah. Im Augenblick befindet er sich als Leiter einer friedlichen Forschungsexpedition im Herkynischen Wald. Dort wurde Wayland gefangengenommen.«

»Tony hat Katlinel der Dunkeläugigen eine andere Geschichte erzählt«, stellte Aiken fest.

»Geringe sind solche Lügner«, gab der Firvulag-König zurück.

Ayfa erklärte: »Wir verhandeln nur auf der Basis, daß keine Fragen gestellt werden. Wayland für das Schwert. Ja oder nein.«

»Oh, ich bin einverstanden«, sagte der kleine Mann. »Also morgen. Gegen Sonnenuntergang. Und keine Tricks, oder ihr werdet es bereuen.«

Ayfas Gesicht nahm den Ausdruck zynischer Fürsorglichkeit an. »Bist du ganz sicher, daß du den weiten Weg von Goriah mit diesem schweren Schwert fliegen kannst? Wir möchten nicht, daß du dich überanstrengst, mein Lieber.«

»Deine Rücksichtnahme ist rührend«, antwortete Aiken ernsthaft. »Aber ich glaube, wenn ich eine astrale Projektion durch anderthalb Kilometer festes Gestein aufrechterhalten kann, werde ich auch imstande sein, mich bei dem Flug irgendwie durchzuwursteln. Beim Großen Turnier sehen wir uns alle wieder.« Die goldene Gestalt begann zu flackern, wurde abrupt wieder fest, schritt zu dem kleinen Sharn-Ador hinüber und klopfte ihm mit der flachen Klinge kurz auf beide Epauletten. »Das hätte ich doch fast vergessen. Hiermit ernenne ich dich zum Tanu-Ritter ehrenhalber. Kämpfe mutig, Lord Ador der Heuschreck! Besuch mich irgendwann einmal, Junge – und viel Glück zum Namenstag.«

Damit verschwand der Tanu-König.

Alle versammelten Firvulag brüllten auf einmal los, die einen im Triumph, die anderen vor Entrüstung über das dreiste Benehmen des königlichen Feindes. Das Kind in der Rüstung wandte sich mit strahlendem Gesicht seinen Eltern zu.

»Vater! Mama! Habt ihr gesehen, was er gemacht hat?«

Ayfas und Sharns Augen trafen sich über dem Kopf ihres Sohns. »Ja«, antwortete der König finster. Er kniete nieder, umfing das Kind und rief: »Du wirst Rache nehmen für die Unverschämtheit dieser Akkolade! Aiken Drum ist der Feind, bestimmt, im Letzten Krieg unter meinem heiligen Schwert zu fallen, und du bist ein junger Krieger, der nicht durch müßige Gesten von seinem glorreichen Weg abgelenkt werden darf! Verstehst du das? Er ist der Widersacher. Sag, daß du dich an ihm rächen wirst!«

»Das werde ich!« rief das Kind. »Das werde ich!« Es drehte sich um und rannte von der Plattform, das Visier geschlossen, um seinen Kummer zu verbergen.

VEIKKO: Walter! Walter!

WALTER: ... Oh, Sohn. Geht es dir gut? Ich habe früher schon versucht, mit dir fernzusprechen, aber ich erhielt keine Antwort, und ich habe mir solche Sorgen gemacht.

VEIKKO: Hier war eine Menge los, das uns in Trab gehalten hat. Die Famurel-Firvulag griffen um 19.00 Uhr Camp Bettaforca an. Eine andere Abteilung überfiel heute morgen die Sturmtruppe. Einer der Bergsteiger wurde getötet, aber die anderen sind unverletzt. Sie haben sich mit Basil in Camp 1 getroffen und beabsichtigen, morgen mit dem ersten Licht zum Gipfel aufzubrechen.

WALTER: Sie interessieren mich weniger. Wie geht es dir und Irena? Deine Gedanken sind so schwach ...

VEIKKO: Nun, hier bricht bald die Morgendämmerung an, und die alte Sonne blendet mich allmählich aus. Aber mir geht es gut, und Rena auch.

WALTER: Gott sei Dank. Erzähl es mir!

VEIKKO: (Überspielung der Ereignisse.) Es war nur zu Beginn des Angriffs schlimm, als sie ein dichtgeschlossenes Metakonzert benutzten, um sich abzuschirmen und die psychoenergetischen Strahlen zu lenken. Die Elite-Goldenen und die Tanu-Ritter bekamen das meiste ab. Vier Menschen und ein Fremder fielen. Doch dann ließen die Gespenster die mentale Disziplin fahren und kämpften jeder für sich. Unsere Leute mähten sie mit den schweren Lasern wie Schilfgras nieder, als sie einmal den Vielfach-Schirm hatten sinken lassen. Keinem von uns Kindern wurde auch nur ein Haar gekrümmt. Der Kampf ist schon mindestens zwei Stunden vorbei, aber ich fühle mich ein bißchen taumelig – eine Reaktion auf die Gewalt, vermute ich. Ich habe bis jetzt gebraucht, um mich soweit zusammenzuraffen, daß ich dich anrufen konnte. Tut mir leid, daß du dir Sorgen gemacht hast.

WALTER: Ist schon gut. Hauptsache, du bist in Sicherheit.

VEIKKO: Wir müssen 60 oder 70 getötet haben. Die übrigen rannten einfach davon.

WALTER: Sind weitere Angriffe zu erwarten?

VEIKKO: Ochal, unser Tanu-Führer, sagt, die Firvulag werden jetzt, wo ihr Waffenstillstand begonnen hat, nicht mehr kämpfen. Von nun an sind wir sicher, glaube ich.

WALTER: Großartig.

VEIKKO: ... Daddy? Hast du es getan?

WALTER: Ja. Alex Manion und ich haben jeden einzelnen Laser zerstört. Wir holten uns Bum-Bums Schneidbrenner aus der Werkstatt und verbrannten sie zu Schlacke. Die Ersatzteile haben wir auch geschmolzen. Du kannst dem kleinen König sagen, daß er sich keine Sorgen über einen Angriff mit Röntgenstrahlen-Lasern zu machen braucht. Ich wünschte nur, wir wären an den Rest der Waffen herangekommen. Aber sie sind zu nahe an dem Raum mit der gehirnverstärkenden Ausrüstung gelagert. Da gibt es zu viele Sensoren.

VEIKKO: Hat ... hat Marc es schon gemerkt?

WALTER: Darüber mach dir keine Gedanken, Sohn. Als wir mit den Lasern fertig waren, habe ich Kyllikkis Autopiloten zerstört. Auf unserm Weg braut sich eine ganze Kette von Unwettern zusammen. Marc wird mich nicht töten und dadurch Gefahr laufen, daß das Schiff sinkt. Nicht mit der gehirnverstärkenden Ausrüstung an Bord.

VEIKKO: Marc könnte Schlimmeres tun als dich töten. Ich kann nicht vergessen, wie er Hagen in einen Fisch verwandelte und mit ihm spielte!

WALTER: Das hat er nicht wirklich getan.

VEIKKO: Dann war es eine Illusion. Aber Hagen hat von dem Haken immer noch eine Narbe am Mund. Psychosomatisch. Das ist *schlimmer*.

WALTER: Du sagtest, die Sturmtrupps seien bereit, Camp 1

zu verlassen. Wie lange wird es dauern, bis sie die Flugmaschinen erreichen?

VEIKKO: Wenn alles gut geht, etwa drei Tage. Ich halte dich auf dem laufenden. Jetzt ... den anderen die großartige Neuigkeit mitteilen ... wenn ich an das Risiko denke ... Sorgen ... wie du ...

WALTER: Der Empfang wird schlecht, Sohn. Ruf dich später wieder an. Ende.

Walter Saastamoinens Augen richteten sich wieder auf die Gegenstände seiner näheren Umgebung und wanderten kurz zu der Windanzeige, dann zu dem Seeüberwachungsgerät. Unheilverkündende hohe Zirruswolken streiften den nördlichen Horizont, aber sonst war es ein wunderschöner sonniger Morgen auf dem Nordatlantik.

»Ich gratuliere dir zum Überleben deines Sohns«, sagte Marc.

Walter nickte. »Du bist doch wohl nicht mit einem D-Sprung auf der Bildfläche erschienen und hast den Kindern geholfen?«

»Das Basislager war angemessen verteidigt. Sie brauchten meine Unterstützung nicht. Zuvor habe ich dazu beigetragen, daß dem anderen Firvulag-Flügel eine Lawine um die Ohren flog – die Abteilung meine ich, die die Sturmtrupps bedrohte.«

»Das war freundlich von dir. Nur frage ich mich, warum du dir die Mühe gemacht hast.«

»Es erfordert Mumm, diesen Gipfel zu stürmen. Ich hege eine gewisse Bewunderung für Leute mit ungebrochenem Mut.«

Walter lächelte und beobachtete das Meer. »Ist das der Grund, warum du mich am Leben gelassen hast?«

Marc antwortete nicht.

»Aber du hast trotzdem ein Exempel an mir statuiert. Ich bin neugierig. Gibt es einen Grund, warum du diese ... diese besondere Art der Disziplinierung gewählt hast?«

»Wir sind auf einem Schiff«, erwiderte Marc, »und ich erinnerte mich an die Geschichte von der kleinen Seejungfrau. Sie bestand darauf, ihr Volk zu verlassen, und zahlte einen hohen Preis dafür – wie du. Die Seejungfrau wollte lieber Beine als ihren Fischschwanz haben, und der Wunsch wurde ihr gewährt. Aber wenn sie ging, meinte sie immer, auf unsichtbare Messer zu treten.«

Die Brückentür öffnete sich, und Steve Vanier kam herein. »Acht Glas und alles wohl! Ich löse dich am Steuer ab, Skipper. Wie geht's, Marc? Bist du so weit, daß du einen von uns auf einen Sprung mitnehmen kannst?«

»Noch nicht ganz, Steve. Ich möchte den Risikofaktor so klein wie möglich halten.«

Vanier studierte die Instrumente und runzelte die Stirn. »Der Autopilot ist ja schon wieder kaputt.«

Walter sagte: »Leider ja, Steve. Halte bei der manuellen Steuerung einfach den bisherigen Kurs.«

»Aye-aye, Sir.«

Marc fragte: »Soll ich dir in deine Kabine helfen, Walter?«

»Ich wüßte es zu schätzen«, gab Kyllikkis Herr zurück. Sich schwer auf Marc stützend, humpelte er zur Tür. Er trug nur dicke wollene Socken an den Füßen und hinterließ eine Spur von dunklen Flecken auf dem Deck.

Bei Vaniers entsetztem Ausruf grinste er. »Biß von einer gottverdammten Seejungfrau. Weck mich, wenn der Wind stärker als dreißig Knoten wird, und bitte Arne-Rolf nicht erst, den Autopiloten zu reparieren. Wenn ich etwas kaputtmache, bleibt es kaputt.«

13

Ein weiteres Unwetter traf den Monte Rosa am dritten Tag des eigentlichen Angriffs auf den Gipfel. Glücklicherweise waren die Bergsteiger rechtzeitig vorher von Elizabeth, die sie fast ständig mit ihrer Fernsicht verfolgte, gewarnt worden. Geführt von Basil, brach die aus sieben Mann bestehende Gruppe vor Sonnenaufgang von Camp 2 auf und stieg in den Ausläufern der mittleren Zacke bei täuschend schönem Wetter aufwärts. Abgesehen von der Höhenkrankheit, unter der beide Tanu zu leiden begannen, verlief die Tour ereignislos. Als die Bergsteiger den oberen Bettaforca-Gletscher überquerten, türmten sich gewaltige Kumuluswolken über dem alabasternen Breithorn im Westen auf. Die Luft war voll von statischer Elektrizität, die die Kopfhaut prickeln und die Halsringe seltsame, summende Melodien als Kontrapunkt zu dem Gewummer des heranziehenden Gewitters singen ließ.

Sie hatten es sich kaum in den beiden Dekamol-Hütten von Camp 3 bequem gemacht, als ein titanischer Blitz, rötlich in der zunehmenden Dunkelheit, auf den Gipfel des Monte Rosa niederfuhr. Die Mehrzell-Struktur des Dekamols isolierte ausgezeichnet – eine Tatsache, für die sie während der nächsten Stunde von Herzen dankbar waren, während ein Feuerwerk von überwältigender Heftigkeit das Bergmassiv bis in seine Grundfesten zu erschüttern schien. Dann prasselte Hagel nieder, gefolgt von dichtem Schneetreiben, und der Wind verstärkte sich zum Hurrikan.

Aber Camp 3, 7039 m hoch, schmiegte sich ins Lee einer Felsspalte, und die sieben Leute im Innern waren sicher und hatten es warm. Von Ochal dem Harfner kam mittels Fernsprache die beruhigende Nachricht, daß es Taffy Evans und Magnus gelungen war, Stan und Phronsie in Sicherheit zu bringen. Die Verringerung der Höhe hatte Stan mit seinem Ödem Erleichterung verschafft, und Magnus war zuversichtlich, daß der frühere Sternenflotten-Offizier sich schnell genug erholen werde, um eine der Flugmaschinen zurück nach Goriah zu fliegen. Phronsies erfrorene Füße reagierten auf die Behandlung. Dr. Thongsas Leiche war geborgen und unter einem Steinmal bestattet worden. Ochal redete dem Sturmtrupp zu, sich zu beeilen, denn von dem Proviant in Camp Bettaforca wurden sogar die eingepökelten Schnecken knapp.

Spät in dieser Nacht, als der Sturm sich beinahe ausgeblasen hatte, rief Elizabeth Bleyn den Campion in Camp 3.

ELIZABETH: Hörst du mich, Bleyn?

BLEYN: Ja, Elizabeth. Ich habe noch nicht geschlafen, und Aronn auch nicht. Aber die Menschen in der zweiten Hütte schnarchen so laut, daß sie fast das Heulen des Sturms übertönen.

ELIZABETH: (Gedankliches Lächeln.) Dann geht es ihnen allen gut?

BLEYN: Basil ist ein Wunder an Kraft. Ookpik, Bengt und Nazir sind müde, aber fit. Der eine, der Mr. Betsy genannt wird, beschwert sich lautstark bei jeder Gelegenheit, scheint jedoch an Durchhaltungsvermögen nur Basil nachzustehen.

ELIZABETH: Und ihr Tanu?

BLEYN: (Unpäßlichkeit.) Aronn und ich leiden beide unter heftigen Kopfschmerzen, Kurzatmigkeit und Muskelschwäche. Basil meinte, unsere langen Körper hätten sich der großen Höhe nicht so bereitwillig angepaßt wie die der Menschen. Wir versuchen, zusätzliche Mengen an Flüssigkeit zu uns zu nehmen, und redigieren uns gegenseitig während der ganzen Nacht.

ELIZABETH: (Sorge.) Wäre Schlaf nicht heilsamer?

BLEYN: Du weißt, daß wir Tanu von Natur aus weniger Schlaf brauchen als eure Rasse. Wir fühlen uns viel wohler, wenn wir wach sind, denn dann können wir unsere Atmung bewußt beschleunigen und den Folgen des Sauerstoffmangels entgegenwirken.

ELIZABETH: Nun ... seid vorsichtig. Man hat mir gesagt, daß die Höhenkrankheit bei den Menschen die Starken ebenso wie die weniger Gestählten befallen kann. Zweifellos trifft das auch auf Tanu zu.

BLEYN: Morgen erreichen wir den höchsten Punkt unserer Reise. Wir werden es schon aushalten ... Hast du die Route für uns ausgewählt? Ich habe die Karte vor mir liegen und kann sie einzeichnen.

ELIZABETH: (Bild.) Anscheinend ist der schneebedeckte Grat oberhalb von Camp 3 immer noch der beste Zugang zum Paß. Nach dem Sturm wird der Schnee höher liegen, und ihr werdet weich und langsam gehen. Sag Basil, im Sattel des Passes haben sich gefährliche Wächten gebildet, so daß er diese Route nicht mehr benutzen kann. Ihr werdet das hartgefrorene Schneefeld am Fuß der Westwand des Monte Rosa überqueren müssen. Das bedeutet leider eine zusätzliche Kletterpartie, aber dabei werden nur rund 400 Meter gewonnen.

BLEYN: Dann sind es 8210! Die Göttin steh uns bei! Schon bei dem Gedanken brennt mir der Atem in der Lunge.

ELIZABETH: Aber von da an geht es die ganze Zeit bergab – und das bei gutem Wetter. Ihr müßtet nun wenigstens drei Tage lang klaren blauen Himmel haben.

BLEYN: Wenn Tana will, haben wir eine gute Chance, die Flugmaschinen schon morgen zu erreichen. Hat der Sturm sie begraben?

ELIZABETH: Sie sind immer noch deutlich sichtbar. Nur ganz wenig von Schneewehen versteckt.

BLEYN: Etwas ist versteckt. Geh's suchen! Such es hinter diesen Bergen ... (Gelächter.)

ELIZABETH: (Angst.)

BLEYN: Nein – das ist nur ein dummes Gedicht, das Basil zitiert hat, eine menschliche Glorifizierung von Abenteuern wie diesem. Ich finde das Gedicht und die Einstellung, die es preist, unbegreiflich. Aber von den fünf Menschen in unserer Gruppe hat nur Mr. Betsy soviel Verstand, daß er unsere Reise an diesen schrecklichen Ort verabscheut. Die anderen erregt die Aussicht, den Berg zu erobern! – Sag mir, Elizabeth, ist es wahr, daß Menschen in eurer Zukunftswelt solche Gipfel rein zum Sport besteigen?

ELIZABETH: Vollkommen wahr.

BLEYN: Wie sollen wir eure Rasse jemals verstehen!

ELIZABETH: Wenn ich es dir sagte, würdest du es nicht glauben.

Am Morgen fühlten sich Bleyn und Aronn besser. Basil kehrte zu dem ursprünglichen Plan zurück, in zwei Gruppen aufzusteigen. Er, Betsy und Bleyn brachen zuerst auf; Ookpik, Bengt, Nazir und Aronn folgten fünfzehn Minuten später. Der Schnee auf dem Grat war knietief und sehr weich, nachdem die erste Morgensonne sich mit ihm beschäftigt hatte. Basils Team pflügte drei mühsame Stunden voran und brach Bahn. Dann kam Ookpiks Gruppe an die Reihe. An einigen Stellen sanken die Menschen fast bis zum Gürtel ein, aber den langbeinigen Tanu machte die Anstrengung viel mehr zu schaffen. Vor allem Aronn war aschgrau im Gesicht und zeigte verlangsamte Reaktionen. Ookpiks einfachste Befehle verwirrten ihn, und nur mit Mühe hielt er das mäßige Tempo ein, das die Menschen in dem Team bestimmten.

Gegen Mittag hatten die Bergsteiger fast die Höhe des Westpasses erreicht. Basil ordnete eine Lunch-Pause in einer geschützten Schneesenke an.

»Seht ihr das nebelhafte Glitzern vor uns?« Er wies den Hang hinauf. »Das ist der Wind, der durch den Paß bläst, und es bedeutet das Ende dieses scheußlich weichen Zeugs. Allerdings fürchte ich, wir werden ... ah ... unsere Kräfte zusammennehmen müssen, wenn wir das Schneefeld oben am Hang überqueren. Das Stück ist kurz, aber möglicherweise sehr schwierig, bis wir auf die Nordflanke hinunter und aus dem Venturi-Effekt des Windes kommen. Was wir jetzt brauchen, ist gutes warmes Essen und reichlich zu trinken. Suppe und süßen Tee. Die Dehydrierung ist einer unserer tödlichsten Feinde. Sie verstärkt die Erschöpfung und die Überhitzung und die Höhenkrankheit und alles andere, was an unseren Körpern zehrt.«

»Am schlimmsten leide ich, wenn ich in den Spiegel sehe«, beklagte sich Mr. Betsy. »Meine arme Nase und meine Wangen hängen vom Sonnenbrand in Fetzen!«

Ookpik schob ihm einen tragbaren Kocher und einen großen Dekamol-Topf zu. »Geh und schmelze Schnee und erspare uns das Gemeckere! Dann gebe ich dir auch von meinem Nashornschmalz ab. Es ist nur ein kleines bißchen ranzig.«

»Iiih!« schrie Betsy und entfloh.

Basil winkte Bleyn und führte ihn von den anderen weg. »Ich mache mir rechte Sorgen um Aronn. Sein Zustand scheint sich zu verschlechtern.«

»Das ist mir auch aufgefallen.« Der Blick des Champions suchte seinen Gildenbruder, der apathisch vor einem infraroten Heizgerät saß und in einer behandschuhten Hand achtlos einen Schokoladenriegel hielt.

»Wir müssen uns auf dem Hang anseilen«, sagte Basil. »Es mag dort ein paar steile Eisstufen geben, und der Wind wird heftig sein. Ich fürchte, es kommt überhaupt nicht in

Frage, daß Aronn weiter den Schlußmann von Ookpiks Team macht. Wenn er fällt, reißt sein großes Gewicht die anderen drei los. Sie würden die glatte Bahn in den Schoß des Passes hinunterrutschen, vielleicht mehr als tausend Meter tief.«

»Sehr wahrscheinlich«, pflichtete der Tanu ihm bei.

»Ich habe schon Bergsteiger mit Aronns Symptomen gesehen«, fuhr Basil fort. »Und ich muß dir sagen, es besteht die Gefahr, daß dein Freund den Verstand verliert. Er könnte in Panik oder in Euphorie geraten, und dann wirft er plötzlich seinen Eispickel fort oder fängt an zu tanzen. Bist du imstande, ihn durch deinen goldenen Reif unter Kontrolle zu halten?«

»Ich kann ihn koerzieren, gewiß. Aber Aronn ist ein ausgezeichneter Psychokinetiker, und falls er verrückt wird, könnte er den von mir ausgeübten Zwang durchbrechen. Wenn Personen meiner Rasse unter mentalen Störungen leiden, brauchen sie eine Redigierung, keine Koerzierung – und das bißchen, was ich von diesem Talent besitze, brauche ich, um mich selbst am Leben zu erhalten. Dann ist da noch ein anderes Problem. Obwohl ich Aronn normalerweise im Koerzieren überlegen bin, kann er zeitweise stärker sein als ich, sofern er von irrigen mentalen Impulsen stimuliert wird.«

Basil sagte: »Wir können Aronn nicht hier zurücklassen, und wir können nicht umkehren. Sind wir einmal über den Paß, können wir ihn für den Weg nach unten in einen Dekamol-Schlitten setzen. Aber erst muß er es irgendwie über dies Schneefeld schaffen. Ich schlage vor, wir versetzen Betsy an Ookpiks Seil. Du und ich machen Aronns Seilgefährten. Wir bahnen den Weg, und ich werde überall für ... ah ... bombensichere Schlosserarbeit sorgen.«

»Aronn wiegt fast einhundertachtzig eurer Kilos. Würde dich das nicht in beträchtliche Gefahr bringen? Ich selbst bin sehr geschwächt. Ich glaube nicht, daß ich es fertigbrächte, Aronn mit meiner Psychokinese zu halten. Es müßte mit Muskelkraft geschehen.«

»Wir nehmen ihn zwischen uns ...«

»Und wenn wir alle drei abstürzen«, erklärte Bleyn unverblümt, »wer soll dann die anderen zu den Flugmaschinen führen? Vergiß nicht, Ookpik ist im Bergsteigen längst nicht so erfahren, wie es Thongsa war. Die vom König erhaltenen Befehle verpflichten mich, die Flugmaschinen um jeden Preis zu bergen.«

Basil blieb fest. »Wir werden Aronn nicht im Stich lassen.«

»Nein«, stimmte Bleyn leise zu. »Aber *du* wirst die anderen in einem Fünf-Mann-Team führen, und ich und mein Gildenbruder werden an einem zweiten Seil folgen. Wir wollen unsere Hoffnung auf Tana setzen. Stürzen wir ab, ist es ihr Wille.«

Basil sagte: »Wenn ihr abstürzt, gelangen wir Menschen an die Flugmaschinen, ohne daß ein Tanu-Oberherr uns zu etwas zwingen kann. Wie wollt ihr wissen, ob wir uns nicht ein Schiff nehmen und in die Freiheit fliegen? Weder ihr noch der König könnte uns auf große Entfernung koerzieren.«

»Es ist nicht notwendig, euch zu koerzieren. Ich habe gesagt, es sei unmöglich, euch Menschen zu verstehen – aber ich habe mich geirrt. Ich verstehe euch gut genug, Basil, um überzeugt zu sein, daß ihr tun werdet, was ihr versprochen habt, ob Aronn und ich am Leben bleiben oder nicht.«

Der Professor nickte verlegen. »Dann geht das in Ordnung. Sollen wir jetzt aufbrechen?«

Der Wind kreischte. Sein Kältefaktor, so schätzte Basil, lag wahrscheinlich bei mehr als minus sechzig Grad Celsius. Er spürte, wie sein Gesicht innerhalb der reifbesetzten Pelzkrause seiner Anorak-Kapuze erstarrte. Bei jeder Stufe, die er in das zähe weiße Eis schlug, wurden seine Finger tauber. Er senkte eine Eisschraube ein, machte sie fest und sagte: Gesichert! Weiterklettern.

Ookpik sagte: Ich klettere. Er schwang sich behende über die frisch ausgehauenen Tritte und verankerte dann sich selbst. Solange Ookpik gesichert war und ihn ein Absturz des Führers nicht mitreißen würde, hackte Basil weitere Stufen und überwand sie mit seinen Eissporen. Dem sich über den steilen Hang verlängernden Pfad folgten am Seil Bengt, dann Nazir, dann Betsy, und etwa zehn Meter weiter hinten kamen die beiden Tanu. Der Abstand wurde immer größer.

Basil schwang seinen Eispickel im Rhythmus seines sich abquälenden Herzens. Es machte seinen Lungen Mühe, der dünnen, kalten Luft Sauerstoff zu entziehen, und der Schmerz trieb ihn zu noch größerer Anstrengung an. Schneller! Er arbeitete, bis das von Ookpik gesicherte Seil zu Ende war, und beeilte sich, so sehr er es wagte. Denn allein Geschwindigkeit brachte sie aus dem kreischenden Wind, in dem sie langsam erfroren. Basil wußte es, und Bleyn der Champion wußte es auch. Die anderen fühlten sich so schwach und elend, daß es sie nicht mehr kümmerte.

Basil sagte: Wie geht es Aronn Bleyn?

Bleyn sagte: Schwach sehr schwach halbbetäubt aber kein Wahnsinn TanaseiDank er reagiert auf meine Koerzierung.

Basil sagte: Wir steigen jetzt ab. Steiler steiler Hang aber nahe dem Ende vielleicht 200 Meter weiter zu sicherer Platte. *Hört ihr alle?* Jetzt nicht mehr weit!

Ein paar Geister antworteten mit formlosen Übertragungen.

Der Wind kreischte.

Basil hackte Stufen.

Die Linie aus fünf kleinen und zwei größeren Gestalten zog sich schräg über den glänzenden weißen Hang oberhalb des Passes nach unten. Die Luft war von leuchtender Klarheit. Keine Wolke trübte den azurblauen Himmel. Hoch über ihnen bildete der Monte Rosa einen Monolithen von herzzerreißender Reinheit. Das letzte Unwetter hatte fast die ganze Westwand mit frischem Schnee getüncht.

Ein jungfräulicher Berg! dachte Basil. Die jungfräuliche Königin der Berge, vielleicht der höchste Gipfel, den die Erde je geboren hat. Du wirst mein werden. Du wirst ...

Er hackte Stufen.

Plötzlich gerieten sie von neuem in ein Gebiet wirbelnden leichten Schnees. Sie näherten sich einer Felswand, über der eine wellige Wächte hing. Das Kreischen des Windes mäßigte sich zum Heulen, zu einem Stöhnen, einem Schluchzen. Basil schlug eine letzte Stufe in das mürbe, dünn mit Schnee bedeckte Eis des gefährlichen, im Winkel von fünfundvierzig Grad abfallenden Hangs. Die Wächte schwebte über ihm und sah so fest aus wie weißer Plasbeton. Aus ihrem Fuß ragte grauer Fels, überzogen von transparentem Eis. Zwei Meter weiter war Basil imstande, um die Schulter des Vorsprungs auf die Nordwand des Berges zu blicken.

Die inneren Helvetiden, die Alpen des Pliozän, erstreckten sich in gezackten Wogen bis zum Horizont. Von hier aus ging es abwärts.

Er sagte: Sichert euch! Kommt hierher! Wir haben es geschafft Leute!

Von den Menschen kamen schwache jubelnde Gedankenrufe. Ookpik tauchte aus dem glitzernden Oberflächen-Blizzard auf, dann Bengt, der breit grinste. Nazir erreichte den sicheren Ort mit qualvoller Vorsicht und murmelte ein Dankgebet an Allah. Betsy hackte wacker an der letzten Stufe herum, um den bröckelnden Tritt zu verbessern.

Basil rief: Bleyn?

Ich bin hier.

Basil sagte: Komm! Es sind keine zehn Meter mehr.

Bleyn sagte: Ich bedauere außerordentlich.

Durch ihre Reifen empfingen die Menschen ein Bild: Ein großer Körper, der auf schräger, gleißender Weiße halb kniete. Mit Eissporen versehene Füße waren unsicher in zwei kleinen Löchern verkeilt. Die über den Kopf erhobenen Arme umfaßten die Schäfte des ins Eis getriebenen Pikkels und der Spitzhacke. Von dem Gurt um die Taille ging ein straffgespanntes Seil aus. An seinem Ende, fünf Meter weiter unten, lag eine zweite Gestalt auf dem glatten Eis. Sie rutschte Zentimeter um Zentimeter tiefer, wie die Hände des ersten Mannes von den Schäften seiner Werkzeuge abglitten.

Basil schrie: AlleGehirnevereint! HALT FEST BLEYN!

Sie alle wünschten es, beschworen ihn: HALT FEST BLEYN!

Bleyns gebeugte Knie stemmten sich gegen die Schwerkraft, gegen den Zug von Aronns totem Gewicht. Seine kraftlosen Hände umklammerten die Schäfte. Er mühte sich in die Höhe.

HALT FEST BLEYN! HALT FEST!

Langsam, den einen Arm abgewinkelt, riß Bleyn den unsicher verankerten Eispickel los. *Ping!* Bleyn holte aus und trieb die Spitze von neuem ins Eis. Sie hielt.

Basil sagte: Ookpik sichere mich *sorgfältig!* HALT FEST BLEYN ICH KOMME!

Die anderen sagten: HALT FEST BLEYN HALT FEST!

Ookpik sagte: ImFelsgesichert. Losloslos!

Basil sagte: Ich klettere klettere. HALT FEST BLEYN!

Bleyn sagte: Ich bedauere außerordentlich. Ich kann nicht festhalten.

Ookpik sagte: Hastduihn Basil hast du ihn? HALTEFESTHALTEFESTHALTEFEST ...

Bleyn stürzte ab.

Basil schrie: *Halthalthalt!*

Er stürzte ab.

Die drei Körper schossen das Eis hinunter, gewannen an Geschwindigkeit, hielten mit einem krachenden Ruck an, als sie ans Ende von Basils Seil kamen. Der Professor hob seinen verletzten Kopf und grinste zu Ookpik hoch. »Sie scheinen beide bewußtlos zu sein«, rief er, »aber ich habe sie.«

»Und ich habe dein Seil schnell an dem Windenkabel befestigt«, triumphierte Mr. Betsy. »Ich kann dich jederzeit hochziehen, wenn du bereit bist, Liebling.«

Basil sagte: O Gott *sofort* du Blödmann!

»Tsk, tsk«, rügte Betsy ihn und schaltete den Mechanismus ein.

Nachdem sie sich ausgeruht und ein bißchen erholt hatten, begannen sie den Abstieg. Anfangs ging es langsam mit den beiden auf Schlitten gebundenen Tanu. Doch dann fanden sie die breite Rinne einer niedergegangenen Lawine, und Basil sagte: »Alles an Bord, wir nehmen die Abkürzung!« Er zeigte den anderen, was sie zu tun hatten, jedem das, was seinem Können entsprach, und schickte sie rutschend und gleitend und rodelnd mehr als tausend Meter bergab, wobei es viel Geschrei und Gekreisch gab. Und als sie sicher unten waren, kam er in Schußfahrt auf den Sohlen seiner Stiefel hinterher und sandte ein gewaltiges Freudengebrüll in den Äther, das nicht nur Elizabeth und ihre Kollegen auf der anderen Seite des Berges, sondern sogar den König im fernen Goriah erreichte.

Und Aiken sagte: Gut gemacht!

Nach langer Pause sagte Basil (diesmal über Elizabeth als Relais): Danke Sir.

Aiken sagte: Wie ich hörte mußten Bleyn und Aronn hinuntergetragen werden.

Basil sagte: Sie erholen sich in einer der reaktivierten Flugmaschinen Hochkönig. Ihre Klimaanlage liefert die Meereshöhe entsprechende Sauerstoffkonzentration. In einem oder zwei Tage müßten sie wieder ganz gesund sein.

Aiken sagte: Gut gut. Ihr habt also einen Flieger ohne große Schwierigkeiten in Gang bekommen?

Basil sagte: Mehrere sind leicht zugänglich. Ihre Generatoren müssen natürlich neu mit destilliertem Wasser aufgeladen werden, und bei einigen wird es noch Arbeit kosten sie von den Schneewehen zu befreien. Ernstere Probleme sind nicht zu erwarten.

Aiken sagte: Kaleidoskopisch! Dann ist alles in Ordnung ...

Basil sagte: Ja.

Aiken sagte: Nenn deine Belohnung!

Basil sagte: Einen Tag Ruhe. Dann möchte ich während die anderen mit der Luftbrücke und der Reaktivierung weitermachen den Gipfel des Monte Rosa besteigen. Allein. Wenn ich drei Tage später nicht zurückgekehrt bin geht davon aus daß ich dabei umgekommen bin. Niemand darf sein Leben oder diese Flugmaschinen in sinnlosen Rettungsmanövern riskieren. Dies ist die einzige persönliche Bitte die ich an dich habe.

Aiken sagte: Sie ist gewährt.

Phronsie Gillis legte ihre Buchplatte mit dem Titel *Grey Lensman* weg und blickte aus dem Steuerbord-Bullauge der alten Nummer Eins auf den dichter werdenden Schneesturm. »Ach du grüne Neune, seht euch den Schnee an! Wenn es oben auf dem Berg auch so schneit, ist der arme Basil inzwischen schon steifgefroren. Er wird verrecken wie ein Chinese.«

Miss Wang hob den Kopf von ihrer Fêng-huang-Strickerei und beklagte sich: »Ich wünschte, du würdest weniger beleidigende Redensarten benutzen.«

»Süße«, gab Phronsie zurück, »ich habe Beleidigungen für jede Rasse, ethnische Gruppe, Religion und sexuelle Orientierung zur Hand. War nicht auf dich gemünzt.«

Miss Wang ließ den Kopf hängen und schnüffelte. »Basil war ein guter Führer. Er wird mir fehlen.«

»Uns allen.« Stan Dziekonski klatschte seine Karten auf den Navigator-Tank. »Gin.«

Die drei anderen Kartenspieler legten mißmutig ihre Blätter hin. »Kannst du gar nichts mit deiner Fernsicht erkennen?« wandte sich Ookpik an Bleyn.

Der Champion schüttelte sein großes blondes Haupt. »Nicht bei dem Sturm. Wenn Elizabeth sich vergeblich bemüht, Basil aufzuspüren, wie kann dann ich auf Erfolg hoffen? Und auf unsere telepathischen Rufe kommt keine Antwort.«

»Wir warten schon länger, als ausgemacht war«, erinnerte Ochal der Harfner sie. »Wir müssen starten.«

»Zur Hölle mit dem, was ausgemacht war!« Phronsie ohrfeigte die Konsole von Nummer Eins mit ihrem Buch. »Du fliegst mit Stan und Ooky in Nummer Zwei ab, Lord Harfner, und läßt uns noch einen Tag hier. Bleyn wird nichts dagegen haben – nicht wahr, Champ?«

Bleyn antwortete: »Beide Schiffe müssen starten, Phronsie. Wir sind die letzten, und Basil hat die Bedingungen selbst festgesetzt.«

»Das hat er«, sagte Wang mit dünner, kläglicher Stimme. Sie wischte sich die Nase am Ärmel ab, ließ sich auf dem Platz des Piloten nieder und begann sehr langsam mit den Startvorbereitungen. »Phronsie, bitte, gib mir die Energie-Anzeigen durch!«

Die anderen stießen alle zugleich den angehaltenen Atem

aus. Stan meinte: »Nun, dann gehen Ooky und Lord Harfner und ich besser zu Zwei zurück.«

»Ja«, sagte Bleyn. »Auf Wiedersehen in Goriah.«

Die drei, die gehen wollten, setzten ihre Kapuzen auf, zogen die Reißverschlüsse ihrer Anoraks zu und stopften ihre Hände in Fausthandschuhe. Sie schlurften zur Bauchluke. Als Wang sie öffnete, stöhnte der Wind ein Klagelied.

»Die Rhofeld-Generatoren sehen gut aus«, meldete Phronsie. »Klimaanlage an. Luke geschlossen.«

Miss Wang unterdrückte einen Seufzer. »Rho-Energie ins Außennetz! Flügel ganz zurück! Fertig zum Abheben!«

Phronsie erkundigte sich über den Kommunikator: »Seid ihr sicher in Zwei angekommen?«

»Bestätigung«, antwortete Ookpik. »Und Lord Harfner hat, solange wir draußen waren, noch einmal nach Basil gesucht. Absolut nichts. Aber Basil ist, wo er sein wollte.«

»Der verdammte Idiot könnte es so geplant haben«, brummte Phronsie. »Das würde mich kein kleines bißchen wundern ... Oh, um Gottes willen, hauen wir hier ab, Wang!«

Auf der höchsten Spitze des Monte Rosa saß Basil sicher in seiner Schneehöhle, bis das Brüllen des Sturms erstarb. Dann nahm er seine Vitredur-Schaufel und grub sich aus. Der Himmel über ihm war samtschwarz, bestäubt mit zartgefärbten Sternen. Eine große Wolkenbank deckte die Welt unterhalb 8000 Metern zu. Fern im Westen verschwanden zwei purpurne Streifen wie sterbende Meteoriten auf ihrer Bogenbahn hinter dem Proto-Matterhorn.

Basil setzte sich auf einen festen Schneehaufen und streckte die Beine mit äußerster Vorsicht aus. Es kamen knisternde Geräusche von seinem linken Schienenbein und seinem rechten Knöchel. Sterne, die nicht dem Kosmos angehörten, tanzten kurz vor seinen Augen, und er stieß geräuschvoll die Luft aus. Die zerrissenen Knie von Hose und Unterhose waren schwarz von gefrorenem Blut. Er war die letzten zwei- oder dreihundert Meter nach dem Sturz gekrochen. Das war eigentlich ganz leicht gegangen, aber der körnige Schnee hatte wie Glasscherben seine Kleidung zerfetzt, und er hatte sich eilends eingraben müssen, bevor der Blizzard zuschlug.

Er drehte sich langsam im Kreis und betrachtete seine Welt. Sein Atem erzeugte Eisnebel, die ins Leere davontrieben, ein Wölkchen dem anderen in immer kürzeren Abständen folgend. Die warnende Beklemmung seiner Brust wurde jedesmal, wenn er die Lungen füllte, stärker.

Er war sehr glücklich.

Die überwältigende Kälte stach nach seinen ungeschützten Augen. Er schloß sie, und sofort wurde ihm wärmer. Er sagte: »Vulgo enim dicitur: iucundi acti labores.«

Cicero, stimmt's?

»Ganz richtig. ›De Finibus.‹«

Die guten Patres in New Hampshire hatten große Mühe, uns Latein einzupauken, aber ich glaube, ich bringe es noch zusammen: »Allgemein wird gesagt, daß vollbrachte Arbeiten köstlich sind.« Ein angemessenes Gefühl, aber eins, das mir persönlich fremd ist.

Basil öffnete die Augen und sah eine dunkle Gestalt, sehr hoch und annähernd menschenförmig, vor ihm im Schnee stehen.

»Hallo, du da«, sagte der Professor. »Ich nehme wenigstens an, daß du es bist. Das heißt, wenn es sich nicht um eine hypothermische Halluzination handelt.«

Die Gestalt glitt näher heran und strömte eine Kälte aus, die noch durchdringender war als die der Hochalpennacht.

Du mußt entschuldigen, daß ich in meiner Rüstung bleibe.

»Durchaus verständlich. Ich nehme an, du hast unsere Bemühungen verfolgt.«

Vor allem deine.

»Ah. Nun, jetzt bin ich erledigt.«

Du hast vor, hier zu sterben?

»Es scheint kaum eine Alternative zu geben.«

Ich könnte dir eine anbieten.

»Wie merkwürdig«, murmelte Basil. »Erzähl mir davon!«

Ich habe mit meiner Fähigkeit zum D-Sprung experimentiert und gelernt, Dinge außerhalb dieser Rüstung, die meinen Körper umschließt, mitzunehmen. Das ist eine Sache der mentalen Erzeugung eines Ypsilonfeldes, verstehst du.

»Wie bei einem überlichtschnellen Sternenschiff?«

Genau. Ich habe meine Kapazität auf 75 Kilogramm träger Masse gesteigert. Jetzt bin ich bereit zu dem Versuch, etwas Lebendiges zu teleportieren. Natürlich könnte ich ein Tier nehmen.

Basil nickte einsichtsvoll. »Oder mich.«

Das Risiko ist beträchtlich. Ich habe noch keine Gelegenheit gehabt, ein Lebewesen in dem externen Feld zu transportieren. Du würdest sozusagen außerhalb des Sternenschiffes mitfliegen. Theoretisch müßte es klappen.

»Was muß ich tun?«

Wenn du es fertigbringst, stell dich auf die Füße und komm so nahe wie möglich an den Apparat heran, ohne ihn zu berühren!

Basil tastete umher und fand die Schaufel. »Ich muß auf meinem gebrochenen Knöchel balancieren. Das linke Bein ist geschient. Du mußt schnell machen, denn lange stehen kann ich nicht.«

Komm!

Er versenkte das Schaufelblatt in den Schnee und hievte sich hoch. Der Schmerz überlief ihn in übelkeiterregenden Wellen, und er schrie auf. Dann stand er leicht schwankend vor der nachtschwarzen Monstrosität.

»Ich bin bereit«, sagte er, und der graue Limbus verschlang sie beide.

ENDE DES ZWEITEN TEILS

Dritter Teil

Der Einbruch der Nacht

1

Regen ertränkte das nächtliche Armorica. Goriah war ein undeutlicher Lichtfleck am nordwestlichen Horizont, der sich zwischen den Blitzen verlor. Sicher innerhalb einer Blase aus psychokreativer Energie, flogen Elizabeth und Minanonn durch den Sturm.

»Es kommt einem eher wie Januar als wie Anfang Oktober vor«, bemerkte Elizabeth.

Minanonn antwortete: »Vier heftige Unwetter, eines nach dem anderen! Das Klima spiegelt den pervertierten Geist der Zeiten wider. Bei mir in den Pyrenäen hat der Schnee die hohen Pässe bereits geschlossen. In den fünfhundertundsechzehn Jahren meiner Verbannung hat es das so früh im Herbst noch nie gegeben. Es genügt, um einen an den Letzten Krieg glauben zu lassen! In unseren Legenden heißt es, daß ihm der Schreckliche Winter vorausgeht.«

»Dann müßten wir bis zum Frühling vor dem Krieg sicher sein«, sagte Elizabeth.

»Ich wünschte, das wäre so! Aber *Winter* war auf Duat kein festumrissener Ausdruck. Da unser Planet keine Achsneigung hat, waren die Jahreszeiten nicht klar definiert. Deshalb bedeutet Winter für uns jeden längeren Abschnitt schlechten Wetters.«

Elizabeth äußerte sich nicht dazu. Statt dessen fragte sie: »Wird der Schnee in den Bergen die Mitglieder der Friedensfaktion daran hindern, die Spiele zu besuchen?«

»Diejenigen, die der Verlockung von Aikens Neuerung nicht widerstehen konnten, sind letzte Woche, am ersten Tag des Waffenstillstands abgereist. Sie befinden sich bereits im Tiefland. Ich fürchte, die meisten von ihnen werden das nächste halbe Jahr dortbleiben müssen – und ich mache mir ihrer mißlichen Lage wegen schwere Vorwürfe. Hätte ich die Einladung des Königs abgelehnt, wäre das Spektakel nicht von solcher Anziehungskraft für mein friedliches Volk gewesen.«

Ziemlich undiplomatisch fragte Elizabeth: »Was hat dich getrieben, die Einladung anzunehmen?«

Der Häretiker lachte verlegen auf. »Ich könnte die Entscheidung rationalisieren und sagen, es sei ein Ausdruck meiner Billigung dafür, daß Aiken-Lugonn den Großen Wettstreit mit seinem Blutvergießen durch ein Turnier ersetzt hat. Aber warum soll ich nicht ehrlich sein? Im Herzen jubelte ich über die Aussicht, noch einmal an einer herrlichen großen Prügelei teilnehmen zu können! Mein Intellekt mag der Gewalt und dem Streit abgeschworen haben – und trotzdem lauert in mir immer noch der alte Schlachtenmeister, ob ich will oder nicht. Manchmal treibt mich das zur Verzweiflung. Zu anderen Zeiten, wenn ich philosophisch gestimmt bin, danke ich Tana, daß sie es mir ermöglicht, mich selbst kennenzulernen, wie sie mich kennen muß ... während sie mich in ihrer liebenden Hand geborgen hält.«

»Verfluchst du dich gelegentlich für dein Wanken? Daß du deine Schwäche die Oberhand gewinnen läßt?«

Das Gesicht des Häretikers leuchtete aus der stürmischen Dunkelheit. »Tana hat uns nicht vollkommen gemacht, heißt es, denn dann könnte es kein Wachstum durch Triumph über Schmerz und Elend geben. Nicht für das Individuum, und erst recht nicht für den galaktischen Geist.«

»So habe ich es auch gelernt«, gestand Elizabeth. »Vor langer Zeit. Nur entschlüpft einem die Idee zu leicht. Besonders wenn wir gezwungen werden, uns dem Leid und dem Bösen zu stellen. Man wird ungeduldig mit Mysterien und verzweifelt daran, daß aus der eigenen Schwäche Gutes erwachsen könne.«

Sie senkten sich auf Goriah nieder. Über Minanonns Gesicht huschte ein jugendliches Grinsen. »Trotzdem beabsichtige ich, bei Aikens Großem Turnier zu kämpfen!«

Der König persönlich begrüßte sie, als sie im Hof der Glasburg landeten. Nur blakende Öllampen und Fackeln erhellten die Szene. In dem schattigen Teil um die Soldatenunterkünfte standen, getarnt unter hohen Baldachinen, mehr als zwanzig der dunklen, vogelähnlichen Flugmaschinen.

»Großartig, dich wieder einmal im Fleisch zu sehen!«

sagte Aiken zu Elizabeth. Er stellte sich auf die Zehenspitzen und küßte sie leicht auf die Wange. Minanonn erhielt nur ein ironisches Lüften des königlichen Hutes. »Sollen wir nicht hineingehen, damit ich mich mit meinen mageren Fähigkeiten nicht abmühen muß, den Regen von uns abzuhalten?«

»Wir möchten nicht, daß du dich verausgabst«, erwiderte Minanonn. »Du mußt deine Kräfte für das Große Turnier schonen. Bisher haben die Stürme Nionel umgangen, aber wenn dieser der Jahreszeit nicht angemessene Regen anhält, mag das Goldfeld eine metapsychische Bedachung nötig haben. Früher war es das Amt Kuhals und seines verstorbenen Zwillingsbruders Fian Himmelsbrecher, die Arena in Muriah abzuschirmen. Ich fürchte allerdings, Kuhals Anstrengungen allein würden nicht genügen, den Turnierplatz abzudecken. Die Aufgabe wird dir zufallen, Hochkönig.«

»Oder dir, Bruder Häretiker«, gab der König zurück. »Kuhal tritt nicht zum Kampf in der Arena an. Wenn du ihm eine psychokreative Hand reichen würdest, könntet ihr beiden über dem Goldfeld einen Regenschirm aufspannen, der einem Zyklon standhielte. Was sagst du dazu? Es wäre eine durchaus friedliche Manifestation der Kräfte.«

»Ich will darüber nachdenken«, meinte Minanonn ziemlich finster. Sie betraten die Säulenhalle der Burg mit ihren gedrehten Pfeilern aus Bronze und purpurfarbenem Glas und hohen, goldglänzenden Fackelhaltern.

Elizabeth stellte eine beiläufige Frage. »Sind das alle Flugmaschinen, die du hast bergen können – einundzwanzig?«

»Du bist aufmerksam, wie?« bemerkte Aiken. »Nein, wir haben alle siebenundzwanzig rückgeführt. Sechs habe ich sofort nach Fennoskandia zu den Prospektoren geschickt.« Er musterte Elizabeth nachdenklich. »Ich dachte, das wüßtest du bereits, Allessehende.«

Sie schoß ihm einen gereizten Blick zu. »Ich muß mich manchmal ausruhen. Und nachdem ich diesen Angriff auf den Monte Rosa überwacht hatte ...«

»Entschuldigung, Entschuldigung! Du bist mir die rechte Pliozän-Dirigentin«, neckte der König sie.

»Ich bin nicht die Dirigentin!« fuhr sie ihn an. »Niemand hat mich dazu ernannt. Nicht Brede – und du gewiß nicht!«

Aiken hob eine Augenbraue. »Die meisten von uns haben als selbstverständlich vorausgesetzt, daß du die Rolle übernommen hast, Schätzchen. Kommt eine Erklärung, du habest nie beabsichtigt, sie zu spielen, nicht ein bißchen spät?«

»Ich ... ich habe nie gesagt, daß ich nicht mein Bestes tun würde, um dir zu helfen. Und den anderen. Aber meine Position ist nur formell, beratend. Als Dirigentin bin ich nicht qualifiziert, und ich habe keine Macht. Ich *will* auch keine ...«

»Oh, Mädchen!« Der König wurde ernst. »Du fliegst immer noch hoch über uns dahin, nicht wahr? Blickst nieder auf all die sich abstrampelnden Geringen und das wertlose Elfenvolk? – Und du hast jetzt ein bißchen Gesellschaft? Eine verwandte stolze Seele, die deine edle Melancholie teilt?«

»Sei kein Idiot.« Elizabeths Gedankenton war verzweifelt müde.

»Wo steckt er übrigens?« forschte der König. »Seit fast einer Woche habe ich keine Spur von ihm ferngesehen. Und bei einem Sturm nach dem anderen ist sogar der Schoner außer Sicht geraten. Ich dachte schon daran, einen dieser Flieger zur Aufklärung auszuschicken – trotz der Gefahr, daß Marcs Schiffskameraden ihn abschießen. Nun, jetzt, wo du hier bist, brauchen wir kein Leben aufs Spiel zu setzen. Willst du gleich mit mir auf den Turm steigen und eine schnelle Sondierung vornehmen?«

»Das ist nicht nötig«, antwortete Elizabeth. »Ich weiß, wo Marc ist. Ich bin ja hergekommen, um mit dir darüber zu sprechen. Mit dir und Hagen und Cloud.«

»Ah«, sagte der König. »Daher weht der Wind.« Sie gingen durch die große Eingangshalle. Es war noch früh am Abend, aber es waren wenige Leute zu sehen. Nur die geduldigen Graureif-Soldaten der Palastwache standen überall in ihren schimmernden bronzenen Halbrüstungen und violetten Mänteln auf ihren Posten. Anstelle der traditionellen Glasklingen trugen sie Milieu-Waffen.

»Marc ist auf der Schweizer Klippe«, berichtete Elizabeth. »Ich bin auf seine Bitte hin hier.«

»So!« rief der König. »Ist er nun friedlicher gestimmt, wo sich die Waage zu meinen Gunsten neigt? Es muß ein furchtbarer Schlag für seine Pläne gewesen sein, daß er diese Röntgen-Laser verloren hat.«

Elizabeth sagte: »Aiken, Marc hat Basil Wimborne vom Gipfel des Monte Rosa zu uns gebracht. Mittels D-Sprung.«

Der König blieb wie angewurzelt stehen. »Jesus Christus!«

Elizabeth betrachtete ihn schweigend. Die spöttische Leichtfertigkeit war verschwunden.

»Bist du gekommen, es mir zu sagen?« verlangte Aiken zu wissen. »Daß Marc bereit ist, uns anzugreifen, und wir das Guderian-Projekt aufgeben sollten?«

»Nein.«

»Was dann?«

»Marc hat dir und Hagen und Cloud einen Vorschlag zu machen. Ich würde ihn gern mit euch dreien gemeinsam besprechen.«

Minanonn bemerkte: »Du wirst bei dem König ebenso sicher sein wie bei mir, Elizabeth. Wenn du mich entschuldigen willst, werde ich die fernwahrnehmende Lady Sibel Langhaar besuchen. In längst entschwundenen Zeiten haben sie und ich manch eine ergötzliche Stunde miteinander verbracht – wenn wir über die Vorzüge des Friedens diskutierten.« Er ging, und Elizabeth lächelte.

»Ganz und gar der Beschützer, nicht wahr?« fragte Aiken säuerlich.

»Er schätzt dich und billigt, was du bisher als König getan hast.«

»Na denn, hurra«, spöttelte der König. »Schade, daß er nicht bereit ist, für seine edlen Prinzipien zu kämpfen! Ich brauche jeden Recken, den ich bekommen kann. Du weißt, daß ich Sharn und Ayfa das Schwert geben mußte – und was das bedeuten könnte.«

Elizabeth nickte. »Ohne ihre heilige Waffe konnten die Firvulag den Letzten Krieg nicht beginnen – und jetzt haben sie sie. Du spielst ein gewagtes Spiel.«

Seine schwarzen Augen blitzten. »Vielleicht auch nicht.« Sie standen in dem Flur, der zum Westflügel der Burg führte. Er war von einem großen Bronzegitter versperrt und wurde bewacht von Elite-Goldenen, die Bärenhunde an Stachelhalsbändern hielten. »Ich könnte Hagen und Cloud zu uns in den königlichen Audienzsaal heraufrufen, aber vielleicht würdest du gern zu ihnen hinuntergehen. Ich nehme dich auf eine Touristen-Führung durch die Guderian-Projekt-Laboratorien mit – und es macht mir überhaupt nichts aus, wenn du Marc berichtest, welche Fortschritte wir machen.«

Elizabeth sagte: »Die Laboratorien würde ich sehr gern sehen. Um die Wahrheit zu gestehen, bin ich sehr neugierig darauf.«

Aiken befahl den Wachposten, das Gitter zu öffnen, und er spielte sich ein wenig dabei auf. Dann ging er voraus und wies auf die verschiedenen Sicherheitsvorkehrungen hin, die die Installationen schützten. Sensor-Systeme umgaben den ganzen Flügel, wo die jungen Nordamerikaner und das technische Personal residierten. Drinnen taten Elite-Soldaten Dienst, und auf den Brustwehren patrouillierten schwerbewaffnete Graue und Silberne, darauf programmiert, ihren Tanu-Oberherren jeden Versuch eines Aus- oder Einbruchs zu melden. Das Gebiet um die einzige Treppe zu dem umgebauten Verlies, das früher die Schmuggelwaren enthalten hatte, wurde von Tanu-Recken unter dem Befehl Celadeyrs von Afaliah bewacht. Das Foyer war zusätzlich zu den mit einer tödlichen Ladung versehenen elektomagnetischen Barrieren voll von Selbstschußanlagen, sowohl mechanischer als auch metapsychischer Art. Wenn es jemandem gelang, diese Falle zu umgehen, blieb immer noch die letzte Bastion: das große SR-35-Sigmafeld mit seiner Schleuse, die nur solche Personen einließ, deren mentale Unterschriften im königlichen Computer gespeichert waren.

»Du *bist* jetzt gespeichert, Süße.« Aiken blinzelte Elizabeth zu. »Aber nur für heute.«

Die spiegelartige Wand am Ende der Schleuse löste sich auf einen Wink des Königs hin vor ihnen auf, und sie betraten den Vorraum der Laboratorien. Elizabeth bemerkte, daß sich das Kraftfeld hinter ihnen neu bildete und klopfte mit einem Fingernagel gegen die pseudoglatte Oberfläche. »Das ist also das unbezwingliche Sigmafeld, das Marc mit seinen Röntgen-Lasern zu brechen hoffte.«

Die joviale Miene des Königs verfinsterte sich. »Das ist es. Die Kinder haben es von Ocala mitgebracht. Solange wir das Projekt damit abschirmen, sind wir sicher. Hagen sagt, es widersteht jedem psychoenergetischen Angriff bis zum fünfhundertsten Grad. Felice wäre vielleicht imstande gewesen, sich mit bloßem Gehirn den Eingang zu erzwingen – aber Abaddon hat keine Chance. Nicht mit der Handvoll von Geistern, die er jetzt noch für ein Metakonzert aufbieten kann.«

»Ihr könnt den Guderian-Apparat nicht hier in Goriah benutzen«, stellte Elizabeth fest.

»Nein«, gab der König zu. »Da habe ich in der Planung einen Fehler gemacht. Ich hätte die Laboratorien gleich am Ort der Torburg einrichten lassen sollen, und zum Teufel mit der Unbequemlichkeit! Aber es ist sinnlos, über verschüttete Milch zu weinen. Das SR-35 ist untauglich für Lufttransporte, aber wenn die Zeit zum Umzug gekommen ist, werden wir uns etwas einfallen lassen. Auch *das* kannst du Marc erzählen, ebenso wie alles übrige.«

Sie gingen durch eine scheinbar endlose Reihe von kleinen Werkstätten, wo Komponenten des Tau-Generators montiert und geprüft wurden. Aiken wußte, was in jedem Raum vor sich ging, und grüßte die Techniker und leitenden Wissenschaftler und ihre nordamerikanischen Aufseher mit Namen. Die Laboratorien waren überfüllt und wirkten auf den ersten Blick chaotisch. Ein Großteil der Montage geschah mit Mikromanipulatoren, und für den uneingeweihten Zuschauer sah es gar nicht aufregend aus. Etwas dramatischer waren die chemischen Laboratorien, voll von gluckernden Geräten und flüchtigen Gerüchen. Dort wurden wichtige Rohstoffe hergestellt und dann zur Produktion weitergeschickt.

In einem der größeren Räume dieser Sorte sprach Tony Wayland den König an.

»Ich brauche noch mindestens drei Diamanten«, sagte er, »von zwölf Karat oder mehr. Außerdem einen Industrielaser, der Löcher von fünf bis vierzig Mikron Durchmesser bohren kann, einen Kerametall-Kontaktdraht-Bläser und etwas Kanada-Balsam oder ein gleichwertiges synthetisches Harz, eine weitere Flasche Argon und einen neuen Zimmerkollegen. Dieser elende Hewitt schnarcht wie ein Sägewerk.«

»Sonst noch etwas?« fragte der König mild.

»Nachrichten über meine Frau!«

»Lady Katlinel stellt Nachforschungen an. Es gibt da ein Problem. Deine Heuler-Schwiegereltern sind ein bißchen verschnupft, daß du ihr kleines Mädchen hast sitzenlassen, und deshalb einer Kooperation abgeneigt. Lady Katy empfiehlt, Geduld zu üben.«

Tony warf die Hände in die Luft und stapfte davon. Der König und Elizabeth gingen weiter. Als sie sicher im nächsten Raum waren, sagte Elizabeth: »Meine redigierende Fähigkeit entdeckt eine beginnende Fehlfunktion zweiten Grades in der Psyche jenes Mannes. Vermutlich hat er viel Schweres durchgemacht. Ich würde ihn nicht unter zu starken Druck geraten lassen, wenn ich du wäre.«

»Er will ja arbeiten«, antwortete Aiken. »Das ist jetzt das beste für ihn. Es lenkt ihn von der Geschichte mit seiner Heulerfrau ab.«

»Ich würde mich gern von Minanonn nach Nionel fliegen lassen. Vielleicht könnte ich bei seinen erzürnten Schwiegereltern vermitteln.«

»Danke, Elizabeth.« Aiken war mürrisch. »Aber ich habe den armen Tony gleich zu Anfang angelogen – teils aus selbstsüchtigen Gründen und teils, weil es an diesem Punkt noch am freundlichsten gegen ihn war. Du kennst doch Lord Greg-Donnet, der König Thagdals Genetik-Meister war?«

»Der, den man den Verrückten Greggy nannte ...« Sie nickte.

»Er ging mit Katy nach Nionel, als sie Sugoll heiratete, und jetzt werkelt er an einer Methode herum, wie er die Deformierungen der Mutanten beseitigen kann. Ein talentierter Mann, dieser Greggy, trotz seiner kleinen Macken. Nun – anscheinend hat er ein Experimentiergerät zurechtgebastelt, eine Art Kreuzung zwischen der Heilhaut der Tanu und einem Regenerierungstank des Milieus. Er glaubt, mit seinem Haut-Tank könne er den wirklich grotesken Heulern ein normaleres Firvulag-Aussehen geben. Er fragte nach Freiwilligen. Rate mal, wen er bekam.«

»Ach, du meine Güte«, sagte Elizabeth.

Der König fuhr fort: »Tonys Frau Rowane dachte, er habe sie verlassen, weil sie ein Monster ist. In Greggys Experiment sah sie eine goldene Gelegenheit. Also steckt sie jetzt für noch mindestens vier Wochen unerreichbar im Tank, während Greggy und das Heuler-Äquivalent von Redakteuren ihr Protoplasma umformen. Rowane kann, wenn sie herauskommt, schlimmer aussehen als vorher, sie stirbt vielleicht, aber das Experiment mag auch ein großer Erfolg werden. Ich halte es also für klug, wenn wir Tony hinhalten.«

»Dem stimme ich zu. Es ist rührend ...«

»Sind wir so nicht alle?« Der König ging in einen größeren Raum voraus, wo das Skelett eines Glasgebildes auf einer Plattform stand. Es war ein Gitterkasten, dessen gläserne Glieder von metallischen Kabeln wie von vielfarbenen Schlingpflanzen umflochten waren. Noch mehr der flexiblen Schnüre lagen mit bloßgelegtem Innern auf Werkbänken und wurden von den Arbeitern aufmerksam untersucht. Monitore, Testausrüstungen und ein Durcheinander von Installationsmaschinerie überfüllte die Plattform.

»Und da ist er«, verkündete Aiken. »Der Guderian-Apparat – mehr oder weniger.«

»Ich hatte ihn nicht so groß in Erinnerung«, meinte Elizabeth.

»Wir haben ihn ein bißchen erweitert. Anastos, unser zahmer Dynamikfeld-Experte, sagt, das schadete nichts. Das ist er, der da den Techniker verflucht, der dünne Dunkelhaarige. Und natürlich erkennst du das mißbilligende Duo, das ihm über die Schulter blickt.«

»Ich habe sie ferngesehen. Gibt es hier einen Ort, wo wir privat miteinander sprechen können?«

Aiken führte sie in ein unbesetztes Zimmer an der Fensterseite, das offensichtlich als Aufenthaltsraum diente. Es enthielt weiche Sessel, einen Tisch und ein paar spartanische Spender mit Erfrischungen. Der König richtete eine höfliche telepathische Aufforderung an Hagen und Cloud Remillard. Bruder und Schwester kamen in den Aufenthaltsraum und schlossen die Tür hinter sich. Nur unvollkommen verbargen sie ihre Neugier über die Anwesenheit einer bloßhalsigen Besucherin. Sie trugen weiße Overalls, die sich nicht sehr von denen der anderen Arbeiter unterschieden. Bei beiden war das Haar von rötlich-goldener Farbe, aber sonst sahen sie sich nicht besonders ähnlich. Cloud hatte eine hohe, runde keltische Stirn, die wie poliert wirkte, und fast unsichtbare Brauen. Ihre tiefliegenden Augen zeigten ein durchdringendes grünliches Blau und waren von dunklen Wimpern gesäumt. Ihre Haut war durchsichtig, mit ein paar Sommersprossen, und ihre Nase bog sich ein wenig wie eine kleine, zarte Klinge. Als sie sie jetzt im Fleisch sah, war Elizabeth fähig, ein paar von Marc geerbte Merkmale abzuziehen und das geisterhafte Bild einer seit langem toten Frau wahrzunehmen. Hagen Remillard besaß das Adlerprofil seines Vaters und seinen kräftigen Körperbau, doch seine Züge hatten etwas Unfertiges, beinahe Verwischtes. Seine Aura war die unterdrückte Wut ohne eine Spur von Marcs magnetischer Liebenswürdigkeit. Bei der kurzen, heißen Berührung seines Geistes empfand Elizabeth gleichzeitig Mitleid und Argwohn. Im Gegensatz dazu kam von Cloud offene Empathie. Dann schlossen sich die mentalen Wände. Das Geschwisterpaar stand mit leerem Lächeln da und wartete darauf, daß es dem König beliebte, es anzureden.

»Darf ich euch die Großmeister-Redakteurin und -Fernwahrnehmerin Elizabeth Orme vorstellen?« sagte Aiken. »Sie ist Ehrenmitglied meiner Hohen Tafel und de facto Dirigentin der Erde des Pliozän.«

Hagen und Cloud antworteten mit formeller Höflichkeit. Der König forderte alle auf, sich zu setzen, und servierte ihnen Tee und Keks mit seinen eigenen königlichen Händen, während er kurze Fragen über diesen und jenen Aspekt des Projekts stellte. Die jungen Remillards gaben knappe, kompetente Auskünfte. Sie drückten die Hoffnung aus, die geologische Expedition werde die unbedingt notwendigen Erze finden.

»Das Flugzeug müßte morgen mit der über Land reisenden Gruppe zusammentreffen«, sagte der König. »Jetzt können die Prospektoren Fennoskandia wirksam aus der Luft durchkämmen, ohne ständig auf der Hut vor Trollen und Yotunag sein zu müssen.«

»Nun, sie sollten sich beeilen«, meinte Hagen. »Wir haben das Niobium, das wir brauchen, aus anderen Geräten gewonnen, aber an die seltenen Erden kommen wir nur über Erze. Die Hälfte der verdammten Gazebo-Kabel haben aus Niobium-Dysprosium-Draht gewobene Kerne.«

»Wenn Sie den Draht einmal haben, wie lange würde es dann noch dauern, das Gerät fertigzustellen?« erkundigte Elizabeth sich.

Hagen durchbohrte sie mit seinem Blick. »Denken Sie daran, sich dem Exodus anzuschließen, Großmeisterin?«

Elizabeth errötete. Sie antwortete gleichmütig: »Ich habe es in Erwägung gezogen, ja.«

Hagen lachte vor sich hin. »Dann hoffe ich, Sie benutzen Ihr Amt dazu, Marc abzuwehren – sonst fürchte ich, unsere Chancen, ins Milieu zurückzukehren, sind gering.«

Schweigend betrachtete sie ihn eine Weile. »Ich hatte vergessen, daß Sie dort geboren sind ... Die anderen von der jüngeren Generation sind alles Eingeborene des Pliozän?«

»Und alle mindestens drei Jahre jünger als Hagen und ich«, bemerkte Cloud. Sie bedachte ihren Bruder mit einem vorwurfsvollen Stirnrunzeln. »Um Ihre Frage zu beantworten: Es mag uns einen Monat oder mehr Zeit kosten, das Gerät fertigzustellen, sobald uns der Kerndraht zur Verfügung steht. Hier arbeiten die begabtesten Wissenschaftler des Vielfarbenen Landes mit allen Arten von Produktionsmaschinen. Es ist unglaublich, was manche Zeitreisenden ins Pliozän mitzubringen für richtig hielten! Und natürlich haben wir Papas Vorräte an matériel geplündert, bevor wir Ocala verließen ...«

Hagen unterbrach sie. »Das weiß die Großmeisterin, Cloudie. Sie weiß *alles* über uns.«

Eine gefühlsschwangere Pause trat ein. Hagen sah Elizabeth herausfordernd an. »Würde das Milieu uns aufnehmen – wenn man dort weiß, wer wir sind?«

»Wenn man weiß, wobei wir Felice geholfen haben?« setzte der junge Mann leise hinzu.

»Falls Sie hoffen, von der Einheit umfangen zu werden, müssen Sie Ihre Schuld bezahlen. Die Umstände waren außergewöhnlich, aber trotzdem war Ihre Tat ein Verbrechen.«

»Nicht an freien menschlichen Wesen«, behauptete Hagen. »An fremden Unterdrückern und ihren korrupten Dienern!«

»Fast fünfzigtausend Leute sind in der Gibraltar-Flut umgekommen«, sagte Elizabeth. »Viele von ihnen waren ganz unschuldig.«

»Wir beabsichtigten nur, die Fremden zu töten. Es ist doch nicht so, als seien sie menschliche Wesen ...«

»Sowohl Tanu als auch Firvulag werden zum Stamm des Homo sapiens beitragen«, gab Elizabeth zurück. »Ich bin widerstrebend zu dem Schluß gekommen, daß Überreste beider Gruppen fast bis in geschichtliche Zeiten auf der Erde lebten und sich mit Menschen paarten, wie sie es hier im Pliozän mit Zeitreisenden getan haben. Unsere Mythen und Legenden und das sonstige Erbe des kollektiven Unterbewußtseins bestätigen es.«

»Aber das ist unmöglich!« rief Cloud. »Es gibt keine Fossilien, keine anderen konkreten Beweise ...«

Elizabeth ließ sich von der schockierten Reaktion der Remillards nicht aus der Ruhe bringen. Sie bemerkte, daß auch Aiken gleichmütig blieb. »Haben Sie eine Vorstellung davon«, fragte sie, »wie dürftig die Fossilien für die angeblich gut bekannten Rassen der frühen Hominiden sind? Für den Ramapithecus? Für den Homo erectus? Für die Neandertaler-Rasse des Sapiens? – Eine klägliche Handvoll Bruchstücke für den ersten. Nichts als zerschmetterte Schädel und zerbrochene Knochen für den zweiten. Und weniger als achtzig Exemplare sind von dem Neandertaler-Menschen übrig, der die Erde im Pleistozän bewohnt haben muß!«

»Man sollte meinen, wenigstens ein Exemplar von einem Tanu oder Firvulag wäre aufgetaucht«, protestierte Hagen.

»Anomalien sind gefunden worden«, erklärte Elizabeth ihm. »Viele. Und nicht nur Skelett-Reste. König Aiken-Lugonns Computer-Bibliothek enthält bewundernswerte Fachartikel, die ich in den letzten paar Monaten nachgelesen habe. Aber da die atypischen Funde nicht zu den akzeptableren Daten paßten, wurden sie beiseitegeschoben. Man erklärte sich die Anomalien auf andere Weise, damit sie das wissenschaftliche Lehrgebäude nicht störten.« Ihr Gesicht nahm einen schmelmischen Ausdruck an. »Es ist einer der verlockenderen Gründe für eine Rückkehr ins Milieu: die Katze unter den paläontologischen Tauben zu beobachten.«

Finster kehrte Cloud zu dem für sie wichtigsten Punkt zurück. »Aber bestraft würden wir auf jeden Fall dafür, daß wir Felice geholfen haben.«

»Die Welt, in die Sie einzutreten wünschen, unterscheidet sich sehr von der, die Marc und seine Rebellen verlassen haben. Es gibt immer noch Verbrechen und immer noch Strafe. Aber für solche, die echte Reue zeigen, besteht die Buße vor allem in der Umerziehung und im Dienst an der Öffentlichkeit.«

Bruder und Schwester sahen Elizabeth zweifelnd an. Aiken erkundigte sich: »Gibt es kein Verjährungsgesetz? Keine mildernden Umstände? Non compos mentis?«

»Es wäre Sache der forensischen Redakteure, die individuelle Schuld festzustellen«, sagte Elizabeth.

»Und sie würden richtig urteilen?« fragte Hagen.

»O ja«, erwiderte die Großmeisterin.

»Aber nachdem wir – Buße getan hätten«, wollte Cloud wissen, »würde man uns dann in die Einheit aufnehmen?«

»Dessen bin ich mir gewiß«, versicherte Elizabeth ihr.

»Da habt ihr es, Kinder!« Aiken sah das Par mit strahlendem Lächeln an. »Wenn wir die Prügel einstecken, dürfen wir uns den Erwachsenen anschließen. Meint ihr immer noch, das wäre es wert?«

Hagen ließ sich nichts anmerken. »Was ist deine Meinung, Hochkönig?«

»Wer weiß, was ich tun werde?« Aiken sprach leichthin.

»Ihr habt das Zeitportal noch nicht gebaut, und vielleicht bricht die Nacht nicht herein.«

»Und Papa mag immer noch einen Weg finden, seine gehirnröstende Ausrüstung zu benutzen, um uns alle ins Nichts zu pusten«, vollendete Hagen.

Elizabeth umfing sie alle mit ihrer Anteilnahme. »Deshalb bin ich heute abend hergekommen, um mit euch zu sprechen. Marc hat gelernt, bei einem D-Sprung beträchtliche Materiemengen in einem außerhalb seiner gehirnverstärkenden Rüstung erzeugten Feld zu transportieren. Er hat einen lebenden Menschen mitgenommen, ohne daß dieser zu Schaden gekommen ist. Nicht mehr lange, und er wird bei weitem Besseres leisten können.« Hagen stieß eine bittere Obszönität hervor. Mahnend hob Elizabeth die Hand. »Sie wissen, daß Marc nie von seiner Liebe zu Ihnen gewichen ist. Er beteuert außerdem, Aiken nichts Böses zu wollen. Er hat mich gebeten, als seine Gesandte und Unterhändlerin aufzutreten, um die gegenwärtige Krise auf friedliche Weise zu lösen. Er möchte mit Ihnen in meinem Chalet auf der Schwarzen Klippe zusammentreffen.«

»Nie im Leben!« schrie Hagen. »Wir haben es ihm schon einmal gesagt – er kann uns jeden Handel, den er im Sinn hat, durch Fernsprache mitteilen. Ich komme dem lieben Papa nicht auf drei Kilometer Luftlinie oder ohne einen Zwanziger-Sigmaschirm in die Nähe. Er wird mich nie mehr koerzieren!«

»Er gibt sein feierliches Ehrenwort, daß er es nicht versuchen wird«, berichtete Elizabeth. »Und er ließ mich ihn sondieren, so daß ich weiß, er hat die Wahrheit gesprochen. Auf jeden Fall, wenn der König bei dem Treffen anwesend ist, würde seine koerzible Kraft vollständig ausreichen, die Marcs zu neutralisieren.«

»Das glaube ich gern«, murmelte Hagen.

Cloud machte geltend: »Aber es hat sich im Grunde nichts verändert. Papa und seine Verbündeten werden sich nie einverstanden erklären, daß wir das Zeitportal öffnen.«

Elizabeth fuhr fort: »Marc hat mich gebeten, Ihnen mitzuteilen, daß er etwas völlig Neues mit Ihnen diskutieren möchte. Er sagte ... – und ich gestehe, daß ich keine Ahnung habe, was er meint – er sagte, es betreffe die Antwort auf Ihre alte Frage nach Ihrem genetischen Erbgut.«

»Gott – das hat er gesagt?« Hagens Stimme klang heiser. Sein Geist wandte sich im intimen Modus an den seiner Schwester. Elizabeth wie auch der König nahmen die Lebhaftigkeit des Gedankenaustauschs wahr. Hagen und Cloud hatten verzweifelte Angst – und gleichzeitig waren sie fasziniert.

»Elisabeth«, fragte der König, »weißt du, ob Marc diese gehirnverstärkende Ausrüstung für mehr als eine Metafähigkeit gleichzeitig benutzen kann?«

»Das kann ich beantworten!« rief Hagen. »Gott – und ob ich es kann! Papa hat mich sehr gründlich darin unterwiesen, wie das verdammte Ding funktioniert. Er hielt schon eine Reserve-Rüstung in Bereitschaft, an die er mich anketten wollte, als wir von Ocala flohen ...«

»Nimm dich zusammen!« Die nur wenig gedämpfte Koerzierung des Königs umzüngelte den jungen Mann. »Das ist wichtig!«

Hagen schluckte. »Die Ausrüstung kann nur eine Metafunktion auf einmal verstärken. Wenn Marc zum Beispiel einen D-Sprung vollführt, ist das Gerät auf seine Fähigkeit, ein Ypsilonfeld zu erzeugen, eingestellt. Als er sich noch mit der Sternensuche beschäftigte, verstärkte es seine Fernsicht.«

»Und als ihr euch alle mit Felice zusammentatet, um Gibraltar zu sprengen«, warf Aiken ein, »möbelte er seine Kreativität auf?«

»So ist es«, stimmte Hagen zu. »Wenn er an das Ding angeschlossen ist – wenn die Nadel-Elektroden in seinem Gehirn stecken und es weißglühend wird –, dann hat er nur eine einzige vorprogrammierte Superfähigkeit. Die anderen sind im peripheren Modus. Sie sind vorhanden, aber nur in der Größenordnung, wie sie für sein bloßes Gehirn normal ist. Will er umschalten, muß er zum Steuer-Computer zurückspringen.«

»Dann geht das in Ordnung.« Aiken war sehr erleichtert. »Ich fürchtete schon, er könne die Ausrüstung benutzen, um uns auf der Schwarzen Klippe das Gehirn auszubrennen.«

»Das ist unmöglich.« Ein schiefes Lächeln breitete sich auf Hagens Gesicht aus. »Das kann er nicht, es sei denn, er ist fähig, die gesamte gehirnverstärkende Anlage mitzunehmen – Energieversorgung, Hilfsgeräte und so weiter. Zehn Tonnen Schrott.«

»Dann haben wir Zeit«, entschied Aiken. »Ich würde sagen, hören wir uns doch an, was Marc uns mitzuteilen hat. Wenn er mit bloßem Gehirn kommt, sehe ich darin kein Risiko.«

»Kannst du *ihm* das Gehirn ausbrennen?« fragte Hagen ruhig.

»Nein!« rief Cloud.

Elizabeth sagte: »Ihr alle müßt mir euer feierliches Ehrenwort geben, daß ihr Frieden bewahren werdet – und mich euer Gehirn jetzt und auf der Schwarzen Klippe sondieren lassen, damit ich sicher bin, es ist euch ernst.«

»Einverstanden«, stimmte Cloud sofort zu.

Hagen brauchte etwas länger, doch schließlich nickte er.

Elizabeth sah Aiken fragend an. Spöttisch markierte er tiefes Nachdenken, indem er eine Braue hochzog. »Würde ich Marc das Gehirn ausbrennen – immer vorausgesetzt, ich kann ihn bei einem Kampf mit bloßen Gehirnen schlagen –, ersparte uns das eine Menge potentiellen Kummer.«

Elizabeth ließ sich nicht beirren. »Ich verlange dein Ehrenwort. Und einen offenen Geist.«

Die Schuhknopf-Augen funkelten boshaft. »Ich könnte es versprechen. Ich könnte es glauben, und dann würde deine Gehirnschnüffelei dir sagen, daß ich die Wahrheit gesprochen habe. Und ich könnte meine Meinung ändern. So genau kennst du Mich nicht.«

»O doch«, sagte Elizabeth.

Der kleine Mann zuckte die goldenen Schultern. »Wann brechen wir zur Schwarzen Klippe auf? Morgen? Du kannst Minanonn mitteilen, er müsse uns alle tragen. So weit fliege ich nicht unter eigenem Dampf. Ich bin krank gewesen.«

Auf der anderen Seite des pliozänischen Frankreich, in der Montagne Noire, wo der letzte Sturm noch viele Stunden entfernt war, saßen Marc und Bruder Anatol auf dem Chalet-Balkon unter den Sternen, tranken den letzten Martell-Cognac und diskutierten die theologischen Aspekte der Schuldzumessung und der unbewußten Motivierung. Sie waren ganz in ihr Gespräch vertieft, und Marc entschuldigte sich nur einmal, um in aller Eile mit seiner Fernwahrnehmung zu überprüfen, ob Kyllikki sich weit genug nördlich von dem neuen Tief befand, das die Westküste von Armorica bedrohte. Als er sah, daß der Schoner in Sicherheit war und dem Kurs folgte, den er Walter Saastamoinen angegeben hatte, nahm er das faszinierende Thema seiner eigenen Verdammung wieder auf. Es war pikant, sich selbst gegenüber den Advocatus diaboli zu spielen.

2

Der Firvulag-König und Sugoll, dem Namen nach sein Vasall, ritten ohne Begleitung auf das Goldfeld hinaus, um dort die Ankunft Betularns mit dem Schatz zu erwarten. Es war ein herrlicher Tag, sonnig und warm.

Seite an Seite trotteten die beiden weißen Chalikos auf der neuen Regenbogenbrücke über den Fluß Nonol. Die von Nionel adoptierten Geringen hatten die frühere wackelige Hänge-Konstruktion durch einen schönen freitragenden Bogen ersetzt. In den Farben entsprach die Brücke ihrem Namen, sie hatte Schmuckgeländer und Laternen aus Bronze, und sie war breit genug, um zwanzig Chalikos nebeneinander Platz zu gewähren.

»Ein großartiges Bauwerk«, erklärte Sharn herzlich. Der Lord der Heuler nahm dieses Lob mit seinem üblichen Gleichmut entgegen und neigte seinen schönen kahlen Kopf. Sugoll trug einen wallenden Kaftan aus Silberstoff über einem illusorischen Körper, der humanoid sein mochte oder auch nicht. Sharn hatte ziegenlederne Reithosen in Lincoln-Grün an, Stiefel mit juwelenbesetzten hohen Absätzen und Sporen und ein Hemd aus rehbraunem Georgette mit Ballonärmeln, offen bis zum Nabel, um den königlichen Brustpelz zu zeigen sowie die königlichen Achselhöhlen zu ventilieren.

Als die beiden Herrscher die Mitte der Brücke erreichten, hielten sie an und zollten der Aussicht ihren Tribut. Hinter ihnen lag Nionel, eine Vision Eldorados in der flimmernden Hitze. Unter ihnen wälzte sich der breite Fluß, das rechte Ufer bestanden von riesigen Eschen und duftenden Gebüschen aus Zimt- und Sauerorangenbäumen und Weiden. Vor ihnen lag die blühende Steppe, auf der das Große Turnier abgehalten werden sollte. Die Tribünen und Marktbuden und anderen Baulichkeiten waren von den fleißigen Kobold-Emigranten fast vollständig wiederhergestellt. Das Feld selbst war ein leuchtendes Grün, gesprenkelt mit Butterblumen.

»Es überrascht mich, daß das Feld so frisch aussieht«, meinte Sharn, »denn die Gegend hier ist ja von dem vielen Regen, der südlichere Regionen heimsuchte, verschont geblieben.«

»Die Wälder sind in der Tat sehr trocken«, antwortete Sugoll. »Aber wir haben uns die Mühe gemacht, jede dritte Nacht einen Schauer heraufzubeschwören, um den Turnierplatz für die Festlichkeiten in gutem Zustand zu halten. Zur Zeit der Spiele wird die ganze Ebene mit Butterblumen bedeckt sein, und goldene Zistrosen werden den Rand und den Zeltplatz hinten unter den hohen Bäumen schmükken.«

»Ihr habt einen Schauer heraufbeschworen?« Offensichtlich war Sharn überwältigt. »Du meinst, ihr habt *Regen gemacht?*«

Der Mutant nickte unschuldig. »Es ist eine Kleinigkeit, passende Wolken zusammenzutreiben, wenn alle Leute ihre Gehirne unter der geeigneten Führerschaft anstrengen. Hast du das nicht auch schon festgestellt?«

»Hm«, sagte Sharn.

»Wir wären wirklich schlechte Gastgeber, wenn ein ausgetrocknetes Feld alles wäre, was wir für dies erste Große Turnier anzubieten hätten.«

Sharn versuchte, sich sein Staunen nicht anmerken zu lassen. »Cousin, dann üben deine Leute häufig den Brauch, ihre Gehirne zu vereinigen? Das herzustellen, was die Geringen ein Metakonzert nennen würden?«

Sugoll überlegte. »Ich glaube nicht, daß wir es öfters tun als andere Leute. Schließlich muß so etwas organisiert werden. Wir wenden die Technik bei Wetterveränderungen an, wenn es notwendig ist, und bei bestimmten großen Bauvorhaben wie die Brücke und das Polieren der Kuppeldächer, als wir hier einzogen – und damals auf dem Feldberg gab es einige Sprengarbeiten. Aber das erforderte nicht mehr als etwa fünfzig Personen gleichzeitig, und sie brauchten mich nicht als Leiter.«

»Wenn du ihre Gehirne leitest – erkennen sie dich dann bedingungslos als Führer an?«

Das verblüffte Sugoll. »Aber gewiß. Deine Leute nicht?«

Sharn seufzte schwer. »Cousin, darüber müssen wir später sprechen, und zwar ausführlich. Während eurer langen Isolierung vom Hauptstamm unserer Firvulag-Rasse habt ihr gewisse Einbußen erlitten. Doch die gnädige Göttin hat das auch auf einzigartige Weise kompensiert!«

»Nun«, bemerkte Sugoll bescheiden, »sie hat uns reich gemacht.«

Sharn knirschte mit den Zähnen. »Das auch. Eigentlich spielte ich aber auf eure Fähigkeit zu mentaler Team-Arbeit an. Ich muß gestehen, daß meine nicht mutierten Untertanen erst vor kurzem begonnen haben, ihre sture geistige Selbständigkeit zugunsten einer kooperativen Anstrengung aufzugeben.«

»Ihr seid Kämpfer«, stellte Sugoll geradeheraus fest. »Wir nicht. Wir mußten zusammenarbeiten, wenn wir überleben wollten.«

Sharn sprach mit Eifer. »Und jetzt lade ich euch ein, mit uns übrigen zusammenzuarbeiten ... bei dem nobelsten Unternehmen in der Geschichte des Vielfarbenen Landes! Diese meine Inspektionstour war nur ein Vorwand, dich aufzusuchen und dir davon zu erzählen, dich und deine Leute für das große Abenteuer zu gewinnen!« Mit einer plötzlichen dramatischen Geste wies er flußaufwärts. »Sieh! Da kommt Betularn, wie ich es versprochen hatte, und nicht in einer Million Jahre würdest du erraten, was er mitbringt – eine Aufmerksamkeit des leuchtenden Affen in Goriah!«

Der Heuler-Lord lächelte nichtssagend. »Während wir

auf den Helden warten, hast du vielleicht Lust, dir einige unserer Renovierungen genauer anzusehen.«

Gemeinsam ritten sie von der Brücke hinunter und einen breiten, mit gelbem Sand bestreuten Weg entlang zu den gewaltigen Zwillingstribünen aus behauenem Kalkstein. In den vierzig Jahren, die man sie nicht benutzt hatte, waren sie fast zu Ruinen verfallen. Jetzt arbeiteten überall Mutanten, verfugten und malten und dekorierten. Das Bauwerk war in vielen Grünschattierungen neu verputzt und mit honigfarbenen Pfeilern und Balustraden versehen worden. Es sollte noch mit strohgefüllten bernsteinfarbenen Kissen für die Zuschauer und grün-und-gelb Schattendächern ausgestattet werden. Die zentrale Königsloge hatte grüne Schlangensäulen, in einem lebhaften Gelb gestrichene Stufen, die zu den seitlichen Bühnen hinunterführten, und seltsam spitze Dächer mit goldenen Ziegeln und von Statuen gekrönten Türmchen. Bei der Firvulag-Loge waren es König Sharns kristallener Skorpion und Königin Ayfas gehörnter Mond. Der Tanu-Turm trug eine vergoldete Darstellung von Aikens unverschämtem Finger.

Der Gedanke an die Vergangenheit machte den Firvulag-Monarchen weich. »Ich hatte vergessen, wie schön und wie solide die Bauwerke auf unserem Goldfeld sind. Viel eindrucksvoller als die billigen Zelte, die die Tanu immer auf der Weißen Silberebene errichteten – und viel kühler hat man es hier auch. Du hast großartige Arbeit bei der Renovierung geleistet, Cousin. Was sind das für Barrikaden unten um die Siegerehrungsbühnen?«

Sugoll erläuterte einige der Spiele, die beim Turnier eingeführt werden sollten, und die Sicherheitsvorkehrungen, die der neue Geist guter Kameradschaft forderte.

Sharn grinste mit glänzenden spitzen Zähnen. »Trotzdem werden wir ein paar Feinde töten. Die Lanzenkämpfe und die Hindernisrennen bieten da gute Möglichkeiten. Und natürlich das Hurling. Stell dir vor, der Feind läßt das alte Spiel wiederaufleben! Mein Vater erzählte mir, daß auf Duat Hurling gespielt worden ist, mit Feindesköpfen.«

»Die Tanu nennen es Shinty«, sagte Sugoll. »Wir werden einen großen weißen Ball mit schwarzen Flecken als Ersatz für den Schädel benutzen.« Er spähte zum Fluß hin. »Der große Held Betularn kommt. Reiten wir ihm entgegen?«

Sie ritten zum Ufer hinunter, wo Zuschauersitze für die Bootrennen noch im Bau waren. An den Anlegestellen hatten achtzehn große aufblasbare Fahrzeuge festgemacht, bis an die Dollborde voll von regulären Soldaten und Frachtkisten. Weißhand, angetan mit seiner vollen Obsidian-Rüstung und einen purpurfarbenen Lederbehälter tragend, der fast so lang wie der Held groß war, sprang aus dem ersten Boot und schritt auf Sharn zu. Er ließ sich vor dem im Sattel sitzenden Firvulag-König auf ein Knie nieder und hielt ihm den großen Behälter hin. Sein Visier war offen; aus den Augen über den schweren Säcken strömten die Tränen.

»Euer Schreckliche Majestät!« krächzte Betularn. »Souveräner Herr der Höhen und Tiefen, Monarch der unendlichen Hölle, Vater aller Firvulag und unangefochtener Ko-Herrscher der bekannten Welt – in Eure Hände lege ich unser Schwert.«

Sharn sprang aus dem Sattel, ergriff den purpurfarbenen Behälter und riß den Deckel auf. Die riesige, diamantenglänzende Waffe blitzte im Sonnenschein. Die Köpfe auf ihrem Griff waren Edelsteine in verschiedene Farben. Das Kabel war ordentlich zusammengerollt und der Energiepack voll aufgeladen.

»Göttin!« rief Sharn. »Endlich!« Ehrfürchtig hob er die Photonenwaffe hoch. Betularn und alle Firvulag, die noch in den Booten waren, nahmen Hab-acht-Stellung ein, die gepanzerten Fäuste aufs Herz gedrückt. Sugoll stieg langsam ab, wechselte zu seinem natürlichen Aussehen über und setzte sich in rätselhafter Abscheulichkeit auf die Erde, während die Nichtmutanten das Firvulag-Lied anstimmten.

Das letzte tiefe Echo erstarb jenseits des Flusses, und Sharn befahl: »Rüste mich!«

Betularn schnallte ihm die juwelenbesetzten Gurte um und schlang den Energiepack um die Taille des Königs. Sharns Gesicht trug einen ekstatischen Ausdruck. »Sag deinen Truppen, sie sollen es sich bequem machen, Weißhand, und komm mit mir und unserm mutierten Cousin auf einen Spaziergang!« Er steckte das Schwert in seine Gürtelschlinge und schritt auf dem gelben Weg davon, der zu den Tribünen führte. Der sengende Wind, der von der weiten Grasfläche her wehte, duftete nach gewürztem Tee.

Betularn warf dem Lord der Heuler einen mißbilligenden Blick zu. »Deine lange Abwesenheit von unserm Firvulag-Hof hat deine Pietät verkümmern lassen, Cousin Sugoll. Man hofft, deine Bündnistreue hat keine ähnliche Schmälerung erlitten.«

»Ich bin stets der Diener der Göttin«, brummte die große Abscheulichkeit, »und ein treuer Vasall dem Hochkönig.«

»Na, Weißhand«, mahnte Sharn freundlich, »laß uns bei diesem historischen Ereignis auf Zänkereien verzichten.«

»Ich bin nur eifrig auf die Verteidigung deiner Ehre bedacht«, grollte der alte Krieger, »und du weißt, ich stehe mit ganzem Herzen zu dir, bis die Erde und der hohe Himmel bersten und der Letzte Krieg der reinigenden Flammen folgt!«

Irgendwo draußen im Goldfeld trillerte eine Heidelerche. Der Firvulag-König, der Veteranen-General und der Fürst der Monster verließen den heißen sandigen Pfad und gingen auf der kühlen grünen, mit Butterblumen bestreuten Wiese weiter.

»Dann ist es also wahr«, sagte Sugoll.

»Ja.« Sharn verschränkte die Hände hinter dem Rücken und betrachtete seine Stiefel, die beim Gehen die gelben Blümchen plattdrückten. »Aber laß dir von Betularns zu wörtlicher Auslegung des Rassen-Mythos nicht bange machen.«

»Ich verstehe nicht«, sagte die Abscheulichkeit.

»Ich auch nicht!« Weißhands Stimme klang rauh vor Schreck. »Wird es der Krieg sein, der das Ende der Welt herbeiführt, oder nicht?«

Sharn hob beschwichtigend die Hand und lächelte, die Augen weiter auf den Boden gerichtet. Dann legte er die Finger auf die Kontrollknöpfe des Schwerts. »Laßt es mich euch beiden erklären, wie ich es allen Kleinen Leuten erklären will. Ayfa und ich haben seit unserer Thronbesteigung die heiligen Traditionen genauestens studiert. Die Vorzeichen und diese Geschichte mit dem Widersacher und alles

Übrige. Unsere Forschungen haben uns überzeugt, das der Letzte Krieg durchaus keine gegenseitige Auslöschung zu bedeuten braucht. Die Überlieferungen können positiver interpretiert werden, nämlich so, daß eine neue und herrlichere Welt auf die Zerstörung der alten Ordnung folgt – und eine einzige Rasse über alle anderen siegt. Das sind natürlich wir.«

»Was wißt ihr jungen Leute von den alten Sitten?« rief Betularn. »Eure Vorstellung ist eine Travestie! Dein Ur-Urgroßvater, der am Schiffsgrab Unsterblichkeit errang, wird sich vor dem Thron der Göttin erbrechen, wenn er solche Blasphemie hört. Der Letzte Krieg ist das Ende, das weiß jeder. Das Ende von allem!«

»Das ist er nicht«, beharrte Sharn bei seiner Meinung. »Denn was wir hier auch tun, Duat und alle ihre Tochterwelten leben weiter – und hätten auch dann weitergelebt, wenn Firvulag und Tanu ihren Letzten Krieg damals am Rand der Leere geführt hätten.«

»Häresie!« polterte Betularn. »Nein, schlimmer! *Spitzfindigkeit!*«

Sugoll fragte: »Du gehst davon aus, königlicher Cousin, daß der Letzte Krieg, sofern er im Vielfarbenen Land ausgekämpft wird, den Neuen Himmel und die Neue Erde unserer Überlieferungen hier – in Raum und Zeit – statt auf der höheren Ebene der Realität hervorbringt?«

»Genau!« nickte Sharn. »Und wir Firvulag werden die Verkünder der Herrlichkeit sein! Die Feinde, die an Zahl und Kraft verloren haben, sind in einer schwachen Position. Ihr Herrscher ist ein fremder Usurpator. Er füllt seine Kampfgesellschaft mit heimwehkranken Geringen auf, die es kaum erwarten können, durch das Zeitportal in ihre freudlose Zukunftswelt zurückzuschlüpfen! Wir dagegen besitzen zu unsern neuen metapsychischen Kampftaktiken ein Arsenal an fortschrittlichen Waffen und sind stärker als je zuvor. Und jetzt haben wir das Schwert.«

Er hielt inne, zog die große Glasklinge aus dem Gürtel und hielt sie mit beiden Händen in die Höhe. Leise sagte er: »Für den Feind bricht die Nacht herein, aber für uns wird es ein neuer Sonnenaufgang werden.«

Er drückte auf den Knopf für die niedrigste Energieabgabe, die im rituellen Kampf benutzt wurde, und zerstrahlte das goldene Digitus-impudicus-Emblem über der königlichen Tanu-Loge zu einem Wölkchen glühenden Plasmas.

»Göttin!« rief Betularn. Sein Gesicht spiegelte den Aufruhr wider, der in seiner Seele tobte. »Ich war bereit, mich den Vorzeichen zu beugen und zu resignieren. Jetzt jedoch ... Sharn-Mes, Jungchen, du hast diesen alten Soldaten bis zum Gehtnichtmehr durcheinandergebracht. Ich weiß einfach nicht, was ich davon halten soll.«

»Vertraue mir«, drängte Sharn. Er wandte sich Sugoll zu. »Und wie ist es mit dir, Cousin Heuler? Bist auch du verwirrt?«

»Ich glaube nicht.«

Sharn zwinkerte. »Aber du behältst dir dein Urteil vor. Ist es das?«

Ein leichtes Nicken des schrecklichen, mit einem Kamm gekrönten Hauptes bestätigte es.

Sharn knipste die Kappe von den oberen Einstellungen des Schwertes. »Darf ich euch beiden ins Gedächtnis zurückrufen, daß unsere heilige Waffe mehreren Zwecken dienen kann. Der goldene Hanswurst hat sich eine Luftflotte beschafft und bildet sich ein, das werde ihm im Kampf die Oberhand geben. Doch unser Schwert ist nicht nur für Rituale gedacht, sondern auch zur Verteidigung. Wir haben es benutzt, als wir damals in der alten Galaxis von Planet zu Planet vertrieben wurden.«

Eine Schar scheckiger Schwäne flog vom Fluß nach Westen, und Sharn, die Lippen zu einem siegessicheren Lächeln verkniffen, zielte von neuem. »Sollen wir ausprobieren, welche Wirkung die höchste Energiestufe zeitigen wird? Ja!«

Er drückte den obersten Knopf.

Nichts geschah.

Unglaubliche Blasmephien hervorsprudelnd, versuchte der König es mit den anderen drei stärkeren Einstellungen. Keine funktionierte.

»Der verräterische Schurke! Dieser hinterlistige kleine Betrüger!« Sharn drückte den untersten Knopf. Ein grüner

Blitz löste einen einzigen Schwan auf. Die übrigen, erschreckt von der Erschütterung, stoben auseinander.

»Das Schwert ist für seinen legitimen Zweck immer noch brauchbar«, bemerkte Betularn finster, »und sein symbolischer Wert hat nicht seinesgleichen. Der Feind ist außerordentlich klug gewesen.«

Sharn würgte seine Wut hinunter. »Vermutlich hast du recht. Aber auf diese entsetzliche Art betrogen zu werden! Das ist ... das ist ...«

»Typisch für die heutige Zeit«, stellte der Heuler-Lord mit ruhiger, trauriger Stimme fest. Er nahm wieder seine humanoide Gestalt an. »Die Hitze wird drückend, mein Lehnsherr. Sollen wir in den Frieden Nionels zurückkehren?« Sugoll verbeugte sich leicht vor Betularn. »Ich biete auch dir und deinen Truppen unsere Gastfreundschaft an, Weißhand.«

»Ich danke dir«, antwortete der General, »aber ebensogut können wir hier auf dem Feld unser Lager aufschlagen, was wir für die Spiele doch tun müssen. Ich komme zum Abendessen vorbei, nachdem ich meine Jungen und Mädchen untergebracht habe.«

Sugoll nickte. »Die Herbergen stehen zur Aufnahme bereit, wenn bisher auch erst wenige Gäste darin wohnen. Oder habt ihr eure eigene Ausrüstung mitgebracht?«

»Alles, was wir nur brauchen werden«, erwiderte Betularn. »Und noch ein bißchen mehr.«

WALTER: Hörst du mich, Sohn?

VEIKKO: Dad! Endlich. Jesus, bist du laut. Du mußt schrecklich nahe sein.

WALTER: Weniger als 300 Kilometer nördlich von dir und Goriah, oben im Golf von Armorica.

VEIKKO: ! – Wie?

WALTER: Alle diese Stürme. Wir sind vor ihnen gelaufen.

VEIKKO: Gelaufen ... mit der Kyllikki? O mein Gott. Du mußt den Verstand verloren haben! Oder hast du dein Bestes getan, um ...

WALTER: Was glaubst du denn?

VEIKKO: Marc hat nichts gemerkt?

WALTER: Er ist nicht sehr oft hier gewesen, und er hatte noch nie zuvor eine Reise mit der Kyllikki gemacht. Du wirst dich erinnern, daß damals im Rye-Harbor-Yachtclub das größte Boot, das er je unter sich hatte, eine 20-Meter-Nicholson gewesen ist. Ein hübsches Ding, nur gibt es einem keinen Hinweis auf die Launen eines Viermast-Schoners. Außerdem tat ich es ohne Heimlichkeiten und holte aus ihr heraus, was nur möglich war. Wären wir gekentert, dann wäre das Kismet gewesen. Tatsächlich war Marc erfreut über die Geschwindigkeit, die ich erzielte. Und da wir uns auf dem Pfad des Sturms hielten, müssen alle Versuche, uns fernwahrzunehmen, vollständig gescheitert sein.

VEIKKO: Niemand in Goriah hat die leiseste Ahnung, wo ihr steckt. Hagen war ganz aus dem Häuschen. Er drängte mich, eure Position festzustellen. (Gelächter). Irgendwie schaffte ich es einfach nicht, euch mit Fernwahrnehmung anzupeilen ... Dann wollte er einen Flieger losschicken, der euch aufspüren und versenken sollte. Das schlug ihm der König ab. Es geht etwas Merkwürdiges vor, Walter. Heute morgen verschwanden Cloud, Hagen und der König zusammen mit Elizabeth und einem von Elizabeths höchsten Tanu-Untergebenen. Sie flogen mit den eigenen Körpern, um Gottes willen, wo wir doch diese ausgezeichneten Flugmaschinen haben. Niemand hier weiß ...

WALTER: Es ist Marc.

VEIKKO: ?

WALTER: Sein letzter Appell an euch Kinder.

VEIKKO: Du meinst, wenn Hagen sich weigert, die Arbeit an dem Zeitportal einzustellen, werden wir zum Abschuß freigegeben?

WALTER: Darauf wird es so ungefähr hinauslaufen. Du weißt doch, daß Marc die ganze Zeit die Stimme der Vernunft vertreten hat. Er wollte euch nichts tun, solange es noch irgendeine Alternative gab. Castellane und Warshaw und die meisten anderen Magnaten waren dafür, euch Kindern bei der ersten sich bietenden Gelegenheit die volle Ladung zu verpassen.

VEIKKO: Du hast das Abstimmungsergebnis für uns ausgeglichen, Walter. Du und Manion. Ich habe Diane gesagt, was ihr Vater getan hat. Es überraschte sie gar nicht. Hagen schon.

WALTER: Das läßt sich denken. Der arme Teufel.

VEIKKO: ... Was soll ich jetzt tun? Ich kann dem König eure Position nicht verraten, Dad. Ich *kann es nicht.*

WALTER: Jetzt, wo wir in der Nähe des Festlandes sind, wird die Fernwahrnehmung für jeden schwierig sein. Ragnar Gathen und Arne-Rolf Lillestrom haben während der Reise einen psychoelektronischen Zerhacker zurechtgebastelt. Primitiv, aber wahrscheinlich wirksam genug, um uns vor Schnüffelei aus großer Entfernung zu bewahren. Hat der König irgendwelche mechanischen Suchgeräte?

VEIKKO: Ein Infrarotgerät mit einer Reichweite von etwa 70 Kilometern, und die Flugmaschinen haben so eine Art von Bodendetektoren. Könnt ihr nicht *fliehen?*

WALTER: Mach dir darüber keine Sorgen.

VEIKKO: Aber ich mache mir Sorgen! – Du weißt es.

WALTER: Wenn Marcs Vorschlag, den er Hagen und Cloud unterbreiten will, das ist, was ich vermute, löst es vielleicht alle unsere Probleme.

VEIKKO: ? !! – Ganz gleich, was Marc verspricht, wir werden den Guderian-Apparat bauen.

WALTER: Möglich.

VEIKKO: Wir haben alle zugestimmt, Dad. Nun ... die meisten von uns. Und der König steht auf unserer Seite.

WALTER: Warte trotzdem ab, bis du den Vorschlag gehört hast.

VEIKKO: Walter, du wirst doch nicht zu *ihm* überlaufen? Gott!

WALTER: Ich stehe auf eurer Seite, Veik. Immer! Jetzt hör zu! Versuche nicht mehr, mit mir Verbindung aufzunehmen, es sei denn, du bist mit Marcs Vorschlag einverstanden. Es wäre zu gefährlich für uns beide. Du bist schon fast in der Reichweite von Castellanes Fernwahrnehmung, und wenn sie Marc meldet, was wir treiben ... Nun, lebendig könnte ich euch immer noch nützlicher sein. Tot wäre ich nur nützlich, wenn ich die Kyllikki mit mir nähme.

VEIKKO: Aber was soll ich ...?

WALTER: Warte! Es kann nicht mehr lange dauern. Lebewohl, Veikko!

VEIKKO: Lebewohl, Dad!

3

Basil öffnete die Augen und sah nichts als verwischte Dunkelheit. Überall glommen rote Lichter, und über ihnen wanden sich vielfach verzweigte Linien wie Adern. Er hörte das leise, regelmäßige Brausen der Brandung. Er hörte ein gedämpftes Trommeln: Bum-*Bum* (Hupf) Bum-*Bum* (Hupf) Bum-*Bum* (Hupf). Sein Gedächtnis lieferte eine dazu passende Melodie: »Zwei Herzen im Dreivierteltakt.« Nein, dachte er. Es ist nur ein Herz. Meins. In einem künstlichen Mutterleib. Constante?

»Ganz recht, alter Freund.«

Ein blasser Klumpen schwebte über Augenhöhe. Der Nebel lichtete sich plötzlich, als etwas Knisterndes und Transparentes, einer Plastikmembrane ähnlich, von seinem Gesicht gezogen wurde. Er sah einen El-Greco-Engel, der einen goldenen Halsring trug, und sagte zu ihm: »Oh, hallo, Creyn. Bin ich in der Haut gewesen?«

»Zwei Tage lang.«

»Ich fühle mich sehr wohl«, stellte Basil fest. Die Beleuchtung wurde ein bißchen heller und nahm ein normaleres Spektrum an. Er entdeckte einen zweiten Tanu, der in einem schattigen Winkel der Kammer stand. Das geschnitzte Holzwerk, die Stuckwände und die barocken Fensterläden waren bestimmt die des Chalets auf der Schwarzen Klippe. »Also hierher hat er mich gebracht. Wunderbar! – Aber meine Knochen können doch noch nicht geheilt sein?«

»Wir werden sehen.« Creyn fuhr fort, ihn auszuwickeln, und stopfte die gebrauchte Hautmembrane in einen roten Beutel. Über die Schulter sagte er: »Lord Heiler, willst du die Mikrountersuchung vornehmen?«

Ein größerer Tanu, wie Creyn in eine rot-und-weiße Robe gekleidet, trat näher. Seine Augen mit ihren nadelspitzengroßen Pupillen waren von einem blassen Blau mit Einsprengseln anderer Farbe, wie bestimmte Opale. Abgesehen von den tiefen Linien um den Mund wirkte sein Gesicht jugendlich. Sein Haar glich feingesponnenem Platin.

»Bemerkenswert«, erklärte Dionket eine Weile später. »Das Programm des Widersachers zur beschleunigten Geweberegenerierung hat den Knöchel vollständig wiederhergestellt. Das Mark des Schienbeins ist noch nicht vollständig geheilt, doch eine normale Belastung wird der Knochen aushalten.«

Fünf Tanu-Gehirne intonierten: Tana sei Dank.

Basil setzte inbrünstig hinzu: In saecula saeculorum!

Er spürte, wie eine Art Rahmen, der seinen Körper gestützt hatte, zurückgezogen wurde. Dann stand er auf seinen eigenen zwei Füßen und merkte, daß er völlig nackt war. Er stieg von einem Podest hinunter.

Creyn lächelte ihn an. »Fühlst du dich schwach?«

»Kein bißchen, alter Junge. Ich habe nur mörderischen Hunger.«

Creyn half ihm in einen weißen Baumwollkittel und Pantoffeln. »Die Heiler, die dir geholfen haben, sind Dionket, einstmals Präsident unserer Redakteursgilde, Lord Peredeyr Einwanderer, Meyn der Nieschlafende und Lady Brintil.«

Basil sagte: »Ich danke euch für eure ... ah ... professionelle Dienstleistung. Es überwältigt mich, daß ihr die Arbeit so schnell vollbracht habt. Bei Verletzungen wie diesen hätte ich mir die Haut-Behandlung beträchtlich länger vorgestellt.«

»Für gewöhnlich dauert es auch länger«, antwortete Dionket, »wenn traditionelle redigierende Techniken angewandt werden. Wir haben jedoch bei dir mit einer neuen Methode experimentiert – mit einer konzertierten, intensiven Operation, zu der fünf Heiler statt einem einzigen gehören.«

»Hm«, brummte Basil. »Ich freue mich, daß ich davon profitieren durfte.«

Dionket und die anderen drei berührten Basils Geist kurz

durch seinen grauen Reif und verschwanden wieder. Der Professor sagte zu Creyn: »Ich muß auch meinem Retter danken, daß er mich vom Monte Rosa weggebracht hat. Remillard ist wohl nicht mehr hier?«

Creyns Gesicht blieb ausdruckslos. »Doch. Von ihm stammt das abgewandelte Haut-Programm, mit dem wir dich geheilt haben.«

»Teufel! Dann schulde ich ihm zweifachen Dank, nicht wahr?« Sie verließen die Krankenstation und stiegen über eine offene Treppe zum ersten Stock des Chalets hinauf. »Ich will gern gestehen, daß es ein Schock für mich war, als er auf dem Gipfel erschien, gepanzert wie ein archetypischer Maschinengott. Von dem Mann selbst habe ich nichts zu sehen bekommen. Der Gedanke, ihm von Angesicht zu Angesicht gegenüberzutreten, macht mich ein bißchen schwindelig – der Herausforderer der Galaxis, der metapsychische Musterknabe, der zum schwärzesten Schurken wurde, den unsere Rasse je gekannt hat ...«

»Er ißt Pilzomelettes und Popcorn mit Bruder Anatol«, berichtete Creyn. »Und legt seine Füße auf den Kaminvorsetzer, um sie in stürmischen Nächten wie dieser zu wärmen. Und er vergißt auf der Toilette, den Deckel zu schließen.«

Basil lachte. »Schon kapiert! Schließlich doch einer von uns, wie?«

»Nein«, erwiderte Creyn. »Aber ich glaube, er wäre es gern.«

Basil blieb am Kopf der Treppe stehen. Seine Augen begegneten denen des Tanu, der auf dem langen Exodus aus dem überfluteten Muriah sein Freund geworden war. »Bleyn der Champion ließ bei unserer Expedition Hinweise fallen, nach denen Remillard tatsächlich in geistiger Verbindung mit Elizabeth zusammengearbeitet haben soll. Ist das wahr?«

»Sie haben gemeinsam das Kind der Haushälterin des Chalets von dem Schwarzreif-Syndrom geheilt. Mehr als das – sie erhoben den Kleinen zu voller Operanz. Zu ringloser Metafähigkeit.«

»Großer Gott. Und als Remillard mich herbrachte ...«

»Der Widersacher zeigte sich interessiert, als wir vorschlugen, dich in unsere Heilhaut zu stecken. Er hatte die psychoaktive Substanz noch nie in Gebrauch gesehen. Dionket Lord Heiler demonstrierte unser übliches redigierendes Programm, und daraufhin entwarf der Widersacher diese neue Technik. Er bezeichnete sie als Nebenprodukt der komplizierteren Prozedur, die bei dem Kind angewendet worden ist. Elizabeth sagte, wir sollten seinen Anweisungen folgen; er sei in eurem Galaktischen Milieu berühmt für das Entwerfen von Metakonzert-Programmen gewesen. Das Ergebnis war deine beschleunigte Heilung.«

Sie betraten ein kleines Wohnzimmer, in dem Feuer brannte. Basil erkundigte sich: »Dieser Name, mit dem du Remillard bezeichnest: der Widersacher. Würde es dir etwas ausmachen, mir seine Bedeutung zu erklären?« Er berührte das graue Metall an seiner Kehle. »Ich empfange merkwürdige mentale Obertöne von dir, alter Junge. Wie weit hat sich Elizabeth eigentlich mit diesem Schurken eingelassen?«

»Ich will dir alles mitteilen, was ich weiß, und ebenso die Schlüsse, die ich gezogen und noch niemandem anvertraut habe ... Basil, du und ich, wir haben sie beide hoffnungslos geliebt. Wir haben gesehen, wie sie, nicht wissend, wo ihre Bestimmung liegt, an sich selbst zweifelte und immer wieder versucht war, sich von uns zurückzuziehen. Jetzt fürchtet sie diesen Widersacher, und gleichzeitig wird sie unwiderstehlich in seine Bahn gezogen. Wir könnten imstande sein, ihr zu helfen.«

»Um Gottes willen, wie?«

Creyn half ihm in einen Sessel, zog einen Schemel heran. »Ruh dich hier eine Weile aus! Ich komme gleich mit Essen für dich wieder – und mit einem goldenen Reif.«

Heftiger Regen schlug gegen die Fenstertüren des Großen Salons. Die langsam brennenden Eichenkloben in dem großen Kamin taten wenig, die Kälte zu vertreiben.

Marc sagte zu Bruder Anatol: »Sie sind da.«

Der magere alte Priester erhob sich von einem der Sofas und wischte Bröckchen tetraploiden Popcorns von seinem Skapulier. »Dann verschwinde ich ins Bett. Sie werden wenig Wert darauf legen, daß ich bei der Familienvereinigung anwesend bin. Viel Glück kann ich Ihnen kaum wünschen.«

»Mir wäre es lieb, Sie würden bleiben. Vielleicht lernten Sie meinen Standpunkt verstehen.« Marc kniete neben dem aufgeschichteten Feuerholz und suchte ein paar Scheite Steinfichte heraus. »Ebenso wie die Kinder. Keiner von euch besitzt sämtliche Daten. Wenn ihr sie habt, werdet ihr vielleicht endlich begreifen. Cloud und Hagen wissen nicht, daß sie für die Verwirklichung der Idee vom Mentalen Menschen unbedingt notwendig sind. Das ist auch den meisten meiner alten Verbündeten, die mit mir ins Pliozän gekommen sind, nicht klar. Wären die Kinder nie geboren worden, wäre ich es zufrieden gewesen, bei meiner gescheiterten Rebellion zu sterben, und das wäre dann das Ende davon gewesen. Aber sie *wurden* geboren. Nennen Sie es Vorsehung oder Synchronismus oder sonstwie. Jetzt bleibt ihnen keine Wahl, als ihr Geschick zu erfüllen.«

»Keine Wahl?« flammte Anatol auf. »Nu kruti mne yaitsa, khui morzhoviy! Gerade das haben sie ja: eine Wahl!«

Marc legte lächelnd die Scheite aufs Feuer. »Gott, haben Sie eine scharfe Zunge, Priester.«

»Ich weiß. Das hat mich damals in Yakutsk oft in Schwierigkeiten gebracht. Der Mangel an Nächstenliebe ist die Gewohnheitssünde meines Lebens ... Es könnte auch Ihre werden, Sie auf die Pauke hauender Großmeister erster Klasse, wenn Sie fortfahren, Ihre Kinder wie die Exemplare eines Zuchtexperiments zu behandeln!«

»Sie haben keine Ahnung, wie wichtig das Konzept vom Mentalen Menschen ist.«

»Mag sein. Aber ich weiß, was Menschenwürde ist – und das Recht Ihrer Kinder auf die eigene Entscheidung.«

»Die Geburt der transzendentalen Menschheit hat mehr Bedeutung als die Rechte zweier Individuen, ganz gleich, wer sie sind! Hagen und Cloud darf nicht gestattet werden, sich zurückzuziehen. Jetzt nicht mehr, wo ich endlich die Mittel habe, das Projekt Früchte tragen zu lassen.«

»Dann sorgen Sie dafür, daß sie an Sie glauben«, erwiderte Anatol. »Überzeugen Sie sie! Überzeugen Sie sich selbst! Beweisen Sie, daß das Urteil des Milieus über Sie ein Fehler war!«

Das harzige Holz fing Feuer, und die Flammen schlugen

höher. Marc erklärte: »Die menschliche Rasse muß ihr großes Potential erfüllen. Das kann nicht böse sein!«

»So«, sagte der Bruder mit unheimlich ruhiger Stimme. »Statt sich von mir Ihr irrendes Gewissen korrigieren zu lassen, wollen Sie meins korrigieren! Wenn ein einziger armer alter Zalupa konskaya Ihnen sagen würde, es sei schließlich doch keine Sünde, wäre es dann Recht geworden? Nicht vor mir müssen Sie sich verantworten, Marc – sondern vor Hagen und Cloud.«

Der Feuerschein beschattete Abaddons Augen. »Beten Sie, daß es mir gelingt, Anatol. Denn alles, was ich wirklich haben will, ist ihr Keimplasma.«

Es klopfte an der Tür.

Elizabeths Geist sagte: Wir sind da.

Marc sprang auf die Füße und stellte sich mit dem Rücken zum Feuer, eine Silhouette in einem schwarzen Pullover mit Polo-Kragen und schwarzer Cordhose. Die Doppeltür des Salons öffnete sich. Vier Leute erschienen auf der Schwelle, alle in Tanu-Wetteranzügen mit zurückgeworfenen Kapuzen. Elizabeth trat zur Seite. Cloud und Hagen, beide in Weiß, standen nebeneinander. Hinter ihnen sah man den König.

Cloud sagte: »Papa!« Marc breitete die Arme aus, und sie lief zu ihm. Ihre Gedanken umarmten sich, sie küßte ihn, und er drückte ihren hellhaarigen Kopf an seine Brust, bis sie aufhörte zu weinen. Dann sah sie zu ihm hoch, nacktes Flehen in den Augen, zog sich zurück und wartete auf Hagen.

Der junge Mann stand volle vier Meter weiter weg, neben Aiken Drum. Die Hände, noch in den Handschuhen, hielt er steif an den Seiten. Er ignorierte die Aufforderung seiner Schwester und seines Vaters und hielt seinen Geist fest verbarrikadiert. »Ich werde mir anhören, was du zu sagen hast, Papa. Das ist alles.« Schwere Regentropfen klatschten gegen die Fensterscheiben.

»Wollt ihr euch setzen?« Marcs Stimme klang sanft. »Es wird nicht lange dauern.« Mit voller Absicht wandte er ihnen den Rücken und schürte das qualmende Feuer.

Drei große Sofas waren um einen niedrigen Tisch angeordnet. Bruder Anatol sagte: »Kommen Sie, mein Sohn! Es wird Ihnen nichts geschehen. Wer wird denn jemandem in einer Nacht wie dieser, bei Popcorn und Glühwein, das Gehirn ausbrennen wollen? Bedienen Sie sich! Ich wollte mich gerade verabschieden.« Elizabeths Hand im Vorübergehen berührend, wandte er sich zur Tür.

Marc befahl: »Bleiben Sie!«

Der Bruder blieb ruckartig stehen. Dann ging er zu einem Sessel hinten im Dunkeln und setzte sich.

Auf dem Tisch vor dem Feuer dampfte der Krug mit gewürztem Wein. Die Maiskörner waren ebenfalls heiß und glänzten vor Butter. Aiken, ganz in vergoldetes Leder gekleidet, griff zu und meinte: »Ich habe nichts dagegen, einen kleinen Imbiß mit dir zu teilen, Remillard. Meinen langen Löffel habe ich mitgebracht.« Er ließ sich auf das am weitesten vom Feuer entfernte Sofa niederplumpsen. Nach einigem Zögern setzte sich Hagen zu ihm. Cloud nahm neben ihrem Vater Platz. Elizabeth saß allein auf dem Sofa links.

»Ich sagte, ich wolle euch Kindern von eurem Erbgut erzählen«, begann Marc ohne Einleitung. »Wie ihr wißt, verjüngt sich mein Körper selbst. Abgesehen von meinen eigensinnigen Haaren hat sich mein Aussehen in den letzten dreißig Jahren nicht sehr verändert. Ich bin ein Mutant, wie alle Kinder von Paul Remillard und Teresa Kendall. Die selbstverjüngende Eigenschaft ist wie die meisten Mutationen genetisch dominant. Du, Cloud, und du, Hagen, ihr seid ebenfalls im Prinzip unsterblich.«

»Ich habe es gewußt!« Hagen sprang auf die Füße. »Aber bisher wolltest du uns die Wahrheit nicht sagen, nicht wahr, Papa? Nein – das hätte deine Macht über uns geschwächt und deiner Größe in den Augen der anderen Abbruch getan. Du mußtest einzigartig sein! Deshalb täuschtest du uns, warntest uns, keine Kinder in die Welt zu setzen, machtest Andeutungen, möglicherweise hätten wir schreckliche Gene wie die Onkel Jacks ...«

»Was euch gesagt worden ist«, unterbrach Marc, »und was euch nicht gesagt worden ist, sollte eure Sicherheit und euren Seelenfrieden gewährleisten. Ihr habt supravitale Allelen für die Selbstverjüngung und für große Metafähigkeiten ... und für anderes. Das berüchtigte Patchwork-Erbe der Remillards. Natürlich hättet ihr das mit der Unsterblichkeit schließlich selbst herausgefunden.«

»Und was ist mit dem Rest?« fragte Cloud verwirrt. »Hattest du Angst, wir könnten die Wahrheit nicht ertragen?«

»*Du* hättest sie vielleicht ertragen.« Marc hielt immer noch das Gesicht dem Feuer zugewendet. Mehrere Minuten lang sprach niemand. Hagen setzte sich wieder.

Endlich bat Elizabeth: »Marc, du mußt ihnen sagen, warum sie ins Pliozän gebracht worden sind.«

»Weil ihr die Eltern des Mentalen Menschen seid«, erklärte Marc.

Hagen und Cloud saßen da wie in Stein verwandelt. Dann platzte Hagen heraus: »Du hast die Bibliotheksplatten auf Ocala zensiert, hast alle Einzelheiten über das wirkliche Motiv deiner Rebellion entfernt. Wir hatten nichts als Andeutungen – und die Tatsache, daß Mama versuchte, dich eigenhändig zu töten, um das Projekt des Mentalen Menschen zum Scheitern zu bringen. Um Gottes willen, Papa – was war dies Projekt? *Was ist es noch?*«

Sein Geist zeigte es ihnen.

Überwältigt von Ungläubigkeit, saßen sie mit niedergefallenen mentalen Barrieren da.

Elizabeth sagte zu Aiken: Schirme dich jetzt ab wie noch nie!

Aiken sagte: Gott Frau *siehst* du denn nicht daß er nicht koerziert?

Marc sah sie immer noch nicht an. Seine Handflächen lagen flach auf der Kamineinfassung, sein Kopf war gesenkt. Flammen umgaben den Umriß seiner Gestalt mit einer brennenden Corona. Er berichtete: »Ehe ich Pläne zu diesem Projekt machte, lange bevor ich eure Mutter kennenlernte, betrachtete ich meine Unsterblichkeit nur als einen bitteren Witz der launischen Evolution. Habt ihr je darüber nachgedacht, was körperliche Unsterblichkeit *wirklich* bedeutet? Ein operanter Geist, gekettet an einen schwachen, von Gefühlen umhergetriebenen Körper! Es war eher ein Fluch als ein Segen in einer Welt, bewohnt von ängstlichen, kurzlebigen Mitmenschen und selbstgerechten Fremden,

die bereits mit Argwohn auf das genetische Potential unserer Rasse blickten. Unsere ganze Familie hatte die Eigenschaft – mehr oder weniger. Und was hatten wir davon? Dann wurde Jack geboren. Wir beobachteten, wie seine ganz spezielle Kombination von subletalen Genen zum Tragen kam. Es war schrecklich, und es war großartig, und es war die *Antwort.* Er personifizierte die oberste Stufe der menschlichen Evolution: das entkörperlichte Gehirn, fähig, jede stoffliche Form anzunehmen, die es wollte. Oder auch keine. Aber wir entdeckten, daß le bon dieu uns einen weiteren kosmischen Streich gespielt hatte. Der arme Jack war nicht unsterblich. Das wundervolle Gehirn war dazu verurteilt, langsam zu verfallen. In weniger als achtzig Jahren würde es sterben ... Da wurde mir die Offenbarung zuteil. Der Mentale Mensch konnte künstlich erzeugt werden. Einige Mitglieder meiner Familie und einige Magnaten des Rates, die sich für den Traum begeisterten, halfen bei den ersten Experimenten. Wir benutzten meinen Samen, da ich den Kulminationspunkt der unsterblichen Linie darstellte, und weibliche Gameten von den genetisch am besten ausgestatteten Frauen, die bei dem Projekt mitwirkten. Wegen der Kontroversen, die die Idee hervorgerufen hatte, geschah alles künstlich und geheim. Wir schienen dem Erfolg nahe zu sein. Und dann begannen die Schwierigkeiten, es gab Saboteure, Abtrünnige. Die Ängstlichen und die Weitsichtigen führten ideologische Schlachten über die moralische Berechtigung des ganzen Konzepts. War es von Vorteil für den galaktischen Geist, die Evolution durch das radikale Mittel zu beschleunigen? Die menschlichen Denker spalteten sich in zwei Lager. Die Fremden verdammten uns einstimmig.«
»Und Mama«, warf Cloud ein.

»Und Cyndia«, stimmte Marc zu. »Ehe und natürliche Kinder waren niemals Teil meines Lebensplans gewesen. Ich wollte nichts, als den Mentalen Menschen in vitro und in cerebro zeugen. Aber da war Cyndia. Eine Zeitlang schien sie das Projekt gutzuheißen. Sie glaubte nämlich, den sich entwickelnden Ungeborenen würde erlaubt werden, ihre Körper zu behalten ... Sie bestand darauf, wir müßten eigene Kinder haben, obwohl ich sie über die Familienprobleme informierte. Schließlich konnte ich es ihr nicht länger abschlagen. Ihr beide wurdet geboren, offensichtlich perfekt. Aber ich wußte, ihr würdet gleich mir niemals euer volles Potential erreichen, es sei denn ...«

»Es sei denn, auch wir wurden in das Projekt einbezogen«, ergänzte Cloud.

»Und da versuchte sie, dich zu töten!« rief Hagen und sprang auf. Aikens Finger schlossen sich wie Stahlklammern um sein Handgelenk, und Hagen sank ächzend zurück. »Und als es ihr nicht gelang, tötetest du *sie*.«

Endlich wandte Marc sich ihnen zu, ruhig und unerbittlich. »Cyndia hatte ursprünglich nicht die Absicht, mir das Leben zu nehmen. Als gleich zu Beginn der Rebellion die Katastrophe unsere geheimen Laboratorien traf, glaubte sie, es genüge, daß sie mich sterilisierte, um dem Mentalen Menschen wie auch dem Krieg ein Ende zu bereiten. Sie besaß ein kleines Schallmesser, ein äußerst raffiniertes Gerät. Cyndia tat, was sie sich vorgenommen hatte, und hätte mich dabei beinahe umgebracht. Mein Geist schlug sie in Selbstverteidigung nieder.«

»Jesus«, sagte Aiken. »Dann hattest du nichts mehr als die Kinder.«

»Oh, Papa«, flüsterte Cloud mit erstorbener Stimme. »Deshalb war es *notwendig*, wie du sagtest, uns ins Pliozän mitzunehmen, als die Rebellion fehlschlug. Deshalb willst du uns jetzt hierbehalten.«

Marc erklärte: »Das Milieu wird euch nicht gestatten, unser Erbe weiterzugeben. Ihr habt die gefährlichen Stärken und Schwächen eurer beiden Eltern. Zu meiner Zeit waren die Eugenetiker des Menschlichen Sektors in diesen Dingen nicht so streng. Für die Mächtigen war es ziemlich leicht, die Bestimmungen zu umgehen. Aber schon Jack wurde illegal geboren, wie ihr wißt. Bei seinem überwältigenden Quotienten an sogenannten tödlichen Genen hätte eine Abtreibung vorgenommen werden müssen.«

»Und wenn das geschehen wäre, hättest du gesiegt«, bemerkte Elizabeth.

Marc antwortete nur mit seinem berühmten Lächeln.

Hagens unvollkommen abgeschirmte Gedanken waren

ein einziges Chaos. »Du hättest doch im Regenerierungstank wiederhergestellt werden können, damals im Milieu und sogar hier. Gott – du *bist* wiederhergestellt worden, nachdem Felice dich geschunden hatte! Und deine Fähigkeit zur Selbstregenerierung – erzähl mir bloß nicht, sie versage bei der Wiederherstellung zerstörter Gonaden!«

»Der Körper versagt nicht«, erwiderte Marc. »Nur der Geist.«

Verblüfft wiederholte Hagen: »Der Geist?«

Marcs fester Blick richtete sich auf Elizabeth. »Frage die Großmeisterin, warum sie nach ihrem Unfall in metapsychische Latenz zurückfiel, obwohl ihr Gehirn vollkommen wiederhergestellt worden war.«

»Wir regenerieren uns selbst«, sagte Elizabeth zu Hagen. »Bei jedem Heilungsprozeß – ob gewöhnlich oder außergewöhnlich, ob im Tank, in der Tanu-Haut oder durch Autoregeneration – müssen die wiederhergestellten Körperzellen in das Ganze integriert, durch die subtilen redigierenden Prozesse des Geistes akzeptiert und gesteuert werden.«

»Und – das kannst du nicht?« fragte Cloud ihren Vater.

»Nein«, antwortete Marc.

»*Warum* denn nicht?«

»Vielleicht weiß das Bruder Anatol«, meinte Marc leichthin. »Wir haben des längeren darüber diskutiert, wie das Herz den Intellekt dazu verleitet, falsches Zeugnis abzulegen. Was ich tun sollte, tue ich nicht! Je suis le veuf, dem kein Stern auf seiner Laute geblieben ist. Für mich gibt es nur noch den Abgrund ... Ihr Kinder müßt es übernehmen, den Mentalen Menschen an einem Ort zu zeugen, der sicher ist vor Einmischungen eifersüchtiger Fremder und beschränkter Menschen. Aber eine Sternensuche ist nicht mehr notwendig. Wir brauchen nicht darauf zu warten, daß wir gerettet werden. Nicht mehr lange, und ich besitze die Fähigkeit, uns mit einem D-Sprung in jeden Winkel der Galaxis zu bringen. Ich kenne mindestens drei Welten mit hochtechnisierten Zivilisationen, die unser Projekt durchziehen könnten. Auf keiner ist es bisher zu echten operanten Metafunktionen oder auch nur zu überlichtschnellem Verkehr gekommen, doch das zu ändern, wäre eine Kleinigkeit, sobald wir die Kontrolle des Planeten übernommen hätten.« Marc zeigte ihnen ein mentales Bild.

»Wir.« Hagen betrachtete seinen Vater voll böser Ahnungen. »Dann sollen die anderen Kinder auch irgendwie an dem Projekt teilnehmen, so, wie du es uns damals auf Ocala gesagt hast?«

»Alle, die der Ideologie vom Mentalen Menschen treu geblieben sind, dürfen sich uns anschließen. Ein angemessener Gen-Pool von operantem menschlichen Material ist notwendig, um den subletalen Allelen der Remillards entgegenzuwirken. Meine alten Kollegen wissen das von jeher. Was sie *nicht* wissen, ist, daß ihr beiden die einzigen übriggebliebenen Quellen für das Unsterblichkeits-Erbe seid. Sie nahmen an – ebenso wie ich –, daß ich meine Fruchtbarkeit irgendwann zurückgewinnen würde. Die meisten glauben sogar, es sei geschehen. Nur aus Vorsicht vermied ich es, ihnen während der ersten Jahre unseres Exils die Illusion zu rauben. Es waren unruhige Zeiten. Ich war durchaus imstande, für mich selbst zu sorgen, aber ihr Kinder wart verwundbar.«

»Es überrascht mich«, stellte Hagen ätzend fest, »daß du keine Proben unseres Keimplasmas konserviert hast.«

»Das habe ich getan. Die Keoghs, die unsere besten Ärzte waren und die Wahrheit kannten, nahmen euch einen Eierstock und einen Hoden, als ihr noch ganz kleine Kinder wart. Der einzige andere Mensch, der es wußte, mein engster Freund und Vertrauter, vernichtete sie ungefähr zur gleichen Zeit, als er begann, eure Seelen gegen mich zu vergiften.«

»Manion!« rief Hagen und brach in brüllendes Gelächter aus.

»Warum möchte Alex, daß wir ins Milieu zurückkehren, Papa?« fragte Cloud. Das Lachen ihres Bruders riß ab.

»Er möchte, daß der Mentale Mensch – und ihr – der Einheit unterstellt werdet. Er ist ein desillusionierter Narr.«

Hagen wischte das beiseite. »Du brauchst uns also tatsächlich. Wir sind das unbezahlbare Rohmaterial für deine Zuchtfarm – ist es nicht so?«

Marc schnitt ihm das Wort ab. »Du und Cloud werdet das

Projekt leiten. Es wird euch gehören. Ich werde den Gastplaneten für euch unterwerfen, euch jede Hilfe leisten. Aber die Verantwortung läge in euren Händen. Denkt sehr gründlich nach, bevor ihr sie ablehnt! Nichts damit Vergleichbares erwartet euch im Galaktischen Milieu. Ganz im Gegenteil.« Und sein Geist spielte ihnen ein Panaroma alarmierender Abläufe vor. Die beiden jungen Leute keuchten. Dann wandten sie sich ungläubig Elizabeth zu.

Diese schüttelte den Kopf. »Ich weiß nicht. Bestimmt nicht die drastischeren Hypothesen. Das Milieu wäre niemals so ungerecht. Letzten Endes würde euer Schicksal wahrscheinlich von euch selbst abhängen. Eure Reaktion auf die Einheit ...«

»Du meinst, wir müßten unsere Medizin schlucken«, fiel Hagen ein, »und schwören, brave kleine Neuronen im galaktischen Gehirn zu sein.«

»So ist das nicht!« protestierte Elizabeth. »Die Einheit ist Liebe und Erfüllung und ein Ende der Einsamkeit. Manion hatte recht, als er euch sagte, dort würdet ihr Frieden bei eurer eigenen Art finden.«

Marc widersprach. »Das Milieu hat keinen Platz für Personen, deren Träume von der Norm abweichen – ganz zu schweigen von solchen, deren mentales Potential über die enge Bahn hinausreicht, die der Menschheit von den fremden Rassen vorgezeichnet wurde. Ihr seid Remillards. Ihr würdet eine Bedrohung darstellen. Und falls ihr euch der Beherrschung durch die Einheit nicht unterwerft, würde man mit euch tun – was man mit mir getan hat.«

»Und vergeßt Mich nicht«, warf Aiken ein.

»Durchaus nicht«, erwiderte Marc liebenswürdig. »Elizabeth hat mir deine Geschichte mitgeteilt. Trotz deiner großen latenten Metafähigkeiten war das Magistratum bereit, dich hinzurichten. Ich habe dich eingeladen, an diesem Treffen teilzunehmen, weil ich dich als meinen Verbündeten sah, der Hagen und Cloud gegenüber meinen Standpunkt vertreten würde, sobald er die Wahrheit begriffen hätte. Ich fürchte nicht, daß Milieu-Agenten auf der Suche nach mir durch das Zeitportal kommen. Warum sollten sie sich die Mühe machen? Die Vergangenheit *ist*. Sie wissen, ich kann nie mehr zurückkehren. Ich bleibe verurteilt. Aber du, Hochkönig ... Welcher Empfang würde dir zuteil, solltest du wieder im Milieu auftauchen? Bist du bereit, deinen Geist in der Einheit dem Willen von Personen unterzuordnen, die nicht an dich heranreichen? Und wenn du hierbleibst und eine zweiseitige Zeitverwerfung eingerichtet wird, bist du dann bereit, wichtigtuerische Reformierer aus der Zukunft willkommen zu heißen, die Rückendeckung durch die Exekutive des Magistratum haben? Deine Herrschaft kann man kaum ein Beispiel für erleuchtete Demokratie nennen! Die dritte Möglichkeit wäre, das Portal zu schließen, wenn die Unzufriedenen das Pliozän verlassen haben. Dabei würdest du zumindest viele deiner begabtesten Untertanen verlieren. Und es läßt sich Schlimmeres vorstellen.«

Aiken grinste. »Einschließlich des Falles, daß dieser ganze Hickhack sinnlos ist, falls die Firvulag recht haben und die Götterdämmerung nahe bevorsteht.«

Plötzlich stand der kleine Mann in Gold auf den Füßen, Hagens Handgelenk mit der Linken und Clouds mit der Rechten haltend. Alle drei wurden umhüllt von einer leuchtenden Kugel aus psychokreativer Energie.

Marcs Muskeln spannten sich. Er trat vor. Seine Augen blitzten vor Wut. Er sagte: *Es ist nicht an dir die Entscheidung zu treffen!*

»Ich habe es zu meiner Entscheidung gemacht.« Aiken lächelte nicht mehr. »Interessiert es dich, den Punkt zu diskutieren?«

Der Aspekt Abaddons verblaßte so schnell, wie er erschienen war. Marc schüttelte mit offensichtlicher Gleichgültigkeit den Kopf.

Aiken zog Cloud und Hagen zu den hohen Fenstertüren, über die immer noch der Regen strömte. Er sagte zu Marc: »Wir werden sehr gründlich über deine Worte nachdenken und dir dann unsere Entscheidung mitteilen. Aber nicht jetzt. Wir brauchen Zeit.«

»Ich gebe euch zwei Tage«, erklärte Marc kalt. »Mehr nicht.«

Die Fenstertüren flogen auf und ließen einen vom heulenden Wind getriebenen Regenguß ein. Aiken und die jungen Remillards hatten plötzlich die Kapuzen auf, waren nicht mehr zu erkennen, bereit zum Fliegen. Der König fragte: »Willst du hier im Chalet der Schwarzen Klippe auf die Antwort warten?«

Marc antwortete: »Wenn ich nicht hier bin, wird Elizabeth mich zu finden wissen.« Seine Gedanken richteten sich an seine maskierten Kinder. *Ich weiß, was ich euch gesagt habe, war ein Schock für euch. Furchterregend. Doch alles wird sich mit der Zeit lösen. Ihr werdet alles verstehen – mit der Zeit. Laßt euch von Aiken nicht mitreißen oder koerzieren. Ihr tragt ein einmaliges Potential, eine enorme Verantwortung. Laßt mich euch helfen, eure Bestimmung zu erfüllen! Wendet euch nicht von mir ab! Verzeiht mir meine Irrtümer, die Schmerzen, die ich euch zugefügt habe. Ich wollte nur euer Bestes. Ich liebe euch beide. Glaubt mir ...*

Die goldene Gestalt und die beiden weißen verschwanden im Sturm. Die Fenstertüren knallten zu.

Marc und Elizabeth hatten Bruder Anatol völlig vergessen. Er hievte sich mit einem schnaufenden Seufzer von seinem isolierten Sitz hoch und platschte durch die Pfützen auf dem Fußboden zu dem Tisch am Feuer, wo er drei Becher mit dem immer noch dampfenden Glühwein füllte. Einen gab er Marc, einen Elizabeth. Er brummelte eine Weile vor sich hin. Dann sagte er: »Sie werden alle Hilfe brauchen, die Sie bekommen können. Nehmen Sie und trinken Sie! Sie wissen, was es ist. Zu Ihrem Besten und zu dem aller anderen.«

Elizabeth riß die Augen auf vor Schreck. »Ich kann nicht! Was glauben Sie, daß Sie *tun?*«

»Natürlich können Sie«, antwortete Anatol gemütlich. »Sehen Sie ihn an! Sind Sie soviel schlechter?«

Sehr vorsichtig stellte Elizabeth den Weinbecher auf den Tisch. »Amerie muß verrückt gewesen sein, als sie Sie zu mir schickte.« Damit stürzte sie aus dem Zimmer.

Marc hob nachdenklich eine Braue über dem Rand seines Bechers.

Anatol trank seinen Wein und nahm dann Elizabeths Becher. »Ich glaube gern, daß sie empört ist. Sie hat schreckliche Skrupel, wissen Sie. Und sie ist verzweifelt. Es ist schwierig, mit ihr umzugehen. Auf ihre Art ist sie noch stolzer als Sie. Und unglücklicherweise ist die Verdammnis immer eine Sache der Wahl.«

»Ich gestehe nach wie vor keine Schuld ein.«

»Sie sind ein arroganter Bastard von unbesieglicher Dummheit, und Ihr Unterbewußtsein gesteht die Schuld ein, und ego te absolvo.« Er trank Elizabeths Wein aus und setzte den leeren Becher ab. »Aber diese neue Sache ist ein ganz anderer Topf mit Borscht. Es ist verkehrt, und das wissen Sie. Fangen Sie nicht erst mit irgendwelchem psychologischen Quatsch an, Remillard. Sie zwingen diese Kinder oder verstümmeln sie von neuem, und Sie schaffen Ihre eigene Hölle. Diesmal für immer.«

»Ich weiß«, sagte Marc. »Ich versuche, zu einem Schluß zu kommen, ob es das wert ist.«

4

Der Sturm verschlang sie, aber bevor Hagen und Cloud einen einzigen Gedanken artikulieren konnten, kam der unwiderstehliche Befehl des Königs:

Schlaft! Schiebt es jetzt alles beiseite! Alle Angst alle Unsicherheit. Es gibt nur das Dunkel und das Wasser und den Wind. Die Welt schläft unsichtbar unten, und ihr hier oben seid sicher und behütet. Schlaft ...

Sie erwachten völlig erfrischt, Seite an Seite auf einer Glasbank in einem von Sternen beleuchteten Garten sitzend. Das leise Klingeln von Glöckchen in den Bäumen und der Anblick eines teilweise verdeckten, von gelben und violetten Funken umrissenen Turms verriet ihnen, daß sie wieder in Goriah, auf dem Gelände der Burg waren.

Hagen schob seine Kapuze zurück und sah auf sein Armband-Chronometer. Es war erst kurz nach ein Uhr morgens. »Mein Gott, dieser Tanu Minanonn hat beinahe vier Stunden gebraucht, um uns auf die Schwarze Klippe zu tragen. Der König hat uns in weniger als neunzig Minuten zurückgeflogen!«

»Mit einem Umweg über Roniah«, sagte eine tiefe Tanu-Stimme aus den Schatten.

Cloud sprang auf und strengte ihre Fernsinne an. »Kuhal«, flüsterte sie.

Der Zweite Psychokinetische Lord trat heraus auf den silbernen Rasen. Bei ihm war eine menschliche Frau.

Verblüfft stieß Hagen hervor: »Bist du es, Diane?«

»Der König hat uns beide geschickt«, erklärte Alexis Manions Tochter. »Er sagte – und ich zitiere –: ›Es ist lange her, daß einer von euch eine Erholungspause gehabt hat. Geht in die Stadt hinunter und amüsiert euch! Morgen könnt ihr wieder in die Burg kommen, und dann werden wir uns über die Zukunft besprechen.‹«

»Hat er ... hat er euch gesagt, wo wir gewesen sind?« fragte Hagen.

Kuhal antwortete: »Er hat uns alles erzählt. Er sagte, er habe seine Gründe gehabt.«

Cloud nickte. Sie sprach wie zu sich selbst: »Es wird uns nicht erlaubt werden, ein Geheimnis daraus zu machen.«

Eine Brise wehte vom Marktplatz herauf und brachte die unheimlichen Töne eines elektronischen Dudelsacks mit. Kuhal zog Cloud auf die Seite. »Der König hat vielleicht nicht gewußt, als er dies Treffen arrangierte, daß du und ich übereingekommen waren, eine Mauer zwischen uns zu errichten. Er wußte, daß wir über die Meilen hinweg immer noch miteinander ferngesprochen haben und nahm teil an der Unruhe unserer Herzen. Er sah, daß wir Freunde sind ...«

»Und hielt es irrtümlich für Liebe.«

»Das ist es für mich immer geblieben.«

Cloud entzog sich seiner Berührung. »Und so bist du hergebracht worden, um meine Entscheidung zu beeinflussen. Und Diane soll Hagen wankend machen.«

»Ich glaube, du beurteilst Aiken ganz falsch. Er tat es aus Freundlichkeit, nicht aus List.«

»Vielleicht hast du recht.«

Sie gingen den von Büschen gesäumten Pfad entlang und ließen das andere Paar am Lilientreich zurück. Pilzförmige

Lampen erhellten den Weg zu einem dunklen Tor in der Gartenmauer, das auf den Grüngürtel der Stadt hinausging. Cloud hielt ihren Geist verschleiert. Die Kapuze bedeckte immer noch ihr Haar, und der Wetteranzug machte ihre schlanke Gestlt beinahe geschlechtslos, ein weißer Schimmer, der sich neben einem Halbgott in der barbarischen Tracht der Hohen Tafel bewegte.

»Durch all den Aufruhr des letzten Monats«, bemerkte er, »hast du mit mir aus diesem Garten hier ferngesprochen.«

»Papa hat uns beobachtet. Er behauptet, gelauscht habe er nicht.«

»Und wenn schon! Schuld an der Flut trägt er ebenso wie du. Er hätte wie du zur Einsicht kommen können.«

Cloud lachte. Es war ein trauriger, tonloser Laut. »Papa hat soviel eigene Schuld auf sich geladen, daß die Toten der Flut dagegen unwesentlich erscheinen. Ich bezweifle, ob er das Ereignis überhaupt von einem moralischen Standpunkt aus betrachtet. Wir Kinder baten in einem Notfall um seine Hilfe, und er ließ sich herab. Aber das Verbrechen war das unsrige.«

»Du bereust es?« fragte Kuhal.

»Die meisten von uns tun es«, gestand sie. »Jetzt. Jetzt, wo wir euch als wirkliche Personen wahrnehmen, statt als unbequeme Abstraktionen, die uns bei unserem großen Unternehmen im Weg stehen. Ja, wir bereuen – aber das ist nicht genug, nicht wahr? Ein sterilles Brüten über dem Unrecht, das wir getan haben, *hilft* nicht. Dazu war es zu ungeheuerlich.«

Sein Geist wollte in Empathie nach dem ihren greifen, stieß aber gegen den mentalen Schild.

Cloud fuhr fort: »Als wir zur Schwarzen Klippe hinunterflogen, unterhielt ich mich ziemlich lange in Gedanken mit Minanonn dem Häretiker. Ich fragte ihn, wie er Frieden gefunden habe, nachdem ihm die Sinnlosigkeit der Kriegsreligion bewußt geworden war. Er antwortete, eine Änderung des Herzens sei keine ausreichende Kompensation für eine große Sünde. Sie muß von einer Wiedergutmachung bestätigt werden, sonst kann der Geist sich nicht von der Schuld reinigen, und wenn wir das nicht einsehen wollen, findet die Seele selbst eine Strafe, wie Papa es versucht hat. Aber in seinem Fall wird es nie echten Frieden geben, da er die Buße bewußt von sich weist ... Hagen und ich und unsere Freunde weisen, anders als Papa, den Gedanken an eine Buße nicht zurück. Nur wissen wir nicht, *wie* wir Wiedergutmachung für das, was wir deinem Volk angetan haben, leisten sollen.«

»Dein Vater hat euch einen möglichen Weg gewiesen«, meinte Kuhal. »Der Mentale Mensch könnte eine Quelle der Weisheit und Güte in dieser Galaxis werden.«

Ihr Gedankenschleier teilte sich kurz und ließ Ironie entweichen. »Er könnte – wenn Papa und Hagen nicht Teil des Projekts wären. Ich kenne meinen Vater besser als sonst irgendwer. Er sagt, Hagen und ich würden die Leitung haben – aber das ließe er niemals zu. Nicht, solange er am Leben wäre. Und wenn mein Bruder ihn tötete – was er bestimmt täte –, trüge der Mentale Mensch das Kainszeichen genau wie die ganze übrige menschliche Rasse.«

»Und meine«, ergänzte Kuhal.

Clouds Geist ließ ein Lächeln aufblitzen. »Du verstehst.«

»Wir verstehen einander, Cloud. Und ich glaube, du sprichst davon jetzt nur, um dir Mut zu machen, denn du weißt sehr gut, was du tun, welche Entscheidung du treffen – und wozu du deinen Bruder überreden mußt.«

»Hagen wird schreckliche Angst haben, Kuhal. Damals auf Ocala, als Alexis Manion zu uns von der Einheit als einer Alternative zu Papas Plan sprach, verlor Hagen schon bei dem Gedanken an eine Auflehnung fast den Verstand. So sehr er Papa fürchtete und ihm zu entfliehen wünschte, die Vorstellung, einem galaktischen Geist im Milieu gegenüberzutreten und ein Teil von ihm zu werden, schreckte ihn noch mehr. Wir sind ein egozentrischer Haufen, wir Remillards. Erpicht auf unsere Individualität.«

»Als ob ich das nicht kannte!« Seine Sehnsucht, das Bewußtsein seiner Unvollkommenheit, seine Not berührten ihren Geist. »Und Liebe bedeutet die Aufgabe eines Teils der Souveränität des Herzens. Aber keine Unterordnung, Cloud. Nicht bei wirklicher Liebe. Und nicht in dieser Einheit, der wir uns alle anschließen müssen, wenn sie das ist, was Elizabeths Geist uns zeigt. Bei deinem Vater war die Ablehnung der Einheit Teil seiner größeren Ablehnung der Liebe zugunsten der Macht.«

»Du irrst dich! Papa liebt uns doch! Und er liebte Mama bis zur Unvernunft. Er hat ein leidenschaftliches Interesse am Wohlergehen der menschlichen Rasse ...«

»Im abstrakten Sinn vielleicht. Nicht, wenn es um die unordentliche, blutdürstige Realität wirklicher Leute geht.«

Sie weigerte sich, darauf zu antworten.

Kuhal sagte: »Ich verstehe sehr gut, warum dein Vater der Engel des Abgrunds genannt wird. Die Göttin führt und lehrt ihre Kinder, versucht, sie zur Reife zu bringen, und weint über ihre Dummheit. Aber Abaddon möchte seine Nachkommen zur Perfektion zwingen.«

Clouds Geist lächelte. »Ihr Tanu wißt gar nicht, wie glücklich ihr seid, daß ihr die Gottheit in weiblicher Gestalt seht. Mütter neigen viel eher dazu, ihre Kinder in dem ihnen angemessenen Tempo erwachsen werden zu lassen.«

Sie kamen an das Gartentor. Die Lichter der Stadt funkelten durch das offene Waldland. Sie hörten den Lärm der Menge. Viel lauter war jedoch die Musik. Die Sackpfeifen jammerten ein unruhiges Jagdlied.

»Meinst du, es wird dir viel Mühe machen, Hagen zu überzeugen?« fragte Kuhal.

»Ich werde die meisten anderen auf meiner Seite haben, mit Ausnahme vor allem von Nial Keogh, der ein boshafter kleiner Machtsucher ist. Einige, zum Beispiel Diane Manion, scheuen sich einfach vor dem Milieu und neigen eher dazu, den Teufel zu akzeptieren, den wir kennen, als den, den wir nicht kennen. Nun, ich glaube, ich werde damit fertig. Du hilfst mir, nicht wahr? Dank deines Rats ist es mir gelungen, nach diesem dummen Angriff auf das Leben des Königs in der Eisengießerei die Wogen zu glätten. Sicher kannst du auch ein paar Vorschläge machen, wie ich mit dieser Situation fertigwerden soll.«

»Politische Intrigen.« Er lächelte. »Wie sollte ich das Spiel nicht kennen? Ich treibe es seit mehr als vierhundert Jahren.«

Cloud fuhr zusammen, dann lachte sie. »Ja, das wird

wohl so sein. Ihr Tanu lebt so lange. Wie lange lebt ihr, Kuhal?«

»Es heißt, daß wir in anbetracht unserer Kriegsreligion und bei dem Mangel an Hautspezialisten selten dreitausend Jahre erreichen. Ich habe Glück gehabt, daß du meine Redakteurin warst.«

»Schon damals begannst du, mich zu lieben«, beschuldigte sie ihn. »Das verstärkte die Heilwirkung. Boduragol hat es gesagt.«

»Es war gegenseitig.«

»Das war es *nicht!* Wir haben einfach eine mentale Affinität. Wir stehen uns sehr nahe, aber das ist nicht dasselbe wie Liebe.«

»Es ist ein Anfang«, behauptete er.

»Du wirst immer mein liebster Freund sein. Aber ...«

»Du willst nicht, daß ich dir durch das Zeitportal folge? Meine Anwesenheit wäre dir peinlich? – Also gut. Ich bleibe hier.«

»Nein!« rief sie. Zum ersten Mal senkte sie ihre Barrieren. »Ich liebe dich nicht wirklich – aber was sollte ich ohne dich anfangen?«

Sein Geist antwortete mit einem formlosen Aufschrei, menschlich in seiner aus der Trostlosigkeit geborenen Freude. Er faßte ihre beiden Hände, und die elektrische Wärme seiner Lebenskraft strömte durch die verflochtenen Finger und setzte jedes Nervenende ihres Körpers in Flammen. In einer einzigen Aura vereinigt, füllten die hohe Gestalt in der feierlichen Robe und die kleine weißgekleidete die dunkle Ecke des Gartens mit rosig-goldenem Licht. Es dauerte nur einen Augenblick lang. Dann gingen sie Hand in Hand durch das Tor.

»Es löst doch alle Probleme, Liebling – siehst du das nicht ein?« fragte Diane Manion mit verzweifeltem Eifer. »Auf diese Weise brauchen wir uns keine Sorgen mehr zu machen, das Milieu könne uns als Verbrecher behandeln, wir werden nicht bestraft oder verstoßen, weil wir sind, wer wir sind. – Du sagst, Marc habe dich belogen. Aber allein in unwesentlichen Dingen! Das wirklich Wichtige – daß wir

Kinder alle an der Schaffung einer neuen Rasse von Ultra-Metapsychikern teilnehmen sollen – ist wahr! Es ist das, was Marc immer gesagt hat. Was wir von Falemoana und Dr. Curtis und Trudi gelernt haben, als wir kleine Kinder waren. Und jetzt ist der Traum deines Vaters keine Sache der fernen Zukunft mehr oder abhängig davon, daß irgendeine altruistische Rasse kommt und uns von diesem gottverlassenen Planeten wegholt. Es ist *jetzt!* Wir können hier weggehen und mit der Arbeit beginnen! Du und ich können eine Armee von Superkindern haben! Was damit zusammenhängt, macht mir nichts aus. Ich meine die Reagenzgläser und die künstliche Ernährung wie bei den Ungeborenen mancher Milieu-Kolonien. Ich wäre nicht eifersüchtig, ich wäre stolz! Liebling – *du* bist der Schlüssel zu dieser ganzen glorreichen Idee – nicht Cloud! Wenn es stimmt, was du sagst, dann hat deine Schwester nur noch einen Eierstock. Vielleicht einhunderttausend Gameten, wenn sich alle als lebensfähig erweisen, was sie nicht tun werden. Du jedoch ...«

»Ich Glücklicher.« Hagen lachte leise. »Ich bin ein Mann, und ich könnte Millionen und Abermillionen Nachkommen zeugen. Mit konserviertem Sperma und ein bißchen Gewebekultur würde der Mentale Mensch sich äonenlang vermehren, auch wenn ich sterben sollte. Durch einen Unfall.«

Er stand am Rand des Gartenteichs und sah sie nicht an. Die in der Nacht blühenden Wasserlilien verströmten ihren Ananasduft. Diane hatte von seiner Stimme noch so gut wie nichts gemerkt, so dicht war seine mentale Abschirmung! Er hatte nur bestätigt, was sie über das Treffen mit Marc bereits von Aiken wußte, und sie um ihre Stellungnahme gebeten. Jetzt hatte er sie.

»Es ist doch nicht so, daß wir keine eigenen Kinder haben dürfen«, protestierte sie.

»Und was wirst du empfinden, wenn die Zeit kommt, den Babies die Körper wegzunehmen?«

»Körper ... *wegzunehmen?*«

Hagen fuhr herum, packte ihre Arme und preßte sie durch den leichten Stoff ihres Tanu-Gewandes. »Das gehört dazu, du kleine Närrin! Nicht nur bei den künstlich gezeugten Kindern – bei *allen!* Sie müssen körperlos sein wie mein heiliger Onkel Jack, damit sie gezwungen sind, ihr volles mentales Potential auszuschöpfen. Nackte Gehirne, die psychokreative Verkleidungen heraufbeschwören, um ihre Unmenschlichkeit zu verhüllen! Aber sie werden besser sein als Jack – oh, das nehme ich Marc ohne weiteres ab! Sie werden unsterblich sein und imstande, sich an Gehirnverstärker anzuschließen, wann immer es ihnen beliebt, ohne daß ihnen durch primitive Anhängsel wie Arme und Beine und Herzen und Eingeweide Unbequemlichkeiten entstehen. Gehirne ohne Gesicht! Ohne Lippen zum Küssen, ohne Hände, um sich zu berühren. Ordentliche, leistungsfähige Gehirne mit Nadelelektroden darin, weißglühend vor großen Gedanken! Worüber werden sie nachdenken, Diane? Werden sie träumen? Werden sie etwas finden, worüber sie lachen können? Werden sie einander lieben? Werden sie uns lieben und uns danken, daß wir sie so gemacht haben? Werden sie das alles tun, Diane?«

Sein Geist öffnete sich und zeigte ihr ein schwarzes Ding von ungefähr humanoiden Umrissen, selbstgenügsam, gepanzert gegen die Welt, von seinem unnötigen Körper geschieden, mit seinen Ultrasinnen auf einer nie endenden Suche nach Geistern wie ihm die Galaxis durchstreifend – und da es keinen solchen Geist fand, den Entschluß fassend, ihn zu machen. *Nicht weinen, Hagen. Hab keine Angst! Das ist nur Papa ...*

Hagen sagte: »Er hält eine zweite Rüstung an Bord der Kyllikki für mich bereit.«

Diane schrie.

Da nahm er sie in die Arme und drückte sie an seine Brust. Die weiße Antilopenhaut seines Wetteranzugs war weich, warm von dem lebenden Fleisch darin, und sie roch schwach nach Wachs und Gerbstoff und menschlichem Schweiß. Das Gesicht, das auf sie niederblickte, war ausgehöhlt, naß von Tränen und einer Rasur bedürftig. Das Kinn zitterte vor innerer Spannung, und auf der linken Seite war immer noch die Narbe mit dem psychosomatischen Stigma des Hakens sichtbar. Es war fast das Gesicht Marcs.

»Er wird uns nicht gehen lassen«, flüsterte Diane entsetzt.

»Mit Aiken Drum auf unserer Seite können wir ihm ein verdammt gutes Rennen für sein Geld bieten«, gab Hagen zurück. »Und sollte der alte Wolf dem fliehenden Schlitten zu nahe kommen – nun, ich kann Marc immer noch ein Geschenk mit dem zweiten Ei machen. Dann könnte er seinen Mentalen Menschen haben, und wir wären für immer frei von ihm.«

Sie brach in Tränen aus, und dann lachte sie mit ihm, und dann erstickte das Lachen in ihren Küssen. Hagen sagte: »Komm mit, Baby!« und führte sie in den Schatten eines blühenden Lorbeerbaums, in den kein Sternenlicht eindrang. Nachdem sie sich geliebt hatten, lagen sie auf der Seite, Gesicht zu Gesicht, Körper an Körper, und hielten sich aneinander fest. Der Rasen war naß vom Tau und nicht allzu weich, und eine kühle Brise stahl sich über den Teich, aber sie blieben liegen und teilten Wärme und Atem.

»Ich wünschte, wir könnten heute nacht den Mentalen Menschen gezeugt haben«, sagte er. »Verdammt sei diese Implantation!«

»Morgen bitte ich Becky Kramer, sie herauszunehmen.«

»Das Kind wird im Milieu geboren«, sagte Hagen. »Andernfalls fliegen wir einfach weg, Baby. Wir alle drei. Okay?«

»Ja.«

Sie umklammerten sich fester, und die mentalen Bilder trieben von einem Gehirn zum anderen. Ängste. Elizabeths Versicherungen. Gefahren. Das mögliche Fehlschlagen des Guderian-Projekts. Alexis Manions eindringliche Mahnungen letzten Winter auf Ocala, nur in der Einheit würden sie – und ihr Kind – Erfüllung finden.

»Und es wird unsterblich sein wie du«, flüsterte Diane mit zitternder Stimme.

»Selbstverjüngend«, berichtigte Hagen sie. »Und falls du befürchtest, du könntest deinen hinreißenden Jugendzauber verlieren, möchte ich dich erinnern, daß einige der Zeitreisenden in unserem Laboratorium sich im Milieu viermal haben runderneuern lassen und wahrscheinlich bis in alle Ewigkeit damit fortgefahren wären, hätten sie keine solche

GIUSEPPE·MANGONI

Sehnsucht nach dem primitiven Leben hier im Pliozän gehabt.«

Diane kicherte. »Kannst du dir die Bestürzung bei all den vernünftigen, zu Hause gebliebenen Milieu-Leuten vorstellen, wenn wir aus dem Zelttor platzen und ihnen sagen, wir hätten den Enkel des Mentalen Menschen in embryo?«

Hagen gab ein undelikates Geräusch von sich. »Das wird der *erste* Schock sein. Vorausgesetzt, wir schaffen es, den Apparat zu bauen, können wir von Glück sagen, wenn nicht die gesamte Exil-Bevölkerung mitkommen will. Cloud und ihr Elfenprinz stellen nicht einmal die Hälfte davon dar.«

Diane schwieg lange Zeit. »Hagen – sie wird doch nicht bleiben wollen? Sie sagt, sie liebt Kuhal nicht. Sie spielt nicht etwa mit dem Gedanken, sich für uns zu opfern?«

»Um Papas willen, meinst du? Mach dir nichts vor! Du hattest nur zu recht, als du feststelltest, daß beim Spiel um den Mentalen Menschen das männliche Exemplar der Spezies den natürlichen Vorrang vor dem weiblichen hat. Papa will mich. Warum hat er denn Cloud mit Elaby und den anderen nach Europa reisen lassen, aber mich in Ocala behalten? Ich soll *seine* Stelle einnehmen.«

»Cloud hat die Gene«, beharrte Diane bei ihrer Meinung. »Marc könnte sie benutzen.«

»Sie wünscht sich die Einheit mehr als sonst jemand von uns! Cloud und Elaby ließen sich als erste von Alex überzeugen, daß wir uns auflehnen müßten.«

»Aber Elaby ist tot, Hagen, und Cloud sagt, sie will sich nie wieder verlieben und soviel Schmerz riskieren ...«

»Meine zerebrale Schwester würde die Liebe nicht erkennen, wenn sie sie in den Knöchel bisse. Ganz gleich, was sie sagt, sie und Kuhal werden das Portal mit uns übrigen passieren ... und wenn du meinst, unser Nachkomme wird das Milieu erschüttern, was ist dann mit einer Tanu-Remillard-Kreuzung?«

»Wir Manions haben auch unsere versteckten Wunder. Ich will dir eins davon zeigen.«

Es folgten eine Menge Gelächter und andere Vergnüglichkeiten. Aber nur zu bald verblaßten die Sterne und verschwanden hinter einer Wolkendecke. Als die ersten Regentropfen des nächsten Unwetters sie trafen, halfen sie einander beim Anziehen und küßten sich ein letztes Mal. Hagen spann einen kleinen psychokreativen Regenschirm. Darunter wanderten sie zur Glasburg zurück. Sie wollten dem König ihre Entscheidung mitteilen.

Aiken war nicht zu Hause.

Ebensowenig aufzufinden waren das Guderian-Projekt-Laboratorium, sein Personal, der riesige Sigma-Generator und die einundzwanzig Flugmaschinen, die im Burghof geparkt hatten.

Da war der Schmerz des Übergangs und dann das Hängen im grauen Limbus, nicht für einen subjektiven Augenblick wie bei seinen früheren D-Sprüngen, sondern für eine qualvolle Viertelstunde, denn er experimentierte mit dem Transport von drei Tonnen träger Materie zusätzlich zu seiner regulären Rüstung. Er litt, während der widerspenstige Stoff des Raums sich dem Befehl seines Geistes beugte und die hyperräumliche Kettenlinie beschrieben wurde: Eine Unlinie, von einer Unkraft durch eine undimensionale Region gezogen.

Das supergeladene Gehirn, gefangen in der kalten, unter höchstem Druck stehenden Rüstung, war des normalen und des metasensorischen Inputs beraubt. Der Hyperraum war ohne Form und Leere. Marc war innerhalb der Matrix bei vollem Bewußtsein, als reise er mit einem überlichtschnellen Sternenschiff. Aber da endete der Vergleich. An Bord eines Schiffes hätte er schlafen oder lesen oder leichte körperliche Übungen machen oder sich auf vielfältige Weise amüsieren können, alles im Vertrauen darauf, die Mannschaft und die Maschinen des Schiffes würden ihn über mehr als 14000 Lichtjahre interstellaren Raums hinwegtragen.

Statt dessen war er das Schiff.

Er hatte kein künstliches Leitsystem, keinen computerisierten Routensucher, wie ein Sternenschiff-Kapitän sie besitzt, keine von Kernfusionen betriebene Maschine, die ihn mit Energie versorgte. Die Ausrüstung, die sein Gehirn trug, half ihm nur dabei, die Trennschicht zu punktieren. Sie ließ ihn durch ein Ypsilonfeld-Tor in den Hyperraum eintreten, doch einmal innerhalb des grauen Limbus lieferte allein das mentale Programm Richtung und Impetus. Es war ein wundersames Programm, erworben um einen hohen Preis, und wer es benutzte, durfte nicht zu den Schwachherzigen gehören. Der D-Springer bewegte sich scheinbar entlang einem unsichtbaren Seil, gespannt zwischen zwei Welten, und wagte es nicht, in seiner Konzentration auch nur für einen Augenblick nachzulassen. Seine Aufmerksamkeit durfte nicht schwanken, durfte nicht durch einen einzigen abirrenden Gedanken vom Ziel abgelenkt werden. Nur das Ziel bedeutete Leben. Ließ er es für den millionsten Teil einer Sekunde aus den Augen, war er verloren.

Er erduldete die endlosen, schrecklichen Minuten und kannte nichts als das Ziel. Es war ein Stern: G3-1668 in seinem Katalog, eine Sonne, der einen Namen zu geben er sich nie die Mühe gemacht hatte, als er sie vor mehr als sieben Jahren fernwahrnahm und verwarf, weil die Bewohner prämetapsychisch und offenbar für seine Zwecke unbrauchbar waren. Jetzt allerdings sah er in diesem Sternensystem von den dreien, die potentielle Wiegen für den Mentalen Menschen waren, das meistversprechende. Deshalb nannte er die Sonne »Ziel« und füllte seinen Geist mit ihr, um die Ereignisse zu vergessen, die währenddessen auf der Erde stattfinden mußten ...

Schließlich erreichte er die letzte Trennschicht. Sein Gehirn brannte, sog mit aller Kraft Energie aus den kortikalen Verstärkungsreserven. Er erzeugte das Ypsilonfeld, warf drei Tonnen Ballaststeine hindurch und folgte nach. Gräßliche Schmerzen entrangen ihm ein kosmisches Stöhnen. Dann hing er im Raum und betrachtete die Szene mit seinem geistigen Auge.

Ein gelber Stern erhellte die Hälfte einer von weißen Strudeln überzogenen blauen Kugel. Sie war der vierte Planet des Ziel-Systems, die Heimat der Eingeborenen. Er studierte sie mehrere Stunden lang mit seinen Fernsinnen, genoß das Freisein von Schmerz und wünschte dann sich und seine Fracht auf die Planetenoberfläche hinunter. Diesmal benötigte der D-Sprung weniger Zeit als ein Blinzeln und verursachte weniger Unbehagen als das Ausreißen einer

Wimper. Die teleportierten Steine, für die er sein Leben aufs Spiel gesetzt hatte, lagen in einem formlosen Haufen da. Einige waren noch mit dem gefrorenen Schlamm der Seine-Mündung überkrustet.

Marc vergaß sie. Er entstieg seiner Rüstung, machte sich unsichtbar und ging zwei Tage lang zwischen den nichtsahnenden Fremden umher.

Sie waren Zweifüßer und annähernd humanoid von Gestalt, doch schienen sie von Sauriern abzustammen. Sie waren intelligent und friedliebend. Ihre Geburtenrate war wahrscheinlich zu niedrig, als daß sie jemals die »magische Zahl« von zehntausend Millionen erreichen würden, normalerweise das Minimum für eine Vereinigung. Der Planet besaß eine fortgeschrittene Technoökonomie, die seinen Bewohnern Wohlstand und Gesundheit garantierte. Die biomedizinischen Errungenschaften genügten für das Zuchtprogramm des Mentalen Menschen. Es war eine anziehende Welt mit einer menschlichem Leben so zuträglichen Ökologie wie nur irgendein Kolonialplanet des Milieus. Der psychosoziale Index der arbeitsamen und schätzenswerten Bewohner ließ vermuten, daß sie sich einem wohlwollenden Despotismus schnell anpassen würden.

Es war eine Welt, dachte Marc, wie für ihn geschaffen. Hier konnte der Mentale Mensch unter seiner Ägide blühen und wachsen und sein glänzendes Reich von Stern zu Stern durch alle kommenden Äonen ausbreiten, der alles erobernde und unsterbliche Geist.

Und in sechs Millionen Jahren würde keine Spur von ihm mehr übrig sein.

Es war sinnlos, um den gewünschten Ausgang der Geschichte zu beten. Er existierte nicht und würde nicht existieren. Marc fragte sich: Kann ich es *wollen?*

Nach zwei Tagen der Beobachtung im Ziel-System sprang Marc, bis ins tiefste Innere deprimiert, auf die Kyllikki zurück. Er rief Elizabeth auf der Schwarzen Klippe mit Fernsprache.

Erzähle es mir!

Elizabeth sagte: Die Kinder haben mir ihre Antwort gegeben und mich gebeten, sie an dich weiterzuleiten.

Gut.

(Bild: Tochter und Sohn stehen vor Steinburg auf Anhöhe regengrünes Gras Weg mit weißen Steinen gesäumt flacher Felsen mit Plattform.)

Hagen: Das ist die Torburg Papa. Wir stehen auf der Stelle wo sich das Zeitportal aus dem Milieu ins Pliozän öffnet. Das Tor durch das wir alle gekommen sind. Wir haben über deinen Vorschlag nachgedacht. Wir beide. Wir haben auch mit allen anderen Kindern gesprochen und uns mit dem König beraten aber die Entscheidung ist unsere eigene. Wir haben uns entschlossen ins Galaktische Milieu zurückzukehren. In die Welt wo wir geboren sind in die Geistesfamilie die uns helfen kann Frieden zu finden. Frieden hat es für uns bei dir nie gegeben. Der Mentale Mensch kann so wie du es dir vorstellst niemals glücklich werden. Nur wenn jeder Geist ein Heiliger wäre wie es Onkel Jack war. Und Heilige sind nicht so häufig Papa! Du bist keiner und Cloud und ich sind auch keine. Wir und unsere Kinder werden viel Hilfe von unsern Freunden brauchen um unser Leben zu einem Erfolg zu machen. Da befindet sich der Mentale Mensch wirklich Papa – in unsern Kindern. Sie werden menschliche Wesen wie ihre Eltern sein und sowohl Gehirne als auch Körper haben. Keine Engel. Ihre Unsterblichkeit wird sie ebenso ängstigen wie dich – und uns. Aber sie werden verbunden sein mit Milliarden anderer Geister die Liebe und Unterstützung und guten Rat anbieten. Wir glauben daß das genügt.

Cloud: Wir können deinen Weg nicht gehen Papa. Deine Vision ist nicht makellos. Ich glaube tief in deinem Herzen weißt du es. Es hat so viele Gelegenheiten gegeben wo du uns aufhalten uns zur Unterwerfung zwingen und sogar töten und dir die Gene nehmen konntest. Und doch hast du es nicht getan. Finde heraus warum und vielleicht wirst du dich mit dem Gedanken aussöhnen daß wir gehen. Blicke weit zurück in deine Vergangenheit Papa! Verstehe warum du den Mentalen Menschen in diese unmenschliche Form gegossen und versucht hast dich selbst und deine Kinder zu zwingen sich ihr anzupassen. Ich glaube allmählich erkennen wir die Gründe. Letzten Endes werden wir fähig sein dir zu verzeihen und du mußt dasselbe für uns tun. Wir werden deinen Traum in Ehren halten und dafür sorgen daß er in der Einheit wo er hingehört weiter gepflegt wird. Es wird so das Beste sein. Vetraue uns Papa ...

(Bild: Sohn und Tochter heben grüßend die Hand gehen Weg hinauf Regen fällt auf düstere Steinburg Tor des Wachtturms öffnet sich kurzer Blick auf Innenhof Leute Maschinen Waffen BLITZARTIG BILDET SICH SILBERNE HALBKUGEL hüllt die ganze Burg ein goldenes Männchen erscheint.)

Aiken: Ich habe das ganze Guderian-Projekt von Goriah in die Torburg verlegt. Einer meiner treuen Untertanen hat den großen SR-35-Sigma-Generator an ein Paar SR-15er angeschlossen, die ich zufällig auf Lager hatte – und jetzt sind Cloud und Hagen samt allen anderen sicher innerhalb des Sigmafeldes. Das psychoenergetische Äquivalent der verbundenen Schirme liegt über 900. Du hast nicht genug Kraft sie zu durchbrechen und wenn du deine Kreativität mit deiner gehirnverstärkenden Ausrüstung bis an die oberste Grenze treibst und alle deine alten Freunde in das Metakonzert mit hineinnimmst. Es gibt im Pliozän keine Waffe die diese Silberblase durchbohren könnte Marc. Nicht einmal mein Photonen-Speer. Nicht einmal Felice könnte sie aufknacken! Und die einzige Person die ihre Schleuse aktivieren kann bin Ich ... Du bist schachmatt Marc. Deine Kinder sagten mir sie würden lieber sterben als deinen Weg gehen. Aber sterben werden sie nicht. Ich habe sie unter meinen Schutz genommen. Sie werden den Guderian-Apparat fertigstellen und durch das Zeitportal ins Milieu gehen. Gleich hier innerhalb der Torburg unter dem Sigma-Schirm wenn es sein muß. Das Gerät wird dort funktionieren. Frag Alexis Manion wenn du mir nicht glaubst ... Ich will nicht gegen dich kämpfen Marc. Ich will diesen Streit friedlich beilegen wenn ich kann und mich einer anderen dringenden Angelegenheit zuwenden. Aber wenn du das Guderian-Projekt unbedingt angreifen willst sei versichert daß ich es verteidigen werde – ich und alle Geister die im Metakonzert mit Mir zusammenarbeiten. Tausende von ihnen sind jetzt in dem Programm das du mir unten am Rio Genil gabst ordnungsgemäß unter meinem Befehl vereinigt ... Ich weiß daß sich der Schoner mit dem Energie-Aggregat für deine gehirnverstärkende Ausrüstung irgendwo im Golf von Armorica oder im Seine-Delta befindet. Du hast ihn mit einer Art von Fernsicht-Zerhacker getarnt. Aber wenn du versuchst mich anzugreifen werde ich die Kyllikki auf die eine oder andere Weise finden und sie vernichten und dich vernichten ... Wäre das nicht ein klägliches Ende? Wäre es nicht eher dein Stil – und meiner! – den Waffenstillstand einzuhalten? Fahre mit der Kyllikki die Seine hinauf bis zum Goldfeld – die weiße Fahne gehißt und die Schirme abgeschaltet. Du bist mit deinen Rebellen eingeladen meine Gäste beim Großen Turnier zu sein! Sieh dir die Spiele an dann gib deinen Kindern einen Abschiedskuß und kehre nach Florida zurück .... Denke darüber nach Marc! Du hast vieles worüber du nachdenken mußt. *(Verblassendes Bild.)*

Elizabeth sagte: Das ist die ganze Botschaft. Aiken hat dir über die Torburg die Wahrheit gesagt. Er hat das Guderian-Projekt tatsächlich dorthin verlegt – an einem einzigen Abend. Er hat seine Kraft zurückgewonnen und außerdem die Fähigkeiten Nodonns und Mercys integriert. Fordere ihn nicht heraus Marc. Du wirst nur das Vielfarbene Land sinnlos zerstören. Gib nach! Bitte!

Marc sagte: Sie haben ihre Entscheidung getroffen. Jetzt werde ich meine treffen. Das mag einige Zeit dauern.

Die ferngesprochene Stimme erstarb, und nichts blieb im Äther zurück als der Widerhall ferner Blitze und ein schwaches Rauschen mentaler Statik.

Elizabeth schickte ihren engstgebündelten Fernsicht-Strahl den Weg von Marcs Kommunikation entlang. Aber an seinem Endpunkt war nichts als vom Wind geriffeltes Wasser, wo ein großer Strom sich ins Meer ergoß, und sternenlose Nacht.

Im Heck-Frachtraum der Kyllikki hoben Jordan Kramer und Gerrit van Wyk den schweren Helm von Marcs Kopf und halfen ihm aus der Körperrüstung. Die anderen überlebenden Magnaten waren auch da: Cordelia Warshaw und Ragnar Gathen und Jeff Steinbrenner und Patricia Castellane. In einem Winkel saß Alexis Manion auf einem Schemel; trotz des Dozilisierers glänzten seine Augen seltsam. Sie warteten.

Marc sagte: »Die Kinder haben mein Angebot abgelehnt. Wie ihr jetzt wißt, kann es ohne sie keinen Mentalen Menschen geben. Cloud und Hagen und die anderen befinden sich am Ort des Zeitportals an der Rhône. Aiken Drum hat das gesamte Guderian-Projekt dorthin transportiert und mit einem Neunhunderter-Sigmafeld abgeschirmt. Mein Sohn und meine Tochter haben erklärt, sie würden den Tod einer Zusammenarbeit mit mir bei der Erschaffung des Mentalen Menschen vorziehen. Sie wollen, daß Er dem Milieu untergeordnet wird.«

Alexis Manion lächelte.

Patricia rief: »Du kannst ihre Gene nehmen!«

»Ich weiß nicht, ob ich das kann.« Er stand da in dem schwarzen Druckanzug, naß von der amniotischen Flüssigkeit der Rüstung, dünne Blutfäden von den Wunden, die die Elektroden hinterlassen hatten, auf Stirn und Wangen. »Im Augenblick fällt mir nichts ein, wie ich ihre Verteidigungen durchbrechen könnte. Ich bin nicht einmal sicher, ob ich es versuchen soll.« Eine Seite seines Mundes hob sich leicht. »Ich finde mich gefährlich zur Tugend versucht.«

»Aber wenn du aufgibst – ist es das Ende!« schrie Patricia.

Alexis Manion deklamierte laut:

Mon front est rouge encore du baiser de la reine.
J'ai rêvé dans la grotte où nage la sirène …

Marc nickte zustimmend. »Und die Sirene singt immer noch und hält ihr Versprechen aufrecht, und ich bin süchtig nach dem Kuß der Vampir-Königin.«

Patricia meinte: »Du bist erschöpft. Du mußt schlafen. Später kannst du überlegen, was unternommen werden kann.«

Die anderen Magnaten setzten ein Gemurmel aus halb ausgesprochenen Gedanken hinzu. Alle versteckten sich hinter dicken mentalen Mauern.

Marc wandte sich an Ragnar Gathen. »Wir segeln den Fluß hinauf. Mir ist gesagt worden, er sei mehrere hundert

Kilometer weit schiffbar. Wie funktioniert der Solar-Antrieb?«

»Sehr gut«, antwortete der frühere Sternenflotten-Stratege.

»Sag Walter, er soll eine mäßige Geschwindigkeit beibehalten. Wir haben keine Eile. Die Tarnung bleibt – und sorge dafür, daß sie sowohl für eine Luftaufklärung wie auch für eine Fernsicht-Sondierung dicht genug ist.«

»Wir sind sicher«, erklärte Gathen, »solange uns nicht einer der Leute des Königs mit eigenen Augen vom Flußufer aus erspäht.«

»Wir müssen aufpassen, daß kein abirrender Gedanke unsere Position verrät.« Patricia blickte zu Manion hinüber.

»Ich verlasse mich darauf, daß du dich darum kümmerst«, sagte Marc.

Cordelia Warshaw fragte: »Hast du sonst noch Befehle für uns?«

»Ruht euch aus!« riet Marc ihnen allen, und das berühmte Lächeln lenkte ihre Aufmerksamkeit von der Trostlosigkeit in seinen Augen ab. »Was mich betrifft, so werde ich Fischen gehen.«

5

Während jenes Waffenstillstands vor dem Einbruch der Nacht schien fast jeder Bewohner des Vielfarbenen Landes unterwegs zu sein.

Die Tanu waren immer zu den Spielen geströmt, aber in diesem Herbst erließ der König eine außergewöhnliche Proklamation, die jedem Menschen befahl – sogar solchen, die für gewöhnlich zu Hause blieben und sich um die Städte und Pflanzungen und anderen Einrichtungen kümmerten –, sich zum Großen Turnier einzufinden. So kamen sie alle und genossen die Ferien, Menschen mit goldenen und silbernen und grauen Halsringen und auch die niedrigen bloßhalsigen Sklaven. Die Städte standen bis auf die treuen Ramas verlassen, ausgenommen die Hauptstadt und Roniah, die die Reisenden beherbergten. Die Einladung des Königs wurde sogar auf menschliche Gesetzlose ausgedehnt, und sie rückten in Grüppchen aus der spanischen Wildnis, den hohen Helvetiden und dem Jura an. Das königliche Wort gelangte in die Sümpfe von Bordeaux und das Pariser Becken und die unheimlichen Wälder des dunkelsten Albion. Ebenso von der Aussicht auf Vergnügen und kostenloses Essen und Trinken wie von der Neugier getrieben, was das Dekret des Königs zu bedeuten haben mochte, machten sich mehr als 45000 menschliche Wesen nach Nionel und dem Goldfeld auf – buchstäblich alle, die das pliozänische Europa bewohnten. Von ihnen waren vielleicht 1500 operante Goldene, und die doppelte Zahl trug das kostbare Metall, ohne wesentliche mentale Kräfte zu besitzen. Es waren 4200 Silberne, etwa 8500 Graue und nicht ganz 20000 Bloßhalsige, die sich willig unter das Joch der Knechtschaft bei den Tanu begeugt hatten. Die freien Geringen zählten rund 8000, aber mehr als die Hälfte von ihnen war bereits in Nionel ansässig.

Tadanori Kawai gehörte zu den wenigen, die die Proklamation des Königs hörten und höflich absagten. Er wollte sparsam mit seinen schwindenden Kräften umgehen, und es gab viel zu tun, um die Siedlung bei den Verborgenen Quellen auf die Regenzeit vorzubereiten.

Stein Oleson hörte die Proklamation und ignorierte sie. Mit seiner Wikinger-Intuition erkannte er, was das Fimbulvetr vorhersagte, und das Goldfeld war kein Ort für ihn und seine Familie.

Huldah Henning auf der fernen Insel Kersic erfuhr nie etwas von der königlichen Ankündigung, und sie hätte die Einladung auch gar nicht angenommen. Sie war im achten Monat, und der drei verschiedenen Rassen angehörende Sohn Nodonns Schlachtenmeister regte sich heftig in ihrem Leib.

Seinen metapsychisch operanten Untertanen sandte König Aiken-Lugonn eine ernstere Botschaft: Besucht das Turnier, haltet euch bereit, im Metakonzert zu kooperieren, oder ihr riskiert, daß der Feind unser Land erobert.

Die Antworten zeugten von überwältigender Treue. Jeder Goldträger im Königreich, der nicht auf der Schwelle zu Tanas Frieden stand oder in der Haut steckte, machte sich gehorsam nach Nionel auf: einige 2400 reinblütige Tanu und nicht ganz 5000 Mischlinge. Zusammen mit den operanten menschlichen Goldenen und Silbernen waren es knapp über 13000 Gehirne, die dem König zu Gebote standen, sollte der Letzte Krieg ausbrechen.

Die Heuler nicht mitgerechnet, waren es mehr als 80000 Firvulag.

An einem Tag Mitte Oktober, als der Jahrmarkt in Roniah auf seinem Höhepunkt war, die Luft bei fünfunddreißig Grad Hitze zitterte und Gewitterwolken um die Flanken des dampfenden Mont-Dore-Vulkans hingen, erschien das furchterregende Ungeheuer.

Reisende auf der Großen Südstraße verrenkten sich den Hals, kamen zum Stillstand und spähten in den gleißenden Nachmittagshimmel. Ihre Gedanken und Stimmen gaben Rufe des Staunens, des überraschten Erkennens oder der Beinahe-Panik von sich – je nachdem, ob der Beobachter ein Tanu, ein Mensch oder ein Firvulag war. Chalikos, Helladen und die buntscheckige Kollektion von Hipparions und halbgezähmten Antilopen, die den Kleinen Leuten als Reit- und Zugtiere dienten, scheuten beim Anblick des Dings. Die Straße, der Marktplatz und Roniah und die anstoßenden Zeltplätze waren ein einziges Durcheinander von sich bäumenden und ausschlagenden Tieren, lachenden Menschen, verwunderten Tanu und wütenden Firvulag.

Zuerst sah es wie ein dunkler, dahintreibender Fisch aus. Er hatte kurze Finnen und eine Nadelnase und schien mit finsterer Entschlossenheit durch die von der Hitze dicke Luft herabzuschwimmen, wobei er um so gewaltiger wurde, je mehr er sich der Erde näherte. Purpurne Feuerstreifen umhüllten ihn wie ein matt glühendes Netz. (Sie verrieten den früheren Bürgern des Milieus, daß es, so unorthodox sein Bau war, nichts anderes sein konnte als ein Rho-Fahrzeug.) Ein in Panik geratener Zwerg schoß einen Bolzen aus Psychoenergie auf das über ihm schwebende Ding ab. Seine Landsleute jammerten laut aus Angst vor einem Vergeltungsschlag.

Alles, was geschah, war, daß sich ein Schlitz im Bauch des

Dings öffnete. Es legte Tausende und Abertausende von gelben Eiern, die auf die Menge niederschwebten, als verstreue ein Lachs seinen Rogen. Das Fahrzeug flog hin und her und warf seine Geschenke ab. Ein ganz anderes Geschrei stieg jetzt von den Zuschauern auf, als klar wurde, daß der Laich des Himmelsfisches aus Ballons bestand. Jeder einzelne gab, wenn er platzte, Bonbons oder kaltes Obst oder Backwaren oder Likörpralinen frei. (Ein paar Tanu flüsterten: »Mercy-Rosmar!« und dachten an die reizende Manifestation der Kräfte beim letzten Großen Wettstreit.)

Der Gegenstand aller Blicke hob seine spitze Schnauze zum Zenit und blieb unbeweglich in der Luft hängen, keine 150 Meter über dem gedrängt vollen Marktplatz. Er war ungeheuer groß und glich einem breiten Pfeil mit Flanschen, schwarz unter dem violetten Flackern. Die offene Bauchluke entließ eine Flut von Ballons wie glänzende Weintrauben. Sie schienen eigenes Leben zu besitzen und tanzten über den Himmel wie verrückt gewordene Protozoen.

Die Flugmaschine machte sich daran, sie abzuschießen. Ein blau-weißer Strahl schoß aus ihrer Nase, während grüne, rote und gelbe Blitze in einem Dutzend verschiedener Winkel von den vorderen Kanten der Finnen zuckten. Scharfe Detonationen waren zu hören. Die Leute schrien. Wölkchen vielfarbenen Rauchs lösten sich zu Parfumnebel und einem Konfettischauer auf.

Das aufrechtstehende schwarze Ding veränderte sich. Seine Stummelfinnen wuchsen zu Flügeln an, und es kippte so, daß alle Zuschauer das glühende goldene Emblem auf der Unterseite sehen konnten, die Hand König Aiken-Lugonns. Dann veränderte sich auch das Emblem. Der unverschämte Finger wurde zu einer offenen Hand mit geschlossenen Fingern und der würdigen Geste, die die meisten Menschen als den Gruß zwischen operanten Bürgern des Milieus erkannten.

Danach stieg die Flugmaschine schnell auf. Die Untertanen des Königs applaudierten, und da und dort wurde ein mentales »Slonshal!« gerufen. Aber dann verstummten alle, denn das Schiff mit dem Emblem der goldenen Hand nahm seinen Platz an der Spitze einer V-Formation anderer mit ihr identischer Flieger ein, die von Süden in einer Höhe von mehreren tausend Metern herankamen. Insgesamt waren es siebenundzwanzig. Sie sahen vor dem Himmel so klein aus wie eine Schar Wildgänse. Fünf Minuten lang blieben sie in Sicht, bis sie auf volle Trägheitslosigkeit umschalteten und mit einem donnernden Überschallknall verschwanden.

Dougal, der auf dem Platz des Kopiloten saß, stieß einen nachdenklichen Seufzer aus. »Ich glaubt' es nicht, wär' nicht das treue Zeugnis meiner eig'nen Augen ... Zum Teufel, wie habt Ihr diese Possen fertiggebracht, mein Lehnsherr?«

»Kreativität, Junge. Ein Taschenspielertrick des Geistes. Eine Illusion hier, eine echte Manifestation da, eine unheimliche schwarze Kerametall-Maschine, die nur zu real ist, und ein Hauch von königlichem Scharfschießen, um sie beim Finale mit Wissenschaft zu verwirren.«

»Sehr marktschreierisch.« Mr. Betsy, der auf dem Flugdeck den Sitz des Navigators einnahm, zog ein angwidertes Gesicht. Ihn schmückten bei diesem Anlaß eine malvenfarbene Kombination mit vielen goldenen Reißverschlüssen, eine plusterige rote Perücke und ein bescheidenes Diadem mit Cabochon-Amethysten. »Ein großer Bluff, das war es.«

»Ich ziehe es vor, es eine Demonstration der Stärke zu nennen«, sagte der König. Er grinste den königlichen Fluglehrer über die Schulter an.

Betsy erklärte: »Die achtzehn Piloten-Rekruten haben ihr Glück strapaziert, nur um einen Geradeausflug zu machen, das weißt du selbst. Es wird uns schwerfallen, ihnen bis zum Turnier die notwendigsten Grundkenntnisse beizubringen – ganz zu schweigen von einer Unterweisung in Luftkampftechniken.«

»Ich habe volles Vertrauen zu dir«, erwiderte der König. »Sieh doch, wie gut du Mich unterwiesen hast!« Er griff nach dem Mikrophon und redete seine Staffel an: »Vielen Dank, meine Damen und Herren. Unsere Luft-Show war ein großer Erfolg. Hoffen wir, sie hat unseren Freunden Mut gemacht und unseren Feinden das Herz in die Hosen fallen lassen. Ihr könnt jetzt zur Basis nach Goriah zurückkehren und für den Rest des Tages freinehmen.«

Mr. Betsy justierte den fremdartigen Himmelscanner so, daß er den Abflug beobachten konnte. Er seufzte. »Wie schrecklich unelegant! Das liegt an diesen blöden Flügeln. Nur eine *sehr* dekadente Technologie kann einem Rhon-Schiff Flügel ankleben.«

»Doch derart ausgestattet«, warf Dougal ein, »wirken sie auf das Auge der Bösen um so furchterregender – und außerdem sind die Flügel ein verdammt guter Platz, um die sekundären Lasersätze zu montieren.«

Mr. Betsy gab ein verächtliches Schnauben von sich. »Kanonen, du Witzbold, nützen einem nur dann etwas, wenn man kompetente Kanoniere hat. Darf ich dich daran erinnern, daß Stan und Taffy Evans die einzigen Personen mit der entsprechenden Ausbildung sind, während die anderen sechs Höllenhunde-Piloten und ich ebenso hoffnungslose Nonkombattanten darstellen wie die Rekruten? Ich bezweifle, ob einer von uns den Mont-Dore auf Kernschußweite treffen würde – und Miss Wang bekommt schon bei dem Gedanken an ein Feuergefecht einen hysterischen Anfall.«

»Wenn die Firvulag-Armee zwischen sie und das Zeitportal gerät«, bemerkte Aiken trocken, »stellt sie vielleicht fest, daß ihr Rückgrat sich verstärkt.« Er drehte an den Kontrollen, und der Himmel draußen verwandelte sich von Kobaltblau in sternefunkelndes Schwarz. »Aber es gibt noch Hoffnung für euch Clowns. Yosh Watanabe baut ein paar Robot-Zielgeräte für die Kanonen. Solange die Gespenster keine Fliegende Jagd hochbringen, werden euch diese Geräte beim Schießen aus der Luft nach unten die meisten Sorgen abnehmen.«

»Uns die Sorgen abnehmen könnten nur Energieschilde für die Flugmaschinen, die uns *nicht* zwingen, sie bei jeder Salve zu neutralisieren!«

»Es tut mir leid«, gestand der König in einiger Verlegenheit. »Wir haben nur noch ein paar kleine Sigmas übrig. Die uns zur Verfügung stehenden Waffen sind einfach nicht kompatibel. Ihr werdet den Schild abschalten müssen, bevor ihr feuert. Ich versuche, eine Methode auszuarbeiten, wie ich euch metapsychischen Schutz geben kann – zum

Beispiel, indem ich jedem Schiff ein paar kreative Recken beiordne. Aber ich fürchte, wenn es zum Krieg kommt, werde ich jeden starken Geist, den ich auftreiben kann, für mein eigenes Metakonzert brauchen. Bei einem Generalangriff muß das Fliegende Korps unter Umständen sein Bestes mit konventionellen Waffen und Schirmen tun.«

»Wind, blas! Heran, Verderben!« deklamierte Dougal. »Den Harnisch auf dem Rücken wolln wir sterben.«

»Kannst du nicht den Mund halten, du anachronistischer Irrer?« zischte Betsy. Jetzt erst merkte er, daß sie sich hoch in der Ionosphäre befanden. Die ganze Große Nördliche Ebene breitete sich wie eine braun und ockerfarbene Reliefkarte, geädert mit dunkelgrünen Wasserläufen, unter ihnen aus. »Wohin bringst du uns?« fragte er den König gereizt. »Ich bin nicht in der Stimmung für einen Vergnügungsausflug.«

»Kein Vergnügen«, murmelte der König. »Jetzt, wo ich einen dieser Vögel mit mittlerer Inkompetenz fliegen kann, hielt ich es für besser, mal einen vorsichtigen Blick auf die Seine zu werfen. Es ist vier Tage her, daß Marc von Elizabeth die schlechten Nachrichten erhielt, und bisher haben wir noch keinen Piep von ihm gehört. Deshalb ist es Zeit für eine Luftaufklärung.«

»Gottes Tod!« fauchte die Inkarnation der Guten Königin Bess. »Und wenn der Schurke nun versucht, uns abzuschießen?«

»Wir sind außer Reichweite der 414 Blaster. Hagen sagt, schwerere Waffen haben sie auf der Kyllikki nicht, seit die Röntgen-Laser außer Betrieb sind.«

»Remillard könnte einen D-Sprung an Bord machen!«

»Er weiß nicht, daß wir hier sind. Wir sind zu hoch, um gesehen zu werden, und er hat keinen Grund, den Himmel mit Fernwahrnehmung abzusuchen. Nun hör auf zu mekkern, Mann, und schalte den Bodenscanner ein! Such den Fluß von der Mündung an ab!«

Unter bitterem Murren tat Betsy, wie ihm geheißen worden war.

Der König lehnte sich in seinem Sitz zurück und betrachtete gedankenverloren die Tagessterne. Nach einer Weile sagte er zu Dougal: »Ich gebe es ungern zu, aber ich habe es mir fast abgewöhnt, Berechnungen darüber anzustellen, was Marc Remillard als Nächstes tun wird. Eigentlich habe ich nicht erwartet, daß er meine Einladung zum Großen Turnier annimmt. Er wird seinen Plan nach so vielen Jahren kaum aufgeben, nur weil ihn seine Kinder im Stich lassen wollen. Elizabeth meint allerdings, mit der Zeit schluckt er es vielleicht. Und ich habe selbst gesehen, daß er seine Kinder wirklich liebt.«

»Liebe ist nicht Liebe«, murmelte Dougal, »wenn sie gemischt ist mit Interessen, die nichts mit der Sache zu tun haben. Wie du wissen müßtest.«

»Ich mag Feinde, denen ich ein Etikett aufkleben kann«, beklagte sich Aiken. »Sharn und Ayfa! Nodonn! Sogar Gomnol, verdammt seien seine toten Augen! Aber mit Marc ist es etwas anderes. Dieser verdammte Charme ...«

»Ich muß mir's niederschreiben, daß einer lächeln kann und immer lächeln und doch ein Schurke sein.«

Der König schien mit sich selbst zu reden. »Ich kann mir von Remillard nicht den Wind aus den Segeln nehmen lassen. Ich muß meine königlichen Pflichten erfüllen, selbst wenn das bedeutet, daß er mich erwischt, wenn ich am wenigsten damit rechne. Aber fände ich heraus, wo er sich versteckt ...« Er rief Betsy zu: »Irgendwelche Spuren?«

»Negativ«, knurrte der unechte Elisabethaner.

»Des Königs Wille«, zitierte Dougal, »ist nicht sein eigen. Er darf nicht streben nach eigenem Glück, wie es einfache Menschen tun, denn von seiner Wahl hängen die Sicherheit und das Wohlergehen des ganzen Staates ab. Deshalb, mein Lehnsherr, sei blutig, kühn und entschlossen! Sei löwenherzig und stolz und laß es dich nicht kümmern, wer sich entrüstet, wer sich kränkt oder wo Verschwörer sind – denn wenn es wahr ist, daß das Ende nahe, dann wollen wir alle sterben, fröhlich sterben!«

Er legte beide Hände auf das Bild des gekrönten Löwen seines Wappenmantels.

Aiken starrte auf das goldene Zeichen. »Vielleicht hätte ich den Löwen zu meinem Emblem wählen sollen statt der Hand.« Seine Stirn furchte sich. »Dougie, das habe ich schon einmal gesehen. Damals auf Dalriada, als ich, ein jugendlicher Delinquent, den Frieden der anderen Liebhaber schottischer Magenwurst störte. Was bedeutet das Löwen-Emblem?«

»Das ist natürlich Aslan«, antwortete der Wahnsinnige, »und bei unseren schottischen Verwandten auch ein altes Abzeichen mit dem Motto *'S Rioghal Mo Dhream* – Königlich ist meine Rasse. Es ist der Helmschmuck des Gregor-Clans.«

Aiken sog scharf den Atem ein. »Und das ist dein Familienname?«

»Nein. Ich bin als Fletcher geboren – eine Unterabteilung des Clans. Doch der eine, den ich so lange suchte, ist ein MacGregor, ohne es zu wissen. Gezeugt ist er, und doch ist er vaterlos.« Der irre Ritter lächelte den König an.

Aiken sank auf dem Pilotensitz zurück und begann zu lachen. »Erst geboren, dann eingewurzelt. Unbezahlbar!« Er öffnete eine Beintasche, zog ein weißes Taschentuch heraus und wischte sich das Gesicht ab. »Danke Dougie, das habe ich gebraucht.«

Der Ritter sagte leise: »Mein Herr, nehmt Euch an Freude, was Ihr findet! Lang ist die Nacht, die nie dem Morgen schwindet.«

»Falls Euer Majestät sich einen Augenblick beherrschen können«, unterbrach Betsy streng, »könntet Ihr mal ein Auge auf das da werfen. Ich habe den ganzen Fluß vom Golf von Armorica bis zu seinem Zusammenfluß mit dem Nonol gleich unterhalb Nionel abgesucht. Das einzige entfernt anomale Objekt, das ich mit diesem barbarischen Guckkasten entdecken kann, ist hier – ein bißchen mehr als einhundert Kilometer landeinwärts.«

Stirnrunzelnd betrachtete der König den Schirm. »Vergrößere. Nein, dadurch wird es nur undeutlicher. Und sieh dir an, wie das verdammte Ding herumhüpft, den Fluß auf und ab wie ein Irrlicht!«

»Ich habe dir ja gesagt, daß es anomal ist«, stellte Betsy fest. »Es könnte ein obskurer gravomagnetischer Effekt sein oder ein Fehler in der Bildschaltung. Schließlich ist der arme Scanner mindestens tausend Jahre alt. Andererseits ...«

»An irgendeiner anderen Stelle des Flusses tritt die Störung nicht auf?«

»Nein. Wir könnten natürlich auf eine geringere Höhe gehen oder es mit einem Detektor-Strahl oder deiner Fernsicht ansehen.«

»Ich glaube nicht, daß wir das riskieren sollten«, meinte der König. »Wenn es die Kyllikki ist, spüren sie vielleicht ein Kitzeln.«

»Vorsicht ist der bessere Teil der Tapferkeit«, zitierte Dougal.

»Und ich habe in einer Stunde in der Torburg eine Konferenz der Hohen Tafel«, setzte Aiken hinzu. »Wenn Marc sich spröde zeigen will, laß ich ihm das Vergnügen. – Vorläufig.«

Es waren noch weitere Reisende im Land unterwegs außer denen, deren Ziel das Goldfeld war, und Mary-Dedra, Haushälterin des Chalets auf der Schwarzen Klippe, kam, um Elizabeth von der letzten Gruppe zu berichten.

»Sechs weitere sind gleich nach dem Lunch eingetroffen. Zu Fuß, ohne Vorräte, und sie haben ihre Begleiter zurückgeschickt, bevor sie heute die letzte Etappe des Aufstiegs in Angriff nahmen. Neun Menschen, der Rest Tanu.«

»Und es gibt nichts, was wir tun könnten!« rief Elizabeth. »Hast du ihnen das nicht gesagt?«

»Sie erkennen ein Nein nicht als Antwort an.«

»Ach du meine Güte! Da werde ich wohl selbst mit ihnen sprechen müssen.« Elizabeth preßte die Finger gegen ihre schmerzenden Schläfen und versuchte, einen selbstredigierenden Impuls heraufzubeschwören. Aber in der Hoffnung zu entdecken, wo Marc und der Schoner sich versteckt hielten, war sie zu lange auf der Fernsuche gewesen, und die Erschöpfung und irgendeine perverse mentale Blockierung vereitelten die Heilung.

Sie sandte im intimen Modus eine Bitte an Creyn und sagte dann zu Dedra: »Am besten bringst du sie alle nach hier oben – *ohne* die Kinder –, und ich will versuchen, es ihnen so freundlich wie möglich zu erklären.«

Die menschliche Fernwahrnehmerin nickte und verließ

die Suite. Elizabeth saß in einem Sessel an einem der großen offenstehenden Fenster, die die von Norden kommende Brise einließen. Die Heide stand in ihrer zweiten Blüte und schmückte den staubigen grünen Hang mit Flecken in Karminrot und zartem Rosa. Bruder Anatol werkelte unten im Küchengarten, und himmelblaue Tauben gurrten auf den Dachbalken des planlos gebauten Chalets.

Creyn schloß leise die Tür hinter sich. Elizabeth bat ihn wortlos, und er kam an ihren Sessel und breitete die Hände über ihrem Kopf aus. Das Hämmern ließ nach.

»Ich danke dir.« Ihre Augen schlossen sich. Creyn, der hinter ihr stand, ließ die Hände sinken und legte sie leicht auf ihr Haar.

»Hast du etwas gefunden?« erkundigte er sich.

»Keine Spur. Marc muß irgendeinen künstlichen Schirm benutzen. Keinen Sigma – der würde auffallen wie ein Signalfeuer –, sondern ein absorbierendes Feld, das meinen mentalen Strahl schluckt, statt ihn zu reflektieren. Ich hatte im Milieu damit nicht viel zu tun, und deshalb besitze ich keine Gegenprogramme. Bei meiner fernwahrnehmenden Tätigkeit handelte es sich vor allem um Kommunikation, Besprechungen mit anderen Lehrern und den Informationsaustausch zwischen den Welten des Menschlichen Sektors. Jäger-Sucher-Fernwahrnehmer operierten in einer völlig anderen Sphäre.« Sie merkte, daß sie ins Plappern geraten war, und verstummte. Eine Weile später sagte sie: »Vielleicht hat Marc schließlich doch das Unerwartete getan. Ist auf einen anderen Planeten gesprungen und hat seine Verbündeten mitgenommen.«

»Das bezweifle ich. Ihm ist sein Lebensinhalt geraubt worden – beziehungsweise muß er darauf verzichten, wenn er die Weigerung der Kinder akzeptiert. Er wird sich nicht zufriedengeben, bis er die neue Arbeit entdeckt, die an Stelle des zerstörten Traums treten kann. Ich hätte es ihm gesagt, hätte ihm sogar den Dämpfer gegeben, der die Arbeit möglich machen würde. Aber ich war ein Narr und versuchte, mit ihm zu handeln.«

In ihrer Zerstreutheit ahnte Elizabeth nicht, wovon er sprach. Mit der Höflichkeit der Metapsychiker öffnete er zur

Erklärung die tieferen Schichten seines Geistes und zeigte ihr die Erinnerung an sein letztes Zusammentreffen mit Marc. Die Bitte. Die Zurückweisung.

Elizabeth war so bestürzt, daß sie nicht begriff. »Eine neue Arbeit für Marc?«

Creyn nickte. »Es hat der Göttin gefallen, mir die Erkenntnis zu verleihen. Nur war es verkehrt, daß ich sie ihm nicht bedingungslos mitgeteilt habe. Meine einzige Entschuldigung ist, daß ich verzweifelt war.«

»Marc sollte Brendans Redigierungsprogramm auf deinen Geist anwenden?« Sie konnte es nicht glauben. »Das würde nie funktionieren! Du bist voll erwachsen, belastet mit den gewohnheitsmäßigen Gedankenmustern von Jahren – von Jahrhunderten! Oh, mein Lieber, es tut mir so leid. Du meintest ... aber selbst wenn eine solche Redigierung möglich wäre, würde das nichts zwischen uns ändern.«

»Das weiß ich jetzt.« Er lächelte beruhigend. »Eine weitere mir von Tana, wenn auch verspätet, geschenkte Einsicht. Und ich hatte anfangs nicht an deine Rolle bei der Arbeit gedacht und auch die Bedeutung der unvermeidlichen Dualität nicht erkannt. Wieder trübten meine Emotionen mein Denkvermögen.«

Elizabeth runzelte die Stirn. »Du sprichst in Rätseln, Creyn. Was für eine Arbeit?«

Er zeigte es ihr.

»Mein Gott!« schrie sie. »Bist du wahnsinnig?« Entsetzen und Abscheu entströmten ihrem Geist, bevor die Barrieren krachend niederfielen. Sie nahm sich zusammen und erklärte mit ruhiger Stimme: »Deine tiefe Enttäuschung hat dein Urteilsvermögen noch stärker angegriffen, als du glaubst. Das wirst du in kurzer Zeit wohl selbst einsehen. Aber ich muß dich bitten – ich verlange dein Versprechen! –, daß du von dieser Idee *niemals* irgend jemandem erzählst. Ganz besonders Marc nicht. Bitte, Creyn! Wenn dir überhaupt etwas an mir liegt, muß du es mir versprechen!«

Er senkte die Barrieren zum Beweis seiner Aufrichtigkeit. »Du hast mein Wort. Es genügt, daß du es weißt.«

»Die ganze Idee ist sinnlos. Außerdem wissen wir beide ganz genau, welche Entscheidung Marc treffen wird. Was alles Übrige betrifft ...« Sie schüttelte den Kopf. »Du bist von den verrückten Visionen der Schiffsgattin angesteckt, nicht von Tanas Weisheit berührt worden.«

»Mag sein.« Er wandte sich ab. »Verzeih mir, wenn ich dich beleidigt habe. Aber als Lösung zeigte es eine elegante Unvermeidlichkeit ...«

»Sprich nicht mehr davon! Gott weiß, daß ich genug andere Sorgen habe.«

Es klopfte gleichzeitig mit Dedras anmeldendem Gedanken. Die Tür öffnete sich. Elizabeth stand auf und nahm alle Kraft für die Unterredung mit den Müttern der Schwarzreif-Kinder zusammen.

6

Aiken trat in die dunkle Kühle. Hier, im Heiligtum des Stadt-Lords von Roniah hatten sich die Mitglieder der Hohen Tafel versammelt. Von denen, die schon Thagdal gedient hatten, waren nur noch Kuhal Erderschütterer, Bleyn der Champion und Alberonn Gedankenfresser übrig. Celadeyr, der auf dem Schlachtfeld des letzten Großen Wettstreits an die Tafel erhoben worden war und sich dann der Teilnahme an Nodonns Verrat schuldig gemacht hatte, wurde jetzt endlich der Wiederzulassung für würdig befunden. Er stand mit den sieben neuerwählten Großen bereit, den Treueeid zu leisten.

AIKEN: Es ziemt sich, daß die Hohe Tafel bei dieser ersten Zelebrierung des Großen Turniers vollständig sei, damit unser Hochkönigtum dem Feind eine einige Front biete. Deshalb habe ich die volle Anzahl von Großen nominiert ...

ALLE: (Überraschtes Gemurmel.) Aber zwei Sitze sind leer!

AIKEN: Die volle Anzahl, sage ich. Doch bevor ich euren Eid entgegennehme, sollt ihr euch mit mir an jene Mitglieder erinnern, die seit unserer letzten Zusammenkunft beim Großen Liebesfest in Tanas Frieden eingegangen sind: Aluteyn Handwerksmeister, Zweiter Lord Kreator; Artigonn von Amalizan, Zweiter Lord Koerzierer; Armida die Schreckliche von Bardelask.

ALLE: Tana gebe ihnen Frieden.

AIKEN: Und mit Mitleid laßt uns jener gedenken, die aus meiner Gunst fielen und ihre Sitze durch ihren Verrat verloren: Thufan Donnerkopf von Tarasiah; Diarmet von Geroniah; Moreyn Glashersteller von Var-Mesk.

ALLE: Auch ihnen gebe Tana Frieden.

AIKEN: (Schmerz.) Und die verstorbene Königin Mercy-Rosmar.

ALLE: Ihr sei Frieden.

AIKEN: Ihr sei Frieden. Und meinem höchst edlen Gegner Nodonn Schlachtenmeister.

ALLE: Ihm sei Frieden.

AIKEN: Und schließlich wollen wir für einen, der nicht in der Gnade der Göttin ruht, darum bitten, daß sie ihm Frieden gibt, wenn die Zeit gekommen ist: Culluket der Inquistor, Lord Redakteur.

ALLE: (Angst.) Tana erlöse ihn. (Das Lied.)
(Schweigen.)

AIKEN: Die Sitze innehabenden Großen mögen nun ihren Treueid erneuern.

MORNA-IA KÖNIGSMACHERIN + SIBEL LANGHAAR + BLEYN DER CHAMPION + KUHAL ERDERSCHÜTTERER + CONDATEYR DONNERER + ALBERONN GEDANKENFRESSER + EADNAR VON ROCILAN + NEYAL VON SASARAN + LOMNOVEL GEHIRNAUSBRENNER + ESTELLA-SIRONE VON DARASK: Slonshal dem Leuchtenden, Aiken-Lugonn, Hochkönig unseres Vielfarbenen Landes.

AIKEN: Slonshal auch euch ... Die nominierten Großen mögen ihren Treueeid ablegen. Celadeyr von Afaliah, Zweiter Lord Koerzierer.

CELADEYR: Ich schwöre bei meinem Halsring.

AIKEN: Boduragol von Afaliah, Lord Redakteur, und Lady Credela, Zweite Redakteurin.

BODURAGOL + CREDELA: Wir schwören bei unseren Ringen.

AIKEN: Die Stadt-Lords Ochal der Harfner von Bardelask, Parthol Schnellfuß von Calamosk, Ferdiet der Höfliche von Tarasiah, Heymdol Trompeter von Geroniah und Donal von Amalizan.

OCHAL + PARTHOL + FERDIET + HEYMDOL + DONAL: Wir schwören bei unseren Ringen.

AIKEN: Und jetzt will ich die beiden letzten Plätze besetzen.

(Spekulationen, Verwunderung.)

AIKEN: Wir leben in einer schrecklichen und an bösen Vorzeichen reichen Zeit. Unser alter Freund ist uns zahlenmäßig weit überlegen, und dazu werden wir von Ausländern bedroht. Doch wir sind nicht ohne Freunde, von denen einige nicht imstande sind, sich öffentlich für uns zu erklären. Diese Freunde haben Mir guten Rat gegeben und verdienen es, aufgrund der Liebe, die sie für unser Land hegen, des guten Willens, den sie dem König erwiesen haben, und ihrer eigenen fürstlichen Würde unter den Großen zu sitzen. Im Augenblick müssen sie heimlich an unserer Hohen Tafel Platz nehmen. Laßt sie sich im Heiligtum manifestieren, um ihr Gelübde abzulegen.

(Verblüffung.)

KATLINEL DIE DUNKELÄUGIGE UND SUGOLL: Wir schwören bei unserer Liebe füreinander und bei unserer Liebe für das Land und seine Bewohner, daß wir König Aiken-Lugonn in all seinen edlen Bestrebungen unterstützen werden. Wir geloben, im Falle des Letzten Krieges auf seiner Seite zu kämpfen, und treten von unserm früheren Bündnis mit dem Firvulag-Thron zurück. Und Du, Tana, bist Zeugin.

AIKEN: Slonshal und Slitsal jedem und allen.

(Aufruhr.)

AIKEN: Bestreitet mir irgendwer das Recht, diese beiden zu ernennen?

(Schweigen.)

AIKEN: Brüder und Schwestern, verzweifelte Zeiten rufen nach verzweifelten Mitteln. Sugoll und Katy haben mir berichtet, daß König Sharn sich öffentlich damit brüstet, er werde den Letzten Krieg auf dem Höhepunkt des Turniers losbrechen lassen.

CELADEYR: Ich habe es gewußt! Und mir hat man nachgesagt, ich sei von einem Todeswunsch besessen!

AIKEN: Sharn drillt seine Recken seit Monaten in der Metakonzert-Technik. Und Ayfas Beitrag ist, daß sie die Gehirne der Hartnäckigen bearbeitet, die von den alten individualistischen Kampfmethoden nicht lassen wollen. Die Kleinen Leute haben neue Taktiken und neue Waffen. Sie benutzen Kavallerie und erbeutete Milieu-Waffen – und sogar das Blutmetall, denn sie sind nicht so empfindlich gegen Eisenvergiftungen wie die Tanu.

DONAL VON AMALIZAN: Das ist ja ungeheuerlich! Sharn und Ayfa müssen wahnsinnig sein, wenn sie den Letzten Krieg vorzeitig auslösen wollen. Sie sind beide jung und haben Kinder, und der Letzte Krieg bedeutet den Untergang unserer beider Rassen!

CELADEYR: Nur nach dem orthodoxen Tanu-Glauben, Sohn. Die Firvulag reden sich ein, der Letzte Krieg werde mit dem Sieg einer Partei enden, und das würden sie sein. Diese Idee findet eine dünne Rechtfertigung in unsern heiligen Schriften, wenn man sie oberflächlich interpretiert.

KUHAL ERDERSCHÜTTERER: Genau das ist den Firvulag zuzutrauen.

OCHAL DER HARFNER: Wir bauen darauf, daß der Leuchtende den Letzten Krieg verhindern wird!

AIKEN: Ich werde mein Bestes tun. Wir sind zahlenmäßig unterlegen, aber wir halten Disziplin bei unserm Metakonzert – und besitzen ein viel leistungsfähigeres Programm, das mehr Watt pro Gehirn hergibt. Außerdem haben wir den Speer, einen guten Vorrat an fortschrittlichen Waffen und das Königliche Fliegende Korps – das ihr heute nachmittag in Aktion gesehen habt.

(Bewunderung.)

SUGOLL: Sind *alle* Flugmaschinen bewaffnet, wie es dein Flaggschiff war?

AIKEN: Wir arbeiten daran. Wegen des netzartigen Feldes, das die Haut bedeckt, ist es kniffelig, ein Rho-Fahrzeug umzurüsten. Doch wenn wir Glück haben, werden die meisten Flieger bis zum Turnier mit Lasern ausgestattet sein.

MORNA-IA KÖNIGSMACHERIN: Wehe! O Göttin, verhüte es! Mußte ich, eine Einwanderin, am Leben bleiben, um eine Erneuerung dieser schrecklichen Feindseligkeit zu sehen, vor der Brede Schiffsgattin uns retten wollte?

CELADEYR: Ein Jammer, daß wir nur Elizabeth haben ...

AIKEN: Ihr habt Mich.

SUGOLL: Und dann ist da auch das Zeitportal.

(Bestürzung.)

CELADEYR: Kein wahrer Krieger von Tanas Kampfgesellschaft wird dem Feind den Rücken wenden und fliehen!

AIKEN: Es gibt schlimmere Gefahren als die Kleinen Leute. (Bild.)

KATLINEL DIE DUNKELÄUGIGE: In meinen Adern rinnt Tanu- und menschliches Blut, und mein Herz ist mit der Firvulag-Rasse meines Gatten verbunden. Gut erinnere ich mich an die Worte Dionkets Lord Heiler, dieses Sprechers für den Frieden, als er Sugoll und mich bat, eine Brücke zu werden. Gern wollen wir die Aufgabe der Vermittlung übernehmen und uns ihr von jetzt bis zum Großen Turnier widmen. Wenn Tana will, mag es uns gelingen, die Herzen der Kleinen Leute zu rühren und sie vom Krieg abzubringen. Die Nacht braucht nicht hereinzubrechen.

SUGOLL: Aber wenn es doch so kommt, wird unser Volk den Weg beschreiten, den uns König Aiken-Lugonn im Austausch für unsere Loyalität bietet: Kann der Untergang nicht abgewendet werden, wollen unsere Untertanen, ob Heuler, ob Menschen, Zuflucht im Milieu suchen.

CELADEYR: Galoppierende Göttin – und was ist, wenn der verdammte Zeitportal-Apparat *vor* dem Turnier fertig wird?

AIKEN: Das ist höchst unwahrscheinlich. Es gibt da einen Engpaß. Ich werde mich heute noch um die Sache kümmern.

KUHAL ERDERSCHÜTTERER: Schwestern und Brüder, laßt uns dankbar das Angebot des Lords und der Lady von Nionel annehmen, bei den Firvulag, ihren Verwandten, zu vermitteln. Gleichzeitig wollen wir uns auf das Schlimmste vorbereiten. Alle reiftragenden Recken müssen sich um den Leuchtenden scharen und ihm ohne Zögern, ohne Frage folgen. Das war in der Vergangenheit nicht unsere Art, denn wir sind stolze und unabhängige Leute, wir lieben den Kampf und suchen Ruhm im Wettstreit. Jetzt müssen wir gemeinsam handeln oder untergehen. Und ich erinnere die Frommen daran, wenn es zum Letzten Krieg kommt, wird er durch den Widersacher ausgelöst werden, nicht durch Tanu oder Firvulag. *Er* ist der wahre Feind.

(Schweigen.)

AIKEN: Ich danke euch, daß ihr heute zu Mir gekommen seid. In Nionel bei den Spielen sehen wir uns alle wieder.

Von den schweren Regenfällen in den südlichen Dschungeln angeschwollen, strömte der Fluß Nonol angeschwollen und rasch unter der Regenbogenbrücke hindurch. Stromaufwärts war das Wasser voll von kleinen Booten, die Sportfreunde dreier Rassen zu den Landestellen des Goldfeldes brachten. Aber das winzige Dock am Widerlager der Brücke auf dem rechten Ufer war leer bis auf ein beladenes Dekamol-Kanu, das an seiner Fangleine zerrte, und zwei Personen, die im nachmittäglichen Schatten daneben standen, die Geister in der Bruderschaft des goldenen Reifs verbunden. Die eine war eine herrlich gekleidete Mischlingsfrau, Tanu in jedem Zug bis auf ihre braunen Augen. Die andere war ein muskulöser Indianer mit strähnigem eisengrauen Haar, der nur einen Lendenschurz, Mokassins und ein raffiniertes Armband-Navigationsgerät trug.

Besorgnis färbte den Ton der Gedanken, die Katlinel die Dunkeläugige aussandte. »Ich wünschte, wir könnten dir zu den Waffen wenigstens einen der Sigmafeld-Apparate geben, Häuptling Burke.«

Lächelnd strahlte er ironische Beruhigung aus. »Wenn das auf dem Schoner, den ich jage, wirklich Marc Remillard ist, gäbe mir ein kleiner Sigmaschirm ungefähr soviel Schutz wie ein Blatt Durofilm. Keine Bange, Lady Katy! Wir Rothäute sind von Natur aus begabt zum Lauern und Beschleichen – und meine Ausbildung als Rechtsanwalt macht mich listiger als manchen anderen. Ich werde achtgeben, daß die Bande auf der Kyllikki mich nicht entdeckt, vorausgesetzt, daß sie tatsächlich die Seine heraufkommt.«

»Der König hält es für wahrscheinlich. Er hat eine Erkundung von seinem Flugzeug aus versucht, aber nichts Genaues feststellen können.«

»Ich finde es unheimlich«, meinte Burke, »daß der König mit all den hochkarätigen Gehirnen und eingeschmuggelten Erfindungen, die ihm zur Verfügung stehen, dies Boot nicht anders aufspüren kann als mit einem Paar müder alter Menschenaugen.«

»So ist es nun einmal. Unfair ist es nur gegen dich, der du diese Mission jetzt unternehmen und dein Leben und vielleicht deine Chance, durch das Zeitportal zu gehen, aufs Spiel setzen mußt ...«

Burke zuckte die Achseln. »Wenn Remillard sich durchsetzt, wird es nie ein Zeitportal geben. Nein – der König brachte sehr überzeugende Argumente vor, und todsicher hat er den richtigen Mann für den Job ausgesucht. Ich müßte es in einer Woche oder zehn Tagen schaffen, die ganzen fünfhundert und etlichen Kilometer des Flusses von hier bis zum Meer abzusuchen. Während dieser Zeit werde ich mit dem König zu festgelegten Zeiten fernsprechen. Wenn der Schoner nicht da ist, hat eben ein hübscher Ausflug Farbe in meine letzten Tage im Pliozän gebracht.«

»Und wenn du ihn findest ...?«

»Ich bin nicht Crazy Horse. Dann tue ich nichts weiter, als daß ich seine Position melde und mich mit voller Kraft voraus absetze. Von der Mündung der Seine bis Goriah dauert die Reise auf dem Wasserweg etwa eine Woche. Mit ein bißchen Massel brauche ich nicht einmal das Große Turnier zu versäumen!«

Er band die Leine los, sprang leichtfüßig in das Kanu – das kaum schaukelte, als er sich darin niederließ – und hob grüßend sein Paddel.

»Tana leite dich!« sagte die Lady der Heuler.

Burke wies ihr sein mit dem Instrument geschmücktes Handgelenk. »Und die Firma Plath.«

»Also, um was geht das ganze Geschrei?« wollte der König von Tony Wayland wissen.

Der Metallurg hielt Aiken eine versiegelte Flasche, worin sich ein silbriges Stäbchen befand, unter die Nase. »Um das da! Das Prospektor-Team hat diese ganze Zeit gebraucht, um geeignetes Dysprosium-Erz zu finden, weil sie Heuler-Renegaten ausweichen mußten und sich das pliozänische Norwegen als Alptraum erwies. Und jetzt, wo sie sich darangemacht haben, Thalenit statt Ytterspat zu raffinieren, und wir endlich eine ausreichende Erzquelle haben, schikken die verdammten Idioten solchen Dreck hierher.«

»Wo liegt das Problem?« Der König beherrschte seine Ungeduld.

»Verseucht«, erklärte Hagen düster.

»Voll von Holmium«, setzte Tony hinzu. »Und jede Art von Unreinheit in dem Dysprosium-Kern erhöht den Widerstandsfaktor des Drahtes bis zur Unbrauchbarkeit.«

»Liegt das an der Ausrüstung oder an was sonst?« fragte der König.

»Mit den Maschinen, die wir hingeschickt haben, müßte gute Arbeit möglich sein«, sagte Tony. »Sie haben einen schnellaufenden Ramsgate-Extraktor für die Ionisation und einen feinen kleinen Elektrolyseur für die Herstellung des Metalls. Ich persönlich glaube, daß die Qualitätskontrolle nicht streng genug durchgeführt wird. Vielleicht gleich zu Beginn bei der Eingabe des Erzes.«

»Ich habe Bonbonkocher, unseren Industrie-Chemiker, hinaufgeschickt«, berichtete Hagen, »aber er hat den Fehler nicht gefunden. Eigentlich ist er Fachmann für organische Chemie. Die Leute da oben sind erfahrene Bergbau-Ingenieure. Sie sollten doch fähig sein ...«

Tony sah ihn böse an. »Sie werden sich erinnern, daß ich Vorbehalte gegen Yobbo Ruan und Trevarthen hatte, als ich erfuhr, ihnen sei die Leitung übergeben worden. In den Goldminen von Amalizan mögen sie ja brauchbar gewesen sein, aber das Raffinieren von seltenen Erden verlangt Finesse.«

»Der Niobium-Dysprosium-Draht ist von entscheidender Bedeutung für das Projekt«, stellte Hagen fest. »Diese

Panne kostet uns im günstigsten Fall Zeit, und wenn wir sie nicht beheben können, ist das Projekt gestorben.«

Der König betrachtete die Flasche mit dem bleistiftgroßen Barren. »Könnt ihr den letzten Reinigungsprozeß denn nicht hier in den Laboratorien der Torburg durchführen?«

Hagen erwiderte: »Dann müßten wir dem Bergbau-Team den Extraktor wegnehmen, und wir haben nur den einen. Da wir vierzig Kilogramm von dem Zeug brauchen und der erste Durchlauf drei Wochen dauern wird ...«

»Ach, Quark«, sagte der König gereizt. »Ihr wißt, daß es darauf nur eine Antwort gibt. Sorgt dafür, daß euch richtig raffiniertes Metall aus Fennoskandia geschickt wird! Löst das Problem an der Quelle!«

Hagen nickte. »Ich möchte mich nur vergewissern, daß du dir des Risikos bewußt bist. Da oben lebt eine Spezies gigantischer Heuler. Sie werden Yotunag genannt, und Sugolls Machtbereich erstreckt sich nicht bis dahin. Wir haben bei Überfällen auf das Bergwerkslager bereits Stosh Nowak und John-Henry King verloren. Bevor wir Tony in Gefahr bringen, möchte ich deine spezielle Vollmacht haben. Schließlich hast du einen hohen Preis für ihn bezahlt.«

»He!« rief der Metallurg entsetzt. »Nicht so schnell!«

Der König fixierte ihn mit eisigem Blick. »*Könntest* du dafür sorgen, daß das Metall ordnungsgemäß raffiniert wird, wenn wir dich nach Fennoskandia schicken?«

»Ich werde hier gebraucht!« Auf Tonys Stirn bildeten sich Schweißtropfen. »Ich bin in einer kritischen Phase bei der Konstruktion des Ummantelungsgeräts – der Maschine, die den Draht letzten Endes herstellen wird!«

»Beantworte meine Frage!« verlangte Aiken. »Könntest du das reine Metall erzeugen oder nicht?«

»Wahrscheinlich könnte ich es«, gab Tony verdrossen zu.

»Gut«, sagte Aiken. »Pack deine Sachen!« Er drehte sich auf dem Absatz um und verließ den Raum. Hagen folgte ihm.

»Chee-Wu Chan, einer meiner Leute, ist durchaus imstande, das Ummantelungsgerät fertigzubauen«, sagte Hagen.

»Na fein«, gab der König zurück. »Da ich einmal hier bin,

werde ich einen schnellen Inspektionsrundgang machen. Mir ansehen, wie ihr euch in der Torburg eingerichtet habt.« Die Tür fiel zu.

»Oh, Hölle und Verdammnis!« stöhnte Tony. Trost suchend umklammerte er seinen goldenen Halsring mit beiden schweißigen Händen. »Jetzt geht es von neuem los.«

In der Abendkühle angelte Marc aus einem Dingi, das am Heck der Kyllikki angebunden war, nach Riesen-Seewölfen. Sie waren durchaus keine solchen Kämpfer wie die Tarpune von Florida, aber sie wogen bis zu 200 Kilogramm und erreichten mehr als vier Meter Länge. Waren ihre Mägen zu Beginn ihrer nächtlichen Futtersuche leer, zeigten sie sich recht aggressiv, und dazu schmeckten sie wirklich ausgezeichnet.

Das Angeln nach Seewölfen war eine ruhige Beschäftigung, die Marc sehr gefiel. Sein kleines Boot befand sich außerhalb des gedankensicheren Schirms, und so konnte er seine unverstärkten Fernsinne über das Vielfarbene Land schweifen lassen. Auch hatte er reichlich Zeit, fern von den zunehmenden Spannungen an Bord des Schoners über seine persönliche Situation nachzudenken.

Er konnte sich der Tatsache nicht mehr verschließen, daß die Moral seiner alten Verbündeten rasch dahinschwand, wie es unvermeidlich war, nachdem er selbst in seiner Entschlossenheit wankte. Zu vielen der Rebellen fiel es schwer, die Vision vom Mentalen Menschen neu um Cloud und Hagen statt um Marc selbst aufzubauen. Es war Jahrzehnte her, daß der Traum frisch gewesen war und fanatische Loyalität inspiriert hatte. Inzwischen hatte er die Form einer vertrauten Religion angenommen, eines Dogmas, das ohne Frage akzeptiert wurde – bis der Prophet selbst sich skeptisch zeigte. Nur Patricia und Cordelia Warshaw hatten sich in ihrer Treue nicht beirren lassen.

Und was ist mit mir? fragte er sich. Werde ich tatsächlich von den Versprechungen eines einfältigen alten Mannes in Versuchung geführt? Hatte ich die Vision in meinem Herzen schon verworfen, bevor ich sie sah? Und wenn das vorbei ist, was hat ein Leben ohne Ende dann für einen Sinn?

Die Leine spannte sich leicht. Marc schickte seine Fernsicht unter das dunkle Wasser und sah, daß er nur einen Baumstamm am Haken hatte. Er machte ihn mit seiner PK los und zog die Leine ein, um sie mit einem neuen Köder zu versehen.

Gab es keine Möglichkeit, die Kinder trotz allem zu überzeugen – sie für seine Seite zu gewinnen? Das Zeitportal. Wenn es sich niemals öffnen würde. Wenn das Guderian-Projekt zum Scheitern verurteilt wäre ...

Er warf die Schleppangel weit hinaus und regulierte ihre Tiefe. Zu beiden Seiten der ölglatten Seine trennte der ausgetrocknete Dschungel wie schweflig-schwarze Wände den sternenbesetzten Himmel von dem leuchtenden Wasser. Der Waldgürtel, eine schmale Oase inmitten unwirtlichen Sumpflandes, war voller Geräusche; Insekten summten, Affen schrien, Elefanten streiften umher.

Gewalt, dachte Marc. Die einzige Alternative zur Überredung ist Gewalt. Früher hätte er nicht gezögert.

Eine ferngesprochene Stimme rief: Marc.

Elizabeth? (Schnell den eigenen Zerhacker erzeugen, damit sie mich nicht aufspürt.)

Gott sei Dank daß du endlich antwortest. Ich ... wir brauchen deine Hilfe.

?

Mütter mit weiteren Schwarzreif-Kindern sind ins Chalet gekommen. Es war wohl naiv von mir zu glauben die Nachricht werde nicht durchsickern. Mehr als zwanzig von ihnen sind hier. Ich habe versucht ihnen zu erklären daß die Redigierung Brendans ein besonderer Fall war. Daß du ... nur mit mir zusammengearbeitet hast weil du private Gründe dazu hattest. Aber sie wollen nicht weggehen Marc. Sie sagen sie werden bleiben hoffen warten falls notwendig die Kinder sterben lassen ...

Elizabeth andere Dinge verlangen meine Aufmerksamkeit. Es tut mir leid daß du in Schwierigkeiten bist. Aber ich muß meine eigenen lösen.

Ich weiß. Aber ich habe nachgedacht. Über Basils Heilung. Du hast unser Programm so abgeändert daß mehrere Redakteure die Haut-Behandlung beschleunigen konnten.

Wäre es möglich die Schwarzreif-Redigierung auf ähnliche Weise zu modifizieren? Zu einem Metakonzert mit Gruppen von Koerzierern und Redakteuren statt nur uns beiden?

... Ein interessantes Problem.

Im Milieu hattest du beim Entwerfen von Metakonzert-Programmen nicht deinesgleichen.

Da irrst du dich.

Oh ... ja. Wirst du darüber nachdenken?

Gewiß. Nur kann ich nichts versprechen ... Ich nehme an der Tanu Dionket repräsentiert das höchste Redakteurspotential seiner Rasse und die anderen Personen bei denen diese Metafähigkeit dominiert haben geringere Kräfte.

Das ist richtig. Und Minanonn wäre der beste verfügbare Koerzierer. Abgesehen von Aiken natürlich.

Natürlich.

Gut. Danke daß du es versuchen willst. Lebewohl!

Adieu Elizabeth!

...

Er saß in dem Dingi, hatte die schwere Rute mit einem Querholz gesichert und versuchte, seine Kinder wahrzunehmen. In der Umgebung von Roniah war keine Spur von ihnen zu entdecken, und unvermeidlich gelangte er an die spiegelnde Hemisphäre, die die Torburg bedeckte. Wenn es nur möglich wäre, in sie einzudringen! Wenn ihm nur eine ausreichende Zahl von Geistern zu Gebote stünde ...

Während der Rebellion hatte er Millionen befehligt. Jetzt waren es gerade noch vierundzwanzig, und er war nicht mehr Abaddon, sondern der geschwächte Anfortas, der in der Seine angelte, während sich seine letzte Hoffnung auf den Sieg unter einer undurchdringlichen Silberblase versteckte.

Mit seiner Fernsicht entdeckte er eine Flugmaschine, die hinter dem vom Mondschein vergoldeten Sigmafeld aufstieg. Zweifellos der König, der nach einem geschäftigen Arbeitstag heimflog. Die Insassen des Schiffes waren, verborgen unter einem kleinen Sigmafeld, nicht zu identifizieren. Müßig beobachtete Marc, wie der Flieger trägheitslos wurde und mit 12000 Stundenkilometern nach Nordosten schoß. Merkwürdig. Wenigstens wollte Aiken ihm nicht wieder nachspionieren, aber wohin flog er? Zu den hintersten Wildnissen Schwedens, tatsächlich! Es gab da eine Art von menschlichen Siedlungen in einem verborgenen Tal, wo niemand sie entdeckt hätte. Seltsam und immer seltsamer!

Das Flugzeug landete. Fünf Minuten später startete es in Richtung Goriah, und unterwegs überflog es ahnungslos die Kyllikki. Marc beachtete es nicht einmal. Statt dessen lauschte er staunend der stümperhaften Gedankenprojektion eines goldreiftragenden Menschen, die von dem einsamen Vorposten in Fennoskandia ausging. Es war der Aufschrei eines Herzens, in dem sich die Sehnsucht nach jemandem namens Rowane mit mannigfaltigen Flüchen über die seltene Erde Dysprosium verband.

Der Gedanke wurde abrupt abgeschnitten.

Und ein großer Seewolf schluckte Marcs Haken und ließ den Roller kreischen.

7

Bruder Anatol pflückte die letzten Mangetout-Erbsen im Garten der Schwarzen Klippe. Elizabeth saß auf einer Bank unter einer krummen Steinfichte und stopfte ein Loch in seinem braunwollenen Skapulier. Sie warteten auf Marc, der aus nicht näher erläuterten Gründen darum gebeten hatte, daß sie sich im Freien mit ihm träfen, und sie stritten sich wegen der skandalösen Absolution, die der Priester dem Erzrebellen erteilt hatte.

»Man muß schon sehr sentimental und naiv sein, um zu glauben, Marc Remillard bereue die Metapsychische Rebellion«, sagte Elizabeth. »Er würde das Ganze von vorn beginnen, ohne eine halbe Sekunde nachzudenken.«

»Ich vergesse dauernd, welch eine große Gedankenleserin Sie sind«, erwiderte Anatol.

»Und ihn von Sünden freizusprechen, die er nicht einmal gebeichtet hatte!«

»Was meinen Sie wohl, warum er mich zwang, zu bleiben

und zuzuhören, was er seinen Kindern mitteilte? Erwarten Sie von einem solchen Mann, daß er auf die Knie fällt und sagt: ›Segne mich, Bruder?‹ Also tat er, was sein Stolz ihm zu tun erlaubte, der arme Khuy, und wenn Sie eine Ahnung von Psychologie hätten, wüßten Sie, daß er seit siebenundzwanzig Jahren bereut, ohne es zu wissen.«

»Papperlapapp!« Sie stach mit der großen Nadel auf den Stoff ein und verfehlte nur knapp ihren Finger. »Ebensogut könnten Sie von der Bekehrung Adolf Hitlers oder sonst eines berüchtigten Ungeheuers reden.«

»Sieh mal an, wer da die Gnade mißt und wiegt – Miss Gewissenhaftigkeit, die Ameries Ohren und Geduld abgenutzt hat, die Frau, die sich fürchtet, irgend jemandem außer sich selbst zu vertrauen!« Anatol schob sich eine Handvoll knackiger Erbsenschoten in den Mund und kaute heftig.

»Wir diskutieren nicht über mich«, fauchte Elizabeth, »wir reden von einem Mann, der einen interplanetaren Krieg entfesselte, der verantwortlich ist für den Tod von vier Milliarden Leuten und der seines perversen Ehrgeizes wegen fast das Milieu vernichtet hätte. Wie konnten Sie auch nur daran *denken,* ihm Verzeihung anzubieten ...«

»Nun, der Verlorene Sohn würde in Ihrem Haus einen frostigen Empfang finden!«

»Seien Sie nicht albern!«

»Albern ist eine eingebildete Pizda, die versucht, dem Erbarmen Gottes Grenzen zu setzen.«

»Wenn Sie meinen«, gab sie kalt zurück, »daß Sie keinen Mangel an Nächstenliebe zeigen, wenn Sie mich mit vulgären Ausdrücken auf Russisch bezeichnen, möchte ich Sie daran erinnern, daß jeder Metapsychiker fähig ist ...«

Die Worte erstarben ihr in der Kehle. Anatol fuhr herum. Am hinteren Ende des Gartens, wo ein kiesbestreuter Trokkenplatz lag, bildete sich eine Erscheinung. Nicht eine, sondern zwei schwarze Kerametall-Rüstungen materialisierten sich. Ihre gewaltige Masse drückte die Steine mit unheilvollem Knirschen nieder. Dahinter standen eine große Computer-Konsole und eine Sammlung von Instrumentenschränken, die den größten Teil des Hofs einnahmen.

»Boshye moi!« flüsterte der Priester.

Die rechte Rüstung wurde kurz transparent. Dann war Marc draußen, und das Kerametall war so stofflich wie zuvor.

»Guten Morgen, Elizabeth – Bruder.«

Der Bruder bot ihm ein lahmes Grinsen und ein Winken. Elizabeth nickte nur.

Marc wies auf die Zwillingsrüstungen und ihr Zubehör. »Der andere Panzer ist leer. Hiermit möchte ich demonstrieren, welche Fortschritte ich im Teleportieren gemacht habe. Mit den Energie-Modulen komme ich immer noch nicht ganz zurecht.«

»Ist diese – Demonstration der einzige Grund, warum du dich mit mir treffen wolltest?« fragte Elizabeth.

»Natürlich nicht.« Marc ließ sein Lächeln aufblitzen. »Ich habe dir die Neubearbeitung von Brendans Programm mitgebracht.«

Elizabeth stieß einen Freudenruf aus, ließ Skapulier und Nähzeug fallen und rannte auf die schwarzgekleidete Gestalt zu. Doch plötzlich hielt sie inne und ließ die Arme sinken. Marcs Lächeln verblaßte.

Anatol ergriff den Erbsenkorb, hob im Vorbeigehen das Skapulier auf, schoß Elizabeth ein angewidertes »V'yperdka!« zu und stapfte in die Küche hinaus.

Elizabeth errötete. Sie sagte zu Marc: »Es tut mir leid, wenn ich undankbar erscheine.«

»Das geht schon in Ordnung. Ich verstehe. Und Anatol ist ein ungehobelter alter Bauer, nicht wahr? Wenn es dir ein Trost ist: Mir hat er viel schlimmere Namen gegeben. Das scheint die bei ihm übliche Technik der geistlichen Betreuung zu sein, die zähe Kruste über der kremigen Schinken-Omelette ... Er macht sich Sorgen um dich, Elizabeth.«

Die beiden setzten sich auf die Bank unter dem Baum, und Marc zog seine Handschuhe aus. Der Druckanzug war völlig trocken, und die Stirn zeigte keine Spur von Wunden. Sein Geist trug den Stempel tiefgehender Erregung.

Elizabeth sagte: »Als wir eine ganze Woche lang nichts von dir gehört hatten, nahm ich an, du habest keine Lösung für das Redigierungsproblem gefunden.«

»Tut mir leid, daß es so lange gedauert hat. Ich wurde von anderen Dingen abgelenkt, und die Umarbeitung bedeutet eine rechte Herausforderung. Ich wollte die Zeit der Operation verkürzen und die Arbeit auf mehrere Mitglieder eines handlichen Metakonzerts verteilen. Das ist es, was ich getan habe.« Und er zeigte ihr die Konstruktion.

»Aber das ist so einfach!« rief Elizabeth. »Die Art, wie du die mühsamen Rückverfolgungen und die Stützmanöver vermieden ... und die Operanz-Resultate in den weiterlaufenden redigierenden Trend eingebaut hast ... Warum ist mir das nicht eingefallen? Natürlich sieht jede großartige Lösung im Rückblick einfach aus. Marc – ich danke dir. Es ist herrlich.«

Das elegante mentale Gebäude schien zwischen ihnen zu schweben. Elizabeth nahm es mit äußerster Behutsamkeit in ihr Gedächtnis auf. Marc erhob sich.

»Zweifellos hast du bemerkt, daß das Metakonzert dich nicht berücksichtigt.«

Sie blickte zur Seite. »Das ist am besten so.«

»Sehnst du dich so sehr danach, ins Milieu zurückzukehren?«

In seiner Stimme und seinem Geist schwang eine Warnung mit, und Elizabeth wurde plötzlich kalt ums Herz. »Du willst dich also doch gegen uns stellen! Du hast eine Möglichkeit gefunden, die Öffnung des Zeitportals zu verhindern!«

Seine Koerzierung zwang sie, ihn anzusehen. »Ich muß.«

Ihre mentale Stimme schrie: *Anatol ich habe es dir gesagt ...*

Marc hatte sie bei der Hand gefaßt, und ehe sie merkte, was geschah, waren sie miteinander bis ans andere Ende des Gartens gegangen. Die Mittagsonne brannte heiß, und die beiden Rüstungen, eingehüllt in einen Hitzeschimmer, ragten gesichtslos über Elizabeth auf.

Sie hörte Marc sagen: »Ich könnte dir eine andere Welt zeigen, wo du in Wahrheit gebraucht wirst. Eine erzieherische Arbeit, die nie an Reiz verlieren würde. Eine Herausforderung ohne Ende.«

»Nein, Marc.« Ihre Stimme war fest. Sie entzog ihm ihre Hand.

Er erklärte: »Ich werde siegen, so oder so. Du mußt Anatol sagen, die Versuchung sei zu groß gewesen.«

»Ja, ich weiß«, antwortete sie.

Er trat einen Schritt zurück in die Schwärze, und einen Augenblick darauf war der Kiesplatz leer.

Jordan Kramer erschien mit sichtlichem Widerstreben auf der Brücke der Kyllikki und schloß die Tür hinter sich. Ein kurzer Ausruf der Überraschung entfuhr ihm, als er Alex Manion hinter dem Kartentisch sah, außer Sicht für einen zufällig auf dem Achterdeck Vorübergehenden.

»Verdammt noch mal, Walter – was tut *der* hier?«

»Wir beide wollen mit dir reden, Jordy«, antwortete Saastomoinen.

»Ich muß zurück in den Heckfrachtraum zu Gerry. Marc wird bald von der Schwarzen Klippe zurückkommen ...«

»Deshalb wollen wir ja jetzt mit dir reden. Die Zeit wird knapp.« Walter drückte mehrere Knöpfe der automatischen Winde. »Nur einen Augenblick. Es kommt ein bißchen Gegenwind auf. Werden wohl vor Anker treiben müssen. Ein Nachteil der Sonnenkollektoren-Segel.«

Manion, den Dozilisierer fest auf dem Kopf, fixierte Kramer und sagte: »Marc ... befohlen ... Batterien ... aufladen ... Maximum. Er ... ist ... bereit ... abzuhauen.«

»Jesus, er kann den Dozilisierer überbrücken!« schrie Kramer.

»Aber es strengt ihn an«, sagte Walter. »Laß ihn raus, Jordy! Du hast die Verschlüsselungssequenz.«

»Hast du den Verstand verloren?« fragte der Arzt entsetzt.

Manion sagte: »*Du* ... hast ... ihn ... verloren ... wenn ... du ... glaubst ... Marc ... will ... Kinder ... am ... Leben ... lassen.« Er holte zittrig Atem. Schweiß strömte ihm vom Kopf und befleckte sein leichtes Strickhemd. »Liebst ... du ... Marge ... Becky ... mehr ... als ... Marc ... oder ... nicht?«

»Was haben meine Kinder damit zu tun?« Kramer war bleich geworden. »Walter – was, zum Teufel, habt ihr beiden vor?«

»Nicht nur wir beide, Jordy«, erwiderte der Kapitän. »Die ganze Back-Gang. Und jetzt wollen wir dich und Gerry. Van Wyk hat keine Kinder, aber du kannst ihn dazu bringen, daß er kooperiert. Mit Drohungen, wenn es anders nicht geht. Befreie Alex! Er wird nicht versuchen, jemanden zu koerzieren. Ein koerzierter Geist taugt nicht für ein Metakonzert.«

»Das ist eine gottverdammte *Meuterei!*« stellte Kramer fest.

»Sehr scharfsinnig gefolgert. Beschleunigt dadurch, daß Marc, bevor er heute morgen davonsprang, ausdrücklich befahl, die Batterien aufzuladen. Er hat sich entschlossen, den Kindern nachzusetzen und sie sich zu unterwerfen – wenn nötig, Hagen und Cloud zu töten, ebenso alle anderen, die sich ihm in den Weg stellen. Er wird die Gene für den Mentalen Menschen den Leichen seiner eigenen Kinder entnehmen und alles, was an Überlebenden noch da sein wird, koerzieren, mit ihm auf die Ziel-Welt zu gehen. Er braucht nur sieben oder acht lebende Menschen für einen ausreichenden Gen-Pool.«

»Als ob ihr wüßtet, was für Pläne er hat!«

»Die große Energieanlage kann er nur zu einem einzigen Zweck mitgenommen haben, Jordy. Marc ist jetzt fähig, den gesamten gehirnverstärkenden Komplex aus der Kyllikki in ein sicheres Versteck zu teleportieren, von wo aus er operieren kann, ohne daß er sich um unsere bröckelnde Loyalität zu sorgen braucht. Meinst du, er ist blind für die Stimmung an Bord während der letzten zwei Wochen? Die einzigen, die immer noch treu zu Marc und dem Mentalen Menschen stehen, sind Castellane, Warshaw und Steinbrenner.«

»Ihr werdet aus mir keinen Verräter machen!« polterte Kramer. Dann veränderte sich sein Gesichtsausdruck. »Wollt ihr mir weismachen, Ragnar Gathen sei mit an dieser Verschwörung beteiligt?«

Manion sagte: »Elaby ... war ... unter ... den ... ersten ... die ... meine ... Erkenntnisse ... akzeptierten.«

»Und Ragnar hat sich uns angeschlossen um der Erinnerung an seinen Sohn willen – und Clouds wegen«, ergänzte Walter, »genau wie du es Beckys und Marges wegen tun mußt. Marc hat irgendeinen neuen Plan ausgebrütet, sage ich dir. Bum-Bum-Laroche überraschte ihn in der Bibliothek, wo er die Konstruktionsbeschreibungen des Guderian-Apparats studierte. Und vor zwei Tagen ließ er Ragnar gegenüber die Bemerkung fallen, er haben den Firvulag nachspioniert, die sich flußaufwärts zu diesem Turnier versammeln. Anscheinend unternehmen die Gnome komische, wirkungslose Versuche zu einem Metakonzert. Ist dir klar, welche Folgen das haben könnte?«

Manion sagte: »Achtzig ... tausend ... Firvulag.«

Kramers Augen flitzten von dem einen Mann zum anderen. »Das alles ist reine Spekulation ...«

Walter rückte näher an ihn heran. Zorn flammte aus dem wettergegerbten Gesicht. »Hör mir zu, Jordy! Wenn Marc einmal die gehirnverstärkende Ausrüstung vom Schiff weggebracht hat, haben wir keine Möglichkeit mehr, ihn aufzuhalten. Wir müssen jetzt handeln – eine Vereinigung unserer Gehirne zustandebringen, die stark genug ist, Castellane und die anderen beiden zu überwältigen, und dann die Energie-Module sabotieren.«

»Marc ... im ... grauen ... Limbus ... gefangenhalten.«

Walter und Alex traten zurück und warteten stumm. Kramers Hand lag auf der Türklinke. Die Zähne hatte er in die Unterlippe geschlagen, und durch unterminierte mentale Verteidigungen sickerte ein Wirbelwind widerstreitender Gedanken. »Laßt mich nachdenken ... Gott, ihr könnt nicht von mir erwarten, daß ich so mir nichts, dir nichts eine Entscheidung treffe!« Er zog an der Klinke. Die Tür blieb fest geschlossen.

Alex Manion sang:

Der Elefanz
Hat hinten 'nen Schwanz
Und vorne 'nen langen Rüssel.
Will er mal raus,
So wird nichts draus,
Der Wärter hat nämlich den Schlüssel.

»Wir brauchen dich, Jordy«, sagte Walter. »Du bist ein Magnat, die letzte Einheit, die uns in der offensiven Kombination fehlt. Ohne dich bringen wir es nicht fertig, und es muß auf der Stelle geschehen.«

Ein ferngesprochener Gedanke erreichte sie alle drei, ein Ruf von Gerry van Wyk, der unten im Heckfrachtraum war. Mit typischer Schlamperei sandte er im deklamatorischen statt im intimen Modus:

Jordy komm her Mann! Marc ist an der Trennschicht.

»Nun?« fragte Walter. »Wir sind zum Handeln bereit, sobald er das nächste Mal springt. Wenn du mitmachst.«

Kramer holte tief Atem. Er löste sich von der Tür und stellte sich vor Alexis Manion. Mit einem komplexen Signal schaltete er den Dozilisierer ab und stützte den zu sich kommenden Geist, bis dieser seine Fähigkeiten unter voller Kontrolle hatte.

Die Brückentür öffnete sich von selbst. Walter sagte: »Danke, Jordy.«

»Behalte das Ding auf!« befahl Kramer und eilte davon.

Manion massierte seine Schläfen und blinzelte. Er machte keinen Versuch, das Gerät vom Kopf zu nehmen, und seine Augen blickten so sanft und ziellos wie immer. »Sobald die Luft rein ist«, empfahl er Walter, »forsche Jordy darüber aus, für wann Marc seinen nächsten Ausflug plant. Ich werde dafür sorgen, daß die anderen sich bereithalten.«

Da sich das Abdampfrohr der Elektrolyse-Einheit außerhalb des kleinen Sigmaschirms von fünf Metern Durchmesser befand, konnten Tony Wayland und seine Mitgefangenen – Kalipin der Heuler und Alice Greatorex, eine technische Chemikerin mittleren Alters – die Zeit dazu verwenden, Dysprosium-Chlorid in das reine Element umzuwandeln. Außerhalb des Kraftfeldes knirschte der Mob von Yotunag-Ogern in ohnmächtiger Wut mit den blutigen Hauern und heulte unhörbare Verwünschungen.

»Irgendwann werden sie müde werden und weggehen«, prophezeite Kalipin. Aber das sagte er jetzt schon seit beinahe drei Stunden.

»Wenn wir uns um achtzehnhundert Uhr nicht wie vorgesehen melden, wird der König Hilfe schicken«, sagte Alice.

Tony lachte hohl. »Wenn die Batterie von diesem kümmerlichen Sigma nicht vorher versagt! Und bei dem Pech, das ich habe ...«

Die Zeituhr an dem Elektrolyseur klingelte. Tony öffnete die kleine Luke und nahm mit einer Zange einen bleistiftgroßen Zylinder heraus. Alice hielt ihm eine offene Flasche hin. Er ließ den Barren hineingleiten, schob ein Päckchen Desoxidationsmittel hinterher und schloß den Deckel.

Alice numerierte die Flasche und stellte sie zu den anderen vier. »Wißt ihr, daß das unser zweihundertachtundfünfzigster Dysprosium-Rohling ist? Nur noch fünfundfünfzig weitere, dann können wir zusammenpacken und das schöne Fennoskandia samt seinen reizenden Eingeborenen verlassen.«

Draußen war das verwüstete Bergwerkslager undeutlich sichtbar, wie durch einen Einwegspiegel. Eine neue Gruppe deformierter Ungeheuer trabte aus der Richtung der Minen heran und half ihren Genossen dabei, mit granitenen Hammeräxten auf die schlüpfrige Oberfläche des Kraftfeldes einzuschlagen.

»Beharrlich«, kommentierte Tony. »Glaubt ihr, sie sind mit Amathon und den anderen im Tunnel eingeschlossenen Tanu schon fertig?«

Kalipin verzog sein illusorisches Gesicht zu einem Ausdruck der Resignation. »Meine wilden Verwandten bleiben für gewöhnlich bei einer Arbeit, bis sie sie beendet haben.« Er leerte den Abzug des Elektrolyseurs und begann, ihn für die nächste Partie zu beschicken. Ein leichter Hauch von Chlor zog durch die sie einschließende Halbkugel und entwich dann langsam durch das halbdurchlässige Feld. »Die Federn ähneln in der Tat jenen des Helmschmucks von Lord Amathon. Koerzierer-Blau. Und da er der stärkste Geist von allen im Schacht gefangenen Personen war, fürchte ich das Schlimmste. Sieh dir die frischen Flecken auf den Hämmern der neu eingetroffenen Yotunag an!«

»Das möchte ich lieber nicht tun.« Tony schaltete den kleinen elektrischen Ofen ein und lehnte sich auf seinem Sitz zurück. Draußen schlug in einer Ecke des zerstörten Laboratorium-Schuppens Flammen hoch. Nach ein paar

Minuten wurde der Bildschirm des Elektrolyseurs leer. »Scheiße! Kein Strom mehr.«

»Jetzt kannst du froh sein, daß der Sigma batteriebetrieben ist«, meinte Alice gemütlich.

Kalipin sah mit bösen Vorahnungen, daß das Feuer sich ausbreitete. »Werden wir unter diesem Schirm sicher sein?«

Alice antwortete: »So sicher wie in deiner Mama Schoß, kleiner Freund. Wenn der Fußboden des Laboratoriums durchbrennt, sacken wir ein bißchen ab, das ist alles.«

Die Flammen loderten munter empor. Einige Yotunag schleuderten brennende Holzteile gegen die aufreizende Sigmablase, doch ohne Erfolg.

»Verdammt sollen sie sein!« murmelte Tony. »Sie können uns nicht sehen. Warum, zum Teufel, geben sie die Belagerung nicht auf? Sie müßten doch annehmen, daß wir unten hinausgeschlüpft sind.«

»Sie nehmen unsere Anwesenheit mit ihren Fernsinnen wahr«, seufzte Kalipin. »Es ist, wie du sagtest, ein recht kümmerliches Kraftfeld.«

Alice betastete mit fatalistischer guter Laune ihren goldenen Halsring. »Trotzdem ist es stark genug, daß wir nicht hinausrufen können.« Sie überprüfte den kleinen Sigma-Generator, der in der Mitte der vollgestellten Werkbank stand. »Interessiert es euch, wieviel Saft wir noch haben?«

»Nein«, knurrte Tony.

»Ich glaube, das Feuer beschleunigt den Energieabfluß. Ich fürchte, das wird einer dieser Tage ... Und ich habe mich wirklich darauf gefreut, ins Milieu zurückzukehren und bei NAICE guten Tag zu sagen. Wie ist es mit dir, Wayland?«

Tony entlud den Elektrolyseur und füllte neues Dysprosiumsalz in die Kanister. Tonlos antwortete er: »Ich hoffte, hier in Frieden mit meiner Frau leben zu können. Sie ist in Nionel.«

»Schlimm«, sagte Alice. »Hoppla – der Fußboden bricht. Haltet euch an den Geräten fest!«

Die Flammen schlugen hoch, und die Wände des Laboratoriums krachten um sich zusammen. Dann brannte das Feuer nieder, und sie hatten freie Sicht auf den Lagerplatz.

Das Versorgungsflugzeug, das kurz vor dem Yotunag-Angriff gelandet war, hatte sich in ein rauchendes Wrack verwandelt. Ein paar Mutanten-Leichen lagen herum, aber erschreckenderweise gab es kein Zeichen von menschlichen oder Tanu-Überresten.

Alice umschlang den kleinen Sigma-Generator, Tony umarmte den elektrischen Schmelzofen, und Kalipin sorgte für die Sicherheit der Dysprosium-Flaschen. Der Fußboden gab nach, und die Werkbank bockte. Kleine Werkzeuge und der Chlorid-Kanister flogen durch die Luft. Die Stühle kippten um, ein Regal brach zusammen. Die Ungeheuer draußen, die den Tumult spürten, sprangen und heulten und schlugen mit ihren Hämmern auf die bröckelnden Dielen, um den Auflösungsprozeß zu beschleunigen. Aber der Sigmaschirm hielt, und schließlich standen die drinnen auf einem hölzernen Ausschnitt, der sich wieder stabilisiert hatte, umgeben von qualmenden Trümmern.

»Feuer scheint den Ghoulies nicht viel auszumachen«, sagte Alice zu Kalipin.

Der Heuler zuckte die Achseln. »Ihre Füße sind härter als Horn, und es heißt, sie benutzen Feuer, um hier im nördlichen Ödland Tiere zu verjagen. Die Yotunag sind die schrecklichsten unserer Mutantenbrüder. Nicht einmal die Heuler der Böhmischen Wälder sind so grausam wild. Diese Geschöpfe lehnten die Einladung meines Herrn Sugoll, sich uns in Nionel anzuschließen, mit verächtlichem Lachen ab, und sie haben sogar Bernsteinsammler gefressen, die, von den Seen kommend, ihr Gebiet auf dem Weg nach Süden zu durchqueren versuchten. Oh – Yotunag sind durch und durch böse! Daran ist nicht zu zweifeln. Und sie sind ebenso listig wie wild, wie die Heimlichkeit ihres heutigen Angriffs beweist. Es ist für Heuler nicht leicht, sich unsichtbar zu machen, wißt ihr.«

»Warum, zum Teufel, konnten sie uns nicht in Frieden lassen?« jammerte Tony. »Wir haben doch überhaupt keinen Schaden angerichtet.«

Kalipin hob die Handvoll Glasphiolen mit dem Dysprosium hoch. »Wir haben etwas von der Erde genommen. Sicher, es ist eine Sache, die für sie nutzlos ist, aber trotzdem war sie ihr Eigentum. Ilmary und Koblerin der Klopfer und ich versuchten, dem Mann Trevarthen zu erklären, daß wir für die gestohlenen Minerale mit Edelsteinen bezahlen müßten, die die Yotunag schätzen. Aber er wollte nicht zuhören, nicht einmal, als John-Henry und Stosh überfallen und getötet worden waren. Seine Reaktion – und die von König Aiken-Lugonn – war, weitere Graureif-Soldaten mit Milieu-Waffen um das Lager aufzustellen. Nun – wir haben gesehen, was als Folge von Trevarthens falscher Einschätzung der Situation geschehen ist.«

»Er hat jetzt keine Sorgen mehr«, stellte Tony fest, »und alle anderen, die außerhalb des Sigmaschirms geschnappt wurden, auch nicht.«

Alice studierte die Anzeige des Kraftfeld-Generators. »Wir alle werden bald keine Sorgen mehr haben – in zehn Minuten, grob geschätzt.«

Die Ungeheuer tobten inmitten des Rauchs. Es waren vierzig oder fünfzig, und sie schwenkten Bronzespeere und Hammer-Äxte mit Steinköpfen, die die Größe von Kissen hatten. Großer Jubel brach aus, als eine Schar Yotunag mit prallen Lederbeuteln aus dem Gebiet der Minen eintraf. Der Inhalt der Beutel, der auf den Boden geschüttet wurde, erwies sich als gebratene Erfrischungen für die Kampfgesellschaft. Die Yotunag machten sich mit Begeisterung darüber her. Ab und zu schleuderten sie Knochen und andere schauerliche Abfälle gegen die Sigmablase. Tony und Alice wurden grün im Gesicht, und Kalipin ließ sich nieder, um seine Seele Teahs Gnade zu empfehlen.

Plötzlich rief Alice: »He – seht mal, da drüben!«

Blauweiße Blitze schossen hinter der Ruine des ersten Raffinierungsschuppens hervor. Zwei große Trolle rasten um die Ecke, nur um von gleißenden Lichtstrahlen niedergestreckt und in verkohlte Skelette verwandelt zu werden.

»Ach, du große Scheiße«, sagte Tony. »Dahinten ist jemand mit einer Bosch 414 oder sonst einem schweren Blaster! Erzählt mir bloß nicht, die Marines seien gelandet ...«

Sämtliche Ungeheuer gaben die Belagerung auf und stürzten in Richtung der erneuerten Feindseligkeiten davon. Viele von ihnen machten sich unsichtbar. Sie wurden von

Schüssen empfangen, die die Gefangenen in der Sigmablase trotz des abschirmenden Effekts, den das dynamische Feld hatte, fast blendeten.

»Unser Retter erschießt sogar die unsichtbaren Feinde!« schrie Kalipin. »Dank sei der Göttin!«

Das stimmte. Als die sichtbaren Oger getötet waren, machte sich der verborgene Schütze an die unsichtbaren Ziele. Innerhalb von fünf Minuten war der Hof zwischen dem zerstörten Laboratorium und dem Raffinerie-Schuppen voll von kalzinierten Yotunag-Knochen und geschwärzten Metallteilen.

Die Schüsse hörten auf.

Das Sigmafeld zischte und erstarb – die Batterie war erschöpft.

Ein hochgewachsenes menschliches Wesen schlenderte ins Freie, die Waffe lässig über der Schulter, und winkte ermutigend. Tony und Alice und Kalipin traten von ihrer hölzernen Insel und rannten ihrem Retter entgegen, ferngesprochene Rufe der Erleichterung und des Dankes ausstrahlend.

»Nicht der Rede wert«, sagte der Mann. Er nahm einen Schutzschild von seinen tiefliegenden Augen und schob ihn auf sein lockiges graues Haar. Sein engsitzender schwarzer Overall war mit metallenen Anschlußbuchsen besetzt. »Welche Dreistigkeit von diesen Geschöpfen, mir vorzugreifen! Ich hätte die Ereignisse hier oben besser im Auge behalten sollen.«

»Heiliger Strohsack«, flüsterte Alice. »Es ist Remillard persönlich!«

Sie und Tony versuchten gleichzeitig, mittels Fernsprache um Hilfe zu rufen. Als das mißlang, wollten sie weglaufen und konnten nicht. Nur der kleine Kalipin begegnete dem Herausforderer der Galaxis mit Entschlossenheit. »So. Hast du uns vor dem Feind gerettet, nur um unsere Gehirne zu zerstören, Mensch?«

Marc lachte. Dann wurde sein Ton stahlhart. »Ich habe keine Zeit zu verlieren. Euer König wird in Kürze seinen regelmäßigen abendlichen Anruf tätigen. Wo ist das Dysprosium?«

Die Koerzierung machte Tony hilflos. »Fünf Stangen sind

G. MANGONI

in Kalipins Beutel. Das ist alles, was wir heute haben raffinieren können.«

Schweigend übergab der Heuler Marc die Flaschen.

»Und das Konzentrat?« fragte Marc. »Und der Ionen-Extraktionsapparat?«

»Ein Kanister $DyCl_3$ steht noch da, wo wir uns unter dem Sigma versteckt hatten. Der Rest ist in dem unbeschädigten Gebäude drüben unter den Bäumen. Ebenso der Extraktionsapparat.«

Marc wandte sich an Alice und Kalipin. »Holt die Maschine und die Salze hierher!« Willenlos gingen sie. Marc erkundigte sich bei Tony: »Stehen den Leuten, die an dem Guderian-Projekt arbeiten, noch weitere hochtechnisierte Extraktionsgeräte zur Verfügung?«

»Nein, soviel ich weiß«, antwortete der Metallurg matt. »Wenn du mit dem einen hier abhaust, ist es aus mit dem Projekt. Nichts könnte mir gleichgültiger sein.«

Marc hob erstaunt eine Augenbraue.

Tony leckte sich die Lippen, vergewisserte sich mit einem schnellen Blick, daß die anderen außer Hörweite waren, und erklärte: »Hör zu! Ich bin kein Verbündeter des Königs oder seiner Rotte von nordamerikanischen Fanatikern. Ich bin gezwungen worden, an dem Projekt mitzuarbeiten. Überprüfe meinen Geist, und du wirst sehen, daß ich die Wahrheit spreche. Ich will nichts weiter, als zu meiner Frau nach Nionel zurückkehren. Du ... du würdest wohl nicht in Erwägung ziehen, mich am Leben zu lassen?«

Marc sagte: »Die Klugheit gebietet mir, Aiken deiner einmaligen Talente zu berauben. Es gibt andere Möglichkeiten, seltene Erden zu raffinieren.«

Tony liefen die Augen über. »A ... aber es wird Monate dauern, das Dysprosium mit gewöhnlichen chemischen Techniken zu gewinnen, und dafür würde der König mich nicht brauchen. Wenn du den Ionen-Extraktor und unsern Vorrat an Konzentrat vernichtest, ist das Projekt hoffnungslos hinausgezögert ...«

»Ich möchte mir meine Entscheidung in dieser Sache lieber noch vorbehalten.« Marc lächelte zufrieden, denn er sah Alice und Kalipin aus dem Gebäude unter den Bäumen hervorkommen. Der Heuler schob eine beladene Schubkarre, und die Frau hatte die Arme voll von Kanistern. »Du brauchst jedoch keine Angst zu haben, daß ich dich an Ort und Stelle umbringe. Das Dysprosium und alles, was man zu seiner Herstellung braucht, werde ich mittels D-Sprung auf mein Schiff mitnehmen. Und dich auch.«

Tonys Welt drehte sich. Eine gewaltige dunkle Masse, die an eine Taucherrüstung erinnerte, materialisierte sich hinter dem Rebellenführer. Wie in einem Traum hörte Tony, daß Kalipin und Alice den Befehl erhielten, die herbeigeholten Gegenstände dicht neben dem Panzer aufzustapeln. Dann erklang eine Stimme in Tonys Gehirn:

Steh ganz still! Am besten wäre es, du hieltest den Atem an und schlössest die Augen, obwohl wir für die Durchquerung des grauen Limbus nur einen winzigen Sekundenbruchteil benötigen werden.

Tony schrie: Nein! Laß mich! Ich will nicht im Hyperraum sterben! JesushilfmiroGottRowane ...

Ping.

Tony spürte den furchtbaren Schmerz, der beim Durchdringen der Trennschicht eintritt. Er kannte ihn aus vielen überlichtschnellen Reisen zwischen Milieu-Welten. Einen ganz kurzen Augenblick lang meinte er zu gefrieren, zu ersticken, fürchtete er, jede einzelne Körperzelle werde gleich explodieren.

Peng.

Er lag auf Händen und Knien, öffnete die Augen und sah Alice und Kalipin erstaunt glotzen. Eine verräucherte Fennoskandia-Landschaft. Verstreute Knochen. Verkohlter Schutt. Eine hochaufragende schwarze Rüstung, an der ein Bosch-Blaster lehnte. Gestohlene Ausrüstung und Kanister und Tony und alles – genau da, von wo sie gestartet waren!

Ping.

GottGottGottneieieinAAAAAUH! Ooh.

Peng.

Mir Ruß und Asche bedeckte Stoppeln. Ein abgetrennter menschlicher kleiner Finger (nicht seiner), auf dem zwei Fliegen krabbelten. Babbelnde Gedanken des Heulers und Alices, die im Fernsprech-Modus für große Entfernungen nach dem König kreischten. Viel näher ein metallisches Röhren wie aus einer Gruft heraus:

Quel putain de gâchis was machen die dahinten bloß? – Gummiband-Effekt ... will es diesmal ohne die externe Fracht versuchen ...

Die Rüstung verschwand und ließ Tony und die Beute zurück.

Zitternd und schluchzend, die Augen fest zusammengekniffen, wartete er, von neuem in den grauen Limbus und den Schmerz gerissen zu werden. Aber es geschah nichts. Er hob den Kopf und erkannte die liebe alte Alice, die neben ihm kniete und einen Mischmasch aus Entsetzen und vorsichtiger Erleichterung ausstrahlte. Sie sagte: »Ich glaube, er ist weg, Baby. Aber wenn er wieder aus dem Hyperraum auftaucht, koche ich ihn in seiner eigenen Konservendose.« Sie ergriff den Bosch-Blaster. »Ich habe mit dem König gesprochen. Er schickt uns einen Flieger zur Hilfe.«

Tony legte sein Gesicht auf den Boden und holte tief Atem.

Innerhalb der Matrix grauer Negation klammerte sich der Geist an den wichtigsten Pseudolocus und konzentrierte sich auf das jenseitige Ende der Kettenlinie. Sie verlief richtig. Er hatte weder die Kurve noch den Penetrationskoeffizienten falsch berechnet. Er vollführte den Sprung, gewann die Trennschicht und bildete mit seinem Willen das Ypsilonfeld, das ein Tor in das normale Universum öffnen würde.

Nichts. Es öffnete sich nicht. *Es war gar kein Feld da.*

Gummiband zurück! Erreiche den Antiterminus erzeuge das Ypsilonfeld das Ypsilonfeld das Ypsilonfeld!

Nichts. Die Energie reichte nicht aus. Das weißglühende Gehirn kühlte sich ab. Die Not-Systeme, die unabhängig von den Schaltkreisen der Gehirnverstärkung und ihrer transdimensionalen Energiequelle arbeiteten, schalteten sich ein und erhielten ihn am Leben. Er würde mindestens fünf Tage lang, bis die internen Hilfsmittel der Rüstung erschöpft waren, nicht erfrieren, nicht ertrinken, nicht erstikken und nicht an Dekompression sterben.

Mit bloßem Gehirn glitt er an der Kettenlinie entlang bis

zum Kyllikki-Ende. Der Pfad schien in dem durchdringenden Grau schwach zu leuchten. Er stieß und stach nach der hartnäckigen Trennschicht, doch sie gab nicht nach.

Er war in Limbus gefangen.

Der Vollmond, der über dem Meer aus trockenem Gras aufstieg, war fast wie eine zweite Sonne – angeschwollen, oben und unten leicht abgeplattet und in dem dichten Nebel von einer furchtbaren rötlichen Farbe.

Häuptling Burke benutzte sein Paddel als Ruder und lenkte sein Kanu um eine weite Biegung der Seine, die jetzt nach Norden statt nach Osten floß. Die Bäume standen hier spärlich und waren fast blattlos von der Trockenheit. An Landtieren sah er nur die allgegenwärtigen Krokodile; Vögel gab es ganz wenige. Burke war klar, daß er bald einen Lagerplatz finden mußte. Aber irgend etwas drängte ihn, noch ein kleines bißchen weiterzufahren, ganz um die Biegung herumzukommen, damit er am nächsten Morgen den Wasserlauf gut überblicken konnte ...

Dann lag es vor ihm, schaukelte auf dem blutigen Wasser: Ein großes Schiff, voll getakelt mit schimmernden goldenen Segeln, mitten im Strom an Bug und Heck verankert.

Fluchend steuerte Burke das Kanu zum rechten Ufer, wo ein teilweise unterspülter Baum seine Zweige ins Wasser hängte und einen dünnen Schirm abgab. Das mußte die Kyllikki sein. Burke griff nach seinem Fernrohr und betrachtete sie. Sie war weniger als 200 Meter entfernt, bewegungslos in der abendlichen Windstille. Es gab keinen Hinweis auf eine mechanische oder metapsychische Barriere um sie. Die Decks schienen verlassen zu sein.

Burke steckte das kleine Fernrohr wieder in seine Hülle, berührte seinen goldenen Halsring und rief:

Aiken. Ich habe sie gefunden.

... Danke Häuptling bin schon unterwegs.

Innerhalb des verbarrikadierten Heck-Frachtraums erhob sich Patricia Castellanes Stimme zu einem verzweifelten Schrei:

»Sie haben ihn abgeschnitten! Er sitzt in der Falle! Helft

mir, Jeff – Cordelia – gebt mir alles, was ihr habt! Bis jetzt haben sie noch nichts zerstört, nur die Hauptverbindung an dem überzähligen Terminal in der Kraftstation geöffnet. Ich kann die Lücke überbrücken! Gebt mir Energie – bis zur Überladung, verdammt noch mal – alles, was ihr habt! Marc, komm durch! *Marc!*«

Beim Zusammenbruch der Energieversorgung war es in dem Raum stockfinster geworden. Jetzt wurde er hell, als drei Gestalten auftauchten, gekleidet in sich schlängelnde Entladungen psychischer Blitze. Ein dreifacher mentaler Ruf durchschnitt den Äther. Von neuem aktivierte Schirme und Anzeigetafeln bewiesen, daß die Ausrüstung wieder angeschlossen war. Ein schwarzes Gebilde flackerte und verfestigte sich wie üblich auf seinem hölzernen Ruhebett.

Aus dem Lautsprecher des Computers dröhnte eine unmenschliche Stimme:

IHR IM ENERGIE-RAUM: LASST DAS ODER STERBT! ICH BEFEHLE EUCH DIE HAUPTVERBINDUNG SOFORT WIEDERHERZUSTELLEN!

Jeff Steinbrenner und Cordelia Warshaw fielen zu Boden. Patricia klammerte sich an der Computer-Konsole fest und hielt sich mit Mühe aufrecht. Sie flüsterte: »Es ist alles in Ordnung. Die Energie ist wieder da. Du bist in Sicherheit, Marc ...«

Ein Simulacrum seines Gesichts lächelte sie von dem blinden schwarzen Helm an. »Ich danke dir, Pat. Liebe Pat.«

Sie hob die Hand. »Geh! Du wirst alles hinwegteleportieren müssen. Alle anderen – haben sich gegen uns gewandt. Fliehe, Marc! Dann war es das wert.«

Zum letzten Mal leuchtete der Geist mit der kreativ-koerziblen Kraft eines Dirigenten. Dann wurde alles Denken ausgelöscht, und Patricias Körper lag neben den beiden anderen auf den rauhen Eichenplanken.

Marcs verstärkte Stimme hallte durch das Schiff:

VERLASST DEN ENERGIE-RAUM! IHR ALLE!

Außerhalb der Kyllikki gab es einen fürchterlichen Überschallknall. Der Schoner schaukelte.

Marc saugte die Energie ein, ohne Rücksicht auf das Risiko, absorbierte einen größeren Input, als er es je zuvor hier im Pliozän getan hatte. Ja! Voll aufgeladen erzeugte er das Ypsilonfeld und machte das Hyperraumtor riesengroß. Sein Geist wählte die Ausrüstungsgegenstände, die teleportiert werden sollten: den ganzen gehirnverstärkenden Komplex, einige Waffen, Vorräte, insgesamt mehr als elf Tonnen Masse. Wie leicht war es, sie zu heben! Wie lässig schob er die Fracht und sich selbst durch die klaffende Trennschicht – und knallte sie seinem goldenen Feind vor dem enttäuschten Gesicht zu.

Ping.

... Ein perfekter Platz, um sich zu verstecken, schon vor Wochen ferngesehen.

Peng.

Die Materialisierung tief unten in dem trockenen Flußbett wäre für das bloße Auge nicht einmal eine Sekunde lang sichtbar gewesen. Dann schaltete sich der absorbierende Tarnmechanismus ein, der vorher die Kyllikki abgeschirmt hatte. Er krümmte die Mondstrahlen, so daß sie eine Illusion bildeten, die, von oben gesehen, die Senke mit scheinbar festem Boden überdachte.

Nach mehreren Stunden wurde die Tarnung entfernt, und der Graben schien so bar jeden Lebens wie zuvor zu sein. Aber die kleine Höhle, die einst Madame Guderian und Claude Majewski zum Versteck gedient hatte, war jetzt beträchtlich vergrößert und beherbergte einen neuen Bewohner. Nach Mitternacht kam er kurz zum Vorschein und setzte sich unter die alte Akazie, die schräg über den Schluchtrand hing. Er betrachtete die Kraftfeld-Hemisphäre über der Torburg, nur ein Stück weiter bergauf nach Süden. Ein paar Hasen und andere Nachttiere wagten es, an ihn heranzukriechen und ihn zu inspizieren – aber sie flohen rasch bei der kalten, schrecklichen Berührung seines Geistes.

8

Minanonn der Häretiker öffnete die Tür des früheren Festsaals, der in ein Kinderzimmer für die Schwarzreif-Babies umgewandelt worden war. Beleuchtet war der Raum nur von Büscheln roter Feenlichter. Minanonn erblickte eine Doppelreihe von Bettchen, vor denen zehn Redakteure auf Schemeln saßen. Die Mütter waren hinter den Kindern aufgestellt und sahen zu. Dionket, von einem karminroten Leuchten leicht verschleiert, stand abseits und leitete die Operation. Basil Wimborne spielte eine ruhige Melodie auf seiner Flöte. Eine Aura des Heilens erfüllte den Saal.

Es wird funktionieren, dachte Minanonn. Das neue Programm hilft den armen Kleinen jetzt schon, bevor der koerzierende Abschnitt des Metakonzerts begonnen hat. In etwa einer Woche werden sie gesund sein, wieder einen heilen Geist haben. Und nicht nur das, sie werden operant sein: die ersten der neuen Generation, die Brede Schiffsgattin vorhergesehen hat.

Sie dürfen nicht im Letzten Krieg untergehen! Glücklicherweise stellt der Vorschlag des Königs die perfekte Lösung dar ...

Minanonn wartete. Er entdeckte Elizabeth, in einer dunklen Ecke sitzend, geistesabwesend, die Hände vor dem Gesicht – sie wurde nicht gebraucht. Dann war die vorbereitende Sitzung zu Ende. Die jungen Geister waren voll von beruhigenden Endorphinen, und der Schmerz wurde in Schach gehalten. Basils Gedanken sangen das menschliche Wiegenlied mit, das er auf der Flöte spielte:

Morgen wird die Sonne geben
Neue Freude, neues Leben,
Lassen Träume uns auch beben
  in dunkler Nacht.

Die letzten Töne des Liedes erstarben. Dionket und die Redakteursgesellschaft blickten sich an und lächelten, und dann erhoben sich die Heiler und gingen hinaus. Minanonns dringender Ruf brachte den Lord-Heiler und Elizabeth zu ihm. Sie verließen das Chalet durch eine Hintertür und gingen in den dämmerigen Felsengarten, wo sich der Vollmond gerade über die Hügel erhob.

»Es haben wichtige Entwicklungen stattgefunden«, berichtete der Häretiker. »Ich wollte nur die Arbeit nicht unterbrechen. Hier ist eine Botschaft, die mir der König vor einer halben Stunde schickte.« Er überspielte ihnen die unheilverkündenden Geschehnisse an der oberen Seine.

Elizabeths Geist verdunkelte sich vor Bestürzung. »Dann ist Marc mit seiner gehirnverstärkenden Ausrüstung in Freiheit!«

»Aber seiner Operationsbasis und seiner Verbündeten beraubt«, gab Dionket zu bedenken. »Sicher sind das ermutigende Neuigkeiten. Nicht einmal mit seiner infernalischen Maschine ist der Widersacher fähig, in die Torburg einzubrechen. Und der König wird bestimmt Vorsichtsmaßnahmen ergreifen, die einen neuen Angriff gegen die Dysprosium-Arbeiter verhindern.«

Elizabeth runzelte die Stirn. »Ich frage mich, ob das Guderian-Projekt gegen irgendwelche anderen indirekten Attacken verwundbar ist.«

»Der König sagt nein«, antwortete Minanonn. »Abgesehen von dem einen unbedingt erforderlichen Element haben die Arbeiter alles an Rohmaterial und Herstellungsmaschinen sicher in der Torburg. Noch ein paar Tage, und die fennoskandische Operation ist abgeschlossen. Der König meint, der Zeitportal-Apparat werde irgendwann während der Turnier-Woche fertig werden.«

»Wie vorteilhaft.« Elizabeths Geist war von neuem abgeschirmt und unergründlich. »Das Goldfeld liegt in ziemlicher Entfernung von der Torburg – aber natürlich sind da die Flugmaschinen ...«

Die drei kamen an eine ornamentale Grotte, eine flache Höhle, aus der eine Quelle sprudelte, umgeben von Farnen und in der Nacht duftenden Reseda-Beeten. Von einem Ast baumelte eine Öllaterne und warf warmes Licht auf die Steine sowie zwei rustikale Bänke. Sie setzten sich.

Dionket sagte: »Bruder Häretiker, du hältst etwas vor uns zurück. Wie lautet der Rest von der Botschaft des Königs?«

Der frühere Schlachtenmeister wirkte niedergeschlagen. Seine Schultern sackten herunter; er hob Kiesel vom Weg auf und warf sie in den kleinen Bach. »Der König hat das große Segelschiff des Feindes aufgebracht. Er befragte die zweiundzwanzig überlebenden Nordamerikaner an Bord, die gegen Remillard gemeutert hatten. Ein gewisser Rebell namens Manion glaubt, die nächste Phase von Remillards Plan werde darin bestehen, daß er die Firvulag als Teilnehmer an einem von ihm geleiteten offensiven Metakonzert gewinnt.«

Dionket lachte laut heraus. »Die Vorstellung ist lächerlich! Die Feinde würden nie einem Menschen erlauben, sie anzuführen – und ganz bestimmt nicht *ihm.*«

»Ich rufe dir bestimmte heilige Überlieferungen ins Gedächtnis«, gab Minanonn zurück. »Der Widersacher ist im Letzten Krieg kein bloßer Beobachter.«

Das erschütterte die Zuversicht des Lord Heilers. »Aber die Kleinen Leute sind keine Dummköpfe! Wenn sie sich Remillard in einer Verschmelzung der Gehirne unterwerfen, riskieren sie ständige mentale Versklavung. Jetzt schon befehligen Sharn und Ayfa eine Geisteskraft, die der Aikens durchaus überlegen sein könnte. Sie wollen keine Hilfe von diesem menschlichen Außenseiter ...«

»Nicht, wenn die Firvulag wirklich wissen, wie sie ein Metakonzert zum Funktionieren bringen sollen«, meinte Elizabeth mit leiser Stimme. »Wenn sie den Aufbau so vornehmen können, daß das Ganze größer ist als die Summe seiner Teile – die vergleichsweise schwachen individuellen Geister – und aus der Vereinigung unter ihrer Leitung Ergebnisse herausholen. Uns liegen jedoch zahlreiche Hinweise vor, daß die Firvulag die Technik der Orchestrierung bei weitem nicht vollkommen beherrschen. In die Ecke getrieben, neigen sie dazu, daß sie auseinanderfallen, daß jeder Geist für sich operiert. Das war der Punkt, den Sugoll und Katlinel ihnen bei ihren Versöhnungsversuchen eindringlich klarzumachen hofften. Sie warnten Sharn und Ayfa, sie würden nie etwas zuwegebringen, das Aikens diszipliniertem und leistungsfähigem Metakonzert gewachsen wäre. Aber wenn Marc die Firvulag mit dem Versprechen ködert, als Gegenleistung dafür, daß sie ihm helfen, die Verteidigungen der Torburg zu durchbrechen, ihr Metakonzert zu reorganisieren ...«

»Genau das fürchtet ja der König«, fiel Minanonn ein. »Der Widersacher braucht nur den richtigen Zeitpunkt abzuwarten. Sein Angebot bekanntzumachen. Wege vorzuschlagen, auf denen das königliche Paar mit ihm zusammenarbeiten und trotzdem seine Unabhängigkeit bewahren kann. Aufzupassen, wann sich bei der mentalen Kooperation der Firvulag die unvermeidlichen Fehler zeigen. Schließlich werden Sharn und Ayfa die Versuchung unwiderstehlich finden.«

»Unwiderstehlich«, wiederholte Elizabeth. Sie blickte auf ihre Hände, auf den kleinen Diamantring, der im Milieu das Symbol ihres Berufs gewesen war. Lawrence hatte das Gegenstück dazu getragen. Jetzt verlor sich das Funkeln des Steins im Lampenlicht.

»Was sollen wir tun?« fragte Dionket.

»Fliehen«, erwiderte Minanonn geradeheraus.

»Ins Milieu?« Elizabeth lachte. »Marcs heimliches Zusammenwirken mit jenen achtzigtausend Firvulag-Geistern wird uns diese Möglichkeit nehmen, das versichere ich euch. Er braucht die Kleinen Leute nicht einmal vor die Torburg zu bringen. Er kann die Psychoenergie aus der Ferne – von Nionel – heranholen, wie er es getan hat, als er Gibraltar sprengte und als er Felice besiegte.«

»Ich dachte nicht daran, durch das Zeitportal zu fliehen, Elizabeth«, sagte der Häretiker. »Ich habe den König im Namen der Friedensfaktion um das große Schiff Kyllikki gebeten. Er will es uns geben, nachdem er den Großteil seiner Bewaffnung entfernt hat. Eine auserlesene Crew von Tanu-Recken und bewaffneten Menschen bringt es mit voller Geschwindigkeit die Seine wieder hinunter. In Goriah wird es für die Rückfahrt über den Ozean zu den Gesegneten Inseln verproviantiert. Die überlebenden Amerikaner haben zugesagt, daß sie uns ihre volle Unterstützung leihen und die Oberherrschaft der Friedensfaktion anerkennen.«

Elizabeth war sprachlos.

Dionket hob langsam beide Hände. »Die Inseln! Natürlich. Das Heiligtum unserer alten Legenden ... das Land der Jugend! Wir können die Arbeit an den Schwarzreif-Kindern in der uns verbleibenden Woche vor Beginn des Turniers beenden und sie mit uns nehmen!«

Minanonn sagte: »Unser Friedliches Volk kann über die Weststraße und dann die Laar hinunter von Nionel nach Goriah geführt werden. Wir haben noch genug Zeit. Ich will den König um eine Flugmaschine bitten, um jene zu evakuieren, die im Schnee der Pyrenäen festsitzen. Und wir hier auf der Schwarzen Klippe ...«

Elizabeth beendete seinen Satz ironisch: »Können uns still und heimlich davonstehlen, während Aiken den Letzten Krieg auskämpft und Marc Remillard seine eigenen Kinder umbringt.«

»Der König hielt den Plan für ausgezeichnet«, protestierte Minanonn. »Er meinte, ihm sei leichter ums Herz, wenn es gelinge, dich und die Kinder und das Friedliche Volk vor dem Einbruch der Nacht zu bewahren. Kann irgend jemand dies arme Vielfarbene Land retten, dann ist er es. Dessen ungeachtet möchte er gutmachen, was er als seine Schuld uns gegenüber betrachtet, aus Dankbarkeit dafür, daß wir ihm am Rio Genil das Leben und in der Quecksilberhöhle den Verstand gerettet haben.«

»Ich fahre nicht mit euch auf der Kyllikki«, sagte Elizabeth.

»Aber du mußt!« rief Dionket. »Wir brauchen deine Hilfe, um die operant gewordenen Kleinen zu ihrem vollen Potenial zu erheben.«

Sie hatte sich vor ihnen verschlossen. »Lord Heiler, ich habe nicht den Mut, auf euren Glücklichen Inseln wieder ganz von vorn zu beginnen. Ich habe genug davon, im Exil zu leben. Ich werde dir und Creyn soviel von den Lehrtechniken beibringen, wie ich kann – die erzieherischen Abkürzungen, die speziellen geisteserweiternden Methoden, die ihr nicht allein ableiten könnt. Die Kinder werden nicht als Milieu-Adepten aufwachsen, aber trotzdem werden sie gut sein. Und mit Marcs Umarbeitung von Brendans Programm seid ihr fähig, das Gehirn jedes Neugeborenen zu modifizieren, so daß ihr die Halsringe niemals wieder brauchen werdet.«

»Aber wir brauchen *dich!*« rief Dionket.

»Ihr braucht mich nicht«, erwiderte sie. »Warum siehst du das nicht ein? Willst du es nicht einsehen? Muß ich dir mein nacktes Ich zeigen, damit du akzeptierst, was ich dir sage, und mich in Frieden läßt?«

Minanonn erklärte: »Elizabeth, wir lieben dich und möchten dich bei uns haben.«

»Das möchte Aiken auch. Ich habe mich entschieden, bei ihm zu bleiben und ihm im Krieg jede mir mögliche Hilfe zu leisten.«

»Das hat er nicht von dir verlangt«, stellte Dionket fest. »Diese deine Sehnsucht nach dem Untergang ist aus Verzweiflung geboren, nicht aus Liebe zu deinem Freund.«

»Und wenn schon!« schoß Elizabeth zurück. »Es ist mein Leben, oder nicht? Ich habe versucht, mein Bestes für euch alle zu tun – Gott weiß es. Aber mehr ertrage ich nicht! Ich will Aiken gerade deswegen helfen, weil er mich nicht darum gebeten hat. Er weiß, daß ich keine mütterliche Abstraktion, keine allweise Personifizierung eurer Göttin bin, gesandt zu erleuchten und zu bewachen und zu beherrschen und zu führen. Ich bin nichts als seine Freundin. Und ich werde bei den Spielen neben ihm sitzen und den Letzten Krieg für ein paar Tage vergessen und an niemanden denken als an mich selbst!«

»Elizabeth, überlege es dir noch einmal«, flehte Minanonn. »Du wärest uns eine so große Hilfe. Es wäre eine befriedigende Arbeit ...«

»Ach ja?« fragte sie leise, und bevor sie wußten, was geschah, fielen ihre Barrieren, und der Feuerkokon kam zum Vorschein. »Ich habe es versucht, Freunde. Habe mein Bestes getan – ganz wie ich es versprach, als ich das Redakteurshaus in Muriah nach der Flut verließ. Ein bißchen von dem, was ich getan habe, gab mir Freude, aber das Feuer war nur gerade eben außer Sichtweite und wartete darauf, daß das Pendel wieder zur Seite des Versagens ausschlug. Ihr wolltet, daß ich Brede sei, aber ich war nur eine schlecht angepaßte Person – hier im Vielfarbenen Land ebenso fehl am Platz, wie es Marc Remillard im Galaktischen Milieu war.« Und wie ich hätte er soviel Gutes tun können sein Traum seine Kraft seine Unsterblichkeit alles vergeudet warum war er nicht Jack warum wurde ich von Lawrence getrennt warum bin ich allein zu schwach warum ist er zu entschlossen allein stark zu sein warum wenn Gott lebt läßt er die schlecht angepaßten Geister so leiden sich selbst so mißverstehen die Berührung die Liebe zurückweisen warum fürchtete ich mich davor auch nur zur Kenntnis zu nehmen daß es ihm leid tat daß er sich freute über Brendans Heilung warum habe ich ihn beim letzten Mal nicht berührt ihm seine wirkliche Arbeit nicht gezeigt (Creyn wußte es!) ihm trotz meiner Angst geholfen sie zu finden jetzt ist es zu spät er ist verloren ich bin verloren gebt es auf gebt alles auf laßt mich gehen Freunde wenn ihr mich liebt laßt mich gehen laßt mich wegfliegen ...

»Tu's nicht!« riefen beide. Aber sie war schon den Gartenweg hinunter in die Nacht gerannt, und ihr mentaler Befehl, ihr nicht zu folgen, schien in der Luft zu hängen, in Qual geschrieben.

»Also hatte Creyn doch recht«, sagte Minanonn. »Wie ganz und gar einzigartig.«

Dionket seufzte. »Ich habe einen schweren Tag hinter mir, und der morgige, wenn ich dich und die anderen Koerzierer einweisen muß, wird noch schlimmer werden. Mach dir keine Sorgen um Elizabeth. Sie wird heute nacht keine übereilten Entschlüsse fassen. Ich gehe zu Bett. Laß dir von mir raten und tue desgleichen.«

Sie kehrten beide ins Chalet zurück. Irgendwo spielte eine Flöte.

9

Es war beinahe Morgen. Der erste Tag des Großen Turniers sollte beginnen.

»Ich kann nicht!« flehte sie den Genetik-Meister an. »Ich bin solcher Ehre nicht würdig.«

Er erklärte: »Sei nicht dumm, Mädchen. Du bist mein Gast – und mein Triumph! –, und du wirst an meiner Seite reiten, und es wird dir gefallen.«

Sie gab nach. Und da waren sie, kamen durch das westliche Tor Nionels unter der rituellen Bewölkung des perlenfarbenen Sonnenaufgangs, alle in einer großen Prozession zur Regenbogenbrücke unterwegs.

Sugoll ritt als Gastgeber der Spiele in einer milchfarbenen, mit Silber eingelegten Rüstung auf einem weißen Chaliko an der Spitze. Hinter ihm kamen Katlinel in ihrem Aurora-Gewand, rechts von ihr Sharn und Ayfa in reich mit Juwelen geschmückten Obsidian-Rüstungen und links von ihr Aiken-Lugonn der Leuchtende mit Elizabeth, die Bredes schwarz und scharlachrote Robe und glitzernde Maske angelegt hatte. Den königlichen Hoheiten folgten, flankiert von Heulern zu Fuß, die ihre attraktivsten illusorischen Körper zeigten und Blumenketten in den Händen hielten, die Mitglieder der Hohen Tafel und des Gnomenrats in abwechselnden Doppelreihen. Die Heuler-Großen (und sie und Greg-Donnet mitten unter ihnen!) und der Hochadel der dimorphen Rasse ritten zu je vier nebeneinander, Krieger und Nichtkombattanten in bunter Reihe. Das gewöhnliche Heuler-Volk machte feierlich den Schluß. Es trug bändergeschmückte Stangen, an die grüne Zweige und Blumensträuße gebunden waren. Nirgends waren von Schädeln gekrönte Bildstandarten zu sehen, nirgends martialische Schlachtenwimpel, nirgends nackte Waffen.

Die Luft vibrierte von einem tiefen Summen: Die auf der Tribüne jenseits des Flusses zusammengedrängten einfachen Firvulag sangen die traditionelle Ouvertüre zur Öffnung des Himmels. In früheren Jahren hatte sie auf der Salzebene bei dem von den Tanu beherrschten Großen Wettstreit bitter und kratzig geklungen. Aber hier dehnte sich kein steriler Meeresboden aus, sondern eine grüne Wiese, und Tausende von Vögeln sangen in ihrem fröhlichen Diskant zu dem dumpfen Dröhnen ihr Morgenlied. Sogar die Firvulag-Edlen lächelten, als sie den Nonol überquerten und das Goldfeld betraten, jenen Schauplatz vergangenen Ruhms, und bemerkten, daß die Tribüne der Kleinen Leute voll besetzt war und an den Seitenlinien überquoll, während die für Tanu und Menschen reservierte sich nur zu drei Vierteln gefüllt hatte.

»Wie merkwürdig alles leuchtet!« sagte sie zu Greg-Donnet. »Und es ist so deutlich! Mir ist, als könne ich jedes Blümchen in den Girlanden erkennen, die unser Volk trägt, und jeden Edelstein, der die Rüstungen der Großen schmückt, und jede Dekoration auf den Bannern, die über den beiden Tribünen flattern!«

»Zweiäugiges Sehen, meine Liebe. Zwei Augen sind eben besser als eins. Und natürlich bist du glücklich.«

Die königlichen Hoheiten bestiegen die zentrale Plattform vor den Zwillingstribünen und stellten sich so, daß sie die Gesichter der östlichen Bergkette hinter Nionel zuwandten.

»Ich bin glücklich – und dir so dankbar, Greggy«, sagte sie. Und dann lugte sie seitwärts unter dem rubinenbesetzten bräutlichen Kopfschmuck hervor. »Bin ich jetzt wirklich schön?«

Greg-Donnet küßte in einer extravaganten Geste seine Fingerspitzen. »Mehr als das. Du bist *hinreißend.*«

Auf ihrem Geist lagerte immer noch ein Schatten der Unsicherheit. »Oh, Greggy, wenn nur mein Toniie hier wäre und mich sähe! Wie soll ich das Warten aushalten?«

»Nur noch ein paar Tage«, ermutigte er sie. »Der König teilte mir mit, Tonys Arbeit sei bald beendet. Er wird noch vor dem Ende des Turniers zu dir kommen ... Nun sieh zu, wie die Könige gemeinsam den Himmel öffnen. Das ist etwas Neues; es soll den papierenen Friedensvertrag symbolisieren.« Er lachte traurig auf. »Jedenfalls ist es eine hübsche Geste.«

Die kleine Gestalt in der goldenen Rüstung und die gigantische in scharf facettiertem Schwarz hoben Speer und Schwert. Die Photonen-Waffen schickten smaragdgrüne Strahlen gen Himmel, und die Wolken teilten sich, wie sie es zahllose Jahrtausende auf der verlorenen Duat und ein Jahrtausend auf der Erde des Pliozän getan hatten. Die ganze Versammlung setzte ihre Kreativität ein, der Nebel verzog sich, und ein Sonnenstreif fiel auf die beiden Monarchen. Tanu- und Firvulag- und Heuler- und Menschenstimmen vereinigten sich zu dem Lied:

Ein Land glänzt durch Leben und Zeit,
Ein schönes Land, solange die Erde besteht,
Und vielfarbene Blüten fallen darauf nieder
Von den alten Bäumen, in denen die Vögel singen.

Jede Farbe leuchtet dort, Entzücken ist allgemein,
Musik erfüllt das Goldfeld,
Das süßduftende Feld im Vielfarbenen Land,
Das Goldfeld im Norden.

Dort gibt es kein Weinen, keinen Verrat, kein Leid,
Dort gibt es keine Krankheit, keine Schwäche, keinen Tod.
Dort gibt es Reichtümer, Schätze in vielen Farben,
Süße Musik zu hören, den besten Wein zu trinken.
Goldene Wagen fahren ein Rennen auf der Ebene der Spiele.
Vielfarbene Reittiere laufen an Tagen immerschönen Wetters.
Die Scharen schwärmen über das Feld des Sports,
Das ist schön, und nicht schwach ist ihr Spiel.

Bei Sonnenaufgang wird ein Stern des Morgens erscheinen,
Das Land erhellen, über die wellengeschlagene Ebene reiten,
Das Meer aufwühlen, bis es sich verwandelt in Blut,
Die Armeen vor den Singenden Stein führen.
Der Stein singt der Heerschar ein Lied;
Lauter wird die Musik, wenn alle zusammen singen.
Weder der Tod noch das Verebben der Zeit
Werden zu den Bewohnern des Vielfarbenen Landes kommen.

Elizabeth sagte zu Aiken: »Das war ein anderer Text.«

Er antwortete: »Morna-Ia Königsmacherin meinte, es sei der Text, den wir dieses Jahr singen sollten.« Er bedachte sie mit einem rätselhaften Lächeln. »Sieh mal – da kommen die Firvulag-Kunsthandwerker mit der neuen Trophäe, dem Singenden Stein. Aus einem einzigen riesigen Aquamarin geschnitten. Gerüchteweise verlautet, daß das Ding bereits auf die Aura von Sharn und Ayfa programmiert ist. Was sagst du zu dieser Unverschämtheit?«

Sie saßen in der Tanu-Königsloge und sahen den einleitenden Veranstaltungen zu. Ein üppiges Frühstück war aufgebaut worden, und die meisten Mitglieder der Hohen Tafel wie auch ihre Gäste griffen herzhaft zu. Der König knabberte nur an einem ungebutterten Hörnchen. Elizabeth, deren untere Gesichtshälfte immer noch unter Bredes schwerem, mit Edelsteinen eingelegten Atemgerät verborgen war, aß gar nichts.

Sie bemerkte: »Die Zeile in dem Lied über einen ›Morgenstern‹ kommt für meinen Geschmack der Realität ein bißchen zu nahe.«

Aiken zuckte die Achseln. »Marc steckt wahrscheinlich in diesem Augenblick unter der Menge da draußen und lacht sich krank über die neckischen Firvulag-Volkstänze rund um den Singenden Stein. Das hat es in Florida nicht gegeben.«

»Er hat wohl nicht versucht, Kontakt mit dir aufzunehmen?«

»Um einen Handel mit mir abzuschließen?« Aiken schüttelte den Kopf. »Das wäre unter seiner Würde. Ich habe keinen Piep von ihm gehört. Kein Ultimatum, daß ich das Sigmafeld über der Torburg öffnen soll als Gegenleistung dafür, daß er seine Götterdämmerung abbläst.«

»Er weiß, du verrätst die Kinder nicht, die du einmal unter deinen Schutz genommen hast. Er scheint seine eigenen Vorstellungen von Ehre zu haben.«

»Nicht etwa, daß es für diesen Scheißhaufen eine einfache Lösung wäre«, stellte Aiken brutal fest. Er riß ein Stück von seinem Hörnchen ab und kaute eine Minute lang schweigend. »Ich kann nur hoffen, daß Hagen und seine Mannschaft mit dem Guderian-Apparat fertig sind, bevor Marc die Firvulag herumbekommt. Sind die Kinder einmal im Milieu drüben, muß sich unser lokaler Luzifer geschlagen geben. Ich würde ganz zuversichtlich in den Letzten Krieg gegen die Firvulag ziehen, solange Marc sie nicht im Metakonzert anführt.«

Elizabeth erklärte: »Was auch geschieht – ich möchte dir helfen. Du weißt, ich bin gegen aggressive Aktionen blokkiert, aber da ist immer noch meine fernwahrnehmende Funktion, und ich kann heilen ...«

Sie brach ab. Tränen stürzten ihr aus den Augen. Der kleine Mann in der goldglänzenden Rüstung faßte ihre beiden Hände. »Warum willst du nicht mit der Kyllikki wegfahren?«

Sie wandte den Blick ab, schüttelte den Kopf, versuchte, ihre Hände zu befreien. Der König faßte sie nur noch fester.

»Ich möchte dich nicht hier haben, Elizabeth. Ich möchte dich in Sicherheit wissen. Die Kyllikki fährt morgen abend von Goriah ab. Ich werde dich hinfliegen und dich mit den anderen an Bord bringen.«

»Nein! Ich möchte hierbleiben und dir helfen ... und wenn eine Chance besteht, daß das Zeitportal geöffnet wird ...«

»Du würdest also ins Milieu zurückkehren, wenn du könntest?«

»Du vielleicht nicht?« fragte sie heftig, und ihre Augen funkelten ihn über der Diamantmaske an.

Aiken ließ sie plötzlich los, und sie sank auf ihrem Sitz zurück. Von der Menge stiegen Gebrüll und ein Sturm an Lachen und Applaus auf. Nach Beendigung der pompösen Zeremonien war eine Truppe Firvulag-Komödianten aufgetreten. Sie trieben gefährlichen Spott mit dem Singenden Stein und den Faktionen, die um ihn wetteifern würden. Fast jeder in der königlichen Tanu-Loge sah dem Spaß zu. Niemand achtete auf Aiken und Elizabeth.

Er beantwortete ihre Frage. »Ich bin der König, und dies ist mein Land, und ich werde hierbleiben, bis ich sterbe.«

»Laß mich dir helfen«, flehte sie. »Ich wünsche es mir so sehr, Aiken.«

»Na gut«, stimmte sie plötzlich zu. »Wenn du die Maske abnimmst.«

»Nein«, sagte sie entschlossen. »Diese Leute wollen, daß ich Brede symbolisiere, und das werde ich in ihrem Kostüm tun. Zweigesichtig, genau wie sie.«

»Nimm sie ab!« Seine schwarzen Augen waren unwiderstehliche Quellen der Koerzierung. »Glaubst du, ich weiß nicht, was in deinem Kopf vor sich geht? Du willst nicht Brede sein, du willst die Heilige Illusio, die Märtyrerin sein! Und da ich ein bißchen langsam im Kapieren bin, fange ich gerade erst an, mir zurechtzulegen, warum. Aber damit wirst du nicht durchkommen, Mädchen. Mit mir kannst du keine metapsychischen Spielchen treiben. Wenn du bei mir bleiben willst, dann zu meinen Bedingungen. Verstehst du?«

»Ja.« Sie hob die Hände und löste die Bänder des juwelenbesetzten Atemgeräts, nahm es ab und lächelte ihn mit offensichtlicher Erleichterung an. »Es wurde mir darunter sehr heiß«, gestand sie. »Ich weiß nicht, von was ich besessen war. Mir schien es einfach eine passende Geste zu sein. Tröstlich. Ich glaube, im Unterbewußtsein wollte ich mich verstecken.«

»Das ist richtig.« Er goß geeisten Wein in einen Kristallkelch und hielt ihn ihr hin. »Und wenn du entdeckst, wovor du dich verstecken wolltest, wirst du frei sein. Nun trink das und entspanne dich. Wir sehen uns später. Es ist Zeit, daß ich gehe und alles für unsere eigene Hälfte der einleitenden Vergnügungen vorbereite.«

900 Ritter gehörten zu der Mannschaft für das Präzisionsreiten. Stolz kamen sie in Formationen auf das Goldfeld, angeführt von dem goldgerüsteten König auf seinem einzigartigen schwarzen Tier. Die Felle der anderen Chalikos waren in heraldischen Farben eingefärbt, und Edelsteine schmückten ihre Schabracken. An dem Kopfschutz jedes Tiers war ein Horn angebracht, Gazeflügel in Gold oder Silber entsprachen den Bannern an den Lanzen, die die Reiter trugen. Aiken-Lugonn folgten auf dem Ehrenplatz die violett-und-goldenen Ritter der Fernwahrnehmer-Gilde. Obwohl gering an Zahl, hatten sie den König als erste in ihre Reihen aufgenommen. Dann kamen die kämpfenden Redakteure in Rubinrot und Silber, die zahlreichen Psychokinetiker, flammend in Rosa und Gold, die verwegene saphirblaue Kavallerie der Koerzierer-Gilde und schließlich die Kreatoren, in glänzende changierende Meeresfarben gekleidet – Glasrüstungen in Zyan und Beryll und Olivin und dunkelstem Ultramarin. Der Leuchtende bezog Position in der Mitte des Feldes, und die Reiter manövrierten um ihn zu der Musik von gewundenen Glashörnern und donnernden Kessel-

pauken. Die gewaltigen Tiere marschierten auf ihren Klauenfüßen hin und zurück und drehten sich und kurbettierten. Sie zeigten effektvolle Wendungen und Sprünge, umtanzten in ständig wechselnden Farbmustern den bewegungslosen König. Blumen erblühten, Regenbogensterne explodierten und wurden in abstrakte wirbelnde Linien umgewandelt, und die Tanu- und menschlichen Zuschauer jubelten mit Aah und Ooh bei jeder neuen Zurschaustellung reiterischer Virtuosität.

»Sehr hübsch«, höhnte König Sharn, »wenn auch vom Standpunkt der Kriegskunst aus nicht besonders eindrucksvoll.« Er leerte mit einem mächtigen Schluck seinen Schädelpokal und winkte einem Zwergendiener, ihn neu mit Bier zu füllen. »Möchtest du noch Zitronenlimonade, Vetter?«

»Nein, danke, Schrecklicher König«, antwortete Sugoll.

»Das Aufputzen der Chalikos mit Farbe ist eine erst kürzlich eingeführte Neuerung, die du vielleicht noch nicht gesehen hast, Vetter. Goldreiftragende Geringe führten sie vor etwa dreißig Jahren bei den Muriah-Spielen ein, als sie den Feinden halfen, ihre dominierende Rolle im Großen Wettstreit zu zementieren. Aber ihr Heuler habt euch nie viel um den rituellen Kampf gekümmert, nicht wahr?«

»Das war der Grund, warum wir uns zur Zeit meines Großvaters vom Hauptstamm der Firvulag abspalteten und ins Hinterland zurückzogen. Das jährliche Gemetzel des Großen Wettstreits kam uns allmählich sinnlos vor.«

Mit leiser Stimme erklärte Sharn: »Erwähne es nicht vor den Furzen meines Gnomenrats – aber Ayfa und ich empfanden ebenso. Krieg ist nur für eins gut: Er bringt einen nach oben!«

»Übrigens«, erzählte Sugoll, »habe ich die Spiele in Muriah tatsächlich einmal besucht. Letztes Jahr, und zwar inkognito. Ich hatte gehört, im Dienst der Tanu stehende menschliche Wissenschaftler könnten über Techniken verfügen, mit denen sich die Deformierungen meines Volkes behandeln ließen. Dank sei Teah der Allerbarmenden, daß sich das als wahr erwies.«

Sharn blinzelte dem Mutanten zu. »Wenn sich die kleine

Rowane als typische Runderneuerung erweist, wirst du nächstes Jahr beim Großen Liebesfest die Firvulag-Jünglinge mit einem Knüppel von deinen Mädchen wegjagen müssen! Vermutlich bist du jetzt selbst ein Kandidat für den Haut-Tank, wie?«

»Ich werde der letzte sein, wie es sich für mich ziemt.«

Sharn betrachtete den Schaum in seinem Pokal. »Oh. Ja, natürlich. Aber weißt du, wenn wir den Letzten Krieg gewonnen haben, werden wir mehr Haut besitzen, als ihr verwenden könnt. Und die nicht kämpfenden Redakteure werden wir verschonen, sofern sie versprechen, sich ordentlich zu benehmen, damit sie euch bei den Heilungen helfen.«

Sugolls illusorische Augen sahen den König ruhig an. »Wie Teah will.«

»Wir brauchen dich auf unserer Seite, Vetter. Wirst du mit uns gehen?«

»Ich muß gehen, wie die Göttin mich führt.«

Sharn beugte sich vor. Sein Gesicht innerhalb des kunstvollen Helms aus schwarzem Glas nahm einen unheildrohenden Ausdruck an. »Sie will, daß wir siegen, Vetter – und du solltest noch einmal gründlich nachdenken, falls du anderer Meinung bist! Oh, ich weiß, was deine Lady im Sinn hatte. Redete auf Ayfa ein, behauptete, die Firvulag hätten keine Chance und wir wären nicht fähig, die Scheiße bei uns zu behalten, wenn der goldene Mistkäfer uns im Metakonzert angreife ... Nun, ich bin großzügig, und ich mache Katy Zugeständisse. Schließlich ist sie ein Tanu-Menschen-Mischling und wahrscheinlich obendrein ein heimliches Mitglied der Friedensfaktion. Aber *du* hast eine Firvulag-Seele, Vetter, ganz gleich, von welcher Form dein Körper ist. Du gehörst zu uns!«

Sugoll sagte: »Wir sind alle Kinder der Göttin, alle eines Blutes in dem großen Mysterium, das Volk von Duat und das Volk der Erde zu einem gemeinsamen Schicksal bestimmt.«

»Blödsinn!« rief Sharn. »Hinterwäldler-Mystizismus! Während ihr Heuler euch in der Wildnis vergraben hattet und edle Gedanken pflegtet, zermalmten die Tanu mit Hilfe ihrer menschlichen Diener unser Selbstbewußtsein! Jetzt sind wir an der Reihe. Wir sind im Vorteil, und wir werden siegen!«

»Sieh doch!« Der Heuler-Lord wies auf das Turnierfeld. »Aiken-Lugonn dirigiert das Finale seiner Demonstration.«

»Eine Fliegende Jagd«, grollte Sharn. »Wie passend!«

Der Firvulag-Monarch und der Mutant standen Seite an Seite und sahen zu. Draußen auf dem goldenen Sand bildete die kleine Gestalt auf dem schwarzen Chaliko den Mittelpunkt eines schillernden Strudels. Die juwelenfarbenen Ritter erhoben sich auf ihren Feenrossen in einer großen Spirale zum Crescendo der schmetternden Hörner und Trommeln in den klarblauen Himmel.

»Neunhundert Ritter«, stellte Sharn erbittert fest, »und er hebt sie alle allein, er baut kein Metakonzert auf.«

»Die Flugzeuge kommen«, bemerkte Sugoll.

Sechsundzwanzig dunkle Maschinen mit dem Emblem der offenen Hand fanden sich über dem umgekehrten Kegel der levitierenden Ritter zu einem großen Diamant-Muster zusammen. Die Rho-Fahrzeuge stiegen senkrecht nach unten, bis sie knapp zweihundert Meter über den Tribünen schwebten. Es war deutlich zu erkennen, wie die kriechenden Purpurnetze der Kraftfelder, die die Anziehungskraft der Erde neutralisierten, die vogelähnlichen Flugkörper einhüllten.

Plötzlich verstummte die Musik.

Das goldene Männchen glitt von seinem Chaliko und hob die Arme. Die aufwärts kreisenden Ritter hielten an, als seien sie mitten in der Luft erstarrt. Die Zuschauer gaben ein leises Seufzen von sich, dann waren sie völlig still.

Die Rho-Felder der Luftflotte gingen aus – und immer noch hingen die dunklen Vögel am Himmel.

»Große Göttin«, flüsterte Sharn.

Leise sangen die Hörner das Lied des Steins. Dann war es zu Ende. Die Schiffe hüllten sich wieder in violettes Feuer und trieben wie Herbstlaub davon. Die Fliegende Jagd kehrte auf ihrer Spirale zurück, erreichte rasch den Boden, formierte sich zu Reihen und trabte zu flottem Trommelklang davon.

»Bist du dir des Sieges immer noch sicher, Schrecklicher König?« fragte Sugoll mit milder Stimme.

Der Oger nahm hastig einen Schluck Bier. Der Zwerg mit dem Krug kam herangetrottet, einen Ausdruck des Zögerns auf dem apfelwangigen Gesicht. »Majestät, ich störe dich ungern ... aber er will nicht weggehen.«

»Wer?« raunzte der König. »Was faselst du da, Hofgarn?«

»Ein Geringer bittet um Audienz, Sire. Ein großer Lümmel von sehr unverschämtem Betragen, der sich selbst als Morgenstern betitelt. Er scheint zu glauben, daß du ihn erwartest.«

»Das tue ich wohl auch«, sagte Sharn sehr langsam. Er wandte sich Sugoll zu. »Danke, daß du uns Gesellschaft geleistet hast, Vetter. Ich hoffe, dich nach dem Lunch bei den Tierrennen und heute abend bei der Koboldfeier zu sehen, zusammen mit deiner Lady. Du hast meine Erlaubnis, dich zurückzuziehen.«

Der Mutant stand auf, verbeugte sich und ging, um sich den anderen Zuschauern vor der Loge anzuschließen. Sharn winkte befehlend nach mehr Bier. Er nahm seinen schweren Glashelm ab, fuhr sich mit den Fingern durchs schweißnasse Haar und sagte zu dem Zwerg: »Bring den Geringen jetzt her, Hofgarn! Und sorge dafür, daß wir nicht gestört werden!«

Spät an diesem Abend, nachdem Minanonn mit der Basis in Goriah ferngesprochen und Commander Congreve mitgeteilt hatte, daß die Heilung der Schwarzreif-Kinder endlich abgeschlossen sei, kam eine einzelne Flugmaschine, um die Schwarze Klippe zu evakuieren. Langbeinig stand sie im Garten unter einem abnehmenden Allerheiligen Mond, das Flugdeck gesenkt wie der Kopf eines gedankenverlorenen Kranichs, während die aufgeregten Mütter ihre Kinder an Bord trugen. Ihnen folgten das kleine Team aus Redakteuren und Koerzierern der Friedensfaktion, todmüde, aber tiefe Befriedigung ausstrahlend, das Personal des Chalets und die paar anderen Hausbewohner, die geblieben waren, als Elizabeths Entourage nach Nionel zog. Basil überwachte das Verladen der letzten Gepäckstücke; Minanonn machte noch einen Inspektionsrundgang durch das leere Chalet.

Im Garten fand der Häretiker Creyn, Bruder Anatol und Basil am Fuß der Bordleiter auf ihn wartend. Mr. Betsy steckte seinen perückengeschmückten Kopf aus der Bauchluke und rief: »Legt einen Zahn zu! Ich kann nicht die ganze Nacht vertrödeln. Jetzt schon habe ich die Hälfte des Firvulag-Barbecues auf dem Goldfeld verpaßt und Daumen gedreht, während ihr den Bälgern die Gehirne geschrubbt habt.«

Creyn wandte sich an Minanonn. »Wir wissen, daß du vorhast, selbst zum Großen Turnier zu fliegen und später auf die Kyllikki zu kommen, wenn sie auf See ist. Anatol und Basil und ich möchten dich gern begleiten.«

»Ich habe diese schweinsköpfige Durachoka gebeten, mich mitzunehmen«, brummte der alte Franziskaner. »Versprach ihr, ich würde sie nicht plagen. Aber sie verschwand und ließ mich sitzen.« Er grinste listig. »Wie es sich herausstellte, war es ein Akt der Vorsehung.«

Betsy schrie gereizt nach unten: »Kommt ihr jetzt, oder kommt ihr nicht?«

Minanonn hob seine große Hand. »Fliegt los! Wir vier haben noch etwas anderes zu erledigen.«

Betsy schnüffelte. »Dann tretet zurück!« Die Leiter wurde eingezogen, und die Luke knallte zu. Die beiden Tanu und die beiden Menschen traten zurück. Die große Maschine lief warm und erzeugte ihren unheimlichen Mantel aus netzförmigem Licht. Fäden stechenden Qualms wehten von den verkohlten Stellen um die Landestützen her. Der Vogel hob den Kopf und blickte zum Himmel auf. Einen Augenblick später stieg er senkrecht in die Dunkelheit empor.

Im Garten war es still bis auf eine einzelne zirpende Grille und den Wind in den Nadelbäumen. Minanonn sagte: »Ich gehe zu den Spielen, weil ich eine atavistische Sehnsucht nach Aufregung habe. Irgendwie habe ich den Verdacht, daß euch drei ein ganz anderer Beweggrund leitet.«

»Wir lieben Elizabeth«, antwortete Creyn, »und wir möchten sie vor sich selbst retten. Und dabei vielleicht den Krieg verhindern.«

Minanonns Aura guter Laune verschwand. »Redigierender Bruder, sie soll nicht gequält werden – ganz gleich, was für edle Absichten ihr haben mögt!«

»Wir werden kein Wort mit ihr sprechen«, erklärte Anatol. »Es ist Remillard, hinter dem wir her sind. Wir wollen ihn aufspüren – er ist bestimmt dort – und einen letzten Appell an sein besseres Ich richten.« Der Priester schoß Creyn einen Blick zu. »Aufgrund von neuen Informationen, die wir erhalten haben.«

»Habt ihr den Verstand verloren?« rief der frühere Schlachtenmeister.

Creyn ließ sich nicht aus der Ruhe bringen. »Wir drei kennen Remillard wahrscheinlich besser als alle anderen Bewohner der Schwarzen Klippe – Elizabeth ausgenommen. Wir haben keine Angst vor ihm.«

»Und was wir ihm mitzuteilen haben«, fiel Basil ein, »ist kaum geeignet, seinen ... ah ... Grimm zu wecken. Im Gegenteil. Es könnte vielleicht sein Herz rühren.«

»Um der Liebe Tanas willen, was ist das?« fragte Minanonn.

Anatol hob auf slawische Art die Schultern. Wieder sah er zu Creyn hin, dessen Geist fest verschlossen war. »Wir können es Ihnen erst sagen, wenn Elizabeth diesen armen vertrottelten Lozhn'iy von einem übereilt gegebenen Versprechen entbunden hat.«

»Aber offensichtlich«, sagte Minanonn zu Anatol und Basil, »teilt ihr beiden das Geheimnis.«

Der Priester wackelte mit dem knochigen Zeigefinger. »Creyn hat es Basil erzählt, bevor er Elizabeth sein Wort gab. Und was mich betrifft ...«

Der Redakteur erklärte: »Ich suchte den Rat Bruder Anatols, um mein Gewissen zu erleichtern, als höhere Rücksichten die Oberhand über das Versprechen gewannen, das Elizabeth mir abgerungen hatte. Anatol ist der Meinung – und wir drei haben lange darüber diskutiert –, daß es meine Pflicht ist, dem Widersacher diese Information zu geben.«

»Im Krieg und in der Liebe ist alles erlaubt«, murmelte der alte Franziskaner, »und dies ist beides, dai Bog!«

Minanonn blickte mit wachsender Aufregung von dem

Redakteur zu dem Priester und von diesem zu dem Alpinisten. »Wäre ich kein Mann des Friedens, würde ich euch alle drei zu bibbernden Quallen koerzieren und der Sache auf den Grund gehen.«

»Bring uns nur zum Großen Turnier«, bat Basil. »Wir werden Remillard irgendwie finden.«

Anatol bemerkte: »Creyn und Basil kennen seine mentale Unterschrift, und ich werde ihm mit sibirischer List beikommen. Sie werden mit dem Finger auf ihn zeigen, und dann spreche ich ihn an.«

»Und er wird euch so lässig töten«, behauptete Minanonn, »als zerquetsche er Fliegen.«

»Er ist keiner der Dämonen aus Ihren Tanu-Legenden«, versicherte Anatol ihm. »Er ist nur ein Mensch. Er hat meine Kleidung getragen und mit mir in meinem Garten gearbeitet. Wir haben miteinander geredet ... oft über die ausgefallensten Dinge. Ich sage Ihnen, es besteht die Möglichkeit, daß wir ihn dazu bringen, seine Meinung zu ändern.«

Der Häretiker musterte sie finster. »Ihr seid drei Wahnsinnige, aber ich werde es wohl darauf ankommen lassen müssen, daß ihr doch recht habt! Fliegen wir! Es ist ein weiter Weg bis Nionel.«

10

Am zweiten Tag verschärfte sich die Rivalität zwischen Tanu und Firvulag. Die Buchmacher tätigten große Geschäfte unter den menschlichen Sportfans, die ihr Geld wegwarfen, als gebe es kein Morgen. Der hochgewachsene Mann in den weißen Segeltuchhosen und dem schwarzen T-Shirt, unauffällig in der Menge, verbrachte den Vormittag damit, sich die Wettkämpfe anzusehen: Das Bootrennen auf dem Fluß (die Firvulag gewannen überlegen), die Drachenkämpfe (unentschieden) und die erste Runde des Querfeldein-Wagenrennens (bei dem Kuhal Erderschütterers Team die höchste Punktzahl errang). Der Mann erblickte Cloud oben in der Königsloge und lächelte. Sie war mit einem Koerzierer-Harnisch als Kriegerjungfrau verkleidet und feuerte ihren Helden auf der Bahn an.

Am Nachmittag fanden das Hammer- und Baumstammwerfen statt, bei dem die Kleinen Leute ihrer stämmigeren Statur wegen dominierten, sowie ein zu Fuß ausgefochtener offener Kampf zwischen den Ogerinnen und den weiblichen Tanu-Rittern, wobei es zu den ersten Todesfällen des Großen Turniers kam.

Nachdem er durch den Pavillon mit den Erfrischungen geschlendert war, kehrte der Mann zu den am Fluß aufgebauten Zuschauersitzen zurück und sah wieder dem Wassersport zu. Das Windsurfen, obwohl zu den unwichtigeren Veranstaltungen gerechnet, zog eine ungewöhnlich große Gruppe herrlicher Tanu-Damen an, die wie verrückt applaudierten, als der stellvertretende Marschall des Sports einen Silbertragenden Teilnehmer namens Niccolò MacGregor ankündigte. Der kleine Mann mit der Haltung eines Bantam-Hahns schlug die Firvulag-Gegner weit aus dem Feld und beendete das Rennen im Handstand auf seinem Surfbrett. Die Tanu-Frauen ließen Massen von gelben Rosenknospen auf ihn niederregnen.

»Das ist natürlich der König«, vernahm der hochgewachsene Mann eine Stimme. Er wandte sich ein wenig zur Seite und sah einen hageren alten Priester in einem Habit aus brauner Wolle neben sich auf der Bank sitzen. Er knabberte an Tournedos Rossini.

»Das sieht gut aus«, bemerkte Marc.

»Der Verkäufer ist gerade hinter die Tribüne gegangen. Ich besorge Ihnen gern einen.« Anatol ließ eine schäbige Börse klirren, die ihm vom Gürtelstrick hing. »Ich bin flüssig. Habe bei den Wagenrennen schwer gewonnen.«

»Ich danke Ihnen – aber nein.«

Der Priester schmatzte mit den Lippen. »Es sind echte Trüffeln und Foie-gras darauf. Phantastisch! Wollen Sie nicht doch einen?«

»Nein, nein.« Marc saß gemütlich da und sah zu, wie der Pseudo-Niccolò von einem Trupp langer Schönheiten in pastellfarbenem Chiffon davongetragen wurde. »Also nimmt der König an den Spielen teil?«

»Nicht offiziell – und natürlich benutzt er seine metapsychischen Kräfte nicht. Es soll überhaupt niemand mentale

Fähigkeiten einsetzen, bis das große Tauziehen am vierten Tag und der Höhepunkt des Turniers, das Hurley-Spiel, beginnen.«

»Nicht einmal beim Lanzenstechen?«

»Vor allem dabei nicht.«

»Wir der König morgen mitmachen?«

»Es geht das Gerücht, er werde beim Springstock-Wettbewerb antreten. Um für die friedliche Nutzung des Eisens zu werben, verstehen Sie.«

»Und wird er die Arena anonym betreten?«

Anatol zwinkerte. »Wir werden morgen wohl hingehen und es uns anschauen müssen. Kommen Sie heute abend zur Parade der japanischen Laternen und dem Bodenstern-Ball?«

»Ja, falls nicht andere Dinge meine Aufmerksamkeit verlangen.«

Anatol hatte seinen Tournedos aufgegessen und leckte sich die Finger ab. Draußen auf dem Fluß brachten Hilfskräfte einen großen Ring aus weißen Flößen an. Der stellvertretende Marschall verkündete den Beginn des nächsten Wettkampfs, den er einen Kelpie-Radau nannte. Der Priester fragte: »Der Firvulag-König hat also Ihr Angebot abgelehnt, wie?«

Marc sah ihn scharf an. Die Spitze einer koerzibel-redigierenden Sonde traf Anatols Gehirn, so daß seine Wangen sich aufblähten und ihm der Schweiß im Nacken ausbrach.

»Hat Elizabeth Sie zum Spionieren hergeschickt?« fragte Abaddon leise.

»Sie weiß nicht einmal, daß ich hier bin, verdammt noch mal! Stöbern Sie nicht in meinem Gehirn herum – ich bin nur die Vorhut. Der Mann, mit dem Sie sprechen müssen, ist Creyn. Er wartet hinter der Tribüne zusammen mit Basil, und er wird seinen Geist gern von Ihnen umkrempeln lassen, weil er wichtige Informationen für Sie hat.«

Die Sonde zog sich um eine Winzigkeit zurück. Der koerzierende Griff wurde fester. Gebrüll stieg von der Menge auf, als ein Team grotesker Heuler gegen eine Mannschaft aus des Königs Elite-Soldaten in einer wilden Variante von

Wasser-Polo antrat. Marc stand auf und schob Anatol zur Treppe.

»Sie scheinen die Wahrheit zu sprechen, Bruder. Ich glaube, ich werde mir einmal anhören, was unser Freund Creyn zu sagen hat. Und auf dem Weg nach hinten können wir vielleicht doch noch ein Geschäft mit diesem Tournedos-Verkäufer abschließen.«

Das königliche Flaggschiff landete mit Aiken an den Kontrollen dicht am Rand der silbernen Halbkugel und schien in dem roten Licht des Sonnenuntergangs über sein verzerrtes Spiegelbild nachzudenken. Bleyn und Alberonn, beide mit schweren Lasern bewaffnet, hielten Wache, während die zweiundzwanzig metapsychischen Rebellen, die gegen ihren Anführer gemeutert hatten, die Leiter der Flugmaschine herunterstiegen. Ihnen folgte der König. Aiken strahlte einen unentzifferbaren mentalen Befehl aus, und in der Oberfläche des Kraftfeldes öffnete sich eine Schleuse. Er ging als letzter hindurch und schloß die Barriere hinter sich wieder.

Die Kinder der Rebellion warteten im Wachtturm der Torburg, bereit, ihren Eltern ein letztes Lebewohl zu sagen.

WALTER: Veikko. Sohn ... du siehst gut aus, und Irena auch. Gott, ist das herrlich! Ich kann noch nicht glauben, daß es geschieht.

VEIKKO: Du hinkst.

WALTER: Das ist nichts. Die Tanu-Redakteure sagen, sie können mich wieder zusammenflicken. Aber du! – Habt ihr Kinder es wirklich geschafft? Habt ihr den Guderian-Apparat wirklich gebaut?

IRENA: Er ist noch nicht ganz fertig, Walter. Vielleicht morgen.

VEIKKO: Die Mikro-Innereien der Kabel müssen noch ein bißchen korrigiert werden, das ist alles. Wir haben Probleme mit den Kernen der superfeinen ummantelten Drähte; mit den verdammten Dingern mußten wir uns schon die ganze Zeit herumärgern. Aber sobald die Techniker eine Lösung gefunden haben, schalten wir die Energie ein, testen die Anlage schnell, und los geht's.

IRENA: Hagen und Cloud gehen natürlich als erste, Marcs wegen. Haben sie das Portal einmal passiert, sollten wir übrigen sicher sein.

VEIKKO: Cloud hat sich heute vielleicht etwas geleistet! Oder vielmehr ihr Tanu-Liebhaber. Er erklärte dem König, er werde bei dem großen Wagenrennen nur dann sein Bestes tun, wenn Cloudie anwesend sei und ihm zusehe. Junge, war Aiken Drum giftig! Schließlich gab er nach und nahm sie mit in die königliche Loge und bewachte sie wie ein Habicht.

IRENA: Kuhal hat das Rennen dann gewonnen.

WALTER: Ich nahme an, ihr Kinder wißt darüber Bescheid, daß die Friedensfaktion Ocala neu besiedeln will. Und warum sie Europa verläßt ...

VEIKKO: Vielleicht findet der Letzte Krieg niemals statt, Dad. Cloud hat die neuesten Nachrichten von Kuhal erfahren. Der König und die Königin der Firvulag trauen Marc nicht und wollen sich von ihm nicht im Metakonzert führen lassen. Sie glauben, Aiken und seine Tanu-Armee allein schlagen zu können. Und sie mögen recht haben.

IRENA: Wir sind so froh, daß *ihr* in Sicherheit sein werdet. Ganz gleich, was aus uns wird.

WALTER: Ihr werdet ins Milieu gehen! Ich weiß es! Ihr seid dem Ziel so nahe!

VEIKKO: Wir schaffen es bestimmt. Die Guten siegen immer. Und ich gehe davon aus, daß wir die Guten sind ... (Zweifel.)

IRENA: Wenn wir ins Milieu kommen, werden wir alles irgendwie wiedergutmachen. Einige von uns haben schon darüber nachgedacht. Pläne geschmiedet ...

WALTER: Ich hoffe, es gelingt euch. Gott, ich hoffe es so sehr.

VEIKKO: Wir haben Angst.

WALTER: Ich auch. Aber jetzt ist es etwas anderes, nicht wahr?

VEIKKO: Wir haben uns ihm widersetzt – wir Kinder und du ebenfalls. Wir sorgen dafür, daß sie es im Milieu erfahren, Walter. Besonders das mit dir und Alexis Manion.

AIKEN: *Kommt!*

WALTER: Es ist Zeit. Kyllikki legt heute abend mit der Flut ab. Viel Glück euch beiden.

VEIKKO: Bon voyage, Walter! – Wohin du auch reisen magst.

Elizabeth tanzte mit dem König, ohne auf die Musik zu hören, zufrieden, sich von ihm führen zu lassen, in seiner Kraft auszuruhen.

Die riesigen Papier-Neputas standen im Kreis um die Tanzfläche und schimmerten in weichem Licht. Ihre Flächen zeigten jede mögliche Szene, jedes mögliche Lebewesen des Vielfarbenen Landes, lustigerweise im klassischen japanischen Stil mit durchscheinenden Farben ausgeführt. Hinter den großen Laternen ragten die alten Bäume des Tieflandwaldes auf, und irgendeine Heuler-Kunst hatte dort eine Myriade von gelben, grünen und rosa Glühwürmchen versammelt, die das Motto des Bodenstern-Balls versinnbildlichten. Am Himmel leuchteten die wirklichen Sterne des pliozänischen November blasser, als verspätet der Mond aufging. Die Konstellation der Trompete, hinter deren Mundstück-Stern sich die Duat-Galaxis versteckte, stand im Zenit.

Aiken sagte zu Elizabeth: »Du bist glücklicher. Das freut mich.«

»Es ist schön, wieder mit dir zusammen zu sein, Lieber.«

»Komisch, wie ich dir gegenüber empfinde. Gar kein Sex dabei. Aber auch nicht brüderlich. Ich weiß nicht, wie ich es nennen soll. Du möchtest, daß ich dich kontrolliere, und ich möchte es tun. Wie ein Vater und ein ganz kleines Mädchen.«

»Hermes Psychopompos«, meinte sie leichthin. »Der Seelenführer. Tatsächlich ein sehr seltener Archetypus. Vermutlich weiß mein Unterbewußtsein, was es braucht.«

»Nur bin ich doch nicht der Richtige, oder? Ich wünschte – ich wünschte, du könntest meine Königin sein. Ich könnte dich lieben und brauchte mich nie zu fürchten.«

»Eines Tages wirst du sie finden, Aiken. Du bist noch so jung.«

»Aber ich wachse schnell heran«, sagte er lachend.

Ihre Geister lösten sich voneinander, und eine Weile gaben sie sich einfach dem Tanz hin. Elizabeth stellte zu ihrer Überraschung fest, daß es fast wie ein Vorausahnen der Einheit war ... Und dann sagte er:

»Ich möchte, daß du mir vertraust. Laß mich nur für einen Augenblick in den versteckten Teil deines Ichs ein. Laß mich hinter die Maske blicken, die du ständig trägst. Willst du?«

Sie wurde steif in seinen Armen. Eine schreckliche Kälte umgab sie. »Warum?«

Der Geist sprach, umfing sie, groß und vertraut und stark. Vertraue mir! Laß mich sehen! Zu deinem und unser aller Wohl. Bitte!

Ich kann nicht ...

Bitte ich muß die Wahrheit wissen.

Da ist Feuer ...

Ich weiß. Arme Elizabeth. Du bist so stolz und so furchtsam. Wenn du nur lernen würdest zu vertrauen.

Bruder Anatol will daß ich Gott vertraue ...

Vertraue einfach Mir. Laß mich ein! Da ...

Sie schwebte in der Stille, ganz allein. Die Finsternis um sie war nicht mental. Das erkannte sie irgendwie. Es war ein entfernter Teil des physischen Universums, der intergalaktische Raum, leer von Sternen, ohne auch nur einen Hauch glühenden Gases. Ihr Geist konnte sich nur an einem einzigen Objekt festhalten, es gab nur eine Zuflucht vor der ewigen Nacht. Ein Feuerrad aus bläulich-weißem funkelndem Nebel, winzig und exquisit. Ein Sonnenwirbel, isoliert von den anderen Sternenhaufen der Galaxien. Eine in sich abgeschlossene Spirale, die sie hätte berühren und bewegen können.

Elizabeth öffnete die Augen.

Sie tanzte mit Marc Remillard.

»Creyn hat sein Wort gebrochen«, sagte sie. »Er durfte es dir nicht erzählen. Die Vision ist seine, nicht meine. Unmöglich!«

»Der Meinung bin ich auch. Und doch – verlockend. Wenn ich nur nicht meiner eigenen Aufgabe verhaftet und so nahe daran wäre, sie von neuem zu lösen. Die Jahre sind bitter gewesen, Elizabeth. Ich kann nicht anders, ich muß es versuchen.«

»Ich weiß.« Sie wagte es nicht, ihn noch einmal anzusehen. Anders als der König, war er nicht in exotischen Staat gekleidet, sondern in den beinahe archaischen Tropen-Abendanzug, ein schwarzes Dinnerjackett und ein plissiertes Hemd. Elizabeth legte den Kopf an seine Brust, überließ sich seiner Führung, aber ohne sich hinzugeben, wie sie es bei dem König getan hatte.

»Du hast drei sehr treue und mutige Freunde, Elizabeth.«

»Ich habe ihnen gesagt, sie sollten nicht herkommen. Sie haben kein Recht, sich einzumischen. Und Creyn hatte es mir versprochen!«

»Er hat mir von mehr als seiner Duat-Vision berichtet«, erwiderte Marc. »Creyn sagte mir, daß du mich liebst, Elizabeth – und Aiken glaubt es auch. Ist es wahr?«

»Es ist unmöglich«, sagte eine Stimme hinter den Flammen hervor.

»Ich halte es auch für unmöglich, aber deine Freunde haben mehr Stehvermögen. Basil hat den Berg bestiegen, und Creyn hat geholfen, Schwarzreif-Kinder gesund und operant zu machen, und Anatol – erlebte auf meine Kosten eine kurzfristigen Triumph. Wie gesagt, sie haben Stehvermögen. Sie möchten gern glauben, daß nichts unmöglich ist.«

»Wir wissen es besser, Marc.«

»Ja.« Er nickte, und sie tanzten in absoluter Dunkelheit. Dann war es wieder Aiken, der sie unter den von Glühwürmchen schimmernden Bäumen in den Armen hielt, und die Musik wurde langsamer und hörte auf.

11

Kurz nach Sonnenaufgang des dritten Tages versammelten sich die total erschöpften Mitarbeiter des Guderian-Projekts im Innenhof der Torburg, um den Tau-Generator das erste Mal unter Strom zu setzen. Der König, seine gesamte Hohe Tafel und Elizabeth waren als Beobachter anwesend. Sogar die fünf kleinen Kinder der Nordamerikaner sahen ver-

G'MANGONI
AIKEN

schlafen und mit feierlichen Gesichtern zu. Aber sie interessierten sich mehr für die spektakulär kostümierten Tanu-Großen als für den Apparat, der sie vielleicht ins Galaktische Milieu transportieren würde.

Er war etwas größer als die ursprüngliche, von Théo Guderian erbaute Maschine, doch immer noch einer altmodischen Gitterwerk-Pergola oder einem von Schlingpflanzen bewachsenen Gazebo unheimlich ähnlich. Zum Ausgleich für den Terrain-Anstieg, der in der Zeitspanne von sechs Millionen Jahren erfolgen würde, stand das Gerät auf einem etwas mehr als zwei Meter hohen Gerüst. Sein Rahmen bestand aus transparentem glasigen Material, an jeder Verbindung mit schwarzen knotenförmigen Komponenten besetzt, in denen, wie undeutlich zu erkennen war, Funken sprühten. Die »Schlingpflanzen«, in Wirklichkeit schwere Kabel aus vielfarbenen Legierungen, wuchsen aus dem nackten Boden unter der Plattform hervor und krochen in das Gitterwerk hinein und aus ihm heraus. An einem Punkt fünfzehn Zentimeter über dem Gazebo-Dach schienen die Kabel zu verschwinden und dann auf geheimnisvolle Art wiederaufzutauchen, um sich durch den Rahmen der Rückseite zu schlängeln.

»Was wollt ihr als erstes wegschicken?« erkundigte sich Aiken bei Hagen.

Der junge Mann zeigte ihm einen kleinen, aus Bergkristall geschnittenen Kasten und hob den Deckel. Darin lag eine dünne Metallwaffel mit bläulich-schwarzem Überzug.

»Kalium. Nach seiner Rundreise werden wir eine Altersbestimmung durchführen, um uns zu vergewissern, daß es wirklich zwölf Millionen Jahre hinter sich gebracht hat. Der Theorie zufolge hat das Zeitportal einen festen Brennpunkt. Wenn die Maschine überhaupt funktioniert, müßte sie ihre Fracht am 2. November 2111, dem synchronen Milieu-Datum, auf dem Grundstück der Auberge du Portail absetzen und, sobald das Taufeld sich umkehrt, wieder hierher bringen.«

»Richtig«, sagte der König. »Fangen wir an!« Elizabeth stand neben ihm, das Gesicht ausdruckslos, der Geist unzugänglich. Er ergriff ihre Hand.

Hagen stieg die Stufen des Gerüsts hoch. Einer seiner Verbündeten reichte ihm einen gewöhnlichen vierbeinigen Holzschemel, und er stellte ihn genau in die Mitte des Gazebos. Er legte das Kristallkästchen auf den Schemel. Dann zog er sich in die erste Reihe der Zuschauer zu Diane Manion, Cloud und Kubal Erderschütterer zurück. Er sah zu einer jungen Frau hin, die an der Kontrollkonsole saß: »Jetzt, Matiwilda!«

Sie sagte: »Jetzt!«

Es entstand kein Geräusch, als der Guderian-Apparat aktiviert wurde. Der Energieverbrauch war so gering, daß das Licht der rings um den Burghof aufgestellten Punktscheinwerfer nichts von seiner Helligkeit verlor. Das Gazebo flakkerte. Man konnte nicht mehr hineinsehen; es war, als seien drinnen plötzlich Spiegelwände hochgesprungen.

»Ich weiß, daß die Translation ohne Zeitverlust erfolgen soll«, bemerkte Aiken, »aber warten wir eine Minute.«

Die zweihundert Zuschauer hielten den Atem an.

»Gut«, sagte der König endlich.

Matiwilda drehte den Schalter, und der Spiegeleffekt verschwand. In einem kometenhaften Sprung flog Aiken auf die Plattform und hockte sich vor den Eingang der Laube. Drinnen lagen zwei abgeschnittene Stücke eines Holzschemels links und rechts von einem mit Asche bedeckten Kristallkästchen.

»Leidender Jesus!« rief der König. »Das Taufeld hat nur einen handspannenbreiten Strahl gebildet! Willst du dir das mal ansehen, Hagen?«

Fluchend stürzte der junge Remillard auf die Plattform. Die anderen zischten und stöhnten und sandten ein Durcheinander von telepathischen Verwünschungen aus.

»Anastos, komm rauf!« brüllte Hagen.

Ein brünetter Typ mit autoritärem Gehaben drängte sich durch die Menge, inspizierte das Gazebo und ging, mit der Frau an der Kontrollkonsole zu konferieren. Irgendwo piepste eine Kinderstimme: »Heißt das, wir können nicht gehen, Daddy?«

Aiken reichte das Kristallkästchen Bert Bonbonkocher hinunter, der sich mit der Ausrüstung für die Radiocarbon-Datierung bereithielt. Der Chemiker öffnete den Behälter vorsichtig und enthüllte einen Kreis aus schmutzigem weißen Pulver. Er hielt es dem König mit listigem Lächeln hin. »Nun, *irgendwo* ist es gewesen, Euer Majestät.«

Weitere Techniker kamen auf die Plattform, um sich von dem Fiasko zu überzeugen und tiefschürfende Diskussionen mit Hagen, dem König und dem Dynamikfeld-Ingenieur Dimitri Anastos zu führen. Cloud Remillard und Kuhal Erderschütterer sahen Bert Bonbonkocher bei der Analyse zu. Der König verlangte mit einem gehirnerschütternden Befehl im deklamatorischen Modus das sofortige Erscheinen von Tony Wayland. Der abgehetzt aussehende Metallurg wurde zur Beratung hinzugezogen.

Nach vielleicht einer Viertelstunde aufgeregten Palavers kam man plötzlich zu einem Entschluß. Das gesamte technische Personal zog sich von der Plattform zurück, und nur der König blieb neben dem Gazebo stehen. Er hielt die beiden Trümmer des Schemels in der einen und das leere Kristallkästchen in der anderen Hand hoch. Sein Geist befahl:

Ruhe!

Ein Kind wimmerte. Irgendwer hustete, und irgendwer unterdrückte ein Schluchzen.

»Das ist ein Rückschlag, der behoben werden kann«, informierte Aiken sie. »Jetzt die gute Nachricht: Bert sagt, die Kalium-Waffel, die in diesem Kästchen gereist ist, hat ein ungefähres Alter von elf Komma sieben acht plus/minus Null Komma zwei Millionen Jahren. Das ist verdammt genau. Wir besitzen ein Tor ins Milieu.«

Allen verschlug es den Atem. Schwache Jubelrufe waren zu hören.

Der König schwenkte die Überreste des zweifach guillotinierten Schemels. »Aber es ist ein *kleines* Tor – bis jetzt. Statt das ganze Gazebo zu füllen, beschränkt sich das Taufeld auf die Breite einer Handspanne. Das ist eine Panne, aber wir glauben zu wissen, worauf sie zurückzuführen ist. Wahrscheinlich hat ein einziges Kabel einen fehlerhaften Kern, und es soll sofort abmontiert und gestetet werden.«

Resigniertes Ächzen. Ein Kind fragte: »Können wir morgen gehen, König?« Nervöses Lachen.

»Ich hoffe es, Riki«, antwortete Aiken. Er blickte kurz über die Schulter auf das schimmernde Gitterwerk. Dann warf er die Holzstücke zur Seite und steckte das leere Kristallkästchen in die Hüfttasche seines goldenen Anzugs. Er trat an den Rand der Plattform. Der königliche Zeigefinger wies unerbittlich auf Tony Wayland, der steif am Fuß der Treppe stand, und der königliche Geist übermittelte ihm im intimen Modus ein mentales Bild, bei dem der Metallurg vor Entsetzen keuchte. Leise sagte Aiken: »Achtzigtausend Firvulag, Tony – und dazu der Engel des Abgrunds. Du wirst doch bei der Prüfung dieses Kerns dein Bestes tun, nicht wahr?«

Tony Wayland umklammerte seinen Halsreif, und es gelang ihm zu nicken.

Er versetzte sich mit einem D-Sprung direkt in den schattigen Hintergrund der fast verlassenen königlichen Firvulag-Loge. Der einzige, der ihn sich materialisieren sah, war der kleine Sharn-Ador, den man in der Mitte des heißen Nachmittags zu seinem obligatorischen Schläfchen verbannt hatte.

»Vater! Mutter! Der Feind!« kreischte der Junge, fiel von seinem Feldbett und begann, unter den abgelegten Teilen seiner Kinderrüstung nach dem Zeremonienschwert zu suchen.

Sharn und Ayfa kamen zurückgerast, und ihre Geister verströmten metaphorisches Höllenfeuer. Aber sie brachen beide in Lachen aus, als sie den Eindringling erkannten.

Die Königin beugte sich nieder und umarmte ihren Sohn. »Das ist nur ein Gerin … – nur unser menschlicher Freund, Dreckspatz. Er ist kein Feind. Keine Gefahr für uns. Leg dich wieder schlafen!«

Mit weitaufgerissenen Augen projizierte das Kind tiefsitzenden Argwohn. »Aber er ist aus der Luft gekommen! Er war vorher nicht unsichtbar – er ist *wirklich* gekommen!«

Marc Remillard lachte.

»Das gehört zu den Dingen, die er tun kann«, erklärte König Sharn trocken. »Nun gehorche deiner Mutter, sonst darfst du bei den Mutproben nicht zusehen.«

König und Königin führten Marc zu den Sesseln am Geländer der Loge. Sugoll war da, und das hochgeschätzte Zwergen-Paar Finoderee und Mabino Traumspinnerin, die Kunsthandwerker, nichtkämpfende Mitglieder des Gnomenrats. Aber alle übrigen Firvulag-Edlen hatten sich unten in die Arena begeben, wo sie sich entweder auf die Kämpfe vorbereiteten oder den Teilnehmern moralische Unterstützung gaben.

»Zu schade, daß Sie nicht eher gekommen sind, Remillard«, meinte Sharn herzlich. Er wies seinem Gast einen Platz an und winkte Hofgarn, Speisen und Getränke aufzufüllen. »Sie haben ein paar spannende Tjoste verpaßt.«

»Siebzehn Feinde verstümmelt, und ein Dutzend nach Punkten besiegt«, gackerte die liebe alte Mabino. »Wir haben gewaltig aufgeholt.«

Ayfa goß eigenhändig für Marc Sangria ein und bot ihm das Getränk mit reizendem Lächeln dar. Draußen auf dem Goldfeld schmetterten Fanfaren. Die stentorische Geistesstimme von Heymdol Trompeter, Marschall des Sports, verkündete den Beginn des Wettbewerbs und die Regeln des Punktezählens.

»Das wird lustig werden«, freute sich die Königin. »Die Teilnehmer müssen den Helmschmuck der Gegner abhakken, um Punkte zu machen. Es würde mich nicht überraschen, wenn es zu ein paar Tiefschlägen käme.«

Lady Mabino kicherte.

Sugoll, der seine Illusion eines schönen kahlköpfigen Humanoiden trug, sagte: »Vielleicht findet unser Gast wie so viele Menschen ein Gemetzel abstoßend.«

»Ich bin darin nicht ganz ohne Erfahrung«, bemerkte Marc und nahm einen tiefen Zug von dem gewürzten Weinpunsch. »Im Galaktischen Milieu galten wir Menschen als rauhe Gesellen – zum Entsetzen der zivilisierteren Rassen ... Zufällig habe ich erst heute morgen eine sehr zivilisierte Welt besucht und ein Geschenk getestet, das jemand mir gestern gab.«

Sharn und Ayfa verbargen ihre Verblüffung, aber die beiden edlen Zwerge ließen schamlos den Mund offenstehen. Finoderee quietschte: »Tés Zähne – Sie wollen sagen, daß Sie zu einem anderen Planeten geflogen sind, Geringer?«

Marc gab eine kurze mentale Erklärung der D-Sprung-Fähigkeit. »Und da mir kürzlich ein Dämpfungsprogramm geschenkt wurde – diese Technik erspart einem den Großteil des Schmerzes, der die Durchquerung des Hyperraums für gewöhnlich begleitet –, brannte ich darauf, es bei einem Sprung über eine weite Strecke zu testen. Ich ging zu einer Welt, die ich Ziel genannt habe, vierzehntausend Lichtjahre entfernt.«

»Göttin!« flüsterte die Königin.

»Der Dämpfer funktionerte perfekt«, berichtete Marc. »Ich erhielt ihn von einem Tanu. Ein Bestechungsversuch. Er sagte, dieser Dämpfer gehöre ebenso zum mentalen Erbe der Firvulag, ihnen wie den Tanu von Bredes Schiff überkommen, das Sie alle vor tausend Jahren zur Erde brachte.«

»Das war vor unserer Zeit«, stellte Sharn fest.

Der verrunzelte Finoderee nickte gedankenverloren vor sich hin. »Aber wir erinnern uns – nicht wahr, Mama?« Mabinos Lippen zitterten.

Marc fuhr fort: »Die Ziel-Welt ist der Ort, wohin ich meine Kinder zu bringen hoffe ... nachdem Sie mir geholfen haben, unseren gemeinsamen Feind zu unterwerfen, der sie in der Torburg gefangenhält.«

Sharn zog die Brauen zusammen, schürzte die Lippen und legte seine großen, spatenförmigen Finger zu einem Dach zusammen. Er wich den hypnotischen grauen Augen des Widersachers aus. »Ich erwäge diese Sache immer noch, Remillard. Wissen Sie, wir sind sehr von Ihnen beeindruckt. Vielleicht eine Spur zu beeindruckt – haha! Wir Kleinen Leute sind jedoch nur ein einfaches barbarisches Volk, und Ihre ganze Hochtechnologie ist für uns schwer zu schlukken.«

»Unsere Vorstellung von einer wilden Neuerung«, warf Ayfa ein, »ist die Benutzung domestizierter Tiere zu Transportzwecken.«

»Und erbeuteter Milieuwaffen zur – Selbstverteidigung«, setzte Sugoll liebenswürdig hinzu.

Marc ließ sich nicht aus der Ruhe bringen. »Unsere Allianz könnte sehr profitabel für Sie sein. Im Austausch für einen einzigen Akt der Kooperation würde ich Ihnen ein äußerst raffiniertes Metakonzert-Programm schenken, das fünfmal so wirksam ist wie jedes, das Sie selbst auf die Beine stellen können. Unter der richtigen Führung würde Ihr kreatives Potential die tausendste Größenordnung überschreiten.«

Der alte Finoderee gab ein lautes, selbstbewußtes Lachen von sich. »Wenn sich achtzigtausend von uns für den Schuß zusammenschließen, wird Aiken Drum schon merken, daß ihn mehr als gehackte Leber getroffen hat.«

»Wir wissen Ihr Angebot zu schätzen«, erklärte Sharn in tiefem Ernst. »Und wir werden sehr sorgfältig darüber nachdenken.«

Marcs Lächeln gefror. »Es ist vielleicht nicht mehr viel Zeit übrig. Wenn Aikens Wissenschaftler in der Torburg das Zeitportal wiedereröffnen, strömen bestimmt neue menschliche Zeitreisende aus dem Galaktischen Milieu herein. Sie könnten Aiken weitere Waffen mitbringen. Es mögen sogar operante Metapsychiker durchkommen, fähig, uns mentalen Widerstand zu leisten.«

»Das ist eine ernste Sache«, stimmte Sharn zu. »Und ich bezweifle Ihr Wort nicht im geringsten. Aber es geht das Gerücht um, dieser Zeitportal-Apparat solle der goldenen Ameise als Fluchtweg dienen. Wenn er seinen leuchtenden kleinen Arsch hier verschwinden ließe, wäre uns das nur recht.«

»Wenn sich das Zeitportal öffnet«, sagte Abaddon, »bedeutet das Ihr Ende.«

»Und das Ihre«, ergänzte Sugoll. Er beugte sich über das Geländer der Loge und sah der Mêlé zu, die auf dem gelben Sand stattfand. »Die Tanu scheinen im Vorteil zu sein. Diese letzte charge à travers der menschlichen Kämpfer unter dem Flaschenritter hat den Boden mit Pingolls Zwergen aufgewischt.«

Marc zog amüsiert einen Mundwinkel hoch. »Der Flaschenritter?«

Sugoll zeigte auf einen bizarren Kombattanten, der ein gräuliches, zebragestreiftes Hipparion ritt. Statt der üblichen glühenden Glasrüstung trug er eine Art Schuppenpanzer, der aussah, als sei er aus den Böden verschiedenfarbiger Flaschen zusammengesetzt. Seine Glieder umhüllten zylindrische Teile, wenig fachmäßig zurechtgeschnitten und mit Draht aneinandergefügt. Sein Helm sah nichts ähnlicher als einer abgesägten Korbflasche. Ein Wisch Besenstroh steckte darin als Helmschmuck, und ein schnauzenhaftes Visier aus einer Zweiquartflasche schützte das Gesicht. Der Flaschenritter trug eine sehr lange, schmucklose Glaslanze und einen glatten, schrägen Schild mit einem Guckloch und einer Öffnung auf der rechten Seite, durch die beim Ansturm die Lanze gesteckt wurde. Dieser Flaschenritter, so erfuhr Marc von Sugoll, hatte schon während der vier früheren Tjoste reiche Ernte gehalten, obwohl er nur ein Silberner und von wenig eindrucksvoller Statur war. Den Regeln folgend, forderte er nur Firvulag von Zwergen- oder Menschengröße heraus. Und er siegte immer.

»Wir denken, daß es der König ist«, erklärte Ayfa. »Sehen Sie sich die kleine Gestalt an! Und wer sonst hätte die Unverschämtheit, in einem solchen skandalösen Aufzug aufs Feld zu kommen?«

»Aargh!« ächzte Finoderee. »Jetzt hat er sogar Shopiltee Blutsäufer aus dem Sattel gehoben!«

»Er kämpft nicht ehrlich«, wimmerte Lady Mabino. »Er soll die Helmbüsche mit einem Schwert abschlagen – nicht sie mit den Wurzeln ausreißen, nachdem er unsere Jungen und Mädchen in den Sand geworfen hat!«

»Die Regeln enthalten nichts, was es verbietet«, grollte Sharn durch zusammengebissene Zähne.

»Seht euch den Punktestand an!« jammerte Ayfa. »In der Recken-Kategorie liegen wir vorn, aber dieser kleine Scheißer besiegt uns in der Leichtgewicht-Klasse. Und da wir doppelt so viele Gnomen wie Oger ins Feld gestellt haben ...«

»Yaaak!« entsetzte sich Finoderee. *»Er hat Mimee von Famorel erwischt.«*

»Süße Té auf Toast!« rief der angewiderte Sharn. Ein Tusch aus Glashörnern beendete den Kampf. Der Stand des Halbfinales erschien auf Yosh Watanabes großer elektronischer Anzeigetafel, und die Tanu-Tribüne explodierte.

»Knapp«, murmelte Königin Ayfa. »Zu verdammt knapp.

Der Feind hat einen Vorsprung von der Breite eines Schnurrbarthaares, aber er wird sich bei den Mutproben bestimmt vergrößern.«

»Was ist das?« erkundigte sich Marc.

Sugoll erläuterte: »Wagestückchen, ausgeführt von den Champions der vorhergehenden Kämpfe. Sie dürfen von jedem Teilnehmer der entsprechenden Kategorie einzeln herausgefordert werden.«

»Man trägt Mimee hinaus«, klagte die Königin. »Dieser elende, emporgekommene Geringe hat Famorels linkes Schlüsselbein zerbrochen wie die Knöchelchen einer Lerche. Kein anderer Gnom wird es mehr wagen, sich dem Flaschenritter zum Kampf zu stellen.«

»Dürfen nur reinblütige Firvulag die Arena unter Ihrem Banner betreten?« fragte Marc.

König und Königin starrten ihn an.

Sugoll sagte: »Technisch qualifiziert sich jeder menschliche Untertan meiner Stadt Nionel auch als Angehöriger der Kleinen Leute. Doch wir sind ein friedliches Volk – Heuler und menschliche Bürger gleichermaßen –, und als Veranstalter des Großen Turniers nehmen wir an den wenigsten Kämpfen teil, damit wir unsern Gastgeber-Pflichten nachkommen können.«

Marc stand da mit auf die Hüften gestützten Händen und blickte mit lüsternem Grinsen auf das Schauspiel in der Arena nieder. »Könnten Sie mich nicht zum Ehrenbürger von Nionel ernennen, Lord Sugoll?«

»Und ob er das kann!« rief Sharn. Dann fiel seine Begeisterung in sich zusammen wie ein halb aufgeblasener Ballon. »Sie glauben, Sie könnten ihn schlagen? Metapsychische Kräfte sind verboten. Aber Sie wirken recht muskulös ...«

»Das kommt vom Angeln nach Großfischen. Und dies Lanzenstechen scheint ganz einfach zu sein. Man braucht nur die ungefähren Vektoren und die kinetischen Reaktionen zu berechnen. Sicher dürfen die Kämpfer doch ihre Reittiere unter mentaler Kontrolle halten?«

»O ja«, antwortete Sugoll. »Das ist erlaubt.« Er wies auf einen ordentlichen Stapel durchscheinender Glasteile, glänzend wie Mondstein und mit Silber eingelegt. »Wenn Sie möchten, können Sie meine Rüstung und mein Tier haben.«

Immer noch lächelnd, verbeugte Marc sich. »A la bonne heure.«

»Und ich werde Ihr Knappe sein!« erbot sich der Firvulag-König voller Eifer. »Gehen wir, Sie anzumelden! Natürlich werden Sie einen fiktiven Namen brauchen.«

»Ich wäre für Jack Diamant«, sagte der Widersacher.

Marc stieg von seinem prustenden, schaumbefleckten Reittier, warf Schild und Lanze zu Boden und zog den wackeren Besenstroh-Buschen aus dem lächerlichen Helm des gefallenen Flaschenritters. Die Firvulag-Zuschauer füllten die Luft mit mißtönendem Jubelgeschrei.

Aiken nahm das Kopfstück ab, deutete einen ironischen Gruß an und sagte: »Gut gemacht, Weißer Ritter. Gott, was für ein Sturz! Mir ist, als sei ich, den Kopf voraus, mit einem Asteroiden zusammengestoßen.«

Marc hob sein Visier. »Angewandte Mathematik.« Er streckte eine gepanzerte Hand aus und zog seinen besiegten Gegner ritterlich auf die Füße. »Ich muß gestehen, die Versuchung war unwiderstehlich.«

»Das hatte ich gehofft«, erwiderte der König.

Marcs rechte Augenbraue hob sich um einen Millimeter.

Aiken sagte: »Weißt du, ich mußte einfach beim Tjost mitmachen. Moral. Doch ich konnte mich unmöglich körperlich von einem Firvulag besiegen lassen, nicht wahr? Bei einem großen starken Menschen ist das etwas anderes.« Die Augen des Possenreißers glitzerten. Er zeigte auf die tobende Horde gnomenhafter Fans, die den siegreichen Firvulag-Rittern zujubelten. »Siehst du, welch ein Gefühl von Glück und Zuversicht du ihnen gegeben hast? Sie meinen, ihnen gehöre die Welt. Halten sich für unbesiegbar! Bestimmt können sie uns Tanu vernichtend schlagen, ohne sich groß anzustrengen. Und ohne Hilfe von irgendwelchen talentierten, aber möglicherweise verräterischen Geringen.«

Abaddon seufzte. »Sehr klug.« Er legte seine geborgte Rüstung ab und stieg wieder in den Sattel, um sich der Siegerparade anzuschließen. »Aber das Zeitportal ist immer noch zu, stimmt's?«

»Das wüßtest du wohl gern!«

»Welche Spiele stehen für morgen auf dem Programm?«

»Das wichtigste ist das Tauziehen«, antwortete Aiken. »Mit dem Geist. Keine Chance für Tricks. Wir werden ehrlich spielen müssen. Wenigstens ich werde es tun.«

»Dann liegt der Vorteil immer noch bei den Gottlosen«, sagte Marc. »Bis morgen dann!« Er hob seine Lanze, auf die der Helmbusch des Flaschenritters gespießt war, und ritt davon.

12

Die Gerüchtemühle hatte sich seit Beginn des Turniers unter den bloßhalsigen und Grautragenden Zuschauern gedreht, und in den Gehirnen der nicht mit Privilegien ausgestatteten Menschen hatten zwei Themen vorgeherrscht: die Möglichkeit, daß es zum Krieg kam, und die Möglichkeit, daß sich ein zeitkrümmendes Schlupfloch ins Milieu öffnete. Erst mit dem Beginn des vierten Tages fanden Hörensagen, Erfindung, Angst und Verdacht festen Ankergrund in unleugbaren Tatsachen.

Erstens: Fünfundzwanzig Rho-Schiffe des Königlichen Fliegenden Korps bezogen Dauerstellung 4000 Meter über dem Goldfeld. (*Neues Gerücht:* Ein wichtigtuerischer grauer Sondentechniker behauptete, die Kanonen der Schiffe zielten genau auf die Firvulag-Tribüne!)

Zweitens: Das Lager der Kleinen Leute unter den Bäumen auf der Nordseite des Feldes, das Geringe während der ersten drei Tage des Turniers unbehindert hatten besuchen dürfen, wurde jetzt von lächelnden, aber entschlossenen Ogern abgesperrt. (*Neues Gerücht:* Heulern wie auch Menschen wurde der Zutritt wegen ihrer zweifelhaften Loyalität gegenüber der Firvulag-Sache verwehrt!)

Drittens: König Aiken-Lugonn erschien nach der ersten Runde der Duelle in der Heroischen Manifestation der Kräfte nicht mehr in der Königsloge. Sein Mangel an fürstlicher Höflichkeit hinderte Bleyn, Alberonn und Celadeyr von Afaliah nicht daran, entscheidende Siege über Galbor Rotmütze, Tetrol Knochenzermalmer und Betularn von der Weißen Hand zu erringen und den Tanu so die unbestrittene Führung in der Punktezahl zu verschaffen. (*Neue Gerüchte:* Ein scharfsichtiger Ex-Navigator unter den Bloßhalsigen bestand darauf, er habe das sich entfernende Flaggschiff Aiken-Lugonns angepeilt, und es fliege geradewegs zur Torburg. Das Zeitportal werde sich in Kürze öffnen! Der Zeitportal-Apparat sei eine hoffnungslose Fehlkonstruktion! Der König wolle sich ins Milieu verdrücken! Es werde nicht an einem neuen Zeitportal gearbeitet; es gebe gar kein Guderian-Projekt und es habe niemals eins gegeben!)

Viertens: Die Heuler hatten »mit größtem Widerstreben« ihre Teilnahme an dem entscheidenden Tauziehen, das an diesem Nachmittag stattfinden sollte, unter dem Vorwand abgesagt, sie hätten zuviel mit der Beaufsichtigung der Anlage zu tun, die für diesen Höhepunkt der sportlichen Ereignisse beim Turnier benötigt wurde. (*Neue Gerüchte:* Die königlichen Hoheiten der Firvulag waren blaß vor Wut über diese Pflichtvergessenheit! Menschliche Bürger von Nionel machten Andeutungen über einen Geheimvertrag zwischen Sugoll und Aiken-Lugonn, mit dem die Mutanten sich der Tanu-Sache verpflichteten! Das Hurley/Shinty-Spiel, das am fünften Tag ausgetragen werden sollte, war nicht mehr und nicht weniger als eine exotische Version von Football nach gälischen Regeln – und jeder zivilisierte Sportfan wußte, daß solche Wettkämpfe unweigerlich zu einer blutigen Massenkeilerei ausarteten! Das würde der Beginn des Letzten Krieges werden!)

Fünftens: Elizabeth Orme, die geheimnisvolle, einsiedlerische Frau, saß in der königlichen Loge an der Seite eines unbekannten Menschen. (*Neues Gerücht:* Der Kerl war niemand anders als Marc Remillard, Anführer der Metapsychischen Rebellion, der legendäre Widersacher in Fleisch und Blut!)

Die Vormittagsveranstaltungen erreichten ihren Höhepunkt, das letzte Duell in der Heroischen Manifestation der Kräfte. Die Heuler-Helfer pumpten die Blasebälge auf, so daß die Feuersäulen sich bis zum Himmel reckten und sich vermengenden schwarzen und rosenfarbenen Rauch verströmten. Der monströse eiserne Chevaux-de-frise inmitten der Flammen stand in Weißglut. Glastrompeten spielten einen Tusch, Kesselpauken donnerten, und dann machte der Marschall des Sports seine erstaunliche Ankündigung:

»Der Tanu-Held Kuhal Erderschütterer, der in dieser letzten Manifestation gegen den Firvulag-Schlachtenmeister Medor antreten sollte, ist zurückgetreten.«

Ein Brüllen der Enttäuschung stieg von den Parteigängern der Tanu auf. Die Kleinen Leute jubelten, und die Buchmacher überschlugen sich vor Eifer, die in letzter Minute placierten Wetten zu notieren.

Der Marschall erklärte: »Mit Zustimmung des Schiedsrichter-Komitees wird Minanonn der Stolze, auch der Häretiker genannt, früherer Schlachtenmeister der Tanu, die Stelle Lord Kuhals einnehmen.«

Jetzt brachen die Tanu- und die menschlichen Zuschauer in tumultuarischen Jubel aus, während die Firvulag buhten, verächtlich summten und obszöne illusorische Gestalten annahmen, um ihren Ärger auszudrücken. Die Punktzahl, um die es bei diesem Wettbewerb ging, würde genügen, den Kleinen Leuten ihren Vorsprung zurückzugeben, falls Medor gewann – und er hatte als Favorit gegolten, weil man in Kuhal einen noch kaum Genesenen sah. Nun mußte Medor statt mit einem Rekonvaleszenten mit einem Mann kämpfen, der der hervorragendste metapsychische Krieger seiner Rasse gewesen war, bis er sich in sein freiwilliges Exil zurückzog.

Der Rauch der mittleren Feuersäule veränderte sich. Blaue und grüne Wolken schossen mit denen in Rosarot und Schwarz hoch. Die beiden Helden betraten das Feld. Medors Panzer bestand aus Jettplatten, besetzt mit orangefarbenen Diamanten und bösartigen Topas-Dornen. Minanonn trug eine herrliche Rüstung, die seine drei Metafunktionen des Koerzierens, der Kreativität und der Psychokinese symbolisierte. Das Triskelion auf seinem gewaltigen Brustharnisch war in Gold eingelegt, und ein Delphin mit goldenen Schwingen krönte seinen Helm. Der Firvulag-

und der Tanu-Champion bezogen auf entgegengesetzten Seiten des lodernden Feuers Stellung. Heuler-Offizielle reichten ihnen je ein Ende einer starken Kette aus feuerfestem Glas. Sie lief durch das Zentrum der flammenden Fontäne und die weißglühenden Spanischen Reiter aus Eisen, die in ihrem Herzen lauerten. Der Marschall gab das Zeichen, die Menge heulte, und das Finale in der Manifestation der Kräfte begann.

Die beiden in der Tanu-Loge sahen mit blinden Augen zu, im Geist anderswo.

Sie sagte: Es war so zwischen Lawrence und mir.

Er sagte: Das ist die Art wie es zwischen mir und Cyndia war.

Sie stimmten überein: Ein so vollkommener Zusammenklang der Seelen kann gewiß nur einmal erreicht werden und jeder Versuch ihn zu wiederholen ist zum Scheitern verurteilt. Wenn das schon für die Kleingeistigen gilt wie sinnlos ist dann eine Bemühung unter Großmeistern. Und dreimal hoffnungslos ist sie wenn beide stolz und ohne Vertrauen sind.

Minanonn und Medor zerrten sowohl mit metapsychischen als auch mit körperlichen Kräften an der Kette. Anfangs war der Zug stetig. Der Firvulag-Held wurde näher und näher an das Inferno und die beiden stacheligen Gebilde aus Blutmetall herangezogen. Tanu und Menschen auf den Tribünen jauchzten in Erwartung eines schnellen Sieges. Aber plötzlich ließ sich der listige Medor in die Flammen reißen. Die Menge kreischte. Dadurch, daß die Kette unerwarteterweise schlaff wurde, verlor Minanonn an Boden und hatte Mühe, das Gleichgewicht zurückzugewinnen.

Medor machte einen mächtigen Sprung rückwärts, und gleichzeitig bedeckte sein Geist den Sand mit ektoplasmischem Blut. Der Tanu-Held taumelte und rutschte aus. Medor bewegte sich mit wilden Rucken rückwärts, um Minanonn daran zu hindern, die schlüpfrige Kette wieder fest in den Griff zu bekommen. (Ließ der Häretiker sie aus der Hand gleiten, hatte er den Kampf verloren.) Unwiderstehlich wurde der frühere Tanu-Schlachtenmeister in die Feuer-Fontäne gezogen. Jetzt mußte er seine metapsychische Kraft teils dazu einsetzen, seinen Körper vor der schrecklichen Hitze zu schützen, teils dazu, Abstand von den Flammen zu gewinnen, bevor es Medor gelang, ihn in Berührung mit den weißglühenden Stacheln aus giftigem Eisen zu bringen.

Die beiden Menschen nahmen nichts davon wahr.

Sie sagte: Wir lebten und liebten in Einheit. Wir arbeiteten schwer formten die starken jungen Geister legten sichere Fundamente für reife Fähigkeiten. Es war so gut. Er erfüllte mich.

Er sagte: Ich zeugte die unmenschlichen Tausende und lenkte den großen Plan und sie schien in Liebe mit mir zu wetteifern. Und aus Liebe zu ihr zeugte ich die Kinder ihres Körpers und säte den Todessamen unserer Liebe.

Sie stimmten überein: Diese Erinnerungen bilden einen unüberwindbaren Wall zwischen uns.

Minanonn zwang die Flammen, niederzusinken. Er umklammerte das Griffende der Glaskette und gab ihm einen herkulischen Ruck. Medor wurde von den Füßen gerissen. Der Häretiker faßte die Kette fester und ließ das Feuer um sich und ebenso um seinen Gegner hochschlagen. Medor stieß ein ferngesprochenes Geheul aus, das ein Echo bei seinen Landsleuten auf der Tribüne fand. Beide Helden waren von Flammen umlodert, aber Minanonn stand fest, während der Firvulag näher und häher an die glühenden Metallspitzen gezerrt wurde.

Der Mann und die Frau sahen nichts als ihre eigene Welt.

Sie sagte: Mitten im Glück hatten wir Angst, weil wir wußten, das Leben würde nicht mehr lebenswert sein, sollten wir getrennt werden. Ein liebender Gott müßte das doch wissen und uns gemeinsam zu sich rufen. Wir vertrauten darauf. Bei dem Unfall verlor ich meine Metafähigkeiten und die Einheit. Er kam um. Ich starb den schlimmeren Tod.

Er sagte: Im Akt der Liebe betrog sie mich. Als sie den Mentalen Menschen mordete, weinte sie und sagte, sie habe es aus Liebe zu mir und zu der ganzen Menschheit getan. Er ist in mir für immer tot, und nur die Kinder können ihn wiederauferstehen lassen.

Sie stimmten nicht überein.

Minanonn bereitete sich darauf vor, seinem Gegner den Garaus zu machen und rief mit Geist und Stimme: »Ergib dich, Medor Schlachtenmeister! Ergib dich oder stürze dich in die heißen Blutmetallspieße! Dann wirst du Tanas Frieden gewinnen, aber kein ehrendes Angedenken von den Kleinen Leuten, die du eines großen Führers beraubst.«

Medor ließ die Kette aus den Händen gleiten.

Die Flammen erstarben. Minanonn in seiner verfärbten, rußbeschmutzten Rüstung hielt die Glaskette in ihrer ganzen Länge über seinen halb geschmolzenen Helmschmuck. Die Tanu-Zuschauer riefen immer wieder und wieder seinen Namen und ehrten ihn mit einem donnernden Slonshal.

Die beiden oben in der königlichen Loge waren sich nur ihrer selbst bewußt.

Sie sagte: Deine Vision an die du dich so hartnäckig klammerst ist schlecht. Das ist nicht nur meine und Anatols Meinung. Der Spruch des Galaktischen Geistes war einstimmig. Wenn du nicht einsiehst, daß Cyndia recht hatte und du unrecht hattest bist du das was Anatol dich genannt hat: arrogant und unbesieglich dumm aber immer im Unrecht Unrecht Unrecht.

Er sagte: Und was ist mit dir? Jedenfalls ist meine Sünde großartig während deine nur jämmerlich ist. Aus purer Feigheit lehnst du Verantwortung ab fliehst du vor Bindung. Du spielst uns edle Verzweiflung vor doch du bist nichts als selbstgerecht. Du verdammst meine Unwissenheit und Arroganz und bist ebenso unwissend und arrogant . . . und du sagst du könnest nie mehr lieben und du lügst lügst lügst.

Sie sagte: Was weiß ein herzloses Ungeheuer wie du über Liebe?

Er sagte: Laß mich in deinen Geist blicken! Und dann sage daß du mich nicht liebst.

Sie sagte: Niemals! Es ist unmöglich.

Er sagte: Dann ist auch die Rehabilitierung des Duat-Geistes unmöglich.

Sie stimmten überein.

»Nun, Medor?« brüllte der Firvulag-König.

Helfer, Trainer und Fans spürten Sharns aufwallenden Zorn und flohen aus dem Ankleideraum des geschlagenen Champion. Aber als er mit dem Schlachtenmeister allein war, legte der Monarch seine Robe ab, half Medor, seine Brandblasen mit lindernder Salbe zu bedecken, und besprühte ihn mit einem schmerzstillenden Milieu-Medikament, von dem behauptet wurde, es sei fast so wirksam wie die Tanu-Haut.

»Ich habe mein Bestes getan«, erklärte der General deprimiert. »Aber ich wußte gleich, daß ich erledigt war, als Heymdol ankündigte, der Feind gebe mir den Häretiker zum Gegner. Niemand außer Pallol Einauge war in Minnies Klasse.« Nach einer Weile setzte er diplomatisch hinzu: »Dich natürlich ausgenommen, Hochkönig.«

Sharn zischte Flüche durch die zusammengebissenen Zähne. »Wir haben den Sieg noch längst nicht in der Tasche. Ich habe bei den Organisatoren protestiert, aber es gibt keinen triftigen Grund, Minanonn oder ein anderes Mitglied der Friedensfaktion von den Wettkämpfen auszuschließen, wenn ihr zartes Gewissen ihnen sagt, daß Große Turnier sei kein ritueller Krieg, sondern nur sauberer, anständiger Sport. Die Verbannung des Häretikers war eine Sache der Politik. Leidet Aiken ihn in dem Tanu-Team, gibt es verdammt nichts, was wir dagegen unternehmen könnten.«

»Dann wird Minanonn heute nachmittag an dem Metakonzert-Tauziehen teilnehmen?«

»Das hat wohl von vornherein festgestanden«, meinte der König. Er half Minanonn in frisches wattiertes Unterzeug und eine neue Rüstung. »Kopf hoch, alter Junge! Dabei geht es nur um den Geist, nicht um die Muskeln. Und sie sind nur dreizehntausend – wir jedoch achtzigtausend.«

Elizabeth und Marc sahen das Flaggschiff auf einer eilends mit Seilen abgesperrten Stelle hinter der Tanu-Tribüne landen. Nicht lange danach betrat Aiken auf der Suche nach Elizabeth die königliche Loge.Begleitet wurde er von Creyn, Basil Wimborne, Peopeo Moxmox Burke und Bruder Anatol.

»Ich fürchte, du wirst auf den Rest der Spiele verzichten müssen, Mädchen«, sagte Aiken zu Elizabeth. »Wir nehmen dich auf einen kleinen Flug mit.«

Elizabeth sprang von ihrem Sitz hoch. »Ist es . . . ist es fertig?«

Der König sagte nur: »Komm mit!«

Marc lehnte sich mit unbekümmertem Lächeln zurück. Er trug die elegante pflaumen- und ockerfarbene Ausgehuniform der Elite-Garde des Königs, vollständig mit goldenem Reif und Offiziersabzeichen, und er verstand, darin aufzutreten. »Das Zeitportal funktioniert noch nicht, Elizabeth«, sagte er. »Der König nimmt das Ergebnis voraus. Oder es ist reines Wunschdenken bei ihm. Wäre der Guderian-Apparat betriebsbereit, würde das ganze Vielfarbene Land es wissen.«

Aiken wiederholte nur dunkel: »Komm mit!«

»Ihr werdet bald wieder hier sein, hoffe ich«, sagte Marc. »Deine Helden haben dich bei den Heroischen Manifestationen vermißt.«

»Trotzdem haben sie gesiegt«, fuhr Aiken ihn an. »Und jetzt führen wir bei der Punktzählung.«

»Immerhin solltest du beim Tauziehen nicht fehlen. Nicht einmal aus ... ah ... strategischen Gründen. Das würden dir deine Untertanen nie verzeihen. Ich bin begierig darauf, zu sehen, wie deine Metakonzert-Technik sich gegen die von Sharn und Ayfa bewährt.«

»Beabsichtigst du, wieder auf der Firvulag-Seite mitzumachen?« erkundigte Aiken sich honigsüß.

»Das ließe ich mir nicht im Traum einfallen. Du hast mir eine sehr wirkungsvolle Lektion erteilt.«

Der König führte Elizabeth und die anderen zum Ausgang. Über die Schulter zurück bemerkte er: »Es ist nichts Persönliches, Marc – aber wenn ich zurückkomme, würde ich dich lieber nicht mehr vorfinden. Wir sind bei diesem Spiel der freundlichen Feinde so ungefähr am Ende der Fahnenstange angekommen. Das ist eine faire Warnung.«

Marc nickte. »Dann – en garde, Kleiner König.« Und zu Elizabeth: »Au revoir.«

Die wahre Diskrepanz zwischen der Anzahl der Tanu und der Firvulag wurde offenbar, als sich die Vorbereitungen für das mentale Tauziehen ihrem Ende näherten. Nachdem alle Menschen ohne Metafunktionen weggeschickt worden waren, bildeten die leeren Sitze auf der Tanu-Tribüne große Lücken, die nichts Gutes ahnen ließen, aber die Firvulag-Tribüne war gerammelt voll.

Greggy und Rowane waren mit den übrigen nicht am Kampf teilnehmenden Heulern aus der Königsloge der Kleinen Leute verbannt worden. Statt sich Sugoll und Katlinel an den Seitenlinien anzuschließen, schlichen sie sich zu der Bude zwischen den Tribünen, die den Kontrollraum des Inszenierungs- und Requisitenstabes enthielt.

»Ein hoher Rang hat in der Tat seine Privilegien«, krähte der Genetik-Meister seinem vor Ehrfurcht vergehenden Schützling zu. »Und hier unten werden wir nicht nur die Drachen sehen, sondern auch die Monitorwände, die erkennen lassen, welche Geister schwach werden und aus dem Metakonzert zu fallen drohen.«

»Oooh!« hauchte Rowane.

Draußen auf dem Goldfeld war anstelle der feurigen Fontäne vom Vormittag ein erstaunliches Gebilde errichtet worden. Seine Basis war ein künstlicher Hügel, so breit wie das Tribünenpaar und fünfzehn Meter hoch. Er war annähernd kegelförmig. Auf seiner rechten und seiner linken Flanke gähnten höhlenartige Öffnungen, und den Gipfel dellte ein Krater ein.

Der künstliche Berg beherbergte monströse Zwillingsschlangen.

Die auf der rechten, der Firvulag-Seite glitzerte schwarz mit Fängen und Augen so rot wie Karbunkel. Ihr Gegenstück hatte goldene Schuppen und Augen und Zähne aus leuchtendem Amethyst. Die Köpfe der Schlangen ragten mit weit offenen Kiefern aus ihren Höhlen hervor. Ihre anscheinend irgendwo in den Tiefen des Berges verknäulten Körper stiegen aus dem zentralen Krater hoch in die Luft und bildeten einen großen Knoten. Von diesem Himmelsknoten wölbten sich die Schwänze der Schlangen in identischen Bogen nach unten; der schwarze Schwanz wurde von der goldenen Schlange und der goldene Schwanz von der schwarzen Schlange verschluckt. Die Gesamtwirkung des riesigen Aufbaus war die eines enormen Rades, halb golden und halb schwarz, aufrechtstehend montiert und teilweise in die Basis aus imitiertem Fels eingebettet.

»Ich nenne das den doppelten Ourobouros«, informierte der ranghöhere der beiden menschlichen Techniker, die für das Spektakel verantwortlich waren, Greggy und Rowane. »Aber dem alten Lars da drüben an den Monitoren gefällt ›Siamesische Midgardschlangen‹ besser.«

»Würden Sie uns erklären, wie es funktioniert, Meister Baghdanian?« bat Rowane. »Sie müssen meine Unwissenheit entschuldigen, aber ich begreife nicht ganz, wie ein solches Gerät bei einem metapsychischen Tauziehen benutzt werden soll.«

»Ich tappe auch völlig im dunkeln«, kicherte Greggy. »Meinen goldenen Reif trage ich ehrenhalber, wissen Sie. Aber ich muß sagen, der Apparat ist *wahnsinnig* eindrucksvoll.«

»Warten Sie, bis Sie die Elektrostatik in Aktion sehen«, schlug Lars mit grimmigem Lächeln vor. »Ich wünschte nur, die Spannung wäre hoch genug, um diese fremden Hurensöhne zu braten, statt ihnen bloß das Gehirn zu kitzeln.«

Baghdanian bedachte seinen Kollegen mit einem resignierten Blick. »Ignorieren Sie Lars' Xenophobie einfach, Leute, und beobachten Sie statt dessen die Anzeigen vor ihm, die die Tribünen der Tanu und der Firvualg überwachen. Rote Lichter für die Kleinen Leute, bernsteinfarbene für die Tanu und die menschlichen Reifträger. Die Lichtintensität ist in etwa proportional der zerebralen Wattzahl.«

»Das funkelnde gelbe Licht auf der Tanu-Seite ist unsere Leuchtende Hoffnung, Aiken-Lugonn höchstpersönlich«, bemerkte Lars.

Sein Vorgesetzter lauschte auf eine Botschaft, die durch seinen Kopfhörer kam. Er legte ein paar Schalter um, prüfte dies und jenes nach und meinte: »Wir beeilen uns besser, Leute, denn gleich geht's los. Okay – alle Personen auf den beiden Tribünen sind an den elektrischen Schaltkreis des Spiels angeschlossen, solange sie auf ihren Sitzen bleiben. Wenn sie aufstehen, geben sie damit das Spiel verloren. Kapiert?«

»Hm«, machte Greggy und unterdrückte ein Kichern. »Fundamentaler Antagonismus!«

»Sie wissen doch Bescheid darüber, daß Metafunktionen elektromagnetische Komponenten haben?« fragte der Techniker sichtlich zweifelnd.

Greggy seufzte. »In meinen weniger irrationalen Augenblicken bin ich Doktor der Medizin, der genetischen Wissenschaften, der Philosophie und (ehrenhalber) der Humanistik.«

»Auch gut«, sagte Baghdanian. »Nun sehen Sie sich das Schlangengebilde da draußen einmal genau an. In Wirklichkeit ist es ein gigantischer Ring, der aufrecht steht wie ein mageres Riesenrad. Dadurch, daß die Schwänze der Schlangen in den Mäulern stecken, haben wir einen vollständigen Kreis durch das Innere des Berges und auch durch den Knoten über dem Gipfel. Der zentrale verflochtene Teil ist nur eine Verkleidung des Rahmens, der den aus leitendem Material bestehenden schuppigen Ring stützt.«

»Nicht der ganze Ring ist leitend«, unterbrach Lars.

Baghdanian schoß ihm abermals einen Blick zu. »Wie ich gerade sagen wollte, ist die Leitfähigkeit des Rings an zwei Stellen durch eine Glasisolierung unterbrochen: Oben innerhalb des Knotens, wo Sie es nicht sehen können, und innerhalb der beiden Schlangenmäuler. Der ganze Bogenabschnitt durch den zentralen Berg ist im Augenblick nichtleitend. *Aber!* Wenn der Ring rotiert – sagen wir, nach rechts –, wird es aussehen, als habe sich die schwarze Firvulag-Schlange den goldenen Schwanz der Tanu-Schlange aus dem Maul gleiten lassen. Gleichzeitig verschwindet natürlich der Körper der Firvulag-Schlange tiefer und tiefer im Maul der goldenen Schlange.«

»Aber in Wirklichkeit in dem Berg.« Greggy nickte weise.

In den Augen des Technikers glitzerte es merkwürdig. »Innerhalb des Hügels haben wir nebeneinandergeschaltete Van de Graaffs – elektrostatische Generatoren, ähnlich denen aus den alten Frankenstein-Filmen. Wenn der Schwanz Ihrer Schlange ein kleines bißchen verschluckt wird, spüren Sie einen schwachen mentalen Schock. Doch je weiter der Schwanz in den gegnerischen Schlund rutscht, desto heftiger wird der Druck auf Ihr Gehirn.«

»Gnädiger Himmel!« rief Greggy aus.

Baghdanian fuhr fort: »Beachten Sie die großen juwelenbesetzten Manschetten, die den Schwanz jeder Schlange etwa drei Meter vor den Zähnen des Gegners umschlingen. Wir nennen sie die Armbänder. Es sind die Stellen, wo die Geister zuzupacken – und zu ziehen haben. Je kräftiger Ihr Team an dem Armband Ihrer Schlange zieht, desto tiefer wird der Schwanz des anderen Teams verschluckt.«

»Und desto schmerzhafter ist es für die andere Partei, festzuhalten«, setzte Lars hinzu.

Greggy erschauerte. »Welch ein teuflischer Erfindungsgeist!«

Baghdanian reagierte mit einem leichten Achselzucken. »Zweiundzwanzig Jahre in der Abteilung für Spezialeffekte bei Industrial Light and Magic.«

»Wir wird der Sieger festgestellt?« fragte Rowane.

»Die Leute, die ihr Armband verschlingen lassen«, antwortete Lars, »haben nicht nur verloren, sondern auch den Schädel voll von halb gebratenen Neuronen.«

Mit geistesabwesendem Blick horchte Bathdanian auf die Stimme aus seinem Kopfhörer. Er blickte auf eine Digital-Uhr und prüfte die gelegentlich flackernden Lichtmuster der Tanu- und der Firvulag-Tribüne. »Zwei Minuten.«

»Fangen Sie an zu beten!« forderte Lars Greggy und Rowane auf. »Wenn die Firvulag gründlich verlieren, blasen sie vielleicht den Letzten Krieg ab. Dann können wir Menschen durch das Zeitportal nach Hause gehen und vergessen, daß wir diesen Wahnsinnsort je gesehen haben!«

»Nicht alle Menschen möchten fort von hier«, protestierte Rowane unsicher. »Einige hassen die zukünftige Welt und haben Herzensbindungen an diese.«

»Glauben Sie doch das nicht«, polterte Lars. »Zeigen Sie irgendeinem geistig gesunden Menschen ein Zeitportal, das zurück ins Milieu führt, und er wird mit einem Satz hindurchspringen. Sogar König Goldhose! Ist doch klar!« Er wies unhöflich mit dem Zeigefinger auf Greggy. »Würden Sie *nicht* gehen?«

»Nun ... ah ...«, murmelte der Genetiker.

»Mein Toniie würde nicht gehen!« schrie Rowane. »Niemals!«

Der Chef-Techniker sagte: »ESG's voll aufgeladen. FX-Mannschaft mit der pyrotechnischen Eröffnung bereithalten. Musikband ab! Tanu-Metakonzert steht. Firvulag dito. Auf die Plätze ... fertig ... *los!*«

Draußen auf dem Goldfeld schienen sich die kolossalen Zwillingsschlangen in einem Dickicht von verzweigten Blitzen zu winden. Die Mäuler der fabulösen Reptile rülpsten leuchtenden grünen Rauch aus. Er stieg zu den niedrighängenden Wolken auf, so daß sie jetzt ein unheimliches Dach über dem Turnierplatz bildeten. Weitere zehn Zentimeter des schwarzen Schwanzes glitten in den goldenen Schlund.

»Zieht, Tanu, zieht!« brüllten die Zuschauer an den Seitenlinien, Menschen und Heuler gemeinsam. Die Mutanten machten sich nicht länger die Mühe, so zu tun, als stünden sie auf der Seite ihrer Firvulag-Vettern.

Oben in der Loge König Aigen-Lugonns gleißte die kombinierte Aura der triumphierenden Großen wie ein Sonnenfackel, und die untergeordneten Geister hüllten sie in einen goldenen Schwarm flammender Bienen. Dieser astrale Arm schien das Armband der Tanu-Schlange zu fassen und fest nach oben zu ziehen.

Die Königsloge der Firvulag verschwand ganz in einem Nimbus scharlachroter Qual. Der dichte Kern stützender Geister pulsierte unregelmäßig, mal langsamer, mal schneller, und flammte da und dort in nervösen Ausbrüchen von Zinnober und zornigem Weiß auf. Der astrale Firvulag-Arm war viel größer als der der Tanu, aber seine Farbe war ein trübes Karminrot.

»Die Kleinen Leute können bald nicht mehr«, sagte Katlinel zu ihrem Gemahl. Ihr Gesicht zeigte im Gegensatz zu ihren jubilierenden Heuler-Untertanen, die in Freudensprüngen umhertanzten, Sorge.

Sugoll antwortete: »Es ist, wie wir es uns vorgestellt hatten. Als Aiken seine unerwarteten subsumierten Fähigkeiten zuschaltete, verloren sie ihren anfänglichen Vorteil, und jetzt sind sie knapp davor, in Panik zu geraten. Der Schmerz entnervt sie, und das Metakonzert ist ihnen eine noch zu wenig vertraute Disziplin, als daß sie ihr Vertrauen auf ihre größere Zahl setzen könnten ... Horch! Kannst du die verzweifelten Beratungen wahrnehmen, die im rassischen

Submodus abgehalten werden? Sie fürchten, daß sie erledigt sind. Aber Königin Ayfa schlägt einen kühnen Plan vor. Sie will die Hälfte der vereinigten Gehirne auf das Tanu-Armband übertragen und *drücken,* während Sharns Truppe fortfährt zu ziehen.«

»Die Firvulag sind nie gern weiblichen Generalen gefolgt«, bemerkte Katlinel. »Ich möchte wissen ...«

Die Zuschauer kreischten. Der astrale Firvulag-Arm teilte sich plötzlich in zwei Hälften. Die Tanu reagierten darauf mit heftigen Rucken, die das Firvulag-Armband bis auf einen knappen halben Meter an die leuchtenden Amethyst-Fänge der goldenen Schlange herangleiten ließen. Der abgespaltene Firvulag-Arm tastete vergebens nach der Basis des Tanu-Armbands.

»Diese Pfuscher!« rief Sugoll. »Der zunehmende Schmerz läßt sie den Mut verlieren. Von Königin Ayfas Truppe lassen viele sie im Stich und beeilen sich, mit Sharn den schwarzen Schwanz vom Maul des Gegners wegzuziehen! Der Plan der Königin ist vereitelt. Sie beginnt einen regellosen Rückzug.«

Der zweite astrale Arm, den die glücklose Ayfa befehligt hatte, löste sich in fallende Funken auf, und die Königin beeilte sich, die geistige Verbindung mit ihrem Gemahl wiederherzustellen. Überall auf der Firvulag-Tribüne gaben Gnomengeister den Kampf auf. Trübe rote Lichter erloschen ganz, als sich die Leute auf die Füße stellten.

Das Licht, das von Aiken und seinem Team ausging, explodierte. Mit einer letzten gewaltigen Bewegung zog der goldene Arm den Schwanz der schwarzen Schlange durch die Kiefer des Tanu-Wurms. Ein mit dunklen Juwelen besetztes Armband verschwand hinter glitzernden purpurnen Fängen. Ein letzter enormer Lichtbogen umgab die Körper der Zwillingsschlangen. Dann fing die schwarze Schlange Feuer und wurde von gelben Flammen verzehrt. Ihr Kopf zog sich in den Berg zurück. Ihr verkrümmter Körper wand sich, löste sich von ihrem siegreichen Gegner. Die brennende schwarze Schlange zerfiel zu Asche, und nur ein goldener Ring blieb übrig, der wie ein großer, aufrechtstehender Tanu-Halsring auf dem künstlichen Berg schwebte.

»Ihre Leute werden ein paar Stunden brauchen, um ihre Kräfte zurückzugewinnen«, sagte Marc zu Sharn und Ayfa. »Wir können die Zeit produktiv nutzen. Es wird nicht allzu schwierig für Sie sein, mein Metakonzert-Programm zu assimilieren, wenn Sie sich beide meiner koerziblen Funktion unterwerfen und es zulassen, daß ich Ihnen die Daten gewaltsam einspeise.«

»Wir sollen uns Ihnen unterwerfen?« rief Sharn entsetzt. »Ich wußte es! Sie haben vor, uns zu versklaven!«

»Was soll uns der Sieg im Letzten Krieg nützen«, weinte Ayfa, »wenn am Ende der Widersacher über alle herrscht?«

»Ihr Narren«, schalt Abaddon. »Habe ich euch nicht gesagt, daß ich kein Interesse an dieser elenden Welt habe? Sobald eure Geister mir geholfen haben, in die Torburg einzubrechen, lasse ich euch frei – und bin froh, euch los zu sein! Ihr geht kein Risiko ein. Ihr werdet mein Metakonzert-Programm haben, die Fähigkeit, eine feste Kontrolle über die undisziplinierten Gehirne eures Pöbels auszuüben. Und ich werde haben, was *ich* will – sicher auf einer Welt, die vierzehntausend Lichtjahre von euch entfernt ist. Nun entscheidet euch!«

Die Ko-Monarchen starrten benommen die dunkle gepanzerte Masse an, die im Hintergrund der jetzt verlassenen königlichen Loge lauerte. Der unmenschliche Geist des Dings öffnete sich ihnen, gestattete ihnen einen kurzen, verlockenden Blick, winkte.

Gemeinsam warfen sie sich in den Abgrund.

13

Es war 04.00 vorbei. Nur Clouds redigierende Fähigkeit hielt Tony Wayland aufrecht. Immer noch nahm er manuelle Veränderungen an dem fehlenden Ummantelungsgerät vor, das spinnwebfeinen Niobim-Dysprosium-Draht spann.

»Das machst du gut, Tony«, sagte Cloud. »Nur noch fünfhundert Meter. Du schaffst es ...«

Das Gerät stellte eine Abweichung von der Spezifikation

fest und gab Alarm. Tony krächzte: »Gott – nicht schon wieder!«

Zurückspulen. Den Strang am Vorspinner abschneiden und die Öffnung reinigen. Mikroskopische Justierungen an der beschmutzten Dampfkammer vornehmen. Balsam-Isolierung auf den leckenden Stutzen schmieren.

»Du sollst funktionieren, verdammt noch mal!« brüllte er. Die Zuschauer, die in dem unordentlichen kleinen Raum der Torburg herumstanden, hatten leere Gesichter und verbarrikadierte Gehirne. Cloud. Die Rothaut mit den finsteren Brauen, Häuptling Burke. Kuhal Erderschütterer. Der unfähige Amateur-Ingenieur Chee-Wu-Chan, durch dessen Schuld es zu der fehlerhaften Drahtpartie gekommen war. »Funktioniere!«

Den Startknopf drücken. Die Toleranzwerte eingeben: ± 0,005 µ. Beschicken. *Los!*

Er stöhnte: »Jetzt bleib dabei, du Scheiß-Maschine!« Cloud streichelte seine von Erschöpfung vergifteten Sinne. Eine Vision der süßen Rowane schien gleich hinter der arbeitenden Maschine zu schweben, die schlanken Schuppenarme ausgestreckt, das einzige Auge voller zärtlicher Tränen.

Chee-Wu ergriff die frische Spule, die die Maschine ausspuckte, und rannte damit zu der Gruppe, die den Kabelkern spann. Hagen Remillard steckte den Kopf ins Zimmer und sagte zu seiner Schwester: »Aikens Tiefensicht hat eine Anomalität auf dem Platz des alten Zeitportals vor der Burg entdeckt. Undurchdringlich, zweihundertdreißig Zentimeter hoch, Masse entspricht Papas gehirnverstärkender Ausrüstung.«

»Wir können diese Arbeit nicht überstürzen«, erklärte Cloud. »Geh und treib die anderen an!«

»Wir werden sämtliche kleinen Sigmas, die der König mitgebracht hat, rings um den Innenhof aufstellen«, sagte Hagen. »Dann holen wir alle unter den Schirm, der den Guderian-Apparat und die Arbeitsbänke umschließt. Wir aktivieren ihn, sobald ihr die letzte Drahtspule fertig habt. Mit etwas Glück bleibt uns genug Zeit, die letzte Kabel-Reparatur durchzuführen.«

Tony kicherte wie verrückt. »Vergebliche Hoffnung! Jonas persönlich verhindert eure Flucht, Junge! Das Unglück verfolgt den alten Tony Wayland wie Hyänen einen verwundeten Bock. Ihr werdet niemals von eurem Vater wegkommen. Keiner von uns hat eine Chance! Die schwarze Nacht bricht herein, und die Dämonenhorde ist bereit zum Zuschlagen ...«

Die Maschine stieß die letzte Drahtspule aus.

»Nimm Tony mit!« sagte Hagen zu Kuhal Erderschütterer. »Alles hinaus in den Hof!«

»Wir werden es mit einem psychokreativen Schild versuchen«, teilte Aiken der Menge mit, die sich um die Gazebo-Plattform versammelt hatte. »Er mag uns eine zusätzliche Sekunde Zeit geben, wenn er die große Kuppel und die improvisierte Sigma-Reihe schon geknackt hat. Aber ich kann das Zeitportal nicht unbegrenzt lange verteidigen. Der uns bevorstehende Krieg hat Priorität. Das versteht ihr, nicht wahr?«

Hagen und Cloud gaben gleichzeitig ihre mentale Zustimmung. Sie standen zusammen mit Kuhal Erderschütterer und Diane Manion in dem Gazebo des Guderian-Geräts. Jede Person in der schweigenden Versammlung wußte, daß die Schlacht vorbei war, sobald Marcs Kinder sich außerhalb seiner Reichweite befanden. Doch wenn Hagen und Cloud die Flucht nicht gelang ...

Elizabeth fragte sie: Habt ihr das Programm für die Notfall-Verteidigung voll assimiliert?

Cloud sagte: Ja. Und wir werden es benutzen. Papa bekommt uns nicht lebend.

Hagen sagte: Ich wünschte es gäbe eine Möglichkeit daß wir unsere Körper zerstören könnten!

Aiken sagte: Er wird fähig sein das zu verhindern – falls es soweit kommt. Es tut mir leid. Elizabeths Abschaltprogramm ist eure letzte Bastion.

Kuhal und Diane sagten: Wir werden es auch benutzen.

Elizabeth sagte: Ihr Glücklichen. Im Milieu würde euch solcher Trost zum größeren Nutzen der Einheit verwehrt.

Anatol sagte: »Und das mit Recht! Ihr armen Kinder. Aber Gott versteht die Liebenden und verzeiht ihnen. Mit denen, die sich weigern zu lieben, ist es etwas anderes.«

Elizabeth schrie: *Wie kannst du uns hören? Wie kannst du es wagen?*

»Er hört durch das Ohr meines Geistes«, erklärte der König. Und er sagte zu ihr im intimen Modus: Nicht der Tod ist der letzte Verteidiger der Kinder Elizabeth. Du bist es.

Außerhalb der Burg hielt sich die gepanzerte Gestalt in der sternenlosen Finsternis bereit. Marcs Körper war in tiefgekühlter Stasis vom Lebensprozeß abgeschnitten. Die Nadel-Elektroden luden sein Gehirn mit Energien auf, die Fleisch und Blut ohne künstliche Unterstützung nicht ertragen hätten. Die geballte Kraft war auf die aggressive psychokreative Fähigkeit konzentriert. Weit entfernt in Nionel warteten die gehorsamen Zellen der Gehirnvereinigung auf seinen Befehl.

Die Energie entlud sich auf der Kuppel über der Torburg. Das große Sigmafeld floß durch hundert metapsychische Erdungskanäle in das Grundgestein ab. Ein großes Getöse erhob sich, und die Erde wogte. Die niedrig hängenden Wolken reflektierten die blau-weiße Korona des siegenden Widersachers. Die Torburg schwankte, zerbrochen von den Beben, die das Plateau erschütterten, und fiel langsam in einen Haufen Schutt zusammen. In ihrem Herzen hielt eine kleinere silberne Hemisphäre der Zerstörung stand.

Lachend übertrug das flammende Gehirn die Energien auf die D-Sprung-Funktion und teleportierte in die staubigen Ruinen. Es schlug von neuem zu, hämmerte auf die Reihe der kleinen Sigma-Generatoren und den inneren metapsychischen Schild ein, den der König erzeugte. Die Abschirmung löste sich auf wie Eisblumen, die von einer Fensterscheibe abtauen.

Das Gehirn erkannte die beiden ihm vertrauten Geister, fing sie im letzten Augenblick ein, verhinderte ihren Selbstmord, beanspruchte sie für sich.

Jetzt, rief es. *Jetzt!*

Anstelle des schwarzen Panzers stand ein lebendiger

Mann da. Er entließ sowohl seine Firvulag-Helfer als auch die künstlichen Energien der gehirnverstärkenden Ausrüstung, stieg auf die Plattform vor dem Guderian-Gerät und betrachtete seine paralysierten Kinder. Ein Winkel seines Mundes hob sich zu einem sanften Lächeln. Dann wandte er sich Elizabeth zu. Sie kniete auf den gesprungenen Flicsen neben der Kontrollkonsole, auf drei Seiten von regungslosen Arbeitern umgeben. Aiken lag bewußtlos vor ihr.

»Wie du siehst«, sagte Marc, »habe ich gesiegt. Du hast gewußt, daß ich siegen würde.«

Elizabeth hob den Kopf des Königs und glättete sein wirres Haar. »Noch zehn oder fünfzehn Sekunden, und sie wären fort gewesen. Die Maschine ist betriebsbereit. Wenn nur Aiken mich die Kontrollen hätte bedienen lassen.« Sie war sehr ruhig. »Ich müßte dich jetzt anflehen, Marc.«

»Öffne dich mir statt dessen!«

Ihre Augen wurden groß. Er nickte bloß. Aikens Herz schlug wieder, und die Ströme in seinem Gehirn hatten den stetigen Zyklus traumlosen Schlafs. Elizabeth küßte ihn auf die Stirn und legte ihn behutsam auf den Boden. Sie stellte sich Marc gegenüber. »Nun gut.«

Ihre mentalen Mauern lösten sich auf. Sie fürchtete sich nicht, sie unterwarf sich ihm nicht. Sie gab ihm nur den Eingang frei und ließ eine feurige Maske fallen.

Marc sagte nichts als: »Ah.« Er trat über Aikens Körper hinweg an die Kontrollkonsole, aktivierte den Tau-Generator und schickte die vier Leute innerhalb des Gazebos durch den grauen Limbus in Madame Guderians Rosengarten in den Hügeln oberhalb von Lyon, ins Frankreich des Galaktischen Milieus.

Auf dem Goldfeld brach der Morgen an. Taumelnd unter dem Gewicht hielten die Heuler-Schiedsrichter den mit Sand gefüllten großen Lederball hoch. Er war weiß mit schwarzen Markierungen, und in dem trüben Morgenrot sah er wie ein unförmiger, ganz mit Blut beschmierter Schädel aus.

Der Marschall des Sports intonierte: »Teilnehmer am Großen Turnier! Dies Ereignis, Hurley oder auch Shinty genannt, stellt den Höhepunkt der diesjährigen Spiele dar. Wie ihr wißt, wird der Sieger in diesem Wettkampf auch zum Sieger des ganzen Turniers proklamiert und mit dem Singenden Stein belohnt. Es wird ohne Unterbrechung zehn Stunden lang gekämpft, vom Erscheinen der Sonne über dem Horizont bis zu ihrem Untergang. Den Spielern steht das gesamte Goldfeld von sechzehn Quadratkilometern zur Verfügung. Den Firvulag gehören die Zielpfosten im Norden, den Tanu die im Süden. Es dürfen körperliche und metapsychische Kräfte eingesetzt werden, aber keine Waffen. Das Team, das die meisten Tore erzielt, hat gewonnen. Andere Regeln oder Beschränkungen gibt es nicht ... Die Mannschaftskapitäne mögen nun ihre edlen Gegner grüßen.«

Markerschütterndes Jubelgeschrei begrüßte Sharn und Ayfa, die an der Spitze ihrer Phalanx von Recken hinaus zum Mittelkreis marschierten. Dann kamen die Tanu-Großen – führerlos.

Heymdol Trompeter verkündete: »Da König Aiken-Lugonn im Augenblick verhindert ist, wird Bleyn der Champion das Tanu-Team anführen.«

Stöhnen erhob sich von den menschlichen und Heuler-Zuschauern und entzücktes Miauen von der Schar der Kleinen Leute. Hals über Kopf stürzten sie wie ein Schwarm glänzender schwarzer Käfer auf die Sandfläche vor den Tribünen. Plötzlich ließ mit einer Entladung bernsteinfarbenen Lichts ein ohrzerreißender Überschallknall den Boden erzittern. Eine Flugmaschine mit dem Emblem der offenen Hand schwebte über der Regenbogenbrücke. Aus ihrer offenen Bauchluke fiel ein zischender kleiner goldener Komet.

Bleyn erklärte: »Mit Freuden trete ich das Amt des Kapitäns der Tanu-Mannschaft an König Aiken-Lugonn ab!« Und die mentalen Freudenschreie der Menschen und Mutanten übertönten die wütenden Buh-Rufe der Firvulag.

Aiken landete, stolzierte zum Mittelkreis und hob das Visier seines goldenen Helms. »Morgen, Ayfa. Morgen, Sharn. Bereit zu unserem Spielchen?«

»Du müßtest tot sein!« riefen sie.

Der Leuchtende hob in einer entschuldigenden Geste

seine juwelenbesetzten Epauletten. »Der Widersacher hatte etwas anderes zu erledigen. Können wir anfangen?«

Das Oger-Paar grinste mit spitzen weißen Fangzähnen. Sharn bemerkte: »Also ist Remillard fort? Nun, er hat uns ein hübsches Souvenir hinterlassen, das wir dir gar zu gern zeigen möchten.«

»Man könnte es ein Siegprogramm nennen«, setzte Ayfa hinzu. »Und von den Festlichkeiten nach den Spielen wirst du ebenfalls recht beeindruckt sein!«

Aiken hielt einen gepanzerten Finger hoch. »Laßt mich nur eine einzige kurze Ankündigung machen!« Seine Geistesstimme rollte widerhallend über das Goldfeld und brachte die tobenden Zuschauer ebenso wie die ungeduldigen Mannschaften zum Schweigen.

Ich spreche zu den Menschen, sagte Aiken, *und zu allen anderen Personen guten Willens, die in einer Welt des Friedens leben möchten. Das Zeitportal, das ins Galaktische Milieu führt, ist geöffnet worden.*

Sensation! Sharn und Ayfa starrten sich wie vom Blitz getroffen offenen Mundes an.

Während dieses ganzen fünften Tages des Großen Turniers werden meine Flugmaschinen zwischen hier und dem Ort des Zeitportals hin- und zurückfliegen. Sie transportieren jeden, der zu gehen wünscht. Ihr dürft nur mitnehmen, was sich mit einem Arm tragen läßt, und nichts, das Mir gehört. Ich persönlich beabsichtige, zu bleiben und dies Vielfarbene Land als Hochkönig zu regieren, nachdem ich mich am Ende des heutigen Wettkampfs im Triumph auf den Singenden Stein gesetzt habe. Ich lade jeden, der dies Land liebt, ein, ebenfalls zu bleiben.

»Geringer!« wütete Sharn. »Emporgekommener Affe!« kreischte Ayfa.

Der titanische Ball stieg in die Luft, gehoben von der Psychokinese Sugolls. Katlinells und der Heuler. Als er eine Höhe von etwa vierzig Metern erreicht hatte, befahl der Marschall des Sports: »Beginnt!«

Krach! Der schwere Ball fiel zu Boden. Die gegnerischen Mannschaften stürmten vor, die Zuschauer brüllten, und der letzte Wettkampf des Großen Turniers begann.

Zehn Personen pro Flug, zwanzig Flüge pro Stunde.

Nach der Translation der jungen Nordamerikaner und derjenigen Mitarbeiter am Guderian-Projekt, die ins Milieu zurückzukehren wünschten, wurde der Zeitportal-Exodus fast zu einer Routine-Angelegenheit, organisiert und überwacht von Häuptling Burke, Basil und den Höllenhunden, die nicht als Piloten Dienst taten. Der Kommandant der Roniah-Garnison, ein lustiger kleiner Wallone namens LeCorcq, der ein ausgezeichneter Psychokinetiker war, erhielt die Ordnung mit einem kleinen Trupp loyaler Grauer aufrecht.

Tony Wayland wurde erwischt, als er sich an Bord eines nach Nionel zurückkehrenden Flugzeugs schmuggeln wollte. Burke brachte ihn mit Gewalt zum Gazebo zurück und übergab ihn einem bewaffneten Wachposten mit dem Befehl, Tony habe bei dem Rumpf-Stab der Gazebo-Techniker zu bleiben, die zugestimmt hatten, sich für den Fall einer neuen Panne bereitzuhalten.

»Aber der König hat versprochen, ich dürfe zu meiner Frau gehen!« protestierte Tony.

Burke hob ihn am Kragen hoch und ließ ihn vor seiner Nase baumeln. »Ich erinnere mich immer noch gut an das Tal der Hyänen, Bleichgesicht! Wenn es nach mir ginge, würdest du eine Rundreise in dieser Zeitmaschine machen, und dann würde ich mit deiner Asche meinen Tomahawk polieren! Jetzt setz dich da zu den anderen und warte, verdammt noch mal!«

Tony wartete.

An diesem ersten Vormittag waren die von Nionel kommenden Flugzeuge nur halb voll. Sie brachten nur die Heimwehkränksten mit, Leute, die sich schon seit Jahren sehnten, auf die Alte Erde zurückzukehren. Solange König Aiken-Lugonn und die Tanu-Mannschaft beim Hurley die Oberhand hatten, schien keine Notwendigkeit zu bestehen, daß man die große Entscheidung übereilte.

Doch irgendwann am frühen Nachmittag hatten Sharn und Ayfa endlich die Feinheiten von Marc Remillards Metakonzert-Programm begriffen und begannen, es wirksam zu benutzen. Die Firvulag holten nicht nur im Torergebnis auf, sie brachten Mitgliedern des Tanu-Teams auch ernsthafte Verletzungen bei, und dabei suchten sie sich Recken wie Celadeyr von Afaliah, Lomnovel Gehirnausbrenner und Parthol Schnellfuß aus, die sich als Ballträger besonders hervorgetan hatten. Alle drei wurden so angerempelt, daß sie in die Haut gesteckt werden mußten.

Je mehr sich das Glück den Kleinen Leuten zuneigte, desto düsterer wurde die Stimmung der menschlichen Zuschauer. Sie dachten an die Gerüchte über einen unmittelbar bevorstehenden Krieg – keine Einzelaktion wie bei der Eroberung von Burask und Bardelask, sondern ein Konflikt, in den der ganze Kontinent verwickelt werden konnte. Ihre unerfreulichen Alternativen abwägend, sahen die Geringen den Tanu- und Firvulag-Spielern zu, die in tosenden Wellen wie ein lebender Mahlstrom den verwüsteten Rasen des Turnierfeldes überfluteten. Überall waren alptraumhafte Illusionen. Der Äther pulsierte von dem Höllenlärm. Geistesbolzen, Übelkeit erregende psychische Rülpser und quasi-materielle Geschosse flogen in alle Richtungen. Rasende Oger versuchten, ihre an Zahl unterlegenen Tanu-Gegner in Stücke zu reißen. Herden durchgehender Zwerge stampften gefallene menschliche Reifträger in den blutigen Staub. Tanu Redakteure und die kleinen Kader von Firvulag-Pflegerinnen waren kaum imstande, die Verletzten wegzubringen, ohne selbst in Lebensgefahr zu geraten.

Die Firvulag machten immer mehr Tore. Um 14.00 Uhr führten die Kleinen Leute 50:33. Eine Stunde später hatte sich ihr Vorsprung auf 87:36 erhöht. Die Wolkendecke wurde immer niedriger und drückender. Sie hatte sich mit schädlichen positiven Ionen, Ozon und einem deutlichen Geruch nach Schwefel aufgeladen. Dazu kam ein Durcheinander von bösen Vibrationen.

Neue Gerüchte machten unter den immer weniger werdenden Zuschauern die Runde: Der Mont-Dore war ausgebrochen! (Aber nur in geringem Maß.) Gewitter hatten das Gras auf den zundertrockenen Prärien im Westen entzündet! (Aber der nächste Brand war zwanzig Kilometer entfernt.) Der Zeitmaschine ging der Dampf aus! (Quatsch mit Soße. Das Ding bezog den Hauptteil seiner Energie aus den tellurischen Strömen der Planetenkruste. Sein Energieverbrauch mußte äußerst gering sein.) König Aiken-Lugonn war drauf und dran, das Handtuch zu werfen. (Ach ja? Nun, es waren noch fünfundvierzig Minuten zu spielen – und alles konnte passieren, wenn der Leuchtende an dem Aufruhr teilnahm!)

AIKEN: Elizabeth.

ELIZABETH: Ja, Lieber.

AIKEN: Na sowas! Es überrascht mich, dich immer noch hier zu finden, Baby ... Du hast dich nun doch entschlossen, nicht abzuhauen?

ELIZABETH: Marc und ich haben etwas zu besprechen.

AIKEN: Ich hatte den nagenden Verdacht, ihr würdet es tun ... Baby, das Metakonzert-Programm, das er den Firvulag gegeben hat, bringt uns um. Wir werden das Ballspiel verlieren – und die Kleinen Leute haben noch nicht einmal begonnen, ihr volles mentales Potential auf uns zu richten. Ich glaube, sie wollen erst zum Schluß mit voller Wut zuschlagen – als Signal für den Letzten Krieg.

ELIZABETH: Oh, Aiken! Aber wenn es offensichtlich wird, daß sie mit der Absicht zu töten angreifen, steht es dir frei, deine Waffen und Flugmaschinen einzusetzen.

AIKEN: Bis dahin sind wir vielleicht schon tot. Beziehungsweise ich bin tot – was auf das Gleiche hinausläuft. Wenn ich Sharn und Ayfa wäre, würde ich die ganze psychokreative Ladung auf Mich richten, kurz bevor der alte Heymdol die Letzte Posaune bläst.

ELIZABETH: Marc – kannst *du* etwas tun?

MARC: Ich habe den Firvulag versprochen, mein destruktives Potential niemals gegen sie einzusetzen.

ELIZABETH: Dann das Metakonzert ...

MARC: Ich kann es nicht entschärfen, und sabotieren läßt es sich nicht. Ich habe mich gegen die Kleinen Leute ebenso fair verhalten wie gegen euch beide.

AIKEN: Das habe ich befürchtet. Nun – das wär's dann ja wohl. Danke euch beiden für die Erinnerungen. Denkt an Mich, wenn ihr in den nächsten sechs Millionen Jahren eure Bußen ausarbeitet!

MARC: Augenblick mal. Gibt es bei diesem Spiel Vorschriften über die Kleidung?
AIKEN: ? Wir tragen die für den Großen Wettstreit übliche Tracht, aber ich nehme an, erlaubt ist alles. Was hat das damit zu tun, Ragnarök zu verhindern?
MARC: Ich werde es dir zeigen.

Völlig hinter rauchigem Dunst versteckt, senkte sich die Sonne auf den bewaldeten westlichen Horizont nieder. Aber das Spiel verlagerte sich wie wahnsinnig in die entgegengesetzte Richtung, auf die Regenbogenbrücke und Nionel zu. Aiken Drum und seine erschöpften Verteidiger liefen, von einem mentalen Schild umgeben, mit dem Ball davon.

Wütende Gnome und Oger trampelten durch die Erfrischungsstände, zerstrahlten die leichtgebauten Sitzreihen am Flußufer, ergossen sich als dämonischer Strom über leere Picknickplätze und Lustwiesen und griffen die Tanu-Recken an, die den Zugang zur Brücke blockierten. Die Spektralfarben des großen Bogens erstrahlten in einem übernatürlichen Glanz. Ein einzelner Sonnenstrahl durchbrach in einem spitzen Winkel die Wolkendecke und illuminierte die goldenen Kuppeln von Nionel.

Die schützende Blase des Königs befand sich in der Mitte der Brücke – und oben auf ihrer flexiblen Oberfläche tanzte unverschämt der riesige Ball, unerreichbar für die Firvulag, obwohl sie mit ihrer ganzen vereinigten mentalen Kraft versuchten, ihn wegzuschnappen.

»Zieh ihn herunter!« bestürmte Ayfa ihren Mann. »Was ist denn nur los mit uns? Wie kann dieser kleine Schurke unsere konzertierten Anstrengungen zunichte machen?«

»Er bekommt Hilfe!« keuchte Sharn. »Von irgendwo auf der anderen Seite des Flusses. Tés Mandeln – die *Heuler* stellen ihm ihre Geister zur Verfügung!«

»Perfide Mißgeburten!« wütete die Königin. »Aber es hilft nichts, Sharn. Wir müssen alles, was wir haben, gegen ihn einsetzen! Jetzt gleich! Vor der Letzten Posaune.«

»Der Ball wird platzen – und dann haben wir das Spiel verloren!«

»Und werden den Letzten Krieg gewinnen, du großer

Dummkopf!« schrie sie. »Gib Befehl, daß das offensive Metakonzert die äußerste Konfiguration einnimmt, wie der Widersacher es uns gelehrt hat. Jetzt!«

»Frau, Frau, unsere heiligen Bräuche verbieten ...«

»Willst du verlieren? Wenn wir ihn nicht vor dem Ende des Spiels überrumpeln, greifen uns die Flugmaschinen mit ihren Milieu-Waffen aus allen Richtungen an! Können wir sie abwehren – und gleichzeitig gegen Aiken Drum kämpfen? Befiehl den Angriff!«

Sharn tat, wie ihm geheißen worden war.

Mitten auf der Regenbogenbrücke spürte Aiken den Anstieg der psychischen Spannung, nahm er die schreckliche Kohärenz des Feindgeistes wahr, der sich auf dem Goldfeld sammelte.

Er sagte zu seinen Leuten: Slonshal Uns! Trotzdem war es ein großartiges Spiel.

Dann sah er, daß sich zwei schwarze Panzer innerhalb der mentalen Blase materialisierten. Seite an Seite auf den Planken der Brücke. Auf dem undurchdringlichen Kerametall der rechten Rüstung schimmerte das Bild Marc Remillards wie die unstoffliche Projektion eines Drei-D-Films. Die andere Rüstung öffnete sich plötzlich. Der blinde Helm hob sich, um zu zeigen, daß er leer war.

»Beeil dich!« sagte Marc. »Steig hinein! Der Druckanzug ist nicht notwendig, und deine eigene Rüstung wird genug Platz haben. Ich will die Firvulag nicht direkt angreifen, aber ich bin bereit, *dir* zu zeigen, wie du die gehirnverstärkende Ausrüstung selbst benutzen kannst. Es wird schmerzen. Achte nicht darauf. Schnell jetzt!«

Ohne nachzudenken, tauchte Aiken in die klaffende linke Rüstung. Marcs Simulacrum verschwand wieder in der anderen. Als die Körperhälften sich über ihm schlossen, levitierte Aiken, um seinen Kopf oberhalb des Halssiegels zu halten. Etwas tief im Innern der Rüstung stach ihn von beiden Seiten in die Lenden. Seine Beine wurden kalt, sein ganzer Körper verlor das Gefühl, verschwand ...

Das ist nur die Abschaltung der Beine und der Beginn der Tiefkühlung. Hältst du deine Schutzblase aufrecht?

Ja. Au! Es hat meinen Kehlkopf getroffen!

Abschaltung der Kopfarterien. Hier kommt der Helm. Gerate nur nicht in Panik! Sag deinen Leuten, sie sollen ihr Bestes tun. Für die nächsten paar Sekunden wirst du kampfunfähig sein.

Dunkelheit senkte sich nieder. *Ping!* Flüssigkeit stieg hoch, füllte den Mund, die Nase. Ich ertrinke! Ich will nicht ... Mir ist kalt, ich kann nicht mehr atmen. Gott – nein – Laser bohren meinen Schädel auf – mein Geist sieht die Nadelkrone, die sich in das hilflose Gehirn drückt, Fäden entsprießen ihr, die einströmende Energie tut mir weh – Marc laß es aufhörenaufhörenOGottlaßesaufhören nein nein ...??? Jesus!

Kannst du jetzt sehen? Fernwahrnehmen?

Ja. O ja. JA!

Suche den Exekutor des Feindes! Deine Fernsinne werden im peripheren Modus bleiben. Wie normal. Die Energie konzentriert sich allein auf deine psychokreative Metafunktion. Schnell jetzt – auf diese Weise verstärkt man die Fähigkeit mit der Ausrüstung. Laß mich sehen ... merde alors hast du Kräfte! Christus sie rüsten sich zum Zuschlagen! Hast du Sharn und Ayfa angepeilt? Beeile dich Aiken um der Liebe Gottes willen schlag zu schlag zu vergißdasMetakonzertJungeduselbstmußtSharnundAyfaschlagenmitdeinereigenenKraftschlagezu –

Er schlug zu.

Oh, tat das gut. Er schlug zu, und der Feind brannte. Die herankriechende Nacht wurde von der Heftigkeit des Feuers zurückgetrieben. War das Spiel vorbei? Hatte das Horn geblasen? War die Sonne untergegangen? Er wußte es nicht. Die Regenbogenbrücke stürzte ein, ebenso die goldenen Zwiebelkuppeln und die Filigrantürmchen. Aiken nahm fliehende Geister und sterbende Geister und Geister wahr, die wie Funken in einem Hurikan um das zentrale Feuer des Leuchtenden wirbelten. Laß mein Gehirn weiterscheinen! So muß es sein. So siege ich, so erobere ich alles, reiße es in meinen Schmelzofen und ernähre mich davon!

Es hört jetzt auf. Und noch gerade rechtzeitig, finde ich ...

Aiken erwachte. Er lag auf qualmendem Rasen und hatte nichts als sein schmutziges und nasses Rüstungsunterzeug an. Der große Dougal saß neben ihm, stützte seinen Kopf und hielt ihm einen Becher mit lauwarmem, nach Schlamm schmeckendem Wasser an die Lippen. Es war außerordentlich dunkel, ausgenommen ein trübrotes Glühen entlang dem ganzen nördlichen Horizont.

»Das Feuer ist aus, mein Lehnsherr. Wie geht es Euch?«

Aiken versuchte, sich aufzusetzen. Stechender Schmerz schoß ihm durch den Kopf, und er sah vielfarbene Sterne. Dann bekam er sich wieder in die Gewalt und brachte einen dünnen Fernsichtstrahl zustande. Er und Dougal schienen die einzigen lebenden Wesen inmitten einer versengten, von Leichen bedeckten Ebene zu sein. »Nein!« flüsterte er. »Nein nein nein!«

»Fasse Mut, Aslan! Viele unserer Leute leben. Sie sind auf der anderen Seite der zerstörten Brücke und erhalten Hilfe von denen, die jüngst flohen. Es hieß, du seist in dem fürchterlichen Feuer umgekommen, aber ich wußte, dem war nicht so. Ich suchte und fand dich, und jetzt wollen wir zu einem kleinen Boot gehen, das ich warten habe, und mit ihm zu einem Flugzeug fahren, das dich nach Hause bringen wird.«

»Sharn ... Ayfa ...«

»Sie sind tot, und tot ist mehr als die Hälfte ihrer Heerschar. Der Rest floh vor dem Steppenbrand, den dein Geist entzündete, nach Norden und Westen und in den Dschungel des Südens. Aber keiner wagte, den Nonol zu überqueren und unser Heiligtum zu betreten, und keiner wagte Widerspruch, als der scheidende Widersacher dich Hochkönig nannte.«

»Fort. Marc ist fort.« Plötzlich mußte Aiken grinsen. »Oh, das war ein knapper Sieg! Kein Wunder, daß diese Maschinen im Galaktischen Milieu gesetzlich verboten sind.«

Dougal hatte eine Öllaterne bei sich, die schon lange ausgebrannt war. Mit seiner schwach wiederauflebenden Kreativität erzeugte Aiken darin ein mattes Feenlicht, das ihnen auf ihrem Weg leuchtete. Arm in Arm hinkten sie zum Fluß. Sie kamen sehr langsam voran. Allmählich nahm der Himmel einen zaghaften grünen Schein an, vor dem sich die Umrisse der niedergebrochenen Zwillingstribünen und die geschwärzten Baumstümpfe am Ufer abzeichneten. Rauchschwaden trieben da und dort und nahmen Gestalt an, wenn das Laternenlicht sie einfing.

Dann sahen sie noch etwas – einen härteren, helleren Schimmer inmitten eines großen Haufens von Firvulag-Leichen. Sie kamen näher und entdeckten ein Ding wie einen Thron ohne Lehne, kunstvoll aus einem durchscheinenden grünlichen Stein geschnitten und mit Ornamenten aus einem silbrigen Metall geschmückt. Das Kissen darauf war zu Asche verbrannt, aber ansonsten war der Singende Stein unbeschädigt.

Dougal hob die Laterne hoch und staunte. »Möchtest du dich daraufsetzen, Hochkönig?«

Aiken lachte müde. »Vielleicht ein anderes Mal.« Er wandte sich von der Trophäe ab und ließ seine Fernsinne umherschweifen, trauernd über die verlorene Herrlichkeit, die vergeudeten Leben. Und jetzt sollte er zum dritten Mal wieder ganz von vorn anfangen! Konnte er es? Wollte er es auch nur versuchen? Oder war es besser, dem ganzen Chaos den Rücken zu kehren und denen zu folgen, die aufgegeben hatten und in die Sicherheit der Alten Erde zurückflohen?

Im Osten sah es entschieden nach Morgendämmerung aus. »Wer weiß, das ich tun werde?« sagte Aiken zu Dougal. »Es sieht aus, als sei die Nacht fast zu Ende. Machen wir uns auf die Suche nach deinem Boot und sehen wir nach, was auf der anderen Seite des Flusses los ist.«

Tony Wayland war es gelungen, der Wachsamkeit Häuptling Burkes zu entrinnen, als die schrecklichen Nachrichten vom Goldfeld den Ort des Zeitportals erreichten. Verrückt vor Angst um Rowane schlich er sich an Bord einer Flugmaschine, die nach Nionel zurückkehrte. Die restlichen Stunden der Nacht verbrachte er mit einer vergeblichen Suche unter den Mutanten, die sich in kleinen Gruppen um die toten Lagerfeuer der östlichen Wiese zusammengedrängt hatten und schliefen. Erst als die Sonne ganz aufgegangen war, fand er Greggy neben einem kleinen Bach am Stamm einer Weide lehnend, den Kopf einer schlafenden Frau im Schoß.

Der Genetik-Meister kicherte leise. »Sieh an, sieh an! Endlich wieder da? Wir hatten dich aufgegeben, weißt du. Die arme Rowane hat sich in den Schlaf geweint.«

Tony fragte: »Wo ist meine Frau? Was habt ihr mit ihr gemacht?«

»Wieso? Sie ist hier«, sagte Greggy listig. Mit einer Fingerspitze streichelte er die Augenlider der kleinen Schönheit, die sich an ihn schmiegte. Die Augen öffneten sich. Erblickten Tony. Sie erhob sich und trat mit zitternden Lippen und verschlungenen Händen vor ihn, und er stand da, steif wie ein Stück Holz. »Sie ist es wirklich«, sagte Greggy. »Sie ist durch meinen neuen Haut-Tank gegangen. Mein allererster Fall. Ich bin so stolz.«

Sie flüsterte: »Ich hoffe, ich gefalle dir. Ich hoffe, du wirst jetzt bleiben.«

»Ich habe dich so geliebt, wie du warst«, erklärte er mit brechender Stimme, und dann berührte er seinen goldenen Reif. »Ich liebte dich zu sehr. Ich war damals nicht stark genug. Aber nun habe ich meinen Reif, und es wird alles gut werden, Rowane.«

»Aber gefalle ich dir so, wie ich jetzt bin?« flehte sie.

»Ich liebe dich. Du bist schön. Du bist das Schönste, was ich je gesehen habe. Nur hätte es keine Rolle gespielt, wenn du die Gleiche geblieben wärest, Rowane. Glaub mir!«

»Nicht alles an mir ist verändert«, hauchte sie, und ein kleines, neckendes Lachen kam über ihre Lippen. Tony schluckte, faßte sie aber nur um so fester. Sie meinte: »Ob das Baby nach dir geraten wird – oder nach mir?«

Sprachlos über ihre Schulter blickend, sah Tony, daß Greg-Donnet Genetik-Meister ihm zublinzelte. »Reg dich nicht auf, mein Sohn! Verschwende keinen Gedanken mehr daran!«

Tief in den Sümpfen des Pariser Beckens erwachte der Junge, als die Ruder spritzten und das aufgeblasene Boot sich durch raschelnde Binsen in einen offenen Teich schob. Das freundliche Gesicht von Lady Mabino Traumspinnerin blickte auf ihn nieder. Er kämpfte sich hoch und entdeckte nun auch den alten Finoderee, der hinten im Heck schnarchte, sowie zwei erschöpfte Zwerge in Obsidian-Halbrüstung, die sich reckten und Moskitostiche kratzten und tiefe Züge aus einem Weinschlauch nahmen.

»Mutter? Vater?« rief der Junge. Und dann kehrte die Erinnerung zurück, er keuchte vor wiedererwachtem Entsetzen und schrie: »Wo sind sie? Und meine Brüder und Schwestern? Was ist geschehen?«

Mabino sah ihn vorwurfsvoll an. »Benimm dich, Sharn-Ador! Du bist kein Kind mehr, sondern ein junger Krieger. Wir glauben, daß deine Geschwister bei Calbors Frau Habetrot in Sicherheit sind. Aber da sie nicht besonders gut im Fernsprechen ist, werden wir ...«

»Wo sind meine Mutter und mein Vater?« fragte der Junge mit angespannter Stimme.

»Sie sind den Weg der Krieger gegangen und ruhen nun sicher in Tés Frieden. Wir sind alle sehr stolz auf sie. Du darfst eine Weile weinen, wie es schicklich ist.«

Später hob er sein gerötetes Gesicht und sah über den sonnenbeschienenen Sumpf hin. Wildenten schwammen dort und graugefiederte Gänseküken und ein großer männlicher Schwan, der über die anderen herrschte. »Er ist ihr König«, sagte das Kind und wischte seine Tränen ab. Der schwarz-und-weiße Vogel kreuzte mit stolz geschwungenem Hals und über den Rücken gehobenen Flügeln umher. »Eines Tages werde ich ein König sein! Habt ihr meine Rüstung und mein Schwert gerettet?«

Die Zwergenkrieger lachten laut und beugten sich wieder über ihre Ruder. Mabino kniff mit gespielter Strenge die Lippen zusammen. »Das liegt alles hinten im Boot. Aber krabbele jetzt nicht über Papa Finoderee weg. Dann weckst du ihn auf, und er ist eben erst nach einer sehr schlimmen Nacht eingeschlafen.«

»Ja, meine Dame«, antwortete Sharn-Ador. Er lehnte sich gegen das pneumatische Dollbord des Bootes und beobachtete den Schwan, bis er hinter ihnen außer Sichtweite war.

Der Häretiker schien aus dem Herzen der aufgehenden Sonne geflogen zu kommen. Er folgte der Kielspur des großen Schoners und landete auf dem Achterdeck, wo Alexis Manion ihn ohne Verwunderung begrüßte.

Sie stellten sich vor. Alex sagte: »Ich verfolge deinen Flug seit drei Stunden. Willkommen auf der Kyllikki.«

»Du hast mich in der Sonne fernwahrgenommen?« Minanonn ließ sich sein Staunen anmerken. »Das ist kein geringes Kunststück. Du mußt eine Macht sein, mit der man zu rechnen hat.«

Alex lachte vor sich hin. »Ich war es, aber das ist alte Geschichte.«

»Komisch, das Gleiche könnte man über mich sagen.«

Der Mann, der während der Metapsychischen Rebellion Marc Remillards engster Vertrauter gewesen war, blickte zu dem früheren Tanu-Schlachtenmeister hoch. »Möchtest du einen Kaffee, Langer?«

»Ich hätte nichts dagegen, Knirps. Ihr Geringen übt einen hoffnungslos korrumpierenden Einfluß aus.«

»Mir ist, als hätte ich das schon einmal gehört.« Alex drehte sich um und winkte. »Komm hier entlang in die Kombüse, da reden wir miteinander! Genieße Ruhe und Frieden, solange du kannst! Wenn die Frauen und Kinder aufwachen, verwandelt sich dies verdammte Schiff in einen schwimmenden Zirkus.«

Basil Wimborne sah Häuptling Burke an, und Häuptling Burke sah Commander LeCocq an, der die Achseln zuckte. »Das ist der letzte?« fragte Burke, ohne es zu glauben. »Der allerletzte?«

»Sieht so aus«, antwortete der Offizier.

»Wie viele?« erkundigte Basil sich. »Nach dem dritten Tag habe ich nicht mehr mitgezählt.«

»Insgesamt elftausendunddreihundertzweiunddreißig«, erklärte LeCocq. »Beträchtlich weniger, als wir erwartet hatten. Und nur eine Handvoll Heuler und Tanu.« Er gestattete sich ein überlegenes Lächeln. »Die meisten der rückkehrenden Menschen waren natürlich Bloßhalsige.«

»Damit bleiben wir vier übrig.« Burke blickte zu dem Gazebo hoch, das jetzt von einem gestreiften Zeltdach geschützt wurde.

Drüben an der Kontrollkonsole gähnte Phronsie Gilles. »Jeder, der eine Fahrkarte hat, sollte loshüpfen. Es war eine lange, lange Arbeitsschicht, und ich bin reif für etwas Schlaf und Erholung. Besonders für letzteres.«

Basil studierte mit nachdenklichem Stirnrunzeln den Guderian-Apparat. »Ich könnte ein sehr interessantes Buch schreiben, wenn ich zurückginge.«

Burke sagte: »Vermutlich würde der junge Mermelstein mich in die alte Anwaltskanzlei in Salt Lake City aufnehmen.«

Basil sagte: »Aber Commander LeCocq meint, in den inneren Pyrenäen gebe es ein paar wirklich bemerkenswerte Gipfel. Einer oder zwei könnten über achttausend Meter hoch sein.«

Burke sagte: »Aber wer möchte schon den letzten der Wallawallas in seinem Büro herumgammeln haben, wo er jeden mit phantastischen Geschichten, die unmöglich wahr sein können, zu Tode langweilt? Und der Junge spricht nicht einmal Jiddisch.«

»Schalt ab, Phronsie!« sagte Basil. »Es sieht ganz so aus, als ob wir nun doch hierblieben.«

»Sollen wir Mr. Betsy fragen, ob er uns alle nach Roniah fliegt, wo wir uns in meiner Wohnung einen Tee mit allen Schikanen zu Gemüte führen können?« schlug Commander LeCocq vor.

Phronsie schaltete die Energieversorgung des Guderian-Apparates ab, zog den elektromagnetisch kodierten Glasschlüssel heraus und reichte ihn dem Offizier. »Teufel, ich glaube, der alte Bets wird bei der Aussicht vor Freude rot werden!« Sie dachte eine Minute nach. »Rot – oder vielleicht flohfarben.«

Er sagte: Wir nähern uns zum letzten Mal der Trennschicht.

Sie sagte: Gott sei Dank. Sieben von diesen Riesenschritten, und jeder war trotz des Dämpfers schlimmer als der vorige ... Wie Bredes Schiff die ganze Reise in einem einzigen Sprung geschafft hat, geht über meine Begriffe.

Er sagte: »Über meine nicht. Bredes Schiff wollte nicht eingefangen werden. Solche Umstände inspirieren einen.

Sie sagte: Das Schiff – wußte von vornherein Bescheid. Über die Erde und ihre Bewohner. Vielleicht hat es instinktiv nach einer Welt mit kompatiblem Keimplasma und einer ähnlichen metapsychischen Struktur gesucht, aber vielleicht hat es die Erde auch bewußt ausgewählt.

Er sagte: Anatol würde sagen, es wurde geführt. Aber seine Philosophie ist ziemlich simpel. Allerdings hat sie Anziehungskraft und beschwichtigt eindeutig Ängste.

Sie sagte: Ängste? Du?

Er sagte: Sogar ich. Wie dein Freund Creyn bemerkte, ist die Herausforderung noch größer als die meiner Vision vom Mentalen Menschen: Die Neuorientierung eines ganzen Galaktischen Geistes, der durch die goldenen Reifen in eine Sackgasse der mentalen Evolution geraten ist. Das sollte unsere Aufmerksamkeit schon einige Zeit in Anspruch nehmen.

Sie sagte: Werden wir die Zeit haben?

Er sagte: Ich vertraue darauf. Wir beide.

Sie sagte: Du neigst zum Simplifizieren.

Er sagte: Jack hat oft Bemerkungen darüber gemacht. Aber man kehrt sich nicht straflos von der geistigen Struktur seiner Jugend ab. Man hat uns beide gelehrt zu vertrauen. Sollen wir, Elizabeth?

Sie sagte: Ja. Ja, Marc ...

Er sagte: Dann komm! Ich werde dir bei der Durchdringung helfen. Habe Mut! Es ist der letzte Schritt.

Sie sagte: Der erste, denke ich.

Sie tauchten auf, und die Duat-Galaxis wirbelte um sie – kleiner als die Milchstraße, aber immer noch mehr als elftausend Duat-Tochterwelten mit ihren weit ausgestreckten Sternenarmen umfangend. Die beiden schwarzen Rüstungen hingen im Raum, und die eingeschlossenen Gehirne sahen in ihrer Nähe einen Nebelfleck, rot und königsblau glühend von dem Doppelstern, der sich in seinem Herzen bildete. Diese beiden Sterne waren noch ohne Planeten, geistlos. Doch in allen Richtungen lagen Sonnen mit lebenden Welten, so viele, daß sie nicht zu zählen waren.

»Horch!« rief Elizabeth. »Es ist keine echte Einheit, aber

nahe daran, Marc. Wirklich sehr nahe. Vielleicht wird es doch nicht so schwer sein.«

»Es wird schwer sein, aber wir werden es schaffen.«

Er rief.

Der sternenbesäte Himmel war plötzlich voll von großen kristallinen Wesen, und der Äther klang vor Singen.

DAS ENDE VON
»DER WIDERSACHER«

So endet
die Saga vom Pliozän-Exil.
Es gibt andere,
vor allem die Milieu-Trilogie,
die die Vorgeschichte zu dieser erzählt.
Die Bücher heißen
JACK DER KÖRPERLOSE, DIAMANTMASKE
und MAGNIFICAT.
Gaudete.

Karte des nordwestlichen Europa im Pliozän

Karte der westlichen Mittelmeer-Region im Pliozän, nach der Sprengung von Gibraltar

Karte des Monte-Rosa-Massivs im Pliozän

Aspekte der Hyperraum-Translation und des D-Sprungs

Albion
sn
Golf von Armorica
Seekol
(Seine)
au-cu
Armorica
sn
v. Redon
Strasse
sn
au
Goriah
[Belle Ile]
Hain
Loire (Laar)
Rocilan
[Ile de Ré]
Wildnis
Donaar
Garonne
(Baar)
Oltaar
ag
Bordeaux
Golf von Aquitanien
Pyrenäen

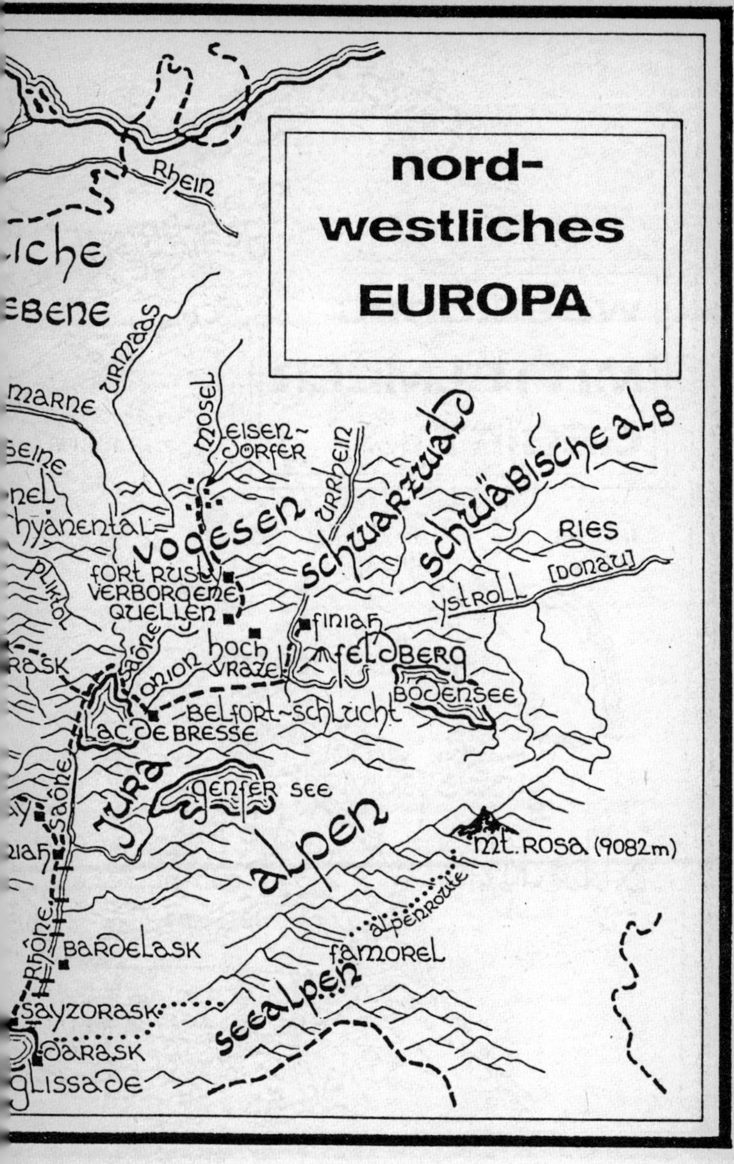
nord-
westliches
EUROPA
Rhein
liche
ebene
Urmaas
Marne
Mosel
Eisen-
dörfer
Seine
nel
hyänental
Plikto
Vogesen
Urrhein
Schwarzwald
Schwäbische Alb
Ries
[Donau]
Ystroll
Fort Rust
Verborgene
Quellen
Saône
Onion
Hoch
Vrazel
Finiah
Feldberg
Bodensee
rask
Belfort-Schlucht
Lac de Bresse
Jura
Genfer See
Alpen
Mt. Rosa (9082 m)
Saône
niah
Alpenroute
Rhône
Bardelask
Famorel
Seealpen
Sayzorask
Darask
Glissade

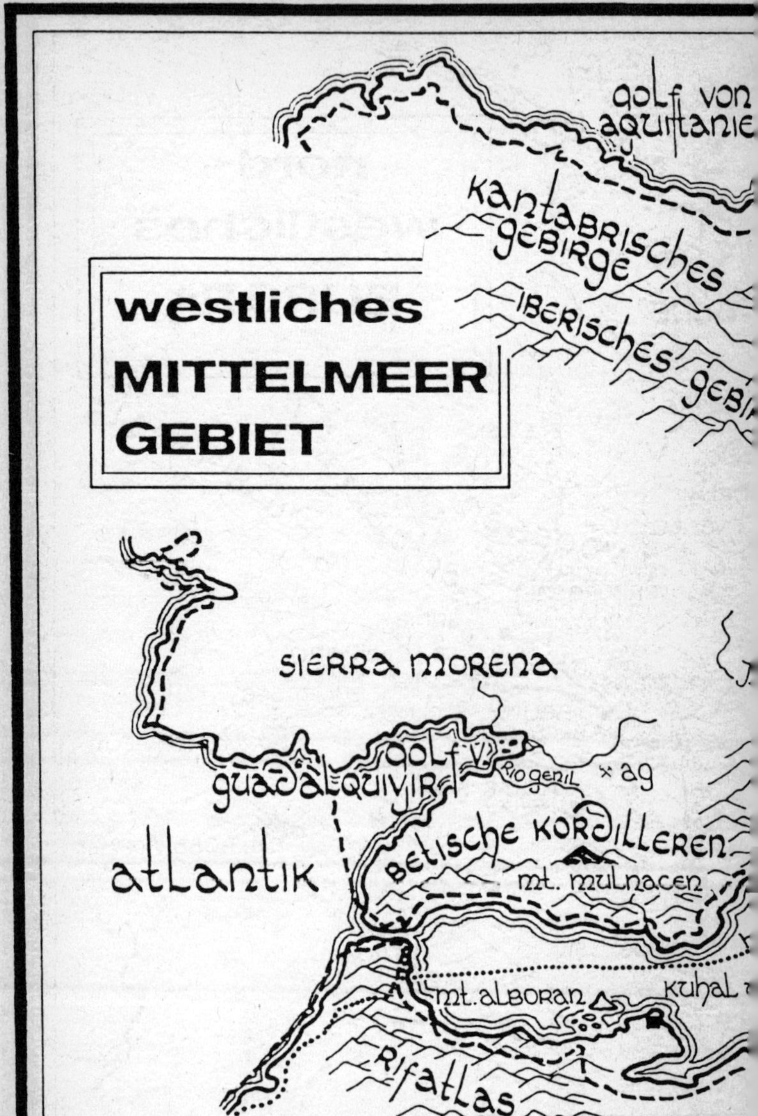
westliches
MITTELMEER
GEBIET
golf von
aquitanie
kantabrisches
gebirge
iberisches
gebi
SIERRA MORENA
golf v.
guadalquivir
RIO genil
ag
betische kordilleren
mt. mulnacen
atlantik
mt. alboran
kuhal
rifatlas

Burg Gateway
Roniah
Bordeaux
Zentral Massiv
Bardelask
Sasaran
Pyrenäen
ag
cu
Sayzorask
Lac
Darask
au
Provencal
Amalizan
Var-Mesk
Minanonn
alonien
cu
au
Urebro
Tarasiah
Geroniah
Calamosk
Neues Meer
Afaliah
Isaks Höhle
Drachenkette
Muriah (aufgegeben)
Aven
au
cu

monte rosa massiv

Legende

a. camp Bettaforca
B. Vorratslager
c. gresson-eisfall
d. camp 1 ~ 5585 m
e. camp 2 ~ 6291 m
f. camp 3 ~ 7039 m
g. westpass ~ 7810 m
h. westliche zacke
I. Bettaforca-gletscher
J. mittlere zacke
K. zackengletscher
L. östliche zacke
m. Bettaforca-eisfall
n. Südwand
o. gipfel ~ 9082 m
p. versteck der flug-maschinen
Q. gresson-gletscher

Aspekte der Hyperraum-Translation und des D-Sprungs

Im Galaktischen Milieu wird das Reisen mit Überlichtgeschwindigkeit (der *superluminale Transport*) durch das Krümmen des Raums mittels eines *Ypsilonfeldes* bewirkt, eine der primären Manifestationen der Realität. Das Feld kann mechanisch von einem *Superluminalen Translator* (Ypsilonfeld-Generator usw.) oder – sehr selten – von einem Metapsychiker erzeugt werden, der die Fähigkeit zum Teleportieren besitzt.

Bei einer typischen Reise erzeugt ein Sternenschiff ein Y-Feld, um die *Trennschicht* (Grenze) zwischen dem normalen Raum und der *hyperräumlichen Matrix* zu durchbrechen. Letztere wird auch einfach Hyperraum, Unterraum, die Matrix oder der graue Limbus genannt. Intelligente Wesen erleiden während der Translation Schmerz unterschiedlichen Ausmaßes.

Einmal in die hyperräumliche Matrix eingedrungen, programmiert die Navigationsanlage des Sternenschiffs eine *hyperräumliche Kettenlinie*, auch Unterraum-Vektor (im Volksmund »Limbus-Weg«, »Hyperschnitt« usw.) genannt. Für eine gewisse subjektive Zeitspanne bewegen sich das Schiff und seine Passagiere entlang der Kettenlinie. Ihre Position in einem beliebigen Augenblick heißt *Pseudolocus*. Schiffe sind durchaus fähig, innerhalb der Matrix anzuhalten oder die Kettenlinie (mit bestimmten Beschränkungen) unterwegs zu ändern. Wenn die ganze Kettenlinie beschrieben wird, hat das Sternenschiff seinen Bestimmungsort erreicht und bricht erneut durch die Trennschicht in den normalen Raum. Versagt die Energieversorgung während des hyperräumlichen Teils der Reise, bleibt das Schiff in der Matrix gestrandet. Ebenso stranden kann eine Person bei einem D-Sprung, wenn ihre Konzentration nicht ausreicht, den richtigen Vektor – das angestrebte Ziel »visualisierend« – aufrechtzuerhalten. Der *Gummiband-Effekt* ist ein komplexes Phänomen, das entweder mechanisch oder durch mentale Programmierung neutralisiert werden muß, wenn Sternenschiff oder D-Springer nicht bei Vollendung der Translation an den Ausgangspunkt zurückgerissen werden soll.

Sternenschiffe benutzen superluminale Translatoren verschiedener Leistungsstärke. Bei einer Geschwindigkeit, die unter der des Lichts liegt (*subluminaler* Transport) – und *immer* in der Atmosphäre von bewohnten Planeten – schalten die Schiffe auf den *trägheitslosen Antrieb* um. Ermöglicht wurde er durch *Rhofeld-Generatoren*, die nach gravomagnetischen Prinzipien arbeiten.* Ein Ypsilonfeld wird für gewöhnlich nicht innerhalb einer planetaren Atmoshäre erzeugt. Die »große Öffnung«, die notwendig ist, um ein Sternenschiff in den Hyperraum einzulassen, hat als Nebenwirkungen elektromagnetische Phänomene, vor allem eine Ionisierung, die für zivilisierte Wesen und ihre zerbrechlichen Schöpfungen eine Störung, wenn nicht gar eine Gefahr bedeuten. Das viel kleinere Y-Feld, das durch den D-Sprung eines einzelnen Geistes entsteht, hat einen zuvernachlässigenden Effekt auf die Umgebung, falls nicht eine große Zahl von Personen daran teilnimmt. Da die Fähigkeit so selten auftritt, ist dieser Fall noch nicht einwandfrei geklärt.

Wenn ein Sternenschiff-Kapitän eine Reise beginnt, muß er folgendes in Erwägung ziehen:

a) Wie weit fliege ich?
b) Wie schnell möchte ich dort ankommen?
c) Welches Ausmaß an Schmerz bin ich und sind meine Passagiere und meine Mannschaft bereit, dabei zu ertragen?

---

* Das Rhofeld ist eine weitere primäre Manifestation der Realität. Laut Milieu-Theoretikern besteht es aus einundzwanzig »Feldern« oder Dimensionsgittern, die durch Wechselwirkung Raum, Zeit, Materie, Energie, Leben und Geist erzeugen.

Eine »langsame« Translation oder *tiefe Kettenlinie* beansprucht die längste subjektive Zeit und verursacht beim Durchbruch den geringsten Schmerz. Eine »schnelle« Translation oder *enge Kettenlinie* (auch »der schnelle Weg«, »die kurze Leine« usw. genannt) bringt einen rascher ans Ziel, aber auf Kosten einer Belastung des Nervensystems. Ausgepichte Raumfahrer, die gewohnheitsmäßig *Schußfahrten* unternehmen, müssen gegen die heftigen Schmerzen mit Medikamenten oder anderen Mitteln angehen. Solche mannhaften Kerle sprechen von denen, die den langsamen Weg bevorzugen, als *Hüpfhasen*.

Bei sehr langen Reisen pflegt das normale Passagierschiff seinen Bestimmungsort über eine Reihe von langsamen Sprüngen zu erreichen. Der Versetzungsfaktor (*df = displacement factor*, auch »Krümmungsfaktor«, »Schub«, usw. genannt), den man nicht professionellen Raumreisenden zumuten kann, liegt bei etwa 40 df. Das entspricht 40 zurückgelegten Lichtjahren pro subjektivem im Hyperraum verbrachten Tag. Also mag die CSS Queen Elizabeth III. für die Reise zu einem 80 Lichtjahre entfernten Sternensystem zwei subjektive (und für die Realität außerhalb des Hyperraums tatsächliche) Tage benötigen – beziehungsweise 300 Tage, um 12000 Lichtjahre zurückzulegen. Bei jedem zusätzlichen Sprung müssen die Passagiere Schmerzen erdulden.

Die Toleranzen für den Translationsschmerz sind individuell verschieden. Fremde haben im allgemeinen eine höhere Schwelle als Menschen. (Die unerschütterlichen Krondaku halten 370 df aus, was als obere Grenze für Milieu-Rassen gilt.) Richard Voorhees nahm auf seiner längsten Schußfahrt zum Herkules-Sternhaufen (M13 oder NGC6205 in zeitgenössischen Katalogen) 136 Tage lang 250 df in Kauf. Als er viele Jahre später nach Orissa reiste, strapazierte er sein Glück, indem er 17 Tage hintereinander 110 df ertrug.

Offensichtlich begrenzen sowohl die Zeit- als auch der Schmerzfaktor die Reichweite des überlichtschnellen Transports. Im Milieu haben die fremden Rassen den größten Teil unserer Milchstraße (mit Ausnahme des gefährlichen Zentrums) bereits vermessen und erkundet, und bei mehr als 1000 Planeten innerhalb 20000 Lichtjahren Entfernung von der Erde, die sich zur Kolonisierung eignen, besteht kaum ein Anreiz zu extrem weiten Translationen. Extragalaktische Reisen sind unmöglich. Von der Andromeda-Galaxis, unserer nächsten Nachbarin, trennen uns 2,2 Millionen Lichtjahre; es würde den widerstandsfähigsten menschlichen Raumfahrer rund vierundzwanzig Jahre kosten, hinzugelangen – und noch einmal vierundzwanzig Jahre für die Rückkehr. Selbst in einem Zeitalter wiederholter Verjüngungen lockt ein solcher Trip niemanden außer den unverbesserlich Wanderlustigen. Einige haben es versucht – mit ungewissem Ergebnis.

Die als Schiffe bekannten fremden Wesen, von denen eins, Bredes Gefährte, die Tanu und Firvulag aus der entfernten Duat-Galaxis auf die Erde des Pliozän brachte, haben eine außerordentlich hohe df-Toleranz. Die Schiffe benutzen einen *Dämpfer*, ein spezielles mentales Programm, das den furchtbaren Schmerz der *ultraluminalen* Translation erträglich macht. Schiffe nehmen ihre Passagiere innerhalb ihres Körpers in einer Kapsel von der Größe eines normalen Sternenschiffs mit und lehren sie, individuelle Dämpfungsprogramme aufzustellen. Deshalb verursachen Raumfahrten in der Duat-Galaxis keine Schmerzen. Außerdem sind die Schiffe fähig, routinemäßig D-Sprünge auf sehr engen Kettenlinien auszuführen. Die meisten Punkte jener Galaxis werden in Minuten, höchstens in wenigen Stunden erreicht. Der D-Sprung ist eine einzige Bewegung, niemals eine Folge von kürzeren Hüpfern wie bei den »langsamen« Sternenschiffen. Anzumerken ist noch, daß Bredes Schiff sich beim Sprung von der Duat-Galaxis zur Milchstraße über 270 Millionen Lichtjahre hinweg so überanstrengte, daß es das Leben verlor. Selbst die talentiertesten Geister haben ihre Beschränkungen.

Marc geht bei seinen D-Sprüngen fast genau wie Bredes Schiff vor. Bei kurzen Strecken auf der Erde entsteht kein Zeitverlust, und die im grauen Limbus verbrachte subjektive Zeit beträgt nicht mehr als einen Sekundenbruchteil. (Allerdings kann das Durchbrechen der Trennschicht am einen und anderen Ende beträchtlich länger dauern.) Wenn er sich durch die Milchstraße bewegt, wird Marc von dem

Panzer seiner gehirnverstärkenden Ausrüstung geschützt, der alle Teile seines Körpers außer dem mit Energie aufgeladenen Gehirn in einem Zustand aufgehobener Lebensfunktionen hält. Der Schmerzfaktor bleibt ungefähr derselbe wie bei einer mechanischen Translation mittels eines Sternenschiffs. Marc sagte einmal, er habe bei dem Sprung nach Poltroy seine Grenzen erreicht. Somit liegt seine individuelle df-Schwelle bei etwa 18000.

Der Dämpfer kann theoretisch im normalen Sternenschiff-Verkehr angewandt werden, vorausgesetzt, die Passagiere sind in der Benutzung des Programms ausgebildete Metapsychiker. Extrem leistungsfähige superluminale Translatoren würden benötigt, um das Fahrzeug auf ultradichten Kettenlinien zu »schieben«. Es scheint keinen Grund zu geben, warum *ultraluminale Sternenschiffe* nicht gebaut werden könnten. Die Reichweite der Milieu-Modelle wird nur durch die geistige Zerbrechlichkeit der Reisenden beschränkt – nicht durch irgendeinen mechanischen Faktor.